KUWEI
酷威文化
图书 影视

上

图样先森 著

中国致公出版社

目 录
Contents

第 1 章

失婚

"你人在哪儿呢？包间我都给你开好了，你不会想临阵脱逃吧？"

现在是下班高峰期，商业区主干道堵得死死的，舒清因原本心情就不太好，再被这么一激，五脏六腑都充斥着对市区交通路况的怨念。

舒清因旋紧挂在耳朵上的蓝牙耳机，语气不太好："堵着呢，我能怎么办？"

"那你慢慢来，我先玩儿着。"手机那头的女人非但不理解她的处境，反而还笑出了声，"到了给我发个微信，我出来接你。"

舒清因更烦了："我不去了。"

手机那头话锋一转："哎，你是不是压根儿就没打算来，所以用堵车这个借口来搪塞我？"

舒清因没说话，直接按了几下喇叭。

"都在路上了那就来呗，宋俊珩这会儿指不定在哪儿快活呢，你回家等他给你发工资吗？"

徐茜叶这人年纪不大，说话一针见血的本事倒是跟她姑姑学得有七八分像。

舒清因扯了扯嘴角，恰好这时候前面的车子动了，她敷衍了两句挂断电话，车子缓缓向前开。到地方的时候，她发现停车场的车位都快停满了。

这种高消费的地方每天的客流量本来就有限，今天又不是周末，居然也能这么热闹。

她给徐茜叶发了微信，没过两分钟对方就下来接人了。

"这不是挺快的嘛，看来交警哥哥们效率还是挺高的。"

徐茜叶踩着八厘米的酒杯形底高跟鞋摇摇晃晃地朝她走来，舒清因盯着她的脚踝，生怕她一个不小心来个平地摔。

徐茜叶明显是先玩儿了起来，两颊微红，开口就调侃。

"本来想给你订个最有情调的包间，只可惜晚了一步，我和哥们儿说了好久都不成，你今天就委屈一下吧。"

舒清因扬眉："VVIP 都订不到，什么大人物能比你徐小姐还高一头？"

徐茜叶对这句话很受用，仰头手一甩指了指旁边的车位："看到这些车子没？单挑一辆是没我有分量，所有的加在一起就不一定了。"

"什么意思？"

"来了位大少爷。我认识的那些人里，但凡能够上他的全去巴结他了。这么多人做东带大少爷玩儿，我今天能订上包间已经算是够有身份的了。"

两个人边说边进了电梯。

舒清因了然，又问她："那你怎么没去？"

"一群臭男人凑一堆，我才不稀罕。"徐茜叶撇撇嘴，"而且论辈分，我们还是大少爷的长辈呢，要巴结也是他来巴结我们。"

徐茜叶之所以说"我们"，是因为舒清因和她还有一层亲戚关系。

舒清因的母亲徐琳女士是徐茜叶的亲姑姑。

徐家亲戚多，其中有些辈分关系到现在舒清因也没搞清楚。

徐茜叶跟她解释："那小爷是我堂嫂的妹夫的堂侄，曲里拐弯算起来就是我的侄子了，前两年在婚礼上见过，婚礼结束后他就回港城了。"

两年前舒清因还在国外读研，婚礼她也没赶得上回来参加。

舒清因随口问："那他又来此地干什么？"

徐茜叶耸耸肩："嘉江上游附近那块地皮政府出让，不是要拍卖了嘛，不然你以为他过来玩儿啊？"

舒清因皱眉："那不是……"

"我知道，宋氏也想要那块地嘛！肥肉谁不想吃？更何况这是大少爷在内地打稳根基的第一步。"徐茜叶冲她笑了笑，表情莫名有些阴险，"两家都沾亲带故，我看宋俊珩这次悬。"

电梯到达要去的楼层，徐茜叶领着舒清因走了出来。

灯光氤氲，空气中浮动着一层淡淡的木头的香味，270度环江的落地窗前设立了小型的演奏台，三角钢琴被放置在一边，大提琴手站在彩灯闪烁的台上，手指被室内的灯光映得泛白，现在正拉着巴赫无伴奏大提琴组曲G大调第一乐章第一号曲。

卡座上的客人们慵懒而惬意地靠在沙发上，偶尔有人作势弹奏空气。

最靠近她们的吧台旁站着个穿马甲的中年男人，听到动静后放下手中的高脚杯朝她们走过来。

男人冲舒清因点了点头："舒小姐。"

舒清因不认识他，只是出于礼貌跟着点头。

徐茜叶冲眼前的男人眨了眨眼："莫哥，房间订好了吧？"

"好了。"那个叫莫哥的男人也跟着眨眼，"我现在就带舒小姐过去？"

徐茜叶又问舒清因："你现在过去吗？"

舒清因听着这舒缓的大提琴声，忽然觉得如果徐茜叶今天只是单纯约她过来喝酒听音乐，或许她会更乐意一些。

她摇头："不急，我先在这儿待会儿。"

徐茜叶冲莫哥做出"你懂的"的唇语。

莫哥笑了笑："那你们随便找个地方坐吧，我去给你们开瓶酒。"

舒清因找了个靠近演奏台的地方坐下，徐茜叶跟着她过去了。

　　莫哥刚回到吧台前就有一个年轻男人凑了过来。

　　"徐大小姐带来的那位美女是谁啊？以前没见过。"男人手肘撑在吧台上，笑嘻嘻地向他打探，"莫哥，你认识她吗？新客人，还是徐大小姐开后门领进来玩儿的啊？"

　　莫哥觑他一眼，语气平静："别想了，你惹不起的。"

　　男人不信邪，非要刨根问底："到底谁啊？透露下呗，不然我上去请那美女喝酒去了。"

　　"恒浚的千金，"莫哥慢悠悠地说，"宋俊珩的老婆。"

　　恒浚集团在十几年前由国有控股公司转为参股企业，舒氏以32%的股份掌握话语权，董事之一的徐琳女士背后是大名鼎鼎的清河徐氏，前两年任新建三局总经理，她早亡的丈夫曾是恒浚集团的CEO。舒清因是他们二人的独生女。

　　去年，舒氏将这位千金嫁给了童州市最大的房地产商福沛宋氏。

　　宋氏是家族企业，因此这桩婚姻在外人看来门当户对，在两家看来也是再合适不过了。其实那位年轻的宋少东家的位子坐得并不稳当。

　　男人十分有自知之明地闭嘴了，但眼中令人玩味的神情并没有减少半分。

　　这就是商业联姻的悲哀啊！

　　莫哥挑好了酒，又朝两个女人那边走去。

　　舒清因是生面孔，本来就长得漂亮，这会儿正手肘撑在沙发上，抚着下巴不知道在想什么。

　　精致的眉眼隐在氤氲的灯光下，嘴角微抿，高傲而冷峻。和徐茜叶的大方明艳截然不同。

　　有人不断地往她们这边看，却始终没个上来搭讪的。

徐茜叶见酒来了，伸手在舒清因眼前晃了两下："你是对那个大提琴感兴趣，还是对那个拉大提琴的男人感兴趣啊？盯着看了好久了。"

舒清因收回目光："大提琴。"

徐茜叶不意外她的回答，但还是对她盯着大提琴看的这个举动感到些许奇怪。

"你家客厅摆着观赏的那个大提琴比这个贵多了吧，听说是宋俊珩花高价从收藏家那儿买过来的？"

"你三句不离宋俊珩，"舒清因蓦地笑了，"故意给我添堵不成？"

徐茜叶"啊"了两声，摇头解释："我可是你这边儿的啊，不然今天干吗约你过来喝酒唱歌消遣？"

"别让别人过来了，"舒清因端起酒浅浅抿了一口，又说，"不然我跟宋俊珩又有什么区别？"

徐茜叶哼出声，语气渐渐变得激动起来："那你这口气就这么咽下去了？他跟别的女人约会的照片都送到家里了。这狗男人白活了，又瞎又聋，还一门心思出他的差，照片和消息都是你花钱压下去的，他当你是敢怒不敢言的小媳妇儿吗？"

舒清因张嘴想要说些什么，又被徐茜叶打断了。

"你是我姑姑徐琳的女儿！是我的闺密兼表妹！就算舒家不想和宋家撕破脸，你还有我们徐家撑腰呢！他宋俊珩算个什么东西，竟然敢给你戴绿帽子？！"

"我不是那个意思，"舒清因神情复杂，"我就是今天没心情而已。"

徐茜叶试图游说："刚来没几分钟，你就没心情了？我说你啊，要是结婚之前愿意多出去见识见识，就会发现宋俊珩这货根本不算什么。他是有钱又长得帅，但这世界上有钱又长得帅的男人海了去了，你就是认识得太少了知道吗？"

舒清因点头，终于松口："我知道，我自己会多见识的。"

徐茜叶满意地举起酒杯："来，喝酒，属于'失婚妇女'舒清因的夜晚就要来临了！"

失婚妇女。

说真的，徐茜叶说了那么多，舒清因心里都没什么大波动，但她听不得"失婚"两个字。

凭什么他宋俊珩找女人，她就得"失婚"？

去他的宋俊珩。

徐茜叶没拦着舒清因喝酒，她知道这女人因为家里有个管教极其严格的老妈，所以平日里和她妈一样高冷，让人看了觉得这姑娘特别公主病，爱端着架子，一副谁都看不上眼的样子，也幸亏有公主病的人是真公主，不然早被人摁在地上教做人了。

就连她前些日子花钱帮老公压绯闻的事情，至今圈子里也只敢在背后调侃，谁也不敢当着她的面儿说。

反正只要她徐茜叶在，就没人敢动舒清因，想喝多少都行。

舒清因打了个酒嗝，一改刚刚淡漠无所谓的高傲模样，说几句不忘骂一声宋俊珩。

"惹恼我了，我就跟他离婚，赔偿费不薅得他们宋氏肉疼我就不姓舒！"

徐茜叶附和："离！"

但也只是附和而已。

平常人家的夫妻要离婚都能牵扯出一大堆家务事来，更不要提舒清因和宋俊珩压根儿不是单纯的两个人结婚或是两个家庭结合，而是两家企业的捆绑。

喝得差不多的时候，莫哥过来带她们去包厢。

徐茜叶给她指路："我待会儿去，反正就那条走廊尽头的包厢，你先过去吧。"

舒清因手撑着桌子站了起来，徐茜叶又不禁有些担心。

"你没事吧？能行吗？"

"能，看好我，"舒清因自信地冲她做了个手势，"无论发生什么事，都不要让其他人过来打扰我。"

真想录下来给酒醒后的舒清因看看，这都什么德行。

望着舒清因的背影，徐茜叶叹了口气，视线落到她刚刚坐过的地方。

黑色菱格纹的手提包就那么随意地摆在上面。

"包都没拿，服了。"徐茜叶起身拿起她的包，刚打算收好，就感觉手指拿住的银色链条部分在振动。

徐茜叶直接打开包，发现是包里的手机来电话了。她拿起一看，来电显示"宋狗"。

搞了半天这女的表面上玩儿高素质，原来私底下早就给她老公取了这么个"爱称"。

徐茜叶直接摁掉，没过几分钟手机又震了起来。

她"啧"了两声，接起电话，还没来得及说话，那边低沉冷峻的男声随即响起："怎么不在家？"

徐茜叶觉得奇怪，下意识就问："你不是出差了吗？"

男人听出声音不对，换了个口气说话："表姐。"

徐茜叶忽然心虚起来："你打电话来干吗？"

"我提前回来了，清因呢？"

徐茜叶摸摸鼻子："跟我在一块儿呢。"

"好，我去接她。"

徐茜叶赶忙阻止："别，你别来，我会亲自送她回家的。"

男人沉默了几秒，又道："你们都喝了酒，不方便开车。"

徐茜叶睁大眼睛，猛地朝四周看了看，在确定宋俊珩不在这儿以后，更加毛骨悚然起来。

"我现在去接她。"

徐茜叶语气不善:"你知道她在哪儿吗就来接她?"

男人不急不缓地报出地址:"铂金汉宫。"

"我先挂了。"

徐茜叶呆滞地朝走廊那边看去。

这演的什么狗血家庭伦理剧呢?刚刚舒清因说无论发生什么事都不要去打扰她,这其中包不包括她老公过来?

她脑海中正在上演天人交战,那边舒清因却对此一无所知。

这边的包厢门都一样,舒清因压根儿就没仔细听徐茜叶说是哪个包厢,这会儿正在纠结该不该点个菠萝。

她烦躁地自问:"哪个包厢啊?"

带着点埋怨和撒娇,和她冷傲的外表截然相反,带着软糯的吴侬软语腔调。

蓦地,眼前一个人拦住了她的去路。她抬起头来,比她高一头的男人正垂着眼睛打量她。

这男人眉眼细长,好看的浅眸中带着几分探究和玩味的意味。

他开口,嗓音低沉,懒懒的。

"来找人的?"

徐茜叶说得没错,这世上的男人当真海了去了,随便一个男人都不差宋俊珩一星半点儿。

眼前男人的目光并不怎么绅士,将舒清因从头到尾打量了一番。

舒清因被他的目光冒犯到,心底升起一股对这个男人的不屑。

她喝多了酒,小心思藏不住,面部表情十分欠揍。

男人将她的表情尽收眼底,倏地笑了。

女人身上穿的那件雪纺衬衫领口上还系着蝴蝶结,说实话,这个品牌某些系列就喜欢这种浮夸又嚣张的宫廷风设计,红绿相间的大蝴蝶结是其特色之一。那条黑色 A 字裙也是同品牌今年刚出的春季新款。

细嫩小巧的耳垂上坠着副钻石耳环，随着她的步伐一摇一晃的，像欲坠的水滴。

妆容淡雅，眉眼清丽，皮肤吹弹可破，粉面含春，双唇微抿，嘴向下撇着，似乎有些苦恼。

那两条腿又细又直，踩着七八厘米的黑色高跟鞋，摇摇地朝这边走来，估摸着是喝了点酒所以走路没那么平稳。

她没涂指甲油，指甲粉嫩，稍稍往外留长了一点，显得十指如葱，纤细白嫩。

男人之所以能看到她没涂指甲油，是因为她伸手按了几下太阳穴。

千金小姐的气质拿捏了十成十。

男人对漂亮的女人总是有无限的包容心，所以他半个字都没说。

舒清因看他那吊儿郎当的样子，在心里骂了句"没教养的男人"。但好歹穿得人模狗样，脸也英俊，舒清因暂且忍下了。

男人轻轻笑了："先进来坐会儿吧。"

他稍稍侧身，让她先进去。

这奇怪的绅士举动让舒清因觉得哪里有些不对劲儿，但她也没说什么，顺着男人的意思进来了。

经过他身边时，舒清因的发丝微扬，又黑又长，宛如上好的黑缎，随着扬起的弧度留下一阵余香。非常淡，但非常好闻。

沁人心脾，回味无穷。

男人还是头一次有些好奇这是什么香。

他眼神微热，见这女人就那样大大咧咧地坐在了沙发上。

她倒是真不怕。

　　包间设置很有情调，徐茜叶说是没订到最有情调的包间，这个第二有情调的已经很不错了。

　　男人突然开口问她："第一次来这里吗？"

　　舒清因愣了愣，点头："嗯。"

　　"真够舍得的，"男人在她身边坐下，沙发微微往下陷，"没交过男朋友吗？"

　　舒清因没有心情跟他闲聊，侧头反过来觑他："你问我这么多，那你呢？"

　　男人怔住，蓦地失笑："你挺有意思的，敢对我有要求。"

　　舒清因语气傲慢："为什么不能？"

　　男女平等，男人可以要求女人，女人当然也可以要求男人。

　　男人饶有兴味地看着她，看了一会儿才转过头来，从裤兜里拿出烟盒和打火机，跷起腿将烟叼在嘴里，垂头捂着烟挡住来自头顶的空调风。打火机摩擦的声音细微可闻，男人手腕微动，银色的打火机又被扣上，再娴熟地被他随手丢在茶几上，发出刺耳的碰撞声。

　　散漫又嚣张。

　　舒清因心中的不满顿时又放大了一百倍。

　　修长骨感的手指夹着烟，男人蹙眉吐了口烟，英俊的眉眼隐在烟雾中。

　　她用手扇去烟雾，起身就要走。

　　男人手肘撑着沙发，指尖轻轻摩挲着光滑的皮质面料，语气带笑："去哪儿啊？"

　　"回家。"

　　身后的男人也跟着站了起来，舒清因忽然感受到空气的异样，转过身和他四目相对。从她的角度，恰好能看见他流畅精致的下颌线，再到凸出分明的喉结。

　　男人手指夹着烟，佯装不太高兴的样子。

"别走啊。"男人弯腰，凑到她耳边吹了口气。

舒清因咬唇，微醺的感觉被他的调戏瞬间击得七零八落。

她现在后悔了。虽然宋俊珩总是一副死人脸的样子让她看了不爽，但起码那男人不会这么冒犯她。

男人见她愣住了，低笑了一声将脸凑了过来。

带着淡淡烟草味的男性气息扑面而来，舒清因这回是彻底酒醒了，侧头下意识地躲避，冷着声音问他："你干什么？"

"接吻啊。"男人看着她。

她冷哼："那你经过我同意了吗？"

那眼神就差明明白白地告诉他——"死男人离我远点儿"。

男人原本还能忍受，女人有点个性也是应该的，不然多没乐趣。但他现在是被嫌弃了。

男人收起笑容，沉下脸来，语气也没刚刚温和了："玩什么欲擒故纵呢？"

舒清因本来心情就不好，被他这么一说心情更差了。

"你穿了件手工西装就真当自己是社会精英了？"她火气上来了，话说出来也不怎么好听，"看着就不像正经人，我劝你别太嚣张了。"

男人气笑了："你说谁不正经？你有胆子再说一遍！"

舒清因才不怕他，又重复了一遍："就你，说的就是你，怎么？"

男人气得太阳穴旁边的青筋突突直跳，咬着牙说："你就庆幸自己是个女人吧。"

说完这话掉头就走。

这辈子都没受过这种气。这狗屁地方再也不来了，谁请他都不来！

舒清因见他连茶几上的烟都没带走，想着做这行的置办这身行头也不容易，良心未泯地开口叫住他："把你的便宜烟拿走，别脏了我的包间。"

她弯腰拿起烟正准备扔向男人，顺便看了一眼这烟的包装，又觉得不太对劲儿。

精致的银边烟身，皇冠造型的 logo（标志）与下排的英文属于同种印刷体。这是产自 E 国的顶级香烟，国内只有港澳地区的高档商业街才有得卖。

男人连头都没回，直接说："送你抽了。"

舒清因总算意识到自己这股不对劲儿的感觉到底来源于哪儿了。

"你等等。"她迈出步伐。

男人刚打开包间的门，她走过去把包间的门给关上了。

"你搞什么？"男人垂眼睨着她。

他眸色太浅，因此眼里的厌恶和不耐烦都明明白白地落在她的眼中。

舒清因将烟递到他面前："这是你的烟？"

沈司岸本来不想理她。

他刚下飞机没多久，一群人做东请他过来玩儿，包间里人人都带了女伴，就他孤家寡人坐在中间，仿佛老僧入定。

有人看不过去，开口劝他："我说司岸哥哥，您就别让旁边这小美人坐着发愣了，好歹跟人家喝一杯啊。"

听说沈司岸到场，眼巴巴跟来的清纯小美人儿坐在旁边，一副局促不安的样子，我见犹怜。毕竟是朋友，他只得开口帮她说两句话缓和气氛。

沈司岸瞥了眼和他隔了一米远的妹子。

眼前这个男人不笑时英俊的脸庞上总带着几分冷傲，靠着沙发跷着腿喝酒的样子懒散而高贵，这一瞥像是小石子落入水潭，激起酥麻的水花。

沈司岸皮笑肉不笑："模样倒是清纯。"

妹子羞涩地低下了头。

"可惜我不喜欢，"沈司岸起身，冲其他人做了个抽烟的手势，"我出去买包烟。"

男人们看着桌上特意为他买来的外国顶级香烟，不知道他出去买什么烟。

"他换口味了？亏我特意叫人给他买的。"

"你怕不是买到了假货哦。"

"放屁，我从中环买来的，就他家商场的一楼专卖店，难不成他家卖假货？"

"那可能是来了内地，改抽内地烟了。"

"真入乡随俗，早知道我给他带了。"

有人看出端倪，笑着摆手："你们真以为他还用亲自买烟呢？"

几个人不约而同地同情地看了妹子一眼。

二楼露台上，沈司岸扶着高度还不到腰部的围栏吹风，有点想回酒店。

看了眼市区夜景，他觉得实在没什么意思，转过身背靠着围栏，从裤兜里掏烟。兜里的手机倒是先震动了起来。

是包厢里那群人发来的微信，说是给他开了新的包厢。

他对着这条消息看了一会儿。

行，正好有些累，那就过去歇歇吧。

他按照他们给的新包厢号找了过去，那些人知道他的习惯，特意开了间总统包厢。

走廊里时不时有女人经过，眼睛有意无意地瞥向他，刺鼻的香水缭绕，他仰着头躲过去了。

要是谁敢让这种没品位的女人靠近自己，他回去就把那人给收拾了。

正这么想着，就看走廊转角处走过来一个女人。

　　说实话，很漂亮。所以她后来的一言一行，他都姑且忍了。

　　但面前的女人现在举着烟，雪纺质地的袖子从手腕处滑落，露出了细腻白皙的手臂。

　　他不爱玩儿玉石，但家中长辈有不少爱好这个的，他耳濡目染，也能辨认个好坏出来。

　　这女人戴钻石不稀奇，毕竟人傻钱多的老男人多了去了。但她手上的翡翠玉镯是苏富比的。

　　上次出现还是在多年前港城苏富比瑰丽珠宝及翡翠首饰的春季拍卖会上。

　　这款品质和收藏价值都属于可遇不可求的天然翡翠玉镯是一位世界知名名媛的旧藏，最终以近亿港币的高价在拍卖会上出售给了内地某位富豪。

　　普通人买一套名牌穿上身实在不是什么稀奇事。可现在他们发现，对方身上有些东西显然已经超过了"普通"的范围。

　　气氛因为二人的沉默开始变得诡异起来。

　　最后两个人几乎异口同声地问出了心中的疑虑。

　　"你不是会所的人？"

　　"你不是会所的人？"

　　两人的脸色同时沉了下来，语气中透着不爽。

　　"谁跟你说我是了？"

　　"谁跟你说我是了？"

　　"你不是？！"

　　"你不是？！"

　　死一般的沉默之后……

　　"那你是谁？"

　　"那你是谁？"

　　"客人。"

"客人。"

两个人在这默契十足、鸡同鸭讲的交流中终于得出结论——尴尬了，搞错了。

徐茜叶这边完全没想到会搞出这一出，正呆呆地看着眼前这个可能是坐火箭过来的表妹夫。

宋俊珩语气平静，深沉的眸子隐在镜片下。

"清因呢？"

第 2 章

亲戚

宋俊珩一身笔挺西装，外面套了件深色风衣，翻领稍皱，风衣腰带松松垮垮地垂在腿侧。镜片上的水雾还没来得及擦去，而这对于眼前这个男人来说很不正常。

他还没来得及打理好自己，就过来了？

徐茜叶想了很久，还是决定硬气点："她又不是小孩子，用得着你大费周章地过来接吗？"

她是真的对这个表妹夫没半点好感。

当初两家商定结婚，就算是商业联姻，只要是正常人，都该知道至少在长辈面前要装个和睦的样子，然而宋俊珩作为新郎，全程没有作有关结婚的半点准备。这是很直白地告诉所有人：我对婚姻不感兴趣，非要结就出个人。

要做婚服，他抽空儿去量了个尺寸；要办婚礼，他抽空儿去了趟教堂对着神父点了个头。

要不是双方没感情，舒清因早哭了八百回了。

他争权夺利的智商倒确实不低，也可能正是如此，才导致他过分骄矜自大。

婚宴上众人打趣地问他为什么要娶舒清因。

宋俊珩说："我必须娶她。"

字字铿锵，感天动地。

不清楚内情的人还感叹这男人真是情根深种，可清楚内情的自然知道这个"必须"指的是什么。

只有娶了恒浚集团的千金，他这个少东家的位置才算是真真正正坐稳了，不至于被新上位的后妈和亲弟弟压制。

酒席上，不懂的人笑了，懂的人也笑了。

原本想着没感情，宋俊珩平日里也不怎么管舒清因，权当户口簿里多了个同居好友，谁知道他会在出差前被人拍到和其他女人在公园约会的照片。

宋俊珩从小接受精英教育，十四岁就被父亲送到了伊顿公学，之后一路顺顺当当地在 E 国修完了学位，硕士毕业后立刻回国接手了福沛，父亲却早已名正言顺地将多年前的情人接进了家里，还领回了一个小不了他几岁的亲弟弟。

他没空儿去玩微服私访的把戏。会和其他女人出现在那里，只能说明他是自己主动过去的。

所有人都在等舒清因的反应。

没有想象中的悲戚，也没有大发雷霆，她淡定地处理了那些照片，让人封了所有八卦论坛里恶意讨论宋、舒两家的账号，在宋俊珩出现之前就完美地解决了一切。

但她止不住旁人的嘴。

世道如此，被讨论、被同情、被嘲笑的经常是无过错方。

徐茜叶带舒清因过来，无非就是想告诉她：你们是逢场作戏，不要对他抱有太大的期望。

宋俊珩并未动气："我是她丈夫。"

徐茜叶嘲弄地笑了："你还记得你是她丈夫啊，我以为你投进了别人的温柔乡，早忘了家里还有个没感情的老婆呢。"

宋俊珩蹙眉，眼神扫过徐茜叶周身，放低了语气说："这件事我会和清因解释。"

说罢，他也不打算继续和徐茜叶辩论下去，而是绕过沙发，径直从桌上拿走了舒清因的包。

徐茜叶和舒清因关系好，有时候打个照面，出门连包都是同一个品牌，只是款式略有差别。本来就装不了什么东西的女式包被他的手衬得更精细了。

徐茜叶张了张嘴，想问的话也没问出口。

他对自己这个表妹到底是什么态度？但这始终是夫妻间的事，她过多地掺和进来，就显得很讨厌了。

宋俊珩没在厅里看见舒清因，正打算去包间那边找。

徐茜叶莫名脑补出舒清因现在在干什么，急忙出声："你等等。"

宋俊珩只稍稍顿了顿，然后径直朝前走。徐茜叶暗骂一声，只能跟在宋俊珩身后。

"小姐，男人不是你这么抢的吧？"

环境安静，女人的声音并不大，可能只是天生音高，又有些动气，所以听着很刺耳。

宋俊珩微微眯起眼，放缓了脚步。

忽然有个熟悉的声音传入耳中。声音很轻，但吐字清晰，足够听力好的人听懂她说什么了。可声音中又透着傲慢，只闻其声就能想象出声音的主人此刻脸上是怎样不屑的表情。

"你谁啊？"

如果认识这个人，那么其生动清丽的五官自然也就浮现在脑海中了。

宋俊珩不自觉地扬起了唇。

精心打扮过的女人瞪圆了眼："我是谁？你第一次来吗？"

这种事也不是没发生过，但还是有几个人过来看热闹。

原本的气氛还有些尴尬。要说错他们都有错，但谁也拉不下脸来说句抱歉，毕竟自己也被对方误会了。

可就在这时，包间的门又被推开了，门外的女人笑靥如花，还没看清楚里面的人就先道了歉，说知道要陪沈总，所以特意又去打扮了一番，这才迟到了。结果一抬头就看见有人鸠占鹊巢，先一步站在了沈总身侧。

面生，不认识，走的现在流行的清冷风，穿的套装她也不是买不起，有人告诉她沈总不喜欢矜持款的。女人当即的想法就是，这人肯定是送上门来的。

结果她还没做什么，就被人先给了一个下马威。

舒清因刚才被身边的男人误会，这会儿又被这个女人误会，刹那间感觉自己的自尊心被按在地上摩擦了好几遍。

她扯了扯嘴角，冷眼看着这女人："长眼睛了吗？当我跟你一路货色？"

沈司岸向来不参与这种女人间的吵架，正打算出声解释两句，就看见舒清因瞥了他一眼，然后极轻地挑了下眉毛。

意思就是，看来你眼光不怎么样。

这女人又不是他找来的，关他屁事？！

沈司岸抿唇，懒得说话。

"你！"那女人走到舒清因身边，她穿了个恨天高，有身高优势，居高临下地看着眼前的人，"打扮得像那么回事儿就真当自己谁都能得罪了是么？你知道我认识多少老板吗？我劝你做人谦虚点儿，什么人跟前都敢凑，我看你是不想混了！"

舒清因嫌恶地捂住鼻子，语气很轻："你认识这么多老板，就没一个教你怎么看人吗？还是你只会看男人，看女人就习惯性地青光眼、白内障？"

女人也并非一点儿眼色都没有，她看向保持沉默的沈司岸。

沈司岸冲她无辜地笑了笑，英俊的眉眼带着幸灾乐祸的愉悦神色。

女人再次发问，只是这次底气不太足了："你到底是什么人？"

舒清因眨了眨眼，换了语气："怎么，被吓到了？我吹两句你就怕了，这么没见过世面？"

女人一时间分不清对方到底哪句话是真，哪句话是在耍她。

这是最气的，根本无法对症下药跟人吵。

徐茜叶看不过去了。

真的不该让她喝酒，喝到放飞自我了。要换平时，舒清因估计翻两个白眼就直接走人，现在这么多人看着，她跟这样一个女人吵了起来，简直自贬身份，姑姑知道了又得说她。

好在这两个女人还比较理智，没有要打起来的意思，认识舒清因的不敢上去劝，不认识的想看热闹。

宋俊珩见那女人被舒清因气得不行，还在想该怎么反驳，实在不想再耗时间了，干脆开口叫人："清因。"

舒清因听到这声音，瞬间僵在了原地。

宋俊珩对拦着门的人说："麻烦借过。"

那人一直盯着包间里，都不知道背后来了人，赶紧边让道边打招呼："宋总……"

宋俊珩淡淡地应了声，径直走到舒清因面前。

这位数月不见的妻子像看鬼似的看着他。

不等她开口，宋俊珩又说话了："玩儿够了吗？要不要回家？"

宋俊珩来过几次，次数不多，但在这儿工作的人都认识他。那个跟舒清因打嘴仗的女人当然也认识，一时间目瞪口呆，不知做何反应。

愣怔良久，女人终于颤巍巍地开口："宋总好。"

宋俊珩这才将目光放在女人身上，过了两秒，又挪开了。

"自己走还是被辞退，做个选择吧。"

女人的脸霎时间白了，慌忙看向最后的救命稻草："沈总，您倒是帮我说说话啊。"

沈司岸还在打量眼前突然出现的男人，没工夫理她，三两句就打发掉了引起围观的始作俑者。

宋俊珩的心思根本不在这乱七八糟的闹剧上，在听到对方姓沈后，神色微微变了变。

两个男人对视，还是沈司岸先打的招呼："宋总，原本想递个帖子上贵府做客，没想到是在这儿见的第一面。"

政府划出来拍卖的那块地靠近长江支流，只要开发得当，或许能建起新的市区 CBD，原本福沛势在必得，宋俊珩手下的人正在运作这个项目。结果半路杀出个程咬金，柏林地产刚包下隔壁城市的景区开发，这会儿又过来抢他们的地。

到底是实力雄厚的地产大亨，进军内地后，吃了不少红利。

沈家籍贯原本在南城，20 世纪 70 年代末举家迁至深城。到了这一辈，除了沈柏林的独子沈渡在南城接受教育，其余小辈都在港城长大。

原本沈氏的接班人也该是沈渡，但沈渡青出于蓝，自身身价已逾千亿，接班人的身份对他来说早已不算什么了，便干脆做了柏林地产北进的桥梁。

长孙沈司岸得董事会全票通过，接班人的位置还没坐热，童州市的地皮开发案，将是他的第一份考卷。

沈柏林这一辈共五个兄弟，最大的那个前不久刚办了八十大寿，长孙沈司岸和沈渡差不了几岁，但还得叫沈渡一声堂叔。

这世上最说不清的可能就是莫名其妙就能扯到五百年前是一家的亲戚关系。

宋俊珩可不觉得他跟沈司岸真算得上什么亲戚，要是沈氏真把他当亲戚，也不会这么不要脸地过来抢地皮。

他沉默了一会儿，淡淡地笑了："沈总客气了，不用递帖子，直接来就是了。"

看热闹的人见没热闹可看了，便装作无事地纷纷离开了。

也有人问这几个人是什么关系。

"说不清，豪门联姻，联多了看谁都像亲戚。"

"所以他们真是亲戚？"

"这个啊……"那人正打算说什么，猛然意识到正被人盯着看，侧头尴尬地笑，"徐小姐，晚上好啊。"

徐茜叶挑眉："别人的家事，少往外说。"

那人点头如捣蒜："那是肯定的，我们先走了，你们自家人慢慢聊。"

直到人走远了，还能听到他敷衍地对同伴说："反正大家都是亲戚……"

沈司岸没见过宋俊珩，不熟，更没见过舒清因，不然也不能误会。

但他认识徐茜叶。

这世界真的好小。

徐茜叶走上前，先是看了眼沈司岸，又看了眼舒清因，最后问出了她和宋俊珩共同的疑问："你俩怎么在一块儿？"

一阵沉默后，两人同时回避了这个问题，决定将刚刚包间里发生过的事带进棺材里。

宋俊珩皱眉，察觉到不对劲儿。但他很快恢复往常的神色，然后装作什么都不清楚，淡淡地替两个人做介绍。

"清因，这是柏林地产的沈总，"宋俊珩垂眼看她，镜片下的眸子闪过阴险的光芒，素来低沉的嗓音里透着一些戏谑的意味，"你堂堂表侄。"

不愧是名校毕业的高才生，三两句就把这么错综复杂的关系整理清楚，直接找到了最佳称呼。

他当然不知道就在十几分钟前，这对"姑侄"刚经历过怎样的尴尬。

一个不尊老，一个不爱幼。

宋俊珩将包还给舒清因："回家吧。"

舒清因神色复杂地盯着他："不是在出差吗？"

宋俊珩淡淡地道："事情提前办完了，所以回来了。"

这人设，妥妥就是不放心家中爱妻独守空房，所以一忙完公事就风尘仆仆、顶风冒雨赶回爱妻身边的好丈夫形象。

舒清因味了一声。

徐茜叶没料到今晚会发生这种状况，她再仔细看这个包间，发现根本不是她准备的。莫哥跟她说过，这个包间早被别人订下了，想来是为沈司岸准备的。那这丫头十有八九是走错了。

怎么连包间都能走错？

徐茜叶本来也是替舒清因打抱不平，但如果真的闹出点什么，宋氏那边暂且不提，她和舒清因可能会在徐琳女士手中提前结束掉宝贵的生命。

"因因，你跟你老公先回家吧，"徐茜叶冲她眨眨眼睛，"剩下的我来解决。"

舒清因也不想待在这儿了，宋俊珩再不是人，那她也不能跟着犯贱。

她看了眼沈司岸。

现在光看着这个男人，都让人尴尬，这头皮发麻般的感觉让她很快转开了目光。

最好是这辈子都别再见了。

沈司岸自己也很难面对。

一想起刚刚自己喝多了酒撩了她，以及和她毫不退缩的针锋相对，尤其是刚刚宋俊珩梳理后的那层关系，让他更加无地自容。

这辈子最好再也别见了。

"沈总，拍卖会见。"宋俊珩礼貌地跟他告别。

沈司岸勉强点头："嗯。"

反正他也不想再待在这儿，索性离开了包间。

徐茜叶想着沈司岸好歹也是她五百年前是一家的亲戚，这么直接让人走了不合适，于是也跟着离开了包间。

包间里只剩下夫妻俩了。

舒清因很不想跟宋俊珩回家，冷着脸问他："你过来干什么？"

"接你回家。"

"我自己不会回家吗？"

"如果你会回家，就不会出现在这里了。"

舒清因仰起下巴反问他："怎么？谁规定的？我必须要回家吗？"

她生起气来就会咄咄逼人，宋俊珩和她结婚一年，虽然相处时间不多，但知道她的脾性。

"让你独自处理那件事，是我的错，"宋俊珩看着她，耐心地道歉，"回家吧。"

舒清因不禁翻了个白眼："马后炮。"

忍住，生气就显得她有多在乎似的。

舒清因没理他，抬脚先一步离开了包间。她原本是不想和宋俊珩并排走的，但这男人十分没有眼力见儿，径直从后面牵住了她的手。

她心下慌乱，下意识就要甩开："你干什么？"

"样子总是要做做的，"宋俊珩沉声道，反而加重了手中力道，"总不能让人觉得我们还在吵架。"

冷着脸的两个人却又这样亲密无间地牵着手离开了。

宋俊珩亲自过来接走了舒清因，没有生气，也没有难过，仍是那副冷峻淡然的模样，好像真的只是单纯过来接人而已。

这样的关系其他人见怪不怪，调侃两句也就过去了。

卡座上的沈司岸望着夫妻俩离开的背影，露出意味深长的笑容。

"宋俊珩居然连问都不问一句，我和他老婆为什么会在一块儿。"

身旁的徐茜叶嗤笑："他哪会在乎这个？"

沈司岸随口问："怎么，商业联姻没感情？"

"你都说商业了，那就是跟钱挂钩了，跟钱挂钩的感情算什么感情？"

"也是，"沈司岸拿起酒杯，"怪不得你会带她过来，借酒浇愁？"

徐茜叶忽然哑口了，随后恭恭敬敬地双手合十："别说出去，就当今天晚上什么都没发生。"

沈司岸抿了口酒，闻言咬着杯沿，闷声道："今晚有发生什么吗？"

徐茜叶秒懂，愉快举杯："来！举杯！欢迎我亲爱的堂侄莅临童州！"

沈司岸连个眼神都懒得施舍给她这个长辈，态度嚣张至极。

但徐茜叶向来拥有大海般广阔的胸襟，丝毫不介意不孝侄儿的无礼，见他不说话，又问出最后一个问题："那你们没发生什么吧？"

沈司岸不论是语气还是表情都带着抗拒："没有。"

徐茜叶还是不太放心，毕竟孤男寡女灯光昏暗，气氛又搞得那么好。

"那你对她没什么感觉吧？"

"有。"沈司岸冷哼，"想杀人灭口的感觉，算不算？"

那看来是真没发生什么，反倒还闹了不愉快。

回到家后的舒清因和宋俊珩也没必要再维持那可笑的夫妻恩爱人设。

用人赶忙迎了出来，问需不需要替两个人煮个夜宵。

"不用，"舒清因摇头，"太晚了，你先去睡吧。"

用人又看向宋俊珩："先生回来了怎么不提前说一声？"

"临时决定的，你忙你的去吧。"

偌大的客厅里又只剩他们两人。

"下次你有什么绯闻就自己解决，别想着让我替你擦屁股。"舒清因将包随手扔在沙发上，靠着软垫揉按太阳穴，"要不你就做得隐蔽点，别连累了我。"

宋俊珩问她："照片你都解决了？"

舒清因闭上眼睛，语气有些冲："不然呢？等着它上了八卦论坛首页，所有人都指着我的鼻子说我管不住老公，夸你宋俊珩享齐人之福？"

"我跟她没有关系。"

舒清因笑了："没有关系你能陪她去公园？"

宋俊珩解下领带，淡淡地说："福沛去年收购的景区项目中包括游乐公园设施，所以去那儿看看。"

调研当然不用他一个老总专门过去。但宋俊珩正和他弟弟明里暗里地斗，去调个研也不稀奇。

舒清因看着他："那照片是怎么回事？"

宋俊珩继续解释："饭局上见过一次，偶遇。"顿了顿他又问，"还想问些什么？"

舒清因默默地骂自己傻，干吗一不留神问出来？

她有些慌，起身就要走："我去洗澡，你也早点休息吧。"

舒清因没话说，宋俊珩反倒有话要问她了。

"清因，你生气是因为我让你一个人处理了这件事，还是……"

他没有结巴的毛病，但就是卡在了最关键的地方。

舒清因侧过身瞥他："还是什么？"

宋俊珩忽然笑了："你知道我想说什么。"

他戴着眼镜，却也没能遮住眼睛里的笑意。

舒清因很少看见他笑，就算这人有时候高兴，也只是淡淡流露出常人难以察觉的细微表情。

"我为什么生气你心里有数。"舒清因退后几步，勉强维持着一贯擅长的高傲，"我告诉你，我们约法三章过的，虽然你在外面做了什么和我无关，但你得维护好两家的面子，我会帮你解决这件事，也是不想你惹出的那些花边新闻连累到我们舒家。"

宋俊珩眼底的笑意又消失了："原来如此。"

舒清因松了口气，这回离开客厅的时候没忘了带走自己的包。

宋俊珩看着她回了卧室关上门，在原地站了好久才收回目光，看向了客厅里用来当作装饰的大提琴。

这大提琴是他辗转托了很多人才从一个收藏家手里高价买来的。

不惜花高价买回来，现在却只能沦为客厅的装饰物。

但凡换作钢琴或是别的他和舒清因会的乐器，都不会落到蒙尘的境地。

既然这样，当初又为什么要买回来？

宋俊珩多看了几眼，觉得实在没有必要摆个大家伙放在客厅里碍事。以前喜欢盯着它发呆，现在才觉得这东西死气沉沉的，盯得再久也不会有什么反应。

赶飞机实在太累，到现在才得以喘息，回到家时连半个人都没有。但她在哪儿其实很好猜，如果是和徐茜叶在一块儿，应该就是去喝酒了。

看她的样子也能猜到喝了不少。

舒清因把话说得太死，让他想要问的话如鲠在喉。

他将外套脱下，又解开手腕上的袖扣，挽起袖子进了卧室。

舒清因正坐在梳妆台前。

桌上瓶瓶罐罐有不少，她正糊了什么在脸上，双手轻柔地揉搓着脸庞，渐渐打出奶油样的泡沫。

宋俊珩没说话，就坐在床沿看着她在脸上摆弄。

舒清因透过镜子，看见背后这个神色疲倦的男人坐在床上，也不知道在想什么。

他们的视线在镜子里交汇。

她的语气有些不自然，问他："你赶着回来的？"

宋俊珩点头："对。"

"赶着回来，是有什么事吗？"

宋俊珩微愣，又摇头："没有。"

舒清因按捺住心中的失落："哦。"

"所以我为什么回来得这么早？"宋俊珩自言自语，又看向镜子里的她，"可能真的怕你生气。"

卧室里很安静，空调是静音模式，噪声约等于没有，连呼吸声都能听见。

微黄的卧室顶灯的灯光柔和地照在大理石地板上，舒清因扯了张洗脸巾擦干净脸上的泡沫。

她蒙着脸，希望宋俊珩能赶紧离开，随便他上厕所还是洗澡，总之别待在这里。

男人的声音又近了些："你这罐东西能用来剃胡须吗？"

舒清因愣住了，拿开洗脸巾，发现他站在自己身边。

她看了眼桌上还没来得及盖上的卸妆油，然后噗地笑出声来。

宋俊珩脸上倒没有被取笑后的尴尬，只是看她笑了，自己也跟着嘴角上扬。

"是的，"舒清因拿起卸妆油冲他挑眉，"也可以剃胡须，要试试吗？"

宋俊珩有些没反应过来，舒清因已经站起身将位置让给了他："你坐，我帮你弄。"

他戴着眼镜，又不瞎，那罐子上印着的偌大的"cleansing oil"，他能看清。至于为什么开这个玩笑，无非是觉得刚刚气氛实在有些奇怪。

宋俊珩不动声色地坐下了。

舒清因将他的眼镜摘下来，然后直接从罐里抠了一坨抹在他脸上。

她兀自笑得欢畅："什么感觉？"

像糊了坨黄油，很不舒服。

舒清因开始动手帮他乳化掉脸上的卸妆油。

在摸到他下巴的时候，略有些扎手，但她只觉得恶作剧得逞，才不管他是不是真的要剃胡须。

这卸妆油有股淡淡的水果香味，她弯着腰在他脸上肆意乱抹，丝毫没察觉他们的距离有些过分近了。

卸了妆，她眉是眉，眼是眼，棕色瞳孔里映着他的脸。

每个月花大价钱去美容院养出来的皮肤当然经得住这样近距离的对视，宋俊珩觉得她比自己出差前又漂亮了不少。

男人忽然闭上眼睛，看上去一副不太淡定的样子。

舒清因以为他不耐烦了，干脆停下在他脸上的恶作剧，有些别扭地问他："你干吗装作不知道这是卸妆油？"

又不蠢，怎么会真不知道这是什么，舒清因知道他在装傻。

两个成年人的幼稚行为，清醒后显得更幼稚了。

男人忽然出声："沈司岸……"

舒清因心头微动，以为他要盘问今天晚上的事。

他顿了好久，垂着眼睛，睫毛微颤。

"沈司岸不好对付，"宋俊珩抿唇，"如果可以，你和岳母打声招呼，让她和徐家那边通通气，有关 CBD 的建设企划已经过半，我不能丢了这个项目。"

舒清因的心跳逐渐恢复平稳，又陷入一潭死水的状态。

第 3 章

冷战

宋俊珩真是时时刻刻不忘提醒她，他们为什么结婚。

"我帮你说，你以为福沛就能拿到？"舒清因说完后退开几步，又抽了张纸擦掉了手中的残留物。

宋俊珩眼眸微眯："那你是想让沈氏拿走这块地皮？"

舒清因摆出事不关己的态度："谁拿都跟我没关系，如果你是为了这个讨好我，那我告诉你，没用。"

"清因，这件事很重要，容不得你耍性子。"宋俊珩尽力克制住情绪，试图好好和她说，"如果你还在生我的气，大可找别的方法发泄出来。"

舒清因扬声："我生气能发泄的方法多了去了，没必要死咬着你不放。你不必摆出这么一副无可奈何的样子，让我觉得你很虚伪。"

"那你觉得我该是什么样子？"宋俊珩擦拭着脸上的泡沫，目光渐冷，"你胡来我也不说什么，这还不够令你满意吗？"

"你就算说了什么又能怎样？我想去还是会去。我告诉你，你哪儿都让我不满意！装作是为我提前赶回来，实际上是为了你的地皮项目。不过就是想让我帮你去妈那儿说点儿好话，你是她女婿你不会自己去说？不然你娶我干什么？我对你来说不就这点儿可利用的价值？"

她说完一大段气话后大口喘着气，等待他的反驳。

宋俊珩起身，神色重新淡了下来。他伸手拿起眼镜戴上，而后一言不发地走出了卧室。

舒清因想，她今天不该回家的。随便去哪个酒店，或者去徐茜叶家，实在不行找家网咖包个夜，都好过和宋俊珩面对面。

他从来不吵架，每次都会在她情绪最激动的时候沉默，然后离开。

这种冷暴力会让她很快冷静下来，然后开始难过。

真能狠下心玩冷暴力的人才是神仙。

她听到宋俊珩和别的女人的流言，原本生气得不行，但还是忍着怒气先帮他解决了这些流言，想着等他回来，她就将气全部发泄到他身上，然后狠狠地给他个教训。

这些都是她原本的打算，就因为宋俊珩提前回来了，她的气消了大半，他的解释不过三言两语，她想也不想就信了。可气还没发泄完，两个人根本还没有完全和好，他就迫不及待地说出了这次回来的真正目的。

那些照片她买了下来，备了一份在手机里。

对她而言，查个人实在简单，那个女人叫林祝，是音乐学院大三的学生。什么样的饭局才会出现大学女生？而且从照片里看，林祝的打扮也不像大学生。

负责调查的那个人说，她在游乐公园的音乐剧团兼职，那天刚好是每周例行的音乐会游行，剧团为了取悦孩子会穿上各式的服装，扮演动物、巫婆以及各类不同的角色。

她当时穿着抹胸礼服，脸上画着精致的妆，扮演的是公主。

拉大提琴的公主。

照片里，两人站在一家卖冰激凌的店门口不知在聊什么。

舒清因根本不会为了区区一个冰激凌就笑得那么开心，但那个女人会。

她不禁想把徐茜叶问过她的话再重复去问宋俊珩一遍——你到底是看上了大提琴，还是拉大提琴的人？

当初结婚的时候，这间房子该怎么装修宋俊珩连半句都没问，只说留个地儿放观赏物。舒清因以为他会放盆栽或者落地钟之类，实在不行放座大卫雕像也不算太没品位。

结果他放了架大提琴。

舒清因当时问他会不会拉，他说不会。

她当时的理解是，他可能就这爱好吧，比如有的人不会弹钢琴，但是家里却摆着一台三角钢琴。

家里的摆设，如果不经常打理很容易沾灰，但这架大提琴永远光亮如新。

舒清因想到这里，忽然想出去看看那架大提琴。

走出卧室，她径直来到那架大提琴旁，手一摸，居然全是灰尘。

这是多久没擦过了？

"关我屁事。"

舒清因自嘲地笑笑，觉得自己这样轻易生气又轻易被哄好的性格贱到无敌。

收拾好准备睡觉的时候，手机收到徐茜叶发来的微信，问她安全到家没有。

舒清因有些无语，宋俊珩好歹是她名义上的老公，还能拐了她不成？舒清因发了个"回了"过去。

> 徐茜叶：你们吵架没有？

徐茜叶在她家装了摄像头？

> 舒清因：吵了，怎么了？
> 徐茜叶：不会是因为我大侄子吵的吧？

怎么可能，宋俊珩压根儿就没往那方面想，就算他往那方面想了，他估计也不在乎。

在得到确切答案后，徐茜叶发了个擦汗的表情过来。

徐茜叶：那你们为什么吵架？

舒清因不想说，原本一开始宋俊珩态度挺好的，是她先点燃的战火，原因就是她觉得宋俊珩没吃醋，她不高兴了。

徐茜叶看她不回信息，干脆给她打了个语音通话。舒清因关上灯，躲在被子里接了电话。

徐茜叶一开口就问她："你不觉得你有些奇怪吗？"

舒清因不明所以："奇怪什么？"

"你们一开始结婚的时候，你那话说得多漂亮啊，你说随便宋俊珩怎么玩儿，只要不给你添堵，你乐得就这么跟他过一辈子。宋俊珩要跟你拟定婚前协议，你还说不用，有我姑姑那样的岳母，这辈子估摸着也离不了，最后还是人家把合同托律师寄给你，你就是签了个字。"

舒清因说不出话来，她当时是挺潇洒的。

能够这么潇洒的原因就一个，她不爱宋俊珩，所以大度宽容得很。

"这是宋俊珩的第一桩绯闻，别人看你处理得挺漂亮，一点儿影响都没有，但你姐我知道，你很生气。"徐茜叶不紧不慢地阐述着从她的角度看的舒清因，"那天你翘班，在家无所事事了一天吧？自从姑父去世后，这是你除了法定节假日外第一次翘班。"

舒清因抿唇，语气含糊："就是工作累了，翘个班怎么了？我又不用别人给我发工资。"

"放屁！"徐茜叶打断她的话，"现在我算彻底确定了。"

"确定什么？"

"你是不是喜欢上宋俊珩了？"

舒清因当即否认："不可能，我跟他约法三章过的。"

"是约法三章了，他遵守了，你呢？你摸着自己的良心问问自己，你喜不喜欢他？"

舒清因冷哼："我没有良心。"

"懒得理你，明天别忘了准时上班，姑姑说她明天会去恒浚找你，要是发现你迟到，你又要被骂了。"

"那她干吗不自己跟我说？"

"你们母女俩隔着手机屏幕都能吵起来，你希望她亲自跟你说？"

舒清因被抢白得脸上挂不住了，连声拜拜都没说，直接挂断了电话。

徐茜叶怒发了一串"绝交"表情包过来。

跟徐茜叶聊了一会儿，舒清因彻底睡不着了。

她辗转反侧半天，最后又起身吃了片褪黑素，没想到素来管用的褪黑素也不起作用了。

她躺在床上看着天花板，眼睛瞪得像铜铃，天花板都要被看出个洞来。

舒清因跪坐在床上，将枕头当成宋俊珩，双手使劲儿，将"宋俊珩"狠狠扔在地上。

算了，起来泡杯牛奶。

她打开卧室的门，发现客厅里居然还有光亮。

舒清因顺着光亮看过去，发现连通客厅和餐厅的玄关处，宋俊珩坐在家庭式的小吧台上喝酒。

她从来都不知道宋俊珩半夜还有这个习惯。

又不能开口打招呼，但泡牛奶的工具都在餐厅壁橱里，得经过玄关才能拿到。

宋俊珩垂着眸，细密的睫毛在他的眼睑下映上一道浅浅的痕迹，好像没发现她。

舒清因想自己能不能悄无声息地溜过去。正在思索着，就听见宋俊珩低沉的声音响起："待在那儿做什么？"

舒清因没说话。

"会着凉的。"宋俊珩拧眉，淡淡道，"回去睡觉。"

舒清因很不喜欢被人管，越是这样命令式的语气，她越是抗拒。

宋俊珩看她还不说话，终于叹了口气，低着嗓音说："我认输，说话吧。"

舒清因哼笑，看也不看他一眼，直接掠过玄关："泡杯牛奶。"

忽然有人拉住了她的胳膊，将她往后一带。舒清因猝不及防地坐在宋俊珩旁边的椅子上，她转头看他，不知道他要干什么。

宋俊珩侧眸看她，忽然说："我帮你泡。"

"干什么？"舒清因警惕地看着他，"无功不受禄。"

宋俊珩说："就当是我道歉，刚刚冲动了。"

舒清因"啊"了一声，很快意识到他说的是什么："不用。"

"等着。"宋俊珩直接无视了她的拒绝，站起来往餐厅那边走去。

他把餐厅的灯打开，高大的身影在地板上留下一道细长的影子。

舒清因跟了过去，靠在餐厅的推拉门旁，看着他泡牛奶。

她忽然叫他："宋俊珩。"

男人背对着她："什么？"

"约法三章我们再加一条。"

宋俊珩回过身看她："加什么？"

"不许对我好。"

捏着银调羹搅动杯中牛奶的手指顿住，宋俊珩的语气蓦地又沉了几分："理由是什么？"

"没有理由，你遵守就是了。"

热牛奶泡好了，舒清因双手捧着杯子转身离去。

"清因，"宋俊珩忽然从背后叫住她，"如果我不想再遵守约法三章的话，你还要加这一条吗？"

舒清因想问他不想遵守哪一条，脑海中又闪过他和那个叫林祝的女人一起在游乐公园买冰激凌的画面。

反正不会是她想的那一条。

"我不需要你对我好。"

她连头都没回，端着他给自己泡的热牛奶回房间了。

事实证明热牛奶还是有点作用的，她总算顺利睡着了。

因为记着今天徐琳女士会去公司找她的事儿，舒清因难得起了个大早，结果碰见穿戴整齐的宋俊珩站在客厅里，让用人将那架大提琴用保护膜包了起来。

她有些嫌弃："包着太难看了。"

如果怕落灰，直接让用人擦勤点不就好了。

宋俊珩淡淡地说："我打算把它放进仓库。"

大提琴放得好好的，干吗放进仓库？未免暴殄天物了。

但这东西是他的，她也不好说什么。

宋俊珩原本打算说什么，外套口袋里的手机振动了起来。

是微信消息，有新的好友申请。

看昵称不知道是谁，但发来的消息让他瞬间记起这个人。

　　宋先生，你好，冒昧从师姐那儿打听到你的微信号，因为想到你很喜欢听大提琴演奏，这周末我在市音乐厅有一场古典乐合奏会，不知道宋先生愿不愿意赏脸来看看呢？

　　我替你准备了两张票，宋先生可以带你那个也喜欢拉大提琴的好朋友一起过来。

宋俊珩还记得她。

那天在游乐公园，女孩儿提着厚重的裙撑冲他奔来。

那天饭局他去迟了点，刚到的时候发现众人不知怎么都聚集在沙发那块儿。

在场有不少年轻女孩儿。音乐学院的美女气质不比学表演的差到哪里去，在古典乐的熏陶下，就算心里的想法再世故，手指碰上乐器时总能展现出一副高山流水遇知音的仙女样儿。

巧的是这几个女孩儿都是学西洋乐器的，不知谁提议让这几个小妹妹合奏表演助个兴，于是众人放下酒杯，开始玩儿起了高雅。

协奏曲放在音乐厅里听是挺雅致的，可惜到了这儿就成了靡靡之音。

林祝是最辛苦的，吃个饭还得背个大提琴过来，纸片般单薄瘦削的女孩儿看着还没那大提琴重。

宋俊珩顺手帮了她一把。

有人打趣他："宋少不怕夫人吃醋了？"

宋俊珩笑笑没言语。

林祝怯生生的，不知道该怎么办，但宋俊珩压根儿也没要她做什么。他就是坐在沙发上，手里夹着烟，问她会拉什么曲子。

林祝是专业学音乐的，宋俊珩知道的她都会。

其他人一开始以为宋少这是被家里那位管得严，所以今天决心寻刺激。谁知宋俊珩把她叫过去后，把小美人当成了点歌台，他说什么，她拉什么。

众人唏嘘，到底是家里有个惹不起的夫人。

恒浚的前舒总要是没死，他宋俊珩可能连点歌的胆子都没有。那位是出了名的溺爱女儿，如果不是过世了，宋俊珩还真未必能娶到舒小姐。

饭局散场，来的女孩儿中只有林祝要回学校。

车子里，宋俊珩喝得有点儿多，仰着头闭眼小憩。林祝小声说了句谢谢。

宋俊珩喉头微动，半晌后夸她大提琴拉得不错。

林祝大着胆子问："宋先生喜欢听？"

宋俊珩语气散淡："我有个朋友也是学大提琴的。"

林祝了然："女朋友？"

他缄口，很明显不想多说话，林祝也不好再问，车子开到离学校最近的公交车站后停下，林祝下了车，又从后备厢里拿了她的大提琴。

她从头到尾都没什么攀高枝儿的动作。

女孩儿站在车外，笑意盈盈。

"宋先生，我是因为感谢你才给你拉这么久大提琴的，下次再想听我拉的话就要付钱了哦。"

宋俊珩因为她这句话愣了片刻。

后来在游乐公园碰见，他原本只是离开下属接了个电话，林祝却以为他是一个人。

她有些小心翼翼地问他："宋先生一个人来玩儿？"

宋俊珩摇头。

她又问："和朋友一起来的吗？"

他可没有这个年纪还爱来游乐公园玩的朋友。

林祝语气里总带着小心翼翼，生怕得罪他："那是和太太？"

舒清因吗？他们从来没有相伴来过这种和利益不沾边的地方，她应该也不喜欢。

当时林祝正好在摊位前买冰激凌，二十五块钱一个的冰激凌在游乐公园内属于正常价位，林祝是勤工俭学，有公园的员工折扣，但还是露出了肉疼的表情。

还在E国念书的时候，那地方面积不大，物价倒是高得不行，有个人爱吃甜点，每次忍不住买这玩意儿的时候也会露出这种表情。

林祝这样子，很像那个人。

宋俊珩又很快想到舒清因，她可能会直接买下整个摊位。

都不知道从什么时候开始的，他居然已经如此了解她。

舒清因的父亲在她十八岁生日那天送她的那只价值近亿的翡翠手镯，她就那样戴在手腕上，无论洗澡还是睡觉都不取下来。是个懂玉的人都心疼，但她却毫不在意。

之前，每年她的生日，她的父亲都会送礼物，这是她最喜欢的，所以要贴身戴着。至于这只手镯到底如何价值连城，与她无关。

独生女当然能获得父母所有的宠爱，无忧无虑地将旁人真正在乎的东西当成平常之物。

从知道要娶她的那天开始，他就知道她不一样。

不一样到连婚前协议这种东西都不在乎，宋家的财富积累到如此地步，她照样不在意。

宋氏拿不到这次的项目，对她而言不过是婆家损失些钱，但她的娘家仍能保证她衣食无忧，自然不用替丈夫着想。

宋俊珩恍惚了很久，才收起手机，看向似乎是要准备出门的舒清因："你怎么起这么早？"

"我妈今天会去公司查岗，我得早点儿过去。"舒清因又想到什么，顿了顿说，"昨晚你跟我说的事儿我没法儿帮你说，我不能拿我妈的前途替宋氏作嫁衣。"

舒清因这话说得并不好听，但这是实话。

多少楼宇转瞬间倾覆，徐家却仍像茂郁苍树般屹立于中心。外人觉得宋、舒两家联姻是门当户对，但实际上是宋氏高攀了。

舒清因有资本直截了当地拒绝丈夫的任何请求。

"我知道，"宋俊珩收回目光，看向大提琴，语气平淡，"这周末我有事处理，不会在家。"

舒清因摆手："嗯，随便你。"

她又想，这周末自己好像没什么事可做。正好，在家躺着吧。

电梯到舒清因的办公楼层时，她刚出电梯就看见自己的助理从她的办公室里出来，手里还端了杯茶。

她人刚到，这茶不可能是给她沏的。

看了眼墙上的挂钟，没迟到，是徐琳女士来早了。

助理是一个二十好几的大男人，硬是用苦巴巴的小媳妇儿表情看着她："刚沏了一杯，徐董说凉了，现在又说热了，我太难了。"

舒清因同情地看了他一眼："那下次你买个温度计备着。"

助理点头："您快进去吧。"

舒清因做好了充分的心理准备，刚推开门就看见徐琳女士正站在她的书架前。

一墙的书，不单单是建筑类的，各类的都有，她不是文库，当然不可能都看过，只是这些书很多都是爸爸留下的，她一本没处理，通通搬到了自己办公室里。

徐琳女士穿着套装，长发盘起，露出细长的脖颈，干练又精明。

她回过头来，耳边的珍珠耳钉比她的瞳孔还要大一圈。

"来了？"徐琳女士冲她努了努下巴，"坐吧。"

舒清因心里不太舒服，这办公室到底是她的还是她妈的？

"徐董来这么早有什么事吗？"

徐琳女士踩着高跟鞋走到会客沙发边，扶着裙尾慢慢坐下，而后才回答她的话："今天不用去三局那边，所以过来看看。"

新建三局刚拿下邻省的市政大楼项目，局里大半的资深员工都跟了过去，局里最近挺空，自然也不用徐琳女士天天过去监工。

舒清因不解："既然不用上班，你干吗不多睡会儿？"

徐琳女士皱眉："那也要睡得着，不然干躺着？"

从她妈家里到恒浚，坐地铁要经过车厢内挤得密不透风的三号线，开车也得堵上半天，她早来了这么久，估计是四五点钟就醒了。

舒清因年轻，当然不理解四五点就自然醒的人人体构造是怎样的。

徐琳女士不爱玩儿手机，更别提现在年轻人所钟爱的躺在床上玩儿手机的娱乐项目。

如果丈夫还在，至少身边还有个能说话的人。同床共枕多年，忽然又成了一个人睡，早晨起来摸摸身边的床单，是凉的。

啊，原来那个人不在了。

这样伤痛的感觉会突然冒出心头，然后便再也睡不着了。

因此，早起的习惯就这样在无意识间定了型。

寒暄完，舒清因没话说了，她也不知道跟她妈说什么。

从小到大，她家里就实行慈父严母的家庭教育制度，女儿又天生和爸爸亲，爸爸走了这几年，她和徐琳女士就更没什么可聊的了。

徐琳女士看着女儿，状似不经意地问："再过不久政府要公开拍卖的那块地皮，情况你都了解了吗？"

舒清因点头："怎么？"

"三局这会儿精力都放在了邻省那边，我又不能眼睁睁地看着这机会落在八局头上，"徐琳女士言简意赅，"一旦盖章，建筑商招标是迟早的事儿，这项目我会帮你争取到，你自己也上点儿心。"

这两年新建三局和八局的营业收入很接近，虽然三局仍然和八局保持着接近三百亿的营业差，但实际上完全归属于母公司的纯利润已和八局不相上下，毛利率也不再是一骑绝尘。

徐琳女士当总经理这几年，三局一直睥睨各分局，直到八局那边换了血。

八局总部位于临海金融城市，论地理位置比三局好一大截，得亏徐琳女士背靠整个徐家，这些年拿下了不少一、二线城市的地标级建筑开发权。

恒浚集团中目前只有接近百分之十的股份隶属国有，光是徐琳女士的个人股份就超比重不少，这其中弯弯绕绕牵扯过多，就算三局拿不到项目，有恒浚支持，她也绝不会亏。

舒清因漫不经心地问："妈，你觉得宋氏能拿到吗？"

徐琳女士瞥她一眼："这还用说？如果宋氏能拿到，我会说'争取'这两个字？"

之前徐茜叶跟她说宋氏这回悬，还真是一点儿不错。

徐琳女士反问她："这话是俊珩让你问的？"

舒清因没说话，徐琳女士也能猜到。

"没有可比性，你自己也知道吧？这事儿我不能插手。"

舒清因当然知道，这话她早和宋俊珩说过了。只是当时语气很坚定，这会儿不知怎么又莫名其妙替他问出了口。

徐琳女士见她没什么疑问，于是换了个话题："晚上有什么安排没有？"

舒清因摇头："没有。"

徐琳女士满意地舒展开眉头："正好，六点半君临酒店，别迟到了。"

"干什么？"

"和沈氏一起吃个饭。"

舒清因一听这姓就浑身不舒服。

她抱着希望问："沈氏的谁啊？"

徐琳女士白了她一眼："你说呢？"

舒清因撇嘴："那我晚上有安排了，我不去了。"

徐琳女士觉得莫名其妙："你刚才不是说没安排？怎么这会儿又改口了？"

舒清因哪儿能跟她妈说真实原因，含糊了半天也找不出个不去的理由。

"你这是什么态度？"徐琳女士没了耐心，以为舒清因又开始任性了，"我让你做什么你都要跟我反着来，舒清因，你被你爸惯得这臭脾气还没扭过来呢？"

舒清因非但没怵，反倒低声喃喃："我这臭脾气到底遗传的谁你心里没数吗？"

徐琳女士终于开口斥责她："舒清因，这就是你跟你妈说话的态度吗？！"

舒清因刚要说什么，助理正好端着新茶进来，只进来了半个身子就感觉到了办公室里剑拔弩张的气氛。他欲哭无泪，徐董这是又和他们舒总吵起来了。

母女俩发现有外人旁听，这架到底没能吵起来。

"你要还把我当妈看，今天晚上就必须过来，我不接受任何你不想去的理由。"

助理端着茶听见徐董直接下了命令，然后起身推门而出，全程看都没看自己一眼，心想：这茶算是又白泡了。

舒清因自己也知道，她没那胆子真跟她妈对着干，所以心里再烦躁，晚上的饭局也还是要去。

下班的时候，老天估计也想和她对着干，又堵车了。

心情烦躁的时候堵车真的能让人发疯，尤其是前排车子那刺眼的红色尾灯，映得舒清因眼睛都变成了血红色。

舒清因从交通路况抱怨到市区限外地车辆牌照通行措施还不够严厉，丝毫没意识到像她这样一辆车接一辆车买的人也没无辜到哪里去。

徐琳女士说的是六点半，车子开到君临酒店楼下的时候已经六点二十二分了。

现在是饭点，VIP 商务电梯这边也不怎么得空，幸好靠近电梯按钮的人替她按下了开门键。

"谢谢。"

舒清因道完谢，下意识地看了眼这位好心人。

好心人西装笔挺，右手还在电梯按键上，左手插着兜，脸是好看的，表情却不怎么高兴，显然也是下意识做了善事后才看清楚她是谁。

舒清因神色复杂，一时愣在电梯门口，不知道该不该进去。

沈司岸瞥了她一眼，声音有些不耐烦："你到底进不进来？"

舒清因后退两步："我等下一趟好了。"

她这么避犹不及，沈司岸反倒笑了。舒清因察觉不到他的心思，觉得他的笑容有些意味深长。

沈司岸语气懒懒的："反正待会儿还要在一张桌上吃饭呢，矫情什么？"说罢，男人英挺的眉上挑着，琥珀色的眸子里满是戏谑，尾音还打着转儿，"啊？小姑姑。"

第 4 章

清醒

　　他这声"小姑姑"叫得可真让人别扭，舒清因如果不答一声会显得她多冷血无情似的。

　　再等下一趟电梯估计真得迟到，舒清因内心挣扎了一会儿，还是上了电梯。

　　电梯门关上后，整个小空间里四面八方都是金色镜面，舒清因不管往哪儿看都能看见那张虽帅却唯恐避之不及的脸。

　　这该死的镜面设计，到底谁发明的？！

　　沈司岸漫不经心地瞥了她一眼："别躲了，要是我现在把你摁在墙上逼你跟我对视，你是不是要羞愧得撞墙而死？"

　　舒清因勇敢而坚定地朝他看了过去，这下两双眼睛直勾勾地把对方映进了瞳孔里。

　　初见时的记忆冲上脑门儿，那股头皮发麻的感觉又来了。

　　舒清因问他："你知道今天是跟我吃饭还来？"

　　"我要不来，这损失你赔给我？"沈司岸吊儿郎当地说，"如果你愿意赔，顺道把我这次过来公干的飞机票和酒店费用也一并报销了吧。"

　　舒清因不信他连这点钱都要从她身上薅。

　　要不是为了恒浚的生意，再加上徐琳女士施压，舒清因今天也不会过来。

　　权衡利弊后，她觉得沈司岸不来才奇怪。

　　心里理解了，但不代表嘴上服输，舒清因仍对刚刚那活生生把她叫老了不止十岁的称呼耿耿于怀。

"那我给你报销回去的飞机票，"舒清因语气不善，"你赶紧回港城去吧。"

沈司岸还真从内衬里掏出手机："行啊，微信转账？"

他说话含糊又散漫，翘着一边的嘴角，简直糟蹋他今天这人模狗样的打扮。

舒清因咬牙："你有这么缺钱？"

沈司岸嗓音低沉，语气带笑："不缺钱能认识你这么个人美心善的金主吗？"

怎么这年头就碰不上个能好好说话的男人？

舒清因试图放平心态，深吸一口气尽量保持冷静："你就不能当那件事没发生过吗？"

沈司岸敛去笑意，慢吞吞地说："既然要当作没发生过，你躲着、避着是生怕别人不知道吗？"

舒清因愣住了，咬唇："我知道了，什么都没发生过。"

这句话说完，就等于主动选择性失忆，把之前的情绪都抛开了。

沈司岸收回目光，直到电梯开门，都没再说过一句话。他又没打算跟一个已婚妇女纠缠不清，犯不着。

两个人一前一后走出电梯，彼此视对方为空气。

到了约定好的包厢门口，舒清因率先推开门，还只开了一半就听到徐琳女士责怪的声音响起："看看时间，迟到了没有？"

迟没迟到还要明知故问，非要让当事人下不来台，这就是徐琳女士既强势又讨厌的地方。

紧接着另一个声音跟着传来："这个点儿路上堵车，迟点也能理解。"

既然是用亲戚身份做东请吃饭，徐茜叶出现在这里实属正常。

在看到舒清因是和一个男人前后脚进来时，两人都有些诧异。

徐茜叶看他们是一起来的，那眼神立马就不对劲儿了，挤眉弄眼地给舒清因打暗语，只可惜舒清因没工夫搭理她。

徐琳女士愣住了："沈总怎么来得这么早？还没到约定时间。"

她跟沈司岸约的时间其实还要再晚一些。

舒清因腹诽抱怨她妈这毫不掩饰的双标行为。

沈司岸轻笑："本来不想让徐董等，没想到还是比徐董慢了一步。"

"客气了。"徐琳女士眉梢扬起，"沈总坐吧。"

有徐琳女士在场，徐茜叶也不好跟沈司岸开玩笑，老老实实地叫了声"沈总"。

沈司岸吃饭口味偏清淡，不吃辣，也不吃太咸。为了照顾沈司岸的口味，菜都是精心选过的。对于徐琳女士来说，这已经算得上极大的诚意了。

双方本来也不熟，说是亲戚关系，但到底亲不亲，大家心里都有数。

徐琳女士问了些柏林地产在网上都能查到的消息动态，然后才把话题转向不久后的拍卖会。沈司岸只说还没确定下来，不肯多透露。

明知道对方是在摆谱，但该说的漂亮话还是得说。

"沈总过谦了。"

沈司岸轻轻叹了口气："这倒不是过谦，原本这次过来童州，家里的长辈再三嘱咐我要办好这件事。但亲疏有别，徐董你又是宋少东家的岳母，我难免有些不自信，还希望徐董能够体谅我。"

可能是事实和他谦虚的说辞太过相悖，因此其他人听起来就显得有些刺耳。

徐琳女士不动声色，有台阶就下："怎么会？合同还没拟出来，谁拿到地皮，我们的甲方当然就是谁。"

沈司岸眯着眼睛笑："那就借徐董吉言了。"

旁听的舒清因也觉得徐琳女士这操作委实不太给亲家面子，拍卖会还未开始，这块地皮花落谁家似乎已经确定，也难怪宋俊珩急了。

"茜叶你在两年前也见过了，"徐琳女士又看向舒清因，语气温和，"我们清因两年前还在国外念书，所以你可能会觉得面生。"

徐茜叶没忍住笑出了声，坐在座位上安静吃菜的舒清因猛地瞪了她一眼。

徐琳女士有些不悦："呛到了就喝口水。"

"是。"徐茜叶迅速恢复如常，低头老实认错，"对不起，姑姑。"

徐琳女士收回目光，继续刚才的话题："清因这丫头现在在恒浚任个闲职，她从小被她爸爸宠坏了，做什么事都没什么耐心，有机会的话还希望沈总能多教教她，别老让我操心。"

徐茜叶抽了抽嘴角。

舒清因的简历其实很漂亮，世界顶尖建筑学院出身，如果只是谋求建筑师的职位，无论国内哪家建筑公司，都不会拒绝这样的简历。

但偏偏她甫一空降恒浚就是副总职位，恒浚集团网上公开的有关员工招聘条件里，经理以上的高层职位中，最简单的一条年龄要求她就不达标，更不用说对建筑市场招投标程序的熟悉程度，就连对工程合同和人员职称的管理要求，都是她入职后才跟着前辈现学的。

将舒清因放在这个职位历练，给她这么高的起点，为的就是告诉所有人，舒氏仍是恒浚最有话语权与决策权的大股东。

徐琳女士的话也有两层意思。

其一是给恒浚和柏林的合作打一剂定心针，另外也是真的希望舒清因能从沈司岸这里学到些什么。

同为天之骄子，如果董事会公开投票，她的女儿未必能坐在决策者的位置上。

沈司岸淡淡地笑了："我的荣幸。"

事儿谈完了，可以开始吃饭了，徐茜叶起身说要去上厕所，临走前还不忘拉上好姐妹舒清因。她也不管舒清因乐不乐意，直接将人拖到了厕所，再开门见山地问："你们怎么是一起来的？"

"坐电梯碰见的。"舒清因双手抱胸说，察觉到徐茜叶的表情不太对劲儿，忽然皱眉，"你这是不信？"

徐茜叶撇嘴："也不是不信，就觉得这未免太巧了。你们现在打算怎么办？真要合作？那岂不是以后抬头不见低头见，我光是想想都替你觉着尴尬。"

说完还抖了抖肩膀。

"要赚钱啊，我要不干，我妈去哪儿找接她班的人？"

徐茜叶赞同地点了点头，转而又问她："姑姑安排你和沈司岸吃饭的事儿，宋俊珩知道吗？"

"不知道，我没跟他说。"

"你们之前在包间撞上，他当真一点都没怀疑？也没问你什么？"徐茜叶觉得有些奇怪，"不能啊，就算没感情也好歹是夫妻吧。问都不问？"

舒清因心里发堵，嘴里嘟囔："他问了，不过问的不是我和沈司岸，而是怕沈司岸抢了他的东西。"

"你说地皮？宋俊珩就指着这个项目好在他爸面前扬眉吐气一回，顺便给他那个后妈和弟弟施压呢，他当然在乎这个。他当初那么着急从 E 国回来，就是为了防着后妈和弟弟，好不容易项目抢过来了，地皮却丢了，真是人生无常。"

徐茜叶见舒清因对她的话没发表什么意见，不禁伸手推了推面前正发呆的人："你不会因为姑姑这次没顾着你老公那边就跟她吵吧？"

"怎么会？我心里有数。"舒清因回过神儿来，摇摇头。

"你现在满脸写的就是'担心老公'四个大字，行了行了，把话说清楚，他要真把你当老婆看，肯定不会迁怒到你身上。"徐茜叶拍拍她的肩膀，"实在不行你就跟他说你喜欢他，是站在他这边的，这次是真的帮不上，下次能帮你肯定帮。"

舒清因匆忙打断她的话："你胡说什么呢？"

徐茜叶无辜地眨眨眼睛："我说得不对？你要不喜欢他你担心他干什么？"

"我不能说，"舒清因抿唇，有些失落，"说了我没法再面对他。"

"也是，谁先说出口谁就低人一头，"徐茜叶也不是不理解她，"那如果宋俊珩也喜欢你呢？你没想过这个可能性吗？"

舒清因立马否认："怎么可能。"

"怎么不可能？同一个屋檐下相处了一年，你能喜欢上他，他怎么就不能喜欢上你？"

因为徐茜叶的这番话，一直到饭局结束，舒清因都是一副心不在焉的样子。

徐茜叶本来是蹭徐琳女士的车子过来的，但现在徐琳女士不回家，要先去三局处理点儿事。

沈司岸作为在场唯一一个开车过来的人，自然要负责送女士们回家，徐茜叶不想和她这个捉摸不透心思的大侄子单独坐一辆车，说什么也要舒清因陪她一起坐，没办法，舒清因只好一起坐上了沈司岸的车。

沈司岸的车里内饰不多，是低调沉稳的银黑风格。

男人开车的时候不太爱说话，舒清因心思又不在车上，徐茜叶闷得发慌。

沈姓司机对童州的地形不熟，往导航里输目的地，在选择先送谁回家时，指尖停留了几秒，最后先输入了舒清因住的水槐华府。

水槐华府是由福沛开发的高端住宅，最小户型为 650 平方米的二层临江复式楼，每个单元都配有二十四小时管家服务，绿化环境做得相当好，安保也是一等一的严格，车子先是绕过了几片人工树林，然后开到查验身份的电子栏前。

沈司岸的车牌是刚下来的，门卫理所当然地拦下了车子。

舒清因直接打开车门走了出来。

那门卫看到她，立刻侧身让了道："对不起，我不知道是宋太太您的车，请进吧。"

"不用，我自己走进去就行了。"舒清因又弯腰敲了敲沈司岸这边的车窗，"谢谢你送我回来。"

沈司岸开了前车灯，一直到舒清因走到转角彻底消失在大路中，才单手扶着方向盘，看着后视镜里的车尾路况倒车，打算离开这片住宅区。

倒车倒到一半，后面有辆车开过来了，车灯有些刺眼。

"哎？"徐茜叶好奇地靠在车窗旁，"那不是宋俊珩的车子吗？"

沈司岸忽然挑了挑眉。

和他的小姑父打个招呼不过分吧。

宋俊珩将车往旁边开，很明显是示意沈司岸先开走。

沈司岸摇下车窗，在与那辆车错过时，按了按喇叭。

"多谢了。"

透过不透光的防窥膜，宋俊珩侧头看着那辆陌生的黑色轿车上的男人。

他微微眯起眼睛，确认自己没看错那是谁，而后直接踩下油门儿，擦着车开了过去。

舒清因到家的时候，宋俊珩还没回来。

原本是打算和他聊聊的，舒清因握着手机，盯着宋俊珩的头像发起了呆。

用人过来问她需不需要泡杯茶，现在天气冷，虽然空调的温度不低，但太太刚从外面回来，喝杯热茶会舒服些。

舒清因摇头："先生回来了吗？"

"没有，早上出去后就没回来。"

她忽然觉得有什么东西不顺眼，视线扫过去，发现那盖着防尘罩的大提琴还没收起来。

"不是说要放进仓库？"舒清因皱眉，"怎么还在这里？"

用人说："先生说暂时不用放进去了。"

太太专业所致，对家里的家具摆设和陈放的要求都比较高，会破坏整体色调的防尘罩她向来不喜欢，只要每天有人清扫，那就完全没必要盖上这么一层东西了。

这个家整体的装修风格都是太太喜欢的，后来先生说要留个地方给他放装饰品，太太这才又让人重新在客厅做了个陈列台。

用人问要不要把防尘罩拿下来。

舒清因想了想，还是打消了这个念头，然后脱下大衣让用人拿去挂好，自己走到客厅沙发边坐下。

她点开宋俊珩的微信备注名称，不太符合他外在形象的"宋狗"称呼是舒清因偶尔和徐茜叶抱怨她这段丧偶式婚姻时，徐茜叶开玩笑取的昵称，她觉得挺好，当即就用作宋俊珩的备注了。

手机最下方的打字框上是她刚刚还没来得及发出去的信息。

> 舒清因：什么时候回家？

他什么时候回家和她有什么关系？为什么要像查岗一样问他。

舒清因想了想，删掉后，重新打了一行。

> 舒清因：大提琴到底要不要收进仓库？盖上防尘罩丑死了。

这是宋俊珩心爱的东西，直接说丑是不是有些过分了？

舒清因想了很久，依然半个字也没发出去。

她最后还是给徐茜叶发了条信息，告诉她宋俊珩还没回来。

> 徐茜叶：可能忙工作吧，又不是非要今天跟他说清楚。
>
> 徐茜叶：反正下个月你生日，要不你生日那天跟他说吧，有点情商的人都不会驳寿星公的面子。
>
> 徐茜叶：对了，你生日想要什么礼物？

徐茜叶这一连串的回复让她陷入恍惚中。

以往每年生日，别人送什么她都是不在意的，她唯一期待的就是爸爸的礼物。

其实爸爸的礼物也没什么特别的，但舒清因喜欢的就是爸爸每年在她生日前都一字不提假装忘记了，一直到生日当天忽然送上他以为能骗到她的"惊喜"。

她十八岁那年，爸爸在港城拍下的手镯，舒清因到现在也没舍得摘下。

这只环翠满圆的天然玻璃种手镯玉质剔透，无论从哪个角度看过去，都实属玉中极品。

这玉镯的意思是，舒清因是爸爸挚爱的珍宝。

她再没有收到过比这更珍贵的礼物了。

大门的电子锁发出提示音，舒清因忽然站起身来，趿拉着拖鞋小跑到门口。

最近天气渐渐冷了，室外室内温差较大，男人架在鼻梁上的眼镜染上了水雾，舒清因望不到他的眼睛，也看不见他眸中翻涌的情绪。

舒清因试着开口："刚从公司回来吗？"

"不是，去办了点儿事。"宋俊珩换好拖鞋，直接将大衣脱下递给用人，"你呢？"

舒清因没想到他会好奇自己的行踪，想了想还是老实说："我出去吃饭了，刚回来。"

用人询问宋俊珩："先生，这大衣要和太太的一起拿去干洗吗？"

"嗯。"宋俊珩垂眸，语气极淡，"和沈司岸？"

舒清因"啊"了一声，点头承认。

用人原本打算收好大衣就将客厅留给他们，却无意间看见先生大衣的敞口口袋里露出纸张的尖角。

她正想问先生要不要拿出来，却听见先生忽然笑了。

"你倒是一点儿都不避讳。"

用人咽了咽口水，最后还是擅自将大衣口袋里的东西抽了出来。

是两张音乐会的门票，这周末的，用人想可能是先生要和太太一起去看的，所以将门票直接放在了旁边的展示架上，抱着大衣悄无声息地离开了客厅。

舒清因也没想过避讳什么："我刚刚原本是想和你说这个。"

宋俊珩面无表情："你想说什么？是你和他去吃了顿饭，还是他特意送你回家？"

舒清因想他刚刚可能在路上碰到沈司岸了，却又不知道沈司岸和他说了什么，让他看上去态度有些奇怪。

八成是说了恒浚和柏林接洽的事儿。有沈氏插足，宋氏拿到地皮的可能性就变得很小，无论是徐琳女士还是沈司岸，答应吃这顿饭都是再正常不过的，只是对宋氏而言，确实不太厚道。

她试图跟他解释："我早上跟你说了，地皮的事我妈不会插手，宋氏也不是毫无机会，你……"

"我问的不是这个。"宋俊珩出声打断她。

舒清因不解："那是什么？"

男人喉结微动，又沉默了。

气氛陡然凝住，舒清因也不知道该怎么开口。

宋俊珩似乎有些累，直接掠过她坐在了沙发上，擦身而过时，舒清因隐约闻到了他身上的香烟味。穿着大衣，可衬衫上仍有冰冷的味道。

舒清因不喜欢闻烟味，茶几上虽然有烟灰缸，但永远是光亮如新的。

他大概在外面抽了挺久的烟。

宋俊珩的声音听上去有些累，低沉的嗓音里没有生气："你和他单独吃的饭？"

舒清因说："还有妈和叶叶。"

宋俊珩怔住了，转而弯下身子，手肘撑在膝盖上，手覆在额头上，哑着声音问："你们都觉得我拿不到这个项目对不对？"

舒清因没说话。

"你们没错，"宋俊珩将手探进裤兜里，刚拿出烟盒，顿了顿又给放了回去，"就连那个女人和宋俊棋都猜得到。"

他拿不到这个项目，可想而知那个女人会吹什么枕边风。

或许又会让爸将不那么在意的分公司丢给宋俊棋糟蹋。

宋俊棋在他办公室里喝了两杯咖啡，才慢吞吞地说："你当初赶着回来结婚又有什么用呢？还不如好好地跟你那个女朋友在 E 国过日子。现在结了婚，照样没办法从舒氏那边捞到好处。"

宋俊珩又起身："我去外面抽根烟。"

舒清因有些恍惚，这事儿就这么过去了？宋俊珩甚至连生气都没有。

"你手下不是还有个景区项目吗？"舒清因在慌忙组织语言，说话的声音也变得有些磕磕巴巴的，"当初这个项目，是你爸爸想也不想就交给你的。"

宋俊珩垂眸看她："清因，我和你不一样。"

舒清因又止住了口。

"你爸爸将所有能留给你的东西都留给你了，即使他去世了，也没有人敢觊觎你所拥有的东西。"宋俊珩淡淡地说，"但我不是。"

舒清因听到他提起了自己的爸爸。

她忽然小声说："我宁愿不要这些东西，只要我爸爸能活着。"

她以前老开玩笑，或是听其他人玩笑，羡慕她是独生女，羡慕她拥有很多别人这辈子也争取不到的东西。她年少无知时也想过，父母总是比自己走得早一些的，而她完全不用担心。那庞大的遗产，会护着她无虞。

但事实与想象中截然相反。

如果可以，她宁愿将之前收到的礼物通通放弃，只要爸爸能在她生日那天，将蜡烛插在奶油蛋糕上，对她说一句"我们因因又长大一岁了"，就行了。

听到这句话的宋俊珩反而轻轻笑出了声："清因，你看，这就是你和我最大的不同。"

舒清因抿了抿唇："我知道自己没法完全理解你，要不周末我陪你回家吃个饭吧？"

"不用。"宋俊珩直接拒绝，"一开始结婚时，就没有这个约定，你不用在我家人面前做样子。"

他说的是做样子。

舒清因摇头："不是做样子，我是真的想……"

宋俊珩移开视线，像是没听到她的话，自顾自地说："以后你和沈司岸出去吃饭，别再让他送你回家，你毕竟是我的妻子，如果被其他人知道，你该处理的就是自己的花边新闻了。"

舒清因后退两步，蓦地笑了。

"宋俊珩，那天说要做样子的是你，现在说不用做样子的也是你。"她昂起下巴与他对视，"你当我是工具人啊？需要的时候就陪你秀秀恩爱，不需要的时候就把我当作空气？"

宋俊珩反问她："我对你来说，不也是工具人吗？你会答应和我结婚，不也是你妈告诉你，和宋氏联姻会有什么好处，你才点头的吗？"

一开始是这样，觉得这桩婚姻就是利益联姻，别人眼中的婚礼不论多盛大、多隆重，到她眼里，满脑子都是哪些人是贵宾，用个婚礼，又能牵起多少人际网。

舒清因忽然叫他的名字："宋俊珩，所以我们结婚的意义到底在哪里？"

"对我而言，你的姓名有意义的部分不是'清因'，而是'舒'。"宋俊珩语气平静，"倘若连这个姓都失去了意义，那就没有意义可言了。"

这个事实被他亲口说出来时，舒清因还是感到胸口一阵痛。

宋俊珩往外面走时，恰好看见了摆在展示柜上的两张音乐会的门票。

原本是让助理去拿，结果林祝倒是自己送了过来。她没有预约上不来，只是把门票留在了柜台上，然后在微信里说请他和他的朋友一起过来。

他回复："我朋友不在国内。"

林祝又说："啊，那好可惜哦，那宋先生你要一个人来吗？"

宋俊珩想了很久，说："我会叫上我太太。"

柜子上的门票还安静地摆在一块儿，宋俊珩只拿走了其中一张，而剩下的那一张，被他揉皱直接丢进了垃圾桶里。

"下个月，"舒清因在他出门时最后问，"你有没有别的安排？"

宋俊珩没回头，也没有给出确切的答复。

"不清楚。"

　　然后门被关上，外头的寒风只溜进了一丝，便很快被室内的热空气驱散。

　　舒清因拿起手机，又点开了他的微信。

　　舒清因：下个月是我生日。

　　她想了很久，又再次重复之前的动作，删去了这句显得她有些可怜的话。

　　这样看着多卑微。

　　舒清因深吸一口气，为了报复宋俊珩刚刚让她有些伤心，给他的备注改回了不带任何感情色彩的"宋俊珩"三个字，然后又把他的微信拖进了黑名单。似乎还是不太解气，又在通讯录里将他的号码也给拉黑了。

　　心里总算舒坦些了，舒清因扔下手机，决定洗个热水澡，然后再舒舒服服地钻进被子里，好好睡一觉。

　　洗完澡出来后的舒清因仿佛又什么事都没有了。

　　她钻进暖和的被子里，闭上眼睛开始数羊，最后还是被清醒的神志打败，认命地从床头柜上拿过手机。

　　舒清因半张脸埋在枕头里，清亮的眼睛盯着黑名单里的人。

　　矫情的人就是这样，自以为这样冷血，自以为这样会让对方受到惩罚。可事实上，他根本不知道。

　　她改了备注，拉黑了这个男人，又能怎么样呢？

　　这样幼稚的行为，高兴的也只有她自己，然后自欺欺人地觉得，他会因为自己的举动而受到什么伤害，只要他哪怕有一点点的伤心难过，她的目的就达到了。

　　然而没有。

　　她很清楚地知道不会有这种可能。

很多人会有这样的坏习惯，在觉得委屈时会删除拉黑一条龙，不接电话，不回消息，执拗而固执地扮演着感情里既不理智又矫情的角色。

不理智过后，随即而来的是害怕和不安。害怕这次不理智会使这段关系彻底分崩离析，担心对方会忍受不了这样的自己。

她喜欢宋俊珩。

不知从何时开始。

因为喜欢，所以连同骨子里的那点骄傲都给抛却了，并非她想，实非她愿。

"舒清因，"她咬着嘴唇，在被子里啜泣，"你清醒一点儿。"

第 5 章

离家

半夜，水槐华府各户人家的灯渐渐熄灭。

宋俊珩站在门口，任由冷风往他的脖颈里钻。

其实在出门的那一刻他就后悔了，站在门外大半个小时，含在唇边的香烟也没点起来。

舒清因不太喜欢烟味，他在家不怎么抽烟，现在不知怎的，烟瘾渐渐小了，居然戒得差不多了。

或许戒烟也没那么难。

只是在家或是公司都觉得累，他倾注大量精力的项目即将功亏一篑，而没人能真正理解他。

舒清因怎么会懂，只有她真的站在他的位置上活一遭，才能明白他的难处。

宋俊珩又何尝不知道这对她来说简直就是天方夜谭，因此也没抱任何希望，只是每当看到她，就希望她或多或少地能与他感同身受。

也不知是从什么时候开始的，他希望能从她身上找到慰藉和安抚。

宋俊珩想，任性又骄矜的舒大小姐如果知道他对她有了这种依赖情绪，怕是要得意地笑上好几天。

原本娶她就是为了利益，没了这层利益，她对他而言毫无意义。

或许是喜欢她的，她母亲暗地里的倒戈竟然抵不过她和沈司岸去吃饭更让他生气。

一想到她的烦恼仅仅是下个月的生日该怎么办，宋俊珩胸口发堵，刚刚脱口而出的狠话终于也让他解了些气。

　　自从回国后，过生日对于他来说都成了一件奢侈的事，他不需要虚伪的继母和弟弟对他说生日快乐，也不需要父亲大张旗鼓地为他准备那些所谓的庆生会。这只会提醒他，在他生日这天受苦将他生下来的女人已经去世。而她的丈夫如今家庭美满，仍然活得有滋有味。

　　宋俊珩也不知道自己站了多久，等到双腿已有些失去知觉，才动身往车库走去，打算去酒店过一夜。

　　周末去听音乐会，就当给自己一直以来紧绷的神经放个假。

　　有人肯为了他处心积虑地制造各种巧合，偏偏舒清因却不屑去做。

　　第二天清晨，舒清因起得很早。

　　因为眼睛有些肿，再闭上就有些困难，她干脆起床先给眼睛热敷消消肿。

　　用人见她这么早起来，一时间有些踟蹰："太太怎么起得这么早？"

　　"睡不着，不用准备我的早餐，我今天没胃口。"舒清因倒了杯水给自己喝，润了润嗓子后才顺势问道，"我待会儿就出门了，先生起来了吗？"

　　用人摇头："先生昨晚没在家里睡。"

　　舒清因"哦"了一声。

　　"太太，你和先生吵架了吗？"用人的语气有些踟蹰，生怕问到不该问的，"那个门票还要吗？"

　　"什么门票？"

　　两个人各自都有书房和卧室，客厅里的垃圾桶基本没用武之地，有时候几个礼拜过去，里头还是空的。还是用人早上例行打扫的时候看见干净的垃圾桶里居然有一张废纸，因好奇拿起来才发现是昨晚在先生口袋里看到的音乐会门票。

她想先生和太太可能是吵架了，一时间气不过将门票扔进了垃圾桶里。

舒清因接过那张被揉得有些皱的门票。

是音乐会，时间是这个周末，她对这个毫无印象，直到在右下角看到这次音乐会的主办方落款——澄海音乐学院。

舒清因对这个学校的名字很熟悉，它曾出现在她让人查过的那个女生的个人资料里。

她抿唇，将门票在手中攥紧："谢谢。"

用人摇头："没什么，只是看先生明明有两张，所以猜到先生是想和太太一起去看的。"

等到用人离开客厅，舒清因才将手中的门票慢慢撕碎，撕成完全不可能再拼凑完整的样子，然后再次丢进垃圾桶里。

之前从狗仔手上高价买下的照片不过是拍到了宋俊珩在游乐公园和那个叫林祝的女人同框，根本算不得什么证据。只是宋俊珩从来没出过这种花边新闻，是圈子里出了名的不近女色，别人才会觉得宋氏少东家平白无故和一个勤工俭学的女大学生出现在那里引人遐想。

光是脑补就足够劲爆了。

宋俊珩早先拟好的婚前协议里，和寻常夫妻的条款没什么两样，明确规定过不允许出轨。

就算只是联姻，也该对婚姻有最起码的尊重。

只是舒清因那时候跟他没感情，觉得这协议没什么必要。

他既然敢签，应该是对自己有信心的。和林祝的照片虽然让她生气，甚至于她冲动地也想去找男人给他添添堵，却不至于真的和他撕破脸，顶多骂几句男人说的话都是放屁罢了。

但现在他和那个女生似乎又有千丝万缕的关系，既然这样，当初又跟她解释那么多干什么？

　　宋俊珩从没跟舒清因隐瞒过他娶她的原因，就连新婚夜那天，舒清因心里再清楚眼前这个男人对她而言并不算真正的丈夫，搁不住她也是个女人，"结婚"这两个字对她而言实在过于郑重。

　　而他坐在床边，语气冷静，完全不像新婚的男人。

　　"清因，以后还请你多多关照。"

　　淡然而又礼貌的招呼，像是对待第一次见面的陌生人那样。

　　回想起来，或许对宋俊珩的心动比她想象的还要来得更早一些。

　　比如，那天晚上他们不得不睡在同一张床上，舒清因紧张得手脚僵硬，恨不得将自己缩成一团，只占了一点点被褥和床角。模模糊糊中，有只有力的手将她捞过来，男人的眉眼在夜里显得清俊温润。

　　他可能也有些累了，素来冷淡的嗓音显得轻柔。

　　"我不碰你，睡过来些吧，小心掉下去。"

　　舒清因转头盯着他的睡衣领口，小心翼翼地问："真的吗？"

　　他没说话，抬起手在她和他之间画了一条虚虚的线，像是念书时那种绝对不能越过的"三八线"。

　　男人叹气："我们一人一半床。"

　　第二天早上起床，就看他让用人将其中一间客房布置成了卧室的样子，自己搬了进去。

　　再比如，某天晚上她卧室里的浴室喷头坏了，没办法只好用公用浴室洗澡，等擦着头发出来时，发现他居然提前下班了。她穿着睡衣，想着他说今天会晚些回来，就没太在意。

　　她还没来得及逃，他倒是先转过了身子，沉着声音让她赶紧回房间。

　　那点点滴滴，全都凑成了心动的暗号。

　　她并不是无欲无求的神仙，自从父亲去世后，她再没享受过来自异性温暖而不经意的体贴，这个在法律意义上是自己丈夫的男人非但不坏，甚至对她还有些好，唯独不爱她。

但这不是他的错，是她先违背了约法三章，对他起了别的心思，所以她也没资格多要求他什么。

约法三章是她幼稚地为自己即将破土的感情找到的抑制剂——

不许喜欢上对方，不许在生活上给对方添麻烦，不许出轨。

最后一点她当时说得很模糊，宋俊珩原本正低头批文件，闻言才抬起头淡淡地问她："最后一点，你确定吗？"

她点头："我确定。"

宋俊珩轻轻笑了："好，我答应你。"

原本约法三章只是为了约束自己，警告自己不要对宋俊珩起了念头，谁能想到他会答应得那么干脆。

就好像，他也是有点喜欢自己的。

她想，就是从那时候起，她开始对宋俊珩有了期待，而宋俊珩似乎默认了从这时开始的转变。

如果不是那些照片和这张门票，她到今天还活在此种幻想中。

原来，这种转变都是错觉。

其实昨天晚上她就想和宋俊珩坦白，连词儿都想好了——宋俊珩，我不想和你再以这样的关系生活下去了。如果你愿意和我试试，我们就尝试着接受对方；如果你不愿意，那就当我从来没说过这句话，以后你爱怎么样就怎么样，我不会管你，也请你千万千万别再对我好了。

因为你每次对我好，我都忍不住会再喜欢你一点儿。

"骗子。"舒清因轻声说。

昨晚所有的委屈都变成了不值得，那些失落和烦扰也成了她愚蠢无知的最佳证据。

舒清因打算好好冷静冷静，至少在这期间，她不愿意见到宋俊珩，也不愿意待在这个所谓的家里。

她不想去麻烦徐茜叶，直接让人在酒店给她订了个套房，收拾了一些东西就搬去那儿了。所以后来宋俊珩有没有回家，她不知道。

其实宋俊珩的手机号和微信她早就从黑名单里拉出来了，只是他没联系自己，让舒清因觉得他还在黑名单里。

在酒店办理入住手续的时候，舒清因望着墙上显示着多至十几个国家时间的圆钟发呆。

舒清因一点儿都没亏待自己，就算是暂住也要住五星级酒店的豪华江景套房。

侍应生提着她的行李带她坐电梯去套房。到了楼层，她踩着柔软的地毯，一路打量走廊两边挂着的各类风格的油画。

侍应生态度恭敬，走廊里偶向走过来几个人，他都会停下来对人家鞠个躬说声下午好。

等到了她的套房门口，侍应生替她刷开门，照例嘱咐她酒店有哪些服务，以免她需要时错过。

舒清因为了调整心情，特意挑了家从来没住过的酒店，她算是这家酒店新入住的 VIP 客户，因此侍应生颇有耐心地给她讲解酒店有哪些令人心动的贵宾服务，意思很明显——我们酒店有很多其他酒店没有的服务哦，快成为我们的常驻客人吧。

舒清因有一搭没一搭地听着。

此时对面的房门被打开，似乎是这间房的主人听到了外面的动静。

侍应生转过身来："下午好，沈先生。"

男人懒懒的声音响起："下午茶还有供应吗？"

"有的，一直到下午五点，十八楼的茶餐厅都有下午茶供应。"

"多谢。"

侍应生打算继续给身边的女客人讲他们还有哪些贵宾服务，然后发现女客人正瞪着眼睛看着对面的男客人。

沈司岸很明显是刚起床，一副睡眼惺忪的样子，眼眸微眯，没梳大背头发型，短发贴在额头上，遮住了英气的长眉，显得十分人畜无害。

但下一秒他这种人畜无害的形象就被他自己给打破了。

"小姑姑？"沈司岸眨眨眼睛，极快反应过来眼前这女人不是他幻想出来的，抱胸顺势靠着门框，语气慵懒又欠扁，"离家出走啊？"

换酒店，必须换酒店。

舒清因正准备走人，沈司岸的背后突然又冒出个人来。

她的神色逐渐变得复杂起来。

原来他不是一个人睡到下午。

如果是个女人也就罢了，舒清因或许还没这么好奇，可沈司岸背后那个人无论从特征还是外貌来看，都是妥妥的男人。

是个和沈司岸身高相当，理着平头的年轻男人。

沈司岸长相偏俊美儒雅，看脸就知道是典型的没吃过苦，泡在蜜罐里长大的纨绔子弟，而眼前这男人肤色比他深一个度，面部轮廓坚毅冷硬，眼眸深邃，淡淡瞥了她一眼后，又不感兴趣地转开了。

男人说话也很惜字如金："你们认识？"

"我小姑姑，"沈司岸挑了挑眉毛，然后又指着男人对舒清因介绍，"这是……"

舒清因不喜欢沈司岸叫她"小姑姑"，总觉得这男人这么叫她的时候，语气里充满不可言说的意味。

但现在不同了，她打量着两个男人，忽然笑了："侄婿？还是侄媳？"

沈司岸和那个男人的脸一下子就黑了。

总算也能让他吃回瘪了，舒清因瞬间嚣张了起来："你放心，小姑姑我会帮你保密，绝对不会告诉你家里人的。"

从头到尾一直站在旁边被当成空气的侍应生此时手足无措，既想捂住耳朵，又想遮上眼睛，生怕再听到看到什么不得了的豪门秘闻，然后被这几个大佬杀人灭口。

"我先下去了，"男人很明显不想再待在这儿，侧着身直接从沈司岸身边擦过，"你慢慢解释。"

侍应生也后知后觉地朝两人鞠了一躬，转身小碎步快步离开。

走廊上只剩下舒清因和沈司岸面面相觑。

她也不想再和他纠缠，手扶上拉杆拖着行李箱准备回自己的套房。

"真要住下？"沈司岸问她，"不换酒店了？"

她原本是打算换的，但现在仔细想想，犯不着。

又不是真住在一起，隔着两道门和一条走廊，白天她都在公司坐办公室，就算之后接了柏林的生意，也照旧要天天见的，现在躲着是真矫情。

舒清因昂起下巴看着他，用他之前对付自己的那套说辞尽数还他："那我订这个套房的钱你替我报销？"

沈司岸眉眼微弯："你想得美。"

这人真的很小气，简直白瞎了个沈姓。

舒清因扯了扯嘴角："那我住不住这里跟你有关系吗？"

"你现在不走了，"男人舌尖抵颚，眸光散漫，"难免会让我多想。"

舒清因冷笑："你都有对象了，还多想什么？有点人性吧。"

沈司岸被她的话噎住，冷着脸反问她："真要是这样，会任由你骑到我头上说话？别看见什么都想歪。"

舒清因当然不至于光是看到他和男人从同一个房间里走出来就怀疑他的性取向，她就是觉得沈司岸说的每句话都莫名让她很火大，如果不反击可能会气闷到心梗而死。

"谁知道呢？"舒清因哧了一声，故意说，"在遇到真爱前，谁都不会怀疑自己。"

事实证明，沈司岸确实是被她触到了逆鳞，敛了神色压着嗓子问："你激我？"

舒清因刚要嘲讽他自作多情，就被人一把抓住手臂，男人带着怒意的动作让她无从反抗，只能连人带行李箱地被他拖进了房间。

她刚刚说这话可能是有点儿挑战男人的自尊心了，但他嘴皮子这么厉害，怎么这点儿承受力都没有？

舒清因十分厚脸皮地觉得全是沈司岸的问题。

男人抬脚将门踢上，然后又将她的行李箱丢在一边儿，直接带着她往里间走。

舒清因终于知道错了。全是她的问题，是她不该用言语招惹他。

"有话好好说，"舒清因这回知道摆身份了，"我可是你小姑姑。"

沈司岸置若罔闻，继续拉着她走。

舒清因企图挣脱，胳膊不安分地动来动去："大侄子，我们这样是不对的！"

"乱动什么？"沈司岸沉声，"不怕胳膊扭着？"

待会儿命都要没了，谁还在乎胳膊。

舒清因咬着嘴唇被他带到一间房门外，沈司岸直接推开门，她的心跳骤停，生怕一眼望过去就是行刑台，结果里面却是书房。

沈司岸冲她努努下巴："看见没？我和你看见的那位一直待在这里，忙了一宿，早上才睡下。"

书桌上到处放着散乱的文件，就连地上都扔着几张，台灯仍旧亮着，很明显是没来得及关上。

舒清因呆滞地张着嘴，终于认输："好吧，我知道了，是我误会你了。"

她又动了动胳膊，示意他放开自己。

"小姑姑，"沈司岸反倒加重了力道攥紧她，眉梢微微扬起，退去刚刚的冷峻，又恢复了漫不经心的神态，"你刚刚说我们哪样不对？"

舒清因不信他不懂，他要不懂他就是智障。

她微哂，皱眉："你现在这样拉着我就不对。"

沈司岸低哼："你离家出走，还住我对面就对了？"

"我说是巧合，你爱信不信。"舒清因懒得跟他解释。

"我不信。"他微微倾身，歪着头看她，语气轻飘飘的，"你就是对我图谋不轨。"

他平时微博应该没少逛吧，果然是入乡随俗。

舒清因狐疑地望着他："你真是港城人？你普通话怎么这么好？"

沈司岸斜睨她："普通话好很奇怪？"

一副"你这女人没见过世面"的样子。

他出生在港城，但祖籍是南城，从小就是两种话轮着说，普通话当然比那些半路才开始接触普通话的港城人要流利得多。

沈司岸这觉悟让舒清因无话可说，反倒显得她对港城人都有偏见似的。

舒清因不想理他，小声说："我要回自己房间了，你放开我。"

沈司岸这才发现自己还抓着她，微转开脸，迅速放开了她。

她一边揉着手腕一边往外面走，刚走到门口，手还没来得及握上把手，门铃响起来了。

沈司岸低啧一声："怎么这么多事儿。"然后朝门口问了句，"谁？"

"沈总，是我。"门外的男人自报家门，"宋俊棋。"

舒清因睁大眼睛，以为自己听错了。

宋俊棋什么时候跟沈司岸搭上线的？要真论关系，他们怎么都应该是竞争对手才对。

她转头看向沈司岸，对方似乎知道她什么意思，挑着眉毛点了点头。

沈司岸接着意味深长地朝门外问道："小宋总昨晚还尽兴吗？怎么舍得从床上起来？"

"都怪我，光顾着自己玩儿了，都忘了招待您和孟总，孟总刚刚跟我在楼下碰见了，他说您还在房间里，这不我就过来跟您道个歉嘛！"

"没事，我和孟时本来也不需要。"沈司岸毫不在意。

宋俊棋又在门口哇啦哇啦了些什么，舒清因一句话也没听进去，满脑子想的都是宋俊棋为了搞宋俊珩，居然跑到沈司岸跟前儿拍马屁。

他还不走，意思就是想进来跟沈司岸说话。

舒清因还是被沈司岸拍了肩膀才回过神儿来。

男人蹙眉，低声说："你还愣在这里干什么？还不躲里面去？"

舒清因张口想要跟他确定宋俊棋找他是为什么，反倒被沈司岸先一步打断。

"小姑姑，你是要让你老公的弟弟觉得你在和我搞婚外情？"沈司岸伸手拍了拍她的脑门儿，示意她赶紧行动，"我可不接受已婚妇女的邀请，去随便找个房间先躲着。"

还是先躲起来吧，被看到真的解释不清。

舒清因拖着行李箱随便找了个房间躲了进去。

沈司岸给宋俊棋开了门，一开门就被外头的人探头打量："怎么这么久？沈总您该不是背着我们玩儿金屋藏娇吧？"

"我用得着藏？"沈司岸瞥他，"有什么见不得人的？"

宋俊棋点点头："那也是。"

他和他哥哥宋俊珩长得都跟父亲比较像，因而沈司岸在看到他时总免不了想起宋俊珩那张脸，然后又顺势想到宋俊珩老婆那张脸。

他老婆现在就藏在这里呢！

沈司岸扯了扯嘴角："什么事？"

昨晚宋俊棋做东，非要请他和孟时吃饭，本来约好的吃饭，结果无端被几个女人搅局。

孟时退伍军人出身，之前在部队里一直洁身自好，不至于这时候猴急要找女人。沈司岸觉得宋俊棋和他哥虽然一直不对付，但好歹是一个爹生出来的亲兄弟，是敌是友都未可知，也没心思顺了他的意和那些女人玩儿什么打情骂俏的把戏。

倒是宋俊棋自己腻在温柔乡里，把来的目的忘得干干净净，左拥右抱地开房去了。

宋小少爷自己风流了一夜，沈司岸和孟时两个大男人忙着加了一晚上的班。

宋俊棋直奔主题："昨晚我和您说的，我哥对嘉江上游那块地皮的企划方案，不知道您有没有兴趣？"

沈司岸皮笑肉不笑，意有所指地问他："有兴趣又怎么样？没兴趣又怎么样？"

"土地拍卖会就快开始了，我这不是替您打算吗？"

沈司岸扬眉，嗓音低沉："如果当初是宋小少爷拿到这个企划案，那现在坐在这儿跟我透底的应该就是宋俊珩了吧？"

宋俊棋撇撇嘴，满不在乎地说："那也说不准，我和他一向合不来，再说福沛又不是没了这块地就会倒闭。"

所以才打算给他哥使绊子啊。

沈司岸心中好笑，面上仍不动声色："花落谁家还不一定呢，你哥有舒家撑腰，我还真没十足的把握。"

"舒家怎么会帮他？他和舒清因，哦，就是恒浚的那位千金关系也不怎么样，"宋俊棋哼了一声，语气不屑，"他当初上赶着要娶那位不过就是怕我抢了他少东家的位置。"

沈司岸笑笑："各取所需嘛，正常。"

"只有宋俊珩需要而已。他在E国本来有个要谈婚论嫁的未婚妻，要说家世，虽然比不上那位，但家里条件也不算差，我爸本来已经点头了，等他们毕业回国就结婚。结果他为了和我争，狠下心来把未婚妻抛在E国，二话不说就回来和那位订了婚。"宋俊棋说着说着又笑了起来，"本来男女之事讲究的就是心甘情愿，甩了就甩了，还非要装得深情款款的，把当初用来求婚的那把破大提琴留下，也得亏舒小姐不知道，绿帽子都送到家里了。"

沈司岸当然不知道什么大提琴，顺口问："什么大提琴？"

"宋俊珩那个未婚妻，在E国是主修大提琴专业的，他花高价从一个收藏家那里买过来，准备跟未婚妻求婚用的，"宋俊棋不喜欢玩儿这种矫情的言情把戏，皱着眉思索，"算是定情之物？"

沈司岸给面子地笑了笑："真是深情。"

"舒小姐要是知道宋俊珩背后还玩儿过这些，估计肠子都要悔青了。"宋俊棋摇头叹息，"可惜了舒小姐，就算以后离了婚，也是个二手货了。"

沈司岸侧头，望了眼沙发后的房门。也不知道这房间的隔音效果怎么样。

沈司岸回过神儿来，淡淡地说："她那样的家世，离了婚照样有大把的男人追，而且你要说她是二手货，那我们宋小少爷是几手货了？"

宋俊棋没料到他会反讽回来，只得尴笑："男人怎么能算是……"

"怎么不算？男人睡女人是睡，女人睡男人就不是睡了？"沈司岸轻笑，眼睛一眨不眨地盯着宋俊棋，"就你，上赶着想娶她，你看她理不理你。"

"沈总，您这是……"

"不好意思，我这人比较护短。"沈司岸颇为遗憾地叹了口气，"你

这么说我小姑姑，我生气了。宋小少爷，看来咱们这合作是谈不
成了。"

　　宋俊棋怎么会不知道他们这层亲戚关系，只是："这八竿子打不
着边儿的……"

　　"我说打得着边儿就打得着。"沈司岸挑眉，扬了扬下巴，"宋小
少爷，请吧。"

第 6 章

礼物

宋俊棋没想到能在这里吃瘪，原本是打算当笑话跟沈司岸说的，谁知道他听了竟直接赶人。

他没胆子跟眼前这人耍少爷脾气，只好憋着气讪讪地走了。

沈司岸眼见人走了，他也不说话，就这么靠着沙发等里间的女人自己出来。

好几分钟过去了，里间都没有动静。

"小姑姑，"男人没回头，"还不出来？"

隔着房门，女人的声音有些小："马上。"

所以房门肯定是不隔音的，刚刚宋俊棋的声音可比她的大多了。

沈司岸起身，走到里间门口，抬手敲了敲门，被里面的人凶了一句："这间房我租几个小时，租金用微信转你。"

之前还斤斤计较，这会儿倒是挺豪气的，沈司岸挑着眉毛说："那是我的卧室，你要租换个房间行不行？"

门打开了，沈司岸垂眼看着她，发现她眼睛没红，表情挺淡定的。

他失笑："既然没哭，干吗躲在里面不出来？"

舒清因没理他，径直往套房门口走去，如果没有落下行李箱，可能会显得更帅一点儿。

沈司岸推着行李箱快步赶上她，在她出去之前拉住舒清因的胳膊："小姑姑，你们女士的行李我可用不上啊。"

她没转头，忽然长长地吁了口气。

像是将身体里那股浑浊又憋屈的气儿都给顺了出来，鼻头却忽然泛起一股酸意，而后双眼慢慢变得模糊。

舒清因不能转身，干脆利落地开门离开了。

"至于吗？"沈司岸忽然说，"我还能猜不到你现在什么表情吗？"

舒清因站在自己的房间门口，发现没房卡。她记得侍应生离开前把房卡给自己了，不知道自己收到哪里去了。

找了下大衣口袋，没有，舒清因又把肩上的包拿在手里，伸手在里面找，找了半天什么也没摸到。

舒清因渐渐变得烦躁起来，动作也变得粗暴："到底在哪儿啊？！"

脆弱的羊皮包眼见就要被她戳出洞来，还是毫无收获。

她越来越生气，干脆将包倒过来，一股脑把里头的东西都摔在地上。

用来补妆的口红滚落到几米远外，粉饼盒也被摔开了盖，压得不怎么实的粉饼碎成了一块一块的。还有充电器、无线耳机，就是没有房卡。

舒清因气急败坏地将包包扔在地上，带着哭腔抱怨："出来啊！"

她吼房卡，房卡也不可能出来，舒清因只好蹲在地上，重新整理刚刚被她摔掉的东西。

刚刚摔东西的劲儿有些大，连粉饼盒上自带的镜子都从中间裂开，碎成了两半。

舒清因直接将粉饼捡起，丢进了垃圾桶。

她颤着声音说："没事的。"

好像没什么用，她又多说了几遍。

"没事的。不要想了。没事的。"

她不知道重复了多少遍这几句话，直到稍稍冷静下来后，才终于在地毯上看见了一直明晃晃躺在那里的房卡。

擦掉眼泪，视线不那么模糊了，所以一下子就找到了。

舒清因站起身来，用力闭眼。

她轻轻对自己说："这对你来说是好事，为什么要哭呢？"

沈司岸没开门，他也不知道自己站在这儿是想干什么。

桌上的手机屏幕亮了亮，是楼下茶餐厅的孟时催他赶紧下去用餐，不然下午茶结束后，再过一会儿就直接供应晚餐了。

反正填饱了肚子还得上楼跟孟时核对最后的拍卖流程细节，今天应该不会出酒店，沈司岸随便换了件衣服，简单地洗漱过后便下楼去跟孟时会合了。

出来时，对面的房门紧闭。

等他到了餐厅，孟时已经吃得差不多了，替他拿了几盘小点心正等着他过来。

沈司岸在孟时对面坐下，旁边就是落地观光窗，从这儿俯瞰，大半个童州市的建筑尽收眼底，沈司岸随便捏了块儿曲奇饼干放进嘴里。

孟时突然问："解释清楚了吗？"

"我还以为你不在意被人误会呢，这么半天才问我。"沈司岸漫不经心地瞥他。

孟时神色微顿，果断绕开这个话题："刚刚那个是你小姑姑？"

曲奇饼干有点儿腻，沈司岸又喝了口红茶，才含糊地答他："啊，算是吧。"

孟时挑了挑眉毛："我还以为是女朋友。"

"她结婚了，女朋友个屁。"沈司岸懒懒地掀起眼皮，"我还不至于丧心病狂到找结了婚的女人。"

孟时应了声，但那似笑非笑的表情很明显表示没把他的话当真。

舒清因住在自己对面，要真出了什么事又不能不管，被孟时这么盯着，总让他觉得自己好像真对她有点儿那什么意思似的。

沈司岸干脆掏出手机联系徐茜叶，结果电话那头的徐茜叶完全不知道舒清因从家里搬出来的事儿，还琢磨着怎么找不到她人。沈司岸有些无语，居然真是离家出走。

沈司岸问她："你知道那个大提琴的事儿吗？"

徐茜叶沉默了一会儿，忽然"啊"了一声："那个啊，你怎么知道的？因因家里有一架大提琴，是宋俊珩和她结婚的时候一起搬过来的。因因觉得宋俊珩很喜欢那架大提琴，还特意设计了个观赏台，专门用来放它的。"

原来如此。

沈司岸没再继续问："你还是快过来接她吧，又不是只有那一个家可以回。"

徐茜叶很了解她这个表妹："别的地方不常住，要搬进去还要先让人收拾，哪有直接住酒店方便。等我处理好手头上的事儿就过来找她。"

沈司岸语气散淡："徐大小姐又不用上班，在哪儿潇洒呢？能来就快点儿来吧。"

徐茜叶笑道："你懂个屁，逛街和花钱就是我的工作。下个月因因生日，我大半年前就帮她订的珠宝终于到了，我要去看看货。"

沈司岸想起初见舒清因时瞥见的那只翡翠手镯。

也难怪她表姐替她买个生日礼物都要这么费尽心思了。

挂掉电话后，桌上的东西也吃得差不多了，沈司岸起身："走了。"

孟时问他："回房间？"

"我回去换身衣服，然后去健身房消化消化，甜的吃多了有些撑。"

两个人回了房间后，换好了衣服正打算走，套房里的晚餐服务时间到了，侍应生推着餐车问他们需不需要。

孟时说吃过了，倒是沈司岸又叫住了侍应生。

他指了指对面的房门："对面你问过了吗？"

侍应生说："问过了，没人回答。"

沈司岸沉思："不会是哭晕过去了吧？"

孟时靠着墙，慢吞吞地说："你以为演电视剧吗？"

"谁知道啊？看着就像一副很容易晕过去的样子。"沈司岸说，"那么瘦，再饿几顿估计直接成纸片人了。"

孟时懒得理他。

到了健身房，沈司岸觉得脸有点儿疼。

孟时及时添了把火："你小姑姑非但没晕，还在这儿锻炼身体。"

沈司岸咻了声，道："去搞你的健身吧，别退了伍就松懈下来，到时候长出啤酒肚有你后悔的。"

舒清因这女人非但没把自己关在房间里哭，反倒换了身运动装，正在跑步机上健步如飞。

平时看她总是衬衫套裙搭配，连头发丝儿都是一副精心打理过的样子，脸上的妆容精致淡雅。她耳垂小巧，因此很适合戴那种点缀式的耳坠子，钻石或珍珠的光隐在发间，偶尔她撩个头发，才露出璀璨的真容来。

难得看到她扎起马尾，穿运动 T 恤的时候。

舒清因跑了挺久，额头和脖子上都挂着汗珠，张嘴大口喘着气，丝毫没有要停下来的意思。

她那筷子一般细的腿不累吗？

又过了十几分钟，舒清因终于停下来了，捂着腹部跳下跑步机，坐在地上喘气儿。

旁边有俩男人分别递过来一瓶水。舒清因看都没看一眼，直接拿起自己的矿泉水喝了两口。

她斜睨着这俩男人："走哪儿都带个玻璃瓶子，不嫌重？"

俩男人的表情有些尴尬，没想到能被美女抢白，要知道美女喜欢喝矿泉水，他们肯定就拿矿泉水来了。

这个小插曲也不知怎么戳中了沈司岸的笑点，他转过头短促地闷笑了两声。

舒清因一侧头就看见这男人在不远处偷偷地笑。

笑什么笑！

她撑着地板站起身来，眯着眼睛瞪他："我很好笑？"

沈司岸看她朝自己走来，摇头正色道："没有，不是笑你。"

舒清因看了眼男人的打扮，知道他也是过来运动的，干脆指了指自己刚刚用过的那台跑步机："你要跑就去吧，待会儿就被人占了。"

沈司岸眉眼微弯，耸着肩膀说："我忘了买水了，等会儿再来。"

"要水？"舒清因干脆将自己那瓶还剩一半的水递给他，"不嫌弃你喝这个，也省得再跑一趟。"

她的手指细长，指甲盖粉嫩，也没涂花哨的指甲油。

沈司岸不喜欢女人留那种又长又尖的指甲，然后又在上面贴上乱七八糟的钻，不实用，也不怎么美观。

这样干净修长的指甲刚好，原本的颜色就已经很好看。

他抿了抿唇，正打算接过她的水，她却把手一缩，得意地笑了："不白给，要钱的。"

男人微愣。

舒清因大仇得报，总算是扳回一局。

沈司岸垂眸看着她，眸色很浅，瞳孔里有不知名的情绪流淌着："给钱就行？"

舒清因顺着他的话鄙视他："你不会连这几块钱都不舍得吧？"

"我给你钱，"沈司岸扬起唇，微微倾身，语气似笑非笑，"然后跟你间接接吻？"

舒清因蒙了，原本也是跟他开玩笑，结果他把玩笑往那方面开了。

她扯了扯嘴角："你想得美。"而后将水瓶藏在背后，"要喝水自己买去。"

还没等沈司岸说什么，舒清因又问他："你想不想吃火锅？"

然后还没等人说话，她又摇了摇头："算了，你不吃辣。"

沈司岸无语了。

舒清因昂着头直接绕过他离开了健身房。

跑了会儿步，这会儿她好多了，大口喘着气调节呼吸的时候就没心思再想那么多了，现在满身大汗，待会儿又该去干些什么呢？不能睡觉，躺在床上容易胡思乱想。

舒清因正在苦想待会儿该怎么安排，就接到了徐茜叶打过来的电话。

那边也不等自己说话，先骂了一通怎么离家出走都不跟她说一声，有没有把她当姐姐。

离家出走又不是什么光彩的事，有必要是个人都汇报吗？

舒清因觉得自己没错，随便徐茜叶怎么说。

"我待会儿到酒店找你，你给我把事情经过明明白白地交代了。"

舒清因应了一声，问她："你想吃火锅吗？我找不到人陪，你陪我去吃吧。"

徐茜叶没反应过来："什么火锅？"

"四川火锅，"舒清因舔舔嘴唇，"能把人辣哭的那种。"

"你不嫌难看？"徐茜叶没理会她的胡言乱语，"我刚给你买了生日礼物，你要心情不好我就先送给你，等你生日那天再给你买个新的礼物。"

一个生日能收徐茜叶两份礼物，舒清因怎么会错过这么好的机会，催促她赶紧把礼物带来。徐茜叶笑着骂了她两句才挂掉电话。

身边的柜员正用心打包礼盒，徐茜叶想，现在包装得这么漂亮，没过多久就要被那丫头给拆了。

也不知道她和宋俊珩到底发生了什么，以至于她气得从家里搬了出来。她一直不愿意承认自己对宋俊珩有了感情，这会儿终于承认了，倒是断得干脆。

非要说宋俊珩的错是不爱因因的话，这也是因因一开始就清楚的事实，是她自己没把持住，随随便便喜欢上人家。就当花钱买她高兴了。

"我现在再订一条同品质不同款式的，最快多久能到货？"

柜员明显愣住了，然后露出为难的神情："抱歉啊，徐小姐，这条的原料原本就是从 J 国那边截下来的，他们估计暂时也没有同品质的第二条了。"

极光花珠本来就是珍珠中的极品，一长串的双层项链所用上的全是直径 10mm 的白透粉强光天女珠，中间以雪花钻石点缀，是 J 国设计师根据她的要求手工嵌上去的。

徐茜叶也知道自己这要求比较难达到，干脆起身打算去外面的柜台再给舒清因挑一挑。

门还没来得及打开，就听见外头传来清脆婉转的女声。

"宋先生，这一条好看。"那个女声说，"你太太一定会喜欢的。"

徐茜叶果断停住脚步，只探出半个身子往外看去。表妹夫的侧影她再熟悉不过，及膝的黑色大衣衬得他整个人挺拔而俊秀。

这个品牌是舒清因最喜欢的珠宝品牌之一，但凡出了新品，商家就会给她发邀请信，徐茜叶也知道她喜欢，所以早早计划要在今年生日送她一件独一无二的首饰。她刻意瞒着舒清因，也是为了给她一个惊喜。

宋俊珩出现在这里也没什么好奇怪的。只是他旁边那个年轻女孩儿，是怎么也不该站在这里的。

宋俊珩很快就挑好了他要买的东西，然后对身边的女孩儿道谢：

"谢谢。"

林祝摇头，笑得很坦然。"这都是朋友应该做的啊。"说罢，她又看了眼玻璃柜下那些泛着异光的首饰，喃喃地说，"真好看。"

"你喜欢？"

"啊，没有哪个女孩子不喜欢这个吧。"林祝不好意思地收回目光，"太贵了。"

宋俊珩微微勾起唇角："就当是给你的谢礼，你挑一件吧。"

林祝连忙摇头："不用不用，我不要。"

"我不会强求你，"宋俊珩轻声说，"但你确定你不想要？"

林祝咬着嘴唇，一时间有些怔愣。最后还是挑了一对小巧的珍珠耳坠，林祝不断地说一定要请宋俊珩多听几场音乐会，把这对耳坠的价格补回来。

徐茜叶站在贵宾室门后冷笑，一直到两个人走远，她才从里面出来。

到了酒店找舒清因的时候，这丫头还真打算去吃四川火锅。

舒清因毫不客气地直接问她要生日礼物。

"等你生日那天再送你。"徐茜叶忽然改变了心意，"我费了这么大心思给你挑的礼物，一定要等到那天再送你。"

舒清因失望地撇撇嘴，但也没有逼着徐茜叶将礼物交出来。

她们找了家连锁的火锅店，舒清因为了照顾徐茜叶，还是退而求其次点了鸳鸯锅。

看着清汤锅另一边红彤彤的特辣汤底，徐茜叶有些替舒清因担心。但她似乎无所顾忌，把自己要吃的东西都往特辣汤底里扔。

火锅店里热闹非凡，到处都是别桌传来的欢笑声，唯独她们这桌寂静无声，只是专心致志地吃着东西。

热气升腾而上，舒清因的脸也被熏得微红，辣得嘴唇都有些发肿。她夹着菜吹气降温，送进嘴里时还是被烫得嘟唇缓气儿。

徐茜叶看着她泪眼汪汪的样子，不禁叹了口气："好吃吗？"

舒清因笑着点头："好吃，四川火锅天下第一。"

她还是这样，一点儿都没变。

姑父去世那会儿，她几乎天天洗澡，天天吃这种能把人辣哭的火锅。

她想哭的时候，喜欢洗澡，喜欢吃火锅。她以为这样别人就会察觉不到。

"因因，去找沈司岸，他一定能拿下嘉江上游的那块地皮。替恒浚赢得跟他合作的机会。"徐茜叶顿了顿才又说，"然后离婚吧，这次我是认真地跟你说。"

土地拍卖会在一周后举行。

几乎没有任何悬念，沈氏有备而来，以最高价成为竞得企业。

还不到十五天，沈氏就已将地价总额的 10% 送到了土地管理部门，签好了土地出让合同。

那块地被彻底打上了沈氏的标签。

柏林地产对外的公开招标也只是走了个流程，然后直接敲定了恒浚集团。

沈司岸这一仗打得相当漂亮，直接截和宋氏不说，还把宋氏的姻亲给拉拢了过来。

也确实是宋氏倒霉，蓝图设得太快，没承想人生无常，凡事皆有变数。

宋氏少东家原本是这次企划案的总负责人，现在地皮没了，除了上班打卡，暂且闲了下来。

宋俊棋最近没少硌硬他哥，感叹当初还不如不娶，这娶了个舒氏千金跟没娶又有什么分别。绝对利益面前，即使是亲家也是会各自飞。

宋俊珩几个礼拜没回家，就住在他名下的某间公寓里。他所坚持的结婚到现在也成了笑话。

下个月是舒清因的生日，舒氏算得上双喜临门，她的家人替她在市区星级酒店办了一场隆重的生日宴。舒氏几乎给所有相熟的、认识的、打过交道的人发了邀请函。

包括宋家，但邀请函上写的是企业名字，说明并不是她本人发过来的。

宋俊珩是舒清因的丈夫，理应是生日宴的参与人之一，当然不需要邀请函这种东西，而事实是，宋俊珩从头到尾也没有参与过生日宴的整个安排流程。舒清因也没有告诉他。作为丈夫，他像个毫不知情的局外人。

省市新闻网站均在醒目位置挂着"嘉江上游顺利落牌"几个大字，宣传页上都将柏林地产与恒浚的商标放在了一起，先是恭喜拍卖会的顺利结束，然后拍两家企业的马屁，最后告诉群众敬请期待，官方而正式。

论坛上说什么的都有。

恒浚够可以的啊，直接把三局搞下去了。

我亲戚在三局上班，他说三局现在有能力的全调去邻省搞新工程了。

反正都是徐琳拿大头，谁得标不都一样？

徐琳还是蛮厉害的，就是不知道她女儿怎么样。

我们这些一个月拿几千块工资的还用担心他们这些给人发工资的有钱人？扶不起的阿斗也能当皇帝，恒浚接班人就这么一个，平民就别操心了。

之前论坛里不是说福沛板上钉钉能拿到？快出来打脸。

来了，谁能想到半路杀出个程咬金，打吧打吧，唉。

听说福沛的高层本来也很有把握？企划案都开始写了，没拿到也不知道心里什么滋味。

每个人负责的项目不同，一个公司里也有内斗，何况福沛是世袭企业，有人高兴着呢。

那福沛和恒浚还能当亲家吗？心里也硌硬吧。

说实话，我要是恒浚高层，我也选柏林，这不明摆着的实力差距吗？但凡柏林早来内地一年，你看徐琳还会不会把女儿嫁给福沛少东家。

都是生意人，当然利益最大，恒浚没毛病。

恒浚反正是赚到了，就是不知道他家的大小姐会不会被婆家嫌弃哦。

他俩关系本来就不太好吧，商业联姻能有什么感情。

那不好说，前段时间不是说福沛少东家出轨？我都准备好吃瓜了，结果帖子全被删了，那个楼主好像也被封号了。

别想了，被压下来了。

大小姐挺能忍啊。

又不能离，还能咋的，凑合过呗。

离了的话看谁能捞多点儿吧，反正大家都不缺钱，就看谁狠心了。

论坛上讨论得如火如荼，当事人并没空理会这些。

舒清因随便她妈和其他叔叔伯伯怎么利用这场生日宴，反正她作为寿星公，只要出个人，到时候站在那儿切个蛋糕发表下生日感言就行。

她穿着及地的高定礼服，带着笑脸和每个人打招呼，脖子上是徐茜叶送她的珍珠项链。

舒清因皮肤本来就白，戴强光珍珠时尤为亮眼，如果不是结了婚，她未必找不到比宋氏更好的姻亲对象。

生日宴在君临酒店三十六层的 VIP 厅举行，舒氏包下整层千余平方米的使用权。

这家酒店的装修带着浓重的葡式风格，整个酒店格局是大三巴式，繁荣稳重，粉黄相间，高瓦吊灯立于会场中央，将整个会场打造成明黄色。

客人们大多围绕着中间的小型喷泉闲聊，展示出这个场景下极高饱和度的浮华声色。

"如果姑父在，不知道今年他会送什么礼物。"

其实每年舒清因父亲会送她什么礼物，不光是舒清因自己期待，就连其他人也在跟着期待。

舒博阳本来就宠女儿，每年舒清因生日前各地拍卖会都要去一趟，因此不光是了解舒氏的人，但凡关注这方面消息的人都知道，恒浚总裁又替他那个独生女儿买礼物了。

舒清因耸肩："不知道，如果今天晚上我能梦到他，我问问他好了。"

徐茜叶跟她碰了碰杯，朝会场望去，不禁讥讽地勾起唇角："宋俊珩这是没拿到地皮，连来都不来了？"

他们宋氏当家做主的人好歹都给面子来了。

"来了也影响我的心情。"舒清因抿了口香槟，"还是别来吧。"

徐茜叶有些惊讶她这副不以为然的神色："我们舒总这是拿到了项目，身价水涨船高，儿女情长都抛到一边去了？"

"董事会再不看好我，他们也坐不到总裁的位子。"舒清因笑笑，"还不是得听徐琳女士的话？"

她年轻又如何，她的起点原本就比常人高出一大截，这是上天安排的。

说到徐琳女士，不远处的徐琳女士立马心有灵犀地冲她招手了：

"清因，过来跟人打招呼。"

舒清因放下酒杯走过去，发现徐琳女士让她招呼的是沈司岸。

沈司岸今天比平时更人模狗样了些，剪裁得体的西装，宝蓝色领带点缀整体略显沉闷的黑色，宽肩窄腰，英俊挺拔。

他对她举了举杯，浅眸清淡，嘴角勾起若有若无的笑："小姑姑，生日快乐。"

徐琳女士有些惊讶沈司岸对舒清因的称呼，后来转念一想，这称呼确实没叫错。

只是舒清因论年纪还比沈司岸小两岁。

舒清因看了眼会场入口处，也跟着笑了："大侄子，给你姑姑我包了多少红包？"

徐琳女士：随他们怎么叫吧……

"特别多，"沈司岸扬起眉梢，嗓音低沉，又带着些漫不经心，"两百。"

舒清因立马收起了笑容："你走吧。"

沈司岸哼笑："小气。"

徐琳女士懒得听他们两个人抬杠，端着酒杯打算去找别人聊天。

有人主动过来找徐琳女士闲聊，指着不远处那对年纪相仿的年轻男女笑道："舒小姐和沈总很谈得来啊。"

徐琳女士轻笑："谈不来还怎么合作？"

"其实看着也般配。"那人又笑着说。

徐琳女士不禁看过去。

舒清因身上那件雪纺质地的白色礼服和沈司岸的黑色西装确实挺搭，两个人都属于清冷矜贵的长相，个子高挑，只是沈司岸净身高有一米八五左右，所以舒清因在他旁边显得娇小了些。

"如果柏林地产早一年来童州，徐董中意的联姻对象恐怕就不是宋氏了吧？"

徐琳女士笑着反驳："说什么呢，清因都结婚了。"

那人也觉得自己说得有些多，一时悻悻然赔着笑，和徐琳女士碰了个杯，便没有再继续这个话题。

不远处的沈司岸对此毫无察觉，只和舒清因并肩站着聊天："宋俊珩没来？"

舒清因皱眉："你找他有事？"

"我来的时候，好像在楼下看到他的车了。"沈司岸不甚在意，"那可能是我看错了。"

之前在水槐华府见过他的车，所以有些印象。

她和宋俊珩都不记得有多久没联系过了。之前不联系也是常事，只是这次莫名让人觉得两个人都是在刻意地疏远对方。

舒清因确实是刻意的，宋俊珩那边估计也是，丢了地皮，他这会儿应该还在怪罪舒氏。

沈司岸垂眸看着她："要不我带你去？"

既然来了，有些话也总要说清楚，像这样躲着对方不知道什么时候才是个头。

她点头："你带我过去吧。"

酒店地下停车场足足有三层，如果没有沈司岸带路，她未必能在短时间内找到宋俊珩。打电话的话，可能宋俊珩知道她来找自己，脚底抹油又给跑了也说不定。

旁边正在喝酒的徐茜叶看着寿星公跟沈司岸似乎要往外走，连忙叫住他们："哎，去哪儿呢？寿星公别乱跑啊。"

"宋俊珩来了，"舒清因神色认真，"我去找他谈谈。"

徐茜叶闻言就要跟着去："那我陪你一起去。"

舒清因果断拒绝："我一个人就行了，你跟我一起去我怕你到时候忍不住动手打他。"

徐茜叶无从反驳，说实话她是挺想把宋俊珩揍一顿的。

舒清因跟着沈司岸坐电梯来到 B3 的停车场，放眼过去都是车，什么颜色的都有，还真没办法立马就找到。

有沈司岸给她带路，果然在序号三百出头的那块停车区域看到了宋俊珩那辆白色的跑车。

宋俊衍不知道为什么，坐在主驾驶位上发呆。

她正欲上前，偌大的停车场又响起轻快的脚步声。有人来了。

从另一边走过来的人也是往这片停车区域来的。

舒清因在看清那人是谁后，果断拉着沈司岸的胳膊和他躲在了旁边的柱子后面。

沈司岸靠着柱子问她："干什么？"

"嘘，"她冲他做手势，"安静点，捉奸呢。"

沈司岸还真不说话了。

来的人是林祝，她径直跑到宋俊珩的车子边，小心翼翼地敲了敲车窗。

主驾驶座上的男人摇下车窗，林祝有些担忧地看着他："宋先生。"

宋俊珩还没说什么，林祝就自己换了个边，打开副驾驶位的门坐了上去。

还好宋俊珩的敞篷跑车没封顶，上了车也能知道他们在干什么。

宋俊珩沉声："你来干什么？"

林祝咬唇，没有听他的话："宋先生，我不放心你，所以偷偷跟过来了，作为朋友，我觉得我有义务关心你。"

宋俊珩神色仍然冷峻，反问她："你确定是把我当朋友？"

然后林祝像是被人戳穿了心事，红着脸又小声说："宋先生，我确实喜欢你，但我从来没想过要破坏你的家庭，我很希望你能和你的太太和好。"

宋俊珩的太太默默地在柱子后面做了个呕吐的表情。

"但我现在没有办法再骗我自己了，我无法控制我自己的内心。"

这什么老土台词，都过时十几年了吧！

"你喜欢听我给你拉大提琴，其实是在怀念你那位朋友吧。"林祝这句话倒是说得蛮聪明的，不过连个大学生的观察力都比她敏锐，舒清因内心很是挫败，紧接着女生又继续她情深不悔的表演，"应该是你曾经很喜欢很喜欢的人吧，你到现在也忘不了她，所以才和你太太之间有这么大的隔阂。但我和你太太不同，我喜欢你，所以我不介意这些，哪怕你只是把我当替身，我也不介意。"

宋俊珩神色复杂地看着眼前的林祝，林祝又是羞赧又是紧张地看着面前的男人。

宋俊珩敛眸，蓦地笑了："不装了？"

林祝委屈极了："宋先生，我是真的喜欢你，至少，我比你太太更喜欢你。"

她告白完，就小心翼翼地靠了过去，像只不断探索底线的小动物，可怜巴巴地试图靠近他，最后只是靠在他的胳膊上，满足地闭上了眼睛。

宋俊珩没有推开她，闭着眼睛，呼吸渐渐变得沉重起来。

林祝大着胆子凑上前，想要吻他，宋俊珩却仰头躲过去了。

他警告她："过了。"

林祝只好收回刚刚澎湃的心情。

他现在这样又算什么呢？不避让，却也不肯再进一步？

舒清因转过头来，心里像是忽然放下了什么。

她分不清楚到底是她先放弃了宋俊珩，还是宋俊珩放弃了她，只知道从这一刻起，这个男人已经从自己心里慢慢地被剥离出来。

舒清因骄傲如斯，那架大提琴让她觉得屈辱，而她竟然也将宋俊珩的那些回忆当作是家里的一分子，让它安然地立在那里。

宋俊珩已经彻底让她死心了。

之前哭过了，所以这次没必要再为他流眼泪。

电梯门关上时，刚刚一直没出声的沈司岸终于问她："怎么不上去逮个正着？"

舒清因摇头："没必要，宋俊珩不是那种敢做不敢认的人。"

重新回到会场后，没人注意到主角刚刚离开了一小会儿。

徐茜叶小碎步跑过来问她结果，舒清因只是摇摇头："没必要了。"

她之前想做的，想和他说的，都没有任何必要了。

徐茜叶皱眉："他还真来了？那他为什么不把礼物亲自给你，还非要让别人拿过来？"

"什么礼物？"

徐茜叶指了指会场东面的休息室："拿到里面放着了，你去看吧。"然后又哧了一声，"你肯定看不上的。"

舒清因想了一会儿，还是决定去休息室看看宋俊珩到底送了什么。

徐茜叶实在好奇，干脆掏出手机给宋俊珩打了个电话。

也不等那边说话，她直截了当地问道："宋俊珩，你是过来了吧？刚刚因因下去找你，你们说了什么？又吵架了？还是你又对她干了什么浑蛋事？"

那边沉默了好久，才听见有低哑的男声响起："她来找我了？"

"你不知道？"徐茜叶皱眉，"她刚才去停车场找你了。"

徐茜叶过了好久才听到他说："……我现在上来找她。"

停车场里，林祝下意识地拉住身边急忙要下车的宋俊珩："宋先生？"

宋俊珩仿佛没有听见，下了车快步朝上楼的电梯那边走去。

林祝死死咬着嘴唇，不情愿地看着宋俊珩消失在停车场的背影，直到彻底看不见为止。

休息室这边，舒清因找到了宋俊珩让人送过来的礼物，是和她脖子上这串珍珠项链同品牌的项链。

舒清因从绒布盒里拿出项链，对着灯光看了两眼："廉价货。"

项链被丢在桌上，舒清因拿起烟灰缸，朝项链狠狠地砸了下去。

被砸中的那几颗珍珠已经碎成了粉末。

休息室的门被推开，舒清因也没避着，将项链剩下好的部分扔在一旁。

沈司岸扫了眼桌上的白色粉末，直接走到她面前，二话不说带着她往休息室更里面的房间走去，顺道还关上了休息室的大灯。

眼前骤然变得昏暗，舒清因迷茫地看着他带自己来到一个小房间，然后拉上了锁。

"你干什么？"

她不习惯黑暗，下意识地想要伸手开灯，却被他拦住。

"别开，"男人的声音很低，"门缝会漏光。"

舒清因没懂他什么意思，但仍觉得两个人关着灯锁在一间房里有些奇怪，于是没理会他的话，又要解锁开门。

沈司岸低啧一声，单手抓住她的手腕，直接将她往旁边带了几步，压着嗓音说："别让他找到你。"

舒清因听到外面似乎有人在叫她的名字。

是徐茜叶，还有另一个人。

表姐不知道他们发生了什么，宋俊珩既然上来找她，那她当然有必要带宋俊珩过来见她。

宋俊珩没有看到人，只看到了被当成垃圾一样丢在桌上的那串珍珠项链。

他闭上眼睛，有种不可名状的复杂情绪渐渐涌上心头，闷得有些难受，让他不知该如何是好。

她刚刚应该看到了。

　　他想上来对她说一句生日快乐，却又不愿意上来，一方面在意，另一方面却又在迁怒。

　　一门之隔的舒清因很安静。

　　沈司岸用气音提醒她："估计宋俊珩已经看到那条被你当成垃圾扔掉的项链了。"

　　舒清因的呼吸声很浅，她身上还有淡淡的酒味，在香气缭绕的会场被掩盖，到这里只有两人，那股混着香水味的淡淡气味变得明显起来。

　　"那又怎么样？"她悄声说，"你觉得我浪费？"

　　她也学着他的样子，用气音和他在房间里对话。

　　沈司岸闷笑，语气轻佻："一条项链算什么。"而后透过从窗外洒进来的月光，看着她黑暗中清丽精致的脸，似乎是在炫耀般地对她说，"我可是把整个柏林地产在童州市的建筑开发项目送给你当生日礼物了。"

第7章

对峙

封闭的房间内，沈司岸这句话带着些似有若无的撩拨。

他本意或许并非如此，但有些话脱口而出，也从侧面反映出他对宋俊珩的不屑和自身的骄矜傲慢。直到徐茜叶和宋俊珩找不到她离开休息室后，两个人的心情才彻底平复下来。

沈司岸开了灯，对视在瞬间明亮起来的环境内变得无所遁形。

他垂下眼，后退了几步，和她保持着安全距离。

舒清因说："谢谢。"

她待会儿还要出去应酬，见人得带三分笑，现在跟宋俊珩谈了，难免等会儿要受到影响。如果装作什么都不知道，继续和他维持着那可笑的夫妻关系，舒清因很有可能会疯掉。

她很想质问宋俊珩，既然选择抛下未婚妻为了利益和她结婚，又为什么不能忠于利益本身？他但凡清清楚楚地和她划好分界线，他喜欢谁，又因为怀念谁而去找什么替身，她绝不会过问半句。

这一年里，他的在乎和关心，都是做样子吗？

那为什么要答应和她慢慢尝试着靠近和相处，给予她自父亲离世后未曾从异性那里得到过的体贴和温暖？

他明明很清楚地知道这段婚姻是用来捆绑共同利益的工具。

舒清因是人，宋俊珩也是人。

他的优柔寡断和反复无常，舒清因并非不能理解。但她骄傲又自负，这样的感情，宁可干脆地舍弃，也绝不会任由它再肆意蚕食自己所剩无几的期盼和快乐。

这声"谢谢"已经算是她拉下面子，态度很真诚的表示了。

沈司岸后退两步，侧了身也靠着墙，调笑道："谢我什么？送你这么大份的生日礼物？"

舒清因哧了声："说得好像这个项目交给恒浚，就只有我赚了，你自己不赚一毛钱似的。"

"那难不成连我赚的那份也一并送你？小姑姑，男人的工资只能交给老婆的。"他挑了挑眉毛。

他倒还挺居家的。

"别叫我小姑姑。"舒清因蹙眉，"折寿。"

沈司岸倏地笑了起来："你收我红包的时候怎么没想着折寿？"

她哼哼道："红包是红包，你就是在红包上写孝敬姑奶奶的，我也照收不误。"

男人没生气，嗓音低沉："你想得美。"

等两个人再出去的时候，会场里人太多，已经很难找到徐茜叶和宋俊珩的身影了。

估计是去别的房间找她了，舒清因想着待会儿还是给徐茜叶发条信息，跟她解释清楚。结果觥筹交错间，忙着交际应酬还来不及，更别说拿手机发信息了。

舒清因像个普通的客人穿梭在人流中，偶尔有脸熟的人对她送上一句生日祝福，或是干脆把整个舒氏都祝福一遍。

至于生日礼物，对这场生日宴应邀而至，或是显示礼数的生日红包，就是礼物了。

舒清因知道这些礼物里，有多少是送给她的，又有多少是送给舒氏的。

她没跟丈夫一起招待客人，从某种程度上来说，这已经很明显地透露出他们夫妻二人不和的讯息了。

并不是什么意料之外的发展，因此很多客人装作毫无察觉。

倒是沈司岸拿着香槟，站在她身边帮她挡了不少酒。

这个人也并不是纯绅士风度，只是单纯心疼她的独当一面才替她挡酒。沈司岸初来内地，光是兜里有钱当散财童子还不够，这里很多的企业代表他都不认识，跟着舒清因，他自己也能认识不少人。

　　本来就是合作伙伴，再加上两个人之间还有那么点儿八竿子打不着的亲戚关系，站在一起就是很正儿八经的商业应酬。

　　沈司岸一口一个"小姑姑"，旁人都不好意思往别的地方想。

　　之前在沈司岸所订酒店套房门口见过的那个叫孟时的男人也过来帮忙应酬。

　　他和沈司岸都是港城大学金融系毕业，只不过沈司岸是本地考生，而他是从内地考过去的，算起来沈司岸这一口流利的普通话，还有孟时本科四年和研究生两年跟他朝夕相处的结果。

　　孟时人冷寡言，冰着张脸跟舒清因说"生日快乐"的时候，舒清因很不吉利地觉得或许"忌日快乐"这四个字更适合他现在的表情。

　　舒清因的肩膀抖了抖，忽然想离开宴会厅出去透透气。

　　宴会厅的大门外有几个保镖守着，她刚推开门的时候，就看见一个可怜巴巴的年轻女孩儿蹲在大门对面的墙边，双手抱着膝盖，像只无家可归的小动物。

　　她居然没老实待在车上，胆子真大。

　　"林小姐，"舒清因淡淡开口，"蹲在那儿等人给你投币？"

　　林祝抬起头，干净清秀的脸上满是落寞，见有人叫她，便缓缓站起了身，可能是蹲得久了，还要撑着墙才能勉强站起来。

　　她小心翼翼地开口："你是？"

　　舒清因轻笑着反问她："怎么？作为默默守护在宋俊珩身边不求回报的朋友，连他老婆长什么样儿都不清楚吗？"

　　林祝睁大了眼睛，一副不知所措、想要逃的样子。

　　"对不起，我……我不是故意蹲在这里的，我现在就走。"

"别走了，你蹲在这儿要么就是想让宋俊珩看见你这副可怜的样子，要么就是想让我看见你这副无辜又纯真的样子。现在我已经看到了，进来吧。"舒清因对门口的保镖扬了扬下巴，"让她进来。"

保镖点头，放林祝进来了。

舒清因居高临下地看着眼前的女孩儿："我们去个没人的地方谈，你有什么台词最好在心里默默过一遍，别让我看到表演的痕迹在里头。"

林祝白着脸，忽然咬紧了嘴唇，一副被她欺负了的样子。

眼前的女人穿着礼服，从容不迫地带着她穿过人流，不少人在她路过时都冲她点头示意，而她只是淡淡地点了点头，偶尔客气地以东道主的身份说上几句。

也有不少人好奇地打量着舒清因身后的那个女孩儿，只是那目光约莫停留了几秒，又不感兴趣地移开，而后继续自己的应酬。

什么穿着不雅，或是行为怯懦，他们根本不在意。

她不会因为和这些人有着天壤之别而被多看几眼，比起驻足打量和悄声讨论，这种无视更让林祝觉得她和这里格格不入。

舒清因带她走到一个没人的房间，关上门，外头的喧闹已经完全听不见了。

舒清因坐在沙发上，仰头看着她："你比较喜欢站着跟人说话？"

林祝捏着衣角，颤颤巍巍地走到她对面坐下。

舒清因完全不在意她这副神情，不急不慢地替自己倒了杯水，顺便对她说："你要想喝就自己倒。"

林祝急忙摇头："不，我不用。"她顿了顿，又低下头细声细语地说，"因为我的关系，你和宋先生最近有点儿矛盾……"

"自信点儿，"舒清因打断她的话，"把'有点儿'去掉，这矛盾有多大你心里没数吗？"

林祝哽了一下，然后调整表情继续说："对不起，都是我的错，但我真的没有破坏你们感情的意思，我以后也不会再和宋先生见面了。如果可以，请你帮我转告他，说我很谢谢他这段时间以来对我的照顾。"

舒清因被她逗笑了："你跟我说这个，是真想让我帮你转告，还是想告诉我宋俊珩照顾了你，然后让我硌硬？"

林祝张着嘴，一时噎住了，然后她果断摇头否认："不不不，我不是这个意思！我只是，想要下定决心远离宋先生。"

舒清因问她："你不是挺喜欢他的吗？"

"正因为喜欢他，才不能破坏他的家庭，如果真的因为我的关系害得你们离婚，那我不但对不起宋先生，更对不起你。"林祝痛苦地说，"我怎么能为了自己的私欲，而去破坏另一个女人的幸福？"

舒清因：呵呵！

"其实我很羡慕你，看到宋先生为你布置了这么豪华的会场，你又穿得这么漂亮，想必你已经习惯了这样豪华的生活，如果因为我导致你失去了这些，这对你来说该是多么残忍的事情。但我只是普通人，我根本不需要这样的物质条件，也没有要跟你争的心思，所以你放心，我一定会远离宋先生的。"

林祝说完这段话还嫌不够真诚，举起右手非常虔诚地看着她："我发誓。"

舒清因知道她为什么敢找过来了，一点儿都不担心她这个原配借机报复。

搞了半天她当所有的豪门太太都是只会打小三不敢跟丈夫正面对抗的贤妻良母呢。

"林小姐，你找金主的时候，都不调查一下金主的家庭状况吗？"舒清因歪头看着她，语气温柔，"比如金主和他老婆谁更有钱，你都不调查调查的吗？"

林祝呆呆地看着她。

舒清因语气平淡，炫富炫得毫无心理负担。

"你所看到的这一切都是我的。会场里每一道甜点和酒水，都是走的我的账户，这里的客人都是我的家族邀请过来的，宋氏只是今天到场的客人之一，就算没了宋俊珩，这些东西我一分都不会少，你懂吗？"

"我……"

"你反倒要去问问宋俊珩，没了我，他算什么。"

林祝羞愧得连手指都蜷缩起来，几乎要将小粉唇咬出血来。

"他给你买了一对珍珠耳环你就迫不及待地戴上了？"舒清因扫了眼她耳垂上隐隐散着光的东西，"就为了这么一对不值钱的珍珠耳环，你就跑过来跟我示威？你眼界未免也太低了。既然已经决定抛下脸面，干吗不干脆再忍辱负重一点儿，改改目标，选择讨好我？"

她顿了顿，给出了一个相当有建设性的提议："我比宋俊珩大方多了，能给你的肯定要比他给你的多得多，要不要考虑一下？"

林祝瞪着眼睛，豆大的泪珠几乎要从眼眶里掉出来，整个五官扭曲成一副耻辱而又难堪的样子。

事实证明，林祝还是有那么点儿宁死不屈的骨气在的。

她红着眼睛，用痛心而又委屈的语气苦笑着说："宋太太，你别跟我开玩笑了。"

"没有啊。"舒清因把玩着手中的瓷杯，抬眼斜睨着她，"正好，我还没见过你这款的小美人儿。"

林祝咬着牙，几乎是一字一顿地再次强调自己过来的目的："我和宋先生之间是清白的，请宋太太不要再开这种玩笑了。"

林祝和宋俊珩从某种方面来看确实清清白白，她当然有自信找过来，只要让宋俊珩看到她的深情起了怜悯之心，或是让舒清因这个原配心里硌硬，不管哪种目的达成，她这趟就算没白来。

舒清因眸光渐冷，抬起脸对她说："那等你们不清白的时候，再来找我也不迟。"

她的耐心已经消磨殆尽，实在没兴趣再听她说些猜都能猜出来的虚假言语，打算直接起身离开。

林祝也跟着站了起来："宋太太！"

"怎么？改主意了？"舒清因转头问她。

林祝忽然坚定了语气对她说："我知道你看不起我，也不屑和我说话。无论从哪方面来看，我都比不过你。但如果宋先生真的爱你，他又怎么会放任我的靠近？"

舒清因眯起眼睛。

说了这么久，林祝总算说了句真话，也终于让舒清因正眼看了她一眼。

"你当然比得过我。"舒清因说，"你连替身都愿意当，这种牺牲精神我甘拜下风。"

林祝默默地将手攥在身前，咬着唇保持缄默。

舒清因干脆给宋俊珩打了个电话。这是他们大半个月里的第一通电话，还是由她拨出去的。

不知道为什么，在冷静过后，舒清因突然看清了很多东西。

在这一年的夫妻生活中，他给予的关怀是多么少，而他们因为利益分歧或是观念不同所导致的冷战时间才占据着大部分。

为什么她以前只看到了那些好的，而忽略了这段婚姻里真正诛心的地方？

他搬去外面的公寓住已是常事，而她则是在最近离家时才发现自己从来没收拾过别处的房产，根本没办法住进去。她揣着那么多房屋钥匙，却连个称之为"家"的地方都没有，只能去酒店开房。

舒清因是真正把那儿当成了家，而宋俊珩是将他们的家当成了他用来储存回忆的地方。

电话接通了，看来她也没有被宋俊珩拉黑。

明明彼此都没有拉黑对方，却也这样冷战了大半个月，到今天她生日，他送来了那件敷衍的生日礼物，却连一句再简单不过的生日快乐都没有。

"清因，"他叫她的名字，"你在哪里？"

舒清因报出地点："过来吧，顺便跟我谈谈。"

那边沉默很久，最后说："好。"之后静悄悄地挂断了电话。

宋俊珩过来时，舒清因看到他手里还攥着她刚刚砸坏的项链。

难怪刚刚她想丢进垃圾桶却找不着了。

林祝没料到舒清因会直接把宋俊珩找来，看着眼前的两人，她垂着头站在那儿手足无措，眼眶湿润，就那样楚楚可怜地望着宋俊珩。

任哪个男人都难以拒绝女人这样泪眼蒙眬地看着他。

宋俊珩蹙眉，冷声问她："你上来干什么？"

林祝张了张嘴，只吐出个"我"字。

"出去。"他没再看她，直接下了命令，"这里不是你能来的地方。"

林祝掩下眼中的失落，声若蚊蝇地说："我只是想替你向你太太解释清楚……"

宋俊珩仍重复着那两个字："出去。"

舒清因抱胸看着这两人，忽然笑了："林小姐，你连宋俊珩都还没搞定，就好意思来找我发表什么真爱宣言，妄想症有点儿严重啊，该去挂个精神科看看了。"

林祝摇头："我没有……"接着又露出一副泫然欲泣的样子。

宋俊珩冷淡地转开眼睛，沉声说："你不想被退学吧。"

林祝再不敢说什么。她失望地瞪着宋俊珩，而后又看了眼一旁看好戏的舒清因，最后捂着嘴跑了出去。

连舒清因都没想过要让林祝退学这层面，最多说两句羞辱她的话，看来男人狠起心来倒是真的狠。

"站住。"舒清因叫住她，"我让人送你出去。"

林祝极有尊严地拒绝了："不用，我自己会走。"

舒清因笑笑，语气平静："我当然知道你自己会走，我是防止你又想蹲在哪儿等人捡呢。今天这里都是我的客人，他们要找乐子用不着你毛遂自荐，我会负责安排。"

她说完就随便在会场找了个穿制服的服务生，吩咐他务必把这位小姐送到酒店大门口，别让她赖着不走。

那服务生恭敬地应下了。

林祝被人赶着走，白莲花儿的形象也绷不住了，龇着牙僵着身子被带走了。

碍眼的人走了，他们可以谈了。

宋俊珩刚失了个大项目闲在家中，按理来说应该是不修边幅又狼狈颓然，但天不从人所愿，眼前的男人仍然高挑俊秀，从容雅致。还是简约得体的穿着，好像没受到任何打击。

男人镜片下的眸光微敛，他轻声叫了她的名字："清因。"

舒清因蹙眉："一开始既然没打算来，现在过来算什么？"

宋俊珩被她问住了。

只是徐茜叶打电话给他，说舒清因去停车场找了他，他的行动几乎是快于思考。

"你的礼物我不喜欢，所以砸着玩儿了。"舒清因干脆直截了当地说，"你又给捡回来干什么？"

她的语气就像是他捡了件什么不值钱的垃圾在手上。

宋俊珩大半个月没回家，也没联系她，有时候手机界面明明显示着她的号码，却不知道该说什么。隔着手机尚且无话可说，现在和她这样面对面，缄默似乎是唯一的应对方式。

他手里拿着破损的礼物，对她说了句"生日快乐"。

　　舒清因垂下眼眸，无意识间攥紧了手："宋俊珩，我们暂时分居吧，那个家我不想回了。"

　　"对不起，"宋俊珩说，"是我把个人情绪迁怒到你身上了。"

　　"我妈确实对宋氏不够厚道，我是她的女儿，你这算合理移情，不叫迁怒。"舒清因摇头，又说，"你回去吧，这段时间你也不要联系我，到时候我会让律师去找你。"

　　他抬起眼睛，似乎是没听到她刚刚说的，又问了一遍："你说什么？"

　　"你不聋，你听见了。"舒清因撇开脸，语气不耐烦，"我没空陪你玩儿什么日久生情的剧本，我有钱，我不想住在你那个连回忆都没有收拾干净的二手房里。"

　　这时候再拐弯抹角也显得矫情，舒清因直接将她想说的一并都说出了口："你这样一面缅怀着你的过去，一面又不断地来关心我，让我自作多情地觉得自己有那个魅力可以和你在一起，你把我当傻子吗？你不知道在还没有完全忘记一个人之前，去招惹另一个人的行为有多浑蛋吗？你读了这么多书，这点儿道理都不懂吗？"

　　她这一连串的问题问出口，直接将宋俊珩逼向了死路。

　　他的脸色陡然变得惨白，垂在身侧的手不自觉攥紧，有些艰难地道："我只是不知道该怎么跟你说。"

　　不是没想过好好和她说，只是每次刚要开口，脑海中又有另一个声音响起。

　　提示他曾为了和舒氏联姻是怎样对待他的未婚妻的，如今只过去了一年，他竟渐渐对之前的未婚妻没了当初的怀念和愧疚，转而对这个相处不久的妻子多了点儿别样的情愫。

　　他为了利益放弃了感情，又怎么能再对着利益本身动情？

　　这多可笑！

　　有时候下意识地与她亲昵，和她开玩笑，心里满足的同时，又不断谴责自己对曾经的未婚妻是多么绝情。

他搞不懂自己,如果舒清因带不来利益,那为什么还要爱她?

"不用说了。"舒清因强行结束了这个话题,"你想回家就回吧,我不在那里,你也不用再搬出去了。"

她移开视线,该说的都说了,剩下的随便宋俊珩怎么打算吧。

正经过宋俊珩身边要离开,却又被他抓住了胳膊。舒清因动了动胳膊,没挣脱。

"清因,"宋俊珩垂着眼睛看着她,深邃的眸子里浮现着让人捉摸不透的情绪,"我们再谈谈。"

她冷冷地问:"谈什么?"

"我们之间还有转圜余地。"宋俊珩顿了顿,才又启唇轻声说,"我没有和那个女人发生任何事。"

"如果你们发生过任何事,宋俊珩,我们连谈的余地都没了,你知道吗?"舒清因讥讽地笑了两声,任由他抓着自己的胳膊,"如果不是我今天把话说得这么死,你还是会在跟我吵架后去听她拉大提琴,用你的回忆来暂时忘记和我的不愉快。你是没有出轨,但你已经把我们之间的关系给毁了,放手。"

宋俊珩还是没有放手,只沉声说:"我可以……"

舒清因直接打断了他的的话:"你这样跟那些保证以后再也没有第二次的男人有什么区别?"

"宋俊珩,我不是什么忠贞不渝的女人,我是喜欢你,但没了你,"她用了点儿力气,他没有执拗地再抓着不放,最终还是让她成功挣脱开来,"我也还是我。"

宋俊珩还怔愣在原处。

这些话说出口,她丝毫不觉得可惜,只觉得痛快。不给他留退路,也不给自己留退路。

她最后看了眼宋俊珩,眼里也看不出来是什么情绪,就这样将他单独留在了这里。

没有吵架，没有哭闹，甚至连冷嘲热讽都没有。不是她惯常的反应，仅有冷漠和不在意。

宋俊珩看着她消失在房间里。

男人怅惘地坐在沙发上，闭着眼睛，眼窝微微下陷，按着太阳穴的指尖不住地颤抖。

之前她说了那么多，而最终给他重重一击的也只有她承认的"喜欢"二字。

会场衣香鬓影，觥筹交错，没人知道刚刚休息室里发生了什么。

舒清因靠着门，想着如果这时候有人在她身边，她很想自恋地仰起头，叉腰问：我刚才潇洒吗？帅气吗？

这满会场的人，她想找个聊天的人都难。

徐琳女士那边不能去，她怕一个不小心把分居的事儿说出来，可能当场就能把她妈气进医院。她扫了眼大厅，无论是相熟的还是不熟的都没法儿说。

想来想去还是只有徐茜叶可以说。

刚刚宋俊珩过来找她的事，徐茜叶应该知道，可能不想掺和夫妻俩之间的谈话，所以找了个地方远远地躲着。

果然是在某个角落的甜点置物台边找到她的。

徐茜叶不怎么吃甜食，但舒清因挺喜欢。

"谈完了？"徐茜叶冲她招手，"怎么样？"

"先分居吧。"舒清因说，"明天我找律师过来谈谈。"

"这样也好，眼不见为净。"徐茜叶点点头，很赞同她这个决定，"既然你真的下定决心了，那我也就不瞒你了，之前怕你受不了所以一直没跟你说，我给你买生日礼物的时候，看到宋俊珩和那女的了。"

舒清因"嗯"了声："我知道，他还送了她一对耳环吧？"

"哎？他自个儿跟你交代了啊？"

"猜到的。"舒清因拿了个盘子装甜点，边选边说，"我之前跟他提过很喜欢那个品牌，他送我的项链和送那女孩儿的，是今年的同系列，之前看过宣传册，所以有印象。"

她淡淡的，好像并不在意。

徐茜叶沉默了一会儿，然后直接骂："宋俊珩这是想恶心谁呢？"

是为了弥补过去也好，是单纯地消遣也罢，无论哪点都让徐茜叶觉得恶心。

舒清因咬了口巧克力，居然还是酒心的。甜甜腻腻的味道充盈着口腔，还带着巧克力夹心中独有的酒香。

她突然有些口渴了，于是说："我去拿点儿酒喝。"说完往摆酒的长桌那边走去。

刚刚和人应酬的时候，沈司岸一直在旁边帮她挡酒，她其实也没喝多少，这会儿借着口渴的由头，干脆站在桌子边一口气喝了几杯。

宴会开到现在，时间已经接近晚上十点，热闹的交谈渐渐平息下来，场景开始由浓转淡。

宋家那边其实不知道宋俊珩来过，还在言笑晏晏地和她解释，她丈夫因为忙工作只能遗憾缺席她今天的生日宴，舒清因佯装不知地摆手说没关系。

舒清因到了后半场情绪异常高涨，几乎来者不拒，只要是向她敬酒的，她大多是直接举起酒杯就喝了。到最后服务生干脆待在她身边，酒杯空了就赶紧满上。

几轮下来，舒清因捂着嘴，克制而优雅地轻轻打了个酒嗝。

酒劲上来，她眨眨眼睛，眼前有些模糊了。

徐琳女士觉得她今天应酬的表现特好，所以格外开恩准许她先回家休息，剩下的就交给她和其他几个叔叔伯伯收场就行了。

"打个电话让俊珩来接，清因今天生日他忙着工作不来，总不至于连开个车过来接她的时间都没有。"

徐茜叶干笑："不用，我送因因回家就行了。"

徐琳女士瞥她："喝了酒不许开车。"

"我打电话让司机来接。"徐茜叶立刻补充，"姑姑拜拜。"

徐琳女士皱着眉点头，口中嘱咐道："路上小心，清因喝了酒不太老实，别让她坐副驾驶位。"

这一点徐茜叶比徐琳女士更有体会："放心吧。"

她一只手扶着舒清因，另一只手抓着两个人的包离开了宴会厅。

宾客散去后，这里的喧闹又很快归于沉寂。酒店大楼的霓虹灯仍然亮着，将四周的环境映如白昼。

今天是舒清因的生日，她穿着特别定制的礼服，辗转于宴会厅中，现在生日宴结束了，陪在舒清因身边的只有徐茜叶。

还有一个多小时就到午夜十二点了。

天气有些凉，还好车内的暖气开得不低，舒清因紧紧闭着眼睛，头靠在徐茜叶的肩上，安安静静地睡着。

还好她住的酒店跟君临隔得不远，这个点儿路况不算差，十几分钟就能到地方。

"因因，"徐茜叶看了下手腕上的表，"看来今天是我陪你到最后了，再跟你说一句，生日快乐。"

舒清因也不知道听没听见。

"没了宋俊珩，你再找一个比他更好的。"徐茜叶声音很轻，替她理着额前的碎发，"他会和姑父一样，跑遍全世界，不为了别的，就只为了替你挑选生日礼物；他也会在你生日的第一个零点和最后一个零点之前，祝你生日快乐。"

卡着零点对她说生日快乐的人很多，但卡着生日结束前的零点再对她说最后一个生日快乐的人，只有爸爸。

爸爸说，他要成为第一个祝她生日快乐的人，也要当最后一个祝她生日快乐的人。这样，这一整天他都是陪在她身边的。

很浪漫，可是这个浪漫的男人还没来得及将她托付给下一个能陪伴她过完整个生日的人，就走了。

舒清因忽然哽着声音应了她："嗯。"

车子开到酒店，徐茜叶扶着舒清因下车，行动有些困难。

"你别全靠在我身上，我扶不动你，"徐茜叶推了推她的脑袋，"我不信你醉到连走路都不会了。"

舒清因抱着她的腰，非要把整个身体的重量都压在她身上："姐姐，你扶我。"

徐茜叶痛苦地"啊"了两声："早知道就把你丢在马路边自生自灭了。"

两个人都穿着高跟鞋，纠缠了几分钟还没走出几米远。

司机神色复杂地看着两位小姐，也不知道这时候该不该搭把手。但很明显舒小姐是在撒娇啊，所以还是算了。

"你先回去吧，我今晚住在这里陪她，明天早上你再过来接我。"

司机听到这句话，立马如释重负地点头，迅速上车走人。

徐茜叶好不容易拖着她走到电梯这边，又问她住在几层，剩下的就都交给了电梯。

不得不感叹电梯真是一项太伟大的发明了。

电梯到了住的楼层的时候，徐茜叶本来打算叫个侍应生帮她扶着点儿舒清因，结果舒清因脾气上来谁都不让碰，扬着下巴警告那个侍应生："别碰我，只有我姐能碰我。"

侍应生自尊心受挫，虽然徐茜叶给他道了歉，人还是头也不回地到其他楼层值班去了。

"你的身体是用金子做的吗？还不能碰，多大脸。"徐茜叶一边吐槽一边单枪匹马地扶着软泥似的舒清因往房间走去。

终于到房间门口了，徐茜叶千难万险地从舒清因的小包里找到房卡，刷了卡推开了门。她如释重负地直接将人扔在沙发上。

舒清因抬起脚抖掉高跟鞋，蜷着腿窝在了沙发里。

给她卸妆，给她换衣服，徐茜叶做完这些活儿后，自己先搞出了一身汗。

"我不行了。"徐茜叶瞪了眼床上睡得正香的舒清因，"我去洗个澡，也赶紧睡了。"

因为担心舒清因，这澡洗得也不怎么安稳，连浴缸都没来得及放水，徐茜叶直接淋浴解决。

出来的时候果不其然，舒清因又起来了，她正站在客厅的展示柜前发呆。

徐茜叶擦着头发走到她身边："看什么？"

舒清因直勾勾地盯着玻璃柜里的那一排酒："姐，你还想喝吗？"

这些酒都是套房特供，不额外收费，但很多客人没有在房间里单独喝酒的习惯，因此这些瓶身精美的酒大部分是拿来装饰房间的。

反正房间里也只有她们，妆也卸了，衣服也换了，喝醉了大不了倒头就睡，既然她想喝，那就喝吧。

徐茜叶点头："行，喝吧。"

舒清因甜甜地笑了："姐姐你真好。"

徐茜叶不习惯她这个表妹现在这么乖巧地叫她"姐姐"，起了一身鸡皮疙瘩，想着赶紧把她灌醉了完事儿。

两个人坐在沙发上，周边摆了一圈儿的酒，看中哪个就喝哪个。舒清因非但没缓过来，这会儿反倒更晕乎了。

她抱着酒瓶结结巴巴地说："姐姐，你再带我去铂金汉宫玩儿吧，这回我是认真的。"

"得了吧。"徐茜叶哧了声，"刚才我让人家侍应生扶你，你都嫌弃得要死。"

舒清因神色忽然变得严肃起来："哪个侍应生？我去跟他道歉。"

徐茜叶打了个酒嗝，指着房门："就外面值班的那个小帅哥。"

舒清因抓住了重点："帅哥？"

"挺帅的。"徐茜叶摸了摸下巴，回忆道，"可惜我不喜欢年龄小的，我还是比较喜欢硬汉型的。"

舒清因扶着地毯起身："我去跟他道歉。"

徐茜叶来不及阻止，她已经小跑到房门口，直接拉开了门。

"你给我站住，"徐茜叶在身后喊她，"完了，喝大了。"

舒清因站在门口，冲走廊喊了声："小帅哥。"

徐茜叶赶紧走到她身边将她往回拽："帅什么帅，大半夜的这么叫，小心别人告你扰民。"

舒清因扒着门不放："我不，我要找帅哥。"然后又冲走廊喊了声，"小帅哥。"

徐茜叶没辙了。

话说这家酒店的 VIP 客户应该能有点特权吧，酒店应该会网开一面。

她正这么想着，对面的房门开了。

"舒小姐，麻烦小声点儿行吗？"

对面的男人精准地叫出了舒清因的姓。

徐茜叶愣愣地看着眼前的男人，觉得他有点儿熟悉，又觉得好像没见过这人。

男人穿着磨砂质感的黑色睡袍，眼神坚毅，脸庞棱角分明，薄唇有些不满地向下抿着，眸中带着淡淡的不满和漠然。

她表妹对门居然住了这么个极品男人，就这还让她介绍什么男人，对面这个妥妥地够用了。

男人发现面前有两个女人，忽然有些摸不准刚刚到底是谁在吵了。

既然不确定，那就连坐。

"舒小姐、徐小姐，麻烦你们小声点儿，现在是休息时间。"

"你认识我啊？"徐茜叶张着唇呆呆地问他，心跳有些快。

还没等孟时说话，舒清因忽然冲眼前的男人甩了甩手："嗨，侄媳！"

孟时本来皮肤就不算白，这会儿脸更黑了。

徐茜叶以为自己听错了："侄媳是什么意思啊？"

下一秒，她仿佛懂了。

因为孟时身边又多了个男人，懒洋洋地半倚着门框，琥珀色的浅眸瞥了眼对面，这才闲闲地出声："开演唱会呢？"

他身上也穿了件睡袍，这俩男人是同款睡袍。

徐茜叶恍然大悟，瞬间失望至极。本来还以为上天真给她送男人了呢。

沈司岸眸色敛了敛，低低地笑了两声："不愧是表姐妹啊，脑回路一模一样。"

孟时对这俩姐妹不熟，只见过舒清因两回，徐茜叶还是今天的生日宴上远远瞥见时，沈司岸顺道给他介绍的。此时，他气得连话都说不出口。

孟时天生高冷正直，实在接受不了被人这样说。最最接受不了的是，舒清因叫他"侄媳"。这简直就是在践踏他的尊严！

徐茜叶心里有些失落，但还是跟着舒清因叫了声"侄媳"。

沈司岸一听这称呼立马乐了，清俊的眉眼都染上了别有意味的笑意，意思就是还好，不算吃亏。

"好可惜，"徐茜叶叹了口气，"其实你是我喜欢的类型哎，原本想着你要是单身就勾搭一下的，没想到你已经是我大侄子的人了。"

孟时从冷笑一声："想勾搭是吗？过来。"

"不不不，我怎么能抢我大侄子的人？"徐茜叶虽然有点儿醉意，但不至于丧失人性，"只能说我们没缘分了。"

孟时冷冷地看着她："谁说没有？"

说完他一把拉过徐茜叶，在所有人都没反应过来的时候，直接将人箍在怀中，然后对微微愣怔住的沈司岸说："你房间借我用一晚，你去开个新房间吧。"

"砰"！

房门被关上了。

沈司岸扶额，心想这孟时还真是经不起调戏。

平常也很少看他找女人，以为他都四大皆空了，没想到今天多喝了点儿酒感觉说来就来。

他转头去看舒清因，似乎想说什么。结果这女人直接无视他，转身回房间了。

"啧。"

可能真要开新房间了。

沈司岸穿着睡袍，不方便下楼叫人，只能硬着头皮走进对面的房间借电话。

他刚进去就看见舒清因坐在地毯上喝酒。

"借我电话用下。"他说。

舒清因仰头就灌了口酒，直接吹瓶，喝完后舔了舔嘴唇才回答他："随意。"

"你要这么喝还不如直接喝啤的，这酒都被你糟蹋了。"沈司岸有些心疼地毯上这些酒，顺势走到她身边，替她从矮桌上拿了个玻璃杯，"用这个喝，酒是要用来品的。"

"喝个酒还这么多讲究，大气点不行吗？"她说完又推开杯子，仰着头往嘴里灌酒。

沈司岸叹了口气，站起身去找电话了。

前台这边听说了他的状况，说会赶紧安排新的房间，然后派人上来送房卡。

沈司岸坐在沙发上等人来。

舒清因在他和前台沟通的间隙中，又喝了一瓶酒了。

沈司岸靠着沙发闭目养神。他今天不光自己喝，还替舒清因挡了不少酒，原本也喝得有些多，后来有点晕了才和徐董打了声招呼离开了宴会厅。

孟时原本打算回家，沈司岸想起今天接触了不少人，所以就叫孟时晚上跟自己一起住在酒店商讨下柏林地产后续跟其他企业的项目开发合作，反正套房又不是只有一个房间，随便分一间给孟时住就行了。

好不容易准备休息了，门外又开始吵闹。

沈司岸觉得今天自己对舒清因有些过分关注了，所以叫孟时开门让她安静点儿。

孟时本来不太情愿，说："你的小姑姑，你自己去说。"

沈司岸斜睨着他："你比我正人君子，且省得你又觉得我对已婚妇女有什么想法，你去吧。"

孟时用眼神问他："难道你没有？"

沈司岸语气正经："正是为了证明我没有，所以你去。"

两个人掰扯了半天，最后还是孟时妥协，开了门。

然后就成了现在这样。

早知道任她舒清因在外面疯一晚上也不开门了，现在好了，他没地方去了。

沈司岸懊恼间，忽然膝盖一暖。他睁开眼睛，低头，舒清因正跪坐在自己面前，把头靠他的膝盖上。

她卸了妆，五官精致，面容白皙，咧嘴甜甜地冲他笑了笑。

沈司岸可从来没看见舒清因对他这么笑过。

她又用下巴蹭了蹭他的膝盖，软软地问："你怎么不喝了啊？"

沈司岸倾身用指尖戳了戳她的脸："小姑姑？"

她似乎很不高兴他这么戳她，皱着眉伸手推开他："别碰我。"

沈司岸收回手，哼哼两声："谁想碰你。"

待在这儿他都觉得委屈死了。

好在这时送房卡的终于来了，沈司岸如释重负，赶紧起身绕过这满地毯的酒瓶走到门口给人开了门。

侍应生递上房卡，跟他说新房间在哪儿。

沈司岸刚说了声谢谢，忽然腰间一紧，被人从背后抱住了。

身后矮他一头的女人正将脸埋在他的背上，带着哭腔问他："姐姐，你要去哪儿啊？你不陪我喝酒了吗？"

侍应生和沈司岸都很蒙。

沈司岸扒拉开她的手，催促侍应生："走，我们赶紧下去。"

把她丢在房间里自生自灭，门一关，世界与他无关。

舒清因坐在地上，直接哭了出来："姐姐，连你也不要我了！"

侍应生以一种极其复杂的眼神看着眼前的两位客人，最后咽了咽口水，提议道："先生，要不我先帮您把这位小姐安顿好再带您去新房间？"

沈司岸："好。"

结果舒清因又不要了："别碰我，只有我姐能碰我。"

侍应生被嫌弃了，有些无奈地给了个"爱莫能助"的眼神给沈司岸。

"我待会儿自己去，你先去忙你的吧。"

侍应生赶紧点头，头也不回地走了。

沈司岸重重地叹了口气，蹲下身一把横抱起眼前的女人往房间走，语气有些崩溃，又有些无奈："你这女人怎么每次喝醉了酒不是骂人就是认错人？"

他抱着她，看不见脚下的酒瓶，一路上碰倒了不少，发出清脆的碰撞声。

舒清因抱着他的脖子撒娇："茜叶姐姐，你对我最好了。"

这是已经彻底喝迷糊，神志不清了。

沈司岸冷笑："什么茜叶姐姐，我是你司岸哥哥。"

舒清因又娇娇地叫了两声姐姐，叫得十分软糯，像是要把人心给叫融化。

她太轻了，沈司岸几乎没费什么力气就将她送回主卧房的大床上。

舒清因刚开始还抱着他的脖子不撒手，挣扎之间，她身上那股若有若无的香味又钻进了他的鼻腔里。

沈司岸呼吸有些急促，咬牙骂了句脏话，捏着她的后颈肉把她当橡皮糖一样往外扯。

她后颈那块儿的肌肤实在太嫩，沈司岸的指尖都在发烫，最后还是将她扔在了床上。

他看着陷在被子里的女人，将手放在背后捏成拳头，想要赶紧摆脱刚刚那股酥麻的触感。

"姐姐，"舒清因闭着眼睛，抱着被子喃喃地问他，"刚刚的小帅哥呢？"

沈司岸哼了声："什么小帅哥，这里只有大帅哥。"

"大帅哥不行，"舒清因撇嘴，很嫌弃，"我喜欢年龄小的。"

沉默良久后，沈司岸崩溃地坐在床边，报复性地用手捏了捏她脸上的肉，几乎是咬着牙冲她哑声说："小姑姑，闭嘴睡觉。"

第 8 章

醉酒

他的嗓音低沉，像是被砂纸磨过，传入耳中时有些痒痒麻麻的。

舒清因抬手揉了揉耳朵，抱怨道："你好凶。"

"你到底醉没醉？看清楚我是谁。"沈司岸皱着眉头，倾下身子仔细观察她的脸，"你是不是故意装醉想趁机占我便宜？"

舒清因还眯着眼睛，闻言又咧嘴傻笑："你有什么便宜可占的？"

说完，她嘴角还配合地往旁边撇了下，做出一副十分不屑的样子。

沈司岸眯着眼睛看她，复又将她颊边的一缕发丝缠在指上，声音又比刚刚低了几分："有没有你占占看不就知道了？"

她埋在枕头里的小脑袋又摇了摇："我对女人不感兴趣。"

沈司岸舌尖抵腮，眸色渐暗，他不是什么坐怀不乱的男人，把她抱上床，当然不想让其他人占了便宜。

他直接伸手将她从床上捞起来，有力的胳膊环住她的腰引她坐在床上，女人醉得浑身无力，纤细的背脊软绵绵地倚靠在他的手上，沈司岸单膝跪在床上，另一只手托住她晃晃悠悠的下巴。

她的睡袍丝滑软平，沈司岸感受到她的蝴蝶骨凸出的地方和脊椎微微下陷的曲线，除此之外再没有感受到任何束缚。

他当然知道只要轻轻解开她腰间的系带，就能知道她到底穿没穿。

"睁眼。"沈司岸沉声道，"看清楚我是谁。"

舒清因的睫毛颤了颤，眼皮宛如有千斤重，喃喃道："我想睡觉。"

这样被托坐着并不舒服，虽然背后有只手牢牢地撑住她，但她还是喜欢软和的床垫。

"舒清因。"沈司岸抿唇，语气中带着愠怒，从嗓子眼里挤出了她的名字。

扶着她的那只手正在发烫，有股不可名状的火苗徐徐燎至全身，几乎是拼命压抑着自己。

男人红着眼睛，用气音向她问罪："你玩儿我是吧？"

她嘴角向下撇，语气含糊："姐姐，我想睡觉，不想玩儿了。"

说完她就真的好像要睡过去，睫毛不自觉地扫了扫下眼睑，最后像把乖巧的小扇子静静安放着，落下一道浅浅的阴影。现在她应该是卸了妆的，眼皮那块儿没有抹别的颜色，却又不同于她肌肤的莹白，铺着层若有若无的粉色，和她脸颊边的天生的红晕差不多，像是桃花的花蕊。

他喉结动了动，略带急促的呼吸打在她的脸上。

舒清因不舒服地蹙起眉头，下意识伸手挡住了这股气息，柔软的指腹搭在他的唇间，似有似无的力道。

沈司岸忽然觉得有点儿痒，将她的手拉开。他捏着她的指尖，像是捏着温润的玉。沈司岸垂眼看过去，发现她手上还是什么都没装饰。只是这样近的距离，才终于看到她左手无名指那儿有圈小小的痕迹。

她结婚了。

沈司岸从喉间吐出一口浑浊的气，最后又将她放回到床上，坐在床边边冷静、边发呆。他用手肘撑着膝盖，掌心盖着眼睛，启唇痛苦地"啧"了两声。

再待在这儿谁都别想睡了。

冷静过后，沈司岸下意识地叫了声"Siri"，想问问现在几点了，然后才意识到他的手机落在自己房间里了。

但 Siri 还是回应了他。

"什么事？"

他朝着声音看过去，原来是她的手机。

沈司岸挑眉，看来她手机不认主啊。

"现在几点？"

"现在是十一点四十八分。"

这么晚了，沈司岸又想起今天是舒清因的生日。

好好的生日过得也不像生日，倒像是一年一次的大型企业聚会，她这个寿星公好像也没有很开心。

今天过去了，等下次生日就又是一年了，他想了想，拍了拍身后微微鼓起的被子。

被子动了几下，女人不耐烦的声音响起："干吗？别吵我。"

"还挺凶。"沈司岸唇角微勾，也没生气，"看在你过生日的份上，陪你再待十几分钟吧。"

十一点五十九分，离她生日过去还有不到一分钟。

沈司岸懒懒地掀起眼皮，卧室里昏黄的灯下的影子，将男人挺直的背映在床边。

他漫不经心地启了启唇，而后对着沉沉睡过去的女人说了句："生日快乐。"

舒清因没有回答，应该是彻底睡过去了。

次日清晨，舒清因是在床上醒过来的。

她揉着太阳穴下床倒水喝，等走到客厅才发现这满地的狼藉。

昨天真是放肆喝了很多啊。

绕着客厅看了两圈，她才发现徐茜叶不知道去哪儿了。印象中好像是她送自己回酒店的，舒清因想了半天，也想不起为什么一起床徐茜叶就不见了。

她一个无业游民又不用上班，所以排除提前起床上班打卡的情况。

套房门被叩响，侍应生隔着门问她需不需要早餐服务。舒清因去开了门，发现侍应生的推车上都是些冷食的西式早餐。

宿醉过后，舒清因的胃还是不太舒服，吃不下这些填肚子的谷物类，只能摇摇头说不用了。

侍应生点头，接着就要离开，舒清因又叫住他："你不问问对门吗？"

既然是一样的套房，那早餐服务应该也是一样的。

侍应生回答："沈先生昨晚不住在这里，他的早餐我已经给他送去楼下了。"

什么意思？

但她也没心思想，今天是工作日，等下收拾收拾就该去公司打卡了。

侍应生正要走，刚巧看见在走廊尽头从电梯里出来的男人。

比较注重穿着的人一般很少会这样大摇大摆地穿着睡袍上下楼的，舒清因看到沈司岸还穿着睡袍，正沉着脸朝这边走过来的时候，一时间有些怔愣。

他的头发还没梳，柔软的黑色短发耷拉在额前，舒清因本能地盯着他和往日里不一样的地方，不知怎的从内心深处浮起一股淡淡的尴尬来。

她张了张嘴，撇过头躲开了他的眼睛。

舒清因也不知道自己为什么要躲。

沈司岸耷拉着眼皮一副懒洋洋的样子，薄唇微抿，清俊的脸上浮起不明意味的神情。

"醒了？"他拖长音调，浅眸盯着自己的房门，"这两位还没醒呢。"

舒清因有些蒙："什么？"

沈司岸蹙眉，声音有些低："昨晚的事儿。"然后见她冲自己茫然地眨了眨眼睛，他又止住话，倏地扯着唇角不屑地笑了两声，"忘了是吧？我就知道。"

她问他："昨晚怎么了？"

"你都忘了还问什么问？"沈司岸挪开目光不再看她。

舒清因看他表情不太对劲儿，只好大胆假设，小心求证："我对你酒后乱性了？"

沈司岸半晌才哧了声："你想得美。"

说完他轻轻咳了声，不再接她的茬儿，直接走到自己的房门口，有些不耐烦地敲门。

"起床，上早朝了。"

没动静。

沈司岸转头又对舒清因说："你打个电话给徐茜叶，让她赶紧起来，我和孟时今天还有事儿要办。"

徐茜叶昨晚是睡在沈司岸房间里的？

她顿时防备地看着他："你对我姐做了什么？"

沈司岸讥讽道："你傻吗？我被关在外面我能做什么？你应该问的是你姐对孟时做了什么。"

两个人还在门外拉扯不清，房内的人终于醒了。

徐茜叶还是穿着昨天那身睡袍，像做贼一样悄悄打开了门，结果刚打开门就看见门口站着她表妹和她大侄子。

两个人同时看向她，她憋了很久，也只能干巴巴地说："……早。"

沈司岸扬了扬下巴："孟时呢？"

"还在睡。"徐茜叶咬唇，有些懊恼，"昨晚喝多了，害你在外面睡了一夜，对不住啊。"

沈司岸面无表情地看了她两眼，绕过她进房间了。

徐茜叶看着紧闭的房门，尴尬地摸摸鼻子，然后侧身又看见舒清因正冷着脸瞪她。

　　还不等她开口，舒清因冷冷出声："你昨天抛下我不管，在对门和别的男人睡了一夜？"

　　"你听我解释，我那是喝多了。"

　　舒清因也不听她解释，直接回房关门，留下腰还有些疼的徐茜叶在走廊上怀疑人生。

　　最后还是徐茜叶敲着门道歉，舒清因才勉强给她开了门，顺便盘问了有关昨天晚上的事儿。

　　徐茜叶昨天晚上陪她喝了不少酒，她又嚷嚷着要出去玩儿，搞得徐茜叶这个做表姐的也有些空虚，上一次谈恋爱都不知道是哪年哪月的事情了，再然后舒清因扒着房门非要找小帅哥道歉，好巧不巧对面房门开了，站着一个从头到脚都长在徐茜叶审美点儿上的酷男。

　　酒劲儿上头，当酷男将她抵在房门上和她狠狠接吻时，徐茜叶整个身体都被火点着，恨不得化身成白骨精把这男人吃进肚子里。

　　大约吻了十几分钟，两个人都喝了酒，唇间交换着彼此残余的酒气，孟时最后刹住了车，粗糙的指腹揉上她的唇瓣，替她擦去唇边残留的口红。

　　男人刚接了吻，低音炮里还带着浓重的情欲，问她感觉如何。

　　徐茜叶大脑充血，迷迷糊糊地点头。

　　男人扬起眉，冷硬的面庞带着几分轻佻："还叫我侄媳吗？"

　　徐茜叶忽然像个心虚的罪犯，用力推开他，神色惶恐："我们这样是不对的！是会被浸猪笼的！"

　　男人勾唇："接个吻就要被浸猪笼了？那待会儿你可能要直接被砍头了。"

　　之后男人扛着她直接往里间走，天雷勾动地火，徐茜叶身体上是愉悦的，可是内心深处却是对这段关系的担忧。

感官和三观冲突的双重刺激下，男女之事就显得更为热烈。

到最后男人咬着她的耳朵对她说自己只对女人感兴趣时，徐茜叶已经没什么力气再说话了。

舒清因听着都觉得刺激。

徐茜叶捂着脸有些不好意思："我都多久没交男朋友了，这不也是一时糊涂。"

"算了。"舒清因扶额，"看在你抛下我之前还记得把我抱上床，这事儿我就不计较了。"

徐茜叶"啊"了两声："我记得昨天我被拉进去之前，你还在扒着房门要找小帅哥呢。"

"我今天是在床上醒过来的，"舒清因很笃定，"昨天是你抱我上床的。"

徐茜叶也很迷惑："你做梦了吧？虽然你是比我瘦点儿，但我真抱不动你啊，昨天光是扶着你走就够累的。"

"那我怎么……"

她想了想，忽然睁大眼睛，随后整个人陷入呆滞状态。

徐茜叶也不知道舒清因这是怎么了，只知道她从洗漱到换衣服，整个人都如同蔫了的黄花菜，仿佛被抽走了魂魄，连口红都能涂出唇外，要不是徐茜叶提醒，她估计就顶着张香肠嘴出门了。

两个人也不说话，走到停车场的时候，徐茜叶不放心地一把抢过她手中的车钥匙。

她原本是叫司机早上来接她回家，现在看舒清因这样子，实在不相信她能平安无事地把车开到恒浚。

"我来开吧，就你这状态，我还想多活几年。"她直接将舒清因赶到副驾驶位，又问她，"你是不是酒还没醒啊？"

舒清因摇头："没有，醒了。"

徐茜叶扣上安全带，又想着得给司机先打个电话别让人白跑一趟，结果停车场信号不好，手机号怎么也拨不出去。

现在前脚走了的话，万一后脚司机就来了怎么办？但如果现在不走，等赶上交通早高峰，舒清因肯定会迟到。

"要不让沈司岸送你去吧，"徐茜叶给她出主意，"他应该快下来了，我在这儿等司机。"

"不要。"舒清因反应极快，"你在这儿等司机过来吧，我自己开车就行了。"

徐茜叶猝不及防被赶下车，眼睁睁看着她表妹猛踩油门，以超高超的倒车技术，在十几秒内成功将车掉头，然后留下车尾气。

这老司机般娴熟的技术，完全看不出是挂过科目二的人。

"搞什么？"徐茜叶不明所以。

时间已经接近九点，沈司岸和孟时两个大男人还没从酒店出发。

孟时早就一身清爽地坐在沙发上悠闲地喝着茶，等杯里的茶快见底了，才抬眼看着站在镜子前系领带的沈司岸，语气平静："你已经换了七条领带了。"

沈司岸单手又扯掉了刚系好没几秒的领带丢在旁边，声音有些闷："今天非得去恒浚不可？"

"沈总，今天的行程是你昨天晚上临走前亲自跟徐董约好的。"孟时瞥了他一眼，"你想爽约？"

沈司岸走到孟时对面的沙发上坐下，搭着扶手懒懒出声："你昨天真开荤了？"

孟时挑眉："你问这个做什么？"

"我看你昨天和恒浚的人聊天也没这么眉飞色舞，我换条领带你都催了好几回，不就是想见徐茜叶？"沈司岸弯腰顺势也给自己倒了杯茶，语气悠悠，"人家根本就不在恒浚上班，你见不到的。"

"她在哪里上班？"

这句话几乎是下意识地就问出来了。

沈司岸拉长音调，吊儿郎当地反问他："想追？"

"有问题？"

沈司岸耸耸肩："没有，就是觉得人家既然能一声招呼不打就走，连个联系方式都不留给你，很明显就是没想法，你可能要吃闭门羹。"

孟时眯眼，又淡淡地说："总比已婚的好。"

沈司岸握着杯柄的手忽然顿住。

他再看孟时，发现这男人脸上写满了"来啊，互相伤害啊"几个字。

舒清因到恒浚的时候，发现今天的工作氛围好像不太一样。

她年轻，又是空降副总职位，舒清因知道自己几斤几两，很少摆上司的谱儿。

只是今天这严谨的工作氛围，有一种她还在念书那会儿，班主任说今天上课有领导来旁听，所以大家十分配合地收起心思，营造全员三好学生假象的意思。

她大感不妙。

果不其然，助理又哭丧着脸从茶水间端了杯热茶出来。

"我妈又来了？"舒清因凑到助理身边小声问。

她今天开车不太专心，到公司楼下的时候已经迟到，这会儿快九点半了，早过了平常上班打卡的时间。

助理点点头："不光是徐董来了，董事局有几位今天也来了。"

舒清因有些发愣，今天又不是开大会的日子，这些吃红利的退休老臣怎么也来了？

她满腹狐疑地推开办公室的门，身子还没进去，徐琳女士不带任何感情的责备声先响起来了。

"你迟到了。"

"有点儿堵车。"除了这个理由舒清因也不知该怎么辩解，"我听张赫说叔叔他们今天也来了？"

张赫就是她的助理，这时候正端着茶恭恭敬敬地请徐董赏脸喝两口。

"嗯，他们不放心你，所以说要过来看看。你也不用太紧张，平常心对待，昨天晚上我也跟柏林那边打好招呼了，他们应该不会太为难你。"

舒清因有点蒙："什么柏林？"

徐琳女士皱起眉头："昨天我嘱咐你的都忘了？我和沈总约好了今天来公司。"

她仔细搜寻脑海中的记忆，没想起来。

那时候喝得晕乎乎的，如果不是徐茜叶送她回酒店，她估计在大厅里直接就睡过去了。

徐琳女士的嘱托向来只说一遍，舒清因当时醉醺醺地点了几下头，徐琳女士就当她听进去了，之后再没提起。

"你昨天到底喝了多少？我跟你说的你都不放在心上吗？对待工作你就是这个态度，等我和你晋叔叔真撒手放权了，你觉得你还能安安稳稳地当你的挂名副总吗？"

徐琳女士一连串的疑问问出口，又重重叹了口气："昨天看你应酬得挺好，原来只是三分钟热度。"

舒清因知道自己不占理，垂着头任由徐琳女士指责。

"今天不是正式谈判，只能算是我们邀请沈总过来坐坐，顺便带他参观参观我们恒浚。你和他还算比较熟悉，所以这事儿就交给你负责了，到时候我会和你几个叔叔在后面跟着你们。"

这跟以前念书的时候领导过来参观课堂教学有什么区别？

舒清因光是想想都觉得头皮发麻。

徐琳女士发现她脸色有点不对劲儿，又敲了敲桌子："你听进去了吗？"

舒清因点头："知道了。"

"那我先上楼了，待会儿沈总来了你去下面接一下，直接带他到董事办来。"

还要她接？恒浚又不是没有负责接待的人，为什么要她下楼接？

舒清因腹诽着，又不敢宣之于口，只能窝囊地点头答应。

徐琳女士踩着高跟鞋离开了，张助理的茶再次惨遭冷落。

张助理心态崩了："好歹喝一口啊。"

结果舒清因板着脸直接从张助理手中拿过茶杯，仰起头来了个一口闷。

张助理目瞪口呆地看着她："舒总，您不是不喜欢喝苦茶的吗？"

舒清因喜甜，这种养生性质的苦茶她向来是没兴趣的。舒总没回答他，只是烦躁地抬脚，用高跟鞋的尖头轻轻踢了踢桌脚。

二十分钟后，徐琳女士通知她沈总到了。

舒清因站在公司正门楼下，后面跟着以市场总监为首的几个高管。门口负责值班的两个保安站在一侧，小声说着悄悄话。

"这是谁要来啊？怎么小舒总都亲自下楼等了？平时晋总和徐董他们过来都没这待遇。"

"我哪儿知道，待会儿来了不就知道了？"

两个人又交头接耳了几句，随即闭嘴专心等人过来。

大堂这边聚集了不少捧着文件不愿回到工作岗位的人，一是觉得小舒总亲自下楼等人稀奇得很，二是这阵仗看着实在有些大。

平常小舒总就喜欢窝在三十多层的副总办公室里，除了在那层工作的员工，一般人只有在早上上班打卡，或是下午下班回家的时候能见到她。

自从一年前小舒总空降，恒浚某些老员工们就有些担心，生怕这个才毕业没多久的小舒总把恒浚几十年的基业毁于一旦。

　　结果这位小舒总工作事务上头有个晋总撑着，又有徐董时不时过来监察督导，一年多来，恒浚管理层相安无事，小舒总和他们普通上下班的员工没两样，每天准时上下班。直到这次恒浚拿下和柏林的合作，晋总在外公干，项目才落到小舒总头上。

　　懂点内情的人都知道，这是徐董已经开始放权，准备让舒清因慢慢掌权了。

　　瘦削纤细的恒浚未来掌权人站在最中间，一干沉稳的西装高层中，她上身的酒红色领结衬衫显得尤为亮眼。

　　即使隔着不透光的挡风玻璃，也能让人一眼就将目光落在她身上。

　　车里的男人敛眸，将搭在膝间的手不经意攥紧了几分。

　　"沈总、孟总，到了。"

　　黑色轿车缓缓驶入大厦一楼。

　　后面跟着的两辆车上，是关于此次地皮开发，港城柏林地产总部派过来的高层。

　　天气渐冷，省内地势高些的地方已经开始降霜，舒清因穿着及膝的包臀裙，膝盖以下的小腿露在外面，大门口又没有暖气，她几乎是靠着深呼吸才抑制住双腿的打战。

　　司机替坐在后座的人打开了靠近里侧的车门。

　　皮鞋锃亮，被垂感极佳的西裤包裹着的男人修长结实的双腿映入众人眼帘。

　　等人下了车，并不了解高层工作安排的普通员工们终于知道为什么平常懒得下楼的小舒总肯纤尊降贵，这么冷的天气还站在外面迎接了。

　　原本沈司岸来之前，舒清因是身体打战，她快冷死了。

　　现在人来了，她是心打战。

　　没有什么比一个很有可能刚在前一天目睹了自己发酒疯的男人，

现在成了她不得不为五斗米折腰而站在这儿迎接的甲方更尴尬的事儿了。

沈氏掌权人金贵，哪怕是短短的室外时间，他还是披上了光看着就觉得暖和的呢子大衣。

等人走到舒清因面前时，舒清因原本已经做好了心理准备，正打算露出公式化笑容和他说一声"早上好"。

她启唇，牙齿有些打战，说话晚了那么几秒。

倒是沈司岸先开的口，他瞥了下她单薄的穿着，神色散漫。

"你不冷吗？"

恒浚和柏林的高层都没料到沈司岸第一句话是这个。两群人面面相觑，不敢接话。

舒清因闭上眼睛，最终还是决定无视他这句听起来不怎么避嫌的调侃。

她朝他伸出了手："沈总，欢迎你来。"冷淡而客套的搭腔。

沈司岸笑了笑，秀气狭长的眼尾向下垂着，只用指腹轻轻碰了碰她的指节，连手心都没碰到，是相当有绅士风度、克制保守的触碰。

舒清因一路带着他坐上电梯，引起不少人注目，不过几分钟，整个恒浚总部都知道他们小舒总终于彻底摆脱上下班打卡的无聊坐班旅途，正式接手项目，开始掌握实权。

沈司岸就站在自己身边，舒清因忽然有些懂了为什么徐琳女士让她下楼接人。

说是过来喝茶的，实际就是正式签约前，甲方过来打探打探情况，顺便聊聊这个合作的一些细节。

会议桌前，恒浚这边基本都是姓舒的，他们和徐琳女士的开场白如出一辙——先攀亲戚关系。

沈司岸无所谓，要攀就攀，别让他叫那些乱七八糟的称呼就成。

舒清因兴致缺缺，而且她的这些叔叔原本就不爱丢话头给她接，生怕她闯了祸得罪了眼前这位沈总。

　　他们其实并不赞同让舒清因一进公司就坐上高层位置，只是恒浚股权并非均等分，徐琳女士拥有董事会的绝对话语权，他们就是再不乐意，也只能讷讷地点头同意。

　　喝了两杯茶，舒清因提出要去趟洗手间。

　　好不容易从会议室出来，她刚舒了口气，又被人从背后叫住。

　　徐琳女士很明显对她刚刚的表现不满："你叔叔他们都在里面坐着呢，你怎么能说出来就出来？"

　　舒清因靠着墙，低着头嘟囔："妈，你不也出来了。"

　　"沈总说有个电话要打，暂时歇会了。"徐琳女士说到这儿又叹气，"你刚刚怎么也不和沈总说话？昨天我看你们不是聊得挺好的吗？"

　　"……"舒清因抿唇，语气有些含糊，"昨天是昨天，今天是今天。"

　　徐琳女士很明显没懂她话里的意思，疑惑道："那人家看你的时候，你总要回个眼神吧？你老躲什么？做贼心虚？"

　　舒清因有些无奈地看着她妈："妈，你刚刚不会一直在盯着我看吧？"

　　不然怎么这都能发现？

　　徐琳女士没搭腔，她完全不觉得这有什么问题："所以你和沈总怎么了？"

　　"没怎么。"

　　她说完，踮起脚用鞋尖蹭了蹭地板。

　　徐琳女士纵横商场多年，情商和智商都已修炼到一定等级，舒清因又是她生的，现在看她这副模样，很快想到某种可能："你是不是怕俊珩吃醋？"

　　舒清因莫名其妙："啊？"

徐琳女士语气又轻松了下来："我还以为你和俊珩还在为地皮的事儿吵架呢，看来你们已经和好了？"

听到"和好"两个字，舒清因又沉默了。

她抿了抿唇，过了好一会儿才开口："妈，我和宋俊珩和好不了。"

徐琳女士皱眉："和好不了是什么意思？"

"就是，"舒清因索性一口气说出来，"我不想跟他一起生活了。"

她这话说得很委婉，但徐琳女士懂了。

意料之中的责备和拒绝都没有，直到她听见徐琳女士问她："一年前，如果你没有和宋氏联姻，你觉得光靠我，能力排众议让你顺利进入恒浚高层吗？"

舒清因没说话。

"你爸想将恒浚交给你，但你现在没有这个能力。"徐琳女士给她分析，"你要和俊珩分开，我先不说恒浚这边会不会有影响，你自己呢？你考虑过吗？"

舒清因轻声说："我不想因为这些所谓的利益权衡，勉强自己和一个根本不想再和我有瓜葛的男人捆绑起来。"

"那你能找到比宋氏更合适的联姻对象吗？不光要能稳住你在恒浚的地位，也能让你不再需要我的保护。"徐琳女士反问她，"如果你能找到，你爱怎么样就怎么样。"

第 9 章

离婚

徐琳女士话已至此，权衡利弊跟她说得清清楚楚。

想离婚，没那么容易。

舒清因有些泄气："我就非得找个联姻对象不可？我独自美丽不行吗？"

"那就把柏林的项目做好，让董事会那群人闭嘴。"徐琳女士扯了扯嘴角，"就你刚刚那表现，你让我怎么相信你？我不管你和沈总之间发生了什么，至少现在他是恒浚的甲方，也是你的甲方，伸手不打笑脸人你懂不懂？我们跟他那点儿亲戚关系，也只能口头上说说，人家不认我们也没办法。"

"知道了。"舒清因耷拉着头，漫不经心地说。

"我也想让福沛拿到这个项目，俊珩说到底是你丈夫，我们更不必这么大费周章地去讨好对方。把这份工作交给你，也是觉得你和俊珩之间不用讲究那么多，他有些地方也能帮你。现在福沛没拿到，我们的合作方成了柏林，沈总有什么义务无条件地容忍他的合作伙伴在项目上的疏忽和不上心？你是在代表整个恒浚跟他合作，而不是你个人。"

徐琳女士教育人确实有一套，大段话说下来，就连舒清因也觉得自己的态度有问题。

她和沈司岸之间再尴尬，那也是私事，今天他出现在这里，也并非以个人身份跟她谈生意，而是代表了他背后的柏林地产。

公是公，私是私，公私当然要分明。

在徐琳女士看来，她是这个项目最合适的负责人，其中最大的优势就是她和沈司岸比较熟悉。工作和人际关系密不可分，做生意的都不是傻子，有捷径可走，谁还会傻乎乎地墨守成规？

脚踏实地的鸡汤都是说给没成功的人听的。

徐琳女士见她神情渐渐认真了起来，终于舒了口气："好了，休息够了就进去吧，记得表现好点儿。"

"嗯。"舒清因小声说，"谢谢妈。"

徐琳女士轻咳，语气有些不自在："要谢我平常就少跟我吵架吧，你爸在天上看到我们吵架心里肯定也不好受。"

母女俩再回到会议室时，沈司岸还没回来。

"沈总还没打完电话？"

"出去就没再回来。"

这都十几分钟了，就算是甲方，未免也太过傲慢。

舒清因站起身："我去找他。"

"清因，沈总在外面打电话，你去打扰人家干什么？别惹人生气了。"董事之一、她的某个堂叔很明显不赞同她这个想法。

"没事。"舒清因摆手，"我跟他熟，他不会生我的气的。"

几个叔叔纷纷挑眉，刚开会的时候明明一句话都没说，不知道的还以为她怕生。

徐琳女士微微笑道："清因和沈总之前见过好几面了，确实挺熟的。"

几个叔叔半信半疑地看着母女俩。

舒清因附和地点头，然后转身准备出去找人。

再次离开会议室后，她才发现压根儿不知道该去哪儿找，谁知道沈司岸习惯躲在哪个角落打电话。

高层楼的办公员工并不多，即使是上班时间也显得冷清清的。

舒清因没抱希望地给沈司岸拨了电话，结果那边居然接了。

她还没开口，倒是手机那头的男人先说话了："洗手间上完了？"

在手机里，他的声音听着没有面对面说话时那么清晰，低沉的嗓音中，带着他独有的慵懒和调侃。

"上完了。"舒清因边打电话边往四周看，"你在哪儿？"

"干吗？"

舒清因说："我过来找你。"

"找我做什么？"沈司岸轻嗤，有些不屑，"我跟你不熟。"

这男人长得一副矜贵斯文的少爷样儿，怎么这么小气？

不过还好，在她绕过正堂转角后，在茶水间的玄关那儿看到了沈司岸。

沈司岸的右手还抵在耳边，双腿交叠，悠闲地靠着墙，没发现她已经找到他了。

舒清因就那么看着他，然后掐掉了电话。

沈司岸对着手机"喂"了几声，发现电话居然挂了。

他面色微愠，不爽地抿着唇，收好手机就要离开，然后才看到转角处拿着手机对着他笑的舒清因。

"不打电话干吗在外面待这么久？"舒清因走到他面前，眼珠子转了两圈，语气轻松得有些反常，"走吧，我们继续开会。"

沈司岸垂着眼睛，语气颇淡："你不是不想开？"

舒清因："没有啊。"

她真诚地看着沈司岸，他眯起眼，也没表现出任何情绪，然后很轻地"嘁"了一声。

再回到会议室后，舒清因表现大变，开始占据话语主导权。她那几个叔叔想要插嘴，都愣是插不上话。

沈司岸之前在听那几个董事说些有的没的，本来意兴阑珊地扶着下巴听着，现在回来继续，又换了个人吹。不知道是因为打了个电话把刚刚听进去的话都一股脑儿倒出来了，还是因为意识到得给乙方卖个面子，他居然抬起眼皮听起来，还能时不时从舒清因的话里套点信息出来。

舒清因从恒浚前几年中标的项目中挑出几个典型的来说，其中和柏林地产所拍下的童州政府出让的 14 号地块情况相似的 13 号也为恒浚所中标，这也是这几年来整个市区大型规划的商业 CBD 地标建设之一。

连徐琳女士都以为她平时坐在办公室就是等下班，毕竟关键文件大多不经她手，直接由总裁批示，没想到她居然能吃透恒浚四五年前的建设项目内容，还真吹出点儿实绩来。

柏林地产高价拍下 14 号地块，没别的目的，就是想要在嘉江上游那块儿重新规划出一片新的中央商务区，和福沛的打算差不多，只是柏林旗下商业品牌"雅林"的价值明显高于福沛的。

舒清因明白这点，所以才会重点挑由恒浚参与设计开发的商业项目说。

"我大概了解了。"沈司岸点头，语气带笑，"我相信恒浚。"

舒清因本来还以为他会抬杠，没想到他这么快松口。她悄悄瞥了眼徐琳女士，她妈冲她点了点头，以示肯定。

那就进入下一个流程吧。

"那我带沈总随便逛逛？"

一行人浩浩荡荡地走出办公室，舒清因却也没有放下心来。因为她后面几个叔叔跟得死死的，似乎不放心她带着沈司岸"随便逛逛"。

电梯到达员工办公楼层，本来好好上着班的员工看着一群西装大佬步伐统一地朝这边走来，一开始还以为是领导过来巡查，走近了点儿仔细一看，还真是领导巡查。

只因平时大多是人事管理部门的领导过来巡查，今天格外与众不同，基本上不下楼的小舒总后面跟着几个董事，一群人像是微服私访一样往楼下走。

平常对工作不怎么上心的小舒总一路带着笑，给甲方又是介绍这个又是介绍那个。

员工群里都在讨论小舒总这是转了性了。

大佬们到市场部这边来了，去厕所摸鱼的赶紧回来啊！

小舒总今天转性了，平常从来没见过她这么热情的样子。

你也不看看小舒总旁边都站着些谁！

我讲真，就是平常徐董在，小舒总的工作状态也不见得有这么好。

总裁办的表示小舒总真的没怵过谁，就是晋总去找她，她也没这么……殷勤？

这叫敬业，什么殷勤！

我看柏林的那个沈总看着挺好说话的，为什么小舒总还要这么……敬业？

可能只是看着挺好说话？

没有吧，沈总一直笑着呢！

说实话沈总真的蛮帅的。

现在大佬们到几楼了？单身姑娘们冲啊，快点端杯水往他身上撞啊，下一个偶像剧女主角就是你！

傻子才会相信偶像剧里的情节。

偶像剧里泼上司一杯水，明天就嫁入豪门；现实生活中泼上司一杯水，明天结工资滚蛋。

都别做梦了，小舒总就在旁边，人家会配合演出？

小舒总都结婚了，不纳入沈总考虑范围。

结了婚也能离啊，你们看福沛的少东家自从丢了项目，最近有出现过吗？

哪儿那么容易离？你从大街上随便找一对要离婚的夫妻，

人家那财产分割都能拖上大半年。

小舒总和她老公关系本来就不太好吧，除了工作场合好像从来没看他们同时出现过。

不是工作场合你也见不着啊，万一人家私底下很恩爱呢？

那不是言情小说的套路吗？

小说来源于现实嘛！

沈大少要什么女人没有，要是小舒总还未婚这还好说。

未婚就简单了啊，男俊女靓的，还用竞标？

这越说越像言情小说。

你们这群姑娘平时能不能少看点无脑偶像剧，大佬们的私事都拿来八卦了？

那万一沈总就喜欢小舒总这款的呢？为爱甘当备胎啥的。

没几秒，这条信息撤回了，只可惜群里人太多，撤回已经来不及了。

已截图。

你要敢得罪我们，这截图明天就会出现在领导的工作邮箱里。

这已经不是言情小说了，这是玄幻小说！

你们要不要这么狠？我随便说说而已。

他们到行政部这边了，行政部的同志们做好准备，摸鱼的赶紧放下手里的事儿啊！

我以为大佬们不会来！

我就是喜欢你们行政部这种谜之自信。

行政部这层的空调坏了，检修的还没来呢，大佬们不会觉得冷吗？

群里其他人听行政部这么说，才知道这层的空调坏了。

只可惜大佬们不在群里，还是到了这层才感觉到的。

男人们倒还好，穿得严严实实的，女士们就有些惨了，尤其是还穿着裙子的小舒总，刚到这层就打了个哆嗦。

她这时也没办法找借口上楼去穿外套，只能硬着头皮带着沈司岸往前走。

还是沈司岸问了句："这层没开空调？"

行政部经理露出苦笑："今天早上来的时候才发现空调坏了，已经叫人过来修了。"

舒清因冲沈司岸做了个请的手势："沈总，我带您去办公室看看吧。"

一行人浩浩荡荡地穿过办公大堂。

藏在办公桌下的一双双手在手机屏幕上敲得飞快。

　　我头一次这么近地看到小舒总！我们小舒总好漂亮，爱了爱了！

去年年会的时候才在台上远远见过一眼，那时候就觉得小舒总漂亮，果然美女离得越近越能感觉到颜值冲击。

遗传吧，徐董就很漂亮啊，典型御姐长相，我听说小舒总的爸爸也很帅的。

要不是小舒总已婚，我这时候已经端着热茶过去了。

送杯茶而已，还考虑已婚不已婚？

话说小舒总和沈总真的挺般配的啊！

沈总但凡早来一年，小舒总也许就真嫁给他了，柏林和福沛比，徐董肯定选柏林。

柏林地产想要的地皮今年才开始拍卖，沈总难不成未卜先知去年就跑过来蹲守？

　　别瞎想些有的没的了，话说真没哪个男同胞要给小舒总倒杯茶？我看小舒总都发抖了。

　　旁边这都是大佬，无端地给送杯茶，你让没茶喝的大佬们怎么想？

　　要倒茶就要雨露均沾，当然不能只给小舒总一人倒。

　　舒清因腿都快冷到麻木了，她只能无视身后几个董事的虎视眈眈，试图开口："沈总。"

　　她想上楼去拿件外套，实在撑不住了。下午还约了律师过来谈事，要是现在感冒就不太好办了。

　　"嗯？"沈司岸侧身，垂下头看她，眼中隐隐有笑意，"终于忍不住了？"

　　舒清因傻乎乎地张着嘴。

　　沈司岸转头，朝站在董事们后面、跟着他来的人招了招手："拿过来吧。"

　　那人绕过前面的人，将沈司岸的呢子大衣递给了他。

　　"借你。"沈司岸胳膊上搭着大衣，"穿上吧。"

　　整个行政部在座的，包括和他们一起下楼的几个人都愣住了。

　　这是什么操作？！

　　我居然在上班时间目睹了活生生的偶像剧情节？

　　刚刚嘲笑我们行政部空调坏了的同事们！后悔去吧！空调坏了还是有好处的！

　　怎么了？

　　行政部的拍张照啊！

　　你们行政部的疯了？刷屏踢群啊！

　　行政部的大佬们行行好，到底发生什么了？呜呜呜……

就算舒清因不往四周看，也知道四周的眼睛都在盯着她。

她红着脸，连忙摆手："这样不太好吧？"

"都冷成这样了，还有什么好不好的。"沈司岸扬眉，又突然吊儿郎当地牵起嘴角，"你该不是想让我帮你披上吧？"

舒清因赶紧说了声"谢谢"，接过了他的呢子大衣。披上时，鼻孔里顿时盈满了男人独有的淡淡香味。

她穿得单薄，好在这呢子大衣足够保暖，就算遮不住小腿，也足够暂时御寒了。

他这样毫不避嫌的行为，很难让人不往别处想。就连徐琳女士都蹙着眉头，神情复杂地看着走在最前面的这两个人。

舒清因只想赶紧把这层逛过去，但不知道怎的，对其他部门都不感兴趣的沈司岸偏偏对行政部起了兴趣，一点儿都没有要走的意思。

她和沈司岸一直走在前面，和后面的人保持着大约两步的距离，趁着说话的空隙，她用力拽了拽他的西装袖子。

"沈司岸。"

不再是客套的"沈总"。

沈司岸懒洋洋地"嗯"了一声。

她用极低的声音对他抱怨："我们能不能去下一层了？我这样穿着你的外套逛来逛去的，别人会怎么想？"

沈司岸歪头看着她，也轻声问她："怎么想？"

眼见舒清因就要生气了，他这才收起调侃，转头对其他人说："下楼吧？"

其他人饶是穿得多也不想在没空调的楼层继续待着，当然没意见。

沈司岸笑了笑："小姑姑她穿得比较少，有些受不住了。"

你们有没有看过什么偶像剧是男主叫女主"小姑姑"的？

《神雕侠侣》吗？那不是武侠剧吗？

男主叫女主姑姑的，就这个最经典啊，话说行政部的怎么还不拍照片发群里啊？

没必要发了……

你们行政部奇怪得很，一惊一乍的。

行政部的再吊人胃口，等大佬们走了信不信我拿刀下去？

沈总和我们小舒总是亲戚关系吗？

是吧，好像有听说过，反正豪门姻亲关系都复杂。

是亲戚啊，不然你们以为恒浚为什么这么顺利就中标了？

没事了，晚辈孝敬长辈呢！

行政部这一干员工的少女心刚被沈司岸的行为给点燃，转瞬间又被浇灭了。

几个董事也有些迷惑，不禁看向徐琳女士。

刚刚攀了这么久的亲戚关系，也没见沈总对他们叫几声好听的。

徐琳女士语气平静："我说了，他们关系好，不在意这个。"

等到了有暖气的楼层，舒清因迫不及待地脱下外套还给了沈司岸。

沈司岸也没说什么，继续让人给他拿着。

直到恒浚一行人准备将沈司岸送到楼下，舒清因犹豫了很久，才说要和沈司岸单独聊聊。

今天她表现绝佳，董事们想找麻烦也不成，再加上这两个人的关系好像确实挺好的……

他们比沈总年纪大这么多，也没见沈总把他们当正经长辈看，倒是清因这丫头明明年纪比沈总还要小，也不知道沈总是怎么就拉下颜面叫"小姑姑"的。可能清因确实比他们想象中的更有那么点儿本事吧。

既然合同稳妥了，随便他们怎么聊都行。

徐琳女士和几个董事很爽快地离开了。

舒清因这才舒了口气，看向沈司岸，想让他到自己的办公室坐坐。

她带他进了办公室，还特意给门上了锁，把百叶窗都给拉了下来。

不光是办公室里的沈司岸，就连门外办公的一些员工也好奇地伸长脖子，竖起了耳朵。

沈司岸看着她将这一系列鬼鬼祟祟的动作做完，勾起唇饶有兴趣地问她："什么事儿当着人面儿不能说，非要单独聊？"

她发现这人真的挺讨打的，有些事情明明大家都是成年人，不明说也能懂，他非要装糊涂逼着她说出口。

舒清因恨恨道："昨晚的事儿，你说要不要单独聊？"

沈司岸短促地笑了两声："想起来了？"

"没想起来，但大概能知道我做了什么。"

既然徐茜叶昨天被孟时拉进了对面的房间，那么抱她上床、照顾她休息的除了眼前这位没别人了。

"怎么？"沈司岸挑眉，嗓音低沉，"要负责？"

舒清因转而又用一种很奇怪的眼神看着他："我又没对你做什么，负什么责？"

男人懒懒地靠在办公桌边，手抵着桌角，闻言耸了耸肩："那你要跟我说什么？"

舒清因一口气说出了自己的想法："昨晚的事儿，你能不能当作什么都没发生？"

沈司岸没说话。

她不知道他这是答应还是拒绝。

过了几十秒，沈司岸这才启唇，语气里带着些愠怒："铂金汉宫的事情当作什么都没发生，昨晚的事还是当作什么都没发生，你怎么不直接说我们不认识算了？"

舒清因摇头："不行，你是合作方，怎么能说不认识？"

沈司岸皱着眉，几乎气笑："我昨天就应该把你直接丢在门口。"

舒清因小声嘟囔："那倒省心了。"

"那你以后可要少喝点儿酒，免得每次喝醉了都被我撞见。"沈司岸斜睨着她，嗓音低沉得有些可怕，"既然要装作什么都没发生，你最好赶紧换一家酒店。"

舒清因还真听进去了，严肃地点了点头："我知道了，我会马上换的。"

沈司岸的喉头哽了下，而后冷着脸说："知道就好。"

说完也不打算再理会她，径直就要从办公室里出去。

舒清因赶紧走到他面前，伸手拦住了他，仰起头有些执拗地看着他："你还没答应我。"

"你这么急着让我答应干什么？怕我说出去影响你的名声？"沈司岸转开视线不看她，微微顿了下才继续说，"还是怕宋俊珩吃醋？"

舒清因皱眉："这跟宋俊珩有什么关系？"

"你不就是觉得自己结了婚，不能跟我太熟，刚开始连话都懒得跟我说，后面意识到我是甲方，才假惺惺地对我做笑脸。"沈司岸抿唇，道，"虚伪。"

这话舒清因没法儿反驳，他说得挺对的。

沈司岸见她没说话，心里也猜到她这是默认了，黑着张脸沉声命令她让开。

"我已经结婚了，如果我们俩传出点儿什么来，这对你的名声也是有影响的。而且，"舒清因咬唇，犹豫再三才狠下心来跟他坦白，

"按照婚前协议，如果我跟宋俊珩离婚，想薅他的羊毛的话，我自己身上就不能有不利于婚姻关系的花边新闻。"

沈司岸问她："什么离婚？"

"你那天都看到了还问我？"舒清因抬起头瞪他，眼里闪过一丝难堪，"还是从你们男人的角度考虑，也觉得宋俊珩没有身体出轨，所以我想离婚是我小题大做？"

沈司岸抬头，一时间没反应过来她说的是什么。

在他回过神来的时间里，舒清因更加确定了"天下男人一个样"这句真理。

舒清因苦笑："果然你们男人都是这么想的。"

既然没有出轨，那么一切就还有余地。之前无数次的争吵和冷暴力，以及彼此间不断消磨的耐心都算不得什么。

她让开了："算了，你走吧。"

沈司岸没有动，舒清因以为他这是摆谱儿，又抬起手要替他开门。她的手刚握上门把手，就被男人攥住了手腕。

"你不是要走吗？"

沈司岸没回答她的话，只是低着声儿问她："你要离婚？确定吗？"

舒清因警惕地看着他："怎么？你要劝和？"

"我自己都还单身，没那个胸襟给你们劝和。"沈司岸放开她的手腕，语气又恢复到素来的散漫，"昨晚我照顾你的事，就当你欠我的，我会暂时保密的。"

"暂时？难道你还真打算说出去？"舒清因有些急了，语气也不由得激动起来，"你是想被别人说三道四吗？"

沈司岸忽然倾过身来，清澈的浅眸就这样直勾勾地望着她。

舒清因没懂他什么意思。

"我没那么想过，"沈司岸直起身，退开稍许距离，"不许冤枉我。"

他说完，手臂绕过她的身侧，握着把手打开了门。刚拉开门，就看见门外站着一个有些惊慌的男人。

沈司岸挑眉："你是？"

"沈总好，我是舒总的助理，我叫张赫。"助理忙不迭地给他鞠了个躬。

"哦，张助理，你找你们舒总是吧，"沈司岸朝他轻轻笑了笑，"我先走了，不耽误你的事儿。"

张助理又有些犹豫："呃，我送您下楼？"

"不用，我怎么上来的就怎么下去，你忙你的吧。"沈司岸摇头示意不用，"再见。"

张助理点点头，这才和他擦肩而过，走到舒清因身边。

沈司岸还没走远，他听见舒清因问了句"什么事"。

张助理说，律师到了。

沈司岸没再继续听，按照原路下楼离开了恒浚大厦。坐上车的时候，孟时已经等他很久了。

"走吧。"沈司岸拍了拍主驾驶位的车椅，又侧头问孟时，"待会儿想吃什么？我请你吃。"

孟时没理会他，直截了当地问："有机会了？"

沈司岸眨眨眼睛："什么机会？"

他们俩六年的同学，孟时很了解沈司岸的个性。

有时候明明是很明显的事儿，可他兴致来了就喜欢装傻，一旦碰上个比较直的人，就能被他玩儿得团团转，等反应过来的时候，沈司岸早一脸坏笑地得逞了。

孟时盯着他不说话，意思就是"你别跟我装"。

沈司岸挪开眼睛，吊儿郎当地转开了话题："既然你不说想吃什么，那就我来选吧。"

懒得理他。

孟时低下头看自己的手机去了。

他刚发送的微信好友申请，在半分钟前刚被拒绝了。

来自徐茜叶的拒绝理由——别爱我，没结果。

沈司岸想到什么，忽然问他："对了，我给你的徐茜叶的微信号，你加上了吗？"

孟时不动声色地将手机锁屏，淡淡地"嗯"了一声。

沈司岸有些惊讶："可以啊，一晚上你就搞定了，看来你比我想象的厉害。"

这种虎狼之词在孟时看来和讽刺没什么两样。

舒清因跟律师谈了大半个小时。

律师离开后，她整个人像是虚脱般瘫在办公椅上发呆。

律师和她说了那么多，其实也跟她早先预料的差不多。

这婚不太好离。

如果光是她单方面提出离婚，肯定是要上诉到法院，但她手里并没有宋俊珩出轨的证据。宋俊珩也确实没有出轨，他只是在出轨的边缘反复恶心她而已。

而这种情况，舒清因根本没办法跟法官说，甚至法官可能会觉得她神经病。

普通的民事官司光是诉讼流程就得拖上好几个月，就算她有那个能力在最短的时间内拿到各部门的盖章，一旦宋俊珩那边不同意离婚，他们之间的离婚官司就会进入漫长的诉讼过程。

有的人宁可吃点儿亏，也不想上法院，就是因为实在太耗费时间和精力。

钱对她来说倒还在其次。

主要是法律意义上，哪怕实际上他们已经在为离婚打官司，但她还是已婚。这样拖下去，她永远也别想彻底解脱。

"当然，如果舒小姐您能和宋先生心平气和地坐下来好好谈谈，就可以省去这一大堆的麻烦。"

这是律师的原话。

只要双方愿意和平离婚，反正婚前协议也还在，只要宋俊珩点头，这婚还是能离的。

舒清因左思右想，也不认为宋俊珩会这么轻易地点头离婚。毕竟他们福沛刚失了项目，还需要恒浚做后盾。

越往深处想，她就越觉得这婚一开始就不该结。

刚回国那会儿，徐琳女士要给她安排职位，原本舒清因已经做好了先从基层干起的打算，结果徐琳女士一纸任命书下来，直接让她做了副总。

她这几年撑得有些辛苦，又刚接了三局的职位，为保她们母女在恒浚的共同利益，徐琳女士为她选定了最合适的联姻对象。

舒清因的父亲舒博阳从爷爷那儿获得了继承权，原本一手掌握着恒浚集团，只可惜走得实在太急，如果不是他早就拟好了遗嘱，现在舒氏的股份怕是已经均摊于各个董事之手。

她虽然是舒博阳的独生女，也搁不住当时年纪小、没经验，被几个叔叔死死按在下面。

好在徐琳女士替她撑了过来。后来徐琳女士跟她提联姻，舒清因也明白她的意思，没多想就点头答应了。

实权旁落，舒清因相当于只挂了个副总的名头，很多事务哪怕到了她手上，最终的决策权也不在她手里。

她花了整整一年的时间吃透了恒浚的内部运作，学着如何管理企业，徐琳女士一开始的打算就是，福沛拿到 14 号地块后和恒浚签下建筑开发合同，这也是舒清因给董事会的第一份答卷。

只要做好了，总裁的位置迟早还是她舒清因的。

和开始料想的不同，柏林地产像是一匹不知道从哪儿突然冒出来的黑马，拿到了 14 号地块。好在恒浚及时"转舵"，他们还是拿下了合同。

有些事确实难以预料，就像这次福沛失手，似乎冥冥之中也寓示着舒氏和宋氏之间的姻亲关系走到了头。

舒清因不打算再拖下去。

先谈吧，谈不成再说。

她下定决心后，就给宋俊珩拨了电话过去。

电话还未接通，舒清因就在想：看吧，每次都是这样。

无论过错方是谁，永远都不会是宋俊珩主动联系她。他永远都高高在上地俯视她，偶尔给一些小恩小惠，或是耐下性子哄哄她，她就立马傻乎乎地不计前嫌了。

电话接通了。

"清因。"

隔着手机都能听见他声音中的颓靡，舒清因深吸了一口气，对电话里说："你在家吗？我们谈谈吧。"

那边沉默了很久，久到舒清因以为他把电话挂掉了。

"宋俊珩？你在听吗？"

"我在听。"男人的声音听上去毫无波澜，"我在家，你回来吧。"

这好像还是头一次，他在家里等她回来。

"好。"

她挂了电话，直接拿起外套和包包离开公司。

车子开出封闭的地下停车场后，车内的光线也没见多明亮几分。

原本这样的天气，天空总是灰蒙蒙的，可视范围内到处都是挥之不去的水雾，萧索又模糊。

还不到下班时间，路上不是很堵，约莫二十几分钟，她就从公司回到了水槐华府。

这是他们当初用来做婚房的地方，宋氏挑了一处地理位置和景致最好的房子给他们。

住确实是住得挺舒心的，如果不把它当婚房来看的话。

舒清因打开门，迎出来的是用人。

用人用极其惊喜的眼神看着她："太太您也回来啦。"

"嗯。"舒清因将手中的东西递给她，"阿姨，你先去别的房间忙吧。"

意思很明显是要支开她，用人也了解，点了点头转身往卧房去了。

舒清因换好拖鞋，走过玄关直接看到宋俊珩就坐在客厅的长沙发上，那是比起卧室他更喜欢待的地方。

长沙发的左前方是用来放大提琴的地方，宋俊珩以前工作累了，常常会坐在这里盯着大提琴看。

从前舒清因还不明白，只当他是狂热的大提琴发烧友，现在知道原因了，心中不免觉得讽刺。

但是如今大提琴没了，只留下空落落的展示台。

宋俊珩叫她："清因。"

"这里没有外人，我就不跟你兜圈子了。我找了律师，他说我们这种关系不太好离婚，如果上了法庭，时间会很漫长。我们都有各自的工作，这样下去太耗时间了，"舒清因语气平静，仿佛在陈述与她无关的事情，"所以我来找你谈谈，想问问你愿不愿意跟我和平分手。"

宋俊珩半个身子陷进沙发里，闭着眼睛问她："如果我说不愿意，你会放弃离婚吗？"

"不会，如果你不愿意，只能说离婚的过程会复杂一点儿。"舒清因说。

男人语气很轻："就算很耗精力，你也要和我离婚？"

她点头："对。"

宋俊珩启唇，声音有些含糊："我和那女人什么都没有。"

"我知道，她对你来说不重要。那女孩儿段位不高，我三言两语就能戳到她的痛点，你未必就没有一眼看穿她。但只要有一个林祝出现，就会有李祝、王祝出现，她们每一个对你来说都无关紧要，但只要她们出现了，你就会忘了我。"舒清因低下头，"我和你的未婚妻不像，你从我身上找不到她的影子，所以当这个影子出现后，我就什么都不是了。"

宋俊珩蓦地睁开眼睛，喃喃道："如果我和你说，以后都不会再有这种事情发生了，你相信我吗？"

舒清因摇头："这不是相不相信的问题，是我不愿意再给你这个机会了。我们相处过一年，我知道你不爱我。我想过，只要你不去找别的女人，我会慢慢地等你，如果你有一点儿喜欢我了，我就跟你告白。现在想想，我反倒要感谢那个女孩儿。"

感谢她及时出现，让她在越陷越深的当口打住。

"是从什么时候开始……"他顿了下，似乎在思考接下来该说什么，"喜欢我的？"

舒清因蹙眉："你现在问这个有必要吗？"

宋俊珩闭上眼睛，没看她："有，回答我。"

"我爸走得早，他走了以后我就没再接触过别的男人了，你是除了他以外，离我最近的人。"舒清因淡淡地说，"也是我认为跟我最亲密的人。从我们结婚的那一刻起，我就是这样认为的。"

他张了张嘴，也只说出了"对不起"三个字。

"我们离婚吧。"舒清因看着他，郑重而坚定地说，"婚前协议是你拟定的，我可以当作不作数。"

宋俊珩摘下眼镜，英俊的脸上满是疲倦。他垂着头沉默了一会儿，轻轻说了一个字："好。"

舒清因有些怔愣，没想到他会这么干脆。

"谢谢。"

"婚前协议还是作数，另外你需要什么补偿，告诉我。"宋俊珩喉头略微哽了下，再出声时比刚刚又沙哑了一些，"只要我能给的。"

舒清因摇头："我不缺钱。"

"我知道。"

之后，再没有了下文。

他们之间真是一点经济纠纷都不存在，意外的和平。

"清因，离婚以后，我之前对你造成的伤害，往后我会慢慢弥补。"宋俊珩又说，"我们一切回到原点，给我一个和你重新开始的机会。"

舒清因有些不敢置信："你说什么？"

"我喜欢你，不知道从什么时候起。"他语罢，又苦笑了一声，"这句告白其实应该说得更早一些，只是我有些好面子，晚了太久了。"

他知道这段婚姻无可挽回，索性放手，再以新的关系来挽回她。

舒清因瞪着他，咬着牙问："宋俊珩，你耍我吗？"

男人说不出个肯定的答案来。

这样优柔寡断，在她说出离婚后反倒干脆起来，任谁都会觉得他是在耍她。

舒清因不想再和他继续谈下去，既然他点头答应离婚了，那她也就再没有留在这里的必要。

"你刚刚那句话，现在说出来，只会让我觉得你更恶心。"她冷笑两声，指了指他的胸口，"你那里是什么避难所吗？"

舒清因不留余地的讽刺，也只让宋俊珩脸上的苦笑越来越明显。

彼此沉默许久，舒清因起身，连一句话都没有说，直接离开了。

大门被打开，而后又关上。

这一次，终于是她先走了。

她赢得很彻底。原来在争吵过后，被抛下的那个人是最难受的。

舒清因把从宋俊珩这里学到的通通还给了他。

吵架也好，吵完之后无论是抱怨还是低头，但请不要在吵架过后一言不发地离开，因为你永远不知道，你一时意气用事的爽快背后，那个眼睁睁看着你离开的人，内心是多么煎熬和痛苦。

今天，他总算是体会到了。

宋俊珩没有追出去，仍然坐在沙发上发呆，他佝偻着背，像是棵苍老而干枯的树。

鼻头忽然有一阵发酸，宋俊珩直接将眼镜扔在一边，闭上眼睛，手指抚上眼睑，用力地按压着。

为什么要选在今天告诉她？

或许是今天才开始真正慌乱。

也是从她决定要离婚这一刻开始，他才意识到有东西从心中慢慢剥离。

再美好的记忆，也抵不过这一年来平淡而漫长的相处。

年轻的时候总觉得，少年时的爱恋刻骨铭心，往后再也不会遇到比当时更加深刻的爱情。可原来，什么都是可以被时间抚平的。

其实他从很久以前就不再需要大提琴了，比起面对着它发呆，他更愿意看到的是这个家里充满生气的舒清因。

原来时间真的可以改变一个人。

在舒清因离开的那一刻，宋俊珩才发现自己是如此爱她。

只是有些可惜，她已经走了。

第 10 章

电影

转眼到了年末，恒浚上上下下已经开始筹备年会。

离婚的事儿她没和任何人说，宋俊珩也没跟他家那边的人说，她只在谈好后的第二天让律师拟了离婚协议书给他送了过去。

据律师说，他签得很爽快，但其中弯弯绕绕的手续很多，这期间还需要双方的配合。

舒清因打算在所有事情办完后，再和徐琳女士坦白。

当收到那张盖着两人个人印章的离婚协议书后，舒清因竟然有种莫名的不真实感，事情比她想象的要顺利太多。她甚至已经做好了和他对簿公堂的准备，她想过很多种可能，要面对宋俊珩，要面对他的家人，无论是哪种情况，都足以让她分身乏术。

可他没有。

他干干脆脆地签下了协议书，按照婚前协议上的条款给她物质补偿，他甚至选择和她一样，暂时瞒住双方的家人，等彻底断干净了再宣之于众，到那个时候，无论旁人再如何劝阻，离婚的事儿也已经尘埃落定。

他说的重新开始，或许就是从签下离婚协议书那一刻起，开始弥补，开始挽留，开始做些让她心软的事。

舒清因猜不透这是宋俊珩刻意为之，还是他真的想为他们之间留最后一点儿颜面。但不管怎么说，他们离婚了。

她和宋俊珩的微信聊天记录停留在一个星期前。

宋俊珩：你和妈说了吗？

舒清因：没有，先缓缓。

宋俊珩：好，福沛去年收购的项目出了点问题，我要去一趟邻省出差。

舒清因：清河市？

宋俊珩：嗯。

舒清因：我会和徐家打声招呼，给你行个方便。

宋俊珩：谢谢。

他们都很冷静，冷静得甚至有些自私。

恒浚和柏林地产的合作项目还未完全定下来，合同走流程需要一些时间，宋俊珩那边各方面还需要她的帮助。等他们各自稳定下来，不再需要对方的时候，这桩婚姻也就彻底失去了它的意义。

失去中央商务区的地皮开发资格，就像宋俊棋说的，福沛并不会因此遭受多大损失，这只关乎宋俊珩个人。

宋俊珩说得没错，离婚以后，他们好像才真正回到了最初的状态，连对话都轻松了不少。

就这样彼此获益，正是他们一开始结婚的目的。只要不牵扯感情，其实他们未必会走到今天这一步。

宋俊珩：天气凉，注意保暖。

舒清因没有回复。

以前也没见他多关心过几句，现在离婚了，他倒是知道和她客气了。

和柏林地产的签约仪式就在年会后不久，舒清因最近忙得三班倒，恨不得天天睡在办公室里，实在没空再去想别的。

所以说，人还是需要工作和学习的。在感情里努力或许徒劳，但只要努力学习和工作，就肯定能有回报。

舒清因跟着设计部的几个资深设计师去勘察了本市及邻市的不少商业建筑项目。

童州市最大的商业区位于靖江下游区域块，其中全国前十五位的大型商场有两家都聚集于此，靖江城 CBD 属于福沛名下，作为福沛的少奶奶，舒清因想要通过关系了解整个地标的开发需求易如反掌。

她也不知道自己加了多少天的班。

整本企划书出来的那一刻，舒清因忽然明白了宋俊珩的不易。

她真的是一直活在象牙塔里，失去妈妈和晋叔叔的庇护，恒浚的这份责任，就目前看来，她还承担不起。

企划书放在办公桌上很久，舒清因也没敢真的把它送到沈司岸手中。

她没有那个自信，作为总负责人，自己拟出的这份企划书，一定能够得到沈司岸的认可。

"舒总，喝杯茶。"

张助理给她送来一杯热茶。

当热流从喉间灌进时，舒清因紧绷的神经终于稍稍放松了些。

"您已经盯着企划书看了一上午了，"张助理有些不解，"是有什么问题吗？"

柏林地产一直在等他们的企划书，等企划书通过，再将各项具体条件加入合同中，恒浚和柏林的这次合作才算正式拍板。

舒清因叹了口气："就是因为看不出问题，我才一直不敢送去柏林，这卷子我不知道那边会给我打多少分。"

徐琳女士是铁了心要把这项任务交给她，再加上是年末，三局那边最近的工程需要赶工，她已经很久没来恒浚视察舒清因的工作了。

就像以前读书的时候老被班主任管着做作业，后来班主任不管了，她反倒觉得没人管着有些不自在。

"如果晋叔叔在就好了，起码我还能拿给他看看，让他帮我挑挑错。"

张助理笑了笑："那您给晋总打个电话不就好了？"

"电话里怎么说得清楚。"舒清因撇嘴。

"现在是年末，晋总应该快回来了，您打个电话催催，说不定他会提前回来呢。"

舒清因有些不好意思，她和晋叔叔非亲非故的，而且没进恒浚前，她一直以为晋叔叔是过来抢爸爸的位置的，对他的态度也有些不好，后来才慢慢发现，人家压根儿就是过来帮忙的，真的一点儿要抢公司的意思也没有。

晋叔叔是徐琳女士的老同学，后来出国深造，这些年一直定居在国外。直到几年前舒清因的父亲去世，徐琳女士没办法身兼两职，舒清因又还没有毕业，徐琳女士这才将这位老同学重新请了回来，让他接替了总裁的位置。

张助理也不能左右上司的想法，见她没怎么搭话，替她梳理了一些日常行程就出去了。

办公室里重新安静下来，舒清因又继续盯着企划书发呆。

企划书的事儿不能拖，舒清因左思右想，最后还是给晋叔叔发了条微信信息。

晋绍宁：今天下午的飞机。

短短的回复，实在是天助她也。

舒清因高高兴兴地收拾了东西，准备下午亲自去机场接晋叔叔。既然有求于人，表面功夫当然要做足一些。

到了下午，舒清因满怀期待地站在机场出口迎接。她还特意拿了个显眼的手牌，以免晋叔叔看不到她。

事实证明，就算晋叔叔看不到她，她也能一眼看到晋叔叔。

晋绍宁年近五十，五官轮廓分明，经过岁月积淀，成熟和儒雅的气质已经牢牢地刻在他身上。

"晋叔叔，"舒清因冲他招招手，"这边。"

晋绍宁看到她，眉梢很浅地抖了一下。等他走到她面前，问的第一句话就是："你手上拿的什么？"

"手牌，以免你看不到我。"舒清因说完又将手牌折叠了起来，随手塞进包里。

晋绍宁嗓音浑厚，语气中难得地带着几分玩笑的意味："不用这个我也能看到你。"

舒清因尴尬地笑了笑，领着他出去坐车。

刚坐上车，司机还没发动车子，舒清因就迫不及待地打算从包里掏出企划书来。

企划书掏到一半，就听见晋绍宁说："难得你来接我，又遇到什么麻烦了？"

她反而不好意思拿出企划书了，但为了恒浚的未来，还是厚着脸皮把企划书递了过去。

晋绍宁随意翻着企划书，语气平静："这企划书你给沈总看过没有？"

舒清因摇头："还没有，我不太确定这份企划书是不是能让他满意。"

"你这个决定是对的。"晋绍宁说这话时，眼睛并未从企划书上挪开。

舒清因心里咯噔一下，知道这企划书果然有问题。

"不过你是第一次负责企划，难免有纰漏，这很正常。"晋绍宁将企划书还给她，"不用太担心。"

"那是哪里有纰漏？"

"你妈妈特意嘱咐过我，让我这次不要直接告诉你问题出在哪里，让你自己去找到并改正。"晋绍宁侧头看她，"以后你要负责签字的文件只多不少，如果次次都由我或是你妈妈替你更正，你这个副总当得未免也太轻松了些。"

舒清因有些泄气："我就是找不到问题才来问您的。"

"逐字逐条地看过去，看看这里的每一个数据都是从哪儿来的，这些条款又是根据什么拟定的，哪个地方出了差错，就去往下找哪个部门的负责人员，让他们改正，这就是你作为管理层必须去做的事情。"

晋绍宁话说到这里，再也不肯给更具体的提示了，开始闭上眼睛小憩。直到车子开进公司的车库里，他也没再多说一个字。

舒清因原本打算回办公室慢慢看，结果晋绍宁又让她到总裁办公室来一趟。她双目放光，以为晋叔叔这是要给她开小灶，结果人家只是给了她一大袋邻省特产。

舒清因有些为难："我吃不了这么多。"

"这些是你跟你妈妈两个人的。"

"我和我妈不住在一块儿，她那份叔叔你自己拿给她吧。"

晋绍宁摇头，语气淡淡的："还是你拿给她吧。"

正当舒清因提着特产准备离开时，晋绍宁又叫住了她。

她看见晋叔叔张了张嘴，似乎在犹豫着什么，不知道到底要不要说。

"年末工作比较忙，你要多注意劳逸结合。"晋绍宁说，"记得也提醒你妈妈。"

特产要她帮忙给，连句关心都要她帮忙说。她又不是快递小哥。

舒清因腹诽着，嘴上却是应得极好。

回到办公室后，舒清因又开始对着企划书发呆，最后直接把各部门的负责人叫进来开了个会。

会议持续了两个多小时，有两个部门直接吵起来了，舒清因听得头疼，最后一无所获，只好散会。

晋绍宁眼光毒辣，他说的纰漏常人未必能轻易看出来，舒清因只好把企划书带回酒店继续琢磨。

徐茜叶约她吃饭的时候，舒清因实在没心情去外面吃，干脆让她到酒店餐厅这边来跟她一块儿吃。徐茜叶到酒店时，她还在对着企划书沉思。

"你变了，"徐茜叶失望地摇了摇头，"你变得这么上进，我不配当你姐姐了，我们分手吧。"

舒清因没理会她，下楼的时候顺手把企划书一并带上了，她想着徐茜叶怎么说也是工商管理专业毕业，总能看得懂点儿内容，说不定误打误撞真能帮上她什么忙。

结果徐茜叶手里拿着企划书，摸着下巴看着挺专业的样子，等走到电梯那儿的时候终于装不住了。

"我都大学毕业多久了，你还指望我能看懂这个呢，专业这东西一旦长时间不接触，就和小白没什么两样儿。"

舒清因撇嘴："那你倒是去上班啊。"

徐茜叶义正词严地拒绝："上什么班啊？我们东、南、西、北四兄弟姊妹，有个有出息的大哥、二哥，就连我小弟的律所都开得风风火火的，我只要坐在家里安心当咸鱼就行。"

简直毫无上进心！

她太难了，她爸爸舒博阳就是独生子，到她这一辈还是独生子女，连个分担烦恼的兄弟姐妹都没有。

舒清因羡慕嫉妒恨："我也想有个哥哥，这样我也能躺在家里当咸鱼了。"

"这么大个恒浚将来都是你一个人的，没人跟你抢，这还不好？你难不成想跟宋俊珩一样多个争权夺位的弟弟？我告诉你，要真有了，你那日子才叫糟心呢。"

舒清因是独生女，徐茜叶说的这个她不太理解。

见她露出困惑的表情，徐茜叶又徐徐地说："你想想，你每天累死累活地工作，这好不容易做出点成绩了，还有个弟弟明里暗里给你使绊子。你不但要想办法把每个项目都做到最完美，还要提防着你弟弟给你捣乱。得亏宋俊珩抗压能力好，换你这小公主脾气，估计早疯了。"

或许宋俊珩真的挺辛苦吧，之前还住在一起的时候，几乎没有哪天是看他挂着笑脸回家的。他之前也跟舒清因说过，她不会懂他的难处，倒是真说得没错。

既然徐茜叶提到了宋俊珩，舒清因本来打算偷偷跟她说她和宋俊珩已经离婚了的事儿，可犹豫了半天到底没说。

算了，等能公布那天再一起说吧，反正也不差这点儿时间。

两个人乘电梯来到楼下的酒店餐厅，现在是晚餐自助时间，餐厅里的人挺多的。

舒清因还拿着企划书，她打算直接去找个桌子占座，让徐茜叶帮忙把她那份晚餐一块儿拿了。

"舒小姐。"

舒清因抬起头，发现是孟时在叫她。

真难得，孟时这冰山脸居然能主动和她打招呼。不过既然孟时也在这儿，那么就代表……

舒清因果断地把桌上的企划书藏到了背后。

沈司岸在孟时后面两步，不过还是看到了她藏东西的动作。

他挑了挑眉毛，语气散漫："背后藏着什么呢？"

"没什么。"舒清因笑了笑，"你们也来吃晚饭啊。"

"嗯。"沈司岸看了眼她旁边的空位,"你一个人?要不要我们陪你?"

舒清因刚想说不用,就听见孟时说了句:"她们女孩子没人陪着是不会到这种人多的地方用餐的。"

沈司岸和舒清因一时间都有些蒙。

这时,徐茜叶端着两个盘子从自助桌那边走了过来,看到舒清因面前站着两个男人,而且这俩男人的背影都还挺熟悉时,她第一反应就是跑。

只可惜舒清因这个不会看人脸色的傻表妹指着她说:"没想到孟先生你还挺了解的,我跟我姐一起来的。"

徐茜叶吞了吞口水,对着两个男人露出尴尬的笑容。

不但舒清因不会看脸色,沈司岸这个大侄子也同样不会看脸色,居然对她说:"巧了,那干脆一起吃吧。"

餐桌刚好能坐四个人,沈司岸没多想就选了舒清因对面的位置,徐茜叶只好和孟时面对面坐着,连头都不敢抬。

本来以为微信直接拒绝好友申请,之后也不会再有什么机会见面,还很潇洒地发了句"别爱我,没结果"过去,将翻脸不认人的渣女形象演绎到了巅峰。

几个人餐桌礼仪都不错,食不言寝不语,这顿饭吃得格外安静。

还是沈司岸先挑起了话题,不过这话是单独对舒清因说的。

"你们企划书写好了吗?"

舒清因有些心虚:"快了。"

沈司岸察觉出她的不对劲儿,唇角上扬,语气揶揄:"怕被我打回来所以不敢拿给我看?"

舒清因立即反驳:"怎么可能?"

徐茜叶虽然插不上话,不过为了替她表妹排忧解难,她决定推舒清因一把。

"你那企划书不是总觉得哪里不对劲儿又找不到人答疑吗？直接拿给沈总看看啊！"徐茜叶扬了扬下巴，指着沈司岸，"毕竟是甲方啊，肯定能看出来。"

舒清因有些慌乱地瞪了她一眼。

沈司岸慢吞吞地"啊"了一声，眸中带着些许笑意。

"你插什么嘴？"舒清因气不过徐茜叶拆她的台，果断报复回去，"你和孟先生聊你们的啊。"

徐茜叶摆出一副要揍她的架势。

沈司岸也拍了拍孟时的胳膊："你们微信上不都聊过了吗？怎么见着面反而不好意思起来了？"

孟时猛地咳了一声。

徐茜叶愣了愣："我们没加微信啊。"

沈司岸："啊？"

然后他看向孟时，那幸灾乐祸的表情藏都藏不住。

孟时抿唇，淡淡地说："明明是跟着小姑姑到餐厅来的，还非要装偶遇。"

舒清因："要跟我偶遇什么？"

沈司岸："没什么……"

这顿饭也不知道是怎么吃完的，反正到最后四个人盘子里的东西都没怎么动，根据自助餐厅不许浪费食物的规定，每个人都不得不掏腰包赔了点儿钱。

吃完饭，孟时和徐茜叶两位不住酒店的准备回家了。

舒清因还在为企划书头疼，完全没有要送徐茜叶下楼的打算，徐茜叶不想和孟时一起下楼，直到往下的电梯到了，也不肯离开舒清因。

徐茜叶抓着她的袖子拼命暗示："你今天晚上一个人睡会不会很

寂寞？我陪你吧？"

舒清因蹙眉，直接拒绝："你留下来陪我反而会吵到我，还是回家吧。"

"我不会吵你的。"徐茜叶向她保证，"我就是担心你一个人睡会害怕，你小时候不是总喜欢和我睡吗？而且你也不习惯一个人睡，还是我陪你吧。"

舒清因小时候很娇气，喜欢跟着父母睡，后来父亲去世，徐琳女士对她开始严厉起来，母女俩渐渐地有些疏远，她就老黏着徐茜叶，不是她去徐茜叶家，就是给徐茜叶打电话要她过来陪。

徐茜叶家原本在隔壁市，为了这个表妹她愣是在童州定居下来。

舒清因满不在乎："这一年都是一个人睡，再不习惯也习惯过来了。"

她这话脱口而出，丝毫不觉得有什么问题。

和宋俊珩住在一起的时候，她又不能天天叫徐茜叶过来陪她睡，慢慢地也就习惯了。

徐茜叶没话说了。

她总觉得小时候那个喜欢撒娇的因因表妹，自从姑父去世后变了很多。她偶尔还是会任性撒娇，只是这种情况变得很少了。

一直保持着孩童般天真的心态，是因为身边有人怎么都嫌不够似的予她宠爱。长大对她而言是一件好事，却也是一件不好的事。

好的是她慢慢地不再需要别人的保护，不好的是没有人能再保护她了。

宋俊珩和她结婚，也只是保障了她在恒浚的地位，至于舒清因想要的，她不说，宋俊珩自然也不知道。

就连丈夫也不知道她的小女孩儿心思。

"不许熬夜，"徐茜叶嘱咐她，"不许泡咖啡，困了就马上去睡，听到了没？"

舒清因点点头："姐，电梯到了，你快进去吧。"

徐茜叶龇牙咧嘴地作势凶她两句没良心，乘着电梯离开了。

电梯门被关上后，徐茜叶默默地叹了口气。

本来想着留在酒店，这样就不用跟孟时同行这一段漫长的路，谁知道舒清因今天突然转性成了工作狂。

电梯里，两个人目不斜视，一言不发。

等到了停车场，总算要分道扬镳了，煎熬的路再难走，她也总算是走完了，徐茜叶好不容易舒了口气，结果孟时忽然开口问了她一个问题。

"为什么拒绝我的好友申请？"

徐茜叶转过头来，有些尴尬地看着他："孟先生，我们之间就只是一夜的关系，我这么说你懂吗？"

孟时眯眼，语气低沉："一夜？"

徐茜叶点头："对啊，难道你一夜之后还要加对方的微信吗？"

"我什么时候说只是一夜了？"

这还用说吗？

徐茜叶不知道他什么意思，只能硬着头皮继续解释："孟先生，那天我喝多了，再加上确实已经单身很久了，你又……你又长得挺对我口味儿的，所以一时糊涂，要不我给你道个歉？这事儿咱们就这么算了？"

她卡壳的那一下，孟时的嘴角微不可察地往上翘了翘。

男人沉着脸问她："你觉得道歉有用吗？"

徐茜叶有些无奈了，本来道歉也是她随口说的，谁知道这男人还真跟她计较起来了。而且这种事，怎么看都是男人比较占便宜吧？她还没说什么呢，他倒是先发制人起来。

"不然呢？难道要负责？"徐茜叶觉得这俩字听起来就搞笑，摆摆手赶紧否定了这个想法，"大家都是成年人了，又不是什么贞男烈女，你放心吧，我绝对不会要你对我负责的。"

"我是。"

徐茜叶愣了愣，没懂他是什么意思。等她终于明白过来后，心中震惊万分。

"……但你是男人，这不一样。"她试图把锅甩到性别上。

光线昏暗的地下停车场里，孟时的五官被光影雕琢得犹如精致的油画。他微微启唇，低沉的嗓音里带着几分戏谑："徐小姐，是谁向你灌输这种错误的价值观，觉得睡了男人就不用负责的？"

徐茜叶尴尬得面红耳赤。

"加微信是吧？"徐茜叶掏出手机，"我现在就加上。"

她从好友申请里找到孟时的微信号，又给他发送了好友申请过去。

"记得点同意。"徐茜叶不想待在这里和他继续尴尬，好友申请一发送过去就拿着手机转身逃走。

着急忙慌地把车子开出停车场后，徐茜叶又开了车窗，这才勉强降低了双颊的温度。等绿灯的间隙中，她得空看了眼微信界面，发现她的好友申请被孟时拒绝了。

这男人搞什么？！

拒绝理由：这样比较公平。

然后又是一条消息：再发一次过来。

徐茜叶将手机扔在副驾驶位上，咬牙切齿地骂了句："小气的男人。"

男人都是又小气又无赖的猪。

这是徐茜叶最新发布的一条朋友圈，舒清因刷到这条朋友圈时，下意识点了个赞。

她现在觉得这句话简直太对了。

就在前几分钟，舒清因眼睁睁地看着沈司岸准备刷房卡进房间，好不容易才鼓起勇气叫住了他。

沈司岸问她做什么。

她将企划书藏在背后，心理建设做了大半天，还是没说出口。

把原本要给甲方交差的企划书提前给甲方看，还让甲方帮她挑错，然后她再根据甲方说的改错，但凡有点自尊心的人都做不出来这种事。但只自己想，怕是喝一晚上咖啡也未必能想出什么来。

舒清因憋了半天，也只能委婉地冲他别扭地说了句："你懂的。"

沈司岸靠着房门抱胸看她，闻言歪着头装作一副不解的样子，表示我不懂。

她又说："你懂的！"

他回了声："不懂哎。"

然后就变成了两个人谁也不回房，干站在门口对视。

气氛越来越尴尬，舒清因拿出手机假装刷朋友圈，结果恰好刷到徐茜叶发的这条。

抓着企划书的手又捏紧了几分，舒清因想将它拿出来，理智又告诉她千万不能在这时候低头，否则以后还怎么在沈司岸面前抬头做人！

沈司岸看她低着头独自纠结，表情从多云转雨，又开始雨夹雪，最后黄色闪电警报。

他眼底的笑意也越来越明显，脸上的坏笑也越来越张扬。然后一时没憋住，从喉间发出一声很轻很短促的低笑。

舒清因听到这声笑，整个人都炸了。

"你笑什么笑！"舒清因又是尴尬又是无措，只能凶巴巴地瞪他，"我进去了。"

今天就是喝一整晚咖啡，也绝对不找他帮忙。

舒清因转身背对着他，打算回房间自己慢慢熬。

"小姑姑，"沈司岸从背后叫住她，"我不逗你了，企划书拿给我看看吧。"

舒清因哼了一声："不给。"

沈司岸笑着说："好了，不闹了，给我吧。"

背对着男人高傲了几秒的舒清因觉得谱儿摆得差不多了，这才转过身把手里的企划书递给他。

沈司岸接过企划书翻了几页，舒清因有些紧张地盯着他，眼里的期待越来越明显。

大致翻看了一下后，他轻巧地问了句："第一次做？"

舒清因愣住了，怎么他和晋叔叔都能一眼看出来这是第一次做，有这么明显吗？

沈司岸挑了挑眉毛："你不会打算让我站在房门口教你吧？"

舒清因也觉得这样不太好，既然是她有求于人，那肯定是要把人家请进去倒杯茶慢慢请教的。她几乎是没多想就刷开了房门打算请他进来。

一开门，舒清因又有些犹豫了。

她最近这段时间都住在这里，几乎是把这儿当成了家，因此各方面也没怎么讲究。

舒清因爱美，又有些选择困难症，出门之前挑衣服穿，搞得沙发上全是被她选来选去的衣服，酒店服务员要等明天白天才会过来收拾。

就在她犹豫间，她听见背后传来刷卡的电子音。

沈司岸说："来我这边。"

舒清因有些怔愣地看着他。

"为了防止你在自己房间设下陷阱，对我图谋不轨，"沈司岸轻飘飘地解释，"来我这边保险些。"

"……脸真大。"

沈司岸笑了两声，侧身给她让出了位置："快进来。"

舒清因抿唇，默许了他的绅士行为。

他的房间真是比自己的要整洁很多，但这也仅仅是舒清因在看过客厅后的评价。

也许他的卧室也是一团糟。舒清因这么想着，心里顿时平衡多了。

她直接在沙发上坐下来，沈司岸在她旁边坐下，继续翻看她的企划书。

舒清因也只是在进门的那一刻随便打量了下他的房间，毕竟是他住的地方，看得太仔细有些不太礼貌。企划书她已经看过很多次了，舒清因盯着企划书封层的边角，最后将目光落在他的手上。

他的手倒是挺好看的，瘦削白皙，骨节分明，指甲修剪得很干净，透着健康的粉色。

舒清因又看见他腕上的机械表，都说最能体现男人品位的单品之一就是手表，她没有收集男表的爱好，但从品牌到款式，沈司岸的品位绝对是在及格线之上的。

之后是他的衣服，低调内敛的深灰色外套，怎么穿都不会出错的那种。

男人的下颌线轮廓清晰，垂着眼皮低头看企划书的时候，细细的双眼皮消失不见，上挑的眼尾也向下耷拉着，睫毛翘起调皮的弧度，在眼睑下落下阴影。

之前发生了这么多事，她到今天才意识到，眼前这位甲方还挺帅的。

沈司岸微微勾唇，语气揶揄道："再看要付钱哦。"

舒清因迅速收回视线，嘴里反驳："你是动物园里的猴子吗？看你两眼还要付钱？"

"你怎么知道你在看猴子的时候，猴子就不是把你当观赏动物看了？"沈司岸用手指敲了敲企划书，侧过头来看着她，"我刚才一直在看你的企划书，要不你也让我看回来？咱们就两清了。"

他真是强词夺理的高手。

舒清因转移话题："这份企划书怎么样？"

"你把竞标文件里的数据原封不动地复制过来，是觉得你们恒浚的竞标书完美到不需要再检查更改了吗？"

舒清因有些愣住了："既然竞标书不完美，为什么恒浚会中标？"

"小姑姑，"沈司岸吊儿郎当地扬起眼尾，"恒浚是个很好的合作伙伴，但你并不是最好的项目负责人。"

自己几斤几两舒清因也知道，但她还是在听到沈司岸的这句调侃后，心里生出些挫败感来。

她有些赌气地说："那当初中标之后，你就应该提出换个负责人，你明知道我经验不足还让我来负责，你作为甲方也太公私不分了。"

沈司岸听到她把锅甩在了自己头上，一时间有些无奈地笑了。

"我都对你私心成这样了，你反倒是被偏爱得有恃无恐啊。"沈司岸叹了口气，"没良心。"

舒清因咳了咳："没怪你，是我自己的问题，我做得不够好。"

"不够好很正常，你刚接手项目，很多事需要慢慢学。"沈司岸起身，冲她努了努下巴，"跟我到书房来。"

她跟着沈司岸去了书房。

"柏林地产的这个项目，和普通的开发项目不同。根据童州市前两年出台的政策，童州的第六个中央商务区建设目标就在嘉江这块儿，柏林之所以花高价拍下这里，就是为了和靖江 CBD 在未来成为两大核心商务区。靖江是你们童州市的主干流，有天然的地理优势，但在童州市区规划调整后，嘉江商圈的中心位置比之前更加明确些。"沈司岸用水性笔将地形那块儿俯瞰图标了出来，"换言之，助力内地经济发展并不是我们的主要目标，我们是来赚钱的，你这样的企划，不符合柏林的期望。"

舒清因听他说了这么一大段，才明白他话里的意思。

他根本不是要参照其他商务区的建设，他是要打造出童州的顶级商务区。这光是投资数额就难以想象。

"我把大概的方向给你指出来了，剩下的交给你自己了。"沈司岸笑了笑，"老师领进门，修行靠个人。"

他的教导点到即止，不再多给她提示。倒真像是个负责任的老师，提供思路，剩下的就交给学生自己想。

舒清因点头："我知道了。"

"书房借给你，柜子上有资料，你随意看。"沈司岸站起身，用手示意她过来坐，"我出去等你。"

舒清因有些惊讶："你要等我？"

"你连吃个饭都要带着企划书，既然这么急，就干脆趁着我还没睡的时候加油吧。"

她原本也做好了熬夜的准备，但她并没有让沈司岸陪着她一起熬夜的意思。

沈司岸打开书房的门："我在客厅，有事叫我。"

"沈司岸，"舒清因又叫住他，想了很久才将这个问题问出口，"你当初是董事会全票通过选举出来的，是吗？"

她和他同属于企业接班人，只是他这个位置坐得稳稳当当，她反倒还需要靠着联姻来勉强坐稳位置。

沈司岸当然知道她想问什么，直截了当地回答了她的潜在问题："你做得足够好，那些老头子自然就闭嘴了。"

书房的门被轻轻带上了。

舒清因看了眼四周，到处都是书和文件纸，她都怀疑沈司岸这次从港城过来公干，是不是把能带的东西都带上了。

她轻轻地对自己说了句："加油。"

　　凌晨三点多的时候，舒清因自己一个人勉强修改了一份雏形出来。她揉了揉脖子，拿着修改好的企划书从书房里走了出来。

　　客厅里的电视还开着，是国内的经济频道，正在重播经济新闻。

　　她走过去，看见他人是坐在沙发上的，刚想叫他，但发现他已经睡着了。

　　沈司岸抱着胸，埋着头正睡着。

　　这姿势，等醒过来脖子绝对要断，舒清因纠结着要不要叫醒他。

　　之前诸多纠缠，她和他本来就不该这大半夜的还在一间房里，她更没那个资格帮他调整姿势。舒清因几乎是下意识地觉得，这不合适。

　　她挑了张单人沙发坐下，打算让他就这么睡着，等他醒过来了再说。

　　舒清因无聊地盯着电视屏幕，这才发现自己好久都没看过电视了。

　　她悄悄地拿起遥控器，对着企划书看了一个晚上，这时候实在不想再看无聊的新闻。电视台半夜没什么有趣的节目，舒清因随便调了几个台，最后打算看看电影。

　　她选了一部题材比较大胆的爱情片，影片有种别样的经典气息在里头。

　　舒清因撑着下巴看了十几分钟，电影里的男性角色正在和自己的秘书调情。

　　秘书在男主角的办公室里问他："我美吗？"

　　男人将秘书抱住，对秘书说："当然。"

　　秘书轻轻地笑了笑，接着电影画面变得火热起来。

　　舒清因原本看得挺平静的，只是她为了不吵醒沈司岸特意调了静音，这会儿画面实在太暧昧，没声音她都能脑补出来。

手里还握着遥控器，她想换频道，但手指又一直按不下去。

人类内心最原始的本能正在被唤醒。

不论男女，心里多多少少都对这种事有种天然的好奇心，而且说实话，这电影里的男人英俊儒雅，女秘书美艳妖娆，又是国外的电影，画面既浪漫又大胆。

舒清因一边直勾勾地盯着电视看，一边在心里唾弃自己。

她咽了咽口水，忽然，身后传来低沉慵懒的男声。

男人的声音还带着困倦，但他语气里的戏谑意味，听起来格外撩人。

"小姑姑，大半夜的看这个，小心被查啊。"

第 11 章

误会

舒清因被吓得心跳都差点儿停了，她手一僵，遥控器重重砸在了地上，发出清脆的碰撞声。

"你什么时候醒的？"

"你从书房出来后。"

也就是说，他一直目睹了她看电影的全过程？

舒清因痛苦地低哼了一声，脸红得几乎能滴出血来。

沈司岸睡眠浅，这种姿势原本也睡不多熟，几乎是听到她在他旁边踱步时就醒了。

后来听到她小声说了句"算了，让你睡吧"，然后就坐在了旁边的沙发上。他不动声色地翘了翘唇角，然后发现她拿起遥控器准备看电视打发时间。

她倒是很会选。

沈司岸把头抬起来，打算等她自己发现，结果这女人倒是越看越起劲儿，完全忽视了这客厅里还有个人在旁边。

电影里的两个人已经抱在一起了，沈司岸又是无奈又是好笑，只好出声提醒她。

电视还没关，还在播放电影，只可惜舒清因已经完全没有心思欣赏了，弯下身子捡起遥控器迫不及待地关掉了电视。

屏幕霎地暗了下来，但尴尬的气氛始终在空气中弥漫，久久不散。

沈司岸居然还问她："不继续看了？要不我替你在门口守着？你不用担心。"

这个男人！真是够坏的！

她的表情相当复杂："所以，你都看到了？"

"看到什么？"沈司岸又开始装傻，"看到电影，还是看到你看了电影？"

舒清因咬牙："你说呢？"

"废话，"沈司岸耸耸肩膀，语气轻佻，"我又不瞎。"

舒清因双手攥紧，用最后的理智勉强和他说话："你怎么不瞎了算了？"

"这么恶毒？"沈司岸佯装惊讶地看着她，"我瞎了谁帮你看企划书？"

舒清因这才想起企划书的事儿，赶紧拿起桌上的企划书低着头交给他："改好了，你看看。"

沈司岸看了眼墙上的挂钟。七个小时，速度还是蛮快的。

他边低头看企划书，又像是特意逗她，指着电视说："我看我的企划书，你继续看你的电影啊。"

"不看了！"舒清因恶狠狠地说，"你就不能当作没看到吗？是绅士这时候就应该说没看到。"

"我要装作没发生、没看到的事儿怎么这么多啊？我累了。"沈司岸慢吞吞地抱怨道。

舒清因用眼神威胁他。

沈司岸垂下眼睛，低笑："好吧，没看到。"

这种掩耳盗铃的妥协更让舒清因觉得眼前的男人很讨厌。

沈司岸没再继续逗她，将心思放在了企划书上。

他之前的点到即止，她全都好好记住并改正了，而且居然还会举一反三，把他没提到的地方都重新写了一遍。区域规划这块儿，和刚开始的内容大相径庭。

"我参考了你书柜上的那些书，包括海港城和中环这些商务区的地理位置，以及建筑设计特色。"舒清因这么解释道。

沈司岸笑了笑，合上企划书后问她："你喜欢听什么样的夸奖？"

舒清因："啊？"

沈司岸扬眉："还是你比较容易飘，所以做得好也不能夸？"

舒清因眨了眨眼睛，懂了他的意思，之前的疲倦和烦躁好像因为他这句话通通消失了。

"明天拿去你们公司，有些地方还需要润色一下，你的下属们也应该发挥他们的作用了。"沈司岸将企划书还给她。

没有什么比得到甲方的认同，更能让舒清因高兴的了。

她一时没忍住，扬起唇角笑起来。

和那天她喝醉了酒以后，抱着他叫姐姐时的那种笑一模一样。

原来她开心的时候都是这样笑的啊！像只小仓鼠。

她五官清丽却又总给人冷傲的感觉，眸色很亮，高兴时瞳孔里碧水澄澄的，清澈得能一眼望到底。单边梨涡里盛着一盅甜酒，笑起来时如清酒洋洒，唇间仿佛起了阵风，将她的甜美也揉进唇色里。

沈司岸凝眸看着她，蓦地喉间干涩。

他站起身，转开视线，语气有些不自然："想喝水吗？"

这几个小时忙得她都没空喝水，舒清因听他这么说才觉得口渴，点了点头。

"在这里等我，我去给你倒水。"

舒清因看着他从客厅离开，转而看向就摆在客厅里的白动饮水机，不知道他为什么还要特意跑到厨房去倒水。

企划书得到认可，舒清因紧绷着的神经终于彻底放松下来，疲惫地靠在沙发上闭目养神。

厨房里似乎有瓶瓶罐罐挪动的声音响起，这样细微的声音，让她感到无比安心。

再过几个小时天就亮了，该收拾好准备去上班了。

舒清因闭上眼睛，忽然对即将到来的清晨感到排斥。

真希望这几个小时能再过得漫长些，让她好好休息一会儿。

沈司岸端着杯子出来时，她已经靠着沙发睡着了。

怎么不是他睡着就是她睡了过去？

沈司岸自己也有些撑不住了，想了想还是打算叫她回自己房间去睡。

他放下杯子，弯下腰轻声叫她："小姑姑。"

没反应。

当人极度疲倦时，只要闭上了眼睛，就很容易陷入深度睡眠。

她仰着头，整个人靠在沙发上，平稳地呼吸着。

沈司岸叹了口气，只好又将她从沙发上抱起来，送她回自己的房间。

沈司岸站在门口，试图叫醒她："你房卡呢？"

现在已经快四点半了，舒清因睡得很死，沈司岸这样叫根本叫不醒她。

他低头看了眼她身上有口袋的地方，只能蹲下身体，一只膝盖跪在地上，让她坐在自己另一只膝盖上。

舒清因歪了歪头，脑袋靠在他的肩上，像是找到了舒服的枕头。她的头刚好贴着他的颈部，浅浅的呼吸喷在男人的肌肤上。

沈司岸的膝盖有些撑不住，只能咬着牙将手伸进她大衣的兜里，两边口袋都找了，也没找到房卡。

大衣的口袋敞开得太大，舒清因一般贵重物品都不会放在这个兜里，而是习惯塞进里衬或是裤子侧袋。这些沈司岸当然也不知道，毫无收获后，他实在没那个自信去往她更贴身的地方找房卡。

"你是故意的吗？"他哑着嗓子在她耳边问，"要是被我发现你是装的，你就完了知道吗？"

舒清因毫无反应。

沈司岸只好又抱着她站起来，转身回到了自己房间。

把她送到客房后，沈司岸又突然想起前不久孟时在这儿睡过，而且他还不是一个人睡的。

虽然被单已经全部换成了新的，沈司岸还是莫名觉得心里有些发堵，于是改变了主意，抱着她去了主卧。

舒清因刚挨着枕头就迫不及待地脱离了他的怀抱，转了个身抱着枕头继续她的美梦去了。

沈司岸看着她像是抱着人一般抱着那个枕头，猜到她可能习惯睡觉的时候抱着东西。

这是典型的缺乏安全感的行为。

她和宋俊珩结婚，夫妻俩每天晚上同睡一张床，估计舒清因也是这么抱着宋俊珩的吧。

沈司岸不知道自己在这儿瞎想个什么劲儿。

他绕到舒清因的对面，下意识地去找她的左手无名指。

这女人怎么这样？结婚戒指从来不戴的吗？她不戴谁知道她是不是单身？

"舒清因，"沈司岸忽然叫她的名字，"你能不能快点离婚？"

舒清因睡得太死，没办法回答他。

她尚在梦中，梦到了小时候，她总喜欢跟着父母睡觉，每次明明眼皮都在打架了，还要强撑着睁大眼睛盯着父母。

妈妈训斥她："小孩子这么晚还不睡觉会长不高，快睡。"

小清因迷迷糊糊地说："我睡着了，你们又会偷偷把我抱走。"

爸爸掐掐她的脸，语气充满无奈："因因这么大了，要习惯自己一个人睡啊。"

小清因有些委屈地抿着嘴，可怜巴巴地问爸爸："为什么要一个人睡，爸爸妈妈的床这么大，我不会挤到你们的。"

父母一时间被她天真的话问住，然后妈妈叹了口气，爸爸笑出了声。

她在睡意涌上来的最后一秒说："我要跟你们睡，不许趁我睡着把我抱走哦。"

爸爸点头："好，快睡吧。"

然后她又睡了过去。

忽然，有双大手抱起了自己小小的身体，是属于爸爸的，温暖而怀念的感觉。

她听到妈妈说："明天她又要闹脾气了。"

爸爸语气温和："没事，让她闹吧，我哄着就是了。"

爸爸的大手抱着她回到她自己的房间。

小清因不是毫无知觉，只是这种在睡着了之后被人小心翼翼地抱着，轻手轻脚，生怕将她从梦中吵醒的感觉，即使闭着眼睛，她也能体会到这个人对她的体贴。

她浑身软绵绵的，连睁眼都很费劲儿。

自从长大后，就再也没有过这种体会了。

她想回到小时候，回到爸爸还在的时候，然后执拗地躺在他们的床上，明知道半夜以后爸爸会抱她回房，可她就是喜欢这样的过程，并且乐此不疲。

舒清因窝在床上，那梦的触感实在太真实，她忍不住鼻头发酸。

这是长大以后再不曾体验过的久违的温暖。

沈司岸看她皱起了眉头，好像睡得不太安稳。

"做噩梦了？"他拍了拍被子，"小姑姑乖，快睡吧。"

她似乎听到了他的话，眉头竟然又舒展开来。

沈司岸把主卧让给了她，关上灯，关好门，自己坐在客厅里怀疑人生。

这像话吗？这像个男人吗？！

他现在必须去找点儿认同感。沈司岸也不管现在到底几点，直接给孟时拨了个电话过去。

晚上睡觉不调静音的下场就是孟时这样，睡到大半夜被吵醒。

没睡够的男人声音里充满了威胁："你想死？"

沈司岸丝毫不怵："孟时，我问你，如果有个女人霸占了你的床，你会怎么做？"

那边沉默了几秒，心态明显有些崩："你给我打电话，就为了问这种无聊的问题？"

"你先回答我。"

孟时咬着牙说："扔出去。"

这边沈司岸陷入了无尽的沉默中，那边孟时语气十分不耐烦："问完了吗？挂了。"

然后电话就被挂了，沈司岸不用打过去确认就知道这货绝对关机了。

不过至少能够说明，他还是比孟时正常那么一些的。

舒清因这一觉睡得极沉，直接从当日凌晨睡到了中午，在梦里就把上午的班给翘了。醒过来的时候，周围的环境并不熟悉，她很快意识到这不是她的房间。

昨天没喝酒，所以到睡着之前发生了什么她记得一清二楚。

她掀开被子看了一眼，衣服完好，连外套都没脱，难怪睡的时候硌得慌。

眼睛随意扫过卧室的每一角，装修风格、家具摆设和她住的卧室几乎都是一样的，不过比她的整洁。

舒清因下床，随便用手梳了梳头，推开卧室的门走了出去。

没看见沈司岸的人，难道出门了？

舒清因不知怎的，心里忽然松了口气，自己可以偷偷溜回房间了。

她蹑手蹑脚地穿过客厅，还没摸到门边儿，衣领子忽然被人从背后提住了。

依然是沈司岸最惯常的口气，夹杂着笑意的调侃声响起："做贼呢？"

舒清因直起腰，认命地转过身面对他，因为身高差距，她只看到他靠近脖颈的那颗雪白色的衬衫纽扣。

凌晨的记忆又瞬间涌来。

她梦里那种真实的触感也许不只是梦，而是来源于眼前这个男人。

舒清因尽量以平静的语气和他交谈："你今天不用出门吗？怎么这个点儿还在？"

"某个人睡得太香，万一我把她单独留在房间里，有小偷闯入偷东西她也未必能帮得上忙。"沈司岸意有所指地拉长了语调说话，"为了我的财产安全，我只好待着了。"

舒清因知道自己理亏，他的言外之意她权当没听见，随便他怎么说。

只是她本来想跟他说声"谢谢"，现在却怎么也说不出口了。这要是说了，他肯定再嘲笑她几句。

两个人面对面站着不说话，房门外传来声音。

舒清因一听有人敲门，条件反射般地就想躲起来，却被沈司岸一把拉住："跑什么？"

"有人来找你，我得先躲起来。"舒清因想起之前不太愉快的经历，有些后怕，"不然到时候就解释不清楚了。"

沈司岸挑眉："解释什么？"

舒清因白他一眼："解释我为什么会在你房间啊，你是不是傻？"

她懒得跟他说，转身又要跑。

"傻的是你。"沈司岸抓住她的胳膊，迫使她转过来面对自己，另一只手不轻不重地在她额头上敲了一下，"是我叫的午餐服务。"

舒清因摸着额头，大脑瞬间宕机。

"谁会在午餐时间过来？你以为都跟你一样修仙吗？睡觉睡得都忘了要吃饭？"沈司岸放开她，轻声命令，"站这儿等着，我去开门。"

沈司岸去开了门，真的是午餐服务。

他叫的双人午餐，厨师和侍应生推着餐车进来，沈司岸让他们直接将餐盘摆在桌上。

舒清因看着这一桌午餐，这才意识到自己从昨天晚上开始就没怎么吃，再加上又几乎通宵加班，到现在十几个小时，胃早就空了。

沈司岸看她像个木头似的待在那儿，有些好笑地歪着头打趣她："睡蒙了？"

舒清因摇摇头，忽然捂住嘴："我还没刷牙。"

"你何止是没刷牙，你连脸都没洗。"沈司岸正和厨师说话，又随口问她，"你有没有特别喜欢吃的……"

话还没说完，就见她转身直接往洗手间那边跑。

沈司岸和正准备开火的厨师，以及正在摆餐具的侍应生都有些蒙。

洗手间的镜子前，舒清因捧着脸，仔细盯着自己的脸看。

昨天睡着之前没来得及卸妆，现在脸上正浮着一层厚厚的油。唇膏因为昨天吃了晚饭忘了补，此时早就不见了，眼妆也有些花了，眼尾处稍稍有些黑。

刚刚她就是顶着这么一张大油脸和沈司岸说话的？

想到这个，那些多愁善感的心思瞬间消失了。

舒清因爱美，通常只要出门就会化妆，从来不给别人看到自己的妆容有丝毫不精致的机会。

她正打算用吸油纸吸吸脸上的油，然后悲哀地发现这是沈司岸的洗手间。

就连盥洗池台面上的洗面奶都是男士专用的，舒清因盯着洗面奶旁边躺着的剃须刀，开始不着边际地思索剃须刀能不能刮掉自己脸上的油。

"你怎么了？"沈司岸跟着她走到洗手间门口，发现她什么也没干，只是站在镜子面前发呆。

舒清因转头瞪他，语气不太好："你为什么不叫醒我？"

刚刚还一副任打任骂的小媳妇儿憋屈样儿，怎么照了个镜子气焰又开始嚣张起来了？

沈司岸觉得莫名其妙："我让你睡，你反倒还凶起我来了？"

"我没卸妆，"舒清因咬牙切齿，"你知道晚上不卸妆对皮肤损害有多大吗？"

沈司岸不懂这些，但总算隐隐明白了她的意思。

他看了眼她的脸，语气平静无波："挺好的啊，没看出来损伤。"

舒清因用手指在自己脸上划了一道圈："这么多油你看不见吗？"

不就是出个油吗？和出汗有区别吗？她的脸只是看上去亮了些而已。

沈司岸不解："出油怎么了？"

舒清因语气悲愤："难看。"

"有吗？"沈司岸掀了掀眼皮，语气散漫，"和没出油的时候一样漂亮啊。"

舒清因忽然因为他这句漫不经心的夸奖感到不好意思起来，等回过神来才傻乎乎地说："你是男人你不懂，我要回房间了。"

"午餐呢？"

舒清因撇嘴，情绪有些低落："不吃了，顶着这么张脸，我都没脸见人了，还有吃饭的心思吗？"

"不就出了点儿油？"沈司岸觉得她小题大做，"你没化妆的样子我又不是没见过。"

舒清因先是愣住，然后整个五官都皱了起来："你……"

"啊，这时候绅士应该装傻，"沈司岸忽然意识到，立马改口，"没见过。"

他嘴上改了口，但仍是笑眯眯的，简直是把"不知悔改"四个字刻在了脸上。

舒清因不想理他，打算先回去洗脸。

爱美是人的天性，更何况是舒清因这种从小娇生惯养的精致小公主。

沈司岸也没拦她，只是嘱咐："快点儿洗，凉了吃着就没意思了。"

舒清因默默地嘀咕："谁要跟你一起吃。"

回到自己房间后，舒清因关上门。

终于只剩自己一个人了。

没了别人，舒清因拖着步子走到沙发边，身子一倾，整个人倒在了沙发上。

以前住在家里的时候她也是这样，宋俊珩白天基本不在家，用人们除了日常的清洁工作，为了不打扰她也不会老在她面前晃来晃去的，她习惯了四方的空间里只有自己一个人，也习惯了这样安静的氛围。

她才不要跟沈司岸一起吃饭，估计到时候饭没吃几口，又会跟他拌起嘴来。

兜里的手机振了振，舒清因懒洋洋地调整了姿势，躺在沙发上举着手机看消息。

沈司岸：想放我鸽子？

舒清因心一跳，他怎么知道？

沈司岸：你企划书忘拿了。

她猛地坐起来，翻遍了自己周身，发现她真的没把企划书拿回来。

沈司岸：过来，不然待会儿保洁来了，我就当垃圾给人家了。

舒清因在心里把沈司岸骂了个狗血淋头，然后在微信界面老实回复了个"好"字。

为了企划书，舒清因洗好脸后，快速化了个妆又乖乖地回到了对面。

她和沈司岸面对面坐着，侍应生和厨师在一旁等候着，随时满足他们的用餐需求。

沈司岸笑着说："你这样哭丧着脸，厨师会以为他做的东西不合你口味。"

舒清因立马对着金发碧眼的厨师说了句"delicious"（美味）。

厨师咧嘴笑了："My pleasure，Mrs Shen"（我的荣幸，沈太太）。

舒清因怔住了，待反应过来后忙着想要解释，沈司岸却淡淡地打断了她的话。

"你想让厨师知道你其实是宋太太？"沈司岸讥诮地勾起唇，嗓音低沉，"就这么怕别人误会？"

他的语气听起来有些奇怪，舒清因莫名觉得心里有些不舒服，尤其是他刻意将"宋太太"这三个字咬得比较重。

对现在的她来说，这个称呼怎么听都是一种讽刺。明明已经不是宋太太，却还因为各种制约，不得不继续维持着这虚假的身份。

舒清因的心蓦地沉了下来。

她只要心情不好，胃口也会大打折扣，再美味的东西吃起来，也如同嚼蜡。

刀叉与瓷盘碰撞，餐桌旁只有用餐的细微声响。

一直到这顿饭吃完，厨师几个人都离开了房间，舒清因才恢复心情，打算和沈司岸道谢。

也不知道他是不是被自己影响到了心情，正靠着沙发一言不发地喝茶。

舒清因走到他面前，酝酿良久后轻声开口："今天凌晨我不小心睡过去了，那个……"

她性格矜持，并不习惯说谢谢，但沈司岸这段时间确实帮了她不少忙，一声"谢谢"怎么都不为过。只是心里明白这个道理，要说出口就成了另一回事。

没等她说完，沈司岸就先打断了她的话，声音有些冷："当作没发生过是吗？"

舒清因摇头："不是。"

男人拿着茶杯的手颤了下，声音不禁又放柔了下来："那你要说什么？"

"就，想谢谢你。"舒清因抿唇，藏在背后的手指交缠着，"马上就是恒浚的年会，你要是没什么安排的话，就过来一起参加吧。"

男人的眼睫毛乖巧地垂着，懒懒地"嗯"了一声。

舒清因又试探道："年会过后就是签约，那时候很快就放假了，时间比较紧，签约的日子要不要再提前一些？"

原来她是这个意思。

沈司岸侧过身看着她，胳膊搭在沙发上，情绪不明："你这么急着签合约是为了什么？"

签了，一切就尘埃落定了。

这是舒清因的私心，无关乎两家的合同，也无关乎恒浚的未来，只关乎她的自由。

但她不能说。

沈司岸是高高在上的甲方，他有那么多好的选择，CBD 的建设需要耗费大量的人力、财力，签约根本不急在这一时，反倒是他可以借此更好地敲打作为乙方的恒浚。

他不会懂她有多需要这份合同。

舒清因掩下眼中情绪："你不用赶着回港城过年吗？"

沈司岸说："我们家往年都是在深城过年，偶尔会回南城祭祖。"

"哦。"舒清因点点头。

不对，他说这个有什么特别的意义吗？

"如果赶不及的话，也许今年，"他顿了顿，牙齿轻轻咬着茶杯，语气含糊，"会留在这儿过年也不一定。"

舒清因不解："你在这边有亲戚？"

过了几秒，他咬着牙说："你不是吗？小姑姑。"

第12章

日记

恒浚集团的年会地点定在君临酒店。几乎每次恒浚有什么需要用场地的地方，都会选在这家酒店。

作为省内的龙头建筑集团，恒浚每年的年会手笔都相当大。

从几个月前就开始策划活动方案，到选定策划公司，再到年会现场的各项布置，恒浚各分公司派出代表到总部来参加，等所有东西都敲定后，年会已经近在眼前。

恒浚每年的年会除了总部员工与分部员工代表外，家属亲眷及公司合作伙伴也是客人之一。

在宾客名单上看到福沛的名字时，舒清因的神色蓦地变得复杂起来。

她正坐在总裁办公室里，晋叔叔给她看的已经是最终确定的宾客名单。

"福沛既是我们的长期合作伙伴，也算是你们舒氏的亲家，他们的位置我已经让人安排在了最前面，宋氏少东家的位置就在你旁边，你看看还有没有别的要更改的？"

舒清因想了很久，才小声说："那把宋俊珩的位置和我的调开些吧。"

晋绍宁挑眉："为什么？"

"没为什么，就说能不能吧。"

"不能。"晋绍宁淡淡地说，"本来最近恒浚和福沛因为地皮拍卖的事情，不合的传闻就颇多，如果这时候你们夫妻再表现出点儿什么，外界会怎么想？这后果你不是不知道。"

舒清因当然知道，所以她也没抱什么希望。

"那就没有了，晋叔叔你定就好了。"她起身，准备回自己办公室，"我先下楼了。"

晋绍宁又叫住她："清因。"

"什么事？"

"企划书我看过了，你做得很好。"晋绍宁语气微软，比刚刚要亲切了许多，"没让我和你妈妈失望。"

或许是之前被沈司岸夸过了，听到晋叔叔的夸奖后，舒清因宠辱不惊，但还是下意识地挺直了背，语气很做作地谦虚了一把："没什么啦。"

最后一个字没绷住，音调上扬，得意扬扬。

晋绍宁笑了笑："给你带的特产吃了吗？"

舒清因愣了愣："没有。"

"怎么没吃？不喜欢？"

"不会做。"舒清因理由很充足，"再加上最近忙项目，就一直放在那儿没动。"

"家里不是有用人吗？"

舒清因撇嘴："哪有用……"她说到一半又顿住，转而补充道，"用人最近请假，不在家里。"

"没找临时的？"晋绍宁不解，"难道家务是你们夫妻俩在做？"

舒清因不知道该怎么接，只能硬着头皮顺着晋绍宁的话说："嗯，对。"

晋绍宁有些诧异地抬了抬眉毛。

再说下去可能要露馅儿，舒清因及时出声转开话题："最近我妈很忙，叔叔你让我带给我妈的那份还没来得及给她呢，等她闲下来了我和她一起吃。"

晋绍宁轻轻点头："好，你去忙你的吧。"

从办公室里出来，舒清因惊魂未定，心想幸好没露馅儿。等她再回过神儿来，发现总裁办的人都在盯着她看。

她这副惊慌的样子，任谁看了都会觉得她是被晋总给教训了。

总秘有些担忧地看着她："舒总，您还好吧？要不我给您泡杯茶？"

"啊，没事。"舒清因摇头，"谢谢你啊。"

"可是我看您脸色不太好。"

"刚才吓到了，缓一会儿就好了。"

差点儿以为她和宋俊珩分居甚至离婚的事儿就这么瞒不住了。

总秘叹了口气："舒总，您刚来公司不久，而且您任职期间晋总大部分时间都在外面出差，所以您对他的工作作风有些不了解也是正常的。晋总他在工作方面要求比较严格，别说您了，我们整个总裁办的人没有没被他说过的。"

舒清因茫然地"啊"了一声。

总秘看她这样子，以为她是真不了解，晋总刚任职那会儿她就跟在晋总身边了，因此对晋绍宁这个人的脾性摸得清清楚楚，当下就为这位年轻的小舒总科普了起来。

舒清因年轻，甚至比总秘还要小两岁，又很少摆上司的谱儿，平常遇到不懂的事也乐于去跟前辈级别的老员工交流，抛开管理能力不谈，在公司里的人缘还是不错的，所以总秘也没有在她面前慎言的打算。

被灌输了一大堆"面冷心冷""严肃沉闷""铁血无情"的形容词后，舒清因觉得总秘口中的晋绍宁和她印象里的有很大不同。

晋叔叔是不经常笑，但也没这么高冷吧！

"可能他在工作上是比较苛刻吧，生活中其实我觉得他还好。"舒清因替晋绍宁解释。

总秘摇头："没有，生活中我觉得晋总更冷。"

舒清因歪头："有吗？"

　　"这次我跟着晋总去出差，那边负责接待的调研方知道晋总还未婚，所以就想着替他介绍个对象，结果晋总想也不想就直接回绝了。后来他们又要招待晋总去个别场所放松，晋总直接冷着脸说以后再用这种方法讨好他，那合作就不要想了。"总秘摇摇头，表情有些复杂，"这也不怪公司的人总怀疑晋总的性取向。"

　　堂堂总秘，就这样当着副总的面儿说总裁的八卦，从这点儿来看，舒清因觉得晋叔叔其实没总秘姐姐说的那么冷血无情。

　　舒清因说："可能他还没碰上喜欢的人吧。"

　　晋叔叔快五十岁了，如果他是离异后单身，那还不至于被人八卦成这样，关键是他从未结过婚。

　　这个年头，到了一定岁数不结婚，男人的处境虽然比女人好一些，但其实也没好到哪里去，不管男人女人都免不了被人在背后说两句。

　　舒清因还记得徐琳女士第一次带她见晋绍宁的时候，她以为眼前这个男人是来取代她爸爸舒博阳的位置的，因此对他颇有敌意。甚至在徐琳女士中途去洗手间的时候，她直接冷着脸对晋绍宁摊牌：

　　"我不会同意你跟我妈在一起的，你也休想取代我爸的位置。"

　　还不满二十岁的舒清因，骄纵任性，生得精致漂亮，却总喜欢摆出目中无人的样子。

　　她也看不上任何追求者，而那些追求者们往往是被她出众的外貌所吸引，又很快被她的骄矜冷傲打退。没有人能像爸爸那样，连同她蛮横的缺点都一并包容。

　　那时候爸爸刚过世不久，她排斥任何出现在自己和徐琳女士身边的男人。她觉得没有人能像爸爸那样爱她们母女俩。

　　晋绍宁嗓音低沉浑厚，比起爸爸的温润如玉，他给人的感觉更显得不易靠近。

　　"我只是你妈妈的同学。这次回国，是暂时替你接管恒浚，没有其他意图，放心吧。"

他是这么说的。

舒清因一开始不信，后来晋绍宁慢慢用自己的行动让她相信了，他确实只是妈妈的同学而已。他和妈妈也始终保持着朋友的距离，舒清因这才渐渐对他放下了心防。

现在她下意识地为晋绍宁辩解。

总秘摆手："我知道，不过我们是真希望晋总能找到真爱，这样他应该也不会总冷着脸了。"

她笑了笑："会的。"

晋叔叔是个好人。

回到办公室后的舒清因，坐在座位上发呆。

她想起刚刚差点儿在晋叔叔面前露馅儿，觉得这事儿实在拖不得。

如果爸爸还在的话，肯定能理解她为什么要离婚。她不敢跟徐琳女士说，就是担心徐琳女士听到她和宋俊珩私下商定了离婚这件事后大发雷霆。妈妈为她铺了这么多路，几年的心血全在这桩商业联姻上，现在她就这样给切断了，徐琳女士不生气才怪。

宋俊珩会去年会啊。

舒清因掏出手机，往下滑了好久才翻到他的微信。她都不知道原来他们这么久没聊过了。

舒清因犹豫了一会儿，还是给他发了条微信。

舒清因：你收到恒浚的年会邀请函了吗？

宋俊珩回得很快：收到了。

指尖在手机屏幕之间游移着，舒清因想叫他不要去，但自己似乎又没有理由。

宋俊珩似乎洞察到她的心思，又发了条信息过来。

　　宋俊珩：你不希望我去，对吗？

舒清因回了一串省略号。长久的沉默后，她给他发了句话。

　　舒清因：我会和我妈说你有工作，所以来不了。

这句话实在伤人，等于直接宣布了结果。
她没有征询他的意见，而是单方面地替他做了这个决定，让他
不要来。

　　宋俊珩：好。

然后又是一条。

　　宋俊珩：关于财产分割，律师已经把大致的情况发给了我，
你要不要看看？

舒清因并不在乎这个东西，但既然宋俊珩要给她补偿，她当然
会收。

　　舒清因：你直接发文件给我吧。
　　宋俊珩：有些条款可能还需要商讨，如果你不忙的话，我在
家里等你。

舒清因蹙眉，他这是叫她回家？

舒清因：我忙，你决定就好。

宋俊珩：清因，你不可能一辈子都不见我。

舒清因：我知道，但我想能少见一次就少见一次。

话说到这个份上，也没有继续聊的必要了。

舒清因不再看他是怎么回复的，将手机放在一旁，继续工作。

宋俊珩放下手机，闭上眼睛靠着沙发发呆。

他刚从外省回来，因为徐家的面子，事情解决得很顺利，几乎没有什么波折。他受到了父亲的夸赞，让他回家后好好谢谢清因。

地皮那件事父亲其实也能理解，所以并没有过多地迁怒于舒氏，塞翁失马，焉知非福，福沛失了一个项目，往后还有大把的项目可以拓展。

算起来，整个宋氏都没有要和舒氏交恶的打算，唯独只影响到他自己而已。

是他没有拿到项目，感觉挫败而又无处发泄，觉得即使娶了舒清因，和同父异母的弟弟之间的斗争也没有因此获得任何优势。

家里冷冷清清的，用人出门采办年货去了，即使有他坐在这里，也没给这个家带来一点儿生气。

这套房子产权原本归属舒清因，算是宋氏送她的彩礼之一，按理说离婚后，这房子该是舒清因的。该搬出去的是他，而不是舒清因。

她这些日子一直住在外面，也没有让人回来拿东西。宋俊珩知道她不需要那些东西，与其叫人特意回来打包，还不如她自己再去置办些新的。

想到这里，宋俊珩忽然起身，推开了那间他让给她的主卧室。几乎能闻到灰尘的气味，由此可见她有多久没回家了。

宋俊珩看着置于床头的那张婚纱照，他们是商业联姻，拍这张婚纱照的时候对彼此都没有感情。但是摄影师并不知道，只是让新郎新娘笑得再开心点儿。然后她笑了，但他只是轻轻地扯了扯唇角，极轻地笑了下。

从婚纱照中都能看得出他的情非所愿。

那时他和未婚妻刚分手没多久，满脑子想的都是如何去和宋俊棋争夺少东家的位子，所以他毫不犹豫地娶了舒清因。比起她，他更觉得自己娶的是她的姓氏，是她背后的舒家。

这样想着，似乎就能稍稍缓解他对未婚妻的愧疚，至少，他不爱舒清因。

宋俊珩没有再看那张婚纱照，又踱到床头柜边，看见柜子上放着一支水性笔。他蹲下身，几乎是下意识地拉开了床头柜的抽屉，果然在里面发现了一个笔记本。

宋俊珩拿起笔记本，从第一页开始翻看。

　　换新床了，不习惯，想让叶叶来陪我睡，但她说不能当电灯泡。我和宋俊珩分开睡的啊，她算哪门子的电灯泡啊！

　　我还以为宋俊珩要跟我那什么呢，呼，还好他算个男人。

宋俊珩看到这里，没忍住牵了牵嘴角。

　　现在是凌晨三点，我睡不着，什么时候才能习惯一个人睡觉啊？

　　又熬到凌晨了，睡不着写点东西打发时间，希望写着写着就能睡着吧。

　　我想爸爸了。

　　舒博阳先生，你女儿想你了，你能不能到梦里哄你女儿睡觉？

叶叶又去玩了，忘了她最亲爱的表妹。

舒博阳和徐茜叶，你们都没有心。

……

这本不像是日记，倒像是她每天晚上睡不着时随意写的几句话，所以才会放在床头柜的抽屉里。

后来没有再看见她抱怨睡不着，应该是习惯了一个人睡，渐渐地，他的名字多了起来。

我想跟宋俊珩说，其实我们晚上可以一起睡觉的，画条"三八"线就行，但我不敢。

我和宋俊珩毕竟是夫妻嘛，我跟他说自己害怕一个人睡，他应该会答应我的。算了，好丢脸。

宋俊珩这时候应该已经睡了吧，嫉妒，想去吵醒他。

宋俊珩今天怎么提前回家了，我没穿内衣！啊啊啊——

一天过去了，他好像什么反应都没有，是我身材太差了？

宋俊珩今天不在家，总觉得有些寂寞。

宋俊珩又不找女人，他平常都没有需求的吗？那不是我没魅力，是他自己有问题。

宋俊珩叹了口气，他自以为是的体贴，到她这里被误解成了这样。

我今天跟宋俊珩约法三章了，让他不许出轨，他答应了，是不是代表他其实也有一点点喜欢我？我肯定不会出轨的，没有男人能入我的眼。

我发现宋俊珩长得蛮好看的，戴眼镜也很好看，但我不是眼镜控啊。

他笑起来的时候，有点像爸爸，很温柔。

我错了，他一点儿也不像爸爸，爸爸不会跟我吵架的。

今天跟宋俊珩因为工作上的事吵架了，不知道他是吵不过我还是不想跟我吵，直接出去了，到现在也没回来。我在客厅里站了好久，他也没回来跟我道个歉，或者回来听我跟他道个歉。

我知道了，他肯定是吵不过我，所以跟我玩冷战，哼！

这冷战也太久了吧，大半个月了，他真是好能忍。

他说他要去出差，这次是他先找我说的话，我赢了，嘿嘿！

突然觉得宋俊珩对我挺好的，有点儿感动，怎么回事？

叶叶说，我可能喜欢宋俊珩，那不行，他没喜欢我之前我绝对不要喜欢他，不然我就太没面子了。

等宋俊珩回来后，要不试着暗示他一下好了！

到这里，日记断了很多天，直到最后两篇。

我花钱买下了宋俊珩和那个女孩儿的照片，他明明跟我说过，他不会出轨的，男人的嘴，骗人的鬼！

宋俊珩，你去死！……我不要喜欢你了。

宋俊珩合上本子，重新将它放进了抽屉。

他忽然觉得全身的力气都好像被抽干，只能颓唐地坐在地上，试图用手捂着眼睛，避免从鼻腔泛起的酸意一直蔓延至眼睛。

他们结婚一年，他从来不知道原来她害怕一个人睡觉；也不知道原来他们吵过架后，她在客厅里等他回家；更不知道，这一年的相处中，动心的并非他一个人。

通过日记本，他似乎能看到她慢慢地习惯一个人睡，慢慢地对他产生了些别样的情感，又慢慢地对他生出失望，继而又怀着期望，最后绝望。

但凡再早一些明白自己的心意，明白所谓的未婚妻早已成了过去，明白大提琴早就不再是他疲倦后的唯一慰藉，明白他对她到底怀着何种感情……

他曾试图欺骗自己，用不爱她的借口为自己曾狠心舍弃的感情找到辩解的缺口。

可现在，他一败涂地。

"清因……"宋俊珩坐在地上，靠着床，摘下眼镜，用指腹不断揉捏着眼睑，颤着声音说，"对不起。"

这声"对不起"该说给谁听呢？

是说给她听，也是说给这段婚姻听。

恒浚年会。

舒清因正陪同徐琳女士在会场招待宾客。

只要是收到邀请函的合作企业基本上都派出代表到场了，这其中最受瞩目的无疑是作为恒浚亲家的福沛和恒浚目前最重视的合作方——柏林地产。

企业的顶头上司正在旁边愉快地交流，各桌上的员工也在不远处讨论得不亦乐乎。

"难以想象小舒总居然比我还小。"

"起跑线都不同，怎么比？你跟同出身的比还差不多。"

"投胎也是一种技术活啊，会投胎也是一种本事。"

"反正这辈子是没可能了，等下辈子看有没有这运气吧。"

"其实小舒总也没你们想的那么轻松，我听她办公室的人说，之前出企划书那段时间，小舒总几乎每天只睡三四个小时，最终版出来那天，还开着会呢，小舒总直接撑着下巴睡着了，还是她的助理把她叫醒的。"

"能力越大责任越重嘛，小舒总要继承恒浚，肯定要付出努力啊，要换我，我可能比小舒总更拼呢。"

众人哄笑："那未必啊，毕竟你每天蹲厕所都要蹲三个小时，俗称带薪蹲坑。"

那人脸红："人有三急嘛。"

"我看小舒总就没你这么急，你蹲坑的那三个小时，她账户都不知道进了多少钱了。"

"我也存了不少钱的好吧，赶明儿给你们看看我账户余额。"

"哎，你要是去问小舒总她账户里有多少钱，她肯定回答不出来，你信不信？因为他们这个阶层的人，钱已经不再是数字，而是用来利生利的工具。我们每个月挣多少都是有明确数字的，而他们的国内海外账户每分每秒都在进账，再加上各种动产、不动产，不具体估值根本说不出个所以然来。能准确说出自己资产有多少的才是真正的穷人呢。"

其他人纷纷点头附和。

他们又不约而同地看向大佬那边。柏林地产的沈总和孟副总已经到了，正在和晋总说话。

"上次不是说咱们小舒总陪着沈总逛公司，行政部在群里发疯了吗？之前到底发生了什么？你们谁去问了行政部，赶紧说说啊。"

有个人应了声："我后来在食堂拦了个行政部的妹子问了，那天他们行政部的空调坏了，小舒总没穿外套，沈总把自己的外套给小舒总了。"

在座的男士们兴趣缺缺，倒是几个年轻女孩儿激动地睁大了眼睛。

"然后呢，然后呢？"

这人又说："没了啊，就这，你们这帮姑娘想什么呢？小舒总结婚了好吗？"

女孩儿们失落地垂下头，惋惜地看着那边的小舒总和沈总。

"真的很配啊。"

男士们摆手："要是小舒总没结婚你们幻想幻想还成，就沈总那种身份，他要什么女人没有？别瞎想了。"

有个女孩子愤愤地说："都年会了，小舒总的老公也没见到人啊，我们小舒总肯定很失望。"

"要不说你们年轻女孩儿天真呢，合着不来老婆公司的年会就是渣男呗？小舒总老公又不是家庭煮夫，人家是福沛少东家，肯定也有自己的工作要做啊，哪儿有空天天搁这儿儿女情长呢？"

"我看福沛也来了代表啊。"

"那是恒浚请过来的，又不是小舒总请过来的，不说了，我去拿点儿水果吃。"

男女思维差异太大，聊不下去了，即使是在听见男人们这么分析后，女孩们仍然觉得小舒总的老公今天年会都没来，实在是太不给小舒总面子了。

她们又不禁伤感起来，连小舒总这种女人的婚姻都不怎么美满，更不要说她们这些普通女人了。还未踏入婚姻门槛的年轻女人们，已经开始生出了"恐婚"的情绪。

等人差不多到齐后，晋绍宁率先上台发言。

恒浚的年会不是这些高层往日里参加的名流聚会，也并非大排档里员工们围坐一桌喝酒划拳的饭局，高层仍然矜贵优雅，中层自信亲和，基层员工有吃有喝待会儿还能参加抽奖，一年结束还能有奖金拿，无论是哪个职位的人都能在年会上找到自己的位子。

舒清因旁边的座位是空的，那本来是留给宋俊珩的位子。

另一侧的徐琳女士悄声说："俊珩他真的来不了了？刚刚我问宋

总，他说他不知道俊珩今天还有工作要忙。"

舒清因敷衍地应了声："确实来不了了。"

他们的桌子在最前排，置放于舞台旁边的摄像机时不时地会扫到这边，空着实在太难看了。

徐琳女士又问她："你和俊珩还没和好吗？"

舒清因并不想回答，这时候台上的晋绍宁提到了她的名字，让她上台来说话。

这是流程里没有的，舒清因有些发愣。

晋绍宁手上拿着话筒，声音透过麦克风传入会场的每一个角落。

"上去，"徐琳女士小声提醒她，"好好表现。"

舒清因愣愣地站起身，提着裙摆走上阶梯，从晋绍宁手中接过话筒。

晋绍宁用唇语对她说"别紧张"。

她握着话筒，看向台下，所有人都在看着她。

舒清因眨了眨眼睛，保持镇定，语气平静："各位晚上好。"

原先的流程里确实没有副总上台说话这一项，她还太年轻，能否掌管好偌大的集团还未可知，董事会和很多老骨干对这位年轻的副总还持保留态度，虽然知道恒浚迟早会是她的，但还是不愿在这个时期，将恒浚轻易地交给她。

舒清因不常下楼，很多不在同层的员工并不熟悉她，只远远见过她或是听过她的名字。如今她站在台前，摄像机将她的脸投影到身后巨大的 LED 屏幕上，所有人都认识了这位舒副总。

年轻、漂亮，气质清冷，只是站在台上，就能察觉到她和普通年轻女孩儿之间的差异。

这是差异化的精英教育带来的结果，光是出身，就能让她拥有很多人这辈子都触碰不到的东西。

有员工在台下交头接耳，有人怕声音太大引起众怒，只能用手机抒发感想。

　　前舒总和徐董也太会生了吧。

　　这就是基因的选择。

　　真的漂亮，去年年会的时候隔得太远看不清长相，现在看清了简直令人惊艳。

　　气质真的可以，有钱人家大小姐的那个气质真的一眼就能看出来和别人不一样。

　　我刚才拍了张照片发朋友圈，这会儿评论二十多条了，都在求介绍美女老板。

　　你朋友别做梦啦！

　　二十五啊，贼年轻，可惜就是结婚了。

　　说真的，要是那种又老又丑的富婆跟我说少奋斗二十年，我看都不看一眼，但要是小舒总跟我说，我立马点头。

　　几个菜啊就喝成这样？做梦去吧你，别说小舒总了，是个富婆都不会瞅你。

　　不怪别人做梦，这么一个有钱有貌又有能力的女人，我一个女人都忍不住心动。

　　台下的孟时忽然瞅了眼坐在他旁边正小口抿酒的沈司岸，语气颇淡："眼光不错。"

　　沈司岸没说话，在将目光从她身上挪开后，又看向她刚刚坐着的地方。

　　空了两个位子。宋俊珩没来。

　　他低头，眼底、眉梢都带着让人捉摸不透的情绪。

　　孟时看了眼四周其他人，终于明白了他们为什么都在羡慕福沛少东家。

如果不是宋氏少东家早了一步，这位舒小姐还真未必是福沛的少奶奶。从某方面来看，宋氏少东家和舒小姐之间的缘分，更像是时机上的恰好。

舒清因从台上下来后，她的话筒由下一个准备发言的人接过，回到座位，徐琳女士正和晋叔叔在说什么。

见她走了过来，晋绍宁自然将目光转到她的身上。

"董事会的人应该也看到了你刚刚的表现。"

舒清因冲晋绍宁笑了笑："谢谢叔叔。"

"不必，我也是为了以后能省点儿心。"

他说完，又离开了座位，去跟刚刚还没来得及打招呼的客人说话去了，徐琳女士仍坐在座位上，抬头看着台上的人发言。

舒清因坐下，忽然想起晋叔叔给她和她妈带的特产还一直放在她办公室呢。

"妈，晋叔叔之前去邻省出差，给我们带了特产。"舒清因说，"你最近都没来公司，改天你来一趟，我拿给你吧。"

"你不是不喜欢我总是去公司查你的岗吗？怎么这会儿主动要我去了？"徐琳女士勾唇，"怎么？觉得自己有那个自信不被我说了？"

舒清因噎了一下："那特产你要不要？"

"我最近没空，等哪天闲了直接去你家拿吧，你放你家里就行。"

舒清因大感不好，连忙说："那还是我送到你家里去吧。"

徐琳女士忽然觉得有些不对劲儿："清因，你是不是有什么事情瞒着我？"

她心头一跳，果断摇头。

徐琳女士没继续问她，转而说："你要是忙的话，那特产你就和俊珩一起吃了吧，我不需要。"

舒清因下意识地拒绝："那个是补气血的，宋俊珩吃了有什么用啊？"

"补气血？枣粉？"

舒清因有些惊讶："哎？你知道啊？晋叔叔跟你说了吗？"

徐琳女士抿唇，摇头。

她从念书那会儿起，家里给的压力比较大，气血就有些不足，用人时常会在她的保温杯里为她泡上一杯枣粉，别的营养品她嫌味道不好，只喜欢喝这个补气血。

说到枣粉，舒清因又有话要说："我觉得晋叔叔应该是在机场才想起来要给我们带特产，随便在机场附近买的，邻省根本没有枣粉这么个特产啊，而且红枣是新疆的特产吧？"

徐琳女士"嗯"了声："大概吧。"

晋绍宁作为恒浚的总裁，带回来的特产居然只是普通的枣粉。不过他为恒浚做了这么多，只是随手买了特产而已，母女俩当然不会因为他的疏忽而怪他不上心。

年会举办到后一阶段，众人已经开始自由活动，再过几十分钟就是激动人心的抽奖环节。

恒浚每年在这方面都很舍得，尤其是去年，一等奖是为期一年的带薪年假，那个抽中了奖的员工兴奋得差点儿当场昏过去。

舒清因刚刚上台讲了话，这会儿不少人正举着酒杯过来给她敬酒。

石峰建材的老总年纪比晋绍宁还要大上几岁，看舒清因就像是在看小辈。

"怎么没见宋氏少东家过来，他这个老公不太称职啊。"

语气是调侃，但听在舒清因耳朵里并不怎么舒服。她笑着说："他工作忙，没办法。"

有几个是和舒清因的父亲曾经交好的叔叔辈，交谈也更随意些："最近外面一直在传你们夫妻关系不好，今天这么多人在场，他不来未免也有些太不给你面子了。"

舒清因替宋俊珩解释，像是个体贴丈夫的妻子。她今天特意戴上了结婚戒指，为的就是营造出夫妻关系依旧不错的假象。

虽然有人只是调侃，但也有人是真以看好戏的姿态在旁听。

和长辈们说话，舒清因作为小辈，此时想离开也离开不了。

人群背后，有人小声议论："连这样的女人都和丈夫处不好关系，看来女人也不是有钱有貌就有了一切嘛。"

另一个人附和："事业再顺利又有什么用啊？女人啊，最重要的还是家庭。"

"可能是太沉迷于工作，她老公在她这里体会不到家庭温暖了吧。"

"不是说她这些日子一直在忙企划嘛，连家估计都没怎么回去吧。"

"难怪她老公不来了。"

"嘘，小声点儿，别戳到人家痛处了。"

年会上人群熙攘，鱼龙混杂，小舒总的老公没来，有人不在意，有人却觉得这是女人婚姻失败的典型反面教材。

男人忙工作是热爱事业有上进心，女人忙工作是忽视家庭不会生活。舒清因作为女人，正在承受这样迂腐而又带着恶意的"大道理"的洗礼。

和舒清因应酬的大多都是男人，她站在人群中落落大方地和众人交谈着，成了很多人的眼睛追随的目标。

那几个人原本正玩笑着，忽然看到有人新加入了舒清因的交谈圈。

"哎？那是？"

"不是不来了吗？"

"那是福沛的少东家没错吧？"

"搞什么啊？"

几个原本正在商讨婚姻中女人该如何自处的"教育家"悻悻地闭上了嘴。

人家好着呢，事业家庭双丰收，这样议论到头来纯属自己打脸。

宋俊珩真的来了。他拿过舒清因手中的酒杯，直接替她应付了接下来的几杯酒。

不光是舒清因愣住了，旁边正招待沈司岸的徐琳女士也有些怔愣。

"清因不是说他不会来了吗？"

晋绍宁站在她身侧，淡淡地说："或许是意识到了工作和清因到底哪个更重要吧。"

徐琳女士皱眉，没再言语，转而继续和沈司岸说话："沈总，不好意思，刚刚走神了，我们继续。"

沈司岸拧着眉头，眸色深沉，似乎没有听到徐琳女士的话。

"沈总？"

"嗯，"沈司岸放下酒杯，"徐董，抱歉，我去趟洗手间。"

徐琳女士点点头："好。"

在离开会场前，沈司岸从舒清因这边经过。

彼时有人正对着他，举起酒杯冲他打招呼："沈总，过来喝一杯啊。"

舒清因听到这声称呼，下意识地转头看他。

沈司岸只淡淡瞥了她一眼，随即挪开目光，摆出漫不经心的姿态，语带揶揄："我单身，看不得夫妻秀恩爱，你们喝吧。"

说完就离开了会场。

刚刚要请他过来喝酒的人也没生气，只是嘴上说笑着："这借口找得未免有些烂了。柏林这位爷只要冲着这会场说一声他是单身，只要他看得上，下一秒就能立马不是。"

几句过后，众人接着刚才的话题。

舒清因总觉得沈司岸刚刚那句话是在讽刺她和宋俊珩，于是趁其他人不注意拽了拽宋俊珩的衣服："你怎么还是来了？"

"还没有对外公布离婚，这样的场合我不过来，难免会有不怀好意的人对你有猜测。"宋俊珩用酒杯挡住嘴唇，低声对她说，"清因，这是我该做的，别拒绝我。"

太多人了，就是想拒绝，她也拉不下面子。

之前还觉得作为恒浚女婿的宋俊珩今天缺席很不厚道的人，见他真的来了，敬酒的念头也由此更为强烈。

"看来你们夫妻俩感情还是很不错嘛。"

"能来就来啊，还玩儿什么姗姗来迟，害得我们舒总被人误会呢。"

"必须罚酒啊，快喝。"

宋俊珩没有拒绝，凡是递过来的酒都喝了。

舒清因看见他垂在身侧的左手无名指上戴着结婚戒指。

有时候，她都不得不承认他们之间的这种默契。

斯文俊秀的男人站在舒清因身边，体贴地为她挡酒，又为她和其他人应酬。男人应酬起来总是比女人要得心应手得多，比起舒清因，宋俊珩的应酬经验明显更为熟稔，不过三言两语，就替她挡下了很多意味不明的长枪短刃。

夫妻俩辗转于交际场中，之前的流言不攻自破。

到之后的抽奖环节，就算有宋俊珩替她挡酒，她也喝了不少。

其实有很多是能婉拒的，只是舒清因刻意锻炼自己的酒量。有时候人情场上，借着女性的身份避免喝酒，未免有些矫情，恒浚不知有多少生意是从这酒里头争取来的。

领导级别的都对抽奖不太感冒，抽奖环节有条不紊地进行着。

最后，人事部门的一个员工抽到了今年的大奖——暑假期间的东京七日游。

那个员工接过话筒，激动得说话都能一个字儿结巴上半分钟，和他相熟的同事在台下起哄。他算是老员工了，今年是头一回抽中奖，而且一抽就是一等奖。

最先被感谢的是晋总，那个员工双手握着话筒，热泪盈眶，说自从晋总出任恒浚总裁后，恒浚集团各方面的情况都好了很多，又说晋总雷厉风行，以果断的手段带领恒浚坐稳了业界龙头的位置，也造福了他们一干员工。

这本来是好事，晋绍宁虽然不在意这种马屁话，但其他人听得都挺开心的。

"我算是咱们恒浚的老员工了，说句心里话，自从晋总任职以后，我突然就像是撞了大运，之前本来还偷偷抱怨过管理层，说咱们老总怎么怎么样，可自从晋总当了老总，我心服口服！没话说！这辈子能碰上这么个老板，是我的福气，也是恒浚全体员工的福气！晋总您就是全恒浚员工的贵人！"

有可能是心情太激动，说到后面嘴上没个把门的，马屁拍到最后，直接惹恼了台下的舒清因。

其实董事会有几位姓舒的老臣也不是太高兴，但毕竟年纪大了，听得下一些不太合适的话，而且年会这么高兴的日子，睁一只眼闭一只眼，随他去了，免得还要被人说他们做领导的心眼小。

舒清因冷着脸，直接叫来了人事部经理。经理看小舒总的脸色也知道大事不好。

舒清因指了指台上的那个员工："让他走人。"

人事部经理有些犹豫："舒总，他刚才抽中了奖……"

"奖照样给他，他不想去日本可以换成任何一个国家，兑现也可以。"舒清因淡淡地说，"这是他的运气，我不干涉，但他必须走人。"

旁边听见她说话的宋俊珩轻声劝阻："清因，你这样会影响到你自己。"

"恒浚是舒氏的，没有舒氏，他今天能拿这个奖？他要怎么夸晋叔叔是他的事儿，眼里没我爸，我就不能留他在恒浚。"

舒清因神色冷峻，语气带着不容置疑的坚定："没有任何人可以诋毁我爸爸。"

只要牵扯到父亲，舒清因的情绪就极其不稳定，既敏感又易怒。

她不知道这里有多少老员工已经忘了她爸爸曾经对恒浚的付出，甚至忘了他是因为高强度工作才生了病，在医生还来不及给家属发放病危通知书时就匆匆离世。

时序更替，时光变迁，只有她还记得爸爸了。

舒清因不想继续待在这里，在吩咐过人事部经理后匆匆离开了会场。

宋俊珩原本想陪着她，却被她拒绝了。

"刚刚这里这么多人，我不好拒绝你，现在没人注意到我们，你不用做样子了，我不需要。"

说完，她就真的头也不回地离开了。

宋俊珩看着她的背影，却怎么也找不到理由跟上去安慰她。他的心疼来得实在太迟，舒清因早已不需要了。

人事部经理将舒清因的决定告诉了晋总。

晋绍宁只是回了句："就按照她说的做。"

经理没料到晋总也是这个态度。

"今天那个人能为了我诋毁之前的上司，等我离开了，他也会再利用我去讨好他的未来上司。"

经理理解了晋总的话，最后又征求晋总身边徐董的意见。徐董也点了点头，算是默认。

经理离开后，徐琳女士这才叹了口气，喃喃地说："清因真的很喜欢她爸爸，小时候我对她要求很严格，她和我不是很亲近。有一次老师布置了家庭作业，让孩子们写一篇主题为'我最爱的家人'的作文，字数要求三百字，她洋洋洒洒写了七八百字，写的她爸爸。后来这篇作文被老师拿去展览，她爸爸开心了大半个月，做梦的时候都在夸他的宝贝女儿。"

晋绍宁说："你丈夫很宠她。"

"何止是宠，简直是爱到了骨子里，有时候我看了都忍不住吃醋。"徐琳女士无奈地笑了笑，语气中带着无限怀念，"只可惜他走了，走得实在太早了。"

以至于，她和清因到现在为止都没办法忘记这个温柔又狠心的男人。

离开了嘈杂的年会会场，舒清因的耳根子总算清净下来了。她找了间没人的休息室，也不开灯，就站在窗边看着微弱的冬日月光。

月亮的轮廓原本就模糊，周边也没有星星点缀，就这样孤寂地挂在夜幕中。

"爸爸，"舒清因对着月亮说，"有人说你坏话，我教训他了。"

月亮不会说话，只有隔着玻璃的风呼啸而过，回应着她。

舒清因咬了咬嘴唇，似乎是在向爸爸解释她的任性："我没有觉得晋叔叔不好，但我就是觉得没有任何人能取代你。如果我轻易让别人取代了你，那你之前不就白对我好了？"

"我最恨那些自诩深情，转眼就去找替代品的人。每个人都是不一样的，谁都不会是任何人的替身。明明是自己不够爱才想要去找人代替，又为什么要打着深情的幌子？"她吸了吸鼻子，声音放低了些，"所以我讨厌宋俊珩。像他这样的人，总是在失去后才明白自己做错了什么。这种迟到的歉意和忏悔或许可以打动别的女人，但绝不会打动我。我就算没了爸爸，也不会因为贪恋别人的呵护，就这么轻易被骗。"

"我宁愿一个人。"

　　她自顾自地说着话，也不知道是说给早已不在人世的爸爸听，还是说给悬挂于天边的月亮听，或是说给她自己听。

　　说着说着，鼻子有些泛酸，舒清因用力把这股酸意给压了下去。因为太用力，始终在眼眶里打转的眼泪掉了下来。

　　舒清因打开了关得死死的实木窗户，凛冽的寒风顺势从窗缝灌了进来，吹干了她的眼泪。

　　只是这风不够给力，吹干的速度不如她掉眼泪的速度快。

　　休息室里很安静，舒清因啜泣的声音极小，几乎是在休息室的门被推开的那一刹那，她就察觉到有人进来了。

　　她现在眼泪汪汪的，肯定不能被人看见。

　　舒清因来不及躲，只好跑到靠近窗户的沙发旁边，在沙发靠椅后躲了起来。

　　"啪"的一声，灯开了。

　　脚步沉稳有力，是个男人。那就更不能让人看见了。

　　舒清因赶紧把自己缩成了一团，恨不得这时候自己会缩骨功。

　　她今天穿的是及地礼服，裙摆很长，外层还铺着几层雪纺面料，舒清因意识到光把自己藏起来还不够，得把裙子一并抱住才行。

　　她小心翼翼地抓着裙子，想一点点地将它收起来。

　　原本就和地毯颜色格格不入的星空蓝礼服，一动就更加明显了。

　　就快藏好了。

　　舒清因屏着呼吸，眼见革命即将成功，忽然有只修长白皙的手，捏住了裙摆的那一角。

　　完了。

　　舒清因想，这下脸可丢大了。

　　她认命地抬起眼睛，撞进了一双如同窗外月光般清淡温柔的眼睛里。

　　沈司岸坏坏地勾起薄唇，痞笑着说："笨啊，玩儿个捉迷藏都不会玩儿，被我找到了吧。"

第

13

章

认

栽

舒清因猛地吸了吸鼻子，觉得脸上有些挂不住。

她刚才哭过了，这会儿半干的眼泪沾在脸颊上，有种极不舒服的紧绷感。

太丢脸了。她想要逃跑，结果裙摆太长，高跟鞋鞋跟踩在上面，人非但没站起来，反而跟跄了两下，坐在了地上。

怎么每次这个人都能撞见自己难堪的样子？！

舒清因闭上眼睛，选择装死。

沈司岸半蹲在她面前，有些好笑地说："被找到了也不至于哭吧。"

舒清因的声音里还带着些哭腔："谁跟你玩儿捉迷藏了？"

被他这样调侃，舒清因反倒没了刚才的难堪，知道他不在意自己的妆到底花没花，纯属她自己杞人忧天。

她懒得站起来，干脆收起腿直接坐在了地上，破罐子破摔。

沈司岸低头看她："不回会场了？"

"会场里还有我妈和晋叔叔，我不在也没事儿。"舒清因边理着裙摆边回答他，"我出来透透气。"

把自己关在休息室，连个灯也不开，这叫透气吗？

她又朝他伸手："有纸吗？"

沈司岸愣了愣，起身从桌上抽了几张纸给她。舒清因接过来，擦了擦还挂在睫毛上的眼泪，之后继续坐在地上发呆。

他觉得好笑，干脆和她一起坐在了地上。只可惜男人腿太长，西裤又有些紧，要盘坐在地上还费了好半天的劲儿。

舒清因不怀好意地说："小心裤子开缝。"

沈司岸哼笑："你坐在地上都不怕走光，我还怕开缝？"

舒清因听到这话，下意识地拢了拢裙子，一副生怕走光的样子，又见他稍稍勾唇，语气轻佻："放心吧，你这裙子又长又厚，我什么都没看着。"

她抿唇，转过头不理他了。

沈司岸看着她，声音很轻："怎么，今天不顾形象，脸上的妆也不管了，不怕被我笑？"

"反正你都看过我没化妆的样子了。"舒清因翻白眼。

沈司岸赶紧甩锅："这是你自己说的，别说我不绅士又揭你的短。"

舒清因语气不太好："你要真的绅士，就应该让我一个人待在这儿，干吗过来吵我？"

沈司岸反问她："狗咬吕洞宾的故事听过吗？"

舒清因也不是什么讲理的人，撇嘴，小声哼哼着。

半晌后，她听见沈司岸用极为含糊的语气问道："跟宋俊珩吵架了？"

她想说不是，但又怕说了不是后，他会接着问下去。舒清因不想让他知道自己是想爸爸才搞得这么狼狈，她又不是十几岁的小女孩儿，被他知道了，还不知道他又要怎么嘲笑自己。所以她选择闭嘴，权当默认。

沈司岸自嘲地笑了笑。他真够闲的，跑这儿来关心一个已婚妇女。

舒清因见他不说话了，主动找话题："你怎么不进去了？"

沈司岸撇嘴，语气冷淡："刺眼。"

"你不喜欢这种场合吗？"

他懒懒地"嗯"了一声。

舒清因没想到他居然会不喜欢这种满是聚光灯的场合，又转而向他征求意见："你不喜欢的话，那举办签约仪式的时候，就少找几家媒体过来吧？"

闪光灯少一些，他应该会舒服点。

沈司岸又蹙起眉头："你跟我现在张口闭口都是合同，就这么想签？"

舒清因也觉得自己提得有些频繁，但她没办法，不催他总怕他把这事儿给推后。

她抓着裙子，老实点头："想。"

"……"

她倒挺坦白的，一点儿都没藏着掖着。

沈司岸转过头不再看她，语气淡淡的："那我要是不急着签呢，你要怎么办？"

舒清因一听他这么说就有些急了，她怕的就是沈司岸不急，然后签约这事儿一拖再拖，最后战线拉得太长。

她酝酿了一下措辞，用手撑着地板，向他稍微倾了倾身子，试图说服他："你都不急着回家过年吗？签好了合同你就可以回去过年了。"

看着她满含期待的目光，沈司岸意兴阑珊地"哦"了声："然后呢？"

舒清因以为他还是对企划书不满意，又放轻了声音说："你是不是觉得企划书还有哪里不对？你跟我说，只要我能改的我立马改。"

沈司岸说："企划书没问题。"

"那你是对我不满意？"她问。

沈司岸斜眼瞅着她，那表情也不知道是默认还是否认。

他这副样子，也不说原因，舒清因从小到大都是被人哄的那个，什么时候这样殷勤地讨好过一个人，她干脆也撇着嘴，耍起脾气来，很小声地抱怨："真难伺候。"

沈司岸耳尖听到了，冷笑两声："我难伺候？也是，如果跟你们签约的是福沛，换宋俊珩的话，他肯定迫不及待地就跟你签了，你们夫妻多有默契啊。"

这话舒清因听着颇为讽刺，她蹙眉，这回语气是真不太高兴了："你阴阳怪气什么？"

沈司岸垂下眼睛："没有，你想多了。"

"你要是不想跟我说话，就赶紧走，"舒清因咬唇，抱着膝盖不再看他，"让我一个人待着。"

沈司岸还真站起了身，低头看她，神色复杂。

舒清因一看他真要走，又忍不住委屈地瘪着嘴巴，但又不想让他看见，干脆伸手挡住了脸，做出倔强又无情的样子来。

沈司岸看见她葱尖般的左手无名指上，今天难得地多了个装饰。

泛着白光的钻石戒指，格外地刺眼，他都不知道原来钻石的光能这么闪。

他扯了扯唇角，头也不回地转身走了。

休息室的门被关上，这地方终于又只剩下她一个人了。

舒清因下巴抵着膝盖，睁大眼睛看着窗外孤零零地挂在天边的月亮。

"我这么任性，如果你长了脚，"她自嘲地说，"你肯定也会走。"

回到会场后的沈司岸脸色很差，搞得旁边想过来和他搭话的人踌躇万分，始终不敢上前。也只有孟时和他熟，淡定地站在他身边和他说话。

"去个洗手间怎么去了这么久？"

沈司岸语气平静："出去抽了根烟。"

孟时挑眉："你抽的什么烟？抽得脸色这么差？"

"跟烟没关系。"沈司岸不想提这个,眼睛忽然定在一个地方,"那边怎么了?围那么多人?"

不光围了很多人,还很吵,吵得沈司岸的心情更差了。

孟时顺着他的目光看过去,应了声:"有个员工刚被舒小姐开除了。"

沈司岸拧起眉:"怎么回事?"

"那员工中了头奖,上台拍晋总马屁的时候,没管住嘴说了两句前总裁,就是舒小姐的爸爸。然后就被舒小姐开除了。这会儿他正闹着要找舒小姐道歉,请她收回这个决定。"

沈司岸扯了扯唇角:"她倒是很护着她爸爸。"

"听其他人说,舒小姐刚才气得差点哭出来,抽奖还没抽完,她就直接被气走了。"孟时扬了扬下巴,"这会儿那员工急着找她,也不知道她去哪儿了。"

沈司岸忽然说:"我知道她在哪儿。"

孟时略带诧异地看向他:"你刚才和她在一起?"

"嗯,吵了一架,又把她一个人扔在那儿了。"沈司岸心烦意乱地按着眉头,嗓音微哑,"孟时,我好像喜欢上了一个女人。"

孟时对他的话并不感到意外,反倒戏谑地勾起唇反问他:"你不是说对已婚的没兴趣吗?"

沈司岸苦笑:"我对她有兴趣到明知道她已婚还想凑上去关心她。"

"她没离婚。"孟时语气认真起来。

"我知道。"沈司岸压低声音说,而后又认命地叹了口气,"我去找她,她估计还在一个人躲着生闷气。"

沈司岸向来一副纨绔模样,对什么都不太上心,更别提女人,孟时以为等他回了港城,在童州碰上的这些人和事,很快就会忘记。

他拉住沈司岸的胳膊:"你想好了?"

"我等她。"沈司岸低声说。

"那你要等多久？"

沈司岸烦躁地咬着牙，赌气般说道："我哪儿知道？先等着啊。我现在舍不得让她一个人待着，就当我犯贱，行不行？"

他对自己的认知倒还挺清楚的。

放开沈司岸后，孟时又看向那边被解雇后哭天抢地的员工，殊不知他们的小舒总躲在了一个只有沈司岸知道的地方。

沈司岸又返回休息室。

到休息室门口时，他想，刚刚自己走得那么潇洒，这会儿又回来，是不是有点太没面子了？但他很快又想通了。他都这么上赶着了，还要什么面子？

沈司岸直接推门走了进去，之前被他打开的灯又关上了。

"小姑姑。"他试着叫了一声，没有应答，沈司岸只好再次把灯打开。

这次是真找不着了。这女人又去哪儿生闷气了？

找不到她人，沈司岸又想着她这会儿不知道躲在哪儿偷偷哭呢，整颗心都跟着揪了起来。

刚才他原本在外面抽烟，忽然看到一个蓝色的身影走出了会场。光看背影，沈司岸就能猜到是谁。

原本是想随她去吧，反正再怎么样都有她那个丈夫替她撑腰，他又不是警察，管不了那么宽。

女人背脊僵直，白玉般细长的胳膊绷紧，握着拳，走路都带着风，轻盈蓬松的裙摆在地面上拖出波浪的形状。

她老公呢？这是又吵架了？就算吵架，这对虚伪的夫妻还能在别人面前维持恩爱人设，怎么这会儿两个人都没成双成对地出来？

沈司岸在心里哧了声，正好她身边走过去两个侍应生。他看不到她的表情，但侍应生冲她鞠了一躬，而后又瑟缩着往走廊另一侧的墙靠了靠。

估计真吵架了。

沈司岸掐灭烟，站在原地等了一会儿，会场里没有人再出来。他烦躁地"啧"了一声，在心里骂了自己两句后跟了过去。

推开休息室的门，才发现她连灯都没开。他开了灯，几乎是一眼就看到了她，那露在外面的裙摆实在惹眼。又看见裙摆像是活了，正一点点往里缩。

这女人平时看着挺机灵的，怎么有时候傻得这么可爱？

沈司岸干脆陪她玩儿起了扯裙摆的幼稚游戏，结果看到她红着眼睛，睫毛上挂着泪水，可怜巴巴的小模样。

他小时候听过很多童话故事，虽然沈司岸本人不相信这种虚无缥缈的故事，但他还是记住了不少经典的场景。可那些场景再经典，终究不过是人们幻想出来的。

到如今，公主蹲在他面前，裙摆向外散开，而她本人像被偌大的花瓣捧在花心中，向他绽放。他这才信了，原来童话故事里说的那些也不全是假的。

心里有什么东西在悄悄塌陷。

就是哭成这样，也还是漂亮的，可她这样子，是为了宋俊珩哭的。

沈司岸有些气闷，想直接抛下她不管，但最后理智又再次输给了自己这颗被眼前这女人死死攥住的正渐渐软化的心。

算了，哄哄吧，就当积德行善了。

他既生她的气，又舍不得扔下她一个人，几乎是离开的那一刻就后悔了。

她要耍性子就随她耍，反正他脾气好，能忍就忍。她结了婚就结了婚，大不了到时候她要不愿意离，他就使点儿手段把她从宋俊珩身边抢过来。

只要她别哭。

　　沈司岸又找了几间休息室，也没看见她的人。他有些担心她是不是真生气了，待会儿还能不能跟她顺利和好。

　　沈司岸没办法，只好拉了几个侍应生问话。侍应生迷茫地表示没有看见小舒总。

　　下楼了？还是提前回酒店了？

　　"刚刚我好像在洗手间那边看见小舒总了，她是穿了件蓝色的礼服对吧？"有个侍应生说。

　　沈司岸有些为难，他总不能去女洗手间等她，最后还是决定回到一开始找到她的那间休息室守株待兔。

　　他轻轻推开门，发现灯依旧是关着的，沈司岸不禁失望了，却又发现从窗边洒进来淡淡的月光，好像照亮了沙发上的什么东西，显出人的轮廓来。

　　沈司岸没开灯，悄悄走过去。

　　她躺在沙发上，闭着眼睛安静地呼吸着。

　　极其暗淡的月光只照清了她大致的轮廓，沈司岸却几乎能看到她微微蹙着的眉，以及抿得紧紧的唇，和一张绷着的表情很差的小脸。

　　他蹲在她身边，神情复杂地看着她，想要责怪她乱跑，让他找了半天，却又什么话都说不出来。心里那点醋意和愤怒，都在看到她乖巧地躺在沙发上睡过去的样子后，烟消云散，化成了满腔的怜惜和心疼。

　　沈司岸忽然捂着眼睛，低低地骂了她一句。

　　"笨蛋。"

　　他认栽。

　　舒清因其实没睡着，她只是哭累了，刚刚去洗手间的时候，她从镜子里看到了自己的狼狈样，所以回来后，又默默地把灯关上了，好像这样就没人能看到她哭了。

她躺在沙发上，闭着眼睛，虽然有些累，但是睡不着。睁开眼睛，整个休息室都是暗的，但她一点儿也不怕。

昏昏沉沉时，又有人进来了，舒清因只装作没听见，因为不管是谁进来，她的脸色都不会太好。或许又会和那人闹矛盾，最后把人气走。

她习惯了。习惯看着别人离开，然后傻乎乎地愣在原地，心里想着数个几秒钟，看那人回不回来，可时间漫长地过去，漫长到她已经不想数了，也没有人折返回来。

舒清因闭着眼睛，忽然听见了熟悉的声音。低沉温柔。

"笨蛋。"

她皱了皱眉，这人返回来就是为了骂自己吗？

"你才笨蛋。"

沈司岸有些呆滞地看着刚刚还躺在沙发上毫无动静的舒清因忽然撑着身子坐了起来，低头，居高临下地看着蹲在沙发旁边的他。

他有些无措地启了启唇，最后只说了句："你没睡啊。"

"我如果睡着了，你骂我我是不是就听不见了？"舒清因翻着白眼说，"你想得美。"

她的态度真的很差，他好心返回来找她，结果她居然还是这不识好歹的模样。

沈司岸觉得自己应该生气，但心里软成了一摊泥，看到她这副样子，居然没脾气地笑了起来。

"你怎么回来了？"舒清因垂着头，语气有些不自在，"不是生我气了吗？"

沈司岸站起身，手插在裤兜里，低头看着她："知道我为什么生气吗？"

"我催着你签合同，你不耐烦了吧。"她撇撇嘴，声音越来越低，

"我不催你了，我们按照正常的流程来，刚刚我态度不好，对不起。"

"对不起"三个字，她几乎是从牙缝里挤出来的，最后一个字干脆没声儿了，还是沈司岸自己猜出来的。

沈司岸叹了口气，心里溃不成军。

"对不起，不该把你一个人丢在这儿。"他在她身边坐下，"怎么也不开灯？不怕黑吗？"

舒清因没料到他居然也和自己道歉了。

她骄傲，本来道歉对她来说就是件挺困难的事。她也不是不知道自己脾气不好，小时候更任性的时候，她跟朋友、跟家人都吵过架，把人气到说不出话来时，她还觉得挺开心，感觉自己赢了。后来长大了，别人顾忌她的身份，都不敢跟她吵，只是身边的朋友越来越少，舒清因渐渐看清了自己糟糕的个性。

她知道，是她不够敏锐，非要等到对方被她伤了心，才认识到自己的错误。其实不是没想过道歉的，如果其他人肯好好听，她会说，对不起。只是没人给她这个机会，就连宋俊珩都没给过。

愿意这么做的，只有她的父亲。

小时候，她不想上钢琴课，偷偷地逃课去公园玩儿，后来玩儿到天都黑了，根本记不清回家的路，只能坐在跷跷板上哭。

保姆找不到她，只能打电话告诉还在工作的爸爸妈妈。

家人找到她时，素来严肃的妈妈第一次哭得那么伤心，一边骂她一边伸出手作势要打她。爸爸一言不发，只让妈妈冷静点。

她被带回了家，爸爸一脸疲倦地问她："因因，你知道错了吗？"

小清因只是犟嘴说："我不想学钢琴了。"

爸爸又问她："你妈妈很担心你，你不该跟她道个歉吗？"

小清因狡辩："都怪妈妈，她非逼着我学钢琴。"

她听见爸爸重重地叹了口气："因因，你让爸爸妈妈很失望。"

说完，爸爸就离开了她的卧室，但还是如往常那样替她关上了灯。

这是爸爸第一次用这样的口气跟她说话，小清因有些慌了，她怕爸爸以后都不喜欢她了。但她学钢琴真的学得很累，她只要看到家里那个大家伙，都想找个地方躲起来，她害怕钢琴老师的斥责，而且害怕节拍器嘀嗒嘀嗒的响声。她意识到自己错了，但她也觉得委屈。

她窝在被子里，泪水打湿了半个枕头。她害怕一个人睡觉，但她又没勇气像往常一样赖在爸爸妈妈的房间里。

小孩子一般前半夜就会困，可过了半夜十二点，她还是没有困意。

最后，她的房门被悄悄打开，门缝里漏进了一点点光。

妈妈说："她睡了吗？"

爸爸说："不知道。"

妈妈说："这孩子太任性了，今天得好好罚罚她，让她一个人睡。"

爸爸说："因因怕黑，你又不是不知道。"

妈妈哼了一声，没说话。

爸爸笑了两声："你说要惩罚她，还不是不放心她一个人睡，跟我一起过来了。徐女士，你真是一点都不坦白。"

妈妈反驳："小孩子晚上不睡觉，将来会长不高的。"

爸爸语气有些无奈："因因真是太像你了。"

听着爸爸妈妈在卧室门口小声地说话，小清因再也忍不住了，直接从床上跑了下来，大哭着抱着爸爸的腿。爸爸妈妈都有些被吓到了。

小清因边哭边说："爸爸妈妈，对不起，我错了。"

妈妈轻轻地敲了敲她的头："犟丫头，早点道歉不就没事了。"

爸爸将她抱起来，温柔地替她擦去了眼泪。

"因因乖，爸爸也跟你道歉，明明知道你害怕一个人睡，还这么狠心地罚你一个人睡。"

这个晚上，他们一家三口又和好了，从那以后，她再也没逃过钢琴课。

不管沈司岸是为了什么回来，但他起码回来找她了，舒清因突然觉得自己这臭脾气还是有救的。

她摇摇头："早不怕了。"

沈司岸从她的语气里听出点什么，语带揶揄："以前怕啊？"

舒清因抿唇，算是默认。

"我的小姑姑还是个小女生啊。"沈司岸说完，又猜测，"既然怕黑，那是不是还怕一个人睡觉？"

被他猜到，舒清因心头一跳，又摇头："早不怕了。"

沈司岸低笑："是啊，有人陪着你睡，你当然不怕了。"

他之前见过她睡着的样子，她喜欢手里抱着什么东西，典型的缺乏安全感。她从前害怕的东西，因为结了婚，所以就都不算什么了吧。毕竟每个晚上，她的丈夫会陪在她身边，给予她拥抱和温暖。

或许她也曾窝在丈夫的怀里，就这样度过每个漫漫长夜。宋俊珩应该也能察觉到她害怕，会用手臂环住她，吻着她的额头，哄她入睡。所以她现在不怕了，而这股力量是宋俊珩给她的。

沈司岸闭上眼睛，呼吸变得有些压抑。男人的自尊让他并不想承认，他现在在嫉妒她的丈夫。

他正沉默着，却听见她轻轻说了句："谢谢你回来找我。"

沈司岸没反应过来。

"我以为除了我爸，没人会有这个耐心等我跟他道歉。"舒清因绞着手指，侧头看着他英俊的脸，声音里带着些许开心，"沈司岸，你是第二个哎。"

听到她提起了她爸，沈司岸想起刚刚孟时说她因为她爸爸而解雇了一个员工。

沈司岸突然问她："小姑姑，你是不是很喜欢你爸爸？"

舒清因毫不犹豫地点了点头。

"我跟你说，你不许笑我幼稚。"舒清因先给他打了预防针，然后才咧嘴笑着说，"这个世界上，我最喜欢的男人就是我爸爸。"

她说的是最喜欢。

沈司岸蹙眉，声音有些含糊："宋俊珩呢？"

舒清因摇头，语气很差："他算个屁！"

虽然理智上不该同情宋俊珩，但沈司岸还是觉得宋俊珩有点惨。

"那别的男人呢？就没一个人能比得过你爸爸在你心中的位置？"

舒清因哼了一声："这世上没有任何一个男人比得过我爸，以前不会有，以后也不会有。"

如果舒清因的父亲还在世，估计这会儿会笑得合不拢嘴吧。

沈司岸被她这笃定的语气搞得有些郁闷，也不知道她在生谁的气。

"你爸对你到底有多好？"

舒清因想了个很通俗甚至有些土气的比喻："如果我想要天上的月亮，他大概也会想办法摘给我吧。"

沈司岸咻了一声："送月亮吗？"

舒清因解释："只是比喻，又不是真送月亮。"

男人没说话，突然站起身，顺便吩咐她："来，你过来。"

舒清因傻傻地跟着他走到窗边。

沈司岸隔着玻璃，指着天上的月亮："看到那月亮了没有？想不想要？"

"你要干什么？"舒清因皱眉，显然没兴趣陪他演童话剧，"我又不是小孩儿，别搞这么无聊的事儿。”

沈司岸笑了笑，也没生气，只是伸手佯装抓住了月亮。从舒清因的角度看过去，他确实将月亮握在了手心里。

“来，手给我，我把月亮送给你。”

舒清因摊开手，想知道他到底能玩儿出什么花样来。忽然，手心触到了一个冰凉的东西，舒清因心里一动，在他的手离开的同时，看向自己的手心。

借着月光，她看到自己的手上躺着一块手表。舒清因对表研究不多，但名表她是一眼能看出来的。

这是一只机械表，是男款，应该是为沈司岸特制。手工打磨的边角与机芯，细微之处皆是精雕细琢，即便是表壳之下极端复杂的内部机械，仍秉承着设计师对于手表品质的极致追求。

“在最简约的外表之下，配置最复杂的款表。”

设计师不但为这款手表赋予精美的外表，也为它配备了手表所能拥有的各式功能。

月份、日期、日落和日出时间，甚至包括东八区任何一个晚上的星辰与月亮盈亏图。

如同它的系列名一样——日月星辰。

沈司岸慢吞吞地说：“你看，你想要月亮，这下不光是月亮，日月星辰我都送给你了。”

舒清因抬头看着他。她忽然觉得比起这块手表，他更像是月亮。

男人好看的浅琥珀色眼眸宛若微凉澄澈的午夜星空般，温润而柔软。冬夜的天空，月亮周边并没有星星环绕，但在他如水的眸光中，数以万计的星辰藏匿其中。

她年少无知时，曾央求父亲，想要天上那轮温柔的月亮。后来长大，发现月亮只属于天空，不属于她，小时候的美梦渐渐变成了单纯的童年回忆。

直到今天，有个人不仅将月亮送给了她，还附送了太阳和星星。

"小姑姑，"沈司岸轻声说，"你要记得，除了你爸爸……我对你也挺好的。"

第
14
章

当初

舒清因张了张嘴，想对他说，别对自己太好。话到嘴边，不知怎么就变了。

"……我记住了。"

她咬唇，伸出手，欲将手表还给他。

沈司岸怔愣了："这送你了。"

"我又戴不了男表。"舒清因摇头，又问他，"或许你不介意我把它卖了？"

沈司岸语带威胁："你敢卖？"

舒清因小声说："不敢。"然后她又抬起他的手腕，命令他，"别动，给你戴上。"

沈司岸真的没动，他问她："月亮不要了？"

她的声音很轻："你已经送给我了。"

男人眸色愈深，低头恰好能看见她垂下的睫毛，在眼睑处留下阴影，被她指尖触到的手腕隐隐有些发烫。他的手指屈向掌心，似乎想要抓住什么，最后却又无力地摊开，任由她替自己将手表戴上。

戴好后，舒清因退后两步，和他拉开距离："我们回去吧。"

他启唇，喉结微动："待会儿吧。"在看到她疑惑的眼神后，又解释道，"你刚才解雇了一个员工，那人现在在到处找你。"

舒清因"啊"了一声："那人闹得挺厉害的吧？"

沈司岸只是在会场随意瞥了两眼，根本没注意那个员工到底如何了，他也从不在意这种事。身居高位，有的高层都未必能与他见面，更不用说像刚刚那个被舒清因解雇的小员工。如果不是恰好看见，他压根儿不会被一个员工分去注意力。

他摇头："没太注意。"

"我知道今天是年会，现在让人走不太吉利，我会补偿他的。"舒清因说，"但我有时候，真的不知道该怎么去管理，好像怎么做都会有人不满意。"

沈司岸声音平静："不用补偿，他犯了大忌，而你没做错。"

舒清因有些困惑地看着他。

沈司岸淡淡地解释："小姑姑，和其他拼了命往上爬的人不同，你原本就是出身于这个阶层。亲和是最没有用的优点，想要其他人信服你的决定，你保持刚刚在台上说话的那样子就足够了。"

舒清因问他："你不觉得我这样很不近人情吗？"

"你不需要。"沈司岸说，"无论你再怎么讲人情，你和那些人的差距都是天生的，这种差距会永远存在，他们不会理解你，你也不需要理解他们，你的善良在那些人看来，有时候更像是虚伪。"

沈司岸很明白自己的出身优势，他本就是富家公子，因此即使从未理会他人如何看，也能明白其他人是如何看待他们这种有家族背景撑腰的资本宠儿的。

"这个社会从来不存在所谓的真正平等，人人都想要一个好的出身，我们很幸运。也正因如此，有些代价是必须付出的，但比起我们拥有的，这种代价不值一提。"

舒清因没有说话，心里却懂了大半。

他生活在资本竞相逐利的环境中，对这些看得很清楚。比起很多人，他们确实什么都有了，又有什么资格再去抱怨其他的？

她终于明白她和沈司岸的差距在哪里。舒清因低下头，心里有些佩服他，但又不想承认。

"小姑姑，崇拜我就说出来。"沈司岸一改刚刚严肃的语气，吊儿郎当地调侃起她来，"你这样娇羞地低着头更明显啊。"

舒清因最经不起激，立马抬起头，才发现他正看着自己，眼底里带着笑意。她转过脸，直接转身离开了窗边，走到了月光照不到的地方。

灯被打开，室内一片明亮，照着她纤细瘦弱的背脊。

沈司岸看见她垂在两侧的手紧紧地抓着裙摆，就这么背对着他说话："我去补个妆，你先回去吧。"

他在原地站了好几分钟才走出休息室，顺便带上门，恢复了往日散漫的神态，朝会场走去。

舒清因就躲在离他不远的转角里，看着他回到会场，这才转过身，靠着墙松了口气。

等舒清因补好妆再回到会场时，客人和嘉宾已经零零散散走得差不多了，只剩下恒浚总部和各地分部的一些内部人员。徐琳女士和晋叔叔，以及董事会的那些叔叔伯伯都下楼送客去了。

舒清因刚进来就被人拦住了，她料到刚刚被她口头解雇的员工会过来找她。

从中头奖的喜悦中回过神儿来的这位员工刚走下台，还没来得及跟同事们好好显摆一番，就被告知他被小舒总开掉了。

从事 HR 工作多年的老员工很快就反应过来自己因为一时的得意忘形而得罪了小舒总，懊悔中也带着些不服气，所以急着找小舒总道歉请罪。

毫无波澜地听完该员工的自我忏悔，舒清因连眼神都没给一个，不耐烦地挥了挥手："下周一你就去找财务部结算工资吧，按两个月工资给你结。"

职场上混久了，谁都知道和一家企业长久稳定的工作相比，两个月工资根本算不了什么。

"舒总，我真是一时糊涂，我本意真的不是那样，我对天发誓！"

舒清因不打算再继续听他忏悔。

那位员工拦住她，语气比刚才更哀婉："舒总，你就看在我为恒浚工作了这么多年的分上，原谅我这一次吧，当年我还得过最佳员工的奖，这还是前舒总颁给我的呢，我怎么可能真对他有什么意见呢？"

"我爸给你颁过奖，然后你在他过世后利用他去拍你新老板的马屁，"舒清因讥诮出声，"不愧是最佳员工。"

员工哑口无言，从事人事工作多年，再巧舌如簧，这时也不知该怎么辩解了。

他犯的是职场大忌，旁边原本想替他说话的几个同事也聪明地选择了沉默。讲情企图让上司心软，但他们和上司之间哪儿来的人情？就算在上司面前卖惨也是无济于事的。

其他员工也知道这一点，没人帮他说话。

那个人眼见着离职已成定局，忽然冷笑了两声，恼羞成怒，破罐子破摔。

"这就是投了好胎的好处啊，我们拼死拼活努力工作十多年，还不如人家生在一个好家庭，冠了个好姓氏，如今一句话就能随随便便决定别人的生死，这是什么狗屁社会！"

话是实话，但这人就这样当着小舒总的面儿说了出来，很明显不是感慨，而是讽刺。

"小舒总，反正我也不是你们恒浚的员工，我今天就把话说开了。你不过就是有个好爹好妈，论能力，你能比得过这里多少人？前舒总他最大的失败不是在工作上，而是生了你这么个娇生惯养的千金出来，只能靠着他打下来的江山坐吃山空。要没了前舒总和徐董，你不过就是个二十出头的小丫头片子，还真以为你能稳稳坐上副总的位置在这儿对我颐指气使呢！"

这话一说出口，在场的人连呼吸都不禁变得小心翼翼起来，生怕自己被牵连。

舒清因非但没发怒，反而笑出了声。

她任副总一年，为什么董事会和底下员工还对她有诸多议论，原因就在这里。无论她怎么做，出身的光环既是她的优势，也是她永远都摆不脱这些偏见的罪魁祸首。

这人能这么毫无顾忌地说出来，无疑也是仗着徐董他们几个高层都去外面送客，整个会场除了负责清场的员工们，没人能替小舒总撑腰。反正横竖都要被解雇，还不如今天索性把不满都发泄出来。

舒清因语气平静："如果你觉得你和我的差距在于我投了个好胎，你不如现在就找个地方重新来过，等过个几十年你靠着出身功成名就了再来和我比。"

那员工的脸色逐渐狰狞："你这是狡辩！从一开始这就不公平！"

"你这么不服气，不如我给你个机会证明你自己，正好最近恒浚忙着跟柏林地产签合同，我现在就把总负责人的职位让给你，你不是自诩能力比我强吗？这个项目我交给你，做好了你拿大头，做不好由你全权负责恒浚的损失，怎么样？"

其他人明知小舒总说的不是真的，仍是忍不住瑟瑟发抖。

怎么可能？这么大的项目交给人事部的员工，这位从事人事工作多年刚被解雇的员工，对于项目更专业的部分根本分毫不知，他又怎么可能有那个能力跟小舒总比。

舒清因勾了勾唇，眼神凌厉："敢和我签对赌协议吗？柏林地产给出的建设预算350亿，你如果做不好，这350亿都由你出了。"

员工的脸顿时涨成猪肝色。350亿，就是再少几个零，他也付不起。

"我确实运气好，有个好出身，这我不否认，但你用这个来拿我跟你做对比，你是不是过分自信了？以你这种情商，将曾经共事过的上司贬得一文不值，用来讨好你现在的上司，你就算跟我站在同一起跑线上，也没资格跟我相提并论。"她仰起头，像是施舍般冲他和善地笑了笑，"我不会因为你今天的冒犯就收走你的一等奖，但我觉得如果一个人这时候还知道要点儿脸的话，应该会很有尊严地拒绝这份由我提供的头奖，你说对吧？"

舒清因看了眼其他的员工："你们说呢？"

其他员工不敢摇头，也不敢太过殷勤地点头。

他们总觉得小舒总年轻，平常也没见她发过脾气，有些话不敢当着她的面儿说，背地里却是该怎么聊就怎么聊。现在看来，年轻的是他们。

小舒总简直就是徐董翻版！

舒清因撑完人心情舒畅了，转身潇洒地离开会场，留下一众员工站在原地膜拜。

年会总算是比较顺利地结束了。

解决完员工的事情后，舒清因在休息室待了一会儿，原本还在纠结要不要直接回酒店，徐琳女士的电话恰好打来了。

"在哪儿？"

"刚从会场出来。"

"下来，跟我们一起送送客人。"

舒清因"哦"了一声，又回头披了件外套才坐电梯下楼。

她现在学聪明了，但凡离开空调，立马就把自己裹得严严实实的，谁知道要在外面站多久，总不至于为了漂亮连命都不要了。

下了楼的舒清因看见客人都走得差不多了，徐琳女士刚送走董事会那群叔叔伯伯。宋俊珩也在，正和徐琳女士一起送客。其中还包括宋俊珩的父亲和他的后妈、亲弟。

还是宋父先看到了她，冲她招手："清因，你刚才去哪儿了？"

舒清因百般不愿地走了过去，勉强叫了声"爸爸"，然后又看着站在宋父旁边，因为保养得当看上去比宋父要小个十几岁的宋夫人。

"阿姨。"她是跟着宋俊珩叫的。

宋夫人嫁进宋家这么些年，宋俊珩愣是没有一点儿要改口叫"妈"的意思。

笑容可亲的宋夫人脸僵了僵，状似亲密地拍了拍她的手臂："都嫁进我们家一年了，清因怎么还是这么客气呢。"

旁边的宋俊棋意味深长地拉长了语调："嫂子最近不是和我哥闹矛盾了吧？"

"不许乱说，你嫂子和你哥关系好着呢。"宋父低声斥责宋俊棋，又歉疚地看向徐琳女士，"徐董，抱歉啊，我这小儿子被我宠坏了，不会说话，你多担待，别跟他计较。"

徐琳女士好脾气地摇头："都是一家人，怎么会？"

宋父笑眯眯地点头，又把舒清因从头到脚夸了一遍，直说这个儿媳妇娶得好，然后拍拍宋俊珩的肩膀："能娶到清因是你的福气，爸还是那句话，要好好珍惜人家，可不能委屈了清因啊。"

舒清因和宋俊珩闻言，脸上的表情不约而同地僵住了。

宋俊珩点头："我会的。"

舒清因低着头没说话，看在其他人眼中就是害羞了。

"那今天就先这样了，我们先回去了，俊珩你和清因一起，回你们自己家去吧。"

徐琳女士上前想要送宋父一家上车，又被宋父客气地挡了回来："徐董，请留步，今天谢谢招待了，祝恒浚越来越好。"

徐琳女士客气地笑笑："也祝福沛越来越好，我们两家都好。"

宋父大笑："那是自然的。"

一行人在酒店楼下客气了十几分钟，总算把人送走了。

黑色轿车徐徐驶出眼帘，徐琳女士松了口气，转身看着眼前这对年轻夫妻："你们俩和好了没？"

舒清因愣住了，不知道该怎么回答。

宋俊珩敛眸，轻声说："对不起，让妈您担心了。"

徐琳女士声音柔和："地皮的事儿我今天已经和你爸爸好好说过了，他也表示理解我们恒浚的做法，而且你爸也知道你为了这个项目付出了多少心血。他已经跟我透露了，年后会再给你安排个项目练手。说句迂腐的话，你弟弟毕竟身份不如你，福沛是你爸和你妈亲手打下来的江山，他不会这么狠心地因为你丢了个项目就对你有什么偏见。"

宋俊珩略微有些讶异，没想到徐琳女士会为了他特意去找宋父说话。

"你也不要怪清因，她只是按照我的吩咐去办事，她并非不想帮你，只是当时我态度坚决，没答应她。"徐琳女士看了眼舒清因，又替她解释。

宋俊珩点头，脸上勉强露出笑："我知道。"

徐琳女士对他的态度还算满意，摆手赶人："你们回家去吧，都有各自的工作，夫妻床头打架床尾和，这马上要过年了，别到时候还冷着脸让亲戚们看笑话。"

舒清因全身的细胞都在抗拒跟宋俊珩在一起，她走到徐琳女士身边挽住她的胳膊："妈，你喝了酒，晚上一个人回家不安全，要不我陪你一起回家吧？"

徐琳女士斜眼看她："我用你陪？你老实滚回你自己家去，听到没有？"

舒清因还想说什么，从开始一直一言不发的晋绍宁忽然发话："我送你妈妈回家，你跟俊珩一起回去吧。"

刚刚是两家人说话，晋绍宁虽然是恒浚总裁，但和这两家人到底非亲非故，因此插不上话，这会儿宋氏那边的人走了才开口。

两个长辈都发话了，舒清因也不好违拗，只好目送徐琳女士上了晋叔叔的车，一直看着车子在夜色中消失不见，才恋恋不舍地收回目光。

车里的徐琳女士转过头也一直看着舒清因的身影渐渐变小，然后消失在路口。

"这丫头，也只有这个时候才和我亲近点儿。"她摇头抱怨。

晋绍宁沉声开口："你既然知道他们夫妻间有问题，怎么还坚持让清因跟她丈夫一起回家？"

徐琳女士轻声说："他们是夫妻，就算有问题也要关起门来解决。我知道他们之间没感情，我和她爸一开始也没感情，后来才渐渐稳定下来的。靠商业维系的婚姻虽然没有感情基础，但经济基础比什么都稳妥，只要两家的合作不出问题，清因就不会受委屈。"

她和舒博阳原本也是联姻，一开始她对这个即将成为自己丈夫的男人也不甚了解。后来慢慢相处，渐渐地被这个温柔的男人打动，和他成了一对真正恩爱的夫妻，还生下了清因。

在徐琳女士的观念里，她和舒博阳的婚姻之所以稳定，一方面舒博阳确实是好男人，另一方面就是两家的关系稳定。她有底气，舒博阳也有实力，在这段婚姻里，两个人势均力敌，自然一碗水端得平。

当初为清因选择联姻对象时，宋氏是最合适的，而宋氏的两位公子哥，宋俊珩是最合适的。宋俊棋就算现在得宋总的欢心，但在家业这方面，宋总很明显还是偏向与已故夫人生下的独子宋俊珩。

一个玉，一个木，从名字上就能看出宋总真正偏心的到底是谁。

只是宋俊珩还太年轻，不知道他父亲做事有自己的分寸，加之他母亲已经去世，在那个家难免被后母和亲弟弟压制，有些心急也是正常的。

徐琳女士权衡很久，最终为舒清因选中了这么个丈夫。

且不论这两个人的外貌和能力，首先两人家世势均力敌，而且都需要对方背后的家族力量，联姻对他们两个人而言，只好不坏。她相信这两个年轻人会慢慢培养出感情的。

"你为她考虑了很多。"晋绍宁说。

徐琳女士摇头："我把她嫁进宋家，无非是担心我自己以后退了休，老了、病了甚至是死了，没了我的保护，这个任性的丫头会被人欺负。如果她爸爸还在，一定会怪我势利，一点儿也不在乎她的感受。她爸爸将恒浚发展到这个规模，为的就是她能够无忧无虑地长大，不缺钱花，也不需要辛苦工作，就算结婚也可以找一个自己喜欢的男人。"

晋绍宁微微笑了，没有再搭腔。

徐琳女士侧头看着他，语带歉疚："不好意思，今天酒喝得有点儿多，人也多愁善感起来了，和你聊了这么多有的没的。"

"无妨。"

"当初把你从国外请过来，没想到这几年恒浚发展得越来越大，害得你工作这么忙，都耽误你成家立业了。"徐琳女士叹气，"等清因再成熟些，你的担子就没这么重了，到时候你要是想休息就只管跟我说，你也该好好考虑下自己的后半生了。"

晋绍宁靠着椅背，声音很轻："这么多年一个人都过来了，也不急于这一时。"

徐琳女士向他打趣："班长，等下一次同学聚会，你不会还想被人催着找班长夫人吧？"

晋绍宁低笑，语气比刚刚轻松了很多："副班长，你管得好像有点多了。"

"班长，枣粉，谢谢了。"

"举手之劳。"

徐琳女士犹豫片刻，又说："你实在帮了我太多，下个月的股东大会，我想将自己名下的部分股份转给你，就当是我对你的谢礼。"

晋绍宁还是和前几次一样摇头拒绝："不用。"

徐琳女士有些无奈："我是真的想好好谢谢你。"

"你的信任对我来说，就是最好的感谢。"晋绍宁说，"至于股份，我答应过清因，她爸爸的东西，我分毫不会取。"

说到清因，徐琳女士又不禁蹙眉。

"这丫头很依赖她爸爸，所以对别的男人都有很大的戒心，谁都不愿意相信。她当时还小不懂事，现在你再问她，她保证不会是这个态度了，而且她早就意识到自己当年误会了你，她性格别扭，从来不肯轻易跟人道歉的。"

晋绍宁笑笑，仍是无言拒绝了。

徐琳女士见劝不动，只好再次放弃了这个念头。距离到家还有一段距离，酒意上来，徐琳女士闭上眼睛，睡了过去。

晋绍宁侧头看了眼她，而后很快又收回了视线。

"我答应清因不动她爸爸的东西，并不是因为真的不求回报。"晋绍宁脸朝着窗外，用极低的声音说，"这孩子没有误会我，是我自己心虚。"

车窗映出身旁女人略显疲倦的睡脸，和很多年前一样。

午休时间，蝉鸣声聒噪，她总是趴在课桌上，睡得很沉。桌边，摆着她最喜欢喝的枣粉。

一点儿都没变。

舒清因站在酒店门口，正和宋俊珩无言对峙。

男人柔声问她："今天回家吗？"

这话问的，好像她是个花天酒地，抛下丈夫在家不管不问的渣女似的。

她淡淡地说："不回。"

宋俊珩抿唇，没再坚持："你现在住在哪儿，我送你回去。"

舒清因再次拒绝:"我自己回去就行了。"

"太不安全了,你喝了酒不能开车,让我送你,"宋俊珩垂下眸,声音极轻,"好不好?"

舒清因宁愿叫个出租车回家都不想跟他在一块儿。

"我让司机来接我。"她顺手就要掏手机,找了半天发现没找到,这才想起自己的包还放在酒店里,一时间心态有些崩,"我上去拿包,你回去吧,不用管我。"

宋俊珩说:"我在楼下等你。"

"宋俊珩,你这样有意思吗?"舒清因咬着唇,眼神厌恶,"刚刚我们家人都在,我暂时忍了,陪你演完今天最后一场戏,现在没人在了,你别再跟我玩儿这种把戏了行不行?"

"清因,我只是担心你一个人回家不安全,没有别的意思。"

"我不用,我不用,我不用!"她一连串说了三个不用,每重复一遍,语气就越发激动,"离婚前连好好说话都做不到,现在离了婚,为什么又要做出关心我的样子?"

宋俊珩张开嘴,想说什么却又说不出来。

舒清因冷静下来,冷声解释道:"如果你是因为刚才听我妈说了地皮的事儿想补偿我,那你大可不必。我是帮你说过话,但也没有为了你死皮赖脸地求着我妈帮你,只是出于夫妻情分,算是举手之劳,你不用觉得愧疚。"

她确实是帮他争取过的。

而他那段时间又做了什么呢?从家里搬了出去,因为这件事迁怒于她,大半个月没和她联系,甚至连她想解释,都被他冷言冷语地挡了回去。

宋俊珩心痛得无以复加,连说对不起的力气都没有。

这些日子他一直一个人待在家里,从早上出门,到晚上回家,家里始终冷冷清清。就算用人提前挂上福字,在桌上摆上各式的零食点心，这个家始终冷清得没有一丝生气。

他知道她晚上不会回来。

原来一个人躺在床上，等一个根本不会回家的人是这样的感受。

明知道她不会回来，他还是睁着眼睛从黑夜等到白天，直到天色熹微，才渐渐接受了这个事实。

在财产分割上，他毫不犹豫地将自己名下的产业划分给了她。她没有拒绝，照单收下，宋俊珩这才觉得心里好受了些。

但舒清因其实根本不需要这些补偿，她名下的不动产多如牛毛，前夫的补偿，对她来说不过是多了几个不动产证书而已。

宋俊珩不知道该怎样补偿她，就连平常好使的物质补偿，到她身上都成了无用功。想从情感上补偿她，可她断得干干脆脆，打心眼儿里拒绝他的靠近。

舒清因见他不说话，以为他终于放弃了要送她回家的念头。

她慢慢转身，打算回酒店拿包。忽然，她整个身体被人从背后抱住，舒清因下意识地想要挣脱，男人坚实的手臂却越抱越紧。

"宋俊珩，放手！"

他比她高很多，宽阔的背替她挡住从背后刮过来的寒风，他埋下头靠在她的脖颈中。

"清因，对不起。"男人的声音很哑，还带着些许颤抖，"让我补偿你好不好？"

舒清因正欲再次挣脱，袒露在外的脖颈肌肤却感到一股热流，她睁大眼睛，整个人顿时僵在原地。

两个人就在酒店大门口站着，偶尔有路人经过，也只以为是情侣在吵架，男人正放下尊严，企图求得女人的原谅。而女人冷着脸，始终没有心软的表现。

路人叹息两声，作啊。

"宋俊珩，你以为你哭了，我就能心软？"她忽然笑了，"你就哭过这么一回而已，有我为你流的眼泪多吗？"

宋俊珩抱着她的手臂忽然像是失去了力气般，渐渐垂下。他哑声说："清因，我看过你的日记本了。"

舒清因猛地转过身吼他："你看过了？！"

他闭上眼睛，再睁开时，镜片下的眸子暗淡无光，嘴唇苍白，语气无力。

"这一年来，让你一个人承受了这么多的伤害，对不起。"

舒清因咬着唇，羞愤和恼怒充满了胸腔。她就不该有这么个写日记的狗屁习惯！

"那本日记我不要了，你扔了它，或是烧了它都行，我就当从来没写过，你也当从来没看过。"

她这样，就是要彻底切断过往对他的全部情感，一点余地都不留。

宋俊珩摇头，语气有些慌乱："不可以。"

然后又一把将她抱住，也不管她如何挣扎，只是下意识地想要抓紧她。否则这一放手，他就再也抓不住她了。

"不要当作没写过，也不要当作没发生过，算我求你……"

他在她耳边哀求着，几乎放下了一个男人最后的尊严。

宋俊珩是什么样的男人？温和斯文，清贵优雅，什么时候像这样过？像这样抱着一个女人，哀求她回心转意。

就连舒清因都忍不住恶毒地觉得痛快。

她终于将他那一年里给自己的，通通还给了他。

她将垂在身侧的手握成拳头，柔声说："晚了。"

"从你选择放纵那个女孩儿接近你的那天起，从你抛下我的那天起，就已经晚了。"她闭上眼睛，声音很轻，"是你先放弃我的。"

她用力推开他，这次，宋俊珩再也没有力气继续抱住她。

"我跟你说得很明白了，你还要坚持送我回家吗？"她问他，"就算你送我一百次，我还是这个回答。"

宋俊珩点头，轻声说："我不放心你一个人。"

舒清因最后看了他一眼，转身折回了酒店。

个子高瘦的男人就这样在酒店楼下等着她，大衣衣角被风吹得扬起。

舒清因重新坐电梯上了楼，等到了地方后，负责收拾现场的侍应生告诉她，她的包已经被人拿走了。

"谁啊？"

侍应生说："沈总，他说他会转交给您。"

他们住同一家酒店，沈司岸可能以为她早走了，所以替她拿上了包。

"能不能把手机借给我？我打个电话。"

侍应生连忙拿出自己的手机："当然可以，您用。"

她拨通了自己的电话，没过多久，电话被接通了。是沈司岸的声音。

她赶紧问："是我，舒清因，你回酒店了吗？"

那边沉默几秒，"嗯"了一声。

"待会儿你把包放在前台，我回去拿。"

男人的声音很低，冷漠至极："你自己过来找我拿。"

舒清因不解："怎么了？"

"没怎么，你不过来拿，这包我就丢进嘉江。"

沈司岸用这样低沉冷淡的嗓音，这样幼稚地威胁她，真是白糟蹋了他这副好嗓子。

包无所谓，主要是里头的东西重要，舒清因没法子，却又对他这幼稚行为无解。

"我知道了，我待会儿去找你，你在房间等我。"

"嗯，挂了。"

　　挂了电话后，舒清因痛苦地按着太阳穴。

　　这两个男人今天是组着队过来给她添堵吗，一个个的都发什么神经呢？

　　侍应生有些担心地看着她：“您没事吧？”

　　“没事，”她摆摆手，“被气到了。”

　　酒店门口不远处，四季常青的樟树下，一辆黑色轿车里的人将刚才的场景尽收眼底。

　　“两个小时了。”孟时面无表情地报着时间，“从你在这儿等她开始，已经两个小时了，沈大少爷。”

　　而一个小时前，他已经报过一次时间了，对此，沈司岸毫无反应。

　　沈司岸这回有了反应，瞥着他冷冷地嘲讽：“我看你干脆改名叫孟报时好了。”

　　孟时扯了扯嘴角，丝毫不给面子地揭穿他：“明明想送人家回酒店，好不容易等到人家下楼了，看了十几分钟的家庭剧，又看了十几分钟的偶像剧，你就躲在这里，舒小姐又不是千里眼。”

　　沈司岸搭着扶手，反问他：“那你说，我凑上去说什么？他们两家人说话，我一个姓沈的说什么？”

　　“既然不知道说什么，又为什么要躲在这儿看？”孟时又把问题踢回给他。

　　看什么呢？是看宋、舒这一对好亲家闲聊，还是看那一对夫妻表演？

　　这些人也不嫌冷。不知道的还以为真的在演电视剧。

　　沈司岸自动忽视了孟时的问题，按着额头抱怨：“我就不该管她。”

　　“那你替她拿包干什么？还非要让人家亲自到房间来找你拿。”

　　沈司岸哼了一声：“我帮她收好贵重物品，她不该当面跟我说一声谢谢？"

"微信不能说？"

"微信没诚意。"

孟时懒得理他了。

"开车，"半晌后，沈司岸吩咐，"回酒店。"

"不等她了？"

"你没看她老公那么大个人杵在酒店门口吗？"沈司岸烦躁地啧了声，"我回酒店等她。"

这人竟然还挺识时务，孟时本以为按沈司岸的脾气，得下车直接对着宋俊衍来上一拳，再把刀架在这对夫妻脖子上逼他们离婚。没想到他意外地卑微，真是让人大开眼界。

第15章

独美

舒清因返回楼下，宋俊珩还在等她。

没有包，没有手机，没有钱，别说司机了，就是个出租车她现在也打不起。

她虽然性格任性了点，但很识时务，绝对不会在这年末的大冷天，拖着及地的长裙，踩着七八厘米的高跟鞋，拒绝乘坐有空调的私家车，而选择自己凄凉地在路边等车来的。

舒清因上了车坐好，发现宋俊珩也打算坐到后座来，连忙示意他滚到副驾驶位上去。

宋俊珩："我陪你一起坐在后座。"

"不用，"舒清因态度强硬，"我想一个人坐。"

"清因，"他看着她，眼神无辜，"坐副驾驶位不安全。"

"……"

主驾驶位上的司机悄悄地撇了撇嘴。

宋俊珩坐上了车，舒清因生怕和他挨到，努力往车门那边缩。

她裙子长，眼见有部分和宋俊珩的大腿擦到了，舒清因立马嫌弃地抱着裙子远离他。

宋俊珩叹了口气，没说话。

司机："宋先生，现在是回水槐华府吗？"

没等宋俊珩说话，舒清因赶紧报上自己住的酒店名字："先送我回酒店。"

司机透过后视镜看了眼宋俊珩。宋俊珩点点头。

舒清因冷着脸哼了声，算宋俊珩还有点眼力见儿。

车子平稳地行驶在马路上，司机时不时通过后视镜瞥一眼后座上的这对夫妻。

太太始终一言不发地望着车窗外，不知道在想什么。先生侧头看着太太，神情复杂，启唇想说什么，却又什么也没说。

窗外霓虹掠入车厢内，映着这两个人各自不同神情的脸，忽明忽灭，朦胧沉寂。

车子开到转弯处，舒清因身体由于惯性往右倾倒，她急忙用手撑住身子，以防撞上右边的宋俊珩。

"把安全带系好。"男人轻声说。

舒清因这才想起因为一直很介意宋俊珩坐在自己身边，所以她连安全带都忘了系。

等车子方向调正了后，舒清因连忙找安全带打算系好。

她的裙子又长又厚，里衬外还有好几层雪纺面料，昏暗的车厢内，灯光忽明忽暗，视线不明，舒清因一手举起裙子，一手试着找安全带的插入口。

有清冷的气息忽然靠近，她几乎是下意识地躲开了，手没抓稳安全带，那东西哧溜一声收了回去。

宋俊珩有些无奈："我帮你系上。"

舒清因刚想拒绝，他的脸又凑近几分，她没辙，只好靠紧椅背，避免和他接触。

他伸手替她拉开安全带，"吧嗒"一声替她扣上了。安全带系好后，他却没有离开。

舒清因皱眉："你别忘了，我们已经离婚了，我现在是可以控诉你骚扰的。"

宋俊珩苦笑："清因，如果我真的打算对你做什么，你觉得这一年来我们之间还会相安无事吗？"

她倏地睁大眼睛，总觉得他的话里充满了对她的嘲讽。他是想说自己正人君子，还是说她毫无魅力？

"如果早知道你会这么抗拒我的靠近，或许一开始我们就不该分房睡。"他又说。

舒清因慌乱地看向前排正开着车的司机。

他们分房睡了一年的事儿，他居然就这么大大咧咧地直接说出来了。

司机适时表示："太太放心，不该听到的话我一个字都没听到。"

宋俊珩解释："老李是我的人，你放心。"

"分都分了，你现在再说这个有什么意思？"舒清因松了口气，语气不善，"想借此显示你的绅士风度？"

"清因，我是个正常男人，那时你还是我的妻子，如果和你同一间房睡，我没有自信把持得住。"

宋俊珩退开，礼貌地和她恢复了刚才的安全距离。

舒清因没好气地说："所以呢？你到底想说什么？"

"你很漂亮。"他轻声说。

犹记得那次他临时提前回家，她披着浴袍，红着脸站在客厅，傻傻地看着他的样子。

宋俊珩并非真的清心寡欲，只是新婚夜时看她只小小地占了个床角，他当时叹气，给她打了针定心剂。也不知道是想给她时间适应，还是在警示自己。

舒清因被宋俊珩这句没头没脑的夸赞搞得摸不着头脑。这话要是搁离婚前，宋俊珩是绝对不会说出来的。

车子开到酒店停车场，舒清因总算解放了。

"我送你上楼。"

舒清因想拒绝，却又见他跟着下了车，也猜到就算她拒绝了，这男人也是要跟着她上楼的。她看他长得也不像死皮赖脸的样子，怎么今天会这么无赖？

舒清因不知道还要怎么拒绝他才能让他彻底死心。

电梯里，电子屏上的数字不断上升，舒清因想起她的房卡也在包里。也就是说，如果她不去找沈司岸，她连房间都进不去。

这都什么事儿啊？

舒清因不知道沈司岸和宋俊珩熟不熟，在她的印象里，两个人好像也没见过几次面，但并不排除他们背着她私底下交流过的情况。总而言之，不管他们熟不熟，他们也要见上面了。

舒清因神情冷漠，就算这两个男人彼此看不顺眼，那也不关她的事。谁让这两个男人一个非要送她回酒店，一个非要她亲自去找他拿包。命运罢了。

她站在沈司岸的房间门口。

"你住这间吗？"

舒清因："不是。"然后敲门。

他又问："那你住哪儿？"

舒清因指了指自己对面那扇门。

宋俊珩一时间没反应过来："这间住的谁？"

门被打开了，不等舒清因解释，他已经知道了。

门里的男人还没来得及换衣服，仍然穿着今天那身用来参加年会的，隆重而高级的深色西装。

宋俊珩眼熟这身西装，也眼熟这个人。

沈司岸本来神情慵懒，在打开门的那一瞬间，脸上还带着似有若无的笑容，几乎是一瞬间，他那双淡琥珀色的眸子就暗了下来，随即整张脸变得极快，薄唇紧抿，脸色阴沉地看着门口这两人。

宋俊珩拧着眉头，似乎在确定自己有没有看错："沈司岸？"

沈司岸没理他，死死盯着舒清因："你过来拿个包还要带保镖？"

舒清因语气平静："我包呢？还我。"

宋俊珩眉头比刚刚皱得更紧了："你的包怎么会在他那里？"

沈司岸咬着牙，沉着脸，几乎气笑："这么怕我对你做什么你怎么不干脆直接报警算了？"

舒清因不想回答任何一个问题，又问了句："我包呢？"

宋俊珩见舒清因不理他，直接问沈司岸："沈总，你也住这家酒店？"

"我不能住？"沈司岸睨着他，语气散漫。

宋俊珩扯了扯唇角："真是巧了。"

沈司岸哼笑道："缘分来了挡都挡不住，你说对吧，宋总？"

宋俊珩镜片下的眸色深沉，声音里没有温度："什么缘分，姑侄缘分？"

沈司岸的脸倏地沉了下来，下巴紧绷，嘲讽道："不然呢？夫妻缘分？宋总对自己这么没自信吗？"

宋俊珩直视他，嗓音又比刚刚低了几分："横插一脚是你们沈氏的传统吗？"

"那有心无力肯定是你们宋氏的传统吧？"沈司岸笑笑，反问他。

两个男人还想继续搞辩论大赛，舒清因直接开口打断："都闭嘴！沈司岸，我包呢？"

沈司岸瞥着她："谁稀罕你的包。"

"那你还我。"她又伸手。

宋俊珩打断两人的对话："清因，他是在你之后住进来的？"

沈司岸冷冷地说："宋总，诽谤入罪啊。"

两个人同时看向舒清因。

舒清因一心只想拿回自己的包，不耐烦地摆手："吵什么吵，再吵干脆下楼打一架好了，谁赢了谁说得对。"

她翻了个白眼，直接越过沈司岸闯进了他的房间。在客厅沙发上看到了她的包，舒清因拿起包，转身就走。

从包里找出房卡，舒清因快速刷开房门走了进去，门"啪"的一声被关上了。

沈司岸："小姑姑。"

宋俊珩："清因。"

几秒钟后，房门旁"请勿打扰"的指示灯亮起来了。

翻译一下——老娘只想一个人待着！

舒清因躲进去了，留下两个大男人面面相觑，谁看谁都不顺眼。

沈司岸干笑了两声。年会上喝了不少酒，他有些累了，只想赶紧洗个澡然后回床上休息。

他没打算再理会宋俊珩，对方却先一步叫住他："沈总，我们谈谈。"

"谈什么？"沈司岸转过身，语气不耐烦，"你要想知道我和你老婆为什么住对门，还不如直接去问她。"

宋俊珩语气平静："不论你们是怎么住到同一家酒店甚至是同一层楼的，沈总，有些人你该和她保持距离，我希望你知道这一点。"

他在警告他。

沈司岸挑眉："我要是不知道呢？"

宋俊珩皱眉，恼怒道："清因是我妻子。"

沈司岸语带讥讽："你有把她当妻子看待？"

宋俊珩神色冷傲："这是我们夫妻之间的事，和沈总无关。"

"既然和我无关，那就不用说了。"沈司岸一句也不想听，挥挥手而后转身，算是和宋俊珩道晚安。

"沈总，"宋俊珩再次叫住他，"你和清因之间已经不是第一次发生这种误会了，我们都是男人，你心里在想什么我很清楚。"

沈司岸抱胸，靠着墙斜睨着他："我想什么？你倒是给我分析分析。"

宋俊珩："说出来对你和清因都没有好处，希望沈总能够及时收手。"

沈司岸上前两步，和他眼对眼直视着，薄唇轻启："不说出来我也未必会有损失。"

宋俊珩抿唇："但她的丈夫是我。"

"现在是你又怎么样？等你们离了婚，你还能理直气壮地站在这儿警告我吗？"沈司岸嗤笑。

宋俊珩忽然眯眸。他不知道他们已经协议离婚，清因没有告诉他。

刚刚还冷着脸的宋俊珩蓦地扬起唇角："沈总，只要我和清因没离婚，无论她接不接受你，你的身份永远是第三者。男人插足别人的婚姻，名声未必会比女人好听到哪里去。"

沈司岸掀了掀眼皮，嘲弄地说："男人被别人插足婚姻，好像也不是什么值得骄傲的事儿。"

这副插足他人婚姻还反过来嘲讽被害人的模样实在欠打，饶是宋俊珩压抑着暴怒的情绪，尽力心平气和地跟他说话，也恨不得直接将这人摁在地上给他几拳。

宋俊珩这么想了，他也这么做了。

只不过两个男人身高相当，沈司岸并不配合，他使了点劲儿将沈司岸抵在墙上，右手抓着他的衣领暂时压制住他。

沈司岸非但不挣扎，反而扣着他摁在自己衣领间的手腕，痞笑着反问他："宋总对自己在外面养的那些女人也都这么粗暴的吗？"

宋俊珩微愣，面色阴沉："不论我和清因之间发生了什么，这都不是你插足的理由。"

"做人不要太双标了，我会为小姑姑鸣不平的。"男人满不在乎地斜睨着他，脸上带着嘲讽。

宋俊珩气笑了，低声嘲讽："我还是第一次发现，你们沈氏不论是在生意上，还是在个人行为上，都是一样的厚颜无耻。"

沈司岸欣然接受了这个形容词："彼此。"

宋俊珩忍无可忍，直接朝沈司岸的脸上挥了一拳。

沈司岸被这一拳打得偏过头去，龇着牙说："宋俊珩，你以为你打我一拳，我就会乖乖退出？"

"没有退出一说，我们之间没有你的位置。"宋俊珩冷声说，"沈司岸，一年前清因的母亲为她选择联姻对象，那个时候你在哪儿？你还在港城当你的钻石王老五，我却从 E 国赶了回来，所以她嫁给了我。你这时候再出现，不觉得太晚了吗？"

沈司岸眉头紧锁，脸蓦地沉了下来。

宋俊珩退后两步，扶了扶镜片，声音平静："你们已经错过了。不论你现在多喜欢她，她都是宋太太，她夫家的姓氏是宋，不是沈，你没有身份。"

沈司岸低骂了一声。

他上前两步，狠狠地将刚才那一拳还给了宋俊珩。

他们只是互相挨了对方一拳，但因为下手都比较重，此时挨打的脸颊已经变得乌青。

两个穿着精致的上流人士在 VIP 套房的走廊上打了起来，专门负责这层治安的保安立马赶了过来，整个过程不超过半分钟，效率奇高。

保安大叫："先生，请你们冷静一下！"

舒清因原本躺在沙发上休息，保安的这一声吼直接将她吓得坐了起来。

真打起来了？

她之所以安心地滚回房间躲着，是因为她觉得这两个男人皆受过精英教育，平常连脏话都极少说，应该不会跟那些粗鲁的市井混混似的一言不合就打起来。

到底是她高估了这两个男人的综合素质。

舒清因打开房门，保安们已经将两个男人分开。她看着这两人的脸上乌青，差点当场骂出声来。

"你们疯了，在这里打架？"舒清因狠狠瞪着两人，"不嫌丢脸？！"

保安认识舒清因，一时间有些愣神："舒小姐，这……"

"对不起，大晚上的给你们添麻烦了。"舒清因说完又看向沈司岸，沉声吩咐，"你回你房间去。"

沈司岸用拇指擦去唇边血迹，阴着脸问她："这还有一个呢，你不管？"

如果可以的话，她谁都不想管。

舒清因指了指自己的房门："宋俊珩，你进去，我们谈谈。"

保安们眼睁睁看着刚才好不容易被他们拉开的男人竟然真的乖乖地各自进房间了。早知道这样他们刚才还劝个什么劲儿，直接把舒小姐叫出来就行了。

沈司岸看着宋俊珩进了舒清因的房间，然后又看见舒清因用力地将房门关上了。

夫妻之间有问题本来就该关着门说话，他一个外人当然要老老实实回自己家。他也用力地将门关上，最后忍不住狠狠踢了一下门。

保安们见人都已经进去，门也关上了，舒了口气又各自散开去巡逻了。

房间里，舒清因咬着牙，尽力清晰地吐出每个字："宋俊珩，我再跟你说一遍，我们已经离婚了。不论离婚的消息什么时候公布，你都无权再干涉我的生活，今天更不该出现在这里。"

宋俊珩眸色发暗，不答反问："你和沈司岸怎么会住在同一家酒店？是他跟着你住进来的？"

舒清因面无表情："不是，我是在他后面搬进来的，在我住进来之前，他已经住在对面了。"

"你们之间……"

"和你无关。"舒清因打断他，"无论是他，还是别的男人住在我对面，这都和你无关。"

"清因，"宋俊珩声音发抖，垂在身侧的手用力攥紧，"我没法儿忍受你和他住在同一家酒店。"

她笑出了声："所以呢？你是让我换酒店？还是让沈司岸换酒店？宋俊珩，你扪心自问，现在的你还有这个资格提出这样的要求吗？"

宋俊珩闭上眼睛，说不出话来。

舒清因见他不说话，径直走到门边打开了房门，侧身给他让了道："该说的我都和你说了，你以后不要来了。明天还要上班，顶着这么个伤小心被员工议论，赶紧回去处理伤口吧。"

"你早点休息。"他最后的话只有这句。

舒清因将他送到电梯旁边，等电梯到了后，她看着他走了进去。

"宋俊珩，我不再爱你了。"电梯门逐渐关上，她轻声说，"不要再试图挽回，也不要再来找我，安安静静地结束这段关系，这样我们之间起码还留有一丝美好在，算我求你了，放过我吧。"

在她说完这句话后，电梯门终于完全关上。

宋俊珩失措地想要上前两步，想要扒开电梯门，机械控制的电梯只是毫不留情地缓缓而下。他的心底忽然升起一股强烈的预感，这部电梯已经将他慢慢带离她的生活，门关上了，就真的什么余地都没有了。

宋俊珩徒劳地将手抵在电梯门前，仿佛这门的对面还站着她。但他知道，不可能。

这一年里，他和她同住一个屋檐下，遗憾的是爱擦身而过。

一墙之隔，分离两床，他也曾半夜睡不着，独自面对夜晚和失落，却从未想过起身去问问她，是否需要人陪。

宋俊珩闭上眼睛，他比沈司岸早一步又如何？沈司岸一年前错过了清因，他一年后也照样错过了。

他刚刚用来狠狠伤害另一个男人的措辞，全都在这一刻一字不落地还给了自己。

舒清因回到房间，再也支持不住地跪坐在地上。她闭上眼睛，忽然大声哭泣起来。

"浑蛋，"她边哭边骂，"早干什么去了？！"

早知道今天会走到这个地步，她就该在刚结婚那会儿，狠狠打自己两巴掌，宁愿做个冷血无情的人，也不要喜欢上宋俊珩，更不要试图从他那里获得温暖。或者当初干脆逃婚，就算徐琳女士打她骂她给她关禁闭，她也不要结这个婚。

她不是什么铁石心肠，宋俊珩对她好，她就傻傻地陷进去了。现在抽身还不晚，顶多难受点，熬过去就好了。

"没事的，一切都会没事的。"

她安慰着自己，用力擦掉眼泪，撑着地板站起身，软着腿走到洗手间洗了个冷水脸。再看向镜子时，舒清因发现自己整个眼圈都红了。

她叹了口气，想着贴片眼膜急救一下，不至于明天去公司的时候还肿着。上司顶着这么张脸上班，还不知道会被人怎么说。

舒清因忽然想起刚刚宋俊珩和沈司岸打架，沈司岸脸上好像也挂了彩。

宋俊珩回家有用人帮忙处理，沈司岸住酒店套房，哪儿来的用人替他处理？再怎么说，他之所以会被打，也是因为自己，简直可以说是飞来横祸。自己刚刚又只顾着把宋俊珩叫进来跟他彻底划清界限，没管他这个真正的受害者。

舒清因想了很久，最终还是回卧室把医药箱找了出来。

这是徐茜叶特意给她送过来的，她知道舒清因这人没什么生活能力，身边没人照顾，担心她平时生了病都懒得去医院看病，干脆将平常可能用得上的感冒药和一些专门用来处理小外伤的外用药都一并替她买了过来。

她没受伤也没生病，这医药箱直到今天才派上用场。

舒清因提着箱子走到沈司岸房门口，她敲了敲门，原本还在酝酿该怎么开口，结果他开门却开得挺快。

舒清因看着他的脸，忽然又说不出话来了。

男人明显是洗过澡了，穿着松松垮垮的睡袍，头发还有些湿，眸色清浅，仿若刚刚被水冲洗过般的干净。

"……什么事？"

舒清因不知道该怎么说，垂着头，只是双手提着医药箱，用肢体语言告诉他。

沈司岸低哼："替他处理好伤口了？"说完也不等她回答，侧过身给她让道，声音有些烦躁，"算了，你不用回答，进来吧。"

舒清因提着医药箱进来，他顺手关上了门。

茶几和沙发有段距离，舒清因蹲在茶几边打开医药箱，被箱子里塞得满满当当的各种功效的药搞糊涂了。她只好拿起药，对着上面的用药须知一点点看过去，看哪个是适合给他用的。

沈司岸看她这样子也知道她没帮人处理过外伤。

这么说，她没管宋俊珩？

男人撇嘴，心想，宋俊珩也不过如此。

"宋俊珩还在你房间？"他开口问她，"你今天晚上收留他？"

这话问出口，沈司岸才发现他这个词儿用得不对。

她和宋俊珩是正儿八经的夫妻，就是同睡一张床、同盖一条被子也是天经地义的，怎么能说是收留？但他又不愿意用别的词儿，只能闭上嘴当作自己没问过这个问题。

舒清因摇头："没有，他回去了。"

对于这个答案，沈司岸显然有些惊讶，不禁又问："他都过来找你了，晚上不留下来陪你睡？"

舒清因好像也没发觉这个问题问得有些过于隐私了。

"我一个人睡。"

沈司岸挑眉，淡淡地"哦"了一声。

舒清因终于找到了外伤用的喷雾，站起来走到他身边，轻声问他："挨打的那块儿疼不疼？"

沈司岸靠着沙发，懒懒地说："不知道。"

"你按一下看看。"

"胳膊抬不起来。"沈司岸嘴角撇着，似乎还有些委屈，小声跟她告状，"刚才被宋俊珩打的。"

舒清因有些惊讶："你们到底打得多狠？下手不知道轻重吗？"

沈司岸斜睨着她，语气不屑："男人打架还有轻重一说？"

舒清因懒得理他，看着他的胳膊，语带怀疑："胳膊真抬不起来了？"

沈司岸"嗯"了一声。

"宋俊珩这人看着斯文，怎么打起架来这么狠？"舒清因边嘀咕，边伸出根手指小心翼翼地戳了戳他脸上乌青的地方。

沈司岸眉毛抖了抖，表情微僵。

看样子是疼了，舒清因命令他："你闭上眼睛，我给你喷点药。"

沈司岸闭上眼睛，眼睫毛乖巧地垂着，在眼睑处留下一层阴影。

舒清因这才发现他嘴角边也裂开了一道小口子，刚刚好像是看到他嘴边流血了。

可能是她观察得有些久，闭着眼睛的男人有些受不了了，小声问她："小姑姑，你喷好了没？"

"哦，好了。"

男人睁开眼睛，琥珀色的瞳孔里映出她的脸。

舒清因又说："你嘴巴边上裂了个口子，你自己消消毒吧。"

男人懒洋洋地作势动了动胳膊："胳膊动不了。"

舒清因看着他被浴袍包裹住的宽肩窄腰，还有坚实有力的胳膊，不太相信宋俊珩能凭一己之力将他打成这样。

宋俊珩和他身高体重相当，他既然被打得胳膊都抬不起来了，那宋俊珩肯定也伤得挺重。而事实上，宋俊珩只是脸上挂了彩。

没办法，他是受害者，他有权卖惨。

舒清因在他身边坐下，让他转过头面对自己。沈司岸听话地照做了。

在帮他消毒的过程中，舒清因顺便问："你们是怎么打起来的？"

沈司岸："他先动手的，我是正当防卫。"

"那他为什么动手？"

沈司岸抿唇："他看我不爽吧，别问我为什么，我不知道。"

舒清因能信就有鬼了。

她叹气："他应该是误会我跟你之间有什么了。"

沈司岸微愣："误会？"

"我们住对面确实是有点奇怪，说是巧合别人也很难相信。"舒清因语带歉疚，"对不起，害你被他打了，等过段时间我会换酒店的。"

沈司岸垂眸，轻声说："别换。"

"你不怕被人误会吗？"

"不怕。"沈司岸又问她，"你怕？"

舒清因点点头。

他笑了笑："也是，你都结了婚的人了。你刚刚跟宋俊珩解释了？"

"解释了，说我们之间没有关系。"她说。

沈司岸轻轻地"哦"了一声，顿了一会儿又状似无意地调侃道："你这么怕他吃醋啊。"

舒清因蹙眉："你是还想被他打吗？"

她说完又带了点力气，用棉签按在他的伤口上。

"轻点。"沈司岸下意识地抓住她的手腕，"你一个女人怎么这么狠心！"

"我狠心？你都被误会成是我的相好了知道吗？"

沈司岸不甚在意地眨了眨眼睛。

舒清因见他没动静，只好动了动手腕："我保证轻点，你先放开我。"

"你这什么词儿？"沈司岸小声抱怨，放开她后又瞥见了她无名指上的结婚戒指。

刚刚和宋俊珩交手的时候，他也看到了宋俊珩无名指上戴着一枚戒指。不用猜，肯定和她的是一对儿。

沈司岸垂下手，手攥着，似乎正抓着什么东西。

"小姑姑，"他叫她，像是不耐烦般质问她，"你之前就说要跟他离婚，这都多久了，你到底什么时候跟他离？"

舒清因很想说，早离了，她早就是自由身了！

说到离婚，就不能不提签约。

舒清因反问他："那你什么时候跟我签合同？"

沈司岸神色复杂："签完我就回港城了。"

"你回去啊，正好回去过年。"舒清因不知道他提这个干什么，"你高兴，我也高兴。"

沈司岸抿唇，轻声问她："签完合同你就高兴了？"

舒清因点头："嗯。"

"那如果我想再拖延段时间呢？"

舒清因没说不高兴，但她问的话态度已经很明显："为什么要拖延？我还有哪里没做好？"

"没有，"他抬眸看着她，"是我的问题。"

"那你有什么问题？"

"现在没了，签吧。"沈司岸笑笑，"过年前就签好，你可以高高兴兴过你的年了。"

舒清因期待地睁大眼睛看着他，语气有些兴奋："真的吗？"

他挪开眼睛："嗯。"

"谢谢。"她开心地笑出了声，"你别动，我给你贴创可贴。"

她又从药箱里找创可贴，发现这个创可贴有点不太对劲儿。

创可贴的背面，被印上了一排她的小名，一串"因因因因因因"，整齐又……一言难尽。

有必要吗？徐茜叶这女人真的挺无聊的，创可贴就创可贴，还非要搞成她专用似的。

舒清因有些为难地将创可贴递给他看："你介意贴这个吗？"

沈司岸睫毛微闪，像是在憋笑："你们舒氏的产业都拓展到医疗方面了吗？"

舒清因假装没听到他的调侃，有些不好意思地将印着自己小名的创可贴贴在他脸上，再一看效果，更别扭了。

男人英俊的脸并没有因为贴了创可贴而失色半分，他平时注重穿着，人前总是矜贵又清高的样子，现在坐在沙发上，睡袍有些皱，头发因为刚洗过也有些炱毛，嘴边贴着这么张创可贴，反倒显出几分不羁和痞气来。

给他处理好伤口，舒清因该回自己房间了。

临走前，她又和他强调了一遍："总之你今天弄成这样，责任大多都在于我，我很快就会换酒店的，以后不会再让你平白无故被误会了。"

沈司岸淡淡的："没事，反正签完合同我就回港城了，也住不了多少日子。"

舒清因心虚地低下头，总觉得他这话明里暗里好像在控诉她。

她不知道该怎么接，只好换了个话题："给你留的喷药，你要记得喷，不然到时候毁容了，你别来找我负责。"

男人唔了声："毁容了你就能对我负责？"

舒清因无语："你真想被毁容？"

"不是，"沈司岸咳了声，"但我胳膊伤着了，抬不起来。"

"睡一觉就好了，难不成你还想让我每天过来给你喷药？"舒清因皱起眉，"这样被人知道了，我们之间就更解释不清了。"

男人扬眉，问她："解释什么？"

"我每天到你房间来待上这么久，就为了给你喷药，这话说出去你觉得正常人会相信吗？"

沈司岸低笑，忽然倾下身子，和她平视，声音有些飘忽："小姑姑，那今天你在我房间待了这么久，要怎么解释？"

舒清因眨眼："就今天啊，我总不能放着你不管吧。"

他又凑近了几分，言语里充满了不可言状的暧昧："你知不知道大半夜的你拿着药箱来敲男人的门，说要给他处理伤口，听在别人耳朵里是什么样的暗示？"

男人已经刷过牙了，混着柠檬味儿的清新气息扑在她脸颊上。

在这咫尺之间，她看见他狭长漂亮的双眸中，明明白白显出自己惊慌无措的样子。

她心跳加快，猛地退后了两步："你离我太近了。"

沈司岸哼了哼："怎么？又没对你怎么样，难道只有宋俊珩才能近你的身？"

舒清因想起宋俊珩今天在车上也是离她这么近，搞得她差点要崩溃，表情顿时一言难尽起来。

她这样子，看在沈司岸眼中又是另一种默认。

"别怕，跟你开个玩笑而已。"他直起身，也学着她的样子退后两步，"对了，你那个创可贴再给我几个，我好换新的。"

舒清因有些不乐意："可是那个创可贴上……"印了她的小名啊，

这贴着不尴尬吗？

沈司岸却似乎误解了她的意思："小姑姑，你不至于小气到连几个创可贴都不肯补偿我吧？"

舒清因抿了抿嘴，又从药箱里给他拿了半盒，并且再三嘱咐："这只是应急啊，你明天让人去给你买新的，别用这个。"

他应道："嗯，知道了。"

舒清因走后，沈司岸手里还捏着她给的创可贴。

沈司岸回到卧室，将创可贴塞进了他明天要穿的大衣的口袋里，又走到洗手间，看着自己唇边那滑稽的创可贴，用指腹细细摩挲印着她小名的地方。

他忽然叹了声："但凡早来一年啊……"

他今天也不会是以这样尴尬的身份待在她身边。而且这种身份，只有他自己承认，无论是舒清因还是宋俊珩，都不承认。

有种一厢情愿却又不愿放手的悲哀感。

沈司岸给孟时打了个电话。

"沈总，你能不能不要老半夜的时候给我打电话？"孟时咬着牙说，"这次你又要问我什么无聊的问题？"

"我打算年前就和恒浚把合同签了，剩下的事情都交给你。"

孟时没料到居然是公事："那你呢？"

"回港城。"

"你不是打算留在童州过年吗？"

"再待在这里，我整个人都要被嫉妒折磨疯了。"沈司岸无奈地笑了，"还是回港城待着吧。"

第 16 章

签约

年会过后，恒浚内部对小舒总的议论似乎渐渐少了下来。

恒浚年前最大的项目终于拍板，签约仪式就在一个星期后。

舒清因这段时间忙得脚不点地，原本打算近期换酒店住的计划也只能暂时搁浅。她恨不得二十四个小时连轴转，直接把床搬到办公室来，除了工作别的一概靠边站。

徐茜叶来找她的时候，她正趴在办公桌上补觉。

"哎，因因，舒清因，醒醒，姐姐我来找你玩儿了。"她敲了敲桌子，又叫了几声，趴在桌上的女人毫无动静。

张助理正好端了两杯咖啡进来，徐茜叶指着舒清因问他："你们舒总真的只是睡着了吗？"

"呃，舒总最近太累了，要不您先等等，让她睡会儿？"

徐茜叶叹气，走到张助理身边从盘子里拿了杯咖啡，刚抿了一口就苦得差点儿吐出来："这咖啡怎么一点儿糖都没放啊？"

张助理有些无奈："您喝的这杯是舒总的。"

"她喝这么苦的？"徐茜叶并不相信，"她比我还喜欢吃甜的东西，这黑咖啡她喝得下去？"

"舒总加班的时候就喜欢喝黑咖啡，她说糖放多了容易困。"

徐茜叶神色复杂："她这是怎么了，怎么突然变成'拼命三娘'了？"

张助理把前不久在年会上发生的事儿给徐茜叶大致讲了一遍，徐茜叶沉吟良久，最后恍然大悟："所以她为了证明自己的能力，连甜食都戒了？"

张助理点头："嗯。"

"出身自带光环有什么不好吗？多少人求这束光环都求不来呢，做人就是要及时享乐。你看我，这辈子也不缺钱花，还费那个力气去工作干什么啊？"

张助理听着这话觉得别扭，自己一个无产阶级被从小泡在蜜罐里长大的千金小姐灌输这种思想着实不是什么好事，徐茜叶这番及时享乐的理论，他也就听听，随便附和两下就完事了，该努力工作还是要努力工作。

张助理左耳朵进去，右耳朵又出来，送完咖啡就回自己工作岗位上继续写年终报告去了。

徐茜叶又喝了口加了糖的另外那杯咖啡，嘴里的苦味总算被冲淡了一些。

趴在桌上的人动了动，她以为舒清因醒了，立马起身绕到她那边观察她。结果她只是动了动脑袋，又侧着头，趴在胳膊上睡过去了。

徐茜叶叹气，想要捏她的鼻子把她叫醒，手指刚要摸上她的鼻头，又停住了。

她今天化妆了吗？

如果没化，这不符合她的作风；如果化了，为什么黑眼圈这么明显，连粉都遮不住？

看她眉头微皱，知道她这个觉睡得也不怎么舒服。

徐茜叶这才发现，她看着比之前憔悴了不少，连妆都遮不住她这满脸的疲倦。

姑父在世的时候，她跟自己一样，每天的生活就是逛街娱乐，最大的烦恼就是明天穿什么。

徐茜叶交过不少朋友，不是经济上有差距，就是三观有分歧，虽然平时聚会的时候狐朋狗友能坐上几桌，但真正能够让她无所顾忌的，始终只有舒清因这么一个。现在就连舒清因都投身于事业，她们俩都不知道有多久没一起出门逛街了。

"你看看你，头发都分叉了。"徐茜叶踮起脚，顺势坐在桌上，弯下腰捻起她一缕发丝，语气有些心疼，"头发都没营养了，还天天喝咖啡。"

她轻手轻脚地从包里掏出一把梳子，替她梳头发。

帮忙梳头的人温柔又小心的动作，舒服得让人头皮发麻。

舒清因就是在这种情况下醒过来的。

真实版的 ASMR（自发性知觉经络反应）比隔着屏幕的要舒服一百倍，舒清因明明醒了，却因为贪恋这种感觉，一直闭着眼睛装睡。

小时候睡不着，她就会求着徐茜叶替她梳头。所以舒清因总是留着长发，头发铺在枕头上，徐茜叶再慢慢替她梳理。

舒清因忍不住扬起唇角，又想起了小时候美好的时光。

"醒了？"徐茜叶手上的动作并没有停，有些无奈，"知道我在这儿干坐着等你多久了吗？"

舒清因闭着眼睛将头靠在徐茜叶大腿上，张开手臂抱住了她的腰："姐，好舒服。"

徐茜叶被她搞得有点痒，扭着身体躲她："诶，别碰我，我怕痒。"

舒清因又赖了半分多钟，终于睁开眼睛坐好了。

徐茜叶仍然坐在她的办公桌上，跷着腿，居高临下地看着她："这段时间没好好睡过觉吧？"

舒清因打了个不大不小的哈欠："有睡觉，只是时间压缩了点。"

徐茜叶叹气："我也不是说你努力工作不好，只是你好歹也要留出点时间照顾好你自己吧，这么大的项目就你一个老总在这儿天天盯着？我姑姑和晋叔叔呢？"

"他们说这是个锻炼我的好机会，所以这个项目他们一概不过问。"

"太狠心了，真的太狠心了。"徐茜叶同情地看着她，"独生子女的悲哀啊。"

"这叫响应国家号召，你以为谁都跟你家似的。"舒清因撇嘴。

徐茜叶满不在乎："响应了又怎么样？现在还不是放开了？难道你以后只生一个？"

"我现在哪儿有空想生孩子的事？"舒清因随手拿起几份文件，"生文件还差不多。"

"那要不你让姑姑再给你生个弟弟？"

"让她生个跟舒氏没半毛钱关系的继承人出来跟我争家产吗？"

徐茜叶小声说："我就说说嘛，又没有冒犯姑父的意思，你别这么敏感。"

"我没怪你，你不懂我这感觉。"舒清因叹了口气，撑着下巴喃喃道，"我爸毕竟也过世这么久了，我妈她一直一个人，我要还像早几年那样坚决反对她给我找后爸，那我也太没良心了。"

"所以呢？你这是松口了？"

"其实我也从来没明确说过不许我妈再找一个，但我就是觉得，不会有人比我爸更爱我妈了，她就算替我找了后爸，那个人也代替不了我爸在我心里的位置。"

徐茜叶懂了，其实就是舒清因心里一直给她爸留着位置，所以对这事儿的态度一直不算明朗。

做女儿的这么想，做母亲的未必就不是这么想的。

其实姑父过世后没多久，徐家这边就主张再替徐琳女士安排一桩联姻，只是徐琳女士没松口。姑姑还是很想念姑父。

徐茜叶和姑父接触不多，只是小时候每次到舒家来找因因玩的时候才有机会跟他说话。

印象里，因因性格比较像姑姑，有时候会急躁，但姑父好像总是温润如水，做什么都有条不紊的样子。

她还记得有一次去舒家玩，原本在书房看书的姑父走出来，叫住了她。小茜叶有些紧张，以为姑父是要和姑姑一样叫她们做功课。

她乖乖地叫了声"姑父好"。

儒雅的男人在她身边蹲下，语气温和："茜叶，帮姑父一个忙好吗？"

小茜叶不解："什么事啊？"

"我惹因因生气了，我给她买了糖想跟她赔不是，但她连看都不看一眼，你能不能帮我把糖拿到因因房间去跟她一起吃，就说这是你带来的。"

这个忙可太简单了，小茜叶拍着胸脯答应了。

男人笑着说："谢谢茜叶。"

小茜叶捧着糖果盒，跟小清因说这是她带过来的。

小清因粉唇微嘟："叶叶你骗我，这是爸爸给我买的。"

小茜叶心想，不好，被揭穿了。

小清因从椅子上跳下来，接过她手里的糖果盒："不过算啦，我已经不生爸爸的气了。"

姐妹俩各自挑了自己最喜欢的口味送进嘴里。

等小茜叶准备回家了，姑父问她糖果好吃吗。

她说好吃，又诚实地说其实这个忙她并没有帮上，因因一开始就知道这糖果是姑父送的。

姑父摸了摸她的头，说没关系，幸好茜叶来了，因因才肯原谅我。

徐茜叶再也没遇见过比姑父更温柔的男人，所以不怪姑姑和因因到现在还对姑父难以忘怀，换作是她，她也未必能轻易地从回忆里走出来。

"好了，我理解你，不说这个了，我今天过来找你是想约你出去逛街，放松放松心情。"徐茜叶回过神儿来，冲她做了个勾引的手势，"走不？"

舒清因不为所动，举起咖啡杯，看到杯沿的口红印："你偷喝我咖啡了？"

"谁要偷喝你那苦得要死的咖啡？"徐茜叶嫌弃地皱眉，"不小心拿错了而已。"

舒清因将咖啡杯又放下了："你以为我喜欢喝？还不都是为了工作。"

"所以你要不要跟我一起去逛街？要走咱们现在就出发。"

"不去。"舒清因摆手拒绝，"待会儿孟总要过来，我得接待他。"

徐茜叶一时没反应过来："哪个孟总啊？"

"孟时啊，"舒清因说，"不记得了？你跟他不是还有过露水情缘吗？"

徐茜叶的脸涨成猪肝色："你说话能不能别这么直白，这青天白日的。"

"露水情缘还不够委婉吗？"

徐茜叶无言以对，只好生硬地转移话题："怎么是他过来？大侄子呢？"

舒清因摇头："不知道，最近过来开会的都是孟时。"

"你们不是住对门吗？平常敲个门就能谈工作，干吗还绕这么大的圈子？"

舒清心虚地挪开眼睛，语气不自然："最近太累了，一回酒店就倒下睡了，哪有那个闲情逸致？"

"谈工作而已，这也叫闲情逸致？"徐茜叶觉得她反应有点大，"还是你们平常不只谈了工作？"

"不谈工作能谈什么，你想多了。"

徐茜叶眯起眼睛，伸手指着她："舒清因，你老实交代，是不是跟他住对门住出感情来了？"

"……你瞎说什么？"

"反正你们又没有血缘关系，又不是真亲戚。"徐茜叶耸肩，又突然想到什么，"不过你和宋俊珩还没离婚吧？你得先把婚离了再想这个啊，别耽误了咱们大侄子，这么帅的男人给你当备胎也太委屈了。"

舒清因扶额，此时唯有沉默。

再看墙上的时钟，她决定赶人："你还有没有别的事儿？孟总快来了，你要愿意留在这儿看我和孟时开会也行。"

徐茜叶对他们的谈话没兴趣，就算坐在这儿旁听也未必能听懂几句话。但她今天是特意过来约舒清因出去逛街的，都是因为孟时要过来，她那狠心的表妹才拒绝了她。

今天也没有别的安排，舒清因要不陪她，她还真不知道今天要怎么过。那就等她谈完事再说，她在这儿坐着，说不定他们俩还能快点。

"行。"

舒清因也没想到徐茜叶居然真的愿意坐在旁边等她。

距离约定的时间还有几分钟，办公室的门被叩响，张助理的声音从外面传来："舒总，孟总已经到了。"

"请他进来。"

徐茜叶瞥了眼站在门口的孟时，这么久不见，他还是一如既往的人模狗样。眼神似乎又凌厉了几分，只是在和她对视时，明显有些怔愣。

自从上次两个人加上微信，对于孟时发过来的消息，她一概无视。

不是某餐厅的图片，就是最近新上映的什么电影，她本来以为孟时这个浑身上下都长在她审美点上的男人会和其他男人不一样，没想到他也只是个见色起意的俗人。

舒清因起身："孟总，请进来坐吧。"

孟时收回视线，语气平静："最近来得有些勤，打扰舒总了。"

"没事，反正我最近也闲，能招待孟总是我的荣幸。"

徐茜叶扯了扯嘴角，她都忙成这样了，这种假话居然还能说出口。

孟时走到沙发处坐下，舒清因问他要不要来杯咖啡。

"劳烦，黑咖啡。"

舒清因让张助理去替孟总泡杯咖啡来，然后她拿起自己手边的咖啡想要喝一口，忽然意识到这是被徐茜叶喝过的。

也不是她嫌弃，但两个人有时候好到一定程度的时候，相处模式也很奇怪，总要时不时阴阳怪气地嫌弃两句给对方添堵。

"你下次能不能用个不掉色的口红？"她将沾上徐茜叶口红的杯沿转向外面，"这口红都掉色成什么样了。"

徐茜叶冷笑："我过来见你还得专门擦那种接吻都不掉色的口红？我对你没兴趣。"

因为刚刚趴在桌上偷懒睡了一会儿，困劲儿还没完全过去，舒清因总觉得还是得喝点咖啡提提神，现在天气冷，即便是开着空调的室内，热咖啡也冷得极快。

她干脆起身："我去倒杯新咖啡。不好意思，孟总，我失陪了。"

孟时点头。

她能放心地把孟时留在办公室，这其中也和徐茜叶有点关系。总归孟时跟她表姐，起码比跟她熟。

舒清因出去倒咖啡，办公室里只剩下两个明明坦诚相见过此时却形同陌路的人。

徐茜叶见舒清因出去了，说话也随意了些，直接向孟时发难："你们柏林怎么回事儿啊？签约的日子定得这么紧，我妹她最近都忙疯了，冲 KPI 吗？"

孟时淡淡地说："这是沈总和舒总共同议定的时间，徐小姐如果有疑问，不妨直接去问他们。"

徐茜叶对他冷淡的态度很不满意："你干吗板着脸？对我有意见？"

"徐小姐，在要求对方态度好点的时候，你是不是也该反思一下自己的态度？"

徐茜叶冷哼："对你这种用下半身思考的男人，我这态度不挺好的吗？"

饶是好教养的孟时此时也忍不住压低了嗓音，语带微愠："我用下半身思考？"

徐茜叶眯起眼睛，冷静分析："我一开始就觉得奇怪，大家都是成年人，一夜之后本来应该各走各的路，你非要加我的微信，还说让我对你负责。这段日子你又给我发那些餐厅、电影院的信息，我现在可算是搞清楚了，原来你是想跟我约第二次啊。"

孟时蹙眉："什么第二次？"

"别装了，我告诉你，姑奶奶玩一夜情是有原则的，那就是同一个男人从来不睡第二次，你死了这条心吧。"

她说得义正词严，好像一夜情是多正经的事儿似的。

男人冷峻的脸上露出一点受伤的表情，沉着嗓音问她："你觉得我再联系你是这个目的？"

徐茜叶扬声："不然呢？"

之前的那些男人也是，说什么只是简单吃个饭呀，看个电影啊，逛个街啊，最后的目的无一例外，都是酒店罢了。嘴上说得再冠冕堂皇，也遮不住那些男人肤浅的本性。

"徐小姐，你是不是从来没被男人追过？"孟时扶额，几乎气笑。

徐茜叶急忙反驳："放屁。"

"我在追你，"孟时盯着她，一字一顿，"你看不出来吗？"

孟时看她那脸色就知道她真的没看出来，他无话可说，只能无力地叹了口气。但是下一秒，这女人就说了句令他气绝的话。

徐茜叶狐疑地看着他："你追女人都用这么老土的方式吗？"

孟时抿唇，冷冷地说："不好意思，第一次追女人，没经验。"

他这么坦诚，徐茜叶一时半会儿也不知道该回答什么，憋了半天只说了句："……没关系。"

舒清因端着新泡好的咖啡回来时，发现这两人非但没有她想象中的相谈甚欢，反而各自坐在沙发的一侧，中间仿佛隔了条银河。

现代社会的男女关系真是很复杂。

泡好咖啡后，舒清因和孟时总算可以开始谈生意了。

徐茜叶听不太懂，总体的意思差不多就是两家企业都挺想赶在年前把约签了，欢欢喜喜过大年。

"那签约仪式的地点就由恒浚来选？沈总还有什么别的要求吗？"

孟时摇头："没有，都听你们的。"

这样好应付的甲方简直是世界瑰宝，舒清因内心充满了对沈司岸的感激。

她客套地和孟时寒暄："最近都没怎么见到沈总，他是有别的事情要忙吗？"

孟时说："他在忙着回港城的事情。"

"回港城？"徐茜叶忽然插嘴，"这都几号了，他这时候说要回港城不嫌麻烦？"

"沈总打算先去趟邻市和他的家人会合，再坐私人飞机直接飞回港城。"

徐茜叶"哦"了声："我以为他这么不急不躁的，是真打算在童州过年呢，搞了半天还是要回家啊。"

舒清因觉得奇怪："他跟你说过今年打算留在这里过年吗？"

"我听姑姑说的，她说年会的时候顺便问了下，大侄子当时说因为合同的事儿所以可能来不及赶回家，姑姑还打算请他一起吃年夜饭的。"徐茜叶说，"不知道他怎么又改主意了。"

孟时："或许有人催他回港城吧。"

"谁啊？"徐茜叶看向他。

孟时摇头："不知道。"

舒清因怎么觉得自己被他俩针对了？

也不知道是不是因为徐茜叶在这儿，她和孟时的谈话比想象中要结束得早。

徐茜叶催她："今天的工作忙完了吧？能陪我逛街了吗？"

舒清因有些心不在焉："啊，我想先回酒店休息，就不去逛街了吧。"

徐茜叶的情绪瞬间低落下来："喂，我在这儿忍受了这么久，听你们说那些无聊的东西，结果好不容易等你们说完了，你跟我说你不陪我了？有你这样的吗？"

"你一个人不行吗？"

"不行，一个人逛街太凄凉了，我不要。"

"我没那个心情，就算陪你逛街，也可能只是站在旁边干看着。"

"随便，你就站在旁边，我试衣服的时候帮我拎包就行。"

徐茜叶这是摆明了要拉她去逛街了。

正当舒清因准备妥协时，旁边还没来得及走的孟时忽然毛遂自荐："我陪你吧，让舒小姐回酒店好好休息。"

徐茜叶忽然睁大眼睛看着男人："你？"

孟时淡淡地扫了她一眼："你不是需要一个站在旁边帮你拎包的人吗？"

舒清因大为感动，感觉孟时这张冷脸忽然亲切了起来。她从钱包里直接掏出一张银行卡塞给徐茜叶："今天无论你买什么都刷我的卡，就当我向你赔罪，然后孟总代替我陪你逛街，完美。"

徐茜叶嘴角微抽。

舒清因冲她做了个飞吻，拿起包潇洒地离开了办公室。

最后徐茜叶还是坐上了孟时的车，意兴阑珊地盯着车窗发呆。

孟时："去哪儿？"

徐茜叶："随便。"

孟时说了个商场，徐茜叶撇嘴："去腻了，不去。"

他又说了一个，徐茜叶再次嫌弃。

动力十足的跑车忽然刹车，停在了马路边。

徐茜叶抓着安全带瞪他："干吗突然停车？"

男人面无表情："到了。"

他下了车，又绕到副驾驶位这边替徐茜叶打开了车门。徐茜叶茫然地下车，发现他把车停在了一家酒店门口。

"你……"

孟时挑眉，语气平静："既然觉得餐厅和电影院老土，商场又逛腻了，不如换个新鲜点的地方试试？"

徐茜叶咬唇，果断转身又坐上了车。

孟时撑着车门，弯下腰看着她："怎么了？"

她闭着眼睛说："去餐厅，去电影院，去哪儿都行，就是不能去酒店。"

孟时轻笑："不嫌老土了？"

"你这才刚开始追，就想让我跟你到酒店来？"徐茜叶睁开眼睛，大无畏地和他对视，语气微颤，"你真当我这么好追？"

孟时眯眼，盯着她稍稍有些脱色的嘴唇："也是，毕竟你今天的口红不经吃。"

这个流氓！

舒清因回去的时候，沈司岸那间房正开着门。

她好奇地站在门边，探着头小心翼翼地往里面看。没看见沈司岸，倒是看见几个保洁打扮的人在打扫卫生。

新地毯，新的日用品，顺便还将酒柜里的酒都换成了新的。

这个操作，一般是客人退房了，这些人才会将这些东西全部换成新的。

真走了？

她确实催着签合同，想着签完合同他也能早点回家过年，这样对他们都好，却没想到他原本是打算留在这里过年的。

舒清因总有种是她把沈司岸给赶走了的感觉，好像她是什么一方恶霸，看不惯人家在自己地盘上撒野，非要把人给赶出去。

舒清因站在房门口，开始反思自己是不是太无情了。

她掏出手机，酝酿许久，决定还是给沈司岸打个电话过去问问他。电话"嘟"了几声后，沈司岸接了。

"小姑姑？"

听到他的声音，舒清因那些话又说不出来了，最后只是试探着问他："为什么这些日子都是让孟时来跟我对接合同？"

"啊，"男人语气散漫，慢吞吞地说，"我最近比较忙，他跟你对接也是一样的。"

"你忙什么？"

"回家啊。"

舒清因皱眉："合同还没签，你就要回去了？"

"没有啊，签完再走。"

"那你这段时间住在哪儿？"舒清因想到另一种情况，"你找到新酒店了？"

"小姐，麻烦让让。"

舒清因这才发现她一直站在人家房间门口，妨碍了这些保洁人员的工作。她将手机抵在胸前，后退了几步："不好意思。"

等她重新将手机放在耳边，刚好听到他说了句："这家酒店真不行，非要我催才肯叫人上来收拾。"

舒清因撇嘴："你就这么急着搬走？"

男人声音很轻，好像没听懂她的话："嗯？什么？"

舒清因磕磕巴巴地解释："我不知道你原本打算留在这里过年，我以为你是要回家过年的，之前我说的担心别人误会我们之间有什么，我想过了，反正身正不怕影子斜，而且就算要搬，也应该是我搬走。"

"……小姑姑。"沈司岸忽然打断了她。

舒清因："怎么了？"

"你小时候上语文课的时候，老师有没有教过你怎么缩写句子，去掉不重要的修饰词，提取关键字？"

舒清因愣住："有啊，你问这个做什么？"

她靠着门框，正无聊地看着保洁们将房间里几乎能换的所有东西都换成了新的。忽然耳边传来一声响指，她吓了一跳。舒清因猛地回过头，沈司岸正垂眼看着她。他的一只手也正拿着手机，抵在耳边，一副在打电话的样子。

男人眉眼弯弯，翘着一边儿的嘴角，似笑非笑地看着她。

"你直接说舍不得我不就行了？"

他就站在自己面前，让舒清因一时间分不清，这声惹人心痒的低磁嗓音到底是从手机里传来的，还是他的声音本来就这样，听了会让人脸红。

"……你怎么还在这儿？"

她傻乎乎地问他。

沈司岸发出一声轻笑："我不在这里我应该在哪里？"

舒清因指着还在他房间里干活的保洁："那他们在干什么？"

"是我让他们上来做扫除的。"

她没话说了，现在就是十分后悔。

"沈先生，"保洁见房间的主人回来，连忙上前打招呼，"耽误您时间实在是不好意思，您看看还有没有需要换的地方？"

沈司岸往里面瞥了眼："没了，麻烦你们了。"

"那我们就先离开了。"

"好。"

几个保洁推着车离开，留下沈司岸笑盈盈地看着他的小姑姑，小姑姑呆若木鸡地看着他。

"小姑姑，除了舍不得我走，还有别的事要说吗？"

舒清因木讷地盯着地板，嘴上并不承认："不是舍不得，只是不想让你误会我在赶你走。"

"不想赶我走，那就是想让我留下。"沈司岸勾唇，拖长了语调分析，"换句话说不就是舍不得？"

跟他掰扯不清楚，舒清因恨道："那你走吧，当我没说过这句话。"

沈司岸也不生气，语气带笑："小姑姑，我发现你这个人很无赖啊，做过的事要当没发生过，现在连说的话都不作数了，你这样搞我很担心跟你们恒浚的合作。"

舒清因不甘示弱："你担心还每次都让孟时过来，你怎么不自己过来和我谈？还是你借着回家的由头偷懒？"

沈司岸微微睁大眼睛，没想到她居然还能无赖到这个地步。

"想跟我谈？"他弯下腰，歪着头冲她眯眯，"我就住在你对面，你直接敲门不就好了？"

男人个子比她高很多，和他面对面站着时恰好能看见他凸出的喉结，现在他弯了腰低下头和她平视，两个人的眸子直勾勾地对在一起，舒清因刚刚还强词夺理得挺起劲儿，但受不了男人这么看着，顿时心虚地哑了火。

她后退几步："公事当然要在公司谈。"

"那我们现在在谈什么？"男人痞里痞气地笑着，"私事？"

舒清因抿唇，总觉得沈司岸和她说话的时候故意和她拉近距离，老是让她闻到他身上清冽干净的男香，搞得她头晕。

原来不光是男人闻不惯女人身上的香味，女人也会觉得男人身上的味道攻击性太强。

她只好又后退了几步，直到后背抵住了墙面。走廊有些窄，已经没办法再往后退了。

"我就是想跟你说，如果你已经打算留在这里过年，签完合同也不必急着走。"她干脆一鼓作气说完这句话。

"那我留在这儿跟谁过年？"

"随便你跟谁过都行。"

沈司岸笑了笑："小姑姑，你说话这么不干脆，我听不懂的。"

舒清因撇嘴："听不懂算了。"

沈司岸没和她继续在这个问题上纠缠："孟时是我的老同学，也是我最好的朋友，有些事他替我传达给恒浚，意思都是一样的，你不用对他有防备。"

舒清因茫然地抬起眼睛看着他。

"我过几天要去一趟邻市，先和我堂叔他们会合，等签合同那天再回来。"沈司岸轻声说，"行程已经安排好了。"

原来他最近真的在忙着回家的事儿。

舒清因"哦"了一声。

"你们家过年我就不掺和了。"沈司岸顿了顿，又说，"我和宋俊珩不太合得来。"

就像那天他坐在车里，酒店大堂的门口，两家姻亲寒暄热闹着，而他只是透过车窗静静地看了好久，却怎么也找不到下车去打断这两家人说话的借口。

"我先进去了。"

舒清因点头："好。"

房门被轻轻带上，舒清因在原地立了很久，等回过神来后，才木木地走回自己的房间。

她今天拒绝了徐茜叶赶回酒店，到底是为了什么？

往后几天，沈司岸真的去邻市了。

这是孟时跟她说的，他要先去一趟邻市跟家人会合，再一起回港城。

越是临近签合同的日子，舒清因越是没空去想其他的事儿。

从恒浚中标伊始，省市的各大新闻网站都在报道关于童州市第六个中央商务区建设的事。柏林地产豪掷三百余亿，整个区域块立于双江汇流之中，柏林地产投入的心血极大，每一步动作都在政府与群众的监督下，包括签约仪式。

就算恒浚并没有邀请过多的媒体参加，签约仪式当天，还是有不少媒体守在了会场门口。

因为之前接触颇多，仪式之前双方都已经准备得相当充分，所以这次签约仪式可以说是纯属做做样子。

交接完毕，舒清因先站了起来，朝沈司岸伸出了手，笑容得体："沈总，合作愉快。"

"合作愉快。"

他们默契地同时转向面对记者，任由闪光灯记录下这一刻。

恒浚终于彻底拿到了这个项目，而首次担当大任的舒清因也向台下的恒浚高层们证明了她的能力。

光环对她而言只是加成，舒氏的保驾护航和她本人的能力相得益彰，她替恒浚漂亮地完成了这场开局。无须任何相关文件，整个董事会一致默认，小舒总从此正式加入恒浚管理高层。

在名字落笔那一刻，舒清因才觉得事情真正结束了。

恒浚和柏林地产精心筹备多时的签约仪式，其实从入座到完成，掐去一些不重要的流程，也就十几分钟的关键时刻。为了这么十几分钟，她已经不记得自己有多久没睡好觉了。

今天签约后，应该能睡一个长长的觉。

签约仪式过后，是公开的采访环节。

柏林地产的负责人并没有答应接受采访，但媒体还是抱着希望地将话筒和镜头伸了过去。

孟副总直接拦下："抱歉，沈总待会儿还有要事处理，如果你们对这次合作还有疑问，可以直接去问恒浚那边。"

记者抓紧时间问了个稍微有点敏感的问题："传闻柏林地产在建筑招标之前就已经和恒浚接触过，那是否证明从一开始柏林地产属意的合作对象就是恒浚，招标其实只是个幌子呢？"

孟副总蹙眉，刚想说这个问题不便回答。

原本背对着镜头的男人忽然转过身，垂着眼皮，懒散而又倨傲地笑了笑："柏林地产既然深入大陆产业，那么一切流程自然是严格按照国家规定去办，与其说柏林地产原本属意恒浚，不如换个角度来说，除了恒浚，还有谁能吃得下这个项目呢？"

确实没有，且不说恒浚本身具有的强大实力，再往深里想，原本恒浚股份中就有国控成分在，恒浚几十年来顺风顺水，实力和背景缺一不可。

"那沈总又是否相信此次建筑开发合作事项的总负责人恒浚舒副总的能力？"

他们记者进场前都熟背过资料，这次签字的那位负责人年轻，没什么经验，是头一回接手这么大的项目，从竞标到中标再到正式签约，可以说是一手操办，结果居然也给拿下来了。

沈司岸不紧不慢地说："负责人的能力，也是竞标的考察条件之一。"

负责记录的人愣了愣，随即很快明白了他的潜台词。

记者还想问些什么，沈司岸只是退后两步，语带歉意："真的来不及了，下次吧。"

在签约仪式过后不久，柏林地产的高层还未完全离场，只有沈司岸匆匆离去，记者们难免多想。

孟时替沈司岸挡下记者："沈总这是赶着回家过年，希望大家理解。"

等沈司岸一路走出会场，上了车，记者们才罢休。

沈司岸捏着眉心催促司机："快走。"

车子发动，将那些记者远远甩在身后。

此时舒清因这边也被围得水泄不通，幸而她是本地人，不用急着走，有的是时间慢慢应付这些记者。

对一些公式化的例行询问，当事人和记者对这些问题都不是太有兴趣。毕竟在普通人眼里这种新闻通常就简单的俩字形容：无聊。写过无数次这种无聊新闻稿的记者们也是这样觉得的，所以前面那些问题都过得特别快。几乎是记者公式化地问了，然后当事人公式化地答了，谁都不会出错。

直到记者问到有关福沛的问题。

舒清因依旧保持着得体的笑："麻烦大家问点和这次签约有关的问题吧。"

"有传闻说，这次恒浚转舵靠向柏林地产，因此和福沛生出了嫌隙。舒总是否可以向我们解答一下，恒浚和福沛的关系是否如初，您和福沛少东家的夫妻关系又有没有因此受到影响呢？"

这些记者一旦问起这种豪门隐私的问题来，语速比普通的娱乐八卦记者还要快。

舒清因忽然看向镜头，柔声问了句："镜头有在拍吗？"

记者微愣："呃，有的。"

"那好，我来回答这个问题。"舒清因瞥了眼周围都在忙着应付记者的恒浚高层，深深吸了口气，语气平静，"有，而且影响很大。我和福沛的那位少东家，已经协议离婚了。"

也不知道是谁在这满室的震惊和沉默中，小声说了句脏话，接着整个现场又都开始热闹起来了。

记者也没料到能问出这么个惊天消息来，连记录都忘了。

新闻官网的正式新闻稿还没来得及发出来，这种不需要编辑的小道消息先一步以几何级数增长的速度爆炸性地传播开来，根据大众传播理论，这样的消息往往比那些无聊刻板的正式新闻更能引起群众的驻足议论。

　　刚听到的消息，非娱乐圈瓜，豪门瓜，听吗？

　　哪个豪门又出事了？

　　上一个最大的豪门瓜已经是两年前的事了，想听一个更大的。

　　楼上说的那个是清河容氏吧，那瓜大得两年前直接爆了论坛。

　　和姓容的有点关系，不过关系也不是很大。

　　顾？还是徐啊？

　　姓舒的。

　　童州那个？

　　今天舒氏那边拿下个大项目，跟港城的地产大佬签了建筑开发合同，我人在现场，签约仪式刚好在我上班的地方搞的，合同刚签完，舒氏那位千金就宣布自己离婚了。

　　我知道，是不是一年前搞联姻那个，他们那个奢华婚礼现场当时还有人拍下来发帖子了，搞得一众人等当场想原地去世重新投胎。

　　那个帖子我还跟过，当时很多人夸神仙眷属来着。

新郎新娘家世不凡，长得也都郎才女貌的，现实版的偶像剧。

这才一年就掰了？果然偶像剧都是骗人的。

真离了？楼主你这瓜靠谱吗？

舒千金亲口说的，她还举起左手，结婚戒指都摘了。

那是单方面还是双方面？

好像是单方面，现在整个现场都被记者挤满了，看起来好像舒氏那边也不知情，除了舒千金，其他高层都愣住了。

勇士啊，联姻都敢说离就离。

那也不可能离得这么干脆啊，应该是离了有段时间了。

男士们，你们少奋斗二十年的机会又来了！冲呀！

与此同时，已经赶到邻市，准备坐飞机回港城的沈司岸正靠在座椅上休息。

堂叔沈渡的电子设备还没来得及关上，正好接收到一条来自童州市的消息。

"Senan，"沈渡轻声开口叫沈司岸，"在你和恒浚的签约仪式上，好像出了件不得了的新闻。"

沈司岸抬起胳膊挡住眼睛："我签了个字就走了，出了新闻也是他们恒浚的事，跟我没关系。别吵我，我现在只想睡觉，有什么新闻等回了家再说。"

"是和你没关系。"沈渡说，"是恒浚舒小姐的新闻。"

"什么新闻？"

飞机已经驶入轨道，开始准备起飞，沈渡自觉地关闭了通信设备。

"等回了港城，和长辈们好好地赔礼道歉，不能陪他们过年，至少心意要到。"沈渡勾了勾唇，语气温婉。

沈司岸莫名其妙："我人都在飞机上了，还要道什么歉？"

第 17 章

返程

沈渡笑而不语，慢悠悠地喝了口红酒。

他之前派人问过沈司岸，问他打算什么时候回港城。沈司岸当时的回话是，公事还没处理完，可能要留在童州市过年。

就算是因为工作而不能回港城，比起刚投入项目不久的童州来说，他过年想要打发时间，开个车就能来一趟邻市，这里有柏林地产前两年刚投入建设的分部，也是堂叔沈渡创办的中润集团总部所在，怎么都比新板块要更亲近些。

沈渡在微信里问他：大年三十你一个人过？

他在京求学多年，后又定居别省，比起这些从小到大没怎么离开过港城的小辈，更能明白大年三十对于一个中国人真正的意义。

沈司岸说，他可以去蹭舒氏的年夜饭。

沈渡这才记起，舒氏和沈氏，好像能勉强算是远房亲戚。

直到不久前，沈司岸跟他说改主意了，决定搭他的飞机一起回港城。

柏林地产这位新掌权的接班人性格有些乖张，做事常常让人措手不及，这是在他掌权后不久，整个柏林管理层才慢慢悟到的。

每月例行的董事会，但凡会议上有让他不顺心的人或事，都能直接一通暗讽，董事们推举他上台前原本以为沈司岸做事沉稳老辣，比起沈渡的内敛严谨，只是多了几分胆大激进，并不会影响到董事们的地位。

等新的接班人上位，本来面目一露，整个董事会都傻眼了。

将柏林地产未来几年的地产开发目标全部投入童州市，趁着童州市政府的经济迁移政策，主动划下了嘉江上游这块的新兴开发区域，准备推动由童州独大的"靖江时代"转为"嘉江时代"，商务核心区一分为二，在未来几年后成为整个市区的两大并列核心区。

很大胆的举动，与某些保守派的想法恰好相悖。

而事实证明，敏锐如沈司岸这样的掌权人，才是天生适合做开发这块儿的料子。

这次的效率也实在惊人，不过短短几个月，柏林地产已经在一个完全陌生的城市打下了根基。

沈渡让他过来一趟清河市，询问他为什么没按照计划书走，提前了签约时间。

沈司岸当时坐在他对面，胳膊搭在靠椅上，漫不经心地掀起眼皮。他语气平静，却又带着已经做好决定后的不容置疑："我和小姑姑都觉得早签早好，为免夜长梦多。"

沈渡蹙眉："小姑姑是谁？"

沈司岸沉默了半分钟，才慢吞吞地张嘴说："哦，平常叫习惯了，舒清因。"

是之前派人查过的，恒浚这次的项目负责人。

算起辈分，沈渡是沈司岸正儿八经的直系堂叔，沈司岸比他小几岁，但他从来也未曾把沈司岸当成侄子看待。沈司岸性格原本就散漫，也没把堂叔当堂叔看，两个人都是互相叫对方的名字。

原来 Senan 这个人也是会叫人尊称的。他反复无常，原来也并不都是因为工作。

根据资料上说的，那位舒小姐已婚，所以当时沈渡也并未继续细问这称呼的来头。

"Dunn，你别跟我卖关子，"沈司岸颇有些不耐烦，"有话就说。"

沈渡挑眉："我现在说了，你能从飞机上跳下去吗？"

"我为什么要跳机？"沈司岸觉得沈渡这话莫名其妙。

他不想再和沈渡猜哑谜，干脆转移了话题："沈司岚这小子呢？他学校早放假了吧？"

沈司岚是他堂弟，属于典型的晚婚晚育产物，他这一辈只有沈司岚还在念大学。

"他今年不回港城了。"

沈司岸皱眉："他不怕被念叨？"

"他留在那里准备比赛，说是不能输给一个学妹。"沈渡语气平静，"沈氏的子辈大多都从商，就这么一个专攻工科的，他想做什么就随他吧。"

沈司岸这才想起他这位堂叔大学好像也是学的计算机专业。同专业的果然惺惺相惜，他这个学金融的并没有说话的余地。

他忽然不想再跟沈渡继续交谈下去，没意思。

等飞机落地后，沈司岸决定自力更生，自己上网看新闻。还没来得及打开网页，孟时的电话就打了进来。

孟时直接问他："在哪儿？"

沈司岸看了眼周围熟悉的环境："我到港城了。"

"这么快？"

沈司岸觉得这些人今天说话都很莫名其妙："有话就说。"

"就在你出发去机场的时候，"孟时非常卖关子地停了一下，才接着说，"舒小姐宣布她离婚了。"

机场人来人往，正走着路的男人忽然停了下来。

从家里过来接人的陈伯正站在车前等他们，沈渡走得稍快，已经在和陈伯寒暄。

陈伯是沈家几十年的老熟人，随同这些小辈一直生活在宅邸，无论是沈渡还是沈司岸，他都是既当少爷也当孩子般看待的。

他原本是在问沈渡的老婆怎么没跟着一起过来，后来看见沈司岸正打着电话朝这边走过来，又转而问起这个连女朋友都没有的小少爷。

陈伯打趣道："Senan 啊，有冇拍拖女仔（有没有女朋友）？"

沈司岸眯着眼睛，声音低沉："你再说一遍。"

陈伯愣了愣，以为自己不该问这个，却又发现沈司岸说的是普通话，而且并没看他。

"司岸？"他又叫了声小少爷的中文名。

年轻的小少爷原本板着一张脸，忽然转头将食指抵在薄唇处，冲他做了个噤声的手势。

陈伯松了口气，刚刚那句话不是对他说的。

"离了？"沈司岸又冲着手机那边问了句，这次语调明显比刚刚上扬了不少。

陈伯茫然地看向沈渡，而沈渡只是淡淡笑了笑，没说话。

"孟时，如果你敢骗我，等我回去第一件事就是把你开了，"沈司岸扶额，忽然威胁电话那头的人，"所以你再跟我说一遍。"

孟时："那你当我没打过这个电话吧。"

沈司岸几乎被他搞崩溃了："到底离没离？"

"离了。"孟时说，"恒浚那几个高层为了防止被记者围堵，都已经跑了。"

陈伯在旁边等候多时，好不容易等沈司岸打完了电话，才催促他上车。

沈司岸坐上车，旁边是不动声色的沈渡。

"Dunn，你在飞机上要跟我说的新闻就是这个？"

"嗯。"

"那你怎么不早说？"

"我已经问过你了，如果当时我说了，你能从飞机上跳下去吗？"

沈司岸深吸一口气，揉捏着太阳穴，语气很轻："先回家吧。"

陈伯透过后视镜看向沈司岸，又问了一遍刚刚他问沈司岸的话。

沈司岸微愣，笑了："冇啊（没有）。"

陈伯又问他有没有中意的女孩子。

这次沈司岸回答了有，陈伯又接着问怎么没去追。

"佢，结婚喇（她结婚了）。"沈司岸慢悠悠地说。

车子猛的一个颠簸，陈伯双手抓着方向盘，惊魂未定了好半天也没回过神来。

沈渡勉强稳住身子，叹了口气："Senan。"

"Sorry，就当我小小地报复下。"沈司岸倾身，又拍了拍陈伯的背，吊儿郎当地扬着眉梢说，"Just a joke（开个玩笑）。"

回到熟悉的环境中，有些架子不必继续端着，沈司岸说话也没那么正经了，粤语英语夹杂着说，偶尔蹦两句普通话出来，随意又闲适。正是由于这样的习惯，他才能掌握这项自由切换语言的技能。

陈伯一副好笑又好气的样子，却又无可奈何。

沈司岸闭上眼睛，修长的手指轻轻敲打着膝盖。像是有节奏的敲击，手指灵巧，仿佛敲在黑白琴键上。

男人脸上的笑意越来越明显，车子一直开到沈氏祖宅，宅子里的用人还没来得及出门迎接，他就已经下了车，迈着长腿走进了宅子。

沈渡看着沈司岸把这一屋子的长辈哄得高高兴兴的，然后提出他又要回内地过年的事儿。

"今年我们不去深城过啦，就留在港城，你叔伯他们都会回来。"二伯爷以为沈司岸是要按照往年的习惯去深城过年，于是开口提醒他。

沈司岸笑笑："不是深城，我是去童州过年。"

二伯爷奇怪地问他："你都回来了，还要再回童州？"

"嗯，所以提前回来和你们拜个年。"

　　一来二去，这屋子里的长辈们总算相信沈司岸这个不肖子孙是真的不打算留在港城和他们一起守岁过年。

　　"为什么不跟家人一起过？非要去童州？！你给我个理由，不给出正当理由，你休想再回去！"最后还是沈司岸他爸沈洲最有资格教训这小子，出面跟他要一个理由。

　　沈司岸看着他爸："爸，你想听真话还是假话？"

　　"废话！"沈洲瞪他。

　　"追女人？"这话说出口，沈司岸自己都觉得不太正经，"扑哧"一声笑了出来，"唔，追求幸福。"

　　宅邸正厅处，几个长辈面面相觑，不知道他这几句带笑的话是真还是假。

　　沈洲忍无可忍："沈司岸，你给我严肃点！"

　　沈司岸敛去笑容，只是好看的眉梢眼底处仍藏着掩饰不住的欣喜，实在很难严肃起来。

　　他平常散漫惯了，小时候念书那会儿就总是将领带松松垮垮地系在胸前，或是更叛逆点，直接绑在额头上，说了多少遍也不肯好好系领带，如今成了掌权人，相貌成熟了，气质也沉稳了，只是偶尔那股痞气还是会流露出来，比如现在。

　　沈司岸交代完毕，转身上了楼打电话，又让人准备返程的机票去了。

　　"哪有这种混账！好不容易把他盼回来，他就又要走！他眼里还有没有沈氏！还有没有把这儿当成他的家！"沈洲气得不行，最后只能勉强扶着椅子吼出这么一段话来。

　　旁边几个叔伯都在劝他别动怒。

　　"我怎么能不气？你们说说哪有他这么没心没肺的混账？你们怎么也不帮我劝劝他，就任他胡闹？"

　　几个叔伯转开眼睛："你儿子现在哪是我们能管得住的。"

沈洲微愣，想想也是。

一开始的商务区开发案，他们就是不同意的，但无奈人是他们董事会全票通过选出来的，继承人的位置也是他们亲手扶持着他坐上去的，现在案子成功了，往后这决策权算是彻彻底底攥在他自己手里了。

虽然掌权的是他的儿子，但沈洲的心情还是很复杂，比如现在他连管教儿子的权利都没有了，谁让儿子的职位比他高。

在场的包括沈司岸的父亲沈洲，都开始后悔太晚看清这小子的本性，草率地将他推上了那个位置。一干长辈被个小辈压在底下，凡事也只能跟着沈司岸的行动走。

沈洲为保住父亲最后的尊严，选择上楼和儿子好好谈谈，劝他留下来过年。

他敲了敲儿子的房门，里面的人说："没锁门。"

沈洲推门而进，沈司岸正在打电话，听他和电话里那人的交谈，他是在安排最近的一班飞机飞回童州。

"你不是开玩笑的？你真的要回童州？"

沈司岸转头看着父亲，点了点头。

"你给我个理由，不要再用追女人这种烂借口。我是你爸，我了解你，你对女人从来都没上过心，不然也不会到这个年纪了还从来没带过一个女朋友回来给我和你妈看。"

沈司岸这个性格决定了他做什么都不会太认真，包括感情。继而总是让人觉得，他为了追一个女人而特意又从港城飞回去的行为很反常。

"爸，真的，没骗你。"沈司岸轻声说，"我喜欢的女人恢复单身了，我终于能追她了。"

"什么恢复单身？"沈洲觉得他这话不对劲儿，"你是不是插足人家婚姻了？"

沈司岸叹气:"差点吧。"

沈洲蓦地睁大眼睛:"你这小子,你有这么急吗?就算你要追女人,你非要挑这时候去?"

"急啊,"沈司岸笑眯眯地说,"恨不得现在就把她追到手。"

他还是这副慵懒的样子,就像小时候每次被家里人抓到又和狐朋狗友出去厮混,家人无可奈何地问他,到底想不想念书,想不想考第一名。

十几岁的沈司岸已经学会手揣在裤兜里,卷起袖子露出尚未长紧实的胳膊,像个大人似的翘着嘴儿吊儿郎当地拖长了语调故弄玄虚。

但他的回答不是不想,而是想。

沈司岸总是笑着说自己想要什么,并不严肃,也不认真,但很笃定。

心里清楚自己想要什么,并为之竭尽全力。

他现在很清楚自己想要的到底是什么。

"舒清因,这件事你必须给我一个解释!"

除了沈司岸被要求给出解释,远在童州的舒清因此时也正被徐琳女士盘问。

签约仪式结束后,她当着那么多媒体的面儿公布离婚,现场不光是她,恒浚所有在场的人都被波及,几乎只要工作牌上挂着恒浚的标识的,就会被记者当成知情人士抓过来一通考问。

采访还未结束,舒清因和其他人就已经被护送至车上远离了那群记者。

舒清因单独上了一辆车,还没跟司机说去哪儿,车子就已启动。

她也不担心司机会把她拐到哪儿去,左不过就是将她送到徐琳女士那里认罪罢了。之前公布离婚的消息,她就已经做好了十足的心理准备。

舒清因淡定地站在董事办公室门口。

推门而入的那一刻，徐琳女士在盛怒下大吼着叫她给出解释时，舒清因就料到了今天这一出。

"我和你晋叔叔，从一大早就坐在这儿，为的就是等你的好消息，结果你送给我们的是什么？啊？你给我送来了什么好消息？！"

"我和宋俊珩在很早前就已经协议离婚，当时他刚丢了项目，而我还没完全拿下跟柏林地产的合作，所以我们选择暂时瞒下来。"她从实交代，语气平静，"现在合同已经签了，而宋俊珩的少东家位置，就像妈你之前跟他说的，并不会因为他丢了个项目就会有所动摇，所以没必要再继续装夫妻了。"

徐琳女士用力点了点头，佯装赞同她般讽刺地说："是啊，你考虑得真够周全的啊。连离婚这么大的事儿都能瞒得滴水不漏。舒清因，是妈太小看你了。"

董事办公室内，气氛压抑到极点，除了这对母女俩，还有晋绍宁也在。

晋绍宁看起来并没有徐琳女士那么激动，他没有质问她，也没有关心她，皱着眉头不知道在想些什么，但夹在指间的香烟，半截烟已经烧成了灰，却还没被抖掉。

他们没有出席签约仪式，十分放心地将这次仪式交给了舒清因，结果坐在办公室里等来的不是签约仪式圆满成功的好消息，而是这次项目的最高决策人舒清因主动曝光给媒体的离婚消息。

即使是面对母亲的厉声质问，舒清因也并不后悔这次的决定，但同时，她无话可说。

光是苦苦支撑的这么几个月，几乎快要耗光她所有的力气，现在的她筋疲力尽，恨不得现在就能躺在床上痛痛快快地睡觉，哪怕做的是噩梦，也好过一睁眼，满脑子想的不是工作，就是离婚。

　　她当时若不直接公布，记者又会问些和签约毫无关系的问题，而她只能虚与委蛇，装出婚姻美满的样子，殊不知这背后其实一地鸡毛。要这样装到什么时候才是个头？

　　离婚后，宋俊珩的幡然醒悟，每每都让舒清因辗转反侧，难以入眠，她动摇过，绝望过，也试图抛开过。结果事与愿违，她是个极度情绪化的人，除了咬着牙逼自己狠下心来不回头，别无他法。只要离婚的消息一天不公布，她就一天得不到解脱。

　　"妈，对不起。"

　　除了对不起，她也不知道该说什么。

　　这声"对不起"出口，徐琳女士终于确定她并不是不明白自己做错了，而是清楚地知道自己做错了，却还是执拗地去做了。

　　徐琳女士忽然低下头，撑着身旁的桌子，尽力压住体内翻涌着的怒气，艰难开口："你知不知道你今天的举动会造成什么样的后果？就算你先斩后奏，你是爽快了，可之后呢？你想过舒氏要怎么替你收拾这个烂摊子吗？我们以后又该怎么面对宋氏吗？"

　　"我知道。"

　　"你知道你还这么做？！非要在过年前搞这么一出，你是不想好好过年了吗？！"

　　舒清因佯装轻松地说："如果妈那时候还没消气，今年过年我就不跟你们一块儿了，免得大过年地出现在你面前，影响你的心情。"

　　"你！"徐琳女士气结，"你老实跟我说，为什么离婚？"

　　"如果我说了，妈你就会同意我的决定了吗？"

　　"你休想！"

　　舒清因笑笑："那还有说的必要吗？"

　　"你这是什么态度？你以为结婚离婚是过家家吗？！任性也要有个度！这次你跟宋俊珩离了，外面的那些人会怎么想你，怎么想恒浚？你以为你身上背着的是什么？整个舒氏的责任你说丢就丢，随心所欲到想离就离，你真以为自己还是那个无论闯了什么祸都有你爸替你撑腰的小孩儿吗！舒清因，你二十五了！"

"我已经二十五了，我连离婚都要写份策划书，然后等你们都签字同意了才能离是吗？"

"你是觉得你独立了是吗？要是没有我的谋划，你觉得你能有资格站在这里跟我吵？"

"你的所谓谋划就是把我嫁出去，这谋划难道很有新意吗？"

舒清因最后这句嘲讽，终于彻底惹恼了徐琳女士。

就连徐琳女士自己都不知道这一刻她用了多大的劲儿，朝舒清因脸上狠狠扇了一巴掌。

在极度愤怒的情绪渐渐消散后，她看见舒清因被打得偏过了头，左脸瞬间肿了起来，连同左边的眼睛也被扇得血红。

从开始一直没说话的晋绍宁站了起来，沉声劝阻："徐琳，你冷静点。"

"我怎么冷静？你告诉我怎么冷静？你刚才都听到了她对我说的那些话，她有把我当妈看待过吗？"

徐琳女士转头看着晋绍宁，全身都在微微地颤抖着。

"我一心一意为她，她就是这么回报我的。"徐琳女士将刚才打过舒清因的那只手放在背后，抓也不是，松也不是，再看向舒清因时，缓缓说了句，"你真是太让我失望了。"

这是自舒清因回国以来，徐琳女士第一次对她说"失望"两个字。

舒清因并不怕父母责骂她惩罚她，她怕的就是父母放弃了管教她，对她失望。

徐琳女士这回是真的生气了。

"以后就算没有福沛，我也可以接管恒浚。"她咬着唇，声音蓦地变得有些哽咽，"不要再用这种方式替我铺路了。"

"我让你嫁到宋氏，难道是害了你吗？就算你和俊珩相处不来，这也过了一年了，你为什么非要在这时候执意离婚？”

"在你看来，比起单纯的因为感情而结婚，或许共同利益才是最稳妥的条件，我的丈夫他不爱我也没关系，因为我和他的利益捆绑在一起，就算他再怎么讨厌我，也不会轻易伤害到我。"舒清因苦笑，语气苦涩，"结婚之前，我说不想嫁给宋俊珩，是你劝我，说让我试着跟宋俊珩好好过日子，也许会像你和爸爸一样歪打正着，你说嫁给宋俊珩会是正确的选择，你还记得吗？"

这番话让徐琳女士愣住了。

她又用力吸了吸鼻子，肩头抖动着，双手捏得手心的肉生疼："结婚前我也想过，如果宋俊珩对我能有爸爸对你的一半好，那么也许你说的真的是对的。可我试过了，妈，我把自己试进去了，试了一身的伤，我怕了，这种感觉太难受了，除了离婚我没有别的选择。"

"即使如此，你也不该瞒着我，"徐琳女士说，"我是你妈。"

就算女儿从小和父亲更亲，就算女儿不喜欢自己对她严格管教，徐琳女士自始至终都是舒清因的母亲，她做的这些事，没有一件不是为了舒清因。

在听到她离婚的消息后，徐琳女士心里的失望甚至大于恼怒。

恼怒是因为她对这件事先斩后奏瞒住了所有人，失望是因为她将自己的母亲也一并列入了这个名单。

如果换作是她爸呢？徐琳女士不愿想，但又不得不承认，如果换作是她爸还在世，可能舒清因在她刚刚觉得有点委屈时，就迫不及待地去找爸爸诉苦撒娇了。

舒清因说："对不起。"

徐琳女士听到这个素来任性的女儿的道歉，心里没有半分安慰。不知道从什么时候开始，她们母女俩真的离对方越来越远了。

舒博阳还在的时候总是喜欢调侃说这对母女的性格简直一模一

样，从不肯服输，也不肯轻易低头。或许真的是因为性格上太过相似，反而不知道该如何相处。

徐琳女士闭上眼睛，忽然捂着胸口，感到一阵心悸，等缓过神来后，才轻声问她："脸还疼吗？"

"没事，"舒清因稍稍碰了碰还肿着的左脸，"是我自己活该。"

徐琳女士还想说什么，却被打断了，舒清因轻声说："公关部那边我已经提前打好了招呼，这件事我会负责解决。今年过年，舒宅那边我不去了，等叔叔伯伯那边都消了气我再上门向他们道歉。"

她说完这些，又说了声对不起，而后转身打开门走了出去。

徐琳女士任由她离开，苍白着脸勉强扶着桌子坐了下来。

"清因。"她回头，晋绍宁叫住了她。

"晋叔叔，明明你替我分担了这么多，我非但不领情，反而还给搞砸了。"她歉疚地笑了笑，"你生我的气就行了，千万别怪我妈。"

"清因，我是外人，不方便评价你们的家事。但我想告诉你，你父亲去世后，你妈原本可以坐在董事的位置上继续安心吃她的分红，她的工作重心不在恒浚，完全没有必要留在恒浚和你那几个伯伯争权。"

舒清因没说话。

晋绍宁继续说："她当时发邮件请我回国帮忙的时候，我也是这样认为的。她跟我说，她不是为自己争，而是为你争，你多一重保障，她才多一分安心。"

只要她能为舒清因争取的，她都会去争取。

"把事情解决好，别让你妈妈操心。"晋绍宁说，"至于其他的，你长大了，可以自己做决定。"

晋叔叔回办公室了，门被关上，她也不知道晋叔叔会和她妈说什么。也许是替她说好话，也许是安慰徐琳女士，按照晋叔叔的性格，应该会双管齐下。

舒清因不想承认，她真的很羡慕徐琳女士。

有时候一个人待着，会偶尔文艺又矫情地觉得，这世界上所有人都和她无关，无人爱她。

离婚的消息传开后，引起不小的轰动。

众人为之津津乐道的茶余饭后的调味品，年前的最后一道波澜，全仰仗这个八卦。

原本以为宋氏不会那么轻易善罢甘休，结果宋氏那边也只是提出让她有空过去吃个饭，再没有任何反应。她隐约猜到，是宋俊珩在背后按住了宋氏。

风言风语传得越多，对他宋俊珩而言也并不是什么好事，他这样做情有可原。

原本两家定好的大家宴，也因为他们离婚的消息公布而被匆匆取消。

大年三十这天晚上，舒清因给徐琳女士发了条拜年信息过去，只收到了一句冷淡的"同乐"的回复。

后面还附加了一条：记得祝你爸新年快乐。

她们母女俩最大的默契就是，逢年过节都不会忘记已故多年的舒博阳先生。

舒清因先向舒博阳不会再有任何回信的邮箱里发了一封恭祝新年快乐的邮件，很快收到了自动回复，显示邮件已发送。

发送过去后，这封邮件就和前几年的一起永远尘封在邮箱里，永远不会被打开已读，也永远不会有人看到她在邮件里写了什么，有时候舒清因甚至把爸爸的邮箱当成了知心姐姐的邮箱，平常不过节，她也时不时发一封过去。

舒清因性格倔，说不回舒氏过年，就真的没回舒氏过年。

徐琳女士更牛，直接和徐茜叶一同回清河徐家过年了。

母女俩就这么别扭着，反正这种相处模式已经是她们之间的常态，等年后上班在公司一起开会，就又不得不见面说话了。

舒清因不想被那些叔叔伯伯们念叨，虽然一个人窝在酒店里看春晚寂寞了点，也总好过听中年男人们在她耳边聒噪。

今天年三十，就连酒店里留下执勤的工作人员此时都聚集在员工大堂，一边包饺子一边看春晚，酒店里有不少客人一起下去凑热闹了。舒清因这层本来住的人就不多，再加上过年，现在整层就剩她一个人了。

春晚的节目没什么新意，她双手抱着膝盖，坐在沙发上用毯子将自己包裹起来，开着电视，将声音调到最大，虽然眼睛是盯着屏幕的，但里面的人说了什么她基本没听进去。

电视里的主持人说，此刻大部分的国人应该正一家团圆，围坐在圆桌前，享受团聚的喜悦。

舒清因想，她是属于那小部分的。

年三十的意义在于团圆，偌大的酒店套房里，舒清因特意让人贴上了红彤彤的春联和倒福字，门框前还挂着红色穗子，亮堂堂的室内，为了烘托节日气氛，她还特意点上了没什么照明作用的红灯笼。茶几上摆放着瓜果点心，热闹的晚会声音充盈着整个客厅。

之前工作忙，直到年三十这天晚上，她才匆匆忙忙用支付宝到处扫福字。

只可惜运气不太好，敬业福一直扫不出来。

舒清因一个人扫福字扫得不亦乐乎，落地窗外，已经有烟火声从很远的地方传来。她站在窗前，踮起脚跟，眼神想掠过高楼大厦，看看是哪里在放烟火。

还没来得及找到烟火的发源处，眼前忽然一暗，舒清因下意识地回过头，整个房间都黑了。

她真的太倒霉了，五星级酒店停电这种事居然还能被她撞上。

幸好有应急照明设备，只是到底没有电灯明亮。

　　不过酒店效率高，立刻安排了自动发电机续上了电，只是要到她这层，说是还要等个两分钟。

　　说是两分钟，但今天年三十，酒店值班的人不多，发电机也不知道出了什么问题，等了大半天，供电也没供到她这层楼来。

　　舒清因不想待在房间里面，只好站在走廊里默默等供电到位。

　　舒清因绕着走廊走了两圈，越想越觉得凄凉，最后干脆蹲在自己的房门前，呜咽了起来。

　　她害怕一个人，大年三十的晚上独自一个人，上天这是在折磨她。

　　她看了眼对面紧闭着的房门，想起他已经回港城了。

　　两个人一起等来电，总比她一个人这么眼巴巴地等着要好。

　　手机开着手电功能，舒清因就这样用手电照着地毯，手指捻着毛边儿，数着地毯上的浮世绘风格的花纹圈数。数到第五十六个圈圈的时候，舒清因听到有人过来了。

　　电梯恢复供电了？

　　她赶紧起身，打算乘电梯去有光亮的楼层暂时躲躲。

　　"你好，请问电梯来电了吗？"她打着手电，靠着墙小心翼翼地问道。

　　那人喘着气反问她："来了我能爬楼梯上来？"

　　熟悉的声音响起，舒清因不可思议地将手电光往上照，从腿到腰再到脖颈，最后停在那人的脸上。男人英俊的脸被照亮，他稍稍往后躲了躲，显然是眼睛有些受不了这样直接被光对着照。

　　三十多层，他居然是走楼梯上来的？她连下都不愿意下去。

　　"你不是在港城吗？怎么回来了？"

　　舒清因刚问出口，又觉得这两个问题没必要。

　　不管怎么样，反正本来应该在港城的沈司岸现在已经在这儿了。

"你怎么不等来电了再上来？"

这个才是比较有意义的问题。

沈司岸懒懒地说："你不是怕吗？"

第18章

春节

其实她早就不怕了。

只是有些恐惧刻在骨子里，纵使克服，当年的慌乱与无措也会不经意间翻涌上心头。

舒清因发现立在他身边的小行李箱，才终于确定眼前这个人是真的回来了。

她轻声问他："你从港城回来的吗？"

"嗯，"沈司岸突然叹了口气，"谁知道一回来就碰上停电。"

说完他拖着行李箱走到自己房门前，从兜里掏出了房卡打算开门。

舒清因一急，说："房间里很暗的。"

"我知道。"

刷卡的提示音响起，沈司岸已经打开了门，他下意识地将房卡插入取电槽里，果然没反应。

舒清因这时上前两步，从他手里抢过了行李箱。

沈司岸略有些惊讶，她急忙解释："我帮你拿进去吧，你可能看不清。"

他只是有些轻微近视，有时会习惯地眯起眼睛打量别人，但不代表有夜盲症。沈司岸没替自己解释，勾起唇角，推开门示意她先进去。

滚轮滑动，舒清因刚推着箱子走进去，轮子却卡住了。可能是绊着地毯了，舒清因放弃用手推，改成直接用手提，结果这行李箱意外的轻，她甚至觉得这箱子可能是空的。

"你这箱子里装的什么，这么轻。"

沈司岸回答："没装什么，就几件换洗衣服。"

舒清因不太理解，作为女人，她每次出差光是化妆品和护肤品就得占半个箱子，出趟省那架势搞得跟出国似的。

她小声嘟囔："你们男人这么点行李就够了？"

停了电以后，四周光线变得昏暗，人的听力就异常的好。

沈司岸听到了，语气随意："来不及收拾，随便塞了点。"

舒清因替他将行李箱放在沙发边，站在原地不知道该说些什么好。

沈司岸脱下外套，她条件反射般地往旁边躲了躲，却发现他只是因为出了汗，所以把套在外面的大衣给脱了透气。

"我去洗个脸。"

男人拿出自己的手机，打开了手电功能，往洗手间走去。

舒清因点头："那我先回房间了。"

沈司岸的声音听起来有些凉："回去干什么？"

"回去等来电。"

"你在这儿等是一样的。"沈司岸反问她，"难道你真不怕了？"

"我在这里和在自己房间也没区别啊，"舒清因扯了扯嘴角，"都黑啊。"

而且这里说到底是沈司岸的房间，没有待在自己房间自在。

他的声音比刚刚又凉了几分："不是还有我吗？"

她说："你要去洗脸啊。"这客厅不还是她一个人在吗？

"我去洗脸又不是上厕所，你要是怕就跟着我。"沈司岸没料到她的理由居然会是这个，笑了两声，"当然如果我是上厕所，我也不介意你跟我一块儿。"

虽然看不清他的表情，但舒清因光是听他的语气，就能脑补出他现在那轻佻又欠扁的坏笑样儿。

"我还不至于怕到要当你的跟屁虫，"舒清因恨恨地说，"我回房间了。"

她转身往外走，心里忽然咯噔一下。待在这儿至少还有沈司岸在，等回了房间就真的只剩她一个人了。

但很快她就学会了自我鼓励。

怕什么？就算房间很黑，以她之前的实战经验，早就能一个人应付了。之前沈司岸不在的时候，她不也挺好的？

刚刚只是因为今天是大年三十，她难免心思敏感些，也格外脆弱些。别人都跟家人在一起，就她一个人对着电视，明明对那些节目不感兴趣，可为了让四周看着热闹些，非把声音调到最大。

"好了，是我怕，留下来陪我，行吗？"

沈司岸三两步走到她身后，拉着她的胳膊不准她走。

舒清因有些怀疑："你骗我呢吧？"

"没骗你，真怕黑。"沈司岸的声音听起来有些委屈，"小姑姑，洗手间可黑了，我怕镜子里钻出来个女鬼吓我，你陪我一块儿去吧。"

对的，她小时候也是，最怕晚上照镜子了，都是鬼故事害的，搞得她总觉得镜子里会钻出鬼来。

舒清因咳了咳："好吧，陪你一起去。"

男人低笑，放开了她。

舒清因陪着沈司岸去了洗手间，看着他埋头在盥洗池前洗脸。

她就站在他旁边，忽然一时兴起歪了歪头，镜子里映出自己的半张脸。其实也还好，不是很瘆人，舒清因忽然觉得自己胆子挺大的。

旁边的男人还在洗脸，哗哗的流水声在安静的洗手间里听上去格外刺耳。

舒清因看着他的后脑勺，还是不相信这男人真的怕黑。

此时沈司岸已经抬起了脸，只是眼睛还闭着，冲她伸手："小姑姑，帮我拿下架子上的毛巾。"

舒清因坏心大起，忽然退后两步，站在他身后。

"小姑姑？"沈司岸闭着眼睛又喊了一声。

没有回应。

"舒清因？"他又叫她的名字，还是没有回应。

舒清因听见沈司岸低声叹了句："还是跑了。"

她捂着嘴，用力憋住笑，眼见着他自己摸到了毛巾，正盖在脸上擦脸，趁着他还没来得及睁开眼睛看清她，走近几步，伸出一只手猛地拍在他肩上，然后踮脚冲他脆弱的后脖子肉那儿吹了口凉气。

舒清因很明显感觉到男人身子僵住了。

她正要得意地笑出声来，面前的男人突然扔掉了手中的毛巾，转过身，身体微倾，双手抓住她的腰，一把将她抱了起来，她的双腿接近悬空，男人轻松地抱着她往前走了几步，等她反应过来，后背已经抵上了冰凉的瓷砖墙。

他的手臂结实有力，用力箍着她，低下头在她耳边沉声说："让我看看是哪个女鬼想吓我。"

舒清因连忙说："是我是我，我不是女鬼。"

"你说你不是女鬼你就不是了？"沈司岸唔了声，威胁般地又加大了手上的力道，"说，把我小姑姑藏哪儿去了？"

舒清因也不知道他是来真的还是和她闹着玩，只好伸手捶了捶他的胸口："我就是你小姑姑。"

这点花拳绣腿功夫也没能打消男人的疑虑，他垂下头凑近她的脸，一时间压迫感丛生，舒清因连头都不敢动了，生怕和他碰到。

"我不信，"沈司岸说，"你证明给我看。"

舒清因没辙了："怎么证明？"

"我问你，我和小姑姑第一次见面是在哪儿？"

舒清因立刻回答："铂金汉宫。"

"具体点。"

"包间门口。"

沈司岸拖长了声音接着问："嗯，怎么说上话的？"

舒清因刚刚那自信满满的答题语气忽然消失了，开始结巴起来："呃，误会。"

男人似乎没感觉到她的不对劲儿，又问："什么误会？"

舒清因咬唇，支支吾吾："就那种误会。"

"哪种？"

"很严重的那种误会。"

她尽力说得委婉，结果听到面前男人短促的笑声。

舒清因尴尬地闭上嘴巴，她知道沈司岸不可能真觉得她是女鬼，但又不能不配合他的演出。谁让她先吓他的，这都自找的。

沈司岸也知道再玩儿下去就显得有些弱智了，索性恢复了正常："既然当初误会了我，怎么不继续误会下去？"

舒清因无语："被误会成那样，是什么值得高兴的事儿吗？"

"那得看是被谁误会。"沈司岸顿了顿，轻笑着说，"小姑姑，咱俩差点啊。"

舒清因忽然觉得周遭的气氛开始不对劲儿起来了。

她小声问他："那个，你能不能放开我？"

"刚刚吓我的时候不是挺嚣张的吗？这会儿知道怕了？"

男人一点儿也没有要放开她的意思。

她又捶了下他的胸口，语气很凶："你也骗了我，你分明就不怕黑，也不怕鬼！"

他一只手攥住了她的手腕，另一只手仍有余力箍着她的腰不准她动弹。

"如果真是女鬼往我脖子后面吹气，我当然怕。"男人笑笑，语气轻佻，"你的话就另说了。"

他这样说，显然就是告诉她，刚才他完全没有被吓到。

舒清因顿感挫败："你不怕，那你刚才为什么愣住了？"

"有女人往我脖子上吹气，我教训她，她非但不认怂，刚才还试图用小拳头捶我，"沈司岸慢悠悠地控诉着她刚才的作死行为，"我还不能生气了？"

"我说的是你愣住了，就是愣住了，其实你还是下意识地被我吓到了对不对？"她揪着他似是而非的回答反驳，非要给自己找个台阶下。

他说："我那不是被吓到了。"

舒清因："那是什么？"

沈司岸放开她的手腕，她立刻就要奋起反抗，结果被他沉声警告："别动。"

舒清因也不知道自己怂什么，竟然真的不动了。

他撩开她披在肩上的长发，露出白皙修长的脖颈。

微弱的暗光下，那地方白得几乎透出隐隐的蓝，格外诱人。沈司岸低头，如法炮制地在她敏感的脖颈处吹了口气。

舒清因瞬间整个人都忍不住缩了缩，心脏发紧，几乎快喘不过来气了。

他低声问她："懂了吗？"

她用力点头。

舒清因听到他重重地叹了口气，有些压抑又有些无奈。

"嘀——"这一声响，终于将舒清因从羞愧的边缘拉了回来。

来电了，客厅的灯亮了起来。

她轻声说："来电了。"

沈司岸烦躁地"嗯"了一声。

舒清因抓着他的手臂，示意他放开自己，男人这回没再坚持，缓缓垂下了手臂。她赶紧走到洗手间的开关面前，"啪"的一声打开了灯，室内瞬间一片光明，这下应该不会尴尬了。

正当舒清因松了口气时，她看到了洗手间那面偌大的四方镜子里的自己。

刚刚黑漆漆的还好，现在开了灯，她什么样子一目了然。红着脸，瞪着眼，双眸剪水，比盥洗池上沾着的水滴还摇摇欲滴。

刚刚那气氛，会这样实在没什么好奇怪的，舒清因安慰自己这只是正常的生理反应。她不禁看向沈司岸，发现他也正在看着她，只不过神色比她淡定多了。

男人清俊的脸绷着，薄唇微抿，一副不太高兴的样子。

只可惜舒清因现在满脑子想的都是怎么赶紧散热，压根儿没空理他，打开门迅速溜了出去。

"小姑姑。"沈司岸叫住她。

舒清因没回头，双手捂着脸，不断地暗示自己，这股红晕赶紧下去吧。

"你待会儿回房间打算做什么？"

舒清因说："看春晚。"

他又问："你一个人？"

"嗯。"

"不凄凉吗？"

舒清因心说，关你屁事。

"我也是一个人。"他又说。

舒清因回过头，狐疑地看着他。

沈司岸笑笑："为了让我们两个看上去不太凄凉，今晚一起看春晚吧。"

兜兜转转，还是有人陪她一起看春晚了。

只是这个人很明显也对春晚不太感兴趣，她起码有的小品还能体会到笑点，笑个两声意思意思，沈司岸这种没见过世面的只是严肃着张脸，面无表情地看着。

为了让这个观众不那么无聊，舒清因忽然说："你有支付宝吗？"

"有。"

"五福扫了吗？"

"那是什么？"

舒清因来了兴趣："来来来，我告诉你怎么扫。"

她拿过沈司岸的手机，替他扫了起来。

事实证明，人和人之间的差距真的很大，比如扫个五福，用他的手机扫了大概七八次，五福就集齐了。

真气人！

舒清因将手机还给他，皮笑肉不笑地说："恭喜啊。"

沈司岸莫名其妙："你生什么气？"

舒清因悲愤地将自己的支付宝点开给他看。

十四张友善福，十一张爱国福，十八张富强福，二十二张和谐福。

零张敬业福。

沈司岸秒懂她生气的点。

舒清因不死心，又拿着自己的沾福气卡去沾。

事实证明，不行就是不行。

她叹了口气："你合成吧，等十二点过了你就能领红包了。"

她转过头，继续看春晚。沈司岸垂着眼，拿着手机正操作着什么。

舒清因的手机亮了一下，沈司岸说："点开你的看看。"

她不知道他要干什么，但还是拿出手机点开看了。

　　Senan：送你一张敬业福。

舒清因沉默了。

沈司岸："高兴了吗？"

舒清因撇嘴："瓜分五亿，你不要了？"

"五亿？"沈司岸扯了扯嘴角，语气里充满了一个有钱人对这区区五亿的不屑与鄙视，"你眼界能不能稍微大点？"

舒清因心想，你懂什么，玩儿的就是集五福的乐趣。

但想着他好歹送了自己一张敬业福，舒清因还是没把这话说出来，只是憋在心里默默吐槽他。

她嘴上什么都没说，但沈司岸能看出来她因为他刚才的不屑伤到自尊了。

男人挑着眉毛说："为了这么几块钱跟我生气，你想要五亿我直接给你汇五亿过去，这样你满意了吗？"

舒清因："谁要你的臭钱。"

"不要？"沈司岸哼笑，"既然小姑姑这么富贵不能淫，那建筑开发的预算要不减减？"

舒清因立马改口："淫，我富贵特别能淫。"

沈司岸笑得咳了出来。

舒清因撇嘴，还是想让他也把那五福集齐，不然她良心上过不去。

她让沈司岸用沾福气卡沾她的。

几十秒后，沈司岸成功合成五福到。

貌似皆大欢喜，但她欢喜不起来。

没过多久五福开奖，沈司岸中了六块八毛八，舒清因本来还想嘲笑他，结果一看自己的，一块六毛八，她立马闭嘴不说话了。

沈司岸瞥到了她的数字，脸上表情似笑非笑："这么费尽心思集五福，结果拿到一块多，小姑姑，你真是很持家啊。"

舒清因没再理他，扔下手机继续看春晚。

有的节目实在不感兴趣，她窝在沙发上，来自头顶的空调热风呼呼往下吹，电视里那些人说话唱歌的声音都成了催眠曲。

此时灯光明亮，整个房间显得很热闹，但不再是几个小时前只靠着灯和声音堆砌出来的假热闹。

茶几上准备的零食她没动，摆盘精致。就像是电视里演的那些偶像剧，主角的家永远是整洁如新，观众看着是挺赏心悦目，就是丝毫没有生活感。平常住人的房子里，只要主人不是极端洁癖，都不会搞成样品房的模样。

还是沈司岸受她邀请，客气地挑了点零食吃，他不喜甜也不喜太咸，辣的也不怎么吃，吃了几样就扔在茶几上不动了。

稍显凌乱的包装纸躺在摆盘边，沈司岸还在试图挑到他喜欢吃的零食。

"就没有口味淡点的吗？"他边挑边抱怨。

男人的手挑剔地将小零食拿起又扔下，不喜欢的通通推到旁边。

舒清因抱着膝盖，忽然笑了。

她闭上眼睛，耳边充斥着电视机的声音，和男人挑零食时发出来的，包装纸沙沙的摩擦声。烟火气如此浓厚，就像是回到了小时候，她和父母一起过年时。

这才是过年啊，身边要有人，才叫过年。

在这样温暖安心的环境下，她的睡意来得极快。

其实在签好合同后，她就打算好好休息一下，只是既要处理离婚的新闻，又要面对徐琳女士的言语施压，她每晚辗转反侧，全中国的羊驼都快被她数完了，也没能睡着。

明明想睡，大脑却清醒得让人无奈。

直到时针快指向十二点，已经很久都没有好好休息过的舒清因终于感到困倦疲乏，就坐在沙发上，枕着膝盖，眼皮开始打架。

"过年好！"

电视机里，主持人异口同声地宣布新年的到来。

舒清因揉着眼睛，有些茫然："十二点到了吗？"

"到了，"沈司岸就坐在她旁边，声音很轻，"新年快乐。"

舒清因愣了一会儿，回了句："新年快乐。"

他又说："继续睡吧。"

舒清因摇摇头，沈司岸还在旁边，她怎么能直接睡过去？

放在一边的手机不断振动着，卡着零点，很多人给她发来了新年祝福。她拿起手机，开始逐个回复一些重要的人发来的信息。

> 徐茜叶：踩零点送祝福，我是第一个吧！

其他人大都是程式化的新年祝福，只有这位格外不同。

> 舒清因：不是。
>
> 徐茜叶：是谁打破了每年都是我第一个给你发新年祝福的记录？我就稍微分了点神，稍微晚了一丢丢！
>
> 徐茜叶：告诉我是谁？

接着徐茜叶还发了一张手举长刀的网络图片。

舒清因偷偷看了眼似乎也在回信息的沈司岸。

几个月前，她绝对想不到现在和她在一起过年的会是沈司岸。

舒清因又瞅了眼除徐茜叶之外的其他消息，发现宋俊珩居然也给她发了。

他的新年祝福向来简单，舒清因已经习惯了直接复制他的消息再还给他，只是今年的不同。

> 宋俊珩：新年快乐，在家还好吗？

对了，除了徐琳女士和她家里的那些亲戚，没有人知道她今年是在酒店过的年。

朋友圈里的人都在发年夜饭的照片，只有她的空空如也，什么都没发。

都说不发朋友圈的人有两种，一种是不屑炫，一种是没得炫，她属于典型的后者。

舒清因看了眼自己的朋友圈，发现她已经好几个月没发过任何动态了，最近的一条，还是她转发企业公众号的新闻动态。

她并不是多么无聊的人，很多好玩儿的表情包她也有，很多流行的网络用语她也知道，但就是不知道该发些什么，或许是这几个月的生活实在令她焦头烂额，翻遍了回忆也很难找到适合发在朋友圈的事情。

舒清因给他回了条：还好。

宋俊珩说，过完年后，他家想和她及她母亲谈谈。

舒清因不用想也知道要谈什么，她没拒绝，只说约个时间出来谈。

宋俊珩：我已经把前因后果都和他们说了，但他们坚持要和舒氏谈谈。

舒清因不知道他说的前因后果是什么，如果说是离婚的前因后果，他姓宋，宋家的人无论怎样也应该会觉得是她在无理取闹，凭良心讲，宋俊珩除了跟她不是正常夫妻外，别的地方没得挑。

他从来没让她处理过那烦琐的家庭关系，别说他的继母和弟弟，就是他的父亲，她也很少见。

外人都说宋氏情况复杂，做他们的媳妇儿会很辛苦，但实际上，宋俊珩从未将这些问题摆在她面前。他总是说你不必管这些，交给我处理就好，从头到尾都让她觉得，她嫁给他的是他这个人，而不是宋氏。

这才引出后面的很多纠葛。

　　舒清因：婚都已经离了，难道你想反悔？

她这句话有点质问的意思。

　　宋俊珩：没有，这你放心。
　　宋俊珩：我们先见一面谈谈，提前跟你说说情况。
　　宋俊珩：可以吗？

这一连串的回复让她犹豫了片刻。

她和宋俊珩离了婚，不代表她和宋氏从此再无瓜葛，宋俊珩这个举动是为了她好。

　　舒清因：好。

或许是因为看手机看得太过专注了，身边早就回复完所有信息的沈司岸倚着沙发，状似无意地问她："你在跟谁聊天？这么专心？"

舒清因收好手机，又觉得这也没什么可隐瞒的。

"宋俊珩。"

沈司岸眉头拧起，声音渐凉："都离婚了，你跟他还有什么好聊的？"

她当时是当着媒体的面儿公布的离婚，沈司岸知道也不奇怪，只是刚见到的时候他反应正常，丝毫没提她离婚的事儿，她以为他远在港城所以没关注这些事情。

舒清因不想解释太多，只敷衍道："很多事要聊。"

"那意思就是，你们就算离了婚，也要常联系，这大过年的，你还要跟你前夫聊是吗？"

宋俊珩跟她说的事也关乎她，她总不能因为今天是过年就故意晾着他，这样无疑拉长了她自己的战线，不划算。

舒清因皱眉："不能因为是过年就无视吧？"

"你这女人简直没有良心。"沈司岸起身就要走，语带讥讽，"来，我给你们这对前夫妻腾地方，待会儿你让你前夫直接过来陪你过年吧，光打电话多没意思，把他约来你们当面聊啊。"

"你等等。"她伸手扯住他的衣袖。

沈司岸果然停下了动作，任由她拉着自己，冷哼道："怎么，不叫他来了？"

舒清因说："我不会让他过来。"

男人抿唇，神色冷漠，却又忍不住从内心泛起淡淡的欣喜，不过紧接着她的下一句话又让他更生气了。

"我打算过几天再和他见面谈。"

沈司岸面露愠色："你们还要见面？"

"有些事情，电话里说不清楚，"她说，"当面说比较好。"

"随便你。"

沈司岸甩下这句话，再没说什么，直接往房间门口走去。

舒清因跟着站了起来，从背后叫住他："你要回房间了吗？"

他"嗯"了一声。

她低头，小声说："那，晚安。"然后看着他离开。

沈司岸刚关上房门就后悔了。

她刚刚那委屈的语气是什么意思，如果不想一个人待在房间里，直接跟他说别走不就行了？

沈司岸知道她性格比较倔，也不知道是该生她的气，还是怪自己太小心眼。就算她今天真的把宋俊珩找来了，他又有什么立场把宋俊珩再赶走呢？

沈司岸靠着门，越想越烦躁。

他拿出手机想问问她是不是非要再去跟宋俊珩见面，手指停在她的微信头像上老半天，最终也没打出一个字来。倒是不小心点进了她的名片里，在动态的那一栏，发现她居然更新了朋友圈。

她的朋友圈向来都是空白的。

今天难得发了条带照片的朋友圈，拍的是电视机的画面，还顺带把茶几给拍了进去。没有配文字，就几个表情。

徐茜叶在下面评论了。

> 徐茜叶：姑奶奶，你好友列表里的舒清因小姐发朋友圈了！
> 舒清因：至于吗？
> 徐茜叶：你咋了？不对劲儿，今天居然还会用表情卖萌了？
> 舒清因：大过年的，我就不能开心开心了？

沈司岸轻哼了一声，握着手机无奈地闭上了眼睛。

又是心疼，又是生气，又是高兴。

他转身又去敲她的门。

"小姑姑。"

里头的人出声："干吗？"

"让我进去。"

"你不是回自己房间了吗？"

他说："今天收留我，让我睡你沙发上吧。"

她的声音忽然近了很多，很显然是已经到门边了："给我个理由。"

"我不想一个人待着，"他轻声说，"我怕。"

门开了，舒清因站在门口，有些委屈地看着他。

"刚刚为什么生气了？我是又说了什么让你不高兴的话吗？你跟我说，如果真是我错了，"她撇嘴，很不情愿，但又不得不说，"那我跟你道歉。"

他捂着额头，痛苦地叹了口气。

"跟你没关系，是我脑子抽筋了。"沈司岸声音微哑，表情苦涩，"小姑姑，你要见他就去见吧。"

都卑微到这个份上了，沈司岸，你可太没出息了！

他在心里笑自己，舒清因给他开了门，他又贱兮兮地进去了。

不单进去了，他还对着她朋友圈上发的照片，照着拍了张角度差不多的，也跟着发了条朋友圈。然后将宋俊珩单独拉了个分组出来，这条朋友圈仅宋俊珩一人可见，连舒清因都不知道。

远在宋宅的宋俊珩看到这条朋友圈后，失眠了一整夜，第二天就奔至舒清因所住的酒店。

对此，舒清因毫无所知。直到第二天，有人大清早敲响了她的房门，她眯着眼睛伸了个懒腰问是谁，门外那个人说他是宋俊珩。

舒清因有些疑惑，大年初一，他不在自己家里待着，跑过来找她干什么？

她又看了眼正躺在沙发上睡得天昏地暗的沈司岸。

男人个子高，小半条腿还搭在沙发外面，似乎还沉浸在美梦中。

下

图样先森

著

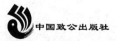
中国致公出版社

目录
Contents

第
19
章

登门

　　他昨天说要在沙发上睡，舒清因脑子一抽，竟然真的同意了。

　　她一定是因为和他过了个年，真把他当救命稻草看待了。凡事不能养成习惯，否则以后再遇上这种情况，她可能会厚着脸皮赖着沈司岸，那到她需要他的时候，他赶不过来怎么办？

　　舒清因在心里告诉自己，不要依赖任何人。

　　看着他抱着枕头和被褥在沙发上铺了个简易的床，舒清因劝他，睡沙发不舒服吧。

　　男人掀起眼皮瞅她，声音懒懒的："怎么？要把床让给我啊？"

　　舒清因指了指次卧："你可以睡次卧的床。"

　　沈司岸蹙眉，下意识想到了他套房次卧的那张床曾经睡过孟时，睡过徐茜叶，还睡过他自己，搞得他那个晚上浑身不舒服。

　　他也不是洁癖或者认床，就是少爷身子，比较矫情。谁知道她的次卧有没有睡过其他人？

　　他拒绝："不要，除非你把主卧让给我。"

　　舒清因说："你想得美。"

　　沈司岸忽然笑了："你不愿意让床出来，又怕我睡沙发不舒服，要不我们挤挤算了？"

　　挤倒是没必要，两米二的大床，他俩又不胖，睡一张床绰绰有余。

　　舒清因瞪他："你睡沙发吧！"

　　然后被他调侃得完全忘了刚刚原本想劝他回自己房间睡的打算，转身头也不回地离开客厅，走进卧室，还顺便带上了门。

　　沈司岸听见她将房门从里面落锁的声音，笑了下，躺在沙发上直接睡下了。

　　他看着手机里的那条朋友圈，也不知道宋俊珩看到没有，不过就算他看到了，肯定也会装作没看到。

　　沈司岸抿唇，没想到自己居然也玩起了这种女人才会玩的把戏。不过只要能硌硬到宋俊珩，这把戏就没白玩儿。

　　男人睡着了，是被舒清因叫醒的。

　　舒清因推了推他的肩膀："起来。"

　　沈司岸嗯了两声，英挺的眉毛蹙起，手挡着眼睛："干吗啊？"

　　声音里还带着九分睡意，咬字不清，听着很倦怠。他坐了起来，浅眸惺忪而蒙眬。

　　"你去卧室，"舒清因抿唇，声音里带着些犹豫，"宋俊珩来找我了。"

　　沈司岸眨了眨眼睛，勾唇："这么快？"

　　舒清因没听懂他的话："什么这么快？你把他叫来的？"

　　他转了转脖子活动："怎么可能？"

　　"总之你先去里面待着，我要开门了。"

　　沈司岸撑着沙发站了起来，他昨天睡在这儿也没来得及换衣服，身上的衬衫有些皱，纽扣也解开了靠近脖颈的两颗，露出瘦削的锁骨，再配上被他睡得略带凌乱的发型，显得无辜又诱人。

　　舒清因心虚地挪开眼睛。

　　"小姑姑，你跟他到底离婚了没有？"他忽然问她。

　　舒清因点头："离了，你不是都知道了？"

　　"那你让他进来，干吗让我回避？"沈司岸挑眉，"我见不得人是不是？"

　　舒清因："避嫌啊。"

　　沈司岸眯着眼，抱着胸弯下腰与她平视，语带戏谑："避什么嫌？咱俩现在都是单身，就算让他知道我在你房间过了一晚上又如何？"

说罢他好像又想起了另一种可能，富有磁性的嗓音又刻意压低，"还是你觉得我们之间真的有什么，所以你心虚啊？"

她被他问住，直直地后退了几步："你还想被他打？"

啊，那次啊，沈司岸只后悔没多打他两拳。

他勾唇，脸上带着坏笑，趁她还没反应过来时径直走到门边，一把将门打开。

沈司岸靠着门框，抱胸跟门外的男人打招呼："宋总，早上好啊。"

比起他的随意，宋俊珩显然没这么好的心情。

宋俊珩立在门口，语气冷漠："昨天晚上你跟清因在一起？"

"嗯。"他淡淡应了声。

宋俊珩没想到他能这么干脆，下巴紧绷着，眼神有些阴鸷，垂在身侧的手不自觉地握成了拳头。

沈司岸瞥了眼，嗤笑："怎么？宋总又想打人啊？只是你这次想用什么身份对我动手呢？"

两个男人个子差不多高，舒清因站在沈司岸背后，只能瞧见他的后脑勺。这俩男人的声音都偏沉偏低，说话声不大。舒清因担心万一他们俩打起来再伤到自己，也不敢明目张胆地上前偷听。

此时沈司岸忽然抬起手，抓上宋俊珩的肩膀，向前倾了倾身子，薄唇靠近他的耳朵，用极轻的语气讥讽道："丈夫对'第三者'？可惜了，你现在已经失去丈夫这个身份了。"

如果被其他人听到，绝对会毫不犹豫地认定，这人是有史以来最嚣张的"第三者"。

"你！"宋俊珩闭上眼睛，尽力控制住自己的情绪，几乎是咬着牙说话，"我找清因有事，麻烦沈总让让。"

他说完这句话，为防止沈司岸继续挡道，歪着头对着后方的舒清因说："清因，我们谈谈。"

舒清因点头："你等我准备下，我们去楼下的咖啡厅谈吧。"

宋俊珩抿唇："在这里就可以。"

"我现在暂时住在这里，我不欢迎你进来。"舒清因直接拒绝，"你等我一下，我很快。"

听到她这句话后，宋俊珩的脸忽然白了一下。

沈司岸勾唇，佯装同情地啧了两声："宋总大清早地过来还要吃闭门羹，何必呢？"

宋俊珩冷声道："沈总，无论我和清因怎样，都轮不到你在这里置喙。"

"我没置喙，我只是同情一下宋总而已。"沈司岸立马无辜地摊开手。

宋俊珩哼笑，镜片下的眸子扫了他几下："沈总，本来我还真担心你会乘虚而入，现在一看我倒是放心了。"

沈司岸虽然一副刚睡醒的样子，但身上的衣着完整，就连系在腰间的皮带都整齐地塞在裤耳里，显然是没脱过。

两个男人在这方面显然都不是新手，宋俊珩随便几句话，沈司岸就懂了他暗示的点。

沈司岸眯起眼，语气冰冷："你在跟我炫耀？"

宋俊珩扶了扶眼镜："没有。"

沈司岸却蓦地扯着唇角笑了："宋总，上次你说的那些话，还记得吗？"

"什么？"

他悠悠地说："其实你应该谢谢我一年前还没到这儿来，不然如果我来了，你觉得你还能有机会娶她？"

宋俊珩皱眉，紧抿着唇没说话。

"我早来一年的话，福沛去年拿到的项目也未必会是你们的。"沈司岸嚣张地扬起唇，语气张扬，"真要说的话，是宋总你鸠占鹊巢。"

"沈司岸！"

这是素来斯文的宋俊珩第二次忍不住对沈司岸挥拳了。

沈司岸这回没再站着认打，而是在宋俊珩挥拳过来的那一刻伸手攥住了他的手腕。

宋俊珩扭了扭手腕，轻易地便挣脱了。

舒清因刚收拾好出来，看见的就是宋俊珩又要对沈司岸挥拳的场面。

"宋俊珩，不许打他！"舒清因实在忍不住了，大步上前走到他面前，面露愠色，"你什么毛病啊，这么喜欢在我这里动手？"

宋俊珩正欲张口说些什么，却听见沈司岸忽然说了句："小姑姑，我没事。"

沈司岸这突如其来的翻书式变脸，让宋俊珩猝不及防，直接愣住了。

舒清因立刻冲沈司岸问道："他又打你了？不会又把你胳膊打残了吧？"

宋俊珩蹙眉，满脸迷惑，他什么时候把沈司岸的胳膊打残了？

沈司岸"虚弱"地摇了摇头："宋总是文明人，不会这样对我的。"

舒清因心疼地看着沈司岸，嘴上安慰他没事，一切有她呢。然后立马转过头瞪着宋俊珩："宋俊珩，我以前怎么都没发现你这人这么爱动粗啊？你上次跟沈司岸交过手，你明知道他打不过你，他就是看着个子高、看着结实，其实就是纸老虎很不经打的，上回已经被你打得内伤满满，连胳膊都抬不起来了，你这次还对他动手，你是不是想让我替你报名'警局一日游'啊？"

舒清因到底是在帮他说话，还是借此贬低他？

宋俊珩满腹疑问地盯着沈司岸。

上次明明两个人你来我往，伤势都差不多，他可一点儿也没觉得沈司岸不经打。如果真的不经打，照沈司岸这嚣张跋扈的烂个性，他应该已经英年早逝了。

"如果你今天过来是为了宣扬暴力的，那你走吧，我们没什么好谈的。"舒清因冷着脸下了逐客令。

事情发展得猝不及防，宋俊珩还没开始谈就要被赶走了。

舒清因伸手欲扶沈司岸："来，我陪你去医院照个片子，如果他真把你打残了，我替你找律师。"

沈司岸脸色铁青，躲开了她的手："我没事。"

"你不要逞强了……"

"我没事。"沈司岸甩了甩胳膊。

舒清因松了口气："行吧，没事就好。"接着又警告宋俊珩，"你以后再敢打他，这辈子都别想跟我谈了。"

两个男人神色复杂，在被不同程度地误会后，此时任何解释都显得苍白。

再三确认沈司岸没事后，舒清因才和宋俊珩下楼去了咖啡厅。

对于宋俊珩要跟她说的话，她心里其实已经猜到了几分。

她用银勺搅着咖啡，垂着眼睛没看他："你家人那边怎么说？"

"他们想和你单独谈谈，离婚的事情公布后，外面风言风语得厉害。"宋俊珩说，"我已经让人去解决了，只是还需要时间。"

舒清因点点头："是我单方面公布，也没有事先跟你打招呼，让你一点准备都没有，抱歉。"

"该道歉的是我，如果不是我，"宋俊珩蓦地苦笑一下，"我们也不会走到今天这个地步。"

舒清因没说话，咖啡已经被搅凉了，她一口都没喝。

"水槐华府的那两套房子已经是你的不动产，你随时可以回来住。"宋俊珩顿了顿，又补充，"你回来的话，我就搬出去。"

住在那里实在不是什么好的体验，舒清因摇头拒绝："你搬不搬都行，我就住在这里。"

"这里毕竟是酒店，如果你不想搬回去，可以找别的房子。"

舒清因又摇头："不用，住这儿挺好的。"

宋俊珩皱眉，神情有些复杂："清因，你是因为沈司岸也在这里，所以觉得住在酒店比其他地方好吗？"

他这个问题倒是让舒清因一时间缓不过神来。

其实从一开始，她也很抗拒住酒店，尤其是对面还住着沈司岸。

到底是从什么时候开始，她非但不觉得住酒店麻烦，反而还觉得，其实沈司岸住在她对面，也挺好的？

他平常说话是比较气人，整个一不识好歹的纨绔子弟。可他每次出现得都刚刚好，她的生日宴会、恒浚的年会现场，以及昨天晚上。

舒清因不说话，显然是对这个问题犹豫了。

宋俊珩闭上眼睛，自嘲地笑了笑："看来我当时不该同意离婚。"

舒清因立刻敏感起来："你后悔了？就算宋氏给你施压，你也不能言而无信。"

"我是后悔了，可我没打算言而无信，我说过放你离开，就真的放你离开。"宋俊珩淡淡地说着，语气中的苦涩不由得越来越浓烈，"清因，我是想给我们一个重新开始的机会。你不用做什么，这次由我来把过去伤害你的那些，都弥补回来。"

他看着她，脸上满是苦涩和狼狈。

她说过很多遍了，她不要，也不用。大路朝天各走一边，对他们而言，这是最好的结局。

"我会和你的家人谈的，但你不要再说这些了，无论你说多少遍，我的答案都是一样的。"

她说完起身就要走。经过他身边时，舒清因的手腕被轻轻地攥住。

"清因，"他加大了手上的力道，试图留住她，"给我个重新追回你的机会。"

"我不需要。"她的回答仍旧没变。

这种迟来的深情，她不需要。

她曾经也和他吵过、闹过，但凡他在无数次的争吵中有一次，回过头看看她，听她多解释一句，甚至听她低声下气地道歉也可以，只要不是一言不发地离开。人，生来便是感性的动物，冷待和漠视，永远都不可能真正地解决两个人之间的问题。

那个本来吵着要走的人，每次都选择闷头弯腰拾掇碎了一地的瓷碗。等她真正想离开的时候，挑个风和日丽的下午，出了门，就再也没有回来过。

而宋俊珩就是在那时候开始后悔的。

有什么用？最后能感动到的，不过只有他自己。

舒清因忽然觉得，每次只要宋俊珩出现，就会影响她一整天的心情，她恨不得宋俊珩能彻底地消失在她的生活里。

但至少现在不可能，她还要去见宋氏的人，她还要应付家里的长辈，她还要面对那些风言风语。她想彻底摆脱这桩婚姻，自由自在地一个人活着，怎么就这么难？

舒清因上楼回房，沈司岸早已回自己房间去了，她看着这空荡荡的屋子，忽然又觉得冷清起来。她明明渴望一个人，却又最怕一个人待着。

手机的提示音打破了寂静，舒清因看着来电显示，犹豫片刻，最终还是接了起来。

"妈。"

"你伯伯他们一定要见你，你不接他们的电话，他们催到我这边来了。"徐琳女士的声音听起来很疲倦，"我已经赶回来了，你直接到老宅那边去。"

舒清因："好。"

"当初你要离婚，就该想到今天这个局面。清因，这桩婚姻关系到的不是你一个人，你知道吗？”

“我知道，我知道。”

她一连说了两个知道，最后挂掉了电话。

舒清因坐在沙发上发了大半个小时的呆，最后还是起身，收拾了一些东西，准备回老宅。刚推开门，就看见沈司岸也站在房门口，他好像也正准备离开。

“干吗哭丧着脸，”沈司岸笑了笑，“又在哪儿受委屈了？”

舒清因抿唇：“你要去哪儿？”

他反问她：“你去哪儿？”

“我回家。”她想了想觉得这话有歧义，又补充，“回老宅。”

男人眨眼，语气散漫：“小姑姑，你忘记你答应过我什么了吗？”

她张着嘴，有些发愣：“什么？”

“你说如果我留在童州过年，就要请我吃年夜饭的，而且你妈也邀请过我了。”沈司岸倚着墙，歪着头对她叹气，“原来你们母女俩都只是说说而已啊。”

舒清因蓦地眼圈红了，声音有些结巴：“你要……跟我，一起去啊？”

沈司岸“哦”一声，薄唇微微扬起：“我只是想去蹭个年夜饭，没别的意思啊。”

她吸了吸鼻子，用力点点头：“年夜饭管够的。”

男人挑眉：“不怕我把你的那份年夜饭也给吃了？”

“都给你吃。”她说。

“我知道你为什么哭丧着脸了，原来你是预知到我会去你家抢你的饭吃啊！”沈司岸佯装成恍然大悟的样子，伸手揉了揉她的脑袋，“小姑姑，预言家啊。”

她也顺势恭维他：“你也是，恰好赶上我出门的时候出来了。”

男人清俊的眉眼蓦地漾开温柔的笑：“是啊，我们都能未卜先知。”

舒清因哪里知道，房间旁边立着的垃圾桶上，那几根被掐灭的烟头都是眼前这个男人为了打发时间抽掉的。

舒氏老宅坐落于半山腰别墅区，隶属舒氏产业，舒清因的爷爷去世多年，这栋老宅也空置多年，每年只有春节这种大日子，舒氏的子辈为了履行对老人家的承诺，才会相聚于此。

舒清因拉上手刹：“到了。”

沈司岸从副驾驶位上下来，眯着眼睛打量了一番这周围的景色，从绿化到建筑，典型的中式园林风格。

“这别墅的设计看起来很特别。”他说。

舒清因锁好车门，指着主别墅说：“这是我爸爸设计的，当时他和我爷爷吵了很久，我爷爷才同意他在这片地上重新设计。”

因此虽然是老宅，可建筑看上去还是很新。

舒清因学建筑，就是为了能像自己父亲一样设计出百分百合自己心意的家，整个家完完全全按照她的想法设计，从每一块地砖到每一根木材都由她挑选。

毕竟，家是要住一辈子的地方。

后来，她把这个想法付诸水槐华府的新房里，可惜的是，虽然是按照她的想法装修出来的房子，却不是她的家。

爸爸也是一样，费尽心血设计出来的房子，他死了，就不叫家了。

她和徐琳女士早已搬离，曾经称之为家的地方，爷爷和父亲去世后，她们也都不住在这里了。

人总以为凡事可以长久，但人压根儿活不了那么久。

“进去吧。”舒清因忽然提醒他，“待会儿我要是被长辈们骂了，你不准笑我啊。”

沈司岸勾唇：“怎么会？做小辈的谁还没被长辈教训过。”

用人已经等在大门外面，见是两个人过来，不禁有些愣神。

舒清因和宋俊珩是年后结的婚，宋俊珩没来过这里，用人只负责老宅的日常打扫和家居护理，并不知道宋俊珩长什么样。眼前这对年轻男女，女人自然是舒清因小姐，男人……

听说姑爷和小姐不单家世匹配，就连外形都是郎才女貌，今天一看还真是没错。

舒清因对着用人笑了笑："刘阿姨，麻烦你去跟我伯伯他们说一声，我过来了。"

"唉，好。"用人往里面走去，边走边喊，"小姐和姑爷回来了！"

舒清因瞪眼，急忙喊道："刘阿姨，搞错了！"

用人早已从门厅走到了里厅，没听见她的话。

沈司岸笑得很欢快，一点儿也没有要帮她解释的意思。

"清因，你把俊珩也带过来了？"

徐琳女士边说边从里厅走了出来，一直走到两人面前时，才奇怪地皱起眉头。

沈司岸也没生气，礼貌地冲徐琳女士点了点头："徐董，新年好。"

徐琳女士尴尬了那么几秒，才勉强回应："沈总，你也新年好。"

她很快想到之前自己邀请过沈司岸过来吃年夜饭，但签合同那天明明已经收到消息说他回港城去了，怎么今天又出现在这里？

不管那么多了，来了就是客人，更何况这还是贵客，徐琳女士立马将人请进了里厅。

舒清因这时只能靠边站，跟在徐琳女士和沈司岸后面。

穿过玄关的时候，沈司岸看似顺口地问了句："之前宋总没来过吗？"

"他没来过，"徐琳女士向他解释，"这栋老宅我们只有过年的时候才会来，他们结婚结得晚，去年的时候没来得及过来。"

沈司岸挑眉，意味深长地拖长语调"哦"了一声。

　　舒清因的这些叔叔伯伯们都坐在客厅里喝茶聊天，本来听说舒清因和她丈夫是一起过来的，想着这侄女可算还有点良心知道悔改，个个都端着架子像个老爷似的坐着，就等这两个不懂事的小辈过来给他们认错道歉。

　　结果一看来的人，傻眼了。

　　"小刘！"舒清因的大伯最先找到错误发源地，"怎么回事？你不是说来的是小姐和姑爷吗！"

　　用人无辜地眨眨眼睛："不是吗？"

　　今天大年初一，小姐不跟姑爷一起来，还能跟谁一起来？

　　"是个头！"大伯立马拍了拍旁边人的肩膀，"还不起来，来的是柏林沈总！"

　　几个中年男人赶紧站了起来。

　　舒清因目睹她这几个架子颇大的叔叔伯伯们变脸的全过程，没忍住捂着嘴偷偷笑了。

　　几个人将沈司岸围了起来，嘘寒问暖："沈总过来走亲戚怎么也不事先说一声，你看我们这都没准备什么，实在抱歉。"

　　沈司岸笑着说："我还以为恒浚中了标，就不打算认我这个远房亲戚了呢。"

　　毕竟之前一口一个亲戚叫得多亲热。

　　"我们这不都以为来的是清因她丈夫嘛，这才没及时出来迎接，沈总快坐下喝茶。"

　　一行人忙着照应沈司岸，本来应该是这次聚会主角的舒清因居然被冷落在一边了。但她喜欢这种冷落，恨不得自己现在就是团透明的空气。

　　虽然说是亲戚，但让他们聊家常也没什么可聊的，最后又绕到了工作上。

　　柏林地产已经和恒浚集团签约，恒浚这边的诚意也很足，又是公开的签约仪式，又是大张旗鼓地营销宣传，生怕别人不知道他们两家达成了合作。

恒浚的高调行为，肯定也让福沛多多少少有些不高兴，觉得恒浚这是两面三刀，但也有人觉得这是审时度势，毕竟大家都是做生意的，凡事以利当先。

福沛没什么太大的反应，后来又直接爆出两家联姻失败，彻底玩儿完。

且不说宋、舒两家能不能破镜重圆，现在首要的，就是切实贯彻和落成雅林广场的建设，不出意外这将是恒浚集团这几年来最大的建筑项目。

"所以按我叔公的意思，怎么也该轮到我们主动表表态，等年中项目正式启动，叔公他们会来一趟童州市，到时候请些客人和媒体过来，办个酒会热闹热闹。"

柏林地产的掌门人沈柏林要亲自过来，任谁都不会拒绝这个结交的好机会。

早年沈氏一族迁至深城，后来又将家族产业转移至港城，现在又重新将重心转回内地，无非都是跟着国家的政策走，他们也并非什么情操高尚的名人雅客，不过都是为了赚钱。

恒浚集团想要巴结柏林地产，柏林地产未必就不想在内地多个靠山，所以才主动提起要办酒会，让华南地区的地产名流都聚集过来，公开下关系，表示下友好。

"热闹好啊，应该的，我们一定全力配合。"

舒清因在旁边百无聊赖地听着，这些场面话她都听腻了，总结起来其实也简单。

恒浚集团：和福沛的未来合作可能吹了，我们现在要抱紧柏林地产的大腿。

柏林地产：可以，来抱。

柏林地产：我想跟你们恒浚秀个恩爱，告诉其他人，我们柏林地产在童州市也是有靠山的。

恒浚集团：可以，没问题。

她自动脑补了一些有趣又好理解的对话，忍不住笑出了声。

这一笑，又将她推向了风口浪尖。

舒清因的大伯看起来很不高兴："清因啊，我们这几个长辈到现在做的，都是为了你，为了恒浚，你倒好，就坐在旁边干看着，一句话也不说，是不是觉得自己年纪还小，这些东西还不用学着做啊？"

"为了她"这几个字可以忽略不计，"为了恒浚"倒是真的。

毕竟如果她坐不上总裁的位置，恒浚可就是这些叔叔伯伯们的了。

有沈司岸在场，长辈们本来准备好的长篇大论此时也说不出口，但不说出口心里又憋得慌，也不想轻易地把舒清因那些任性的行为就此翻篇，因此他们每个人像是轮流劝导，你一句我一句地开始数落起舒清因的种种不成熟行为来。

"都离了，难道还能再把这婚结回去？"舒清因觉得好笑，"您自己觉得这合适吗？"

大伯怼了回去："那你私自离婚，这合适吗？"

"就算你想离婚，你也要提前跟我们说一声啊，哪有你这样做晚辈的？"

"就是啊，你还是小孩子气性，没长大。"

"你爸爸要知道了你这个行为，估计也要跟你生气。"

舒清因努力保持脸上的笑容："如果我跟你们在座的几位先说，我这婚还离得成？你们怕是早就把我绑在家里，直到我打消离婚的念头才肯放我出来吧。"

几个长辈脸一黑，她说的还真没错。但他们也并非没办法反驳回去，紧接着就使出了长辈们最惯用的撒手锏。

"清因，这就是你跟长辈说话的态度吗？"

舒清因移开视线，以沉默装死。

因为她刚刚的顶嘴，气氛急转直下，几个长辈原本顾及沈司岸在没打算在这个时候计较，但舒清因的态度实在让他们失望。

沈司岸不方便插嘴，握着茶杯，眉头微拧，面色渐冷。

徐琳女士一直皱着眉头，这才开口说："清因和俊珩一直相处得不太好，她离婚也并不是耍小孩儿脾气。"

舒清因有些惊讶地看着她妈，没想到她妈会帮她说话。她还以为徐琳女士会站在叔叔伯伯们这边，帮着他们一起数落她。

"徐琳，这时候你就别添乱了，我们是看着清因长大的，她什么性格我们都清楚，她爸爸本来就宠她，把她宠成了大小姐脾气，现在他人已经走了反倒落个轻松，我就想问问，清因这大小姐脾气什么时候能改改？什么时候能真的担负起继承人这个责任？"

徐琳女士："她已经在慢慢学习了。"

"然后呢？学习的成果就是当着那么多媒体的面宣布她离婚？让所有人措手不及？"

舒清因笑了："那意思是，我离婚也行，别公布，就没影响对吧？"

"也不是这个意思。"大伯顿了顿，又说，"总之事情已经发生了，你给恒浚带来了很大的影响，你明白吗？"

她不傻，很明白。

她的婚姻从不为自己左右，离个婚，家人的第一反应不是她会怎么样，而是恒浚会怎么样。而她一直压着离婚的消息不公布，为的也不是她自己，而是恒浚。

她唯一快活的时候，就是当着那么多媒体的面，宣布她恢复了单身。这是她结婚以后，除了离婚的决定，唯一按照自己心意做的事。

"如果你爸爸在天上看到你这么糟蹋自己，他也会……"

舒清因厉声打断这声感叹："别提我爸！"

几个长辈都吓了一大跳，随即大声呵斥："舒清因，你这是在跟谁说话呢！"

"如果我爸还在，我根本就不会嫁给宋俊珩，你们也不会有机会在这里对我的婚姻指手画脚。"

舒清因抬起头倔强地看着长辈们，紧抿着嘴唇，一字一顿地说："这婚你们谁想结就谁去结，我既然已经决定离婚，就没有复婚的打算。"

她起身，也不顾这一客厅的长辈，直接甩头离开。徐琳女士叫了她几声，她只当没听到。

徐琳女士叹了口气，忽然伸手捂住了胸口，缓了好几分钟才缓过来。

"徐琳，这就是你教出来的好女儿！当初你想把清因安排进恒浚高层，我们就不同意，是你执意说，清因跟她爸爸一样，一定会是一个好的继承人，但要给她时间让她成长，你看看她现在都成了什么样了？大过年的都敢跟长辈顶嘴了！"

徐琳女士语气很轻："既然知道是大过年的，大哥你又何必这样凶她？"

"我不凶她，她怎么知道自己做了多任性的事。"大伯又是生气又是失望，"你手上有博阳的股份，你是恒浚的第一股东，我们都不能违拗你的决定，但你看看你自己做了什么决定，博阳当初就不该把恒浚交到你们母女手上。"

徐琳女士忽然笑了："我的丈夫为了恒浚付出了他所有的心血，甚至在过世的前一刻都在批文件，他不交给我们，难道交给你们这些坐吃山空的董事？"

"你！"

"堂嫂，你说什么呢？！"

"徐琳，恒浚不单你一人做主，我们也有权说话的。"

"我的女儿怎么管教我自己心里有数，不劳烦你们帮忙。有这个闲心还不如好好管管你们自己的儿女。我的女儿名校出身，就算她不在恒浚，也有的是公司抢着要她，起码不用像你们还要费尽心思去给校领导送择校费、捐图书馆才能拿到一张录取通知书。"

大伯被戳到痛点，拍桌斥责："徐琳！"

徐琳女士也起身："我去外面透透气，你们继续聊吧。"

两个女人都离开了，客厅里只剩下这群被怼得面色发黑的男人，还有全程一言不发任由他们这家人吵得天昏地暗的沈司岸。

"沈总，实在不好意思，让你见笑了，还希望你能理解，我们舒氏现在是两个女人掌权，很多事情处理得不太妥当，但你放心，恒浚绝对不会辜负你的期望。"

沈司岸挑眉："我觉得徐董和小姑姑挺好的啊。"

几个男人忙活了半天，才想起沈司岸说的"小姑姑"是指谁。

这怎么还没改过口来？他们还以为沈司岸只是说着玩儿，没想到都说成习惯了。

"她们能在你们的施压下做成这样，实在挺不容易的，而且我会选中恒浚，很大程度也是看在徐董和小姑姑的面子上。毕竟论亲，她们才是我的亲戚。"沈司岸微笑，"你们认为呢？"

"这……"几个男人一时词穷，倒把这茬给忘了。

"但她们毕竟是女人，很多事情都是女人做不来的。"

沈司岸笑着说："没有吧，我觉得男人能做的，她们母女俩都能做到，反倒是她们母女能做的，我们未必做得了。"

"什么？"

他摸了摸下巴，神色悠悠："换作你们被这样虎视眈眈地盯着继承人的位置，只怕还未必能像她们这么淡定。"

几个舒氏董事面色一僵，倏地哑口，说不出话来。

舒博阳一死，这对母女势单力薄，当时的董事会确实在争权夺利，想让徐琳把股份交出来。直到后来徐琳搬出徐家，又从国外请回了晋绍宁，这才止住了纷争，重新让舒氏恢复了平静。

一直到现在，董事们的心思依旧来去不定。

舒清因的堂叔转而从另一个角度为他们自己开脱。

"沈总，你不是我们家的人，不懂我们的难处。清因她这一离婚，受影响的不单单是恒浚，也有她自己。虽然我们舒氏是她最大的后盾，但她以后也总要再嫁出去的，到那时她就是顶着舒小姐的身份，也掩盖不住她离过一次婚的事实。我们高嫁她，人家看不上她二婚；低嫁她，又实在委屈了她。我们这些做长辈的也是为了她好啊。"

"是啊，你看这样还有谁愿意娶她呢？"

"虽然这话说着难听了点，刚刚当着她的面儿我们不好意思说给她听，但这是事实啊。"

"离过婚对女人来说到底还是不好。"

就算是家底颇厚，各方面条件无可挑剔的舒清因也不能免俗地被议论。一个女人的社会地位再高，她身上"离过婚"的标签怎么也洗不掉。

这个社会讲礼节，某些观念根深蒂固，到现在虽然不常被提及，却是很多人默认的规则。

沈司岸从小在港城长大，那里是个相当开放的地方，他本人对于这种观念更是嗤之以鼻，不屑到了极点。

"要是我说，我愿意娶她呢？"

几个人不约而同地沉默了。

"沈总，这时候就别开玩笑了吧。"

沈司岸置若罔闻，只是自顾自地问道："如果小姑姑嫁给我，是高嫁还是低嫁？"但很快他又一笑置之，"高嫁低嫁都无所谓，我不在乎她结过婚，也绝不会委屈了她。"

真是活生生打了这帮长辈的脸。

"既然小姑姑的父亲去世了，以后她们母女，我来护。"

接着，沈司岸也离开了客厅。

几个长辈脸色各异，最终还是有人不由得喃喃地问出了口："他说要娶清因，到底是说真的，还是看不过我们训斥清因和徐琳，所以刻意说出来打我们的脸？"

没人知道，当然也没人回答这个问题。

沈司岸出了客厅往四周看了眼，没看见舒清因，他对舒宅不熟，这会儿乱窜也不是个办法，最后还是拦住了用人问路。

这位姓刘的用人看到是他，立马鞠躬道歉："实在是抱歉，刚刚误把您错认成姑爷了，对不起，请您不要介意。"

沈司岸眨眼，语气温和："没事啊，反正我是新姑爷。"

第
20
章

计谋

用人听到沈司岸的话，惊讶地"啊"了一声，以惊疑又茫然的眼神看着他。

男人恶作剧成功，脸上露出得意的坏笑，在问到舒清因去哪儿了后，手插在裤兜里，懒懒地说了声"谢谢"，随即也不管用人如何发愣，径直往她说的地方去找人了。

舒清因和徐琳女士平常在老宅没事做，都喜欢去二楼的书房待着。那是舒博阳先生的书房，先生去世多年，书房仍旧保留在那儿，每周都有人按时打扫。

沈司岸踩上红木楼梯，正巧碰上徐琳女士要下楼。

"沈总？"

"小姑姑在上面吗？"

"在。她心情不太好，沈总还是别去找她了。"徐琳女士侧头看了眼楼上，"这丫头心情不好的时候跟刺猬似的，谁来扎谁。"

这形容倒还挺精准，沈司岸微微笑了笑："看来徐董被扎过很多回了？"

徐琳女士叹气："她的脾气像我，也只有她爸爸能压得住她。"

沈司岸对舒清因的父亲实在好奇。该是什么样的父亲和丈夫，才能让舒清因和她妈这样念念不忘？

在舒清因口中，她父亲应当是个极其温柔的男人，温柔到连舒清因这种公主脾气的女人，都能放在手心里无限地包容和宠爱。

他自认对女人的容忍度很高，但有时舒清因实在太让人生气了，他甚至想报个心灵禅修班去修习修习。

"之前听小姑姑说过，她爸爸似乎很爱她。"

徐琳女士有些讶异地挑起眉毛："她跟你说过？那你们俩倒是真的挺合得来的，她和俊珩也不常说关于她爸爸的事。"

她没和宋俊珩说过啊。

沈司岸心里那隐隐的喜悦又不自觉地冒了头，脸上浮起笑意。

"只可惜人走了。"徐琳女士苦笑，似乎在感叹着什么，"我和她也不太亲，有时候我知道对她的某些安排，可能于她而言不是最好的，但我又没法像她爸爸那样心平气和地跟她坐下来好好说，我也没有她爸爸那样的能力，可以将她好好地护在掌心里，为她遮风挡雨。"

沈司岸眼睫毛低垂，不知该说什么。

"我这个母亲当得委实失败，等以后去见她爸爸了，也不知道他会不会怪我没保护好她。"

沈司岸怔了一瞬，笑着说："徐董怎么想到这么远的以后去了。"

徐琳女士低声说："不远了，时间这东西眨眼就过，我这几十年就好像是睡了一觉。"她说完又觉得过于悲观，忙抬起头冲他笑了笑，"你还年轻，我说的话离你远得很，你就当听个耳旁风。清因就在楼上书房，她要是冲你发脾气，你多担待担待，别跟她置气，我下去替她和她那些长辈道个歉。"

明明刚刚反驳得那样激烈，不过片刻却又要下楼道歉。或许她刚刚的冲动，真的仅仅是不想让自己的女儿被那样议论。

"徐董不用道歉。"沈司岸认真地说，"你去道歉，反而显得你做错了似的。"

"可是……"

"雅林广场的项目是你和小姑姑争取来的，"沈司岸说，"我是看在你们的面子上才这么爽快地答应签约，作为恒浚的功臣，张扬些是应该的。"

徐琳女士抿唇，有些动容。

"沈总，你既然愿意叫清因一声'小姑姑'，应该不介意我叫你的名字吧？"

沈司岸轻笑："当然。"

"司岸，如果你早来一年，"徐琳女士拉长声音说，"但凡你早来一年，那就好了。"

沈司岸嗓音低醇，慨叹说："现在也不晚啊。"

徐琳女士微讶，摆手："别跟我开这种玩笑了，你上去吧，我下楼喝口茶。"

她绕过沈司岸下了楼，却也没有离开，反倒躲在了楼梯横梁下，蹙着眉不知在想些什么。

徐琳女士现在懒得去和客厅里的那些老头儿周旋，直接给晋绍宁打了个电话。

电话那头，男人低沉浑厚的嗓音传来："徐琳？"

"你和沈司岸接触过吗？"

这个问题让晋绍宁沉默了一会儿，随即说："接触过，但不多，项目的事情大部分都是清因在和他谈。"

"我不是在说项目，"徐琳女士叹气，"我是说他这个人。"

"之前看过他的资料，"晋绍宁又不说话了，似乎在翻找资料，"典型的财阀继承人，学历和家世无可挑剔，港大金融硕士毕业后直接入职柏林地产港城总部，念书的时候不太安分，虽然成绩好但很喜欢闹腾，不过成为候选继承人之后，就一门心思地扎进了工作里，他在董事会全票通过的事你应该也知道。他和清因的情况有些像，但又不太像，他只比清因大两岁，但处事方面要比清因成熟很多。"

徐琳女士礼貌地没有打断男人的话，等人说完后才抚着额头说："我问的是性格、人品，不是他的学习和工作经历。"

"性格？比较纨绔，工作之外有些散漫，人品不好判断，资料上面没说。"晋绍宁补充，"没有犯罪经历，应该没问题。"

晋绍宁见她不说话，反倒问她："你问这个做什么？"

"没什么，只是觉得他和清因她爸爸不太像。"

"……他们像吗？"

就连晋绍宁这个没见过本人的都知道，沈司岸和舒博阳的性格绝对南辕北辙，八竿子打不着。

"那他和清因的关系为什么这么好？"徐琳女士满腹疑问，"清因是除了她爸爸，别的男人看都懒得看一眼的。"

晋绍宁的语气忽然沉了下来："看得出来，所以你打电话来是有什么事？"

徐琳女士微愣，如果说就这个，又感觉平白无故打扰到了晋绍宁的假期，但她确实找不到其他能商量的人。她只好说："没什么，就想跟你说一声新年快乐。"

"新年快乐。"晋绍宁回应，"注意身体，枣粉记得按时冲着喝。"

"好。"

挂掉电话后，徐琳女士发了一会儿呆，仰着头，自嘲地看着天花板笑出了声。

可能是舒博阳走了太久，搞得她都出现了幻觉。甚至晋绍宁刚刚对她那句淡淡的关心，就像舒博阳还未去世前，给予她的关怀和温柔，莫名地让她心里涌起了暖流。

她轻声呢喃："你要是没死，那该多好……"

舒清因正立在书柜前，手指随意扫过一本书。

用人工作很认真，竟连一点灰尘都没有，就好像这间书房还时常有人在用似的。

书房的门被推开，发出吱呀的声响，舒清因没回头，声音有些累："妈，别劝我复婚了，我宁愿单身一辈子，也不会和宋俊珩复婚的。"

"我可不会劝你复婚。"带着笑意的低哑嗓音响起，很明显是来自男人。

舒清因回过头，看见男人随手关上了房门。

"你怎么上来了？不继续跟他们说客套话了？"

沈司岸懒懒地靠着门，耷拉着眼皮，道："刚才你走了之后就没说了，然后说了点不好听的，我就溜出来了。"

舒清因眨眼："你为什么要对他们说不好听的话？"

"你能说我不能说？"沈司岸反问她，"别这么霸道啊。"

她知道沈司岸在答非所问，他就这性格，经常把一个很简单的问题搞得云里雾里的，揣着明白装糊涂。

"听你妈妈说，这是你爸爸的书房。"沈司岸迈开长腿，三两步走到她面前，皮鞋踩在实木地板上发出清脆的声音，"你爸很爱读书吧，这一墙的书都是他的？"

"都是他的。"舒清因点头，"他不光看建筑学的书，别的行业的书，只要是他感兴趣的，他都会看。"

书柜满满当当塞着书，中文外文的都有，沈司岸绕过书桌，眼睛瞥过桌面。纸笔整齐地置于桌上，左上角摆着一张用精美相框框起来的照片。

他拿起来："这是你爸爸？"

"嗯。"

听她说了那么多回，今天总算是知道这位她口中最爱的父亲长什么样了。

舒清因长得有些像他，只是气质上，比起舒清因的高傲矜贵，照片里的这个男人明显更加温和好亲近些。他穿着深色的西装，斯文雅致，高挺的鼻梁上，架着副无框眼镜，很搭他的气质。男人对着镜头浅浅地笑，听不到他的笑声，却能让人感觉到如沐春风。

沈司岸越看越觉得不对劲，他忽然想起了宋俊珩的长相。半晌后，他按着眉心，喉结微动，不知道该说什么。

"你爸也戴眼镜啊？"

舒清因点头："怎么了？"

他扯扯唇角："没怎么，这眼镜挺好看的。"

舒清因以为他是对眼镜感兴趣，蹲下身从书桌的侧边抽屉里拿出了个眼镜盒："你喜欢这个？那给你看看吧。"

照片里，舒博阳戴的眼镜就躺在眼镜盒里。

沈司岸拿起眼镜，比起晚来了一年的遗憾，他更加在意这副眼镜的存在。

自己是输给了这副眼镜吗？

舒清因见他对着这副眼镜盯了好久，以为他是想戴着试试，于是很大方地冲他做了个请的手势："你也近视吗？想戴就试试吧，但度数肯定不对，戴着可能不舒服。"

沈司岸轻度近视，平常伏案工作的人多少都有点近视，他也不例外。只是度数不高，最高的那只眼睛也不过才一百度。

他拿起眼镜，将它架在了鼻梁上。有点晕，这副眼镜度数太高了。

沈司岸手撑着桌子，舒清因拍了拍他的手臂："你转过来我看看。"

他乖乖地转过来，舒清因看着他戴眼镜的样子，忽然笑出了声。

其实是好看的，他长得好看，眉眼清俊，轮廓英挺，戴眼镜当然也好看，只是镜片遮住了他狭长的眼睛，也为他玻璃般澄澈的琥珀色瞳孔覆上了一层朦胧的白雾。少了几分倜傥惫懒，多了些正经和书卷气。

沈司岸眯起眼睛："笑什么？不好看？"

"不适合你，"舒清因抿唇，"摘下来吧。"

他不适合，宋俊珩就适合？沈司岸撇嘴，压着嗓音问她："那谁适合？宋俊珩？"

"你提他干什么？这眼镜我看都不会给他看的。"她皱眉，有些不高兴。

沈司岸"哦"一声，垂着眼，浓密的眼睫毛在眼睑下落下一道阴影。和她待在一起，心都像是悬在云端，一会儿欢喜，一会儿酸涩，抓心挠肝。

舒清因想让他把眼镜摘下来还给她，却被忽然响起的叩门声打断了。

"清因？你在里面吗？你出来再跟大伯谈谈。"

舒清因刚才撑了他，躲在这儿就是为了躲他，一时间也不知道是该继续装死，还是开门认命。

"小姑姑，蹲下。"沈司岸说。

她还没反应过来，忽然一只大手按在自己头顶上，使了点劲儿，将她的身体压下。

他带她躲进了书桌下方的置物空间中。

这张书桌极大，桌底足够容纳两个成年人躲在里头，沈司岸伸手将椅子挪过来挡在面前，这样除非有人刻意弯下腰看，否则不会发现这下面躲了两个人。大伯就算想找她，也绝不会认为舒清因会躲在这里，更不可能往这里找。

门外的大伯发现没有回应，只好自己伸手推开了房门，声音也更加清晰了些："清因，你在吗？"

舒清因张唇，刚想说躲在这儿不合适，面前的男人就伸出食指抵住了她的嘴唇。

"嘘，"他用气音说，"现在被你大伯发现我们躲在这儿，多丢脸啊。"

知道丢脸还带她往桌底下钻。

舒清因无话可说，只好认命地躲在这里。

大伯的脚步声越来越近，口中说着："奇怪，不在这里吗？"

原来来找她的还不止大伯一个人，舒清因又听到堂叔说："清因最喜欢待在博阳的书房里，没可能不在这儿啊。"

"那你把她找出来。"

"她是不是真生我们的气了，所以换了个地方躲？"

"这丫头，"大伯叹气，"都是博阳宠出来的公主脾气，长辈们说她几句就闹。"

舒清因蹲在书桌下安静地听着大伯对她的抱怨，不服气地嘟了嘟嘴唇。

她这副敢怒不敢言的样子被沈司岸尽收眼底，男人眼睛亮亮的，含着笑瞧着她翕动着唇，无声地反抗。

"刚刚沈总说的那句话是真的还是假的？"堂叔又问。

舒清因猛地看向沈司岸，用唇语问他：你说了什么？

沈司岸当作没看见。

大伯说："怎么可能是真的，沈总说着玩的你还当真了？清因要有这福气，那她妈也不用替她这么操心了。"

"我看沈总那语气，觉得他挺认真的。"

"那你也要具体情况具体分析啊，你以前追你老婆的时候哪句话不认真？你看看你现在找的那些女人，你也是男人，怎么也能相信男人说的话？"

"呃，也是。"

堂叔和大伯的对话，她一个字儿也没听懂。

两个人又顺着找了一会儿，最后大伯绕到了书桌另一面儿，也就是舒清因他们躲着的这一面儿。

舒清因从来没这么紧张过，生怕大伯一个弯腰就看见她和沈司岸两个成年人跟小朋友似的躲在下面。

她闭上眼睛，双手合十，心里默默地祈求着大伯千万别弯腰。

忽然，有道温热的呼吸扑在她的脸上，舒清因睁开眼睛，发现沈司岸不知何时已经靠她这么近，她几乎能数清他眼睫毛有多少根儿。

男人好看的脸近在咫尺，舒清因一慌，还来不及出声表达情绪，后脑勺就被男人扣住，被拽向他这边。

舒清因瞪大眼睛，僵着身体任由他将自己拽到他怀中。

她的脸埋在他的肩颈上，男人微凉的唇靠近她的耳尖，似有若无地触碰着她耳尖上的绒毛。肌肤未有接触，却滚烫得如同火烧。

"别这样，"沈司岸语气无奈，尽力压低再压低了声音，呼吸浅而急促，"太可爱了，我会笑出来。"

舒清因觉得有什么东西在她的脑中彻底炸开了，然后升腾至头顶，燃起吵闹的烟火，噼里啪啦，天崩地裂。她的血液仿佛都凝固了，整个人犹如丧失了正常的行为能力，鼻腔里全是他身上好闻的干净而清淡的香味儿。

大伯和堂叔没找到她，只能离开了书房。

舒清因按着胸口，狼狈地坐在地上，咬着嘴唇，心如擂鼓。

是被吓得，被大伯和堂叔，被沈司岸。

她瞪他，双眸犹如秋波荡漾，嗔怒中都带着股清冷的风情在。

沈司岸还戴着眼镜，实在有些晕了，这会儿人走了，他赶紧将眼镜摘了下来。白玉般的鼻梁上被印出两道粉红的浅印，沈司岸用力眨了眨眼睛，这才彻底恢复了正常视力。

他叹气："不行，我不适合戴这玩意儿。"语气中还带着少许失望。

取下了眼镜，沈司岸这才发现她一直在盯着他看。

"小姑姑？"他又凑近她，语带疑惑，"傻了？"

舒清因回过神来，赶紧起身，却忘了自己还躲在桌下，脑袋结结实实地磕在了书桌上，她又蹲下来，痛苦地捂着头纾解痛意。

"还真傻了。"他笑出了声，伸出手替她揉刚刚被撞到的地方，"别动，我给你揉揉。"

她放下手，像个傻子似的任凭他揉。

"疼吗？"他问她，"要不要轻点？"

舒清因摇摇头，语气含混："不用，就这个力道挺好的。"

她说完这句，忽然听见头顶处，男人"噗"的一声笑了出来。

舒清因抬头想叫他别笑，却发现他现在没戴眼镜，再没有什么东西能遮住他月色般沉静柔和的双眼。那眼睛就像是浸着一汪清水般望着她，水面泛起涟漪，是他在冲她笑。

也不知道是在笑她傻，还是笑他们两个像孩子似的躲在这桌下。不是嘲笑，而是温柔而宠溺的笑，无可奈何，却又甘之如饴地包容着她的一切。

舒清因动了动嘴唇，想要挪开眼睛，却又怎么也挪不开，明明知道这样看着他，脸上的温度会越来越高，到时候再想藏住什么就难了，但心里又不舍得。

"别盯着我看了，"沈司岸忽然伸手遮住了她的眼睛，嗓音微哑，"这么盯着一个男人看，是会出事的，知道吗？"

她眨眨眼睛，眼睫毛刮擦着他的掌心，又痒又麻。

男人长叹一声，还是决定放下风度，占点便宜。

书桌下，有微弱的光透进来，沈司岸凑过来，手依旧遮着她的眼睛，唇角轻轻地在自己的手背上印下一个吻。

就好像吻到了她勾魂摄魄的眼睛。

勾他的魂，摄他的魄。

叛逆这种情绪一旦上来，就很难再压抑下去。

这是舒清因头一回连个招呼都不打，直接从舒宅逃了出去。

而且，是和沈司岸一起。

他像是轻车熟路，没有丝毫心理负担，来的时候是舒清因负责开车，回的时候就换成了他。

"你小时候是不是很皮？"

沈司岸一边开着车观察路况，一边笑着回答她："是啊，逃学打架什么的都不在话下。"

"那你爸妈会罚你吗？"

"罚啊，怎么不罚？有时候我把他们气狠了还会男女双打教训我。"

舒清因笑出了声，突然来了兴致，也不管她的这些问题会不会让沈姓司机分心，问东问西的，什么琐事都问，乐此不疲。沈司岸也没有不耐烦，她问什么他答什么，知无不言。

等红灯的间隙，沈司岸终于抽空侧头看她："小姑姑，一直都是你在问我，现在是不是该礼尚往来了？"

舒清因点头："你想问我什么？"

"你爸爸的事，"他语气很轻，"跟我说说吧。"

舒清因有些犹豫："你对我爸爸的事儿有兴趣？"

毕竟除了她和妈妈，现在已经很少有人再想起她爸爸了，就算偶尔提起，也是当成某种话题，脑子里浮现出那个男人的脸，哦，就是那个已经去世了的舒博阳啊，而不是在想念他。

"我想知道他对你有多好，"沈司岸嗓音低沉，"学习一下。"

舒清因忽然愣住了。

好半晌，她才喃喃地问他："为什么要学习？"

"刚刚撞桌子真撞傻了？"他笑出声，伸手点了点她的额头，似乎在引她开窍，"我想对你好啊，不输你爸爸的那种。"

她又想问为什么想对她好，话到嘴边没问出口。

曾经宋俊珩也对她挺好的，可后来又对她不好了。爸爸也说过会一辈子对她好，后来爸爸的一辈子就这么匆匆结束了。沈司岸说的对她好，期限又会是多久？

只要她不奢求这种期限，那么他的好对她而言就是种恩赐，而不是期盼。这样等他也离开了，她才能一个人继续生活下去。

刚刚在书桌下，四目相对，她心跳得厉害，恨不得就那样一直躲在里头。

伯伯们找不到她，妈妈不会劝她复婚，不用考虑工作和未来，像是回到了孩童时代，每天的烦恼就只有今天吃什么，以及明天要去哪里玩。

长大了才发现这种烦恼其实是种幸福，大人们在明白了这个道理后，这种烦恼已永远不可能再有了。

按照舒清因的脾气，她这时候应该很任性地威胁他：你说要对我好，那就得一直对我好。

但她不敢。

赌不起，还不如不要赌。

"对了，刚刚我听大伯说，你好像跟他们说了什么，"她笑笑，佯装轻巧地将话题转移，"你说了什么？"

沈司岸垂下眼睛，摇摇头："没什么，自作多情而已。"

回到酒店后，沈司岸才终于想起来要跟她商讨关于年中酒会的事情，舒清因点点头以示了解："等年后上班了我就开始安排。"

说完这个，似乎也没什么好说的了。

沈司岸漫不经心地问她："你一个人待在房间里没问题吗？"

"大白天没问题的，"舒清因拍着胸脯保证，"就算停电了也没关系，这么敞亮。只有晚上停电才会有点怕。而且我想好了，待会儿给我姐打个电话，让她过来陪我。"

他淡淡地"哦"了一声，和她各自回到了房间里。

回到房间后的沈司岸也不知道自己该干什么，往常这时候他都和家人们在一起。他辈分小，过年祭祖这种事通常没什么发言权，任凭长辈们安排，初一到初七倒也安排得满满当当的。现在一个人待在酒店套房里，他突然觉得过年好像也没那么热闹。

沈司岸想起大年三十那天晚上酒店停电的事情，还是用座机给管理室拨了个电话。

电话那头的工作人员认识他，语气恭敬："沈先生，有什么能为您服务的吗？"

"我想问问你们酒店停电的事情。"

工作人员愣怔了一下："沈先生，实在抱歉！年三十那天晚上负责值班的员工们组织了聚会，一时间对供电室疏于管理，这才给您造成了麻烦，实在抱歉，对不起，请您原谅。"

沈司岸打断他的话，语气有些不耐烦："我不是来听你道歉的，我就想问，"他顿了顿，似乎在思考措辞，"……还有没有停电的可能了？晚上停电那种。"

工作人员立马扬声否认："这是绝对不可能发生的！沈先生，请您相信我们酒店！我向您保证绝对不会再发生这种事情了！"

"……真的不会发生了吗？"

沈司岸这轻飘飘又含糊的语气，让工作人员更加确信，沈先生这是在测试他们！

工作人员激动地握紧拳头，言辞十分真切，充分表现了五星级酒店员工的高水平素养："不会！请您相信我们！我用我这几十年的工作信用向您保证，再也不会发生停电这种事了！"

工作人员想，他这个语气应该够真诚了吧，却没想到沈先生在电话那头极轻极轻地叹了口气，似乎还有些失落。

这是还不相信吗？

工作人员再接再厉："要不这样，我们给沈先生您单独准备一台发电机，就算真的停电了，也能保证沈先生您这一楼层灯火通明！"

沈司岸语气复杂："不用了。"

"要的要的，"工作人员语气坚定，"沈先生住得舒心，是我们酒店的福气，再苦再累，再难再险，只要沈先生好，我们酒店就好！"

沈司岸无语地挂断了电话。

这下有了发电机，就是全市都停电了，他们这层也不会停电了。

他扶着下巴懒洋洋地将头靠在沙发上，望着天花板发呆。几分钟后，又掏出手机给孟时打了个电话过去。

孟时声音很低："什么事？"

"你在哪儿？"

"家里。"

"来我这儿一趟。"

"沈总，法定假期还让员工加班是会被检举的。"

孟时的意思很明显，那就是不想过来。

沈司岸慢吞吞地说："多年同学你就这么对我？"

"那你是怎么对我的？"

"你追到徐茜叶没有？"沈司岸突然问他。

孟时沉默了，沈司岸呵了声，果然没有，这个只会耍酷的白纸男。

"又有加班费，又能看到徐茜叶，干不干？"他挑眉，语气带着戏谑。

十几秒钟后，孟时说："等我陪家里长辈吃完晚饭就过来。"

沈司岸满意地点点头："等你。"

徐茜叶赶过来的时候，天色已晚。

她进来的时候，嘴上还在不停地叨叨。

"你要不想和你那些亲戚过年，跟我和姑姑一起回清河市不就行了？搞得这大过年的我两地跑，刚刚在高速公路上足足堵了两个小时。你说这大过年的那些车子还在外面瞎窜什么呢？简直阻碍交通。"

她自己这么抱怨，丝毫没觉得自己其实也是阻碍交通的一分子。

舒清因只知道她最亲爱的表姐过来陪她过年，心里开心得不行，随便她怎么抱怨，嘴上只管一味地附和。

徐茜叶说一句，她就"就是就是"地回一句，你来我往了几回，把徐茜叶逗笑了。

"行了，马屁精。"徐茜叶抱胸，跷着腿坐在沙发上，"明年跟我一块儿回清河市过年呗，哥哥他们知道你离婚的消息，也挺担心你的，我能大过年地溜出来，还得多亏了他们几个帮我打掩护。"

舒清因语气轻松："好，明年跟你一起回。"

"你今天转性了，这么听话？"徐茜叶有些惊讶，转而又说，"你不去那边，他们其实也想来看你，不过他们几个的工作性质你也知道，不太方便离开。等过完年要有公务安排了，看他们能不能顺便过来一趟，南烨哥说到时候蹭他们的车过来，替他们律所省油钱。"

舒清因忽然想起："年中有空过来吗？年中柏林地产要办个酒会，徐家那边要是能来人，估计会更热闹些。"

"那我到时候帮你问问吧。"徐茜叶点点头，话锋一转，"不谈这个了，你大年三十真是在酒店过的？"

"嗯。"

"你怎么也不通知我一声？一个人过年的滋味怎么样？"

舒清因笑笑："我不是一个人，我和沈司岸一起的。"

徐茜叶陡然坐直了身子："他不是回港城了吗？"

"又回来了。"

徐茜叶抿唇，双眼微眯："舒清因，你老实说，是不是跟他发展出点什么了？"

舒清因赶紧摇头："没有没有。"

"人家又不是无家可回，大过年的陪你待在酒店，他要不是脑子坏了，就是……"徐茜叶冷静地分析，唇边的笑容却越来越猥琐，"舒清因，你魅力挺大啊，这么极品的钻石王老五都被你弄到手了。"

"什么叫我把他弄到手？你讲话委婉点儿。"

徐茜叶挑眉："那就是他把你弄到手了？"

舒清因正沉默着，门铃忽然响了，她下意识地缩了缩身子，不知该如何是好。

徐茜叶站起身，几乎是小跑到门口："我们大侄子动作还真是迅速。"

打开门，映入眼帘的不是沈司岸那张清俊的脸，而是孟时那张阴沉的脸。

她不禁低骂了声。

"徐小姐，好久不见。"孟时挑眉，唇间勾起危险的笑容，"撩完男人就跑是你的癖好吗？"

第
21
章

吃醋

他们不用在家过年的吗，大过年的都往酒店跑？

徐茜叶心虚地挪开眼睛："你怎么来了？"

"我不来，都不知道徐小姐原来没移民，只是在躲我。"孟时抽抽嘴角，声音低得可怕。

舒清因满脸疑惑地站在一旁看着。

她偷偷戳了戳徐茜叶的后背，小声问："你要移民？我怎么都不知道？"

徐茜叶抿嘴，神色复杂地冲她小幅度摆手，示意她别问。

"我们谈谈。"孟时继续说。

舒清因好不容易叫了徐茜叶过来陪自己，现在眼见表姐要被孟时给带走，她想挽留，但看着孟时那张冰山脸，又不敢说话。

这样子，怎么看都像是徐茜叶对孟时始乱终弃，搞得人家找上门来，她一个外人怎么好说话。

她只好不舍地看着孟时将表姐带走了。

舒清因不敢直接去问带走她表姐的罪魁祸首，只能来找沈司岸。

她敲了敲对面房间的门。

沈司岸给她开了门，撑着门把手问她："什么事？"

"孟时怎么会知道我姐在我这里？"舒清因怀疑地看着他，"是不是你告诉他的？"

沈司岸眨眼，歪着头一脸无辜的样子："不是，绝对不是我。"

"那他怎么知道的？"她不解。

"孟时可能有什么特殊的招儿。"他跟她解释，"就算徐茜叶躲到天涯海角，孟时也能把她找出来。"

舒清因半信半疑地点了点头："那等他们谈完了我再去把我姐接回来。"

"啧，小姑姑，这就是你的不对了。"沈司岸劝她，"你看在孟时对你姐一往情深的分儿上，就别去打扰他们了。"

据徐茜叶的描述，他们明明只亲密接触过一次，也可能几次，哪儿来的一往情深？

"你姐是孟时的初恋，虽然你可能不信，但他真的是初恋。"沈司岸抿了抿唇，似乎在忍笑，"我认识他那会儿，他满脑子想的都是念书。后来他去当兵了，现在退伍了跟我一起工作，工作压力又大，他根本没有谈恋爱的时间。"

难以想象那大冰山居然这么纯洁。

舒清因吸了吸鼻子："真是看不出来。"

"所以，他喜欢你姐姐，但你姐姐绿叶丛中过，片叶不沾身，只想和他玩玩儿。"沈司岸叹气，"你换位思考一下，孟时惨不惨？"

舒清因点头："惨。"

徐茜叶太渣了，呸！

正将徐茜叶拖到墙角，双手撑在她两侧逼迫她和自己对视的孟时鼻子突然痒了痒。

徐茜叶看他表情微变，以为他要做出狰狞的表情吓唬她，急忙捂着眼睛掩耳盗铃般地认罪："我错了，千错万错都是我的错。"

孟时眯眼："错哪儿了？"

"明明答应给你机会让你好好追求我，结果半路又跑了。"徐茜叶抿唇，觉得这认罪词有些难以启齿，但看在周围没人的份儿上，还是咬牙继续说，"是我始乱终弃，是我不负责任，我不是人。"

孟时蹙眉，低着头和她对视："为什么要跑？"

徐茜叶咬了咬唇："……我受不了。"

孟时没懂："什么意思？"

她闭上眼睛，这次是真的难以启齿。

几秒后，孟时作为一个智商正常的男人终于懂了，嘴撇着，让人琢磨不透他现在到底是什么想法。

他终于开口，语气僵硬："你可以跟我交流，让我控制点。"

"我……我说过，但你没听。"

"抱歉，"孟时有些尴尬地说，"是我太急了。"

"这事儿我也有责任，"徐茜叶叹气，"也是我没把持住。"

他们一开始是说好的，孟时追她，先从约饭、看电影这些简单的事开始，但她每次和他吃饭的时候，看着他骨节分明的手拿着银色餐具优雅地切肉，或是端着酒杯慢慢地品尝红酒，看电影的时候，他硬朗英俊的侧脸被屏幕的光照得幽蓝幽蓝的，明明已经很不高兴了，却还是坚持陪她看完这没营养的商业爱情电影。

她对孟时算得上是一见钟情，单纯地喜欢他的脸和身体。

他原本只是要送她回家，结果到了楼下反倒是她主动请他上楼喝咖啡，这个暗示谁都懂，最后一发不可收拾。

她懊恼不该贪图美色招惹这个男人。

徐茜叶拒绝孟时的理由很简单，他太强势了。

合她心意的男人实在很多，没必要因为孟时的长相最对她胃口就对他格外开恩。

她是来享受的，不是被男人拿来享受的，孟时初尝滋味，对她的好感很大程度建立在身体的接触上，因此比起她的感受，他更注重自己的。

"所以咱俩还是算了吧。"她下了结论。

孟时脸色有些难看："不碰你也不行？"

"不行，"她语气很坚定，"我一看到你的脸就想碰你，所以我们根本不可能搞柏拉图式的恋爱。"

本以为孟时会把徐茜叶带走，结果两个人不知道为什么又折了回来。

沈司岸把孟时叫过来，非但屁用没有，还得给他付加班工资，现在这个屁用没有的人还在他房间里喝他的酒。

孟时现在正坐在沙发上喝酒，沈司岸双手抱胸站在一旁，想看看他能喝到什么时候。

"孟时，你说你好歹也是当过兵的人，怎么连个女人都搞不定啊？"沈司岸抬腿踢了踢孟时的脚踝，语带讥讽，字字扎心。

孟时低着头，手搭在膝盖上，声音里带着醉意："你搞定了？"

沈司岸拧眉，一时被他呛住，最后以拳抵唇咳了咳，在他身边坐下："徐茜叶真拒绝你了？"

"Senan，"孟时叫他的名字，语气忽然认真了起来，"我们是朋友吧？"

沈司岸迟疑了一会儿，不知道他葫芦里卖的什么药。

直到孟时又问了一遍，他才点头，语气不安："是，然后呢？"

"朋友有难，你帮不帮？"孟时哑着嗓子问他。

"钱什么的好商量，但感情这方面我帮不了。"

孟时伸手拿了个新的酒杯，替他满上，然后将酒杯递给了他，和他碰了碰杯。

"把这杯酒喝了，待会儿我说什么都要替我保密。"

沈司岸满脸迷惑，端着酒杯慢吞吞地喝着酒，怀疑这酒是不是被下了毒。

孟时这时开口了："Senan，你知道怎么控制自己的欲望吗？"

沈司岸被酒呛到，赶紧放下酒杯，胸口被呛得生疼，痛苦地咳嗽起来。

他们虽然是多年同学也是朋友，就是跟兄弟也没什么区别了，但这方面很少聊，除非是一大帮人聚在一块儿，有人提起了这个，才附和地聊上两句。沈司岸和孟时彼此没人主动提，自然也没单独聊过这些，主要是两个人的共同话题也不在这方面。

沈司岸缓过劲儿来总算舒服了些，觉得今天的孟时诡异极了，不太想回答他这个问题。

"算了，问你又有什么用，"反倒是孟时自己先放弃了，"你比我也好不到哪里去。"

孟时喝醉了以后，为什么讲话这么气人呢？！

"她拿我跟其他男人比，"孟时捂额，咬牙切齿，声音里带着隐隐的怒意，"怎么会有这么没心没肺的女人，跟我在一起的时候居然会想她之前的男人怎么对她的，我不介意她有过别的男人，她倒是挺会给我添堵。"

沈司岸愣住，然后心里也开始发堵了。

女人总是比男人更感性些，徐茜叶这过尽千帆的都记得她之前的那些男人，舒清因和她表姐那么亲，姐妹俩的性格观念估计也差不离。她是和宋俊珩分开了，但那一年里，宋俊珩和她的夫妻关系却是真真切切的。

在他还未遇到她之前，宋俊珩曾占有一年的舒清因，甚至每晚拥着她入眠，和她耳鬓厮磨，做些夫妻之间该做的事。

他不在意她和别的男人结过婚，但他怕她忘不了曾经宋俊珩对她的那些好。就算他渐渐将她的心焐热了，最后将她抓在了手心里，但他心里的这个女人，并不只属于他。

她曾经被另外一个男人拥有过。

想到这一点，沈司岸猛地灌了口酒，喉间没有滚烫的酒意，只有难掩的酸意。

他不想承认自己此时像个心胸狭窄的小女人似的在拈酸吃醋，但心里的嫉妒和恼怒又怎么都压不住。

人都还没追上，醋倒是先吃上了。沈司岸苦笑，原本想劝孟时别喝了，结果自己越喝越起劲。

喝了几瓶，沈司岸又生起了闷气，拿起手机给舒清因打了个电话。

女人微倦的声音从电话那头儿传来："干吗啊？"

她嗓音清亮，端架子的时候并不软糯，但抱怨或是像现在这样困倦的时候，就变得娇滴滴的，听在耳朵里像是在撒娇，能让人整颗心都被融化掉。

他心里的气儿仿佛又消了。愣了许久，沈司岸回过神来才说："你让徐茜叶过来把孟时带走，他喝得烂醉。"

"啊？喝醉了？"

沈司岸听到她小声说了什么，听不清，应该捂着手机在和徐茜叶说话。

"你开门吧，我和她过来看看。"

沈司岸瞅了眼还在喝酒的孟时，忽然郑重地拍了拍他的肩膀："兄弟，别说我不帮你忙。"

然后他起身去开了门。

徐茜叶先一步走进来，看了眼沙发这边正喝着酒的孟时，不禁也有些心软。

"说了咱俩不合适，你喝这么多酒就能变合适了？"

在旁边静静看着的舒清因刚刚也听徐茜叶跟她说了情况，虽然觉得这理由挺扯的，但毕竟她什么经验都没有，觉得是不是柏拉图都行，表姐经验丰富，肯定比她更加了解这方面和谐的重要性。

徐茜叶对她说，男人在床上的时候是最愿意迁就女人的，如果连上床这种事他都不肯迁就你，就别提床下怎么样了。

这话听着倒也有几分道理。

舒清因正胡思乱想的时候，沈司岸忽然挡在了她的身前。

她抬头有些迷茫地看着他，却见他此时面色微醺，身上有股淡淡的酒香味，心里猜到他估计陪着孟时也喝了不少。

"我们出去，把这儿留给他们俩。"

舒清因点点头，跟在他身后出去了。

沈司岸将门关上，这才安排起自己今晚落脚的地方："今晚我睡你这儿。"

他也不是没睡过，舒清因对他放心，没多言，直接说："那我去给你拿枕头和被子。"

她转过身正要进卧室，身后那高大的身影却跟了上来。

舒清因停下脚步，转过头看着他，声音有些恼："我不会把卧室的床让给你睡的。"

"我想睡床。"他淡淡地说。

舒清因没见过这么无赖的，可看在他喝醉了的分儿上，她能让就让了。

"好吧，你睡床，我去睡次卧。"

她又想往次卧走，脚尖忽然腾空，还来不及惊呼出声，已经被男人拦腰抱在了怀里。

舒清因吼他："沈司岸！"

男人似乎没听到，径直抱着她往主卧走。舒清因大感不好，挣扎着要跳下来。

直到舒清因被放在床上，男人也没有给她任何挣脱的机会，她撑着床想要坐起来，却又被他按了下来，接着男人掀开了被子，用被子裹住了她。

舒清因不知道他想干什么，眼看着他用被子将她牢牢裹好，然后隔着被子抱住了她。

"我隔着被子抱你，别怕。"他拍了拍被子，似乎在抚慰她。

他躺在被子外面，她被裹在被子里面，一被之隔，他碰不到她。也不知道是想用这床被子压制住她挣扎的行为，还是想抑制住自己躁动的心。

欲望要怎么控制，沈司岸之所以没有回答，是因为他也回答不出。

欲望是出于身体的本能，喜欢的女人近在咫尺，他不知道该怎么去控制这股冲动，却又因为无比珍视，唯恐不小心伤害到她，哪怕她有一点点的不愿意，他都不忍心对她做什么。

就连书桌下那个隔着手背的亲吻，都是压抑许久，最终溃不成军的情感替他任性地做出的选择。

她面对着他，神色复杂："你到底想干什么？"

男人英俊的脸上布满阴云，眸色幽深，声音也比刚刚低了几度："宋俊珩晚上会抱着你睡觉吗？"

她张张嘴："我——"

结果还没说完，就又被他打断了。

男人像个吃不到糖的孩子似的，烦躁地皱起眉头："算了，我不想听。"

"我和宋俊珩是——"

舒清因刚提到宋俊珩的名字，沈司岸就瞪着她，伸手捂住了她的嘴。

他沉着脸说："你们都离婚了，还天天把他的名字挂嘴边算是怎么回事？"

舒清因被他捂着嘴，眨着的眼睛有些无辜。明明是他先提起的！

"我不提他了，你以后也别提他了。"沈司岸语气强势，声音渐渐又弱了下来，"你赶紧忘了他。"

舒清因垂下眼，不知道在想什么，长而微卷的睫毛乖巧地耷拉在眼睑下，像是安静展着翅的灰色蝴蝶，轻轻地落在她小巧精致的面颊上。

沈司岸喉头动了动，声音暗哑："不要提他了，行不行？"

她点了点头。

沈司岸将手拿开，发现她的嘴唇弧度朝下，勾成一个不太高兴的弧度。

沉默了好久，她轻声问："刚刚你问我的那个，我还要不要回答了？"

"不想听，"他沉声说，"我不要听你和他是怎么做夫妻的。"

舒清因还想说什么，沈司岸又隔着被子拍了拍她，力道比刚刚稍微大了点，不像是哄，倒像是警示。

"睡觉，快点，你不是害怕一个人睡吗？我陪着你。"

她还没被这么威胁着睡过觉。

男人始终克制而礼貌地和她隔着被子躺在一张床上，手也只是搭在她的胳膊上。就好像真是爸爸哄女儿那样，舒清因眼眶蓦地有些热，鼻尖泛起酸意。

她知道沈司岸不是爸爸，她分得清这点。舒清因想依赖他，并不是因为他像爸爸那样对她好，而是因为对她好的这个男人是沈司岸。

不知道是从什么时候开始的，沈司岸这个名字就好像成了她的安定剂。

她瓮声瓮气地说："我睡不着，你给唱摇篮曲吗？"

男人没料到她会提出这个要求，有些为难："没唱过，什么摇篮曲？"

"你小时候没听过吗？"她问。

"就算小时候听过，也早没印象了。"沈司岸把皮球踢给她，"你起个头，我看看我还记不记得。"

他还真打算唱啊。

舒清因在心里偷笑，搜寻着能想起来的摇篮曲。中文的英文的都有，她想他应该对英文的比较熟悉，所以挑了首英文歌。其实只要是曲调轻柔的歌，都能算是摇篮曲。

“Why do birds suddenly appear，every time you are near，”她起了个头，接着问他，“听过吗？”

沈司岸笑了：“你到底是想让我给你唱摇篮曲，还是想骗我唱情歌给你听啊？”

她脸稍红：“这也算摇篮曲的啊。”感觉真的摇篮曲都太幼稚了，不适合她这个年纪听。

“摇篮曲不该是那种，”他挑眉，凑到她耳边轻声说，“我的宝贝快睡吧，这样之类的吗？”

“宝贝”两个字压得极低，男人的声音低沉含混，就像是刻意将整句话的重点放在了这两个字上。

她起了一身鸡皮疙瘩，脸上的温度越来越高。隔着被子捶了他一下，色厉内荏：“你唱不唱？”

“不唱。”他坏笑，“你想占我便宜，没那么容易。”

舒清因炸了，猛地坐起来，控诉这个贼喊捉贼的男人：“谁占谁的便宜？你搞清楚，现在是你睡在我的床上！是你睡了我的床！”她一字一顿地说，企图唤回男人的羞耻心。

沈司岸侧着身，手撑着头，气定神闲地看着她这副炸毛的样子，懒洋洋地抬起眼皮，很是欠揍地说：“睡你的床，又不是睡了你的人，你这么激动干什么？”

舒清因“啊啊”两声，抬脚踢他，想要把他踢下床去。

他先灵敏地躲开，后来发现她越踢不到他越是气恼，干脆不动，索性让她踢几下解气算了。结果舒清因踢了他一脚还不解气，又连着踢了他好几脚。

沈司岸“咝”了一声，他这辈子还是第一次这么窝囊地任由一个女人对他拳打脚踢。这么嚣张都不治治，以后还得了？

他直起腰，撑着床要下来。

舒清因得意地扬起唇，以为他认输了。

谁知男人刚从床上下来站起身，意味不明地冲她冷笑了两声，然后手掌轻松地抓住她瘦削的脚踝，她下意识就往床的另一边缩，男人另一只手又抓着她剩下的一只脚踝，将她从床的那边拖回了他身边。

她大惊，男人坚实有力的身体朝她压了下来，舒清因心如擂鼓，咬着嘴唇，几乎喘不过气来。他将手撑在她耳侧，头顶的灯光照着他，他的影子牢牢覆住她的身体。

"刚才让着你而已，还真以为你力气能大得过男人？嗯？"沈司岸哼笑，伸手又用了点劲儿钳住她的下巴。

舒清因尴尬地闭上眼睛，整个五官都皱了起来，紧张得手脚发麻。

"你起来。"她小声说。

男人哑声："还踢我吗？"

"不踢了，"她很识时务，"你起来。"

男人没动。舒清因不禁缩了缩身子，贴着床的后背被汗浸湿。看着上方的男人半天没有动静，她深深吸了口气，伸手推他。

手腕却忽然被他攥紧。沈司岸深深地看着她，似是抱怨："舒清因，我实在是拿你没办法。"

舒清因不明所以。

他起来，在她旁边躺下："乖乖睡觉行吗？给你唱摇篮曲。"

她的脸通红，赶紧又躲进了被子里，牢牢地把自己藏了起来："不用了，我已经困了。"

然后就像是真的要睡了，除了平稳的呼吸声，沈司岸没再听见她说话。

躲在被子里的舒清因听见他叹了口气，然后床铺微动，他翻了个身背对着她。

卧室里只有呼吸交错的声音，宁静安适。舒清因抚着胸口，还好心跳声就只有她一个人能听见，还好她躲在被子里头，他看不见她的样子，听不见她的心跳声。

有什么东西悄悄破土而出，宛如疯长的藤蔓，每一株新长出的绿枝都结结实实地缠绕着她的心脏，让她无处可逃。

她知道躺在身边的这个男人是谁，也很清楚自己的呼吸是为谁急促。不受控制，任性又肆意。

舒清因蜷缩着身体，在心里告诫自己不要。

她结婚，然后又离婚了，之前和徐琳女士说的那些重话都是真的，她再也不要轻易地将自己的后半生交到任何一个男人身上。与其做这种不知后果的豪赌，还不如一开始就抽身离开。

舒清因闭上眼睛，脑海中不断重复着这个念头，渐渐地困意竟真的袭来，迷迷糊糊地睡了过去。明明身边还躺着个男人，明明刚刚和他之间的气氛古怪，她居然还能睡得着。心里对这个男人该是多么没有戒备心，抑或是，她根本不介意他睡在这里。

她不知不觉间真的将酒店当成了家，暂居的地方，竟然都有些舍不得离开。

时间一分一秒地过去，舒清因是安然睡过去了，可沈司岸背对着她，正煎熬着。

不该喝那么多酒的，不然这会儿也不至于闹到这种地步。

还好她没有生气。

沈司岸试图叫醒她："小姑姑。"

没有回答，应该是真睡过去了，都快一个小时了，沈司岸苦笑，男人和女人在这方面还真是有些不公平。还是说刚刚那些暧昧的接触，其实也没有激起她心里的半分波澜，所以她才能睡得这么安稳？

没来由的，挫败感又侵袭他的全身。

沈司岸的火气这会儿也退得差不多了，撑着床小心翼翼地坐了起来。

回头看，这女人还真睡着了，他想了想，都不记得这是她第几次在他面前睡过去了。

不能待在这儿，她是能睡，让他看着这张脸，一晚上都别想闭眼。

"不是说要唱摇篮曲才能睡着吗？"他轻声说，语气中也不知道是抱怨还是失望，"骗子。"

男人忽然又躺了下来，手指抚上她的脸，她原本平躺着睡，被他抚上一边的脸，又皱起眉头，将脸侧了侧，正好面对着他。

柔和的卧室灯光照在她的脸上，沈司岸用指腹小心翼翼地勾勒着她的眉眼和嘴唇。

很漂亮，尤其是笑起来的时候。

沈司岸想到这里，不禁勾了勾唇，其实她哭起来的时候也是挺漂亮的。

就像那次在休息室，看见她蹲在地上哭，当时穿得多漂亮，却哭得梨花带雨。

她刚刚要求他唱的那首歌，他当然也听过的，记得歌词。

之所以不愿意再唱，是觉得这歌词未免太应景了。

他早就过了那个会拿着吉他给喜欢的女孩儿唱歌的年纪了。这样给她唱，她是当成摇篮曲听的，但他并不只是为了哄她睡觉。

男人的声音偏低，刻意放缓压低的声音，每个字都像是挠在了心尖上。

Why do birds suddenly appear（为什么鸟儿忽然出现了）

Every time you are near（每一次当你靠近的时候）

Just like me（就像我一样）

They long to be（它们一直盼望着）

Close to you（能够靠近你）

Why do stars fall down from the sky（为什么星星从天空掉落下来）

Every time you walk by（每一次当你走过的时候）

Just like me（就像我一样）

They long to be（它们一直盼望着）

Close to you（能够靠近你）

On the day that you were born（在你出生的那天）

The angels got together（天使聚集在一起）

And decided to create a dream come true（决定创造一个成真的美梦）

So they sprinkled moon dust in your hair of gold（所以他们喷洒月亮的尘埃在你金色的头发上）

And starlight in your eyes of blue（散布星辰的光芒在你蓝色的眼睛里）

相较于中文来说，他的英文发音更加标准，也更加慵懒性感。

有时候中文比英文更委婉诗意，但有时候英文又比中文更大胆直白。

"Good night，"他轻轻替她拢好滑落至颊上的碎发，"My sweety。"

第22章

打赌

　　第二天醒来时，舒清因发现身边睡着的不是沈司岸，而是徐茜叶。

　　她揉着眼睛从床上坐起了身，推了推身边的徐茜叶："姐，你怎么过来睡了？"

　　徐茜叶被吵醒，却又不愿睁开眼睛，皱着眉翻了个身背对她。

　　"你和孟时和好了吗？"她又问。

　　"没，"徐茜叶迷迷糊糊地回答她，"我又没跟他在一起，哪来的和好不和好。"

　　舒清因想起沈司岸对她说的那些关于孟时情况的话，心中不忍，决定帮孟时说说话。

　　"你不喜欢他吗？"

　　徐茜叶醒了，翻过身看着她，慢吞吞地说："喜欢啊。"

　　舒清因没料到她会承认得这么干脆，愣了愣才说："那错过了他，你不会后悔吗？"

　　"人活这一辈子，后悔的事儿还少吗？我现在给你数，我都数不完我后悔过多少回了，咱们不是机器人，不可能每个决定都是最正确的，会后悔是很正常的事儿，要不为什么说后悔药千金难买呢？人要向前看的，不能因为有遗憾就把自己框在消极状态里，而且我不觉得错过了孟时，我将来就不会遇见比他更好的男人了。"

　　舒清因听明白了她的话，总之她认为不重要的那方面，在徐茜叶看来是两个人能不能长久走下去的最关键的点。

　　徐茜叶看她想说什么又说不出口的样子，心里也知道她这个表妹八成又和她观念相悖了。

她叹了口气："你没经验，你不懂，在床上契不契合比在床下相处怎么样重要多了。两个人关系再好，床上合不来，分开也是迟早的事儿。"

舒清因是真不懂。徐茜叶又摸着下巴，自顾自道："你说你和宋俊珩走到今天这个地步，他心里有以前那个未婚妻是一方面，但你们俩分房睡是不是也算原因之一啊？"

舒清因神色复杂："会吗？"

"等你有经验了，你就会发现我说的话有道理了。"徐茜叶给她支着招儿。

"怎么有经验啊？"舒清因瞥着她，语气不太好。

徐茜叶"啧"了声："我的意思是找男朋友，男朋友。"

舒清因心里一咯噔，快速转移话题："现在没这心情。对了，沈司岸呢？"

"他回自己房间了啊。"徐茜叶打了个哈欠，坐起来，伸了个懒腰，"昨天晚上我本来陪着孟时，后来撑不住了，就在客厅里睡过去了，是他过来把我叫醒，让我回来陪你。"

舒清因都不知道自己是怎么睡过去的，本来在胡思乱想，结果想着想着就困了。

"不过你对他也是真放心啊。沈司岸好歹也是个正常男人，你居然在跟这样的正常男人共处一室的环境下都能睡得这么香，昨晚上我叫你都叫不醒。"

"他不是那样的人。"

徐茜叶没理她，思想又天马行空起来："我之前就听别人说，那帮纨绔子弟请他去找乐子的时候，他就一个人坐在那儿喝酒，对旁边的女人没一点儿兴趣。当时其他人觉得他眼光太高了，给他找的女人他都看不上。现在看来，这其中很有蹊跷啊。"

对于徐茜叶这种不负责任的猜测，舒清因感到无语，她不觉得沈司岸有什么问题。至少第一次见面的时候，他的表现还是挺正常的。

徐茜叶越说越离谱，她心里隐隐有些不爽，下意识地打断了徐茜叶听起来头头是道的分析。

"姐，"舒清因叹气，"别总觉得所有人都像你这样。"

徐茜叶听到这话，相当不开心，扬声反问她："我哪样？我哪样？舒清因你这人真是站着说话不腰疼。你等着吧，我赌你碰到你喜欢的男人以后，绝对比我还有过之而无不及。"

舒清因没忍住，笑了："怎么可能？"

徐茜叶气得半死，不住地点头："行，行，有本事别让我抓到你找男人。不然你等着送套房或是送辆车来孝敬我吧，这样，就你那辆保时捷718，你给我把车钥匙提前准备好了。"

"那辆车我才买的！"舒清因反对。

徐茜叶冷笑："反了？不敢赌？不然你干吗怕把车输给我？"

给舒清因当了这么多年的姐姐，徐茜叶很清楚舒清因那好强的性子，最经不起激。

果然，舒清因咬牙，坚定点头："行。"

姐妹俩打了赌，一直到洗漱打扮好，出门下楼吃早餐的时候，两个人也没再说一句话，陷入了短暂的冷战中。

在餐厅碰到沈司岸和孟时的时候，就连两个男人也察觉出这对姐妹的状态有点儿不对。

等姐妹俩选好早餐，要入座用餐了，果然是分别坐了两张桌子。

沈司岸和孟时同时陷入了为难，是选择坚定地跟兄弟坐在一起，还是去找各自喜欢的女人？大约纠结了两秒钟，两个男人默契地将友谊之花踩在脚底，分别走向了两张桌子。

舒清因正无聊地用叉子戳着盘里的生菜，沈司岸端着盘子过来坐到了她对面。

她没理他，继续戳生菜。

沈司岸有些无奈地看着她盘子里的早餐，先开了口："那生菜跟你有仇吗？都快被你戳成腌菜了。"

舒清因回过神来，这才停下手上的动作，放过了生菜。

沈司岸语气带笑："跟你姐吵架了？今天居然分开坐了。"

她抬起头，幽幽地望着他。就是因为眼前这个男人，她和徐茜叶差点儿吵起来，还打了个赌，把她最近的新宠给当成了赌注。

舒清因看沈司岸的眼神，越看越像是在看一个罪魁祸首。

她也不管自己当时是主动替沈司岸说话，反正就认定这个男人害她把她的宝贝爱车当了赌注。

回过神来的舒清因这才惊觉被徐茜叶坑了，但木已成舟，再难更改。

"刚刚是生菜，这会儿是我吗？"沈司岸被她盯得耳根微红，但又隐约从她的眼神中读出，那不是秋波，那是怨念。

舒清因收回目光，叹了口气。

"你要记得我对你有恩。"她忽然没头没脑地说了句。

沈司岸莫名其妙，不明白她说的是哪门子恩。

"如果我的 718 没了，那都是你的责任。"舒清因咬牙，霸道地说，"你得再赔我一辆。"

舒清因小算盘打得响，本来正暗自高兴着，包里的手机响了。

她掏出来看，是宋俊珩发过来的微信，无论是发微信的人，还是微信的内容，都瞬间浇灭了她的热情。

　　宋俊珩：我爸说，初七如果你不忙的话，让你过来一趟。

舒清因闭上眼睛，有些厌烦。

离婚不过签个字的事儿，财产分割也可以交给律师去办，这些都很简单，唯独人情方面，剪不断理还乱，总给她一种这婚还没彻底离掉的感觉。

她最怕的就是这个。无论是她这边，还是宋氏那边，都还需要她去周旋。

但不管怎样，这婚总算是离掉了，之后做的所有事，不过是为了彻底和宋俊珩划清界限。

舒清因：好。

她回了个字，收起手机，眼前的早餐怎么都吃不下了。

舒清因这桌的气氛好歹不算太尴尬，能勉强聊得下去，徐茜叶那桌就尴尬了。

其实这事儿也不能赖孟时，他想过很多被徐茜叶拒绝的理由，万万没想到理由居然会是那个。有的男人是因为那方面不行被女人甩了，他是因为太行被女人甩了。这事儿说出去，别人估计都会觉得他太自恋。

她还拿其他男人举了例子，说她和其他男人就挺好的，唯独到了他这里，她实在受不了。

虽然从表面来看这是在夸他，但孟时实在高兴不起来。她拿别的男人跟他比，他觉得她没心没肺，连这种事都能搞出个对比实验分析出结果来。

孟时沉着脸，越想越闹心。

徐茜叶看他明明坐过来了，却冷着张脸半天不说话，她本来也有些心虚，只好先找了话题聊："你是怎么知道我在我妹妹这里的？"

孟时语气平静："Senan 说的。"

徐茜叶不解："他为什么要告诉你？"

　　她不觉得沈司岸这种奸诈的商人会不求回报地给她和孟时当红娘牵线。

　　"你说呢？"他抿了口汤，神情依然冷淡。

　　徐茜叶越想越觉得不对劲："我本来是过来陪我妹的，他把你叫来，我妹就一个人了。而且他这时候本来应该在港城，却在大年三十那天晚上赶回来了。"

　　她看了眼不远处那桌的两个人，原本是心里的猜想此时越来越肯定。

　　"他不会真喜欢因因吧？"徐茜叶倏地睁大眼睛，语气里充满了不可置信。

　　孟时蹙眉，心想，这很难猜吗，为什么震惊成这样？

　　"不会吧，他俩明明看对方很不顺眼啊，"徐茜叶受到冲击，眉头皱得老紧，"怎么就喜欢上了？"

　　本来昨天她听说沈司岸是在酒店过的年，就有点怀疑了，舒清因说没有，她想想也觉得不可能，遂没再往那方面想，只以为沈司岸和舒清因一样可能是和家里人闹矛盾所以跑了出来。

　　她想起半夜的时候，沈司岸把她叫醒，让她回去陪舒清因睡觉。

　　她当时好梦正酣，被人叫醒难免有些烦躁，语气有些不耐烦，说舒清因这么大个人了，不用人陪着睡。

　　当时沈司岸神情困倦，语气很轻，说她害怕一个人睡。

　　徐茜叶当时太困了，脑子不清醒，没觉得这句话有什么问题。现在想想才觉得太有问题了，宋俊珩和她妹妹结婚一年，都不知道她妹妹其实是害怕一个人睡觉的。

　　徐茜叶挫败地捂着额头，暗骂自己实在是太迟钝了。然后一想，舒清因这个当事人比她还迟钝，心里又突然好受了点。

　　没过多久，她又笑了起来，笑得有些毛骨悚然。

　　"那辆718是我的了。"

吃过早餐，徐茜叶单方面和舒清因和好了，一想到自己白捞了一辆车，她就觉得这个表妹看上去格外的可爱。

在酒店窝了好几天，直到春节假期的最后一天，舒清因发现她放在桌上的718的钥匙不见了。

她今天和宋俊珩约好了要去一趟他家，和他家里人谈谈离婚的事儿，算是给她和宋俊珩的关系彻底画上个句号。怎么说也是前婆家，离了婚宋氏也还是合作方，舒清因不能不卖这个面子。

可现在车没了，她第一反应就是徐茜叶把它开走了。

舒清因立马给徐茜叶发了微信过去，那边承认得很爽快，车确实是她开走的。

> 舒清因：这赌你还没赢，谁给你的勇气开走的？
> 徐茜叶：迟早的事，早开走晚开走不都一样？

舒清因更气了。

> 舒清因：我现在要用车，最近我就停了这么一辆车在停车场，你现在让我怎么办？
> 徐茜叶：你对门不是住着位有钱公子哥儿吗，你跟他借辆车呗！

舒清因给徐茜叶发了个扛刀的表情包，徐茜叶回了她一个"不用谢朕"。

她叹了口气，只好去对门找沈司岸借车。

过年放假，这位公子哥儿也闲，这会儿正窝在房间里看电影。

沈司岸看到是她来了，笑得有些散漫："小姑姑这又是怎么了？"

搞得她好像经常来找他似的，舒清因细想了下，确实是这样。

"借辆车。"她直接说。

沈司岸挑眉："你的车呢？"

"被偷了。"

看她这咬牙切齿的样子，沈司岸有点信她车是真被偷了。

"进来拿钥匙。"他给她让了道。

舒清因拿到了车钥匙，想跟他说声谢谢，结果他先问了句："今天你们恒浚还没上班吧？你是要去哪儿？"

"去一趟宋家。"她说完，拿着钥匙冲他挥了挥手，"谢了，我走了。"

"你等等。"男人从背后叫住她。

她回过头："怎么了？"

"车钥匙还我，"他抿了抿嘴，语气僵硬，"我送你去。"

舒清因不解："为什么？"

沉默良久后，沈司岸终于说出了个理由。

"你开我的车，我不放心。"他顿了顿，又补充道，"我怀疑你的车技。"

舒清因有些惊讶："你是不是偷偷调查我了？"

沈司岸："调查什么？"

舒清因咬唇，有些屈辱地盯着他："你知道我考科目二挂过两次的事儿了？"

沈司岸本来是随便找个借口，这会儿是真的不放心她开自己的车了。

他开着车送舒清因去了宋家。

宋俊珩原本在大门口等人，见到有辆车开进铁门，知道那是舒清因过来了。

是的，确实是舒清因，只是还有另一个人。

宋俊珩真没见过这么厚颜无耻的人，平常老出现在他面前给他添堵也就算了，他前妻到他家来跟他家里人谈离婚的后续事宜，这位还未上位呢就跟过来算是怎么回事儿？！

他待会儿怎么跟他爸介绍？

我前妻和我前妻那还未上位的追求者？

宋俊珩差点儿气死，就算本来不后悔离婚，这时也悔得肠子都青了。

到前婆家家里，还带个男人，舒清因神志清醒，这种事她做不出来。

"在这儿等我。"舒清因是这么安排沈司岸的。

沈司岸压根儿也不想进去，只问："十分钟能不能谈完？"

"你说呢？"舒清因瞪眼，有些无语。

"你要待久了，我就走了。"沈司岸无所谓地摊开手，"你自己把握时间吧。"

舒清因没见过这么无赖的男人，她就借个车而已，是他非要送她过来，送佛也不好好地送到西。

她也不是毫无脾气："你要走就走，大不了我待会儿自己打个车走。"

沈司岸脸上表情不爽，沉声抱怨："你跟宋俊珩还有什么好谈的？"

"你没结过婚，你不懂。"舒清因皱眉，跟他解释不清。

沈司岸被这句话堵得脸又黑了几分。

宋俊珩见两个人站在离他几米远处，不知道在说什么，也没有要进来的意思，犹豫了好一会儿，还是攥着拳头朝他们走了过去。

沈司岸看到他来了，皮笑肉不笑地打了声招呼："宋总，又见面了。"

　　这语气听着不情不愿的，宋俊珩抽抽嘴角，这男人明明是自己巴巴地跑过来，还摆出这么一副样子，好像是谁逼他来的，真的很欠教训。但他又不能跟沈司岸动手，谁知道他会不会又搞出"娇弱无力"的样子来博取舒清因的同情。

　　"进去吧，爸等你很久了。"他没理他，直接对舒清因说。

　　舒清因点头欲跟着他进去，宋俊珩瞥了眼沈司岸，发现他懒懒地靠着车门，抱着胸冷着张脸待在原地。

　　"他不进去？"

　　沈司岸一听宋俊珩这话就笑了："看不出来宋总心胸这么宽广。"

　　舒清因也很惊讶："如果你不介意的话……"

　　后面的话没来得及说完，就被宋俊珩冷声打断："很介意，所以只能委屈沈总在门口吹风了。"

　　沈司岸不屑地哧了一声，打开车门坐进了车里，打开了车内空调，怡然自得地靠着车座靠背闭上眼睛小憩。

　　舒清因和宋俊珩的心情霎时间都挺复杂的。

　　门口有个人在车里等她，舒清因的心思被分去了不少，原本是打算好好和宋氏的人谈谈，此时不得不先打好腹稿，能快点谈完就尽量快点。

　　宋俊珩他爸宋一国看到舒清因的时候，没像往日里摆出和蔼的模样，更没有招呼她过来坐，只是端坐在客厅主位上，淡淡地说："你来了。"

　　对于宋一国这个态度，舒清因也不意外，要是宋一国这时候还像平常那样把她当儿媳妇对待，那才让人怀疑。

　　比宋一国年轻不少的宋夫人站在他旁边，昂着头，不知道是昨晚落枕了，还是想给舒清因炫耀她最近刚打了针的下巴。

　　只有宋俊棋的态度和之前差不多，似笑非笑地看着她这个前嫂子，眼里带着几分幸灾乐祸。

"坐吧。"宋一国说。

舒清因坐下，宋一国冲宋俊珩挥了挥手："俊珩你先离开，我和她单独谈谈。"

宋俊珩直接拒绝："离婚的事是我和清因共同商议的结果，你要谈也该是和我们两个一起。"

"你！"宋一国怒气上涌，继而冷笑，"你想要替你前妻担着，你看人家领你这个情吗？"

宋俊珩置若罔闻，直接在沙发上坐下了。

宋一国连说了两个"行"，没再管这儿子，直接冲舒清因说："清因，我把你请过来，和你坐在这里心平气和地谈话，是看在你妈妈的份上，也是看在你们恒浚的分上。你之前在那么多媒体面前，一声招呼都不打，直接公开你和俊珩离婚的消息，这件事对我们宋氏造成了多大的影响，你心里应该很清楚吧。"

还不等舒清因开口，旁边的宋夫人立马附和："是啊，就因为这件事，我出门就能听见别人对我们宋氏议论纷纷，但凡碰上个认识的人，都要问我两句，俊珩怎么就离婚了，搞得我过年连门都不敢出。你看看你们俩闹出的这事儿哦，连累了多少人。"

"对不起，"舒清因毫不辩驳，"闹这么大，都是我的责任。"

她道歉道得这么干脆，反倒让宋一国和宋夫人愣住了。

宋一国叹气，语气柔和了几分："你们年轻人做事都太冲动，一言不合就想着要离婚，说风就是雨，现在离了，闹出了这么大的事儿，才知道错。我也不多说什么了，你和俊珩再好好沟通沟通，夫妻间没什么事是不可调和的，至于外头的那些风言风语，等你们和好了，自然也就慢慢消失了。"

舒清因摇摇头："宋伯伯，直接公开这件事是我的错，我向你们道歉。但离婚并不是我一时冲动，从公布离婚消息的那一刻起，我就没打算回头。"

宋夫人扬声："什么意思？你们这是真离了？"

"离了。"舒清因点头，"真的。"

宋俊珩敛眸，薄唇紧抿，搭在膝上的手忽地攥紧。

宋一国胸口剧烈起伏着，神色中满是失望和责备："清因，你到底怎么回事？当初和俊珩结婚，是你自己点头答应的。你和你妈妈能稳住现在的地位，我们宋氏在背后帮了你们多少？你现在说离婚就离婚，你把我们宋氏当什么？你把俊珩当什么？你把你们之间的这段婚姻当成了什么？你们不是普通人家的夫妻，这背后牵扯了多少关系，现在你说离就离，有没有想过会留下多大的烂摊子？"

"我和我妈谈过了，虽然我和宋俊珩离了婚，但福沛和恒浚的合作不会因此结束，只要福沛未来有我们能帮得上忙的地方，我在所不辞。现有的合作项目都照常，那些风言风语，能公关解决掉的都已经在年前解决了，悠悠之口我堵不住，只能拜托宋伯伯你们少上网，等这段时间过去了，议论会少很多。"舒清因语气平静，神态坚定，"我向宋氏保证，离婚的事仅是我的个人决定，绝不代表恒浚的态度。"

她知道宋氏为什么会对她和宋俊珩离婚的反应这么大，所以对症下药，先保证福沛绝不会因此受到损失，她愿意补偿。换句话说，他们在乎的根本不是她和宋俊珩离婚，而是离婚了之后的后果。

虽然已经在自己家那边体会过了，但再次从宋氏口中听到这些话，舒清因还是不由得心中叫苦。他们这段婚姻，连同她和宋俊珩，都只当成了一个商业合作。大家在乎的离婚的后果不是两个人如何离心决裂，而是这背后牵扯的利益会不会因此受损。

她和宋俊珩就像是工具，明明离婚协议书只用两个人签字就能生效，但离婚这件事，能够做主的却不是他们。

"你跟我来一趟书房，"宋一国忽然起身，"我们单独谈谈。"

舒清因点头，跟着起身去书房。

宋俊珩正想跟上去，却被宋一国厉声呵止："你还有没有把我当成你爸？我现在说什么你都不听了是吗？！"

舒清因也说："让我跟你爸单独谈吧。"

两个人去了书房，门被带上，宋俊珩按了按眉心，脸上满是愁云。

宋夫人想要上前安慰他，他提前察觉，故而低声警告："离我远点儿。"

宋夫人尴尬地后退几步，好歹她也是宋俊珩的继母，被继子这么直接警告，面子上有些挂不住，为解气，冷笑着嘲了句："早知今日，当初又何必为了跟我们俊棋争，赶回国结婚呢？"

宋俊珩冷冷地瞥了她一眼。

宋夫人被他看得有些慌，但强撑着继续说："如果当初你不回来，和她结婚的就是我们俊棋，我们俊棋可没你这么软弱，换他结了这婚，舒清因就是想离也离不成。你抢了你弟弟的结婚对象，还闹到这个地步，让整个宋氏都因为你成了别人口中的笑话，说出去我都替你害臊。"

"现在知道害臊了？"宋俊珩轻笑两声，似乎被她逗笑，"当初被我爸养在外面，还厚着脸皮把私生子给生下来的时候怎么不觉得害臊？"

私生子宋俊棋猛地站起来，龇着牙，手指向宋俊珩："宋俊珩你再说一句！"

宋夫人尖声怒喊："宋俊珩，你别忘了我现在是你妈！"

"我妈早死了，"宋俊珩淡淡地说，"你算什么东西。"

宋夫人突然仰起脸，笑容狰狞而得意："是啊，幸亏你妈死了，我才能转正啊。这还要感谢你妈，也要感谢你爸，没有他们俩，我和俊棋怎么可能顺顺利利进这个家？"

宋俊珩咬牙，眼中喷火："闭嘴。"

"我不闭嘴你能拿我怎么样？别忘了，就算你不认我这个妈，但你爸既然娶了我，那我就是你妈！"

"闭嘴！"

"宋俊珩你吼谁呢！"宋俊棋大步走到宋俊珩面前，伸手抓住他的衣领，和他对峙着，"你当初为了和舒清因结婚，抛弃了你那个未婚妻，这件事全家人都替你瞒着，你比起我们又好得到哪儿去呢？我们是一家人啊，都是为了目的不择手段的一家人，你现在把自己撇开，是觉得你最善良还是最无辜？"

宋俊珩紧紧抿着嘴唇，下巴紧绷，额间的青筋暴了起来。

"如果我是你，就很清楚该怎么做。舒清因既然能为我带来利益，就算她怎么哭怎么闹，管她是死是活，我也绝对不可能跟她离婚。她跟你离了婚，她是解脱了，但你呢？你看她还会回头看你一眼吗？你一败涂地啊，我的哥哥。"

宋俊棋说完这句话，才慢慢松开了宋俊珩的衣领。

比起宋夫人，宋俊棋其实更加阴沉毒辣，更明白要怎么说才能狠狠戳到宋俊珩的痛点。

"你替她扛了这么多，她领情吗？"

宋俊珩颓如山倒，宋夫人和宋俊棋则像是胜利者般绕过他相继离开了客厅。

书房里，舒清因站在宋一国面前。

"你是不是因为俊珩以前的那个未婚妻，才跟他闹成这样的？"

舒清因微讶，随后又想到，既然宋俊棋都知道，那宋俊珩的父亲知道也没什么好奇怪的。

他们家都知道，宋俊珩曾有个谈婚论嫁的未婚妻。为了和她结婚，宋俊珩抛下了未婚妻，没有人告诉她，也没有人同情那个未婚妻，整个宋家的人都将这件事瞒了下来。

宋一国缓了缓语气，继续劝说："清因，我劝你一句话，女人有时候不要那么强势，很多事情学会睁一只眼闭一只眼，日子就会好过很多。就算俊珩做了什么，你忍耐这一次，有你妈妈，有恒浚撑腰，他不敢真的做什么的。"

舒清因忽然"扑哧"笑出了声。

宋一国不满："你笑什么？"

"我庆幸还好自己离婚离得早。"她轻声说。

宋一国微怒："你这是什么话？"

"宋伯伯，刚刚我已经向您说明了恒浚的补偿方案，不管您接不接受，这婚已经离了，我很抱歉。"

她朝宋一国鞠了躬，转身打算离开书房。

"你等等，"宋一国叫住了她，"你知不知道，为什么你提出了补偿方案，但我还是不愿意你和俊珩分开？"

舒清因没有说话，宋一国对她这个儿媳妇其实也并没有多少不舍，想留住她无非是为了她背后的恒浚。

"你为了补偿宋氏，提了这么多，可俊珩为了补偿你，把他所有的个人资产都给了你。"宋一国顿了顿，语气渐渐变得激动了起来，"他把他的股票、基金、商铺不动产那些东西都给了你，你不愿意要的，他都捐了出去。"

当初财产分割协议上写得很清楚，她一分不要，但宋俊珩还是将水槐华府的那两套房给了她，那是他们的婚后共同财产。

"我问过律师了，离婚是你先提出来的，你和他是协议离婚，你没有证据起诉他。他不算婚姻过错方，就算你们离了婚，你也没有资格让他净身出户。他是有对不住你的地方，但你又何苦把他逼到这个份上？"

舒清因不可置信地摇头："我没有逼他。"

她提了离婚，他说了好。她问他有没有需要她配合的地方，他说没有。后来财产分割，她说自己不要那些物质补偿，他看她没有收下，再没有提起过。

　　按照婚前协议，她根本没办法起诉宋俊珩，所以并没抱着宋俊珩会爽快同意跟她离婚的期望。

　　但和预想的不同，宋俊珩同意了。

　　那他为什么要同意？

　　"俊珩为了能和你离婚，为了让那些舆论不传到你耳朵里，早在你公开离婚之前，他就已经在安排公关了。"宋一国叹气，"他是我儿子，就算他和你离了婚，他依然是我属意的第一继承人。我和你说这些，不单是为了宋氏，也是希望你能和他说说，别让他再把自己往死路上逼了。"

　　舒清因不知道自己是怎么从书房里走出去的。她出来时，宋俊珩正好在门口等她。

　　他面对她，勉强笑了笑，镜片下的眸子暗淡无光："无论我爸跟你说了什么，你听听就好。等这段时间过去了，他会慢慢接受的。"

　　"为什么净身出户？"她直接问他，"我说过我不要。"

　　他垂下眼睛，语气很轻："按照协议上说的，我是过错方。"

　　她烦躁地转开头："别用协议当借口，你不是法盲。你知道，我没有证据起诉你，你甚至可以说是我无故要求离婚。"

　　"清因，我是不是过错方，我自己很清楚。"他说，"我和你约法三章过。"

　　居然是口头的约法三章。是她刚对宋俊珩生出别样情愫的时候，一时任性和他拟定的口头协议。

　　没有人知道，只有他们知道。

　　早在决定离婚时，她就把这个口头协议抛在了脑后。既然没有继续遵守下去的意义，所谓的口头协议其实就是玩笑话，没有任何作用，他却还记得。

　　"过错方不是说谁背叛了这段婚姻，而是说谁辜负了这段婚姻。

清因，是我辜负了它，也辜负了你。你不要的那些东西，都是我应该补偿给你的，求你原谅也好，求我自己心安也好，我不知道除了这些自己还能做什么。"

他曾经亲口承诺过的话，他却没有遵守。她不要，他还是给了。

他仍执拗地守着那个约定，纵使那个约定已经随着这段婚姻的破灭变得没有意义，他却还是抱着一丝希望，也许她会捡起约定，会不忍心地回过头来看看。

"宋俊珩，你不用求我原谅，也不用求你自己心安，没有用。你懂我的意思吗？没有用。"

舒清因的态度依然决绝。就如同宋俊棋刚刚说的，她不会领情，也不会回头看一眼。

他和她的手中原本各牵着一端红线，当她牵着线朝他走来时，天光微亮，她笑容恬淡，期盼着他的回应。可他没有回应，只是端着姿态，眼看着她的笑容渐渐消失，红线从她手中松开。

彼时他才惊觉，想要抓紧，红线全部缠在他的手上，越理越乱，但能替他牵着线的人已经离开。

这个家，从那个女人和她的儿子住进来开始就不叫家了。

那个家，从清因离开的那一天起也不叫家了。

泪意染上男人的眉梢眼角，他从余光中瞥到她离开了这里，渐渐地泪意越发浓重起来，遮住了视线。胸口似乎压着千斤重的石头，每一次呼吸都像是在往身体里送刀子，一刀一刀刮得他遍体鳞伤，连最本能的呼吸都变得痛苦起来。

舒清因没有回头，走出大门后，天色已经暗了下来。

她抬手，看了眼腕表，沈司岸跟她说的十分钟，这都不知道多少个十分钟过去了。他可能已经走了。

她想，那就自己叫个车回酒店吧。

原本心里是这么打算的，却又看到了仍停留在原地的那辆车。

　　这个天气，天黑得很快，不见半点星光。车厢里的灯还开着，幽暗昏黄，只隐约能瞥见车内的大致景象。

　　男人趴在方向盘上，也不知道是不是睡过去了，只留了个头顶给她看。

　　他没走啊，舒清因想。

　　她正要朝车子走过去，手腕却突然被人从背后攥住。本来以为是宋俊珩，回过头一看才发现是宋俊棋。

　　她和宋俊棋接触不多，不明白他想干什么。

　　"嫂子，哦，不对，前嫂子，"宋俊棋笑眯眯地看着她，"这么晚了，要不要我送你回家？你一个单身女人，就这么回去多危险啊！"

第
23
章

八卦

要送她回家？

舒清因甩脱了手，礼貌地笑笑："不用，有人在等我。"接着指着不远处停着的那辆车。

宋俊棋往她指的地方看了眼，不甚在意："让你司机回去吧，我送你。"

舒清因没说话，刚刚宋俊棋说的是看她一个人回去，所以要送，现在她已经解释了不是一个人，他还是说要送。

"你有什么事吗？"舒清因看着他，"不用送我了，我就站在这里，你跟我说就行。"

宋俊棋扯了扯嘴角："女人在这个时候选择装傻会比较可爱哦。"

舒清因不耐烦地皱起眉头，察觉到他话里的某种暗示。这是刚甩了个哥哥，又来了个弟弟吗？

"男人在这种时候应该识时务一点，"舒清因冷下脸，"再见。"

"舒小姐，"他不怒反笑，"如果当初宋俊珩没回国，我现在就是你的丈夫，你对差点成为你丈夫的男人，说话不该客气点儿吗？"

一年前，舒清因刚回国，在恒凌如履薄冰，徐琳女士提出让她联姻。当时宋氏长子在国外留学，家里只有一个二少爷。

这位二少爷长得不错，人也是去国外镀了层金回来的，听说性格幽默风趣，很会哄女人。

但徐琳女士还是第一时间把他给否决了。

前几年宋一国的原配夫人去世后不久，宋一国就娶了新人，众人这才知道，原来这个女人早就为宋一国生了个不比长子小几岁的儿子，这可真是藏得太好了，好到连长子宋俊珩也是在宋一国结婚后才知道有这么个弟弟存在。

徐琳女士毫不犹豫地否决了这位二少爷，直到宋氏长子宋俊珩提前回国，才拍板订婚。

徐琳和舒博阳的商业联姻在圈子里一直被奉为美谈，典型的先婚后爱剧本，说是神仙爱情也不为过。

徐琳女士世家出身，舒博阳又是圈子里出了名的儒雅温和，两个人相结合，生下舒清因这么个掌上千金，肯定不会让独生女嫁给一个情妇的儿子。

"说实话，当初要不是他突然回国截和，我们也不至于变成叔嫂关系。"宋俊棋目光在舒清因漂亮的脸上转了一圈，"现在你们已经离婚了，舒小姐不妨考虑考虑我？我也姓宋，和我在一块儿，福沛和恒浚照样能继续当好伙伴，你说呢？"

舒清因想笑。合着他们宋家，最正常的居然是宋俊珩。

"我刚和你哥离婚，你就这么急不可耐地跑过来毛遂自荐，"舒清因讥讽道，"你是嫌你们家拿的狗血剧本还不够刺激？"

宋俊棋像是听不懂她的话，甜言蜜语可劲儿地往外说，荼毒舒清因的耳朵。

"那是我哥不懂得珍惜你，我跟他不一样，我是真心欣赏舒小姐的。"

"你欣赏我什么？"

宋俊棋盯着她的脸，目光又从她的脸挪向她外露的脖颈。这会儿天气还没回暖，舒清因穿得厚，只有脸和脖子露在外面，就连一双手都插进了大衣兜里。

但能看到这张脸就足够了。

气质清冷，眉眼秀婉，就连横眉冷对都别有韵味，她皮肤白，在这灯光昏暗的夜色中，更显得年轻娇嫩，舒清因本身长得漂亮，再加上出身富裕，养出了这一身大小姐气质，给人的感觉，疏离又优雅。越是接触她，越是能一眼瞧出她和普通女人的不同来。

"方方面面都很欣赏。"宋俊棋柔声说，"舒小姐自己察觉不出来，你有多招男人喜欢。"

舒清因胃里一阵翻江倒海。她最看不起这种男人，如果不是因为他冠了个宋姓，她连看都不会看一眼。

舒清因对待男人的态度向来就很冷淡，这样的恭维，放在她念书那会儿，不知道听过多少回了。她自认给宋氏面子，对宋俊棋的态度已经足够耐心，但他显然别有所图。

"就算宋俊珩没回国，"舒清因语气平淡，"那也轮不到你。"

宋俊棋脸上的笑容突然僵住了，没想到她会这么直白。

没有对比就没有伤害，舒清因突然觉得宋俊珩也没那么讨厌了。比起他弟弟，宋俊珩简直可以说是温润如玉、斯文俊秀的极品男人，如果不是他前未婚妻的事儿太让人糟心，也许舒清因还能再试着和他相处下去。

只可惜这世上没有如果，上天注定他们宋家的人不是这儿不好，就是那儿不好，总之没一个能入眼。

"舒清因，我给你面子才想送你回家，"宋俊棋的语气也跟着冷了下来，"你别不识好歹。"

舒清因这时候反倒笑了起来："二少爷放着好好的少爷不做，非要给我当司机，我受不起。"她生起气来，说话都带着刺。

宋俊棋会哄女人，基本上只要他哄上个两三句，女人也就乖乖听话了，这么嚣张的他还是头一次看到。不过舒清因有嚣张的资本，宋俊棋不敢拿她跟那些女人比，却又觉得她这种尖牙利爪的女人连生起气来，都漂亮得不行。

论家世，宋俊棋没法跟她比，他只能从别的方面挫挫这女人的气焰。

"如果早一年舒小姐这么跟我说话，我可能还会受着，但请舒小姐别忘了，你已经是离过婚的女人了。就算你再漂亮，再有能力，离过婚就是离过婚，离过婚的女人就相当于二手市场里不值钱的返架商品，任外表再高贵，也不能掩盖是二手货的事实。我不在意你离过婚，还愿意捡我哥穿过的破鞋，你想想，像我这样的男人有多难得。"宋俊棋扬起眉毛，"舒小姐应该珍惜你下半辈子为数不多的桃花运才是。"

被这样诋毁，舒清因也不见有什么暴怒的情绪上头，反而冷静淡漠地看他，像是在看小丑演戏。

宋俊棋以为她是反驳不了，遂又换了个语气跟她说："舒小姐想通了吗？"

舒清因微笑，声音甜美："通个屁。"

宋俊棋一时没反应过来，眼前的漂亮女人居然在骂他。

"我告诉你，我有钱有貌，就算离了婚，追我的男人都能从这儿排到巴黎，你要想追我，"她指了指自己身后，"到后面领号码牌，排队去。"

她说完这句话，连看都懒得看他一眼，直接下了门前台阶，往车子那边走去。

宋俊棋骂了句脏话，跟了上去，仍对她纠缠不休。

"舒清因，你别太自恋了，你凭什么认为自己离了婚还能有大把的男人追求？我告诉你，离了婚的女人就是掉价，没哪个男人会自降身份去追一个掉了价的女人。"

舒清因的手已经摸上了车子副驾驶位的门把手，宋俊棋却还在那儿宣扬他的那套理论。

她深吸口气，转头看着他："我掉价，那你追着我干什么？不还是上赶着要来给我当司机？你连自己的前嫂子都敢追，你不但贱，你还没有道德。你刚才不是说我应该珍惜为数不多的桃花运吗？我告诉你，我的桃花多得能排到法国。追我的男人如过江之鲫，你连条草鱼都算不上。现在赶紧给我滚，不然你信不信我能把你骂到今天晚上就去见上帝？"

舒清因舌灿莲花，一段话说得行云流水，把宋俊棋说得目瞪口呆。

"舒清因，你有本事再骂一句，你再骂一句！"宋俊棋气得满脸通红，指着面前的女人，目眦欲裂，连说话声音都带着颤音儿，"你别以为我不敢动你！"

舒清因呵呵冷笑："再骂一句哪儿够啊？我告诉你，你这种人，我骂上三天三夜都不带重样儿的！"

压抑了许久的情绪终于在这一刻彻底爆发，平日里用不上的那些话，今天有个人站在这里当靶子，她索性就教教他如何做人！

骂到兴起，把舒清因的家乡口音都给带了出来。

宋俊棋气得大骂一声。

舒清因正要接着说，忽然听见身后传来一阵愉悦的笑声。她暗叫不好，转过头，车子里的沈司岸不知道什么时候醒过来了，一手扶着方向盘，一手捂着肚子，笑得畅快。

舒清因顿时面如死灰，她那冰清玉洁、优雅高贵的仙女人设彻底塌了。

沈司岸笑够了，从那边下车，绕过车头走到他们面前。

宋俊棋看到是他，顿时惊讶地张大了嘴："沈……沈总，你怎么会在这儿？"

沈司岸笑得脸有些红，英俊的五官舒展开来，声音里还带着几分意犹未尽："我上赶着来当司机的。"

舒清因捂脸，他到底听到了多少啊？！

"你和她，"宋俊棋指着他，又指向舒清因，目光呆滞，"你不是她……"

大侄子吗？当初他还听沈司岸叫她小姑姑来着。

"哦，我是她的桃花运之一，也是过江之鲫中的一条鲫鱼。"沈司岸轻轻笑了笑，"还有，谁允许你插队到我前面来的？"

宋俊棋赶紧摇头，后退了一大步："您误会了……"

"那我刚才听你说的那些话，也是我听力不好听岔了？"沈司岸迅速退去笑容，眸色渐深，阴着张脸仿佛要索人性命。

宋俊棋还想说什么，已经被他一脚踢在了腹上，两脚跟趔趄着，狼狈地摔倒在了地上。

沈司岸用的劲儿比较大，光这一脚，宋俊棋爬起来就得费不少力气。

比起打宋俊珩，这回算是多用了几成的力气，宋俊棋刚要站起来，沈司岸又用手摁在他的肩上，把他摁了下去。

他蹲下身，用手拍了拍宋俊棋的脸："刚刚你骂她什么？你再给我复述一遍听听？"

傻子才会复述，宋俊棋闭口装哑巴。

"本来觉得宋俊珩不怎么样，可跟你这个弟弟一比，你哥在我心里突然顺眼了那么点儿。"

他起身，抬起长腿又作势要踢他。

宋俊棋立马认怂："对不起对不起，我是恼羞成怒，我跟舒小姐道歉，对不起对不起。"

沈司岸痞笑两声，双手插在裤兜里冲舒清因努了努下巴："小姑姑，解气了没？"

其实她刚刚骂了那么多，早就解气了。

舒清因点头："解了了。"

"行了，那走吧。"

两个人坐上车，沈司岸单手扶着方向盘，靠着椅背，眼睛盯着后视镜，娴熟流畅地倒车，转而用车屁股对着宋俊棋，喷了宋俊棋一脸的车尾气。

车子扬长而去。直到开上了公路，舒清因这才鼓起勇气，小声问他："我刚骂人，你都听到了？"

沈司岸开着车，"嗯"了声："听到了。"

"你听懂了？"

"听懂个大概吧，"沈司岸轻笑，"挺押韵的。"

舒清因扶额："这个时候你应该当作没听到才对。"

而且，她不觉得这算是夸奖。

"那不行，"沈司岸勾唇，声音低沉，"你刚刚骂人的样子多漂亮啊。"

仙女骂人不叫骂人，那叫舌灿莲花。

舒清因脸上发烫，也不知道是羞的还是丢脸丢的。

正当她不知说什么时，沈司岸倒先开口了："你这刚离婚，就立马有人凑上来了。挺厉害的。"

这话阴阳怪气的，尤其是"厉害"那两个字，说得极重，压低了嗓音，淡漠又讥讽。

舒清因抿唇。她个性冷傲，对男人一向是敬而远之，有人往上凑，能怪她吗？

"他凑上来，到底是因为真喜欢我，还是别有所图，你还不知道吗？"舒清因翻了个白眼，"我又不傻。"

男人低笑了两声，漫不经心地问她："那他要是真喜欢你，你就考虑了？"

舒清因轻嗤："怎么可能，他不在我的考虑范围内。"

"那谁在？"他几乎下意识地问了出来。

舒清因顿住，侧头看着他，沈司岸正开着车，没法转头和她对视，他的侧脸被玻璃外透进的灯光映得有点恍惚。她看不透他的表情，而男人也始终没有让她看透。

这话到底只是顺着她的话问出口的，还是他真的想知道答案，无从得知。

车厢内陷入沉默。舒清因转移了话题，对他说了声谢谢。

沈司岸："谢什么？"

"谢你刚刚帮我撑他。"

"我只帮你打了他，没帮你撑他，"他说，"谢也不谢到点子上。"

舒清因皱眉："我都说谢谢了，你还这么多要求。"

"你这是谢人的态度吗？"沈司岸瞥她。

车子开到路口，沈司岸靠边停了车，舒清因不知道他要干什么，却见他朝她伸出胳膊，他的指尖点在了她刚刚皱起的眉头上。

"你看看你这表情，不知道的还以为是我逼你干什么了。"他又轻轻戳了戳，"这委屈的样子，委屈什么呢，啊？"

舒清因往后仰头，试图躲开他的手。他却又将手下移了几分，捏住了她的一边脸。

舒清因："松手！"

"让你十分钟搞定，你怎么让我等了这么久？"他低声责怪她。

"十分钟怎么可能搞定？"她打他的手，"你松手。"

他不松，反倒捏紧了几分："那你搞定没有？"

舒清因觉得脸有点疼了："搞定了，搞定了，痛，松手。"

沈司岸喉间发出一声冷哼，放开了她的脸，舒清因赶紧揉揉自己的脸，仰着脖子从后视镜里仔细观察自己刚刚被他捏住的那边脸。

"没留印。"他怎么可能真的用劲捏她，"你说的搞定，是以后不用再跟宋家他们那些人见面的意思吧？"

舒清因侧过头瞪他，沈司岸下意识地蹙眉，不知道她这是又发什么脾气。

她恨恨道："就算要见面，我也不会再找你借车了，你放心吧。"

沈司岸太阳穴突突跳了两下，压低了嗓音问她："你不跟我借车，难道真想让宋俊棋送你？"

"我不用人送，"她补充，"我明天就去买新车。"

沈司岸皮笑肉不笑："你的718呢？真被偷了？"

之前还听她说起过这辆车，没想到这才几天就没了。

"徐茜叶开走了。"舒清因气呼呼地抱着胸，嘴里念叨着。

沈司岸没听清，不过看她那样子，估计是在骂她表姐。

"她开走了你的车，你不会去要回来？至于气成这样？"

舒清因辩驳："她非说我肯定会把那辆车输给她，不知道她哪来的自信。"

"输什么？"沈司岸抓住关键字，"你跟她打赌了？"

舒清因突然不说话了。

沈司岸挑眉："赌了什么？"

这怎么能说？舒清因只好装哑巴。

男人懒懒催促她："嗯？"

"开你的车吧。"舒清因咬唇，"别问，我不会说的，除非你愿意买一辆718补偿我。"

"行啊，"男人很干脆，"给你买，说吧，赌了什么？"

回酒店之后，舒清因第一件事就是打电话找徐茜叶问罪。

徐茜叶的语气听上去一点儿认罪的意思都没有："我不是让你问沈司岸借车吗？你没借？啧啧啧，舒清因，你怎么这么尿啊，不就借个车？"

"你才尿，我跟他借了，"舒清因咬牙，"重点不是这个，你赶紧把车给我还回来。"

只可惜徐茜叶的重点又错了："真借了啊？那你跟宋俊珩说没说你是开的沈司岸的车子过去的？宋俊珩什么表情？肯定很精彩，快给我说说。"

宋俊珩当然不会问那辆车是不是沈司岸的,因为沈司岸就是和舒清因一起过去的。但这不能说,说了这电话就挂不成了,徐茜叶肯定会接着问下去。

"打住,你到底什么时候把车还我?"

徐茜叶呵了声:"舒清因,愿赌服输啊,这车你都输给我了,哪还有要回去的道理?"

"我什么时候输给你了?"舒清因不知道她哪来的根据说这种话,"我现在连个男朋友都没有,我怎么就输了?"

"你要男朋友?"徐茜叶语气里的笑意越来越明显,"对门不是有个现成的吗?"

舒清因张了张嘴,语气惊慌:"你瞎说什么!"

"你慌什么?来,我问你,你对沈司岸到底什么感觉?别跟我说你把他当侄子,他压根儿就没把你当姑姑看。每次听到他叫你小姑姑,我鸡皮疙瘩都掉一地,你们这游戏要玩儿到什么时候?"

舒清因被徐茜叶这一连串的问题问得措手不及。

"舒清因,我不信你对他没一点儿感觉。"徐茜叶接着说,"你自己想想,这酒店你都住了多长时间了?你又不是没房子住,水槐华府那两套房子宋俊珩都给了你,你但凡叫人收拾一间出来,这会儿早搬出来了,用得着一直住酒店?你别跟我说酒店住着舒服,是个正常人都不会这么觉得。你那辆车子输我是迟早的事儿,我不信你和自己喜欢的男人离得这么近,你不会对他有什么念头。"

舒清因死撑着最后一口气:"我没有!"

"行,你就嘴硬吧,我看你能嘴硬到什么时候。"徐茜叶冷哼,"车子明天我给你送回去,反正我话就放这儿了,你要对沈司岸没点别的想法,我叫你一声姐姐。"

徐茜叶挂掉了电话。

舒清因烦躁地将手机狠狠往地毯上砸去,好在地毯柔软,手机尚且无虞。

这样被人直接戳穿心思,实在难堪。

有些事她不想承认,不代表没有,就像之前她对宋俊珩,虽然一再否认,却还是兜头陷了进去。

她怎么能重蹈覆辙?

当初回国,徐琳女士说要给她安排联姻,还特意问过她,有没有正在交往的男朋友,如果有的话,让她在订婚之前,先把关系处理好。

哪儿会有呢?她觉得没有任何男人能比得上爸爸。

她外出求学时,舒博阳还没去世,知道她一个人在外,有时候难免寂寞需要人陪,爱女如命的父亲终于松了口,同意女儿如果碰上喜欢的人就试着交往看看。可她还没来得及睁开高傲的眸子看看那些追求者,爸爸就去世了。

徐琳女士在她眼中一直是严肃和干练的母亲形象,然而就在爸爸去世后,她看到了徐琳女士的另一面。

永远精致得体的妆容也遮不住她迅速憔悴下来的脸,时光原本给予了这个女人无尽的偏爱,却又在这短短的几年里将岁月并数还给了她,在她脸上刻上无数道苍老和疲倦的痕迹。她的妈妈,原来也是会哭的。

舒博阳有一支陪伴了他多年的钢笔,烤漆笔面早已被磨得光滑发亮,而徐琳女士坐在丈夫的书房里,握着那支笔,泣不成声。

舒博阳离世那天,徐琳女士在病床前看着他的脸被盖上白布,没有哭;舒博阳出殡那天,徐琳女士走在送灵队伍的最前面,没有哭。可在他彻底尘归尘、土归土之后,她坐在他的书房里,捧着他最常用的那支笔,哭得肝肠寸断,恨不得把这些日子苦苦压抑的眼泪都给流干。

或许，直到那个时候她才彻底意识到，有个人永远离开了这个世界。

当时，舒清因已经哭累了，双眼泛红，叫徐琳女士下楼吃饭。

徐琳女士摇头，说吃不下。

舒清因当时有些生气，爸爸已经离开了，她妈还要跟她闹绝食，要是连她妈都病了，那怎么办？

像徐琳女士平常训斥她时那样，舒清因完美地模仿着对方的语气，将那些训斥还给了徐琳女士。

徐琳女士只笑了笑，没生气。

"清因，你爸爸，死了。

"我的丈夫，死了。

"我最爱的那个男人，死了。"

就是再优秀、再深情，也逃不过"死别"二字。她一连说了三句话，不断地重复着这个事实，好像是在让自己接受这个事实。

那之后，徐琳女士恢复了原来的样子，重新做回了那个雷厉风行的徐总。

舒清因渴望能遇到像父亲那样的男人，却又害怕那个男人最终也会离开她。倒不如孑然一身，听从安排，联姻也好，合作也罢，只要她不付出感情，就不会受到伤害。

可她终究是个普通人，她喜欢上了宋俊珩，而这个男人，给她带来了伤害。

说她胆小也好，说她懦弱也罢，她不敢再尝试了。

舒清因拿起手机，想了很久，拨通了张助理的电话。

"舒总？新年好啊，明天上班我给您带些家乡特产，希望您别嫌弃。"

舒清因："不会，谢谢你。那个，不好意思，还没上班就打电话给你。"

"哪儿的话，舒总有什么事吗？"

"我要搬家，"舒清因揉着眉心，神色疲倦，"你帮我安排下，看看我名下有没有合适的房子，最好离公司比较近，找人去收拾收拾，我想尽快搬过去。"

"好的，没问题。"

张助理效率很高，第二天上班的时候，他就已经挑好了几处房子，整理成了文档交给她选。

她有些惊讶："这么快？"

"舒总，您不是说尽快吗？"张助理眨眨眼睛。

舒清因后知后觉地点了点头："是啊，我是说尽快。"

她打开文档，不太专心地扫了眼上面的图片和文字，没过几分钟，又将文档放下了。

张助理："这些都不满意吗？那我再去做一份。"

"不用。"舒清因抿唇，转而又问，"放假这段时间积压了不少文件吧？我先处理这些，房子待会儿再看。"

张助理点点头，然后回去又拿了一摞工作文件过来。

没想到还真积压了这么多，这些蓝色文件夹叠起来估计能有半米高。

"这些文件都需要舒总您过目，"张助理边替她整理边说，"还有些您看过了，要再拿给晋总过目。"

她直接起身："哪些？待会儿我自己上楼拿给他吧。"

张助理被上司这突如其来的工作热情给惊到了，一时间没反应过来，下意识地问了句："舒总，您这是怎么了？"

她蹙眉："什么怎么？"

这又是搬家又是努力工作，特别像那种刚失了恋决心振作起来的女人，就差握拳喊两声"加油"了。

张助理跟了她这么久，对这个上司的工作和生活各方面都算比较了解，她不是这种咋咋呼呼的个性。他想起舒总年前突然公布了离婚的消息，顿时秒懂，心情也跟着复杂了起来。

他们舒总啊，终归还是个小女人，离婚对她的打击居然这么大，他还以为像舒总这样的女人，第一天离婚第二天就能满血复活，没想到一个假期过去了，她还没从打击中恢复过来。

也是，外面的风言风语那么多，舒总一个女人，就算从上一段婚姻中走了出来，又怎么能经得起流言蜚语的打击呢？

"舒总，您不用在乎外面那些人说什么，生活是自己的，"张助理神色认真，语重心长，"您还这么年轻，您要为自己而活啊。"

舒清因忽然好奇起来："外面那些人说我什么？"

她是真不知道，原本也不想知道。自从离婚的消息公布后，她就减少了上网的次数，这段时间手机也只当成了通信和转账工具在用。外面的传闻半真半假，三人成虎，她让人去公关就行，没必要自己去找虐。

张助理立马摇头："没什么。"

舒清因没再细问，他不想说就别说了，反正肯定不是什么好话。但很快，她发现有些东西就算她不刻意去看，上天也不会轻易放过她。

她拿着文件上楼去找晋绍宁的时候，发现走过的地方有几个人聚集在一起，见她来了连忙散开，整齐划一地叫声"舒总好"。

如果不是谈论她，大可不必这样此地无银三百两般地散开，但这些人反应快，她一个字也没听见，也没法从他们面上判断出是好话还是坏话。

抓不到把柄，舒清因没地方发脾气，只能憋在心里。

终于走到了总裁办公室门口，至少在晋叔叔的办公室里，能寻求片刻的宁静。

她推门进去的时候，晋绍宁还在和别人远程视频，也没特意避着她，视频还没关上就让她进来了。

　　"I will consider going back（我会考虑回去的）。"她听见晋绍宁说了这句话，是标准的美式口音。

　　很快，视频关了，晋绍宁双手交握，端坐在办公桌前，看着迎面走来的她："什么事？"

　　舒清因这才将手上刚打印好的文件递给他。

　　晋绍宁点点头，接过文件看了起来，边看边问她："我之前听你妈妈说，柏林地产打算办酒会？"

　　"嗯，打算在年中办。"

　　"那也快了，现在是二月，"晋绍宁说，"光是筹备就要不少时间。"

　　"过两天我就给策划部发通知。"

　　晋绍宁赞同道："这件事交给下面的人来做就行了，柏林地产既然是主办方，我们就不要插手太多。"

　　"好。"

　　晋绍宁没再说话，专心地看起了文件，她坐在他对面，思索着他刚刚说的那话是什么意思。回去，回哪里去？回 M 国吗？

　　趁着晋绍宁低头看文件，舒清因将手搭在桌上，握成拳头，犹豫半天还是问了："晋叔叔，你是要回 M 国了吗？"

　　晋绍宁抬眼看她，又淡淡扫了眼电脑屏幕，知道她刚刚是听到了他的话，所以大概猜到了。

　　"嗯。"晋绍宁承认。

　　舒清因搞不懂自己现在是个什么心情，晋叔叔刚来的时候，她对他充满了警惕，生怕他是来抢东西的，后来渐渐改变了对他的看法，又拼了命地努力学习，争取能早日独当一面，证明给他和徐琳女士看。

　　他都在考虑回 M 国的事了，说明她的能力已经得到了认可。拿下了和柏林地产的合作，她的晋升之路比预期的要顺畅不少。

可现在，她想挽留他，却又觉得自己的这个想法很荒唐。不但荒唐，而且任性。

昨天晚上她做了个梦，她梦到自己、徐琳女士、晋叔叔，还有沈司岸和徐茜叶，几个人围坐一桌在吃年夜饭，那个梦不真实，却很温暖，整个场景就像是被打上了一层暖黄色的滤镜。

然后，她看见爸爸站在一旁，在冲他们笑，舒清因起身想让爸爸过来，爸爸摆摆手拒绝，说自己待会儿就要走了。

后来，她醒了，却没有任何的梦魇感，反而想继续睡过去，将那个梦接着做下去。她甚至想，如果晋叔叔一直留在这里，也没什么不好的。

但她没有理由让他留在这里，他的工作、他的事业都在国外，晋绍宁留在这里，完全是应徐琳女士的请求，出于同窗情谊，暂时留在国内而已。

她做的那个梦，并不真实。

晋绍宁会回 M 国，沈司岸也会回港城。

舒清因垂下眼睛，掩下眸中的失落，晋绍宁叫了她两遍，她才回过神来。

"怎么了？"

舒清因摇头："没什么，那你回 M 国的事，我妈她知道吗？"

"还没说，"晋绍宁语气平静，"也没必要说，我一开始就跟她约定过，等你能撑起大局，就把恒浚交还给你们。"

舒清因从办公室出来的时候，总裁办的人都在悄悄打量她。只可惜他们也看不出什么，一直等到舒清因下楼，几个人才在一起交头接耳。

"小舒总怎么看上去无精打采的？"

"废话，你离了婚你心情能好？"

"这么说，小舒总还没忘情？"

"福沛的少东家再怎么说也是一表人才，哪能这么快就忘记？"

"那小舒总和柏林地产的沈总还有没有可能了？"

"没影儿的事，你难道还真信行政部那些人说的话了啊？同志，做人要现实点。"

"我怎么不现实了？之前还有人说沈大少为爱当第三者呢，这么不靠谱的话都有人信。"

"那沈总到底有没有当第三者？"

"你在想什么呢，怎么可能？"

"都离婚了，什么第三者不第三者的。"

"小舒总都离婚了，那也不能叫第三者了吧？"

"你当沈总缺女人还是怎么的？说句不好听的，虽然说小舒总离了婚，以她的条件也不愁再找新的，但找沈总肯定没戏，算是高攀了。"

"同意，而且沈总不至于吧，他自己还没结过婚呢。"

"你们是不是恒浚的人啊，这时候应该站在小舒总这边吧？"

"这是事实啊，这跟站哪边儿有什么关系？反正现实就这样，当了这么多年打工人这点门道还没参透吗？"

"没意思，我本来还以为小舒总离婚以后立马就能找到第二春的。"

"你当第二春是你养的宠物狗呢？叫两声就来啊。"

总裁办的几个人同时沉默下来，这八卦越聊越没意思。

几个礼拜后，因为柏林地产酒会的策划案，沈司岸再次驾临恒浚集团。

和上回差不多，一众高层站在大门口等着沈司岸过来。只不过这回小舒总没下楼，只在会议室等他。

会议室只有开会的高层们能进去，其他员工竖起耳朵往会议室门口凑，奈何这门隔音效果太好，什么也听不见。

恒浚除上司外全员都在的工作群再次热闹了起来。

　　我第一次这么想旁听高层开会。

　　我恨我没好好工作，如果我上班少摸点鱼，说不定已经坐在里头开会了。

　　有没有哪个部门的老大会议期间容易口渴要喝水的？找个人进去倒杯水啊。

　　我看到有人进去了！

　　哪个部门的？！出来汇报！

　　小舒总的助理张赫。

　　张赫不在群里？居然没人拉他进群吗？

　　他不属部门管啊，只在小舒总手底下工作，总裁办的那几个也没加群来着。

　　我们居然错失了第一手消息！

群里找不着张赫，有几个胆子大的蹲守在会议室门口，等到张赫出来，立马闪过两个人，一人抓住张赫的一只胳膊，把人拖进了角落里。

张助理瑟瑟发抖："干什么？"

"说吧，会议室里面发生了什么？"

张助理："没发生什么啊，开会呢。"

一个人继续问："除了开会呢？说了些什么？"

"就酒会的事情啊。"

另一个人不耐烦地打断："哎呀，你这样能问得出个屁，我直说了，小舒总和沈总之间有没有什么事？"

张助理眼神茫然："什么事？"

"他们有没有眼神交流？"

"没有吧。"张助理想了想，说，"小舒总一直盯着 PPT，反正我在里面的时候，她没往沈总那边看过一眼。沈总……沈总好像不太专心，左看看右看看的。"

原来沈总开会也会开小差。

"那他们说话没有？"

"说了，"张助理复述，"沈总说，酒会的事情不急，他会和我们舒总再商议。"

两个人双目顿时放光，不住地点头，催促他继续："嗯嗯，然后呢？"

"然后舒总说，沈总难得过来一趟，有什么问题就在这会议桌上一次性提出来最好。然后沈总又说，他一时半会儿也想不到有什么问题，等会议结束了，他再和舒总商量。舒总就说，她最近忙，除工作时间外不太有空。"

"嗯嗯，继续往下说。"

"然后沈总问她忙什么，舒总没说话。我当时看气氛有些尴尬，就帮舒总回答了。"

"你回答什么了？"

"我说小舒总最近忙着找新住处。"

"哦，也是，离了婚肯定要换地方住的，然后呢？"

张助理顿时语气变得有些委屈："然后我就被舒总赶出来了。"

两个人异口同声："为什么？"

张助理摇头："不知道。"

他不知道，整个会议室所有在开会的高层也不知道，只知道气氛忽然冷了下来，两个大佬之间陷入了死寂。

两个人还想问什么，旁边负责把风的人突然猛地挥手："会议室门开了，会可能开完了，撤，要是被老大抓到这时候不在工作岗位上，又要被骂了。"

几个人手忙脚乱地要回各自岗位，结果发现并不是他们想的那样，会议好像也没有结束。

出来的只有小舒总和沈总，两个人脸色都不怎么好，看着像是吵了一架。

满会议室的高层看着两个负责决策的人都出去了，不知道这会该不该继续开下去。

"现在怎么办？"

"他们二位有什么话不能在这里说，非要出去谈？"

"你问我？我哪知道。"

"这会还开不开了？"

"不知道，等着吧，还没说散会呢，万一他们待会儿回来了怎么办？"

在会议室门口蹲守的人没想到能蹲到八卦对象本人。他们眼见沈总和小舒总绕进了这层楼的茶水间，然后沈总一抬脚，将门给关上了。

第
24
章

搬家

　　几个人赶紧排排站站好，步伐一致，蹑手蹑脚地冲茶水间方向跑了过去。可是将耳朵都贴在门上了，也没听清他们在里面说了什么。

　　怎么连茶水间的隔音效果都这么好？

　　群里的动态也实时更新着。

　　一手八卦：沈总和小舒总进茶水间了。

　　然后呢？然后呢？！

　　群里群情激奋，结果这位透露一手消息的人又来了句：因为隔音效果太好，然后就没有然后了。

　　留你何用？

　　我们冒着被老大发现的风险在这儿蹲点给你们搞实况直播，你们舒舒服服地坐在自己位子上等消息，还嫌弃，退群退群。

　　兄弟冷静点，真听不到吗？

　　真听不到。

　　八卦与他们一门之隔，却看不见听不着，这感觉太难受了。

　　八卦的当事人并不知道，他们待在茶水间的这段时间，已经有人替他们脑补出了几万字的情节。

　　沈司岸带上门后，舒清因转过头有些警惕地看着他。

沈司岸沉着脸，狭长的眉眼中带着冷意，嗓音微愠："你要换地方住？"

舒清因没看他："我总不能一直住在酒店吧。"

他堵她："我不也一直住在酒店？"意思就是他能住，她怎么不能住？

"你跟我不一样，我是童州人，哪有本地人一直住在酒店的？"她说完又停顿了一会儿，低着头仍旧没看他，"你迟早是要回港城的，住酒店也方便。"

他是要回港城的，他迟早会离开童州。就算她一直住在酒店，总有一天他也会离开，还不如她先离开。

"好，你有理由。"他点点头，扬着唇意味不明地笑了两声，"这几个星期我都看不到你的人，原来你在忙着找新地方。舒清因，你就不会跟我说一声？"

她就是不知道该怎么说。

太奇怪了，他们本来就是因为巧合才住在对门，顶多算是两个互不相干的房客有了些牵扯，现在其中一个房客要退房离开，哪儿还有跟另一个房客事先打招呼的道理？这样显得她好像要走，却又想让他挽留似的，矫情兮兮的。

她轻声说："我们只是住对门而已，我为什么要跟你说？"

"为什么？你还问我为什么？"男人像是听到了什么笑话般，鼻子里冷哼出声，"舒清因，你到底是真傻还是没有良心？我们住对门这几个月，就真的只是住对门这么简单而已？"

他问这话时，长腿迈开，冲她步步紧逼。

舒清因背靠着冲洗池，手抓着池子边缘，掌心不住地摩挲着大理石边角。

她低着头，沈司岸个子比她高很多，看不见她的脸，但也不是没有办法。他伸出胳膊，将手搭在她的身体两侧，向前弯着腰，以便让两个人的头维持在同一水平线上。

舒清因感受到来自眼前男人的压迫，为了寻求一丝安全感，她又多用了几分力气抓紧水槽边缘，似乎将手上这唯一有实感的东西当成了救生物。

"嗯？说话啊。"沈司岸眯着眼睛，声音极低极轻。

舒清因闭上眼睛："你离我太近了。"

"那又怎么样？犯法吗？"沈司岸不为所动，反倒问她，"我就是再近一点，你能怎么样？啊？"

说完，他就真的又凑近了几厘米。

她颤着唇，头往旁边撇了下，躲开他微热的呼吸。

舒清因深吸一口气，尽力保持说话的完整性："你这是骚扰。"

男人短促地笑了两声，声音轻佻："既然你都说是骚扰了，我要不真骚扰一下岂不是辜负了你的期望？要不让我教教你什么叫真正的骚扰？"

他说这样的话，简直跟流氓没两样。偏偏这个流氓长得好看，嗓音低沉又浑厚，每个字都敲在她的心尖上。

她不知道自己为什么这么经不住撩拨，居然全身都在发烫。

"这是公司，"舒清因终于找到了借口，"有什么话等回了酒店，我们再谈。"

"我还能等到你回酒店？今天如果不是你的助理说漏了嘴，我都不知道你要离开酒店，"沈司岸面若冰霜，语气中夹杂着说不清的失望和愤怒，"到时候你已经跑得远远的了，还怎么谈？"

舒清因能感觉到，他是真的生气了。

张助理脱口而出的那一刻，沈司岸略微震惊了几秒，随即脸就沉了下来，然后就起身，说要和她单独谈谈。

舒清因没办法在恒浚和柏林双方高层面前得罪他，只能跟着离开了会议室。

"我只是觉得没必要。"她小声说,"这段日子你帮了我很多,我不想再麻烦你了。"

"舒清因,你敢不敢看着我,把你刚刚说的话再说一遍?!"沈司岸咬着牙,压抑着怒气说,"说啊。"

"沈司岸,"她没有重复,却听话地将头转向他,鼓足了勇气抬起眼和他对视,"你别再对我好了。"

她承受不起,也还不起。

"你以为我想?"他失望地看着她,牵起嘴角,露出勉强而苦涩的笑,"当初第一次见面的时候,我就不该多看你一眼。"

结果认错了人不说,偏偏这女人还结了婚,沈司岸没多想,只当运气不好。

也不知道是上天玩儿他还是她玩儿他,偏偏就住在了同一家酒店,还当了邻居,偏偏又让他看到了她哭得梨花带雨的样子。

他不知道是不是所有女人哭起来都这么惹人心疼,几次三番的交集和误会,他觉得自己越来越不对劲,他甚至怀疑是她刻意勾引,觉得她是在欲擒故纵。

如果是勾引,那他承认自己上钩了;如果是欲擒故纵,他也认栽了。即使她结了婚,没关系,他不在乎这个。她愿意,他就当她见不得光的情人;她不愿意,他就等她离婚。

然而都不是,她压根儿没那个意思,是他自作多情。

他都对她好成这个样子了,她现在叫他打住,让他别再对她好,哪有这样的女人?

不识好歹,恩将仇报,无情又可恶。

茶水间的门又被打开了,两个人一前一后走了出来。

一旁躲着的几个人仔细观察着两人衣着上的各种细节,恨不得拿个显微镜观察。

"衣服没乱，整整齐齐的。"

"小舒总连口红都没花，肯定没在里面接吻。"

"沈总脸色好差啊，男人满足以后绝对不会摆臭脸的。"

"小舒总一点娇羞的样子都没有啊，他们到底在茶水间干了什么？"

"难不成真的就是单纯地聊了个天？"

"那有必要关门说吗？搞得一副要关门做事的样子。"

"可能是商业机密吧。"

"哎，蹲了半天什么都没蹲到。他俩没戏了，散了吧。"

"我早说沈总跟我们小舒总没可能的，小舒总刚离婚，他俩怎么可能好得起来？"

"马后炮你闭嘴，刚刚明明你是最激动的好吗？"

现场情况被迅速发到群中——

以我身经百战的过来人经验，向大家如实报告，他们就只是在茶水间聊了个天，什么都没干。

共处一室什么都没发生，这两人肯定没戏。

我们小舒总第二春之路漫漫啊！

劝诫群里的女同志们平常少看点电视剧，害得我一个大老爷们儿在这儿跟着激动了半天。

现实果然是残酷的。

回到会议室的两位大佬很明显脸色比刚刚出去时更差了。

他们也不敢问，但是不得不承认，单独商议确实有很大效果，只是出去了十几分钟，会议的进展快了不少。沈总不再什么都要延后商议，舒总也没有继续一味地盯着 PPT 看，而是适时地提问给建议，两个负责点头的人效率高了，会议的效率自然也就跟着高了。

酒会当场拍板，时间定在一个月后。

会议结束后，沈司岸在众人的簇拥下，头也不回地离开了恒浚大厦。

和上次他来时不同，舒清因没有出去送。

这才是他们该有的相处模式，之前的，都太越礼了。

她坐在办公桌前发呆，张助理进来问她，刚刚开会的时候是不是他说错了什么话。

"没有，"她摇头，"你正好替我说出了我不敢说出来的话。"

张助理有些不解。

"我打算这个周末搬家，"舒清因冲他笑了笑，"有空吗？要不要来帮我？算周末加班费。"

有这种好事，张助理赶紧点头说自己有空。

周末的时候，不光张助理来了，徐茜叶听说她打算离开酒店，也马不停蹄地赶来了。

舒清因正在卧室里整理化妆品。

徐茜叶走到她身边，语气有些激动："舒清因，你不是吧？我戳破了你的心事，你就是这么处理的？"

"我不能一直住在酒店。"她轻声说。

"我跟你说的是这个吗？你别给我转移话题。你现在逃了，是不是就等于承认了那天我在电话里跟你说的话？你对沈司岸有别的心思，对不对？"

舒清因叹气，放下了手中的东西，苦笑着说："姐，你能不能给我留点儿面子？每次我心里想什么，我自己还没搞清楚，你就先帮我说出来了，你这样我很丢脸啊。"

"你脑子不清醒，总要有个人出面点醒你吧！"徐茜叶皱眉，怒其不争，"你已经离婚了，你自由了，就算你喜欢沈司岸，这又有什么可丢脸的呢？"

"我没信心。"她说。

"什么？"

"他也会离开我的。"舒清因垂下眼睛，双手不安地绞在一起，声音微颤，"我必须赶紧抽身，我不能喜欢他，我会受伤。"

徐茜叶张着嘴巴，不知道该怎么继续劝解她。她知道舒清因经历过什么，她经历过的，自己永远无法感同身受，也没有资格劝她试着放宽心，学着接受。

"姐，他最后还是会回港城的。我们这个项目一结束，他就没有留在童州的必要了。"舒清因仰起头，双眼已经变得湿润，语气凄楚，"如果我喜欢他，我会舍不得他走，我会想让他一直陪在我身边，可是我害怕即便我说出来，他也不会留下来，那……那我到时候该怎么办呢？"

她像个解不出数学题的孩子，红着眼睛，抿着嘴唇，身体轻轻颤抖着，只能干着急，却想不出解题的方法来。

徐茜叶吸了吸鼻子，哽着声音安慰她："也许他不会走呢？"

舒清因摇头。

"爸爸也说过他不会走，"她喃喃道，"宋俊珩也说会对我好，可是他们都食言了。"

徐茜叶不知道该怎么办了。舒清因将自己困得太死，无论她怎么说，舒清因都不会相信事情也许会有例外。

"好了好了，别哭了，我不劝你了，搬吧搬吧，离沈司岸远点儿，离这些男人都远点儿，有姐在呢，姐绝对不会离开你的。"徐茜叶柔声安慰舒清因，轻轻抱住她，手搭在她背后一下一下地拍着。

舒清因像个小动物似的，乖巧地点了点头："嗯。"

她东西不多，大部分都是套房自备的，比起真正的搬家东西少多了。收拾完后，其实也就几个箱子。

　　张助理提前下楼去叫司机，舒清因和徐茜叶站在电梯门口等下一班电梯。电梯到了后，舒清因先推着箱子进去了。

　　而徐茜叶没有动。

　　"姐？"舒清因叫她。

　　徐茜叶"啊"了一声，又伸手往包里掏了几下："我好像把手机落在房间里了，你先下去吧，我回去找找。"

　　舒清因点头："那你快点。"

　　电梯将舒清因先送到了楼下，徐茜叶叹了口气，推着箱子又往回走，然后在沈司岸的房间门口顿住脚步。

　　既然她的傻妹妹不肯往前一步，那么就只好拜托大侄子再主动点了。

　　徐茜叶敲响了房门，没有动静。

　　难道不在？

　　她不死心，又敲了敲，还是没有动静。

　　徐茜叶咬唇，边敲门边说："大侄子，是我，开下门。"

　　房门开了。男人穿着家居服，脸色冰冷，语气平静："干什么？"

　　"因因她搬走了，你知道吗？"她试探着问他。

　　男人下意识地拧紧了眉头，眼皮微跳，薄唇紧闭，下巴缩了缩，紧绷着牙床，用极短且沉闷的声音回了她一个"嗯"字。

　　"她找的那间新房子，她一个人住有些太大了，你知道，她最怕一个人睡觉了，"徐茜叶继续说，"而且听说那个小区的电力设备不是太好，经常会停电。"

　　沈司岸眯起眼睛，语气里带着几分恼怒："那她还搬？"

　　"主要是搬得太急了，也来不及找个真正合适的地方。"她叹了口气，"本来我是想今天晚上过去陪她，看看她一个人有没有问题，但是我临时有约，可能陪不了她了。"

　　沈司岸蹙眉："所以呢？"

"如果你不忙的话，我是说如果你不忙啊，那你能不能替我去帮她看看她的新家怎么样，当然，如果你忙的话就当我没说过这句话。"

沈司岸好半晌没有说话，就在徐茜叶以为他可能不会答应的时候，他开口了。

"地址给我。"

语气有些含糊，七分别扭，两分强硬，还有一分窃喜。

"那我发到你微信上。"

徐茜叶拿起手机立马就要行动。地址输到一半，她又停下了动作，仰头有些纠结地看着沈司岸。

沈司岸斜靠着门，不催她，就那么不紧不慢地等着。

半分钟后，男人终于说话了："你发不发？"

徐茜叶语带试探："大侄子，既然你想知道因因的新地址，那你确实是喜欢她的吧？"

沈司岸忽然笑了："有这么难猜？她傻你也傻？"

被人说傻可不是件值得开心的事，徐茜叶为自己辩解："我早知道了，就是觉得不太可能而已，所以来找你确认确认。"

"这有什么不可能的？"男人挑眉，轻嗤道。

"你知道，她刚离婚……"剩下的徐茜叶也说不出口了，她是女人，按理来说不该在舒清因身上贴上这种标签，但她也明白，男人不可能不在乎这一点。

眼前的男人算是天之骄子，矜贵傲慢，他钩钩手指，多的是女人愿意伺候他，他又怎么会愿意去等待一个刚离婚，连心结还没打开的女人？这样前景不明的事情，换她也未必有这个耐心。

因因的犹豫和退缩是正常的，谁也无法保证，这个男人是不是一时兴起，单纯地寻求刺激而已。她不肯和沈司岸坦白心思，也是不想冒险，不想受伤。

徐茜叶懂她，除非因因自己愿意告诉他，否则她也会替因因保密。但她仍抱着希望，希望沈司岸对因因是认真的。她这个做姐姐的，为了保护妹妹，必须要先试探试探。

"我不在乎这个。"他说，"她离没离过婚，对我而言只是她的经历多或少了一部分。"

离婚只是遇到了错的人，后来及时醒悟，和那个错的人分开，告别了旧生活和那段并不快乐的经历，这对于从上一段婚姻中好不容易解脱的人来说是好事。

可为什么，这样的好事，在很多人看来，是罪过，是耻辱，是笑料？是迎接一段新感情的绊脚石和往后人生中永远挣不脱的枷锁？

舒清因原本已经解脱，却又将自己困在了新的围城里，这个围城里只有她一个人，只要她不出来，就可以杜绝任何未知的伤害，可相应的，也丧失了所有的可能。

"大侄子，"徐茜叶轻声说，"我妹妹她比较任性，还特别喜欢钻牛角尖。从前只有我姑父能治得住她，后来姑父去世了，她性格就更别扭了，前面哪怕有一点点的荆棘，她就不愿意往前走了，宁愿一个人躲着哭，也不肯找别人来帮忙。我本来想，宋俊珩也许可以帮上她的忙，但我想错了。他非但没帮上忙，反倒让我妹妹困得更深了。她害怕，害怕下一个人也是这样。"

徐茜叶说完这些，又无奈地耸耸肩，摊手问他："你说，她是不是很麻烦？"

沈司岸淡淡地说："既然她这么麻烦，你为什么还要管她？"

"我很爱她，"她正了正神色，语气柔和而认真，"她就像我的亲妹妹一样，虽然她从小时候起就常常惹我生气，但每次只要她拉着我的手，乖乖地叫我'姐姐'，我就恨我自己不是男人，没办法保护她一辈子。"

她还记得，自己小学五年级的时候，班上突然开始流行起言情小说。徐茜叶沉溺在小说的世界里，白天夜里想的都是小说里那些浪漫又肉麻的场景。她找来还没开窍的舒清因，逼她陪着自己重现小说里的情节。

不知道是从哪里扯下来的白色窗帘布，也忘了是从谁的爸爸那里偷来的西装外套，她披着窗帘假装是新娘，而比她矮上半个头的舒清因慑于姐姐的淫威，只好穿上那件对她而言笨重又宽大的外套，给徐茜叶当新郎。

徐茜叶催促她说台词。

舒清因记不住，在手上打了小抄，磕磕绊绊地说着誓词。

半大的孩子，连男女之情是什么都没搞明白，却因为要陪着姐姐演戏，奶声奶气地学着大人的腔调用英语说我爱你。

有些笨拙，又很可爱。

后来再长大些，徐茜叶偷偷学化妆，又拉上了舒清因一起，结果双双被徐琳女士抓住。徐琳女士知道舒清因还小，只好将责备的话都说给了徐茜叶听，责怪她不把心思放在功课上，这么早就开始想着怎么打扮自己了。

舒清因那时候脸上的婴儿肥都没退去，稚嫩精致的五官天然未经雕饰，根本不需要化妆品来画蛇添足。但因为徐茜叶的恶趣味，小粉唇上涂着红艳艳的口红，脸上两坨高原红，看上去傻乎乎的，就连爱摆张冷脸的徐琳女士看到了，也没忍住笑。

舒清因说："妈妈你别骂姐姐，我觉得姐姐把我化得挺漂亮的。"

徐琳女士连斥责的话也说不出来了，她开始担心起了女儿的审美。

再后来，她们都懂了男女之情，徐茜叶试着恋爱，而舒清因总是眼高于顶，哪个男生都看不上。

徐茜叶笑她眼光这么高，小心把其他男生都给吓跑，最后就真的找不到男朋友了。舒清因对此毫不在意，说找不到比她爸爸好的男人，那交了男朋友也没意思。

　　徐茜叶原本同情她一直单身，结果自己没过多久就失恋了，肝肠寸断，夜夜买醉。

　　后来，她决定不再认真恋爱，当一个片叶不沾身的风流浪子，她知道有很多人看不惯她这种做法，也觉得她一个女人这样放浪形骸，简直有伤风化。

　　她那时候还年轻，也不是全然不在意别人的看法，终于在某一天酩酊大醉后，靠在舒清因的怀里放声大哭了起来。

　　她哭着问舒清因："你是不是也觉得我很脏？"

　　徐茜叶害怕连这个从小一起长大的妹妹，也和那些人一样，鄙夷她，疏远她。

　　可舒清因问她："你每次找男人的时候，有没有做好安全措施？"

　　徐茜叶立马说："肯定啊。"

　　舒清因就笑了："那没事。"

　　徐茜叶怔愣住了，又问了一遍刚刚的话。

　　她的小表妹半个男朋友没交过，冰清玉洁得要死，徐茜叶本来以为她也会和其他人想法差不多，不过是碍于她们姐妹之情，说不出口而已。

　　她却轻声说："你又不是不爱洗澡，有什么脏的。"

　　那时候徐茜叶就懂了，她和舒清因虽然在性格和生活方式上大不相同，但她们永远都会是最亲密的姐妹、最默契的闺密、最懂彼此的朋友。

　　这二十几年来，她们形影不离，看似是她这个做姐姐的为妹妹做了很多。其实，却是姐姐更离不开妹妹。

　　"地址我发给你了，"徐茜叶从回忆中回过神来，说，"我先下去了，她还在等我。"

"好。"他点头。

徐茜叶转身离开时，听见他小声说了句："我也觉得她麻烦。"

徐茜叶蹙眉，正要再和他说什么，紧接着又听到了他的下一句。

"可我愿意被她麻烦。"

她怔住，回过头时，男人已经先一步进了房间。

回房以后，沈司岸没有第一时间看徐茜叶发过来的地址，而是走到了阳台边，默默点燃了一根烟。烟雾缭绕，从男人的薄唇中吐出，他倚着栏杆，浅眸中映出眼前的景象。

天气已经回暖，天色澄碧，和风送暖，无垠的天空中不见一丝浮云，杂色通通被这尚好的春色滤过，微暖明亮的太阳光洒下，将男人英俊的五官映在这初春景色中。

他叼着烟，给孟时打了个电话。

"我给你个地址，你是本地人，对童州熟，帮我看看这附近有没有合适的房源。"

孟时有些不解："你要干什么？"

沈司岸平静地说："买房子。"

"你买房子干什么？你又不是本地人，根据购房政策，想要买房还得办一大堆乱七八糟的手续。"

"我知道，不然我打电话给你干什么？"沈司岸啧了声。

孟时无语："你在港城又不是没房子，为什么非得在童州买房？"

"追女人，"沈司岸耐心全无，语气渐凶，"行不行？"

孟时沉默了几秒，问他："你前几天跟我喝酒，不是说再也不管她了吗？失忆了？"

沈司岸咬牙："我反悔了。"

"Senan，能这么理直气壮打自己脸的，"孟时冷静地得出结论，"你是我见过的第一个。"

"被女人吃干抹净还甩了的，"沈司岸冷笑，"你也是我见过的第一个。"

他们俩到现在都没绝交，也算是个奇迹了。

舒清因和张助理在车子里等了很久，徐茜叶才姗姗来迟。

因为徐茜叶耽误了这么些时间，舒清因也没再耽搁，直接加快了搬家的速度。

她一个人没必要住那么大的房子，所以找了间不大不小的公寓，一百平方米出头，绰绰有余了。

三室一厅，另外两个房间她让人收拾出来，一间拿来当书房，一间拿来当杂物间，只留了个主卧给自己睡。

连个次卧都没有，徐茜叶问："那客人来了晚上睡哪儿啊？"

舒清因边收拾东西边说："我不会请客人过来。"

她向来没有邀请人到她家来做客的习惯，次卧留着也没用。

"我是说，我来了睡哪儿啊？"徐茜叶又指着自己。

"你？"舒清因皱眉，"你跟我睡一张床不就行了？"

徐茜叶面无表情地"哦"了一声。

她帮着整理东西，张助理是男人不方便进卧室，就在客厅里帮忙摆些小装饰物。

舒清因突然想起什么："张助理，这房子的水电费你提前帮我交了吗？"

"还没呢，"张助理说，"舒总您今晚就住这里啊？"

舒清因无语："不然呢？酒店房间都退了。"

一般人搬个家，不得缓个几天才过来住嘛，张助理以为舒总也是这样，经她提醒这才猛地意识到舒总不是从家里搬出来的，而是从酒店里头搬出来的，当然是直接住进来了。

"那我马上帮您交。"

舒清因娇生惯养，典型的四体不勤，五谷不分，从来不自己交水电费，这种琐事一般都是交给兼生活助理的张赫去做，所以张助理打算直接用自己的微信绑定这个小区的交费系统。

他刚要这么做，就被徐茜叶一把按住了手。

张助理有些茫然："徐小姐？"

徐茜叶眨眨眼睛："那个，我搬不动东西了，你去帮我一下呗？"

"好的，"张助理说，"等我帮舒总交了水电费就过去。"

"我来，"她直接夺过他的手机，"你去搬东西。"

张助理看着这个和舒总同出身的大小姐，有些怀疑："徐小姐您会吗？"

徐茜叶瞅他："你这是什么话？连交个水电费都不会，那我不白活这么多年了？"

张助理也觉得他刚刚那话有点歧视的意思了，赶紧道了个歉，起身去帮她搬东西了。

徐茜叶也没用手机交过水电费，不过她认字儿，三两下就帮忙交了水费。

至于电费……

"哎呀，我找不到交电费的选项，我怎么这么笨呀？"她自言自语，然后放弃。

徐茜叶把手机还给了张助理，张助理顺势问了句交好了没有。

徐茜叶叉腰："你什么意思？你这是不相信我吗？"

张助理："……没有没有。"

等东西都收拾得差不多了，张助理也该走了，徐茜叶起身要跟他一起走。

舒清因拦住徐茜叶："姐，你不是说今天晚上留下来陪我吗？"

徐茜叶说："哎呀呀，我今晚临时有事儿，恐怕陪不了你了。"

这是新家，不像酒店二十四小时都有保安负责巡逻，舒清因本来就缺乏安全感，现在徐茜叶要放她的鸽子，她明显有些不开心。

"不是说好了的吗？今天是我住进来的第一晚，我不想一个人待着。"她小声说。

此时张助理毛遂自荐，指了指自己说："舒总，如果您放心我的话，今晚我就睡在您客厅的沙发上吧，您有事叫我就行。"

张助理的为人，舒清因是一百个放心的。

她刚想点头，又想说为了补偿他，今天晚上他睡沙发也算加班。

结果徐茜叶忽然提高了声调说："张助理，你不要为了自己的上司，连自己的生活都不要了。今天是周末，你晚上肯定要陪女朋友的，对吧？没空的话不要勉强自己了。"

张助理心里说，我还单身呢。

"我晚上有……"

他刚想反驳，徐茜叶瞪着他，笑容狰狞："你没空！"

第
25
章

撩拨

在徐茜叶的极力"劝阻"下，张助理挥泪告别了加班费。

舒清因站在阳台上，目送徐茜叶和张助理离开，毕竟她也没法强求他们留在这里陪她过夜。

既然选择了搬到新家来，就应该做好一个人住的准备。

她有些失神地望向门口，不同于酒店的暗色浮雕西式房门，这里的环境不断提醒她，自己确实是搬家了。

对门的邻居她不认识，甚至她都不知道对门有没有人入住。

她确确实实是一个人了，而这正是她希望的。

舒清因仰着头，对着天花板伸了个懒腰，既然没事做那就玩手机吧。

她想连无线上网，发现手机搜不到无线信号。

到路由器那里看了眼，发现路由器没亮灯，舒清因敲敲拍拍，重启拔线捣鼓了半天，还是没用，她不会弄这玩意儿，心想，这路由器可能是坏了。

张助理刚走，只能让他明天买个新的路由器送过来了。

舒清因叹气，趴在沙发上，手机屏幕正对她亮着，每个 App 都点进去，然后刷了几下又退出。

就这样无聊地打开关上，倒也过去了半个多小时。后来她打开了邮箱，先是看了眼自己有没有收到新邮件，然后又点进了"发件箱"，顺便瞧了眼她给别人发的邮件。

除了她发给爸爸的，其余的都显示已读。

她有点想登录爸爸的邮箱，帮他点开这些未读邮件。

舒清因这么想了，也这么试了，但有个难题，她不知道邮箱密码。她试了几个密码，结果当然是全错，上面显示只有最后一次输入机会了。

舒清因想问问徐琳女士知不知道，这个念头刚起，随即又被压下。还是别问她妈了，就算她妈知道，也肯定不会说的。

她和她妈都有往爸爸的邮箱里发邮件的习惯，要是她妈告诉她了，那徐琳女士写给舒博阳先生的邮件不就被她这个做女儿的知道了吗？想想都尴尬。

舒清因觉得以徐琳女士的性格，百分之百不会告诉她。最后她还是选择给爸爸的邮箱写封邮件，内容就是流水账。

> 爸爸：
>
> 　我又搬家啦。也不能说搬家吧，其实是从酒店里搬了出来，我总不能一直住酒店吧，这让人知道了会怎么想我啊。嗯，我为什么要搬走？其实我也不想搬，住在酒店还蛮舒服的，而且对门还住了个熟人，他对我很好的，大年三十都是他陪我过的。我上次给你发邮件说自己要一个人过年，你也不用替我担心啦，是他陪我过的。
>
> 　我想，他对我好得有些过头了。爸爸，我绝对不是忘了你啊，我最爱的男人还是你。他跟你很不一样，长相气质不一样，性格也不一样，性格太差啦，纨绔跋扈，但有时候又很温柔，我怀疑他可能有点人格分裂。
>
> 　叶叶说，我对他有别的心思，不愧是她，猜得真准。
>
> 　刚开始我确实有点讨厌他，让我想想，我是从什么时候起不讨厌他的呢？哦，是那次年会。
>
> 　爸爸，你还记得你为了哄我睡觉，给我念的童话书吗？我也不记得是安徒生还是格林了。当时我问你，王子长什么样？

你说很英俊。我想既然是英俊，那就是爸爸你这样的吧。

那时，我一个人待在没开灯的休息室里，他出现了。好看的眉眼弯着，骂我笨，不会玩捉迷藏。我差点以为自己穿越进了某个童话故事里，而故事里的王子正冲着我笑。

英俊的男人那么多，只有他是我的王子。

后来，他送了我一块手表，我知道那块表叫日月星辰。我没要，我觉得当他愿意把那块表送给我的时候，我已经收到了他的日月星辰。

再后来，大年三十那天晚上，酒店突然停电，我有点害怕。

他从港城回来了。他不懂我们的笑点，看春晚看得昏昏欲睡，但还是陪我看完了。他送了我一张敬业福，我运气超级差，要不是他送我，我连那一块六毛八都拿不到，哈哈。

回老宅的时候，我不想听大伯他们训我，就躲进了你的书房里。后来大伯居然找了过来，他带着我躲在了你的书桌底下。

他说我可爱。

绝对不是我自恋，我听过很多男人夸我，漂亮、聪明、优雅，但只有他夸我的时候，我的心怦怦怦地跳得厉害。

我觉得他好好看，好看到……我跟他躲在书桌底下的时候，甚至想偷偷亲他一口。

说了这么多，还没跟爸爸说他叫什么名字呢。

他叫沈司岸，平时喜欢叫我小姑姑，但我没把他当侄子，我可没有一个比我还大两岁的侄子。

我喜欢沈司岸。

之所以把这件事告诉爸爸，是因为爸爸你会替我保密。

我没有信心再将一段感情寄托在一个新的人身上，我害怕很久后，他会辜负我，会离开我，会伤害我。

我是个胆小鬼是不是？但是爸爸，如果胆小能减少伤害，我愿意当一辈子胆小鬼。

爸爸，快天黑了，不说了，今天就到这里吧。

我很想你。

因因

这封邮件删了又改，改了又删，等发送出去的时候，几个小时就这样悄悄过去了。手机的电也快被耗尽了，徒留右上角那点红色还在挣扎着。

天色渐渐暗了下来，舒清因站起身去开灯。

"吧嗒"一声开关响了，灯没亮，她又重复了几次，仍旧没有用。

她皱眉，又换了个开关试，仍然没有反应。

天黑得很快，夕阳下沉，刚刚还洒在室内的暖橙色太阳光瞬间从窗角溜走。舒清因有些慌了，她该不是又碰上停电了吧？

她走到阳台上，对面楼层已经有几户打开了灯，舒清因有些发愣，难道就她这一栋停电了？

她踮起脚，手扶着栏杆往旁边和下面望去，看到她这栋的某些住户家也亮起了灯。

舒清因绝望了。她这是造了什么孽，停电就停她这一户吗？

她又想到是不是张助理还没帮自己交电费，于是打算给张助理打个电话过去问问。

电量还剩 1%，手机有些卡，还没等她拨通张助理的电话，电量已经用尽，手机关机了。

舒清因彻底无语了。

她又从卧室里拿出笔记本电脑，电脑有电，但没网。

舒清因又去找 USB 转换头，试图用笔记本电脑给手机充电，可室内已经不剩半点光，她捧着笔记本电脑，靠着电脑屏幕那微弱的光，半天也没找到转换头。

这一刻，她下定决心再也不买这个牌子的笔记本电脑了。

没电没网，舒清因就坐在沙发上，也不想下楼。

胆小的人就是这样的，害怕的时候宁愿一个人躲在原地一动不动，也不肯起身想想办法，好像动一下，就会有女鬼找她索命似的。

舒清因想骂天，又想骂这小区该死的电力管理。上次是过年，这才几个月，又碰上这种事，她真的应该去买个彩票试试运气。

她睁着眼睛，手臂环着双膝，尽力将自己缩成小小的一团，增加点安全感。

她胡思乱想着，上次停电的时候，她是怎么熬过来的？

哦，不是她自己熬过来的。

舒清因启唇，冲着四周黑暗又寂静的空气开口说话，声如蚊蝇："沈……沈司岸。

"沈司岸。

"沈司岸。"

她觉得沈司岸或许是阿拉丁神灯，叫三声就能出现。

叫了三声，没有出现。舒清因有些失望地撇撇嘴，现实果然是残酷的，童话就只是童话而已，怎么可能会有这种事情发生？

她就跟个傻子似的。

"沈司岸，"舒清因又叫他的名字，"我害怕。"

在第四声后，或许上天真的看她太可怜了，不忍心再这么折磨她，门铃响了。

如此安静的环境中，不算大的门铃声突然响起，舒清因吓了一跳，赶紧抱起旁边的抱枕，惊魂未定地睁着眼睛往门边看去。

她想回酒店了，这房子不仅没电还闹鬼！

门铃响了两声后，又改成了敲门。舒清因屏住呼吸，一动都不敢动。

又过了半分钟，她听见门外的人说话了。

"小姑姑，开门。"

舒清因抓着抱枕，双目呆滞地盯着门口，刚刚跳得很快的心脏在停了那么几秒后，又开始剧烈地跳动了起来。比刚刚更急促，几乎令人窒息。

门外的人见还是没有反应，又敲了敲："舒清因，你在里面吗？停了个电而已，你不是吓晕过去了吧？"

男人的声音渐渐变得惊慌了起来，就差打 120 急救电话了。

舒清因使劲掐了掐自己的脸，不是做梦。

阿拉丁神灯显灵了，王子真的出现了。

她从沙发上起身，因为坐得太久，腿有些发麻，舒清因踉踉跄跄着笨拙而又急切地跑到门边，给门外的人开了门。

她开门开得太急，门外的男人反应不及，一只手还悬在半空中。

走廊上，感应灯的功率并不大，但足够她看清眼前男人的脸。是沈司岸没错。

他穿着长款的风衣，翻领立起，短发还残留着被风肆虐过的痕迹，脸上担忧的表情还未完全褪去，此时又有些别扭地拧起了眉头，薄唇微张，显得有些呆。

沈司岸清亮的嗓音里带着些怒意："怎么这么久才来开门？我还以为……"

他话还没说完，就被眼前这个矮他一头的女人紧紧抱住了腰。

她冲劲有点儿大，男人一时没反应过来，被她扑得连连后退了两步。

"沈司岸，"她哽咽着说，吐字不清，"是你吗？"

沈司岸终于稳住脚步，伸手抚在她的后脑勺上："是我啊，不然还能是谁？"

"你真的来了，你真来了！"她破涕为笑，像个孩子似的用力吸了吸鼻子，甚至没忍住，踮起脚跟像只猫似的往他怀里用力蹭。

男人不明白这个"真"是什么意思，但听到她吸鼻子的声音，不禁感到有些好笑。

刚刚想说的那些责备的话，全都说不出口了。

他在心里叹气。对她，他的脾气和底线都快接近没有了。

"小花猫，"他柔声说，"别把鼻涕蹭到我衣服上了。"

舒清因茫然地"啊"了一声，双手松开，和他拉开了些距离。

可他突然又反悔了，扣住她的头，将她往自己怀里带。

"开玩笑的，"男人闷笑，"哎，蹭吧，蹭吧。"

虽然沈司岸这么说了，但舒清因爱面子，她才不要把眼泪鼻涕都往他身上蹭。

他伸手，碰了碰她的脸，满是泪，有些哭笑不得："怕成这样？"

舒清因不好意思说，她是在看到他的那一瞬间才哭出来的。

虽然停电挺让人闹心的，但她不至于和心智未熟的小孩儿似的，停个电就哭出来。

二十几岁的人了，因为怕黑而哭出来，和因为看到某个人觉得高兴又心酸而哭出来，两个原因都很幼稚，但她不想让沈司岸知道真正的理由，所以干脆闭嘴不解释，随便他误会。

"不怕了啊，"沈司岸说，"我这不是来了吗？"

说完，他往她房子里看了眼，低声惊呼："还真停了啊。"

舒清因想问他什么意思，又听他说："就算要住，你也要选个比酒店条件好点儿的房子吧，三天两头停电的房子你也住，为了躲我至于这么委屈自己吗？"

她有些愣住了："三天两头？你怎么知道？"

沈司岸："你姐说的啊。"

舒清因蹙着眉想了想，咬牙切齿地想到了徐茜叶。

"你先进来，"她给他让了道，"手机借我。"

当务之急就是先找张助理确认，问问他电费到底交了没有。

她拿着沈司岸的手机，发现自己压根儿不记得张助理的手机号。这要是让张助理知道了，估计又要委屈了。

舒清因没法，直接点进了沈司岸的微信："借你手机给我交个电费。"

沈司岸刚换好鞋，正琢磨着自己的鞋是放在门口还是放在她鞋柜里，语气漫不经心："随便。"

她凭着直觉找到了交费选项，现在这种线上操作都做得十分简单，只要会用手机的基本上一看就会。舒清因一个含着金汤匙出生的大小姐，从来没自己动手交过电费，也很快掌握了这项技能。

转折总是来得猝不及防，她遇到了困难。

"交费户号是什么？"她问。

沈司岸抬了抬眼皮："我哪知道？"

舒清因犯难了，拿着手机不知道该怎么办。

沈司岸看她半天不动，坐到她旁边往手机上看了眼，笑了。

他"哎"了一声，幸灾乐祸："你连自己房子的户号都不知道吗？"

"不知道，"舒清因理直气壮，"但我助理肯定知道。"

沈司岸沉默了，不知道她哪来的勇气这么嚣张地说自己不知道。

"你助理电话多少？打个电话问问他。"

舒清因："不知道。"

沈司岸低叹，扶额："我问问我手底下的人，他们跟你助理接触过，应该知道他的电话。"

柏林高层这边负责跟恒浚对接的人接到老板的电话，让他去问恒浚副总助理的电话号码。

这人又辗转问了恒浚负责跟他接洽的人，恒浚的这个人又去问了人事部，人事部才从恒浚的花名册里找到了张助理的电话。

沈司岸拿到张助理的电话后，舒清因又说："其实也不用这么麻烦，你下楼帮我买个充电宝上来就行了，我手机里有存。"

男人冷着脸，发号施令："你打不打？"

舒清因厌厌地点头："我打，我打。"

电话打过去，张助理明显很蒙，他当即查了下，发现真的没交电费。

张助理的声音有些抖："舒总，我发誓我真的不知道，您要相信我。"

舒清因气得不知道该说什么："你做事一向很稳妥的，为什么会忘记交？"

张助理为了保住自己在上司心中的稳妥形象，果断把徐茜叶卖了。

一听到徐茜叶的名字，舒清因也顾不上自己还在打电话，直接骂出了声。

"那我现在就帮您交上。"

"嗯，"舒清因说，"你把户号给我，以防下次再出现这样的情况，我自己也能赶紧交上。"

"好的，实在不好意思啊，舒总。"

"不是你的责任。"

舒清因挂了电话，没两分钟，客厅的灯亮起来了。

效率是真的高。

她也不用问为什么沈司岸知道她新家的地址了，八成和徐茜叶脱不了干系。

"你先坐，我去给我姐打个电话。"她波澜不惊地说。

她的手机要开机还得等几分钟，舒清因直接用沈司岸的手机给徐茜叶打了过去。

舒清因走到阳台上，拉上门，今天晚上的风甚是肆虐，她的心情比她在空中群魔乱舞的长发还要复杂。

那边徐茜叶接起就是一句："不用谢朕。"

舒清因咧嘴，冷笑："谢个屁！"

徐茜叶话锋急转："妹啊，你怎么用大侄子的手机给我打电话？"

"你说，你到底想干什么，你想干什么？！你故意不给我交电费，你……你还把人叫过来，停电叫人过来干什么？黑灯瞎火的你想吓死我还是吓死他？我手机又没电，家里也没电，连个无线网都没有。徐茜叶，你到底是干什么的？你是上天派下来收拾我的吗？！啊？！"

舒清因气得这句话说得断断续续又颠三倒四，连她自己都听不懂自己说了什么。

"你冷静啊，"徐茜叶说，"我是上天派下来给你牵红线的啊，这你都看不出来吗？"

"我要你牵什么红线，你先把自己的线给握牢吧！你是不是就想要我的 718？！"

"我想要你的 718 是没错，"徐茜叶忽然笑了，"你对他有想法这也没错吧？"

舒清因的满腔怒意又被某种莫名的情绪给压下了。

"我知道你在顾虑什么，但试试总不要紧吧？就今天，你试试他，你看看他对你到底怎么样。就算你没勇气往前走一步，但也许人家愿意替你走呢？"徐茜叶不紧不慢地说，"你慢慢来，不急于这一时，但你给他哪怕一点点回应都行啊。"

舒清因咬住唇，含羞带怒问："怎么试？"

"你没吃过猪肉也见过猪跑吧？"徐茜叶笑了好半天才说，"真当自己还十七八岁情窦初开呢，这都要问我？师傅领进门，修行靠个人，我言尽于此，别的你自己悟吧。你什么都靠我，那我是不是还得搬个凳子坐在旁边教你摆什么姿势？"

徐茜叶的话实在太露骨，舒清因赶紧挂掉。

从阳台回来后，沈司岸仍坐在客厅沙发上，他没有手机玩，干脆削个苹果来打发时间。

"打完了？"男人没抬头，语气散漫，"吃苹果吗？"

舒清因"嗯"了一声，在他旁边坐下，将手机递给他："你的手机。"

"先拿着吧，手里没空。"他说。

"哦。"

男人的手很白，瘦削修长，薄薄的手背上显出碧青色的血管，右手拿着精巧的水果刀，随着削苹果的动作有节奏地动着，大拇指抵在苹果皮上，以确保能一削到底。

舒清因顺着他浅色的衬衫袖口，视线停在他结实流畅的手臂线条上，他平时穿得最多的就是手工剪裁出线的西装，肩胛宽阔，刚好能撑住西装的肩颈设计。

男人的眼睫毛垂着，留下扇形的阴影，淡粉色的薄唇闭着，没什么情绪，鼻尖高挺，头顶的灯光将他的轮廓清晰地投射下来。

"我要是削到手了，你负责。"他突然说了句。

舒清因迅速收回眼神，男人此时恰好完完整整地将苹果皮给削了下来。

"成功，"沈司岸挑挑眉，语气略有些得意，"吃吧。"

她接过一整个苹果："你不吃吗？"

"我不喜欢吃苹果。"

那他还削？舒清因迷迷糊糊地咬了口苹果，清甜的水果香味在口中散开。

"既然来电了，"沈司岸瞥了眼这四周明亮的环境，慢吞吞地说，"那我还有留在这儿的必要吗？"

舒清因吃着苹果，小声说："留呗。"

男人眉头舒展，手搭在耳朵上，做出耳背的样子来："嗯？"

他又装傻，这男人真是够坏的。

她扯了扯嘴角："我建议你去买个助听器。"

"好啊，明天就去买。"沈司岸眉眼微弯，笑眯眯地应了，"你先告诉我，你刚刚说什么了？"

舒清因气死，咬牙："没必要，你可以走了。"

"你说什么？"男人佯装懂了，点点头，"你想让我留下来陪你？好的。"

简直鸡同鸭讲。

既然沈司岸要留下来，就得考虑晚上睡哪儿。

他是不想睡沙发的，之前每次在酒店陪她，他都是在沙发上睡的，那沙发装不下他，每次腿都要伸出来搭着，沈司岸睡得难受，因此这回是坚决不肯睡沙发了。

"我睡次卧吧。"他说。

舒清因的表情变得有些奇怪："没有次卧。"

沈司岸扬眉，指着那几个房门："那不是？"

"那里面没床，我拿来当别的用了。"

当初在酒店的时候不好好珍惜次卧的床，这下好了，连次卧都没得睡了。

舒清因也不好意思让他睡沙发，指了指主卧："你睡我卧室吧。"

男人的表情有些惊奇，清浅的眸子里染上别样的神色，声音微沉："那你？"

"我睡沙发，我个子矮，睡这个刚好。"

沈司岸的胸口随着她这几句话起伏了几下，睫毛微抖，以极其复杂的语气"哦"了一声。

解决完睡觉的地方，舒清因又开始纠结下一个问题了："我家没有男人用的东西。"

沈司岸还没从上一个问题中回过神来，不冷不淡地附和了一声。

"走，"她指挥他，"下去给你买去。"

沈司岸跟着下楼，电梯下到中间楼层时停了，进来了两个人，是这栋楼盘的销售经理和一个中年女人。

"您看您对刚刚那户型还满意吗？"

女人"哎呀"一声："挺满意的，但是你知道户型对我们这种独居女人其实并不重要，房子嘛，住着舒服就行了，最重要的还是安全性，不知道你们这儿安不安全啊？"

销售经理立马说："那您放一百个心！我们这儿绝对安全，每间房都配备了自动报警系统，每层楼的边边角角都装了监控呢，犯罪分子绝对无所遁形！而且消防系统也很完善，不是我跟您吹，别说独居女人，就是小孩儿一个人在屋子里，那也是半点危险都不可能有的！"

"你别诳我，我连个男朋友都没有呢。"女人被他逗笑，"有时候晚上一个人睡觉害怕，都叫不来人陪我。"

"您放心！住我们这儿，晚上睡觉倍儿香！一个人睡也能安枕无忧！就算您有男朋友，他也没必要来。因为我们的安保系统，绝对比男人更可靠！更安全！更是您安全的港湾、坚实的后盾！"

女人咯咯笑了，销售经理继续滔滔不绝。

电梯到了一层，销售经理和女人边说边走了出去。

沈司岸和舒清因随后才走了出来。

舒清因摸了摸鼻子，尴尬地笑："为了卖房，真是什么话都吹得出来啊。"

沈司岸勾唇，神色惫懒："不都这样？"

"这些话听听就好，不能信，"她小心翼翼地看向沈司岸，"你也别信啊。"

"我要是信了又怎么样？"他歪头，眉梢眼底中都带着揶揄，慢条斯理地说，"不如你撒个娇求求我，再没必要留我也留下。"

舒清因咬唇，心如擂鼓。

沈司岸本来也没指望真让她撒个娇，就是开个玩笑，她撒不撒娇都无所谓，反正他也没打算走。忽然，他的衣摆一紧，沈司岸怔住，回过头看着她。

葱根般的指尖正捏着他灰色的风衣，舒清因忽然凑近他，踮起脚，将下巴靠在他的肩膀上。

"求求你，"她声音微颤，羞赧和哀求的情绪在这软糯的语气中百转千回，"留下来行吗？"

她说完就退开两步，回到刚刚的安全距离。

舒清因脸皮薄，低着头将通红的脸隐在夜色中，只有脖子露在外面，宛如白鹤折颈，曲成柔软娇媚的弧度，撩拨得沈司岸的心如同野火燎原，恨不得能狠狠吻上她那片外露的肌肤，用力吸取她颈间的香气，或者用手挑起她的下巴，然后低头吻上去，直到把她吻得呼吸急促，樱唇红肿，最好是连气儿都喘不过来，柔若无力地打他，毫无力气地挣扎着，以满足他心里压抑颇久的渴望。

带着春意的凉风阵阵袭来，吹不走急切上涌的欲望。

这到底是有所企图，还是无意勾引？

沈司岸分不清了。

第 26 章

生病

　　舒清因本来长相就偏高冷，平常又总爱摆架子，对男人更是不屑一顾。沈司岸到现在还记得初次见面的时候，她那嫌恶又抗拒的样子。

　　这样的女人居然会撒娇，还撒到了人的心尖上，酥麻感直接传遍了男人的半边骨头。

　　平时高傲矜持的女人突然这样做，简直要人命。

　　舒清因皱眉想，自己刚刚是不是装过头了？面前的男人怎么一点儿反应都没有？

　　她当然不知道沈司岸脑子里现在在想什么。

　　正当舒清因琢磨要不要换种说法的时候，终于听见男人哑着声音，妥协道："怕了你了，我留下。"

　　她展颜，刚要笑出来，沈司岸直接转身，看都不看她一眼，只说："再不快点超市就要关门了。"

　　他们去了家二十四小时营业的超市。舒清因从来没给男人买过这些东西，为了尊重沈司岸，她很体贴地让他自己选，她只管付钱。

　　沈司岸："你帮我选。"

　　舒清因："我不会选男人用的。"

　　沈司岸眯起眼睛："你不会？难不成你没给男人买过？"

　　"没有。"她摇头。

　　"你前夫呢？"他语气微顿。

　　舒清因立马皱起鼻子："我为什么要帮他买？"

　　沈司岸"哦"了声，眉梢扬起，不经意间露出暗喜的神色来。

最后还是他自己挑的，等挑好了到收银台前结账，负责收银的是个年轻小姑娘，看见他，微微愣了下，但很快发现这个英俊的男人旁边还站着个女人，遂又低下头专心结起账来。

"请出示付款码。"

沈司岸下意识地要掏出手机，结果另一只柔软的手动作比他更快："我买给你。"

他愣住了，收银的小姑娘愣住了，后面排着队的几个人也愣住了。

这篮子里的东西一看就是男人用的东西，沈司岸摇头："不用。"

"你别客气了，"舒清因说，"是我硬留你陪我住一晚的，这点东西就当我送给你的报酬。"

收银的小姑娘和其他人顿时表情复杂。

舒清因发誓，这句话真的很正常，旁边的人会想歪完全是因为他们思想本来就不纯洁，和自己无关！

沈司岸也跟着怔了下，随即翘起唇："干吗？这么点东西就想买我一晚上啊？"

舒清因以为他这是嫌少，有些不解："就一个晚上你还想买多少东西？"

沈司岸脸上的笑意愈发浓烈，佯装失落地轻轻叹了一声："睡一晚上就这么点儿报酬，我也太便宜了。"

舒清因被他带进坑里，也跟着惊讶起来："就睡一晚，你还想要支票不成？"

沈司岸斜睨她："难道我还不如一张支票值钱？"

舒清因付好款，懒得跟他继续耍嘴皮子，率先转身走出了超市。

当事人倒是走了，但这信息量十足的对话让收银员和后面排队的顾客久久不能回神。

这就是现实版的长得漂亮却抠搜的富婆和明明那张脸值很多张

支票最后却被一篮子男士用品打发的小白脸啊！果真是林子大了什么鸟都有！

　　舒清因发现沈司岸的心情异常的好。

　　"你笑什么？"她停下脚步，皱眉问他。

　　"小姑姑，"他甩了甩手中的东西，笑出声来，"这么点东西买我一晚上，你赚大了知道吗？"

　　舒清因思索几秒，终于懂了。

　　她没想到沈司岸居然在公众场合逗她开这种玩笑。她在心里哀号一声，跑到他面前，冲他伸出了拳头。

　　沈司岸笑眯眯地躲开了："恼羞成怒啊？"

　　她冷哼一声，猝不及防地抬起脚，往他脚上狠狠踩了一下，沈司岸的黑色皮鞋上瞬间多了一道灰灰的脚印。

　　他扬眉，夸了句："声东击西，可以的。"

　　舒清因得了逞，解了气，转过身仰起高傲的头颅朝前走。

　　后面有脚步声响起，她竖起耳朵，随时注意身后男人的动向，以免被他偷袭。

　　没过多久，她的左肩被他拍了一下，舒清因猛地朝左挥了一拳——挥空了。

　　沈司岸此时正站在她的右边，趁她没反应过来，伸出左臂环住她的腰，将她揽了过来。舒清因的身体转了半圈，落入他的怀里。

　　她抬起头，神色呆滞地看着他。

　　"我也会用，"他垂眸看着她，眸色纯净，"惊喜吗？"

　　舒清因不太服气，小声反驳："这算什么？老把戏而已。"

　　他没生气，轻轻笑了笑，低下头，似乎要吻她。

　　他侧着头，好像是要亲左脸，舒清因赶紧用手捂住左脸，又怕他玩儿声东击西的把戏，还顺便捂住了右脸。

一手捧着一边脸，这下他哪边都亲不到了吧。谁知，男人软而微凉的唇亲在了她小巧而挺翘的鼻尖上。

"这个就当报酬吧。"沈司岸低声道。

舒清因整个人宛如烫熟的龙虾，张着钳子从他身边跳开。

"这回是新把戏了吧？"沈司岸直起身子，姿态闲适而懒散。

舒清因捂着鼻子，估摸着这会儿自己的鼻子已经变成冬天堆的雪人的红鼻子了。

夜色尚浓，昏黄的路灯下，年轻的女人脚步飞快，誓要把男人甩在后面。

今夜天气不错，夜幕中开始有星星冒出了头，月亮终于不用再孤零零地值班了。

"小姑姑，"沈司岸哭笑不得，"我不认路。"

女人没理他，径直朝前走着，只是刚刚明明还健步如飞，这会儿却慢下了脚步。

回到家后，舒清因以最快的速度洗漱完毕，在沙发上躺好，准备睡觉。

沈司岸从洗手间里走出来，上半身只穿了件贴身的衬衫，因为刚刚洗了脸，额头上的碎发还有点湿。

"真睡沙发？"

舒清因背对着他，装作没听见。

"我刚刚已经被人误会了，"沈司岸走到沙发边，垂下眼睛笑望着她，"这会儿估计要再加个词：没有绅士风度。"

舒清因坐起身，仰着头瞪他："你要把床还给我？"

沈司岸"哦"一声："不还，睡床多舒服。"

她眯起眼睛，好半晌没说话。

沈司岸静静地等待着她的下一步反应，或许是伶牙俐齿的回击，也可能是恼羞成怒，直接把床抢回来。无论是哪种反应，都是沈司岸所期望的，前者能看到小猫露爪的样子，后者能让她回卧室睡床。

结果，舒清因直接站了起来，伸手拉住他的胳膊，带着他往卧室走。

沈司岸不知道她想干什么，由着她一言不发地领着他走进卧室，然后还把门给带上，关了卧室的大灯，只留下一盏昏黄的床前小灯。

她推他，他顺势坐在了床上。她又按着他的肩膀，将他推倒在床上。沈司岸被这一系列的动作搞得摸不着头脑，还没明白是怎么回事，就见她俯下身，手撑在他的两侧，语气僵硬："我们一起睡。"

轰——

沈司岸的理智骤然轰塌，声音低沉，几乎快被她搞疯了："那我今晚要睡被子里。"

"好。"

他拉住她的手臂，将她扯进怀里，然后掀开被子。这次，他没睡在被子外面，而是跟她一起钻进了被子里。

沈司岸压低嗓音问她："就这么不喜欢睡沙发？"

她小声回答："睡沙发不舒服。"

床灯朦朦胧胧地照着，女人眸色水润清亮，露在被子外面的半张脸清丽姣好，犹抱琵琶般，越是藏着下半张脸，越是让男人想扯开被子，看清楚她整张脸。

沈司岸屏住呼吸，声音比刚刚更低了些："那跟我睡就舒服？"

她没回答，却又反问他："你舒不舒服？"

"不舒服，"他声音闷闷的，"你还是去睡沙发吧。"

"这是我的床，要睡你去睡吧，我不走了。"她忽然伸出手，抓紧了身上的被子，一副无赖的样子。

男人哼了声："不就是借你的床睡一晚，这么小气。"

"你刚刚在超市怎么不说清楚？"她忽然咧嘴，似乎要露出獠牙，"睡一晚，睡一晚，谁知道你要睡什么。"

他挑眉："睡什么？"

他很喜欢说话说一半，然后留着另一半逗她。她懂了，会凶他，不懂，就会瞪圆了眼睛，等他接着暗示，不管哪种反应都很有趣。

只是她今天不知道是喝多了还是转了性，居然往他这边挪了挪，温软香甜的气息打在男人的脸上，像羽毛般在男人的心间不停地撩拨："人。"

男人的眼神热了热，嘶哑着声音说："舒清因，你知道自己在找死吗？"

她非但不觉得自己在找死，反而还娇娇地笑了两声："不知道，我不懂。"

她明明就懂，装什么装？！

沈司岸的眼睛彻底红了，声音里半是恼怒半是无奈："我认输，再这样下去迟早被你玩儿死。"

说完他掀开被子坐了起来，沉重而缓慢地叹了口气，最后从床上下来了。

舒清因抱着被子问他："你要睡沙发吗？"

"你真想让我睡你的床？"沈司岸勾唇，声音慵懒，"那我睡了你的床，礼尚往来，你要不要我为你做什么？"

舒清因彻底愣住了，这要什么礼尚往来？但她今天胆子格外大，拍了拍床说："来，躺好。"

沈司岸深深吸了口气，保持着最后的冷静，眉眼里还有残存的清明，瞳孔中还有小簇的火苗徐徐烧着。

他被她勾得背脊发麻，再不去冲个冷水澡，今天就没法收拾了。

"不跟你闹了，"他低声凶她，"睡你的觉吧。"

他出去了，还替她关上了门。

舒清因躺在床上辗转反侧，一直到凌晨都还没困意。她滚过来滚过去，最后滚到了沈司岸刚刚躺着的位置。她将头埋在枕头里，上头还残留着男人身上好闻的清香。

这下更睡不着了……

而此时的沈司岸躺在沙发上同样痛苦，压抑与狂乱交织，这沙发上舒清因留下的若有若无的香味钻进他的鼻尖，每一次呼吸都像是在疯狂考验他的意志力。

冲多了冷水澡不好，但不冲……

这女人今天简直吃错药了，不按套路出牌，还一个劲儿地反撩他，到底是要干什么？

好不容易睡着后，沈司岸恍恍惚惚地做了个梦，就连梦里都被她折磨，没能幸免。

舒清因失眠到凌晨，早上，闹钟足足叫了四五遍才将她叫醒。她打着哈欠出来的时候，沈司岸正站在阳台上抽烟。

早晨的阳光透亮温柔，为他描上了一层浅金色的边。

她走到阳台边，推开玻璃门，迎面扑来带着丝丝凉意的晨风和淡淡的香烟味。背对着她的男人忽然抬起手，手指上还夹着烟，手背抵着嘴唇，连着咳了几声。

舒清因有些惊讶，从身后拍了拍他的肩膀："你感冒了还吹风？还抽烟？"

她拢紧身上的睡衣，将沈司岸赶回了室内。

沈司岸将烟摁灭，神色倦怠，声音明显比正常状态下沙哑很多，还带着浓浓的鼻音。

"醒了？"

"我要去公司了，"她不放心地看着他，"你呢？"

"我跟孟时约好了，待会儿去找他。"

他这句话说得有些费劲，好不容易说完，又侧过头咳了几声。

"昨天还是好好的啊，怎么今天就感冒了？"舒清因看了眼沙发上有些凌乱的被子，"是不是被子太薄了？"

他窝在沙发里，仰头，胳膊捂着眼睛，鼻音很重："没有。"

"你先躺下吧。"她说。

男人懒懒地"嗯"了一声，又在沙发上躺下了。

舒清因想伸手去探探他的温度："胳膊拿下来。"

沈司岸放下手，闭着眼睛，眉拧着，眼睛下面泛着一层淡淡的青色。

她的手有点凉，摸上他额头的时候，他忍不住颤了颤，但也没反抗，温顺得像只大金毛。

还好，只是有一点点烫，为了保险起见，还是让他测个体温比较好。

舒清因起身打算去找医药箱，这时候才突然想起，她为了减轻搬家负担，搬离酒店的时候，很多平常没怎么用的东西都没带，包括医药箱。

她看了眼客厅上的挂钟，已经快九点了，就算这间公寓去公司比较方便，她这时候怎么也该出发了。

"我得赶紧去公司了，你自己能开车吗？"

沈司岸"哦"了声："你要走了？那你留把钥匙给我吧，待会儿我替你锁门。"

他这意思就是想再休息休息，舒清因有些犹豫："你一个人留在这里？"

"我不会动你东西。"他说。

"我不是这个意思，"她解释，"我是不放心你。"

沈司岸睁开眼睛："那你不去公司了？"

自从接手了项目后，舒清因一改她从前那种坐班式的办公室生活，基本上只要待在公司，就有事儿要处理。

她想了想，最终决定："我不去了，你躺好吧，我打电话让我助理买点儿感冒药送过来。"

沈司岸垂着眼，突然抿唇："我不吃药，煮点粥给我喝就行了。"

"粥是吧？"她站起身，转身去打电话，"我让我助理买过来。"

舒清因打完电话后，又看着沙发上躺着的男人，他这么个大男人，感冒了还窝在沙发上，委实有点太可怜了。

"你去我床上躺着吧。"

沈司岸没动，眸色渐深，不知道在想什么。舒清因又重复了一遍，他才虚弱地开口："我浑身没劲，没力气站起来了，就躺在这儿吧。"

舒清因半信半疑："我刚才看你在阳台抽烟的时候，不是还挺有力气的吗？"

"病来如山倒。"他弱弱地解释，然后又捂着嘴咳了几声。

行吧，天大地大，病人最大。

舒清因扶着他往卧室走。一米八多的大男人，生个病感个冒，连路都不会走了，脚步虚浮，大半个身子往她这边靠。

舒清因哪里能扶得住他？她本来就比沈司岸矮，他还将头靠在她肩上，手抓着她的腰，紧紧黏着她。她支撑不住往旁边倒，他就跟着往旁边倒，不过是从客厅到卧室的短短路程，硬生生走出了长征的架势来。还没走到卧室，自己先出了身汗，咬着牙负重前行。

"你到底是生病了还是喝醉了啊，走路都不会走了？"她忍不住抱怨。

男人脚步微顿，若有所思，然后又倒在了她身上。

他无辜地说："脑子晕乎乎的，跟喝醉了差不多。"

舒清因无语，好不容易走到卧室门口，两只手没空着，她只好用脚踢开了卧室的门，然后将沈司岸丢在了床上。

他抓着她腰的手没放开，舒清因还没来得及喊"放手"，人已经跟着他倒在了床上。

"哎——"

　　她直接倒在了男人身上，舒清因从他胸膛前抬起头，用手去掰他箍在自己腰上的手："你放手。"

　　沈司岸置若罔闻，强行让她在自己身上躺着，把她当被子盖。她挣不脱，只好用脚使劲，曲起膝盖试图从他身上爬起来，膝盖却不小心顶到了某个部位。

　　舒清因呆住，沈司岸闷哼出声，额前迅速起了一层薄汗。

　　"小姑姑，"男人的声音听上去既痛苦又可怜，"你不能这么对待病人。"

　　舒清因尴尬得恨不得当场咬舌自尽，讪讪地说了句对不起，又小心翼翼地问他："很疼吗？"

　　他叹气："你说呢？"

　　"谁让你感冒的？你要是不感冒我早就去公司上班了，你也不会被我误伤了，"她嘟囔着，将错都推到了他身上，"不怪我。"

　　男人低低哧了声："怎么？难道你这个害得我感冒的罪魁祸首还想跑？"

　　她反驳："你感冒是因为你大早上的在阳台上吹冷风，还抽烟，跟我有什么关系？"

　　他好半天都没作声，舒清因以为他认输了，自己也不想跟个病人计较，抬起胳膊撑在他的胸前，打算从他身上起来，谁知沈司岸忽然睁开了眼睛，眸色幽深，翻了个身将她压在了身下。

　　舒清因目瞪口呆地看着撑在她上方的男人。

　　沈司岸琥珀色的瞳孔里带着戾气，他低下身子，直到鼻尖触上了她的，这才沉沉出声："我是因为谁洗的冷水澡？我一晚上连觉都没睡，在阳台抽烟直到你醒过来，你还好意思说跟你没关系？"

　　舒清因愣住了。

　　"老实在家陪着我，"他捏起她的下巴，眼神灼热，"听见没有？"

　　舒清因只是失眠，她没想到沈司岸居然一夜没合眼。

"我知道了。"她不安地动了动，"我今天哪里都不去，那你能不能从我身上起来？你很重。"

男人眯眸，他非但没起来，反而直接将自己整个身子压在了她身上。

舒清因被牢牢压着，连喘气都有些困难。

"沈司岸！"她吼他。

"要不你在上面也行，"他笑，声音里带着浓重的鼻音，"我不嫌你重。"

都生病了，居然还有心思调侃她。

舒清因脸颊滚烫，有些后悔因为一时心软连班都翘了留在这里陪他。

好在沈司岸确实是既困又病着，没力气再接着跟她耗下去，转过脸狠狠地咳了几声。

舒清因赶紧推开他，有些艰难地抱着他的头，让他躺在枕头上。

她还穿着睡衣，顺滑贴肤的真丝面料。因为家里有男人，昨天晚上的时候也穿着内衣，男人被她抱着，即便没有真正地触碰到，也不可避免地有所感觉。

沈司岸喉间发痒，眯着眼睛，清浅的瞳孔染上浑浊的暗色，狂躁难耐的渴望肆意流窜至全身，想要推开她冷静冷静，却又舍不得推开。女人身上淡雅的味道萦绕在鼻尖处，不断挑逗着他最后的理智。

他是真病了，可经不起再洗一次冷水澡了。

这女人……真的找死。

舒清因刚帮他盖上被子，这会儿被他猛地坐起来的动作吓到了。男人红着眼睛，伸手攥住她的手，用力地将她拽上了床。

沈司岸捧着她的脸，逼她和自己对视，低声吼她："舒清因，你能不能别耍我？！"

她被吓到了，怔愣间，被子下有什么东西忽然振动了起来。

是他的手机。

沈司岸大口喘着粗气，边喘边咳，因为情绪有些激动，这次咳得更厉害了，胸口又闷又痛，直咳得双颊泛红，才好不容易停下来。

舒清因赶紧帮他拍背顺气。

沈司岸掏出手机，勉强看了眼来电显示，是孟时。

他连说话都有些费劲，直接将手机递给了舒清因："你帮我接，就说我生病了，跟他改天约。"

舒清因点点头，刚接起，孟时那边直接说："我这边帮你问了，买房比较麻烦，而且费时间，直接租算了。"

"谁要买房？"她顺着话问出了口。

听到她的话，沈司岸的脸色陡然变得有些奇怪。

电话那边沉默了，然后才响起孟时有些惊讶的声音："舒小姐？怎么是你接的电话？"

舒清因这才想起她得替沈司岸转达："他昨晚睡在我这儿的，然后今天感冒了，说跟你改天约。"

电话那头又是长久的沉默，然后问了个相当无聊的问题："为什么会感冒？"

舒清因觉得孟时也有些奇怪，但还是答了："着凉了吧。"

"……这样啊，"孟时沉默，而后语气略带欢愉，"舒小姐，不知道你介不介意我过来一趟看看他？"

这有啥介意不介意的，舒清因说："可以啊，你来吧。"

沈司岸听不到孟时说了什么，但他一听舒清因的话就知道孟时这货打算干什么。

他皱眉，声音很低："别让他过来。"

舒清因不解他这抗拒的反应是为何，但还是替他转达了："他说不用你过来。"

也不知道孟时说了什么，舒清因的表情有些为难。

沈司岸直接把手机抢了过来，放到耳边，咬牙切齿："你敢来试试！"

"真生病了？"孟时听他声音都哑成这样了，有些惊讶，"我还以为你是装的。"

沈司岸呵了声："跟你有什么关系？"

孟时淡淡地说："既然你都在她家留宿了，这房子应该也没有找的必要了吧。"

"我是你上司，轮得到你在这儿对我指手画脚？"

孟时语气带笑："所以你留宿一晚，还是没成？"

沈司岸回怼："你留了多少宿？你成了？"

说完他直接挂了电话，没忍住又咳了几声。

舒清因只能听到沈司岸的话，猜不到他们刚刚到底说了什么。

沈司岸将手机扔在一边，虚脱地躺在床上，这回是真的一点儿力气都没有了，又困又难受。

舒清因于心不忍，打了个电话给张助理，催他赶紧买药和粥过来。

张助理到的时候，沈司岸已经完全睡过去了。

他买来了感冒药和小米粥，还没进门就急切地问："舒总，您感冒了啊？"

可舒清因就站在他面前，虽然脸色算不上多健康红润，但至少看着没病。

"不是我，"舒清因摆手让他先进来，"是沈总。"

"哦，沈总。"张助理点点头，柏林地产的沈总沈司岸，等这个名字在脑海里过了一遍后，他猛地瞪圆双眼，没忍住大喊了一声，"沈总？！"

舒清因被他吓了一跳，捂着胸口缓了缓："你干吗这么大声？"

"沈……沈总……"他结结巴巴，面色惊诧，"沈总，在您家？"

舒清因有些奇怪他这么大反应："我昨天用他的手机给你打的电话，你不知道？"

张助理这才知道他昨天接到的那个陌生号码是沈总的手机号。

他又没存，哪会知道？不过他现在知道了，也就是说，昨天一整晚，沈总都在舒总家里。

我的天！

张助理想起之前被拉进的那个微信群，想到那些人之所以把他拉进群里就是因为他是全公司和舒总走得最近的人，只要他在，群里的人就相当于掌握了舒总各方面的第一手消息。

茶水间事件之后，目击人员以堪比福尔摩斯的逻辑思维，推断出这两个人在茶水间里什么都没干，纯聊天，关于沈总"为爱当第三者"的传言也不攻自破。大家都在群里说这两个人没可能，孤男寡女共处一室都没发生什么，那就肯定是彼此都不来电。

渐渐地，大家就不怎么提舒总和沈总了，既然两个人没擦出火花，那也就没有八卦的必要了。

可现在……

张助理咽了咽口水，不知道沈总在舒总家的这个新闻，会不会再次引爆工作群？

他心里犹如火烧，既想替舒总保密，又想完成他作为情报人员的职责，一时陷入两难。

张助理跟着舒总进了她的卧室，看见了舒总的床上躺着个男人。是沈总本人没错。

他看见舒总把沈总叫了起来，沈总似乎很不情愿被吵醒，冷冷地冲他瞥了过来。

张助理心里一慌，立马问好："沈总好。"

沈总不咸不淡地"嗯"了一声，舒总朝他挥了挥手："你过来，沈总他病了，你先喂他吃药，再喂他喝粥吧。"

张助理："不好吧……"

他一个男人，喂另一个男人吃药喝粥，而且这个男人还是他上司的追求者，这怎么都说不过去吧。

但他又不敢违抗上司的命令。

好在沈总也意识到了不对，立刻拒绝："我不要。"

舒总："那你自己吃？"

沈总："就不能你喂我？"

舒总："我不会喂啊。"

沈总："那你就现学啊。"

舒总叹气："张助理比我会照顾人，他喂你的话效率更高。"

沈总冷笑："我是因为谁病的，你把助理叫过来就不管我了？"

张助理茫然地站在一旁，觉得自己挺多余的。

最后舒总妥协了，张助理更不知道自己该走还是留。

走吧，舒总没发话；留吧，他觉得大白天的也不用"电灯泡"照明。

好在沈总替他解了围："你出去吧。"

张助理如释重负，赶紧转身离开。

在离开前那一刻，他听见沈总在冲舒总小声抱怨："叫你助理走。"

张助理不禁有些难过，是他帮沈总买的药、买的粥，怎么利用完了就把他扔到一边了？资本家都没有心！

他坐在客厅里，掏出手机，试图在工作群里找回被需要的自信心。

大家早上好！

怎么副总助理还在群里？

张助理还有留在我们群里的必要吗？

没有，小舒总的八卦已经结束了。

哎，本来以为把张助理拉进群里，能第一时间打探到小舒总和沈总的八卦，结果他俩什么都没有，白拉人进来了。

张助理握着手机，一脸生无可恋。

虽然大家是开玩笑，并没有真想让张助理退群的意思，但傻乎乎的张赫听不出同事们的调侃，以为自己在这个群里的价值就仅仅是提供舒总的八卦，一时间万念俱灰，遂为了报复这帮同事，打算将舒总和沈总的秘密永远埋在心里。

等舒总和沈总的事儿曝光了，让他们这些人可劲儿后悔去吧，他们会后悔当初没有好好对他。

张助理想到这里，心里终于好受了些。

他在客厅里又坐了一会儿，看舒总真的没别的事了，于是打算离开。结果舒总出来叫他，说沈总找他有事。

"沈总，他找我？"张助理有些不解。

"嗯，我也不知道他找你干吗，"舒总冲他努了努下巴，"你进去吧，我去煮碗粥。"

张助理心一跳："这粥不合沈总口味吗？"

"他说店里的粥都不卫生，"舒总有些无奈，"让我在家里给他做。"

舒总说完就往厨房去了，边走边用手机查如何做粥。

沈总是不是病糊涂了？店里的粥再不卫生，也总比舒总做的好喝吧。

他走进卧室。沈总一副病容，声音很轻："我昨晚在你们舒总家过夜的事，你会说出去吗？"

　　"不会！"张助理立正站好，声音坚定，"绝对不会！沈总您放心！我嘴巴很紧的！"

　　"不是这个意思，"沈总没忍住，又咳了咳，"我不是让你别说出去。"

　　"我知道！要当作什么都没看到！您放心，我什么都没看到！"

　　"你……"

　　沈总的病情看样子是加重了，这不捂着胸口又开始咳了，英俊的脸上满是疲惫和郁闷。

　　张助理想，自己真是一个不计回报、以德报怨、想上司之所想、做上司之所做的好员工，上司肚子里的蛔虫，一级得力的下属啊！

第27章

表白

生病的人本来就不应该忧思烦恼，沈司岸的感冒不出意料地加重了，最后没有办法还是去了医院。

沈司岸这一病，没了平日里那副轻佻骄傲的样子，面无血色，薄唇紧抿，虚弱而沉重地呼吸着，旁人听着都觉得费劲。

马上就是酒会了，他却在这关键时刻生病，柏林地产这边的人没办法，只好打电话通知了沈柏林。沈柏林远在国外赶不回来，只说酒会那天会出席，然后让他在邻市的儿子去童州市看看他那堂孙死了没有。

舒清因这段时间忙着筹备酒会，听说沈司岸他堂叔提前过来了，只好又挤出时间热情接待。

"Senan 自从中学开始打篮球后，就再没怎么生过病，"沈渡语气平静，眉眼高冷，"我有些好奇他这次怎么会病得这么重。"

舒清因也不敢承认这是她的责任，心虚地低着头装哑巴。

沈渡淡淡解释："我没有责怪舒小姐的意思。"

沈司岸的堂叔不怪她，反倒让舒清因更加愧疚，遂不再推卸责任："对不起，这么关键的时候，我还害得他生病了，还让您特意过来一趟，实在抱歉。"

"不用道歉，他一个成年人不好好爱惜身体，生了病也是自己的原因，怪不到其他人头上。我提前过来也正好替他和舒小姐再确认一下柏林地产这边宴请客人的名单。"

这次酒会由柏林地产做东，恒浚倾情赞助，请哪些客人当然是柏林地产最有话语权。

　　名单上大部分都是粤圈企业，舒清因刚接过实权不久，交际圈子还没来得及拓那么广，有些企业她只听说过，并不熟悉具体情况，因此名单她不好插手，也插不了手。

　　利益场上没有永远的敌人，沈渡毫不犹豫地将福沛列入贵宾行列。

　　舒清因当然知道沈渡没别的意思，只是一想到酒会那天又会碰见她的前夫家，心里还是不可避免地堵了起来。

　　沈渡问她："舒小姐，你有什么意见吗？"

　　舒清因赶紧摇头，露出笑容："当然没有，我尊重沈氏的决定。"

　　"不用勉强。"沈渡轻笑，意味深长地提到了某个正病着的人，"如果是 Senan 的话，即使他分得清主次，在这件事上没有办法任性，但肯定会直接表露出他的不高兴。"

　　舒清因尴尬地笑了笑，不知道该怎么回答。

　　她和这位堂叔不熟，这时候总不能拍案而起，直接在他面前说"你们柏林地产请福沛，老娘十分、非常以及极其不爽"吧。而且她感觉这位堂叔好像非但没有因为请了福沛硌硬了她或是沈司岸而感到有半分的纠结，反而看着还挺乐在其中的。

　　应该是错觉吧，她想。

　　不出沈渡所料，沈司岸果然对邀请名单上有福沛这件事显得十分的不高兴。

　　他直接将名单扔在桌上，语气不爽："这种会加重我病情的东西就不要拿到我面前了。"

　　沈渡坐在病床边，语气颇随意："病情加重的话，酒会你还能出席吗？"

　　"他们让你来替我处理事情，不就是觉得我的病不会好吗？"沈司岸斜睨他，语气充满玩味的意味，"Dunn，你都在这边结婚成家了，难不成你还会回港城跟我抢啊？"

自从公司易主，沈司岸掌权，整个柏林地产的高层都差不多被换了血。董事会大多都是沈氏直系或旁系血亲，他动不了，但就算动不了董事会，他也要将决策权牢牢掌控在自己手中。董事会被架空，做不了任何主，自然也再无法撼动他的地位。

那些个长辈手上没权了，这才后知后觉地察觉到自己被这么个小辈给玩儿了。

以沈渡目前的身家，早已不用攀附柏林地产，但沈司岸掌权人的位置是从沈渡手里头接过来的，只有等沈司岸真的上位了，沈渡才算真正退出。

沈渡勾唇："我在内地结了婚不假，但你还未婚，所以你什么时候回港城？"

沈司岸懒懒地靠在枕头上，慢悠悠地说："不急，项目这才刚开始。"

"雅林广场的项目最多也就五六年，等到项目结束，你还有留在童州的必要吗？"

"你想说什么？"沈司岸下巴微挑。

"病不好起来，就不能出席酒会，到时候舒小姐跟她前夫见了面，你有心也无力。"沈渡起身，语气温和，"我觉得你最好是再把项目的时间延后一些，不然五六年也不够。"

"感冒而已，又不是得了绝症。"他语带不满，"Dunn，你别诅咒我。"

"感冒？"沈渡笑，"我怎么听舒小姐说，你病得连路都走不了了，还得舒小姐扶着你？"

沈司岸闭上眼睛装死。

"Senan，你撒娇耍赖的方式还是一点都没变。"

堂叔沈渡的"深情关怀"效果极佳，沈司岸的病好得很快。

　　酒会当天，舒清因本来还担心他是为了能出席酒会而强撑着出现的，对此，沈司岸只是觑着她，笑得有些痞："那你要不要试试我病好没好？"

　　舒清因直觉这不是什么好话。

　　"嘿！ Senan ！"不远处有人叫他。

　　"我去应酬了，"他低声说，"这些甜点都是你的，没有的让厨房给你现做。"

　　舒清因正要说她吃不了这么多，男人已经拿起酒杯，抬脚离开了。

　　白色大理石砌成的宴会厅，厅内红金交辉，西式建筑天花板上绘着藻井，围着一丛明灯，棱柱与卷叶镀金托起明黄的灯泡，洒入地毯，透着微红的光，长桌高台延伸至厅尾，桌面上的银器闪着光，壁灯辉映，华丽刺眼。

　　宴会厅内所有衣着精致的人，都是点缀。

　　舒清因握着酒杯，靠着甜品桌，懒得动弹。

　　徐琳女士和晋绍宁正和其他人相谈甚欢，她之所以没上前凑热闹，是因为相谈的那群人当中，有姓宋的在。

　　之前去宋家时，宋一国对她说的那些话犹在耳边。

　　到现在，两家联姻破灭，宋一国仍然代表着福沛，和恒浚的徐董与晋总友好亲切地交流着，都是出于利益。只要共同利益还存在着，恒浚和福沛之间就不会因为她跟宋俊珩的婚姻失败，而就此彻底结束合作。

　　联姻是为了稳固，这层加固的纽带没有了，虚与委蛇也好，真心求和也罢，他们总有办法继续维持着。

　　舒清因本来还有些愧疚，觉得是自己任性，搞得整个恒浚面临着舆论和压力，现在看来，是她太年轻了。她觉得自己太重要了，但其实她根本没有那么重要。

宴会厅内，有了传播源和传播媒介，就肯定会有各种揣测。

恒浚的千金没跟着她妈开拓人际圈，反倒站在甜品桌这边发呆，手里的酒也几乎没动，只看见她偶尔夹块小点心装进盘里，再优雅斯文地喂入口中。

她吃得很慢，也很吸引人，贝齿咀嚼，脸颊微鼓，映容生姿，很难让人忽视。反倒是让人想一直盯着，看她到底能吃到什么时候去。

她终于停下，原因是有人朝她走了过来。

不少默默注视着这边的人都瞪圆了眼睛，面上仍维持着平静高雅的姿态，心里又忍不住好奇这对前夫妻会说些什么，总之相当分裂。

很久未见，宋俊珩看着没怎么变，依然西装革履，高大俊秀。

舒清因再见他时，内心已经没什么波澜了。

"什么事？"她直接问他。

宋俊珩垂下眼睛："有些好奇你在干什么。"

"吃东西啊，"她指了指盘子里的东西，"我看甜点都没什么人动。"

宴会厅里大多都是男人，就算是出席的女客人们在这个场合也都忙着交际，压根儿没心思吃甜点。这些甜点摆在桌上不像是给宾客用来填肚子的，更像是装饰，也就只有她真的认识到了它们的可贵之处。

宋俊珩知道她喜欢吃甜点。但她的饮食习惯算不上多好，经常一到正餐点就没食欲，随便应付几口就放下筷子，所以身材总是苗条纤细，巴掌大的脸也从不见长肉。

这些他以前是不知道的，还是家里的阿姨临走前告诉他的。因为他们离了婚，那套婚房他留给了舒清因，舒清因自己不住，空置在那里，自然也就不需要阿姨了。

以前她工作不忙的时候，基本都是定点上下班，周末没有约会的话就在家里窝上一整天。

阿姨对她的习惯，比他这个做丈夫的还要了解。

他不常回家，有时是忙，有时是不想，她就一个人待在家里。阿姨为了把她那伤胃的饮食习惯给纠正过来，每次她吃菜的时候都会特别关注太太哪些菜多吃了几口，哪些一点都没动。一年下来，宋俊珩不知道她爱吃什么菜，阿姨倒是对她的口味一清二楚。

现在他也是一个人吃饭，有时候看着空荡荡的餐桌，心里难免会想，她之前那一年也是一个人这样吃饭。

生活越是这样平淡地过下去，宋俊珩的心就越是疼痛难忍。

刚刚和她母亲交谈时，她连过来打个招呼的意思都没有。他主动过来了，她脸上也不见有什么表情，看他如同看着一个陌生人。

"我爸已经同意了你们的补偿方案，"宋俊珩启唇，笑得有些勉强，"你不用这样避着我们。"

"是没必要避，但也没必要再谈了。"

舒清因不想再和宋俊珩重复这些她已经说过无数遍的话，也不想因为和她这个前夫站在一块儿被迫承受其他人意味深长的目光。

她放下点心盘，打算离开。

"清因，"他叫住她，苦笑道，"只是说说话，你也不愿意吗？"

"说什么？听你道歉，还是聊家常？"她面色平静，"宋俊珩，比起在这儿耗费彼此的时间，你还不如回 E 国去找你那个未婚妻。比起我，你最对不起的是她，你欠她不知道多少句对不起。"

她对宋俊珩心里的那个未婚妻，从一开始的嫉妒和怨恨，到现在能这么平静地说出其实他更对不起的是他的未婚妻这样的话，舒清因自己也察觉到，她是真的放下了。

一开始，她必须逼迫自己，千万不要回头，哪怕他悔过，也绝对不要回头。到现在，她已经不需要在心里不断警示自己，这个男人在过去一年的婚姻生活中是如何对待她的，所以再难过也绝不要回头。面对宋俊珩，她的内心已经掀不起半点波澜。

宋俊珩眸光闪烁，神色怅惘。

她已经把话说得很绝，半分念想都没给他留下，他却不愿失去和她相处的每个机会。而她与他隔着几步，才说了几句话，脸上不耐烦的神色已经相当明显了。

她是确实不爱他了。

"你这样抗拒我，"宋俊珩顿了顿，沉声问道，"是因为沈司岸吗？"

"跟他没关系。"她直接说。

"那天是他送你来的，"他自顾自说着，"你们在一起了吗？"

舒清因并不想回答："这跟你没关系。"

"这怎么跟我没有关系？"他忽然冷下声音。

舒清因怔住，宋俊珩朝她走近两步，攥住了她的手腕，眼底满是不甘和失落。

她听到旁边那些人发出低呼，宋俊珩的动作幅度不大，不注意这边的人根本不会注意到，但从宋俊珩走过来的那一刻，很多了解他们关系的人早已将目光死死地盯在他们身上。

舒清因不敢直接大力甩开他，今天这个场合，越是成为焦点越扯不清关系。

"在我们公布离婚之前，或许更早，甚至在我们还没离婚的时候，他就对你有了别的心思。他明知道你结了婚，还不断地靠近你，围在你身边，他那时候就想从我身边把你抢走。他就是个未遂的第三者。"宋俊珩语带嘲弄。

舒清因冷笑："宋俊珩，今天是柏林地产举办的酒会，你要污蔑起码也要挑对时间地点吧？"

"这都是他自己亲口承认的，"宋俊珩说，"你要是不信，可以去问问他。"

舒清因睁大眼睛，胸口剧烈起伏着，不敢相信宋俊珩对她说的这些话。

这对前夫妻始终不敢闹出太大的动静，只是僵持着，两个人离得很近，甜品桌这边除了他们没有人再敢靠近。

找不到儿子的宋一国这时也发现宋俊珩刚刚借口离开，原来是去找他那个前妻了。

"徐董，我看俊珩这回是真的对清因认真了。"宋一国拿起酒杯，指了指不远处的那对年轻人，有些无奈，"婚都离了，还去人家面前求什么呢。"

徐琳女士顺着宋一国手指的方向看过去。

"老实说，我对清因这个儿媳妇是真的很满意，如果他们愿意复婚，"宋一国笑了笑，"我就当他们耍小孩子脾气，睁一只眼闭一只眼也不是不可以。"

徐琳女士收回目光，歉疚地说："实在抱歉，宋总，清因她太任性了，是我没管好她，给你们添了这么大的麻烦。只是这婚离了就离了，哪还有覆水再收的道理？俊珩是一时放不下，等时间久了自然就会好的。"

宋一国脸上的笑意敛去，仍温和地说："徐董，我有心给这两个孩子一次和好的机会，怎么你都不为自己女儿考虑？你这个妈可当得有点不称职啊。"

"我是不称职，如果她爸爸还活着，肯定会反对我当初自作主张把清因嫁了出去。既然她执意要离婚，那我也就随她去了，反正她跟我也不亲，我说什么她也未必听。"

宋一国眯起眼睛，没什么情绪地笑了笑："徐董这是要帮着女儿，坚决和我们俊珩撇清关系了？"

徐琳女士立刻摇头："怎么会？是我们舒氏没有这个福气让俊珩

继续当女婿。"

"清因不愧是徐董的女儿，你们母女俩这性格还真是一模一样啊。"宋一国冷笑一声，不住地点着头，表情微冷。

徐琳女士微笑："谢谢宋总夸奖，那我就先失陪了，宋总你们慢慢喝。"

她放下酒杯，随即和晋绍宁转身离开。

刚刚聊合作还聊得好好的，这会儿一提起舒清因，徐琳的态度急转直下，生怕他们宋氏再缠着她女儿不放。

这点宋一国怎么会看不出来？

一直在充当花瓶的宋夫人哼道："我就说她们母女俩肯定是通过气儿的吧，你还不信，非要觍着个脸帮俊珩说话。人家舒千金眼光可高着呢，当不成我们宋氏的媳妇儿，指不定她和她妈又把目标放在谁身上了。"

"俊珩是我儿子，他为了一个女人都快把自己搞成穷光蛋了！我这个做爸爸的不帮他，难道看着他这么继续犯傻？再说清因就算和俊珩离了婚，她和俊珩有过夫妻之实也是事实。她是我们宋氏的儿媳妇，有我给俊珩撑腰，整个童州市谁还敢再打清因的主意？女人都是心软的，复婚是迟早的事。"

听到丈夫这么为他那个死去多年的前妻生的儿子打算，甚至不惜放下姿态去求自己的前儿媳妇，宋夫人顿时一肚子气，恨丈夫偏心宋俊珩，也恨自己生的儿子始终不如宋俊珩。

她狠狠瞪了一眼宋俊棋，将气发了自己儿子身上。

宋俊棋无视母亲的眼神，又转而看向他那在前妻面前吃力不讨好的哥哥。

"爸，别瞎费劲了。"宋俊棋愉悦地扬起唇角说。

宋一国转而怒瞪他的小儿子："闭嘴，你就不能想着你哥点好？"

宋俊棋不说话了，他上次在舒清因那儿吃了瘪，恨不得宋俊珩能吃上几百回，以纾解他的郁闷。

宋一国再去跟其他人应酬时，明里暗里有不少人关心宋俊珩，所以宋一国打了个马虎眼，只说小两口吵架闹离婚，他们做父母的不太清楚情况。

别人从他的话里听出，这两个人似乎并非真的撕破了脸，还有复合的可能性。

这个八卦越来越精彩了。

沈司岸原本正和他刚来童州市时负责招待他的那些富家子弟喝酒应酬，这会儿有个刚刚从洗手间回来的男人冲他们挑了挑眉："哎，那边有好戏看。"

"什么好戏？"

"福沛那个少东家，和他那个前妻凑到一块儿去了。"

立马有人懂了："前妻？恒浚那个？"

"不然呢，他难道还有另一个前妻？"

"他们不是离婚了吗？怎么又凑到一块儿啦？"

"不知道啊，两个人凑一块儿聊天呢，挨得挺近的，不知道在说什么。"

"啧，你怎么不离近点听啊？"

"废话，人家夫妻之间说悄悄话我还凑上去？我又不是八婆。"

"早不是夫妻了啊，这都离婚多久了。"

"离婚就不能复婚了？"

"你什么意思？难道宋氏少东家要吃回头草啊？"

"八成是。"

"刺激啊。"

几个人意味深长笑了起来。

"当初舒千金离婚声明发得那么猝不及防，我还以为他们是闹翻了呢。"

"你没看到，刚刚她妈徐琳和宋一国还有说有笑呢，指不定就是夫妻吵架，现在双方父母正帮着劝和呢。"

"劝和？这有可能吗？"

"怎么不可能？刚刚我家老头子跟宋一国打听，我看宋一国就是那意思。"

"女人嘛，都心软。尤其是前妻，都当过一段时间的夫妻了，追一追不就又到手了？"

"我看有好多人还等着舒千金这次离了婚降低条件，他们好有机会攀上舒氏呢。"

"我要是舒千金，我宁愿和宋少爷复合。"

"是啊，还不如复合呢。"

几个人说了一大堆，最后默契地笑出了声。

最先挑起话头的人注意到，从他们谈论起宋氏和舒氏的传闻开始，沈司岸就没再说过一句话。

"哎哟，看我这猪脑子，一聊起天儿来都没顾得上我们沈总，沈总，抱歉啊，我自罚一杯，给沈总赔礼道歉。"

沈司岸没接茬，沉着脸说："你刚才说复婚？"

这人本来以为他一直不搭腔是因为对这个八卦不感兴趣，现在听他这么问，才又舒了口气。

原来还是感兴趣的啊。

"是啊，宋氏少东家就和他前妻在那边站着呢，两个人都说了好久的话了。"

沈司岸忽然笑出了声。

几个人不明所以，然后听他骂了句："眼瞎的女人。"

"沈总，您这是在说谁呢？"有个人不确定地问道。

"还能有谁？"沈司岸抬起眼皮，嗤道，"除了舒清因，难道还有女人比她更瞎？"

几个人不敢搭腔。

他们知道柏林地产跟恒浚集团刚签了合约，舒清因是沈司岸正儿八经的合作伙伴，因此刚刚聊天时刻意注重措辞，平常私底下的那些不好听的词都默契地没提，只玩笑着聊了几句。

所以舒清因和沈司岸其实面和心不和？

几个人转而附和。

"是眼瞎，离了婚她还上哪儿去找宋氏少东家这种条件的老公啊？"

"对对对，我也觉得。"

"她还真以为她离了婚就能立马找到下家呢，也不知道哪儿来的自信。"

"这就是典型的对自己缺乏自我认知，她条件再好又有什么用，离过婚啊。"

"这么一想，不但眼瞎，心里还没有数。"

本来以为这么附和，沈司岸脸色就能好点了，结果他非但没有转怒为喜，脸反而更黑了。

"你们再说一遍？"沈司岸冷冷瞥过去，说话时声音冰冷，"轮得到你们几个在这儿嚼舌根？"

几个人欲哭无泪，沈司岸到底是要怎样？

有实在揣摩不出沈司岸这变化多端的心思的人直接问了："那沈总您为什么说舒小姐眼瞎？"

沈司岸挑眉，哼笑："有我这么好的条件摆在她面前，她还跑去跟前夫复婚，她不是眼瞎是什么？"

说完这句话，喝了点酒的沈司岸重重地放下酒杯，又烦躁地扯开领带，沉着一张俊脸往宋氏少东家和他前妻那边走去，徒留一群富家子弟愣在原地面面相觑。

"我刚刚是幻听了吗？"

"没有吧……"

"沈总刚才那意思是他对舒小姐……那什么，是吗？"

"好像是……"

"所以我们刚说的，舒小姐的下家……"

"沈总……"

"我刚刚说她缺乏自我认知，完了，我家老头子要把我赶出家门了。"

"我刚刚还说舒小姐心里没数，我惨了。"

至于舒清因，她仍处在震惊中，始终不相信宋俊珩说的话。

她能察觉到沈司岸对她的不同，但她从没想过会那么早。在她还没公布离婚前，或者更早……

"柏林地产抢走了福沛的项目，他也要从我身边抢走你。"宋俊珩苦笑，"清因，就是因为他，你一点儿机会都不肯给我了是吗？"

她正欲开口，旁边有个冷冷的声音响起。

"聊什么呢？"

舒清因看过去，沈司岸正朝这边走来，脸色带霜，眸色淡漠。

"沈总，"宋俊珩的声音听上去相当不爽，"我跟清因有话说，你能不能先走开？"

沈司岸唇角漾着笑："不能，这是柏林地产的酒会。"

宋俊珩没了耐心："你到底想干什么？"

"你跟她有话说，我也跟她有话说。"他直接走到舒清因身边，不由分说地抓住她的手腕。

宋俊珩还攥着她另一只手，闻言更攥紧了几分。

这个举动直接惹得宴会厅大部分的人都看了过来。刚刚如果只是前夫妻之间叙旧，这下已经发展成劲爆的三角恋了。

舒清因表情尴尬，忍不住想骂人。

两个神经病！

旁人看她，以为她艳福不浅，她自己以前看这种电视剧的时候也觉得特别好，但现在主角换成了自己，旁边还有这么多人看着，她才彻底体会到女主角的不容易。

沈司岸一点没犹豫："宋俊珩，放手。"

宋俊珩没听他的："你先放手。"

"你们都给我放手！"舒清因整个人被点燃，用力甩开了两个人的手，"这么多人看着，你们不嫌丢人啊？"

女主角羞愤欲死，男主角们不甚在意。

沈司岸不再跟宋俊珩继续周旋，转而直接跟舒清因说："小姑姑，我们谈谈。"

舒清因不敢看他，脑子里回响着宋俊珩跟她说过的那些话。

她咬唇，直接拒绝："我不想谈。"太尴尬了。

这声拒绝直接磨掉了沈司岸最后一点耐性，他懒得再去征求她的意见，拉起她的手不由分说地将她带离了正厅。

舒清因穿着高跟鞋，礼服裙也有些重，几乎是被他拽着走的。她跟跄着步伐，有些害怕。

"你谈就谈，你要把我带去哪儿？"

宋俊珩难以相信自己就这么被截和了："沈司岸！"

沈司岸带她离开正厅，穿过一条回廊，一路碰上了不少侍应生。侍应生连躬都只鞠到一半，沈司岸已经拉着舒清因直接从他们身边过去了。

他用脚踢开了西侧厅的门，直接将她扔了进去。

没开灯的室内，舒清因听到咣的一声怒响，门被重重关上了，接着是落锁的声音。

她大惊："沈司岸你……"

沈司岸直接将她抵在门上，伸手捏起她的下巴，逼她和自己对视："舒清因，你玩儿我是吧？"

舒清因有些害怕地往房门上贴了贴，尽力避免和他接触。

"躲什么？之前在你家的时候怎么不见你躲？"男人哼笑，整个身子跟着向前，狠狠地将她抵在门和自己之间，压得她几乎快喘不过气来。

舒清因说不出话来，男人气得胸膛剧烈起伏着，声音里带着愠怒，气息不稳："在我的酒会上，你居然还敢跟你前夫拉扯不清，你当我冤大头啊？"

舒清因闭上眼睛，不敢说话。

沈司岸逼问她："你跟他说了什么？老实交代。"

舒清因小声敷衍："没说什么。"

见她不愿意说，他更是生气："你是不是要和他复婚？"

也不等她开口解释，沈司岸胳膊往下，牢牢环住她的腰肢，另一只手则报复般地揉上她的嘴唇，柔软的指腹摩挲着她同样柔软的唇瓣，似乎在发泄着什么。

"是你主动抱了我，又求我留下来陪你，你敢说你没勾引我？"他红着眼睛，眸光狠厉，语气中又是控诉又是指责，"舒清因，你要是敢说是我自作多情，你其实打算跟你前夫复婚，你信不信我咬死你？"

舒清因心跳骤快，忽然隔着门听到了宋俊珩的声音。

宋俊珩对宴会厅的格局不熟，就算追了出来，也并不知道沈司岸将舒清因带去了哪里。

"清因。"

她听见宋俊珩在叫她的名字。

面前的男人冷冷地笑了："追出来了？"

舒清因的走神让他很是挫败，他现在不但想咬死这个没良心的女人，还想掐死她。

"你猜他能不能听到我们在做什么？"他忽然轻笑。

舒清因不解："你什么意思……"

他捧起她的下巴，低下头，重重地覆上她的唇。

清冽的酒气和灼热的呼吸瞬间侵占她的大脑，将舒清因的思维打得七零八落。

她的前夫和他们一门之隔，还在找她，而她现在被他锁在这黑暗的侧厅里，禁锢于他与门之间，被他逼着仰起头被迫承受着他铺天盖地而来的吻。

舒清因伸手抵在他的胸前，试图将他推开来。可他紧紧抵着她，连一丝空隙都不给她留。

这种陌生而粗暴的亲吻是她从未体验过的，他的含吮带着几分戾气，她的唇瓣被磨得生疼。她断断续续地艰难地换着气，这样柔弱又可怜的样子非但没激起男人的半分同情，反而惹得他呼吸更重，更加不满足地啃咬起她的唇，最后直接撬开了她的贝齿，淡淡酒香与甜点香掺在一起。

舒清因动了动头，想躲开他的唇，可她一躲，男人的唇就跟着追过来，然后再次侵夺她得来不易的呼吸。

因为亲吻，舒清因清冷的五官染上绯色，连身上的香水味也似乎更加浓郁。

沈司岸一直很好奇她到底用的什么香，这香跟她的气质实在太相似了，像是雪莲夹杂着冷香，明明高傲矜持到了极点，却又在这时候散发出致命的娇媚。

汹涌的欲念像是藤蔓般攀至他的全身，几乎要侵蚀掉他的血肉和理智。

　　察觉到她的挣扎，沈司岸体内叫嚣着的欲望更浓烈了几分，唇间厮磨纠缠的力道又加重了几分，直将她的口红吃得半点不剩。

　　寂静的侧厅内黑漆漆的，再细微的声音也犹如惊雷炸在耳边。

　　手工西装和礼裙摩擦的细碎声响，冰凉的金属领针和宝石项链碰撞的清脆声音，以及男女间唇齿交缠的喘息声。

　　男人暴烈却又无声地吻着她，一言不发，而她被堵着唇，同样发不出声音来。

　　舒清因被抵在门上，瘦削纤细的两条胳膊空着，无力地垂在身侧，像是被抽了丝的布娃娃，只有指尖蜷缩，紧紧抓着裙子。

　　她不再挣扎了。

　　沈司岸稍稍挪开唇，睁开眼睛，眼底间波涛涌起，像是汹涌的海底卷着狂浪，深不可测却又欲念分明。

　　他沙哑的声音响起："怕他发现？"

　　舒清因抬手，硬生生挤进两人唇齿之间，在这微小的缝隙中捂住了他的唇，将他推开。

　　她擦了擦嘴，侧过身子"啪"的一声打开了门边的开关。

　　眼前倏地明亮起来，舒清因瞪他，黑白分明的眼眸里带着羞涩，双唇肿胀，唇上还留有口红淡淡的痕迹，狼狈地附着在唇角旁。

　　雪肤带红，神色又嗔又怒，几缕柔软的头发从盘起的编发中伸出来，落在她的锁骨上。

　　沈司岸闭上眼睛，回过神来后才意识到自己刚刚被气昏了头，都对她做了什么。

　　但内心的狂喜与满足却又远远多于悔意。

　　门外早已没有了宋俊珩的声音。沈司岸想，她可能会给他一巴掌，或者更解气点，直接踢他两脚。但她没有，只是湿着眼睛，咬着唇小声地啜泣了起来。

　　沈司岸慌了，这下是真的后悔了。

　　她断断续续地骂他，骂两句就抽一下鼻子，毫无震慑力："你，你神经病啊！刚刚那……那么多人看……看着，我本来就因为离婚……被……被议论好久了，你还这样，你浑蛋！神经！"

　　沈司岸被一连串冠上了几个贬义称呼，没反驳，默默接受了，但心里还是对她有诸多不满，咬着牙沉声斥责："你和宋俊珩在酒会上卿卿我我的时候，怎么没想过别人会怎么说你们？"

　　舒清因泪眼蒙眬，哭腔中带着恼怒："我什么时候跟他卿卿我我了！我就是跟他说了几句话！"

　　"说话有必要挨这么近？"他冷笑，眼底带霜，"什么夫妻间的小秘密非要贴着脸说，就这么怕被人听见？"

　　舒清因更气了："你瞎说什么，他是跟我说……"然后卡壳，又抿嘴不说了。

　　他挑眉："怎么不接着说了？说什么了？"

　　舒清因心虚地转过头："跟你没关系。"

　　沈司岸听她这话就来气，一连冷笑了好几声，不住地点头，俊脸沉着，下巴紧绷着，声音冰冷，愤懑不已："跟我没关系，那就跟他有关系是吧？舒清因，他到底有什么好的，离了婚你都还这么惦记着？我哪点不如他？他不就比我多戴了副眼镜？你要喜欢，明天我就去配一副，这你总满意了吧。"

　　舒清因茫然地喃喃道："我什么时候惦记他了？"

　　"那你跟他复什么婚！"沈司岸冷哼。

　　舒清因不明所以："我什么时候要跟他复婚了，你从哪儿听到的这谣言？"

　　沈司岸眉心紧拧，疑窦丛生："你不跟他复婚，那你们在说什么悄悄话？"

　　在说你。

　　舒清因心里默默地将"第三者"默念了一遍，然后语气含糊："他说你，对我……"

"对你什么？"沈司岸没听清，没什么耐心地替她说了出来，"他说我喜欢你是不是？"

舒清因点了点头，又摇了摇头。

沈司岸叹气："那到底是什么？"

"他说你在我还没离婚前就对我……"这话说出来太自恋了，舒清因犹豫半晌才想到个不那么露骨的词，"有好感。"

男人怔愣，气氛变得死寂又尴尬。

舒清因看他不说话，以为宋俊珩是瞎说，自己也觉得丢脸，连这种话都信。

沈司岸终于哧了声："多管闲事。"

舒清因双眼垂着，羞耻感爆棚，思索着怎么把这自作多情的锅都甩到宋俊珩身上，然后把自己给择出去。

男人又说："我没长嘴吗？用他替我表白？"

舒清因抬起眼睛，呆滞地看着他。

沈司岸朝她走近几步，眼帘低垂，声音风轻云淡："你藏着掖着不肯跟我说，是不相信他说的都是实话？"

她没说话，因为她确实不相信。

"那我告诉你，是真的。"沈司岸弯下腰看着她，声音懒洋洋的，不怎么正经，说的话却不容置疑，"他那天在酒店打我，也是因为我告诉他，我确实对你有意思，我抢了他的项目不够，我还要抢他的老婆。"

这话实在过分又嚣张，活生生一个不知廉耻的无赖。舒清因非但没有对他破口大骂，反倒因为他这几句话开始慌乱起来。

"小姑姑，宋俊珩跟你说的不算，你忘了吧，现在听我说，"沈司岸调侃她的时候就喜欢这么叫她，"我喜欢你。"

开了灯，侧厅依旧安静，安静得都让人有些躁动，舒清因只能紧紧贴着门，还好门没有温度，可以给她降降温。

"刚刚亲了你，抱歉。"男人瞥她，见她神色羞赧，咧起嘴，笑得有些坏，"别贴着门了，门又帮不了你。"

舒清因没忍住抽了抽嘴角："你刚刚那什么我的事就这么算了？"

这可是我的初吻啊，这个臭男人！

沈司岸眼皮往上撩撩，语气带笑："那什么你？"

舒清因脸颊发烫："你别跟我装。"

男人的喉结动了动，右眉梢轻轻抬起："你得说清楚啊，是亲你，还是咬你，还是……"

面前的女人好不容易冷静下来，这回又被惹恼了，又气又羞："沈司岸，闭嘴！"

舒清因有心想跟他好好说话，无奈这男人简直跟流氓没什么区别，她只得伸手用力擦嘴，试图擦掉他刚刚用他那张满是浑话的嘴在她唇上留下的气味和痕迹。

沈司岸眸色微暗："别擦了，越擦越脏。"

闻言，舒清因停下了动作，没镜子，她也不知道自己脸上什么情况。

男人伸手："别动啊。"

指腹揉上她的嘴唇，舒清因心一跳，赶紧低下了头，躲开他的手指。

他没理她，强行抬起她的下巴给她擦嘴："不想让人看出来就老实点。"

手触到她的唇，舒清因想起了刚刚跟他双唇相贴，为收敛心神，她闷声回击："你也擦擦你的嘴吧。"

男人微怔，摸了摸自己的嘴唇，再一看手，还真有口红印。

他浑不在意，反倒笑了："你怕让人看出来，我又不怕，我倒是巴不得其他人都知道我刚才对你做了什么。"

舒清因瞪他，又开始问罪："你刚刚当着那么多人的面把我拉走，待会儿出去了你让我怎么跟其他人解释？"

"解释什么？"沈司岸抬起眼，不甚在意，"你已经离婚了，我追你犯法吗？"

舒清因扭扭捏捏地明知故问："你追我干什么？"

"我刚是不是把你亲傻了？"沈司岸在她脑门上弹了下，"我追你还能干什么？当你男朋友啊。"

两个人折腾了这么半天，沈司岸口袋里的手机响了。

舒清因还在因为"男朋友"三个字少女心泛滥。

沈司岸没接，看来电显示就知道是催他回宴会厅的。

"你去补个口红，我先回宴会厅了，现在那边热闹着呢。"

舒清因又忍不住责备他："这不都是拜你所赐。"

沈司岸眯起眼睛，脸上笑意弥漫："我是被谁气昏了头？始作俑者没资格教训我，闭嘴。"

她果真闭嘴了，不是因为听话，而是懒得跟他说话。

柏林地产的沈大少当着福沛少东家的面儿把他前妻给掳走了。

这个消息如同过堂风，瞬间传遍了整个酒会现场。

很多并没有亲眼看到的人都不太相信，觉得沈司岸不至于觊觎人家的前妻。

沈司岸回到宴会厅的时候，虽然没人敢上来问，但他们那意味深长的眼神已经很清楚地暗示他，分明想知道刚刚那是怎么回事。

徐琳女士作为当事人的妈，此时最有资格说话。但她没问。宋一国过来问她，她也只是装傻。

晋绍宁在她旁边，语气很平静："你不管了？"

"管得住吗？"徐琳女士说，"我连自己女儿都管不住，我还能管得住别人的儿子？"

　　沈司岸照常喝酒应酬，就好像刚刚什么事儿都没发生过似的，连宋俊珩过来的时候，他也仍是平静如常，一副处事不惊的样子。

　　几个正在和沈司岸喝酒的人见宋俊珩过来了，默契而又体贴地退后了两步，在沈司岸旁边空出了位置。但他们也没离开，就端着酒杯在旁边看着，生怕错过点儿什么剧情。

　　宋俊珩直截了当地问他："你把清因带到哪儿去了？"

　　沈司岸目光冷淡，漫不经心："跟宋总有关系？"

　　宋俊珩被他问住，但又不甘落于下风，下巴微绷，语气冰冷："你知道自己刚刚当众把清因带走，对她会有什么影响吗？"

　　"有什么影响？她不是单身吗？"沈司岸反问。

　　"但在别人眼中，她还是宋氏的儿媳妇。"宋俊珩低喝，"今天这里这么多客人，你就不怕给她招来非议吗？"

　　两个男人对视着，似乎有强烈的电流回荡在二人周身，旁边的人看出点端倪，议论声逐渐漫了过来。

　　这么多人看着，两个男人没办法再像那天在酒店一样直接打一架，宋俊珩虽然对沈司岸不爽到了极点，但因为今天这酒会是柏林地产举办的，为了宋氏，他也只能压低了声音告诫警示他。

　　沈司岸语带讥讽，目光冰冷："她为什么会招来非议，你心里不清楚吗？"

　　"那你也没资格插手我跟她之间的事。"

　　"那不巧，"沈司岸后退几步，嚣张地挑起嘴角，"我今天还非要插上这一手了。"

　　他淡淡地扫过四周，正好舒清因这时补好妆，从侧门进来了。

　　他冷冷地笑了笑，直接无视宋俊珩往前走去。

　　沈司岸是朝着主持台那边走的，主持台旁边坐着一个小型乐团，二十几个小提琴手原本还在拉琴，沈司岸冲他们做了个噤声的动作，宴会厅内的乐声顿时停下了。

宴会刚开始的时候，沈司岸上台致辞过，很官方正式的致辞稿。这回他又上去，在场的客人齐刷刷地看过去，还以为他是又要致辞。

客人们纷纷安静下来，礼貌自觉地维持着这安静的氛围。

正在招待宾客的沈氏一族有些怔愣，尤其是沈柏林，他压根儿不知道他这个堂孙要干什么。

"Senan 要干什么？"

沈渡眯着眼睛，摇了摇头。

酒会根本没有这个流程。

沈司岸今天是主角，为了这次酒会特意精心打扮了一番，定制的西装三件套包裹着他完美的身体，肩头利落，窄腰长腿，身形颀长挺拔，黑亮的短发全梳在脑后，露出光洁的额头，就算没站在台上，也是人群中夺目的存在。

他站在台上，低沉的声音透过麦克风传至宴会厅的每个角落。

"我想各位宾客也知道，我们柏林地产之所以能成功地举办这次酒会，其中少不了恒浚集团的协助，而恒浚集团也是我们这几年来最重要的商业伙伴，我很重视并珍惜这次和恒浚集团的合作。"

官方的客套话，没什么意思。

沈司岸继续说："同时，我也很欣赏负责这次雅林广场建设总项目的舒副总。"

宾客和舒清因都是一脸蒙。

"我爱慕舒副总已久，不知道舒副总肯不肯给我这个机会，"男人顿了顿，似乎有些不好意思地笑了起来，语气温和，极为绅士，"让我有幸成为舒副总的追求者之一？"

"太会玩了！"

沈司岸一席话在会场掀起轩然大波，议论声如同滔天的海啸直扑宴会厅。众人纷纷朝被告白的女主角看了过去，想看看她这时候是娇羞，还是惊讶，又或者是直接高兴得昏过去了。

可惜，都没有。

此时的舒清因满脸紫胀，一口贝齿咬得咯咯作响，恨不得立刻冲上台，把这个臭不要脸的男人给直接掐死。

第
28
章

追
求

被娱乐圈小道消息屠版多时的交流社区论坛终于迎来了新鲜点的八卦。

　　这次还是华南豪门圈的，呃，加上粤圈？

　　华南哪家啊，除了姓徐姓司的，其他都不禁说吧。

　　顾？还是容？还是宋、舒？话说后面那两家前不久闹离婚，刚屠过版。楼主应该不是炒冷饭吧。

　　还真是后面两个，但绝不是炒冷饭。

之前宋、舒两家联姻失败引起了好大一阵骚动，但两家的公关处理舆论都很及时，有些人怕被封号也只能憋在心里头，如今离婚的风头已经过去了，好不容易又有一个相关帖子出来了，立马激起千层浪。男男女女都有，简直是大型红眼病狂欢现场。

　　楼主要真是一手搬运工，那肯定也是有头有脸的人吧，还会上论坛？

　　我在柏林地产的酒会现场，也不是什么有头有脸的人物，今天就是跟着我老板过来见见世面而已。上图自证，确实是在酒会现场。

图里是觥筹交错的宴会厅，金色灯光耀眼非凡，出现在镜头里的人也都端着酒杯，衣着华贵。真正的名流酒会。

　　比电视剧还夸张！

　　这个瓜是我在现场听到的，保证是真的，大家放心，绝对不是造谣。

　　沈大少刚上台跟舒氏那位表白了，实在突然，没来得及录，而且我看其他人都没拿手机出来，我也不敢这么明目张胆，大家自行脑补吧！

　　哪个沈大少啊？柏林地产新上位那个？不是吧？

　　舒氏那位才刚离婚啊！

　　楼主代称搞错了吧？还是认错人了？

　　就这二位啊，我混论坛这么久了怎么可能认错？！

　　两张照片，镜头的中间分别是一男一女各自在应酬。

　　英俊高贵的男人和清冷优雅的女人，背景都是宴会厅，确实是那两位没错。

　　这是什么魔幻现实主义小说情节！

　　怎么表白的？！请务必向我们描述一下，让我吃点柠檬！

　　沈大少当着所有人的面，说爱慕舒小姐很久了，想让舒小姐给个机会，他想追求她。

　　这么高调吗？

　　爱慕很久是什么意思？他是不是不知道那位刚离婚啊？

　　肯定知道吧，宋氏那位今天也来了，刚表白的时候他也在，脸都黑了。

　　沈大少是跟宋氏有仇还是真蓄谋已久啊？

　　是等着那位离了婚再追的吗？不会是没离婚前就有那想法了吧？

　　女主角什么反应啊？是不是特别害羞特别高兴，不会当场答应沈大少的追求了吧？

是我的话我肯定当场答应，万一沈大少后悔了怎么办？

没有，不但没答应，好像还挺生气的！

楼主你是不是看错了？正常人面对这种表白会生气吗？

不知道，有钱人的心思你别猜。

舒氏的千金这才刚离婚没多久，身边就多了位这么高调的追求者。而且听沈大少的意思，这是还在追，而且还没追上。

一时间，众人脸色各异，看热闹的居多，羡慕嫉妒恨的也有，尤其是今天把闺中千金带来的几个老总，只是都没表现出来而已。沈司岸年轻俊美，实权在手，身家背景样样都是顶配，哪怕只是做个朋友，也算有面子。谁知道他哪个都没看上，偏偏看上了刚离婚的舒清因。

这是商业酒会，沈司岸当众告白已经很不合规矩，别人自然也不可能在台下跟着瞎起哄。

沈司岸说完就从台上走了下来，潇洒又随意，双手插着兜，昂着下巴，然后被半路杀出的舒清因拦住了去路。

沈司岸眨眼，神情单纯又无辜："感动吗？"

舒清因面无表情："你跟我来。"

刚刚是沈大少拉着舒小姐众目睽睽之下离开了宴会厅，这回风水轮流转，两个人又离开了。

有人悄悄观察宋氏少东家的表情，发现他虽然早跟舒氏那位离了婚，按理来说这绿帽子怎么也戴不到他头上，但看他的表情不仅像是戴了，而且戴的还是千斤重的绿帽子，一副真被人撬走了老婆的模样。

心思玲珑的人猜到，可能复婚的传闻确实不假，只是这复婚是他们宋氏单方面的想法。

沈司岸任由舒清因将他拉走。

一米八多的大男人毫无自主思想，乖乖地被他的小姑姑牵着，恨不得小姑姑再走快些。脸上的笑意也越来越明显，琥珀色的瞳孔里全是暗喜和期待。

舒清因把他带到了一个没什么人的转角回廊。廊灯还亮着，沈司岸蹙眉，有些嫌灯碍眼。

舒清因转身就对着沈司岸的肚子来了一拳，直接把他打蒙了。他摸着肚子，不敢相信这女人刚刚真打了他。

舒清因清丽秀气的五官皱着，凶神恶煞地看着他，又气又恼，扯着他的领带逼迫他低下头来。

领带是环着脖子的，她用了力气，沈司岸只能弯下腰，顺从地摆出弱者的姿态。

舒清因想再给他一巴掌。

她从没跟人动过手，良好的教养和从小被灌输的思想告诉她，动手是不对的。但这男人实在是太欠揍了。

她只好掐他的脸，斥责道："你疯了？！还嫌刚刚闹出的动静不够大吗？！"

沈司岸很是淡定："我要是不当着所有人的面跟你表白一次，谁知道你会不会转身就跟我玩儿失忆，当作什么都没发生过？"

舒清因神色诧异，有些恍惚。

沈司岸眯起眼，声音顿时沉了下来："被我说中了？"

她心虚地反驳："没有，我是那样的人吗？"

"我看你就是，"男人撩起眼皮，淡淡地说，"你就是个没心没肺、狼心狗肺的女人。"

舒清因很鄙视他的成语水平："那我到底有没有心有没有肺？"

"没有。"

舒清因气结："那你有？你明知道我因为离婚的事儿已经应接不

暇了，外头的风言风语根本压不住，现在你这么大张旗鼓地跟我……你信不信，这件事绝对已经被传出去了？"

"所以呢？"沈司岸看着她，目光平静，"你是想跟宋俊珩继续纠缠不清，还是彻底跟他一刀两断？如果是后者，那我已经帮你做到了，现在所有人都知道我在追你，宋俊珩想跟你复婚根本就是做梦。"

舒清因张了张嘴，她考虑的根本不是宋俊珩，而是她跟他。

"你这样，对你有什么好处？你跟我扯上关系，对你来说不是好事。"

"怎么不是好事？起码以后我可以光明正大地出现在你身边。你未嫁我未娶，我们之间无论发生了什么都是再正常不过的。"

舒清因垂下眼，小声说："你根本不知道其他人会在背后说我们什么。"

"他们说我什么都无所谓，因为我确实动了破坏你和宋俊珩关系的念头。"沈司岸忽而笑了，"你如果觉得没办法接受，你就再揍我几拳，或者你让宋俊珩过来替你动手，只要你能解气。"

舒清因没办法了："哪有你这样无赖的人？"

"小姑姑，我是想让他们都知道，就算你离了婚，对我而言你也是高不可攀的。"他轻声说，"我知道你顾虑什么，你顾虑你的，我追求我的，你不愿意放下心结往我这边走，那我就走到你身边去，等你能接受我为止。"

"我有什么好的？"舒清因忽然咬唇，鼻尖有些酸，"我脾气不好，性格还别扭，刚才还打了你。"

他沉吟几秒，随即笑着说："不知道，但我就是喜欢你。"

谁让他来童州后第一个感兴趣的人是她，酒店套房对面住的是她，年会上发现躲在角落里哭的是她，想要一起过年的还是她？

笑起来很好看的是她，骂人时咄咄逼人的也是她。

好的不好的，反正他早已尽收眼底。

舒清因的担忧是没错的，沈司岸这样高调又任性的行为，直接导致他被叔公叫去训诫。

沈氏根本不知道沈司岸会突然玩儿这么一出，整个酒会的宾客都成了他示爱的见证者，好好的商业酒会，被他玩儿成了表白现场。

"你任性也好歹有个度，还好你爸今天没来，他要是来了，非得被你气晕过去不可。"

沈柏林坐在沙发主位上，神色微愠，语气严肃。作为小辈的沈司岸只能站在旁边，等叔公说完他才有开口的资格。

"您消消气，要是被我气到了，Dunn 该打我了。"沈司岸语气悠闲，吊儿郎当地跷着腿，一副满不在乎的样子。

沈柏林又瞪了眼旁边站着的沈渡："他会打你？他明明跟你是一伙儿的！"

沈渡有些无奈："爸，我确实不知道 Senan 他要做什么。"

"那是他没告诉你，他要是告诉你了，你还不是会帮着他？！"沈柏林气结。

沈司岸是沈柏林大哥的长孙，沈氏第三代的头一位，众星捧月，被娇惯着，宠溺着，小的时候就不怎么学好。

沈柏林一开始对这个堂孙不抱什么期望。

"Senan，你到底是喝多了酒一时糊涂，还是认真的？"沈渡问他，"如果你是开玩笑，这之后你打算怎么办？"

沈司岸笑："我是喝了酒，但不至于不清楚自己在做什么。"

"今年过年的时候，你爸跟我说你没留在港城过年，是去追女人了，"沈柏林沉声说，"就是舒小姐？"

沈司岸点点头。

沈柏林冷呵：“我看你是疯了！舒小姐刚离婚，你就这么急不可耐地追求她，是不是嫌自己的风评太好了？”

“什么刚离婚，都离了好几个月了。”沈司岸不满地纠正叔公的语误。

倒是沈渡笑了起来：“他能忍到这时候，算是不错了。”

“什么？！”沈柏林大惊，话里满是不可思议，“这么说舒小姐还没离婚你就……”

沈司岸立马解释：“未遂，未遂，叔公你冷静。”

“你！我今天就要替你爸好好教训教训你这个没皮没脸的混账！”沈柏林起身，挥着手就冲沈司岸打了过来。

沈司岸不敢还手，只能用胳膊挡着，以免被叔公打到脸。

“你还有没有点儿廉耻心了？！你是缺女人还是缺心眼儿，没离婚的你都敢动歪脑筋了？你爸天高皇帝远的教训不了你，今天我非要把你打清醒了为止！”

沈司岸连忙告饶：“叔公，叔公，她已经离婚了啊，哎，您轻点儿啊。”

“我轻点儿？你跟人家牵扯不清的时候怎么没想过今天会被我打？你还真当没人能管得住你了是吧，这位置还不是我给你的？！”

沈司岸没法，只能认打，末了，还怪他堂叔：“Dunn，你是故意整我的吧？”

“我说的难道不是实话？”沈渡淡淡地说。

沈柏林打了几分钟，累了，喘着气又坐了下来。

不过还是不解气，于是又转移了目标：“你脸皮厚，舒小姐她一个结了婚的女人，难道也跟着你瞎胡闹吗？我倒是要好好问问她的家人，是怎么管教女儿的。”

沈司岸漫不经心地解释：“跟她没关系，她压根儿不知道我对她的心思，是我缠着她。”

沈柏林："你个畜生！你还学会烈女怕缠郎这招了？！"

沈司岸默认了，反正他今天也被舒清因骂过很多回了。

"您就别添乱了，我好不容易把她的心焐热了一点点，要是您去说了，她又要躲着我了。"

沈柏林拍了拍自己的胸口："那叔公的心凉成这样，你就不想着给我焐焐了？"

"您的心，还是去找叔婆给您焐吧。"沈司岸"扑哧"一声笑了出来。

"你！"沈柏林气得吹胡子瞪眼。

"爸，别气了，他就这性格，从小就没听过我们的话。"沈渡给沈柏林做思想工作，"小时候就这样，现在大了，您还指望能管得住他吗？"

沈柏林叹气，转而又问沈司岸："你这么大张旗鼓地追求人家，事先跟人家说了吗？"

"没有。"沈司岸眨眨眼，语气颇为淡定，"刚才被您打之前，我就被她打过了。"

"……就这么喜欢她？明知道她刚离婚，你也要凑上去？"沈柏林简直哭笑不得。

沈司岸敛眸，笑了笑说："叔公，我还以为您跟别的长辈不一样。"

沈柏林摇头："我不是介意这个，她离不离婚跟我没有关系，你喜欢，你不介意，那我也没什么好说的。只是离婚对女人来说不是像换份工作那么简单，她离过婚，就意味着在你之前，有个男人参与到她生活中过。很多夫妻离了婚，生活上还是牵扯不清，更何况她和之前的丈夫是商业联姻，你和她在一起，就要忍受她之前的那段婚姻给她的生活带来的后遗症，甚至有可能影响你们之后的关系。我清楚你的性格，你不是那种能忍的脾气，在和她在一起之前，你要想好这一点。"

国人对婚姻的重视，远远超乎自己的想象。

沈司岸从小接受西式教育，思维和行为模式都是西式的，但舒清因是正儿八经在国内长大的，等她出国求学时，思维模式已经固化，即使是商业联姻，她仍选择尊重并善待这段婚姻。

舒清因和宋俊珩之间没有感情，但她从来没想过出轨或是背叛，因为在她的观念中，宋俊珩是她法律意义上的丈夫，她尊重这段婚姻，也要尊重她的丈夫。

很多人不愿意找有过婚姻事实的伴侣，并不是因为对二婚有偏见，而只是无法接受新生活开始后，从前的婚姻仍旧牵绊着自己的伴侣，让明明安稳的生活充满了危机感。

"她忘不掉，就证明之前的那段婚姻给她带来了很大的伤害，越是这样的女人，就越是需要下一个人的爱护。"沈司岸顿了顿，敛目轻笑。

"我会让她彻底忘记那些不愉快，就算她忘不了，那她也没有错，错的是她的前夫对她不够好，我对她还不够好。"

沈柏林微怔，对他的话有些惊讶。

几分钟的沉默后，沈柏林挥手："行了，出去应酬吧。打也打完了，该说的我也说了，剩下的你自己决定吧。"

沈司岸挨了顿打，竟然开始觉得此刻这么好说话的叔公有些不真实："真没别的要说了？"

"你叔公我混了那么久，什么荒唐的事儿没听过，你这个算什么。"沈柏林哧了声，神色悠悠，"难不成你想让我跟电视里演的一样，自作主张给你找个你不喜欢的女人，逼着你结婚？"

沈司岸从前也对这种事很是不屑，但舒清因是个活生生的典型案例，一个商业联姻的牺牲品。

沈柏林看他那样子就知道他在想什么，半讽半笑道："你这么能干，还需要联姻吗？你看沈渡不也是自己找的老婆？"

那倒也是，他们沈氏几乎都是自由恋爱，小辈们自己眼光也高，不会找不入眼的对象。

沈司岸挨了顿打，与其说是他说通了叔公，倒不如说是叔公给他上了堂课。

等他走后，沈柏林这才摇着头，轻轻抱怨了句："傻仔。"

因为这个插曲，酒会比想象中热闹了很多。

徐茜叶不喜欢这种场合，所以没来凑热闹，直到她听说今天酒会上发生了这么劲爆的事，才悔恨不已。

舒清因没这个脸跟她说，无论她怎么问，都坚决不搭理。

直到酒会结束，舒清因要送徐家表哥去高铁站的时候，这位表哥才特意问了句："如果叶叶问我今天酒会的情况，我是帮你保密还是跟她如实说？"

"南烨哥，叶叶是你妹妹，难道我就不是你妹妹了吗？"舒清因跟他打感情牌。

徐南烨扶了扶眼镜，狭长俊美的丹凤眼兀自眯着，嗓音低沉："就算我替你保密了，她也未必打听不到具体的情况。"

舒清因抽抽嘴："那你还问我……"

正当她要跟着坐上车时，徐南烨出声阻止了她："不用送了。"

"嗯？"舒清因以为表哥是在跟她客气，"你难得来趟童州，还是我送你吧。"

"我看到沈总的车了，"徐南烨看她表情略微有些不自在，体贴地补充道，"沈渡。"

舒清因这才点头："哦。"

"他应该也是回清河市，我跟他一起就行了。"他笑了笑说。

那太好了，这样她就能早点回家休息了。

舒清因眼见表哥去跟沈司岸他堂叔打了声招呼，两个人又说了些什么，最后两个人像是达成了共识，估计是可以一起回清河市了。舒清因走过去，冲沈渡点了点头。

沈渡淡淡地说："我跟徐外交官一起，Senan 也正好不用送我了。"

听到这话，舒清因蒙了。

这时，沈司岸刚送走最后一批宾客，正朝他们走过来，见舒清因也在，有些惊讶。但他还是得先送堂叔去高铁站，礼节不能少。

"走吧，去高铁站。"沈司岸说。

"不用了，"沈渡说，"徐外交官正好跟我一趟高铁，我和他一起，你送舒小姐回家吧。"

沈司岸知道徐南烨，当时他是和徐茜叶一起的，自己不太熟，只知道是舒清因的表哥。

他很干脆地送自家堂叔和徐南烨上了车，然后撑着车门冲两个男人说了声"谢谢"。

"Dunn、表哥，谢了。"

徐南烨声音温润，笑得很斯文："没追到因因之前，你还是叫我表叔吧。"

黑色轿车扬长而去，沈司岸忽然觉得舒清因这个表哥也不是什么好人。

沈司岸冲舒清因扬了扬下巴："走吧，我送你回家。"

舒清因有些迟疑："你不用送你叔公回酒店吗？"

哪有送堂叔不送叔公的道理？

"我叔公说他要送你妈回家。"

舒清因莫名其妙："为什么？"

沈司岸抿唇，觉得这个原因不能告诉她。

他和叔公谈完后，叔公就找到了徐琳女士道歉，说自己没管教好堂孙。

徐琳女士也觉得自己的女儿作为这次事件的始作俑者脱不了干

系，所谓一个巴掌拍不响，也连连跟沈柏林道歉。

两个人你一句"我们家司岸没皮没脸，给你女儿添了太多麻烦了"，我一句"我们清因连离婚的事都没处理好就跟别人牵扯不清，实在是有伤风化"，作为责任双方，沈氏觉得沈司岸臭不要脸死缠烂打，舒氏觉得舒清因优柔寡断处处留情。

俩孩子实在丢脸，还要脸的长辈们只好负责收拾烂摊子。

最后，沈柏林非要送徐琳回家，徐琳又非要送沈柏林回酒店，两人拉扯了半天，因为第二天沈柏林要去机场，还是晋绍宁想出了个两全其美的办法——今天沈柏林先送徐琳，明天徐琳再亲自送沈柏林去机场回港城。

沈司岸不说，舒清因也没真的关心这个，毕竟，难道沈柏林还能跟她妈打起来不成？

舒清因跟着沈司岸上了车，司机在前排开车，两个人在后座尴尬。

确切地说，尴尬的只有舒清因一个人，沈司岸悠然自得，正靠着车椅闭眼小憩。

车子开到舒清因家的小区时，她正琢磨着要怎么跟沈司岸道别。

谁知沈司岸突然来了句："我送你上楼。"

舒清因没拒绝，在他前面下了车。她回头，正想问司机先生要不要一起上楼喝杯茶，却发现沈司岸那辆黑色轿车已经以狂风般的速度、闪电般的架势朝着公路疾驰而去，车尾灯瞬间化作了黑夜中的一颗流星。

她指着车子消失的方向，语气茫然："……怎么了这是？"

沈司岸："突然发现车子没油了，他去找加油站了。"

舒清因点点头："那你去我家等他加好油再回来接你吧。"

沈司岸笑眯眯的："好的。"

舒清因晚上喝了点酒，又连着应酬了好几个小时，再加上一晚上被沈司岸搞得又喜又怒又感动又好笑，这时候已经相当困乏了，一到家，闻着家里熟悉的味道，直接瘫倒在沙发上不动弹了。

沈司岸有些心疼她，让她先去卸妆洗漱。

舒清因摇头："等会儿你司机来接你，我还要送你下楼，等送完你再说吧。"

沈司岸抿嘴，漫不经心地说："那我不走了。"

舒清因倏地红了脸："那……那不行。"

"又不是没住过，"沈司岸有些不高兴，"有什么不行的？"

舒清因说不出个所以然来，反正沈司岸在她家，她会紧张，睡不好觉。

她傻乎乎地"哎呀"了半天，一直到沈司岸的手机响了都没说出口。

沈司岸直接按了免提："怎么了？"

"沈总，加油站下班了。车子这下一点油都没了，我没办法接您了。我今天就睡在车上了，不好委屈您跟我一起，您自己找个地方过夜吧。"

沈司岸叹气："那你明天一加好油马上来接我。"

"好的，沈总，晚安。"

电话挂掉后，沈司岸看向舒清因："我没带身份证。"

所以，去不了酒店，开不了房。

舒清因犹豫了半天，最后先替司机先生做了打算："你司机要是带了身份证，你就让他去开个房吧。"

"嗯，好。"

沈司岸装模作样地给司机发了条消息，不过内容是：Good job！

司机秒回：沈总加油！

深藏功与名。

他刚收好手机，就看见舒清因眼神幽幽，有些生气地盯着他。

"怎么了？"

"之前张助理帮我打听过，这片方圆几公里，所有的加油站都是二十四小时自助加油的。"

张助理啊张助理！

第
29
章

偷亲

既然被戳穿，那就不装了，直接摊牌。

沈司岸说："我睡沙发也行。"

上次还嚷嚷着睡沙发不舒服，这次倒是挺识时务。

舒清因站起来，语气纠结："不是睡哪儿的问题。"

"那是什么问题？"他说，"你说出来，看能不能解决。"

"解决不了。"

"那你是非要赶我走了？"沈司岸一脸不高兴，"你怎么这么狠心？"

"你在这里，"她恶狠狠地说，"我精神紧张，晚上睡不着。"

沈司岸微怔，倏地笑了："紧张什么？"

"一个对我有企图的男人，晚上睡我家，"她咽了咽口水，咬着牙说，"我害怕。"

男人笑得更欢畅了："是害怕还是害羞啊？"

舒清因恨不得掐死他，沈司岸这会儿又说道："放心吧，我这人有原则，不会强迫女人。"

这话说得道貌岸然，但舒清因不信。

"那你今天在酒会上不是强迫我？"

"那你要实在介意，"沈司岸一掀眼皮，言语挑逗，"亲回来也行，我绝不反抗。"

舒清因冷笑："你想得美。"

沈司岸不说话了，用一副"那你想怎样"的神情看着她。

舒清因也不知道自己怎么了，不想再跟这个男人继续耗下去。

算了，他要睡沙发那就睡吧，反正第二天腰酸背痛的不是自己。

上回沈司岸来住，他的那些东西她还没处理，这次正好能派上用场。

沈司岸一看他用过的那些东西她还留着，整个人身心愉悦，连睡沙发都觉得是幸福的。

有个男人在自己家，舒清因本来是不想洗澡的，无奈自己刚从酒会回来，身上还有酒味，不洗干净了她今晚连床都不想睡。

浴室里热气缭绕，舒清因这个澡洗得相当不专心。

透亮的镜子被雾气缭绕，舒清因擦了擦镜子，盯着自己的嘴唇看。镜中的人突然变成了两个，脑海中不断回放着挥之不去的场景。

霸道而又强势的男性气息，由唇至全身占满了她每一处细胞……她想起了徐茜叶跟她说的那些话，她对某个人、某种事，确实是有所渴望的。

这澡越洗越燥热，舒清因赶紧打开水龙头，用冷水洗了把脸，把自己脑子里那些乱七八糟的心思都给冲走。

洗完澡出来后，舒清因一言不发，沈司岸问她话她也不回答，径直走回自己的卧室，从里面把门给锁上了。

沈司岸听到了锁门声，心想自己今天是不是有些过分了，才搞得她跟防贼一样防着自己。

沈司岸拿着洗漱用品进去洗手间，看了眼她摆在盥洗池前的牙刷、搭在横架上的毛巾，突然鬼使神差地把自己的牙刷扔进了她的牙刷杯里，又把自己的毛巾挂在了她的毛巾旁边。

单调的女性洗手间瞬息多了点男性的气息。

她的浴缸不大，象牙白的浴缸形状圆润，躺在蓝白相间的瓷砖上，旁边摆着的手工皂做成了玫瑰的形状。

沈司岸想着她刚刚可能就坐在浴缸里泡澡，冒着热气的水裹着她的身体，清澈见底，一览无余……

沈司岸开始后悔今晚一时冲动赖在她家了。

夜半，窗外树影绰约摇动，舒清因的心跳非但没随着这静谧的夜色平复下来，反而越来越躁动。

她睡不着，干脆坐起身，打了个电话给徐茜叶。

徐茜叶那边，夜生活才刚刚开始，很是热闹，一连"喂"了好几声都没听清。

舒清因让她找个安静的地方再说。

"行了，我到厕所来了，你想跟我说什么。"徐茜叶又补充，"不过我有条件，你得先跟我老实交代今天酒会上发生的事儿。"

横竖她总会知道，舒清因一狠心，把这些羞于启齿的事儿都一股脑跟她交代干净了。

当事人觉得羞，但徐茜叶完全不这么觉得。她连着说了好几声"天哪"，以表达她那激动的心情。

"听你说的，我都有点同情宋俊珩了。"徐茜叶最后说。

舒清因没说话，徐茜叶明明一开始跟她同仇敌忾，说要虐死那个男人的，现在却心软起来了。

徐茜叶问她："我问你句实话，你对宋俊珩还有留恋吗？"

舒清因语气很肯定："没有了。"

"我说的没有留恋，不是说你在心里知道自己该怎么做，但是心情还是会因为他而受到影响，而是你对宋俊珩是真的再也没有半点感情了吗？"徐茜叶缓缓地说，"他做到这份上，说实话，如果我是你，我要是对他还有感情的话，可能会选择给他个机会跟他重新开始。他之前的那个未婚妻是硌硬人，但那都过去了，他做错了，也弥补了，总揪着过去不放，自己也活得不快乐。"

"姐，我知道你的意思，但我想得很清楚了。"舒清因笑，"我不知道别人会怎么选择，或许会原谅吧。破镜重圆听着是挺美好的，但我胆小，我等不了，之前的那点苦就够我受的了。我切切实实地被伤害过，所以我不想给他机会。如果我原谅了他，日后就会有声音不断地提醒我，我曾为他那么伤心，但最后还是选择原谅他，多可笑，多打脸啊。"

她在感情上执拗又狠心，镜子出现裂缝，她就干脆将它摔碎，再不给拼贴回去的机会。

"我不这样做，倘若有一天宋俊珩的那个未婚妻回来了，无论他怎么做我都不会开心。因为那个人的存在就是我心头的一根刺，就算拔掉了，伤口却还在。"

徐茜叶叹气："你都这样说了，那就是没有感情了吧。"

舒清因再次肯定地"嗯"了一声。

"那就好，"徐茜叶的语气又突然轻松了起来，"如果你这时候还对宋俊珩有感情的话，那对咱们大侄子多不公平啊，他为了让你出风头，连'第三者'的帽子都戴上了。"

舒清因没说话，心想，这帽子，他戴得还真不算太冤枉。

"姐，你说，"她犹豫了一会儿，声音愈发小了，"男人是不是心里都有个忘不掉的白月光？"

"你说谁？沈司岸吗？"徐茜叶语气复杂，"你要担心这个，你直接问他不就行了吗？"

舒清因有些激动："那他要说有怎么办？"

"那说明他诚实啊，总比宋俊珩那一家子都瞒着你好吧？"

舒清因觉得跟徐茜叶说不通，徐茜叶觉得她在钻牛角尖，最后徐茜叶在厕所实在待得太难受了，只能匆匆挂掉电话。

舒清因挽留道："我睡不着啊，你再陪我说说话。"

徐茜叶无情拒绝："你睡不着就打电话给大侄子啊，他肯定愿意陪你聊上一整夜，不说了，我挂了。"

人就在客厅里睡着，她还有必要打电话吗？

可惜对方听不见她的心声，电话已经被挂断了。

舒清因掀开被子下了床，悄悄溜了出去。

客厅的灯关了，沈司岸正躺在沙发上睡觉。舒清因不想吵醒他，干脆坐在了地毯上，下巴撑在沙发上，就那么盯着他看。

月光如水，透过窗帘倾泻而下，映在他熟睡的面庞上，显得他格外温柔安静。

她忽然伸手，顺着男人英挺俊朗的脸部轮廓，慢慢抚过。指尖触到他的唇时，舒清因再次燥热了起来。

他的唇形薄且清晰，时常勾着，却不是什么温和可亲的笑，而是意味深长、轻佻骄傲的笑。

鬼使神差地，舒清因悄悄地凑近他，屏住呼吸，垂着眼睛，在他唇角轻轻亲了一口。

和他的强势不同，她吻得小心翼翼，生怕惊醒了他，但亲到的时候，心里又忍不住小鹿乱撞，想着如果被他发现了，那她该怎么办，是装傻，还是逃开？

但她的这些想法都没得以实现，男人没被惊醒，仍然阖着眼睛，睡得安宁。

她有些好笑，但又有点失望。

和他一门之隔时，舒清因怎么也睡不着，如今偷袭成功了，她反倒破罐子破摔起来。反正一个人睡卧室，满脑子想的都是他，那还不如就这么看着他，起码人就在自己面前，她也不用自己脑补了。

他睡在沙发上，她坐在沙发边，下巴枕着胳膊，渐渐闭上了眼睛。

睡梦之中，好像有人将她抱上了沙发，用薄被将她裹得严严实实的，最后在她耳边叹了口气。

"偷亲也就算了，"男人语气带笑，"连沙发也要跟我抢。"

舒清因醒过来时，沈司岸已经走了。

她从沙发上坐起来，薄被从肩上滑落至腰。

他走的时候给她发了微信，说要送他叔公回港城。

舒清因也没觉得有什么，照常伸了个懒腰，准备洗漱化妆，然后去上班。

走到洗手间时，舒清因发现这男人不仅自己登堂入室，连带着他的洗漱用品也一块儿登堂入室了。

尤其是他的牙刷，还跟自己的挤在一个洗漱杯里。

舒清因有些好笑，又从橱柜里给他找了个新的杯子过来，为他的牙刷找了个新家，就放在自己的洗漱杯旁边。

到公司的时候，张助理照常为她泡了杯茶。

舒清因没什么心思喝茶，顺带连之后的工作都有些不太专心，几页纸的文件她看了快半个小时。

直到送文件的经理催了她两句，她才回过神来。

"我看了，没什么问题，你再拿去给晋总过过目吧。"她合上文件，还给了经理。

经理有些蒙，笑着说："晋总去机场送人了。"

舒清因后知后觉地"哦"了声，沈柏林今天回港城，徐琳女士和晋绍宁都去了。

"而且晋总吩咐过了，以后的文件，如果舒总您看过觉得没什么问题，就不必再拿给他看了。"经理又补充道。

"我知道了。"

她都快忘了，晋叔叔说过他要回 M 国的。

日子过得实在太快，四季更迭，南方城市的春秋总是来去匆匆，转眼蝉鸣声响起，盛夏已至。

她想，自己起码该好好地跟晋绍宁说声谢谢。

舒清因给晋绍宁打了个电话过去，想问问他什么时候回公司。

晋绍宁没接电话，只用微信问她什么事。

　　舒清因：有些话想当面跟您说。
　　晋绍宁：那等我回公司。

晋绍宁觉得有点稀奇，舒清因居然会跟他用"您"的敬称了，拿着手机稍稍走了会儿神。

徐琳女士刚跟他送完沈柏林，恰巧沈司岸也过来送他叔公，三个人一起看着人进去，等把人送走了，徐琳女士刚想跟晋绍宁说等会儿坐他的车去公司看看舒清因，现在他接了个电话，居然对着手机走起神来。

"怎么了？"

晋绍宁收起手机："没什么，是清因发过来的信息。"

"她是不是又说了什么任性的话把你吓到了？"徐琳女士下意识地皱眉，"这丫头，没大没小。"

旁边的沈司岸听了徐琳女士的话，没忍住笑了。

"我习惯她没大没小的样子了，如今客气起来，倒让我有些不习惯。"晋绍宁轻笑，淡淡解释。

徐琳女士有些惊讶："她能对你客气？"

晋绍宁猜测："可能是知道我要回 M 国了，所以想着这些日子就对我客气点吧。"

徐琳女士张着嘴，一时间接不上话，最后只"嗯"了声，算是附和他的猜测。

沈司岸不知道晋绍宁要回 M 国的事，顺势问道："晋总要回 M 国了？什么时候？"

"还没定下来，不过快了，我最近公司去得少，大部分工作都让人直接交给清因处理了。"

　　沈司岸沉思，怪不得她最近累成这样。不过好像自从确定合作项目后，她就一直很忙。

　　航站楼内人来人往，有些嘈杂，不太方便说话，三个人没再逗留，直接走出机场大厅准备离开。

　　沈司岸原本是要开车直接回酒店的，房子的事孟时那边还没什么进展，他只能暂时委屈一下，继续住在酒店里。

　　后来听说徐琳女士他们要去一趟恒浚，他想了想，觉得去恒浚也比回酒店好。

　　晋绍宁听说沈司岸也要去一趟恒浚，一时间有些为难，且不说他去了，又要派人下去迎接他搞排场，现在准备开会的资料也来不及了。

　　结果沈司岸只是摆摆手："我不是去开会的。"

　　晋绍宁和徐琳女士对视一眼，于心了然。

　　反正是同路，徐琳女士说有话要跟沈司岸说，要搭他的车，沈司岸怎么可能拒绝，肯定点头应好。

　　晋绍宁没什么意见，孤零零地坐上了自己的车。

　　上了车后，徐琳女士酝酿许久，这才开口。

　　"上次你跟我说，想听听清因和她爸爸之间的故事，"她微微笑了，"我现在说还来得及吗？"

　　"当然，您说。"

　　徐琳女士也没多说，只挑了几件小事说，都是舒清因小时候发生的事。

　　她说起舒清因小学的时候写作文，老师说写最喜欢的亲人，她毫不犹豫地就写了篇《我的爸爸》，搞得徐琳女士又是无奈又是生气。

　　说起这些时，徐琳女士边摇头边笑："我都没想到，我这辈子还会吃她跟她爸爸的醋。"

　　沈司岸隐约也能感觉到，这对母女之间的关系其实没那么差劲，但也没那么亲密。

"我本来还在担心，她离了婚，我是该放手不管，以后随便她自己找，还是再替她选个好丈夫。俊珩是我替她找的丈夫，她不喜欢，离婚也有我的责任。我以为她和俊珩会像我和她爸爸那样，日子久了，慢慢地就能生出感情来。"徐琳女士神色略微有些落寞，"但我好像想错了，当她哭着跟我说，她过得一点也不开心时，我其实并不愿意承认是我错了。因为我一直觉得，我都是为她好，她哪怕现在不理解，以后也会慢慢明白我的苦心。"

她也曾苦恼过，为什么女儿会比较喜欢爸爸。

难道就是因为爸爸比起她这个妈妈来，更温柔更宠她吗？

直到舒清因说，如果是爸爸，一定不会逼着她结婚。

徐琳女士当时是很生气的，她觉得她做的这一切都是为了舒清因，她不是她爸爸，当初苦苦在舒氏支撑着，就连娘家都在劝她，不要执着于舒氏，把清因接回清河市，徐家也可以给予她们母女俩很好的照顾。

但徐琳女士不这么觉得，恒浚是清因爸爸的心血，这些心血理所应当是留给他的女儿继承的，在清因有能力接手恒浚前，她有责任替死去的丈夫、年幼的女儿护好恒浚。

回到徐家，徐家当然会照顾好这个外孙女，但徐琳是徐家的人，丈夫死了，徐家并不支持她守寡，而是想替她物色下一个结婚对象。

她结婚了，她的女儿又该怎么办？

清因被千娇万宠着长大，舒博阳给了她一个父亲能给女儿所有的东西，她又怎么可能会轻易接受新的父亲。以她的性格，徐琳女士一旦再婚，她估计早跑得远远的了。

徐琳女士知道，舒氏那边的叔伯对她好，可他们更想要的是恒浚的决策权。

徐家也会对她好，但徐家更想要的是她改嫁。

　　到时候，她的清因就真的会从云端跌落，舒博阳死了，可她这个做妈妈的还没死，她就是咬牙，也要替清因撑下来。

　　当初选择宋氏，也是希望宋氏能给清因一点庇护。

　　但事与愿违。

　　"司岸，我跟你说这些，没有别的意思，"徐琳女士忽然低下头，用手不断揉捏着眼皮，声音颤抖，"如果你真的喜欢清因，请你一定别伤害她，这是我唯一的请求。"

　　沈司岸只是郑重而坚定地点了点头。

　　"您当初把晋总从 M 国请回来，也是为了女儿吧。"他问。

　　徐琳女士点头："是的，一开始我原本以为绍宁他不会答应，给他开了相当优越的条件。他愿意暂且放下 M 国那边的事业回国来帮我，我很感激他，现在他要回 M 国了，我也没理由再耽误他了。"

　　她说到这里，不禁自嘲地笑了笑。

　　"或许他不是因为您开的条件优越才回国的。"沈司岸温声说。

　　"我的身体一直不好，拖了这么多年，就等着清因能独当一面的那一天，我也能彻底放下肩上的担子歇一歇。"徐琳女士轻轻叹了口气，语气沧桑，"我都五十岁的人了，没心思想别的了。"

　　车子开到恒浚大厦时，总秘在一楼迎接，说舒副总在总裁办公室等晋总回来。

　　晋绍宁有些好奇舒清因为什么这么急着找他，没说话直接上楼了。

　　徐琳女士本来是过来看看舒清因的，现在舒清因和晋绍宁有话谈，她也不方便去打扰，只能先去董事办公室坐一会儿。

　　她正想问沈司岸要不要跟她一起去董事办公室喝杯茶，但想了想还是说："你去清因的办公室等她回来吧。"

　　三个人各有去处。

沈司岸还是头一回一个人到恒浚集团来参观。

沈总微服私访，而且一个人都没带，旁边有认识他的员工也不敢认。

以往哪次造访恒浚不是轰轰烈烈大张旗鼓，今天怎么会一个人在恒浚大厦上下窜。

还是个胆子最大的员工小心翼翼地冲他说了句"沈总好"。

沈司岸回了个"你好"。

是真的！

沈总真的一个人在恒浚大厦散步，连个接待的人都没有。

恒浚要完！

@全体成员，沈总来了！！

我们老大还在办公室坐着呢，没看他下去迎接啊！

屁，沈总要来公司会提前发公告的好吗？

谁乱@啊，手机突然一振吓死我了。

真的来了，我刚在电梯里看到他了。

真来了？

怎么上面都没下通知？

是真的，沈总刚问我副总办公室怎么走，我跟沈总站得好近，他真的好帅！！！

先别忙着花痴，沈总问你副总办公室怎么走？

嗯，咋啦？

昨天才表白今天就上门要答案了吗？！

什么表白？？

忘记你们这群不上社区论坛的打工人了……

然后甩出了一条论坛链接。

就昨天酒会上的事儿。

这么劲爆！！！！

完了，张赫退群了没有？！

@ 张赫 @ 张赫 @ 张赫 @ 张赫

原本还在替舒总干活的张赫突然被工作群一阵疯狂 @，他拿出手机，发现自己在这短短的一分钟内，起码被 @ 了三十多次。

咋了？

你还问咋了？！你自己翻聊天记录！！！

张赫哥哥，之前逼你退群是我们狗眼看人低，你千万别放在心上啊！

快快！快跟我们说具体情况啊！

你拍视频了没有？不要小气拿出来分享一下。

张助理一脸蒙地翻完了聊天记录，还点进了那个论坛链接看了两眼，手指都在颤抖。

他昨天没去酒会，舒总没带他去。

工作群里所有人都在等张赫直接发个告白现场的视频过来，或者详细地将当时的情况写成小论文发文字也行，但张赫什么劲爆的消息都没给。

我……我不知道，昨天酒会我没去啊！

要你何用！

你已被移出群聊！

你已被移出群聊 +1！

你已被移出群聊 +10086！

张助理一脸茫然间，有人轻轻敲了敲他的桌子。

他抬起头，沈司岸冲他笑了笑："帮忙开下你们舒总的办公室门，锁上了。"

因为舒清因去楼上找晋总了，所以张助理就把门暂时锁上了。

"沈总。"张助理咽了咽口水。

沈司岸应了声："嗯？"

张助理小心翼翼地问："您跟舒总告白了吗？"

"是啊，"沈司岸笑，"怎么了？"

张助理默默举起手机："我们公司的工作群，在问我您向舒总告白的具体情况，我昨天没去酒会，不太了解，所以问问您。"

沈司岸接过手机，看了眼手机上正不断刷屏的微信聊天界面。

他大概扫了眼，忽然漫不经心地挑起眉毛："你们公司里的人都在群里？"

张助理不确定地点了点头："嗯，但是上级们都不在。"

"哦，这样。"沈司岸点点头，忽然按下语音键。

张助理有些蒙："沈总，您这是？"

沈司岸慢悠悠地对着手机说："昨天在酒会上，我说的是，爱慕你们舒总很久了，希望你们舒总能给我个机会追求她。"

然后"嗖"的一声，语音发送出去了。

> 沈总！
>
> 啊啊啊！
>
> 沈总是您吗？！
>
> 我要把这段语音收藏起来！

这下全公司都知道沈总在追小舒总了。

张助理一脸蒙，语带疑惑："您不是让我替您保密吗？怎么您自己说出来了？”

　　“张助理，”沈司岸面无表情，“以后你们舒总的私事，你少管，拜托你了。”

第 30 章

负责

晋绍宁刚回到办公室，就收到了来自舒清因的笑容攻势。

他眯起眼睛，心下有些疑惑，但脸上没表现出来，还是那副不咸不淡的样子。

然后他看见自己的办公桌上多了杯热茶。

晋绍宁坐下，端起杯子抿了一口，太浓了点，这茶不是秘书泡的。

他抬起眼睛，瞥见舒清因正满脸期待地看着他……手中的茶杯。

晋绍宁微不可察地笑了下，放下茶杯，言简意赅："谢谢。"

舒清因正感叹晋绍宁的观察力，又听见他说："工作遇到困难了？"

他肯定是觉得她有求于他才这么殷勤的，而事实上舒清因确实有求于他。

"晋叔叔，您真的打算回 M 国了啊？"

晋绍宁淡淡应了声："嗯。"

"很急吗？"她又问。

"不急，"他说，"但没有留在这儿的必要了。"

舒清因想，是没有了，而她也开不了这个口。之前明明想着晋叔叔走了，以后就没人再板着张冷脸说她这里没做好，那里不像话，就是她爸都从来没这么说过她，搞得她当时很抵触，觉得晋叔叔和她非亲非故的，凭什么空降恒浚，还管起她来了。

她不说话，晋绍宁也并非猜不到她的心思。

"如果你以后在工作上遇到什么困难，不方便问你妈妈，你可以随时打电话给我。"

他都这么说了，那回 M 国肯定是板上钉钉的事了。

"晋叔叔，您就没想过回国发展吗？"她佯装随意地说，"其实现在国内的经济形势不比 M 国差，留在这儿说不定更好。"

"我受你妈妈所托，回国帮忙，"晋绍宁微微一笑，"现在你们不需要我了，我当然要回去。"

舒清因有些着急："需要啊。"

晋绍宁挑眉，不动声色地扬了扬唇："清因，对自己要有点信心。"

舒清因想说的不是工作上的需要，而是她习惯了晋叔叔这个人，在工作上对她的教导，抑或是生活中对她不经意的体贴。

但她仍旧说不出口，晋绍宁的事业在 M 国，回国的这几年，已经耽误了他，他们非亲非故的，他对自己好，纯属是因为她妈妈跟他的同窗情谊，她妈妈尚且没资格让他留下，她又有什么资格挽留他。

"晋叔叔，对不起。"她说得很诚恳，"之前不懂事误会了您，还跟您说了那么多过分的话，是我心胸太狭隘了，您别介意，也不要生我的气，还有，谢谢您对我的照顾。"

"清因，你没有误会，"晋绍宁说，"我喜欢你妈妈，从十五岁起。"

舒清因愣住："啊？"

"反正要走了，待会儿跟你说的，帮我对你妈妈保密好不好？"

男人软了软声音，英俊硬朗的脸上浮现出柔和的神色，将男人的五官衬得有些温柔。

晋绍宁头一回见徐琳，是高一开学。他们被分到一个班，他是班长，徐琳是副班长。

徐琳说话做事都很有一套，和班上其他女同学都不同，虽然长得漂亮，但班里的男生都不敢喜欢她，一是她有个当官的爸爸，二是她成绩好性格又强势。那个年代，男女之间交往本来就有诸多禁忌，就算彼此有好感，交换几封书信已经算是相当逾矩的事了。

晋绍宁是在某次黄昏后的教室里，撞见了隔壁班的男生跟徐琳告白。

徐琳拒绝得很干脆，把男生搞得无地自容，最后那男生气得说了句："母老虎，我瞎了眼才会喜欢你。"

后来那男生气不过，反咬了徐琳一口，告到了老师那里，害得徐琳被班主任当众点名批评，不过班主任没跟徐琳的家人说。

当时班主任当着全班同学的面批评徐琳时，她板着脸，好像丝毫不受影响。

不过后来徐琳报复回来了，她把男生写给她的情书贴在了学校公告栏上，那男生没有背景，被学校通报批评，最后还是他父母领着他到徐琳面前道了歉才算完事儿。

这件事以后，就真的没人再敢喜欢徐琳了。

只不过晋绍宁知道，坚强的女孩儿在被骂母老虎后，在教室里，边画黑板报边哭，嘴里还不停地安慰自己，说自己不是母老虎，又在被班主任公开批评后，躲在教学楼后面的槐树林里，偷偷哭了好久。

晋绍宁能做的，就是在第二天陪她一起完成了黑板报，在天黑了以后，悄悄去电力室，帮她多开一会儿槐树林里的白炽灯。

少年时期的暗恋看似荡气回肠，其实不过是一个人的单相思。

毕业后，他跟随家人移民到 M 国，高中那三年，成了晋绍宁心中美好而朦胧的记忆。

直到多年后，听到她结婚的消息。

他当时因为工作原因没能参加婚礼，不过从参加了婚礼的老同学那里听说了，是门当户对的商业联姻，新郎斯文儒雅，他们给副班长敬酒的时候，新郎笑着替她挡了所有的酒。

晋绍宁想，这段无疾而终的年少时期的暗恋算是结束了。

虽然多年在国外生活，但他始终对这片异国土地生不出归属感，也无心在这里成家立业。

直到她丈夫去世，她急需要人帮忙，多方打听，得到了他的联系方式。

徐琳很大方，非常有诚意地请他回国接任恒浚集团总裁一职。

当时她把他约到了一间咖啡厅，室内温暖，灯光昏黄，他和他多年前喜欢过的女孩儿重逢。

他们都老了，岁月无情地在他们的面庞上留下痕迹，他却觉得徐琳一点儿都没变，还是那副高傲又矜持的模样。

回国后，他见到了徐琳的女儿。

小姑娘娇生惯养，蛮横任性，继承了父母外貌上的优点，也继承了母亲嚣张傲慢的性格。

小姑娘第一次见他，就给了他一个下马威，说他是不可能取代她爸爸的。

晋绍宁经她这样警告，才突然意识到，是因为徐琳的丈夫去世了，她才请他回国帮忙。

其实这些年他也不是因为她才独自一人，只是工作忙，再加上始终碰不到再令他心动的女人，一晃二十多年，竟然也就这么过来了。

他当时和小姑娘保证的，确实是真的。

时光能改变很多东西，包括当年那种朦胧又真切的喜欢。只是相处下来，他再次不可避免地对曾经的初恋动了心。

而徐琳心心念念的，都是她那个早亡的丈夫。

她的丈夫该对她有多好，以至于这么多年，她还是没能走出来。

晋绍宁输得很彻底。

三十五年了，这段少年时无疾而终，多年后重逢，又要再次归于沉寂的爱恋，晋绍宁埋在心底，如今终于祖露，却是向徐琳的女儿倾诉。

她不想让她妈妈再婚，势必会替他保密，所以他不用担心会被徐琳知道。

舒清因从总裁办公室走出来的时候，表情呆滞，显然还没有从刚刚的故事中回过神来。

总裁办的人摇了摇头，小舒总这是又被晋总给训了，今天一看就是训得太狠了。

总秘姐姐起身，打算安慰小舒总两句，却听见她喃喃地问了句："白月光，就这么令人难忘吗？"

宋俊珩的白月光是他的未婚妻，她妈妈的白月光是爸爸，晋叔叔的白月光是她妈妈。

因为白月光，她和宋俊珩的婚姻草草收场，她妈妈始终没从爸爸去世的阴影中走出来，而晋叔叔独身多年，不曾感受过家庭的温暖。

舒清因没有急着回自己的办公室，而是先去了一趟董事办公室，她听人说了，徐琳女士过来视察她的工作，就在董事办公室等她。

晋叔叔让她保密，她会遵守约定，可她还是想试探试探徐琳女士，她到底是有所察觉，还是真的一无所知。

如果她一无所知，那知道了以后会是什么反应；如果她早有所察觉，又为什么不愿意直接面对。

徐琳女士被她这气势汹汹的样子给吓到了，一脸惊诧："你干什么？"

舒清因站在她面前，语气平静："晋叔叔要走了，你知道吗？"

徐琳女士迟疑了几秒才点头："知道，怎么了？"

"他帮了我们这么多，现在要走了，你都不挽留一下他吗？"

徐琳女士觉得她今天的态度相当反常："挽留？你以前不总是担心晋叔叔不肯把恒浚还给你，天天盼着他赶紧回去吗？"

舒清因抿嘴："那是以前，现在我不这么想了。"

徐琳女士靠着椅子沉沉地叹了口气。

"好吧，就算你没这么想了，那你觉得，我应该站在什么立场上挽留他呢？他的家人都在 M 国，他的家也在 M 国，我答应过他，等你一接手恒浚，就让他回去。现在他要回去了，我是在履行我的承诺。我挽留他，那不是等于打我自己的脸吗？"

舒清因不想跟她扯这些，只问："那你想不想让他留下？"

"不想，"徐琳女士说，"我没有那个资格。"

"我问的不是有没有资格，而是你想不想。"舒清因再次强调。

徐琳女士闭上眼睛，摇摇头："我不能想。"

"妈，有个事实，你之前跟我说过很多遍，我今天把这个事实也说给你听，"舒清因一字一顿地说，"爸爸已经死了。"

徐琳女士咬唇，声音哽咽了起来："我知道。"

话说到这里，舒清因觉得剩下的没有必要再说了。

就算她违背诺言把晋叔叔跟她说的话都说给她妈听又有什么用，晋叔叔说得对，他不说出来，是因为知道自己输得彻底。

舒清因从前那样反感晋绍宁的出现，如今却开始心疼起这个男人来。

几十年的爱恋，连说出口的机会都没有。

在她转身欲离开时，徐琳女士突然开口叫住了她："清因，如果不是放不下你，在你爸爸走的那天，我就跟着他一起走了。"

徐琳早已习惯了每天醒来时空荡荡的那半张床。

舒清因直接翘了班，连办公室都没回，开着车一路疾驰，来到了位于郊区的公墓。

从市中心到公墓足足三个多小时的车程，舒清因一路开，车子在公路上走走停停。错过了午餐时间，她也不觉得饿，到公墓的时候已经是下午了。

她买了一束白菊，找到了舒博阳的陵墓，将白菊放在了墓碑边。

天色渐晚，公墓的空气很清新，舒清因看着照片上笑得温柔的男人，不知从什么时候起，这个男人对她们母女而言已经不再只是美好的回忆。

还是痛苦的、折磨的、让她们迟迟不肯走出来的梦魇。

舒博阳一定也想不到，他生前对她们母女毫无保留的爱，到现在竟然成了她们的枷锁。

她们走不出来，陷在这巨大的悲痛中不停地伤害自己。

"爸爸，晋叔叔真的很好。"她蹲下，将脸贴近墓碑上男人的照片，喃喃道，"你不可替代，但我不想看着妈妈再这样折磨自己了。我还年轻，往后还有很多年可以用来怀念你，可是我妈她已经五十了，她身体不好，我不想她再这样一直惦着你了，我想让她快乐点。爸爸，对不起，我这样说你是不是会生气？"

照片里的男人仍然笑着，没有回答。

她自言自语了大半个小时，最后也没能等到舒博阳的回应。

夕阳渐沉，舒清因说累了，开着车离开了公墓。

她给徐茜叶打了电话，让她陪自己出来喝酒。

徐茜叶听她那死气沉沉的语气就知道她状态不太对劲，直接说了声"好"。

徐茜叶赶到的时候，舒清因已经喝了好几瓶酒了。

"你到底怎么回事啊，好端端的怎么又想喝酒了？"徐茜叶抢过她手里的酒瓶，"这回是因为工作还是因为别的？"

舒清因摇头，闷声说："因为我爸。"

"姑父要是知道他这一死，把你跟姑姑变成了行尸走肉，他就是吊着一口气也要撑着。你这样有意思吗？你觉得姑父看到你们这样子他会高兴吗？"

"我就是心疼我妈，我以前总跟她吵架，觉得她铁石心肠，但是她今天跟我说，要不是为了我，"舒清因哽咽了下，双目瞬间盈满了眼泪，"她就跟我爸一起去了，我……我跟她当了这么多年母女，我今天才发现我一点儿也不了解她。"

徐茜叶也有些惊讶。

舒清因苦笑："我甚至有点怪我爸，如果不是他太好，我妈也不至于到现在都走不出来。"

"你也别光说姑姑，就说你吧，你走出来了吗？"徐茜叶叹气，"你既然想喝酒，为什么不去找沈司岸？你去跟他倾诉，跟他发泄啊，舒清因你就会说你妈，你看看你这胆小如鼠的样子。"

舒清因摇摇头："不行。"

"他不是宋俊珩，真的。"徐茜叶抓过她的手，语气有些激动，"因因，你试试吧，别怕好不好？我真的不想再看着你和姑姑这么折磨自己了。"

舒清因抽回了手，垂着眼小声说："之前我问你，男人心中是不是都有白月光。你说如果我想知道，就直接去问他，我不敢，我怕他说有，怕他心里的那个人我根本无法取代，怕我会输。我今天听了个故事，又去找我妈谈了谈，我就更怕了。我之前试着回应他，但也不敢回应得太明显，我怕跟他捅破那层窗户纸，他就会离我而去。你说我渣也好，胆小也好，我想能多吊着他一时是一时，至少这样，我就是他的白月光。"

"你……"徐茜叶一时语塞，没想到她居然是这种想法。

"我太怕了，"舒清因抓着自己胸前的衣服，一直抓到皱了也不肯放手，最后又按在胸前，小声地啜泣起来，"我好担心他会跟宋俊珩一样，跟我妈一样，太深情了，反而让其他人不敢靠近。"

徐茜叶已经不知道该怎么劝了。

"喝吧喝吧，如果喝酒能让你稍微有点儿安全感，那你就喝吧。"

有人在旁边陪着，舒清因放心地将自己灌醉了。

人在有心事的时候特别容易喝醉。

眼见叫来的酒都快被她喝完了，舒清因眯着眼睛，又嚷嚷着要喝酒。

"行行行，我去给大小姐你催酒，你就坐在这儿，别动啊。"

徐茜叶再三嘱咐，离开包厢去给她催酒了。

舒清因趴在桌上，嘿嘿地傻笑了起来。

恍恍惚惚中，旁边的人似乎不再是徐茜叶，而是换成了笑容温婉的男人。

她肯定是喝多了，居然都出现幻觉了。

"爸爸？"她呆愣愣地坐起身，朝着那个男人喊了声。

舒清因知道自己肯定是喝多了在做梦，但眼前这梦未免也太真实了点。

戴着眼镜的中年男人，温润儒雅，穿着他最常穿的那件羊毛衫。

舒博阳无奈地摇了摇头，伸手摸了摸她的头："这是怎么了？喝这么多？"

是记忆里爸爸的声音，温柔得让她想哭。

舒清因絮絮叨叨地跟她爸谈起了她的近况，在提到她喜欢上一个男人后，喝了酒的舒清因还是有些害羞地结巴了。

舒博阳点点头："是叫沈司岸吧？"

"你怎么知道？"

"你在邮件里说了。"

舒清因又傻笑："我就知道这是幻觉。"

"傻丫头，为什么宁愿一个人在这里喝酒，也不愿意跟他坦白心意？"

她嘟嘴："我不敢。"

"怕什么，如果失败了，你就像之前那样潇洒地放开手，大步离开。"

"潇洒不了，"舒清因说，"我都离过一次婚了，难道我还要离第二次？"

舒博阳笑了："这个世界上有这么多人，不是每个人都能在一开始就找到最合适的那一个，初次就找到了能相伴一生的爱人，那是很幸运的事。傻丫头，你只是没有那么幸运而已。"

"那你岂不是很幸运？"舒清因忽然打趣地问爸爸。

舒博阳敛眸，笑得有些勉强："是啊，对我来说是，但对于你妈妈来说并不是。"

舒清因突然问他："爸爸，如果我这次又失败了，你能帮我教训他吗？"

舒博阳点头："我帮你带走他。"

舒清因大笑，笑着笑着眼泪就流出来了。

"因因，一不小心成了你们的负担，"舒博阳的声音渐渐远了，"对不起。"

她哭着叫了几声爸爸，再睁开眼睛时，面前已经没人了，只剩下满桌的狼藉。

徐茜叶帮她拿酒回来的时候，舒清因打着酒嗝好像是在给谁打电话。

"打给谁呢？"她问。

舒清因结结巴巴地说："打给沈司岸。"

徐茜叶睁大眼睛，这酒是什么壮胆药吗？正当她对着酒瓶上的标签研究时，舒清因突然哭着冲她说："他挂我电话！"

"啊？"徐茜叶赶紧拿过她的手机，"你是不是打错了啊？"

"没打错，"舒清因边哭边说，"是他的电话。"

徐茜叶还是觉得她喝糊涂了可能打错了，这次她替她打过去，结果电话真的"嘟嘟"响了两声，就被挂断了。

"怎么回事啊，"徐茜叶摸不着头脑，"你们吵架了吗？"

舒清因摇头："不知道。"

徐茜叶用自己的手机给沈司岸打了个电话。

这下倒是接了。

她一开口就是质问："你搞什么？居然挂她电话？"

那边沉默几秒，冷冷地说："我为什么挂她电话她心里没数吗？"

徐茜叶听不懂，索性把电话给舒清因："哎哎哎，你俩慢慢说。"

舒清因接过电话，迷迷糊糊地"喂"了一声。

"你去喝酒了？"男人的声音听起来相当愤怒。

舒清因"嗯"了声。

沈司岸又气又无奈："舒清因，你知道我在你办公室等了你多久了吗？你到底去哪儿了？问你助理他也不知道。"

被他这么一凶，舒清因恢复了点理智，茫然地眨了眨眼睛："你在我办公室等我？那你为什么不通知我？"

男人语气冷淡："通知了那还能叫惊喜吗？"

"但是你不告诉我，我不知道你在办公室等我啊。"舒清因烦躁地揉了揉头发。

电话那头的男人重重地叹了口气。

"你在哪儿？"

舒清因抿唇，问得有些小心："你要过来找我吗？"

"你给我打电话不就是这个意思？"

她又别扭了："不是这个意思，我就是不小心摁错了。"

徐茜叶听到她这借口，冷笑两声。

沈司岸无语："你表姐给我打的电话，她也摁错了？"

舒清因找不到借口了，只好说："我喝醉了，脑子不清楚，不小心的。"

沈司岸有些生气："我在你办公室等了你一天，现在刚回到酒店躺下，你玩儿我？"

舒清因回答不出来，只能转换话题："你这么早就睡了啊？"

"我睡得早你也有意见？"

"哦，那你睡吧。"

"我现在睡不着了，你得负责。"

舒清因觉得他特别幼稚，酒意上来，回击道："只是给你打个电话就要我负责，那你怎么不对我负责？"

这话问出口，她就后悔了。

双方约莫沉默了二十几秒，沈司岸问她："你说的负责是哪种负责？"

舒清因凶巴巴的："没什么，我挂电话了。"

男人沉声命令她："地址，给我，快点。"

"哎呀，你别来。"

沈司岸低声威胁她："舒清因，你是非要让我找人查你现在在哪儿是吧。"

舒清因心跳骤快："你到底想来干什么？"

"对你负责。"

"负什么责？"

"你想让我负什么责，我就负什么责。"

旁边听着的徐茜叶忍不住吐槽了一句："你们是小学生吧？"

挂掉电话后，舒清因忽然安静了下来，盯着桌上的空酒瓶发呆。

徐茜叶伸手在她眼前挥了挥："他到底来还是不来啊？"

"来吧。"舒清因喃喃道，"待会儿他来了，我跟他说什么啊？"

"你想说什么就说什么啊。"徐茜叶无语。

舒清因张着嘴，"但是"了老半天，也没"但是"出个所以然来，徐茜叶知道她又退缩了，豪迈地给她满上了一杯酒。

"喝吧，酒壮怂人胆，醉了便什么话都说得出口了。"

舒清因酒量不算太好，刚刚已经喝了挺多，这会儿肚子有点胀。

她想了想，决定彻底醉一回。

过了这村就没这店了，谁知道她明天会不会又做回缩头乌龟。

她用力点头，然后举杯，潇洒地将一整杯酒干了。

二十分钟后，徐茜叶后悔了。如果她知道舒清因喝醉以后是这个样子，她绝对不会让她喝这么多。

沈司岸赶过来的时候，舒清因正趴在桌上号啕大哭。

男人吓了一跳，连忙询问旁边的徐茜叶："你把她骂哭了？"

徐茜叶神色复杂："我能把她骂哭？这丫头干号呢。"

沈司岸没反应过来，舒清因却突然抬起头来，他见她鼻子红红的，但脸上却没有半点泪痕。

她凶他："你怎么才来啊？"

废话，他从酒店开车过来不要时间，他开的是车又不是火箭。

沈司岸心里这么想，嘴上还是好脾气地哄着："好好好，我的错。"

她不听，继续胡搅蛮缠："你知道我等了你多久吗？"

徐茜叶被舒清因烦得不行，这会儿好不容易来了个替死鬼，干脆坐在沙发上装睡，眼一闭什么都不管了。

沈司岸呵了声："我今天在你办公室等了你多久，你看我跟你计较了吗？"

"我不管，你追我，你可以等我，但是不能让我等你，知道吗？"

沈司岸懒得理她，舒清因又问："知道吗？"

"知道知道，我也是够贱了。"沈司岸叹气，"喝够了没有？喝够了我送你回家。"

舒清因忽然警惕地往后缩了缩身子："你又想用这个借口，然后赖在我家对不对？"

装睡的徐茜叶猛地睁开眼睛："什么什么？"

"姐，我跟你说，他脸皮好厚的，"舒清因嘟着嘴跟她姐姐控诉，

"他为了赖在我家，连加油站下班这种鬼话都编得出来。"

徐茜叶似懂非懂，故作深沉地点了点头："哦，然后呢？"

"然后被我戳穿啦，"舒清因嘿嘿笑了，"我这么聪明，他这么烂的借口哪儿能骗得到我？"

徐茜叶神情猥琐，冲着沈司岸长长地"哦"了一声。

沈司岸有些尴尬："你知道我骗你，不还是留我住了一晚？"

"那是，"舒清因顿了顿，声音突然小了点，"那是我看你可怜。"

"是真的看我可怜，"沈司岸敲了敲她的头，"还是别有用心啊？"

舒清因沉默了，沈司岸知道她肯定又要继续狡辩。

结果女人转了转眼珠子，手指抵着手指，喃喃地说："别有用心。"

"哦——"徐茜叶这回的语气词比刚刚又拖长了几秒。

沈司岸顿住，再这样下去，不知道她还要说出什么惊天地泣鬼神的话来，白白让徐茜叶看了戏，只好起身催促她："好了好了，我送你回家。"

他扶着舒清因站了起来，她喝了酒，站不稳，沈司岸看着她脚上穿的那双细高跟鞋，怕她把脚崴了。

"背你还是抱你，"男人问她，"你选一个吧。"

以舒清因的性格，大概率是哪个都不选的，宁愿冒着崴脚撞电线杆的风险，也要走她自己的路。

结果她忽然张开双手，眨了眨眼睛说："抱。"

沈司岸被她这个"抱"字撩拨得心都酥了，二话不说直接弯腰，打横抱起了她。

徐茜叶跟着他们走出了酒吧。

他的车子就停在酒吧门口，这会儿街上灯红酒绿的，夜生活才刚刚开始，不少人注意到他们，暧昧地嘘了两声，又给了个成年人之间默契的眼神。

徐茜叶也喝了点酒，没法自己开车回家，但她又不想在这边打车，单身女性大半夜的在酒吧街叫车，总归是不太安全。

她是真不想当电灯泡，但为了自己的安全，只能咬牙厚着脸皮上车了。

"大侄子，要不你先送我回家吧。"

"会有人过来送你回家的。"沈司岸说。

徐茜叶蒙了："你给我叫了代驾？"

沈司岸挑眉，慢吞吞地说："是啊。"

既然他都想得这么周到了，如果她还坚持要坐他的顺风车，她徐茜叶就白在情场纵横这么多年了。

"代驾什么时候来？我车子就停在那边。"徐茜叶指了指自己车子停的地方，"我去车子上等他？"

"不用，"沈司岸笑，"他有开车来。"

徐茜叶茫然，总觉得沈司岸话里有话，因为喝了酒反应有些迟钝，又猜不透他到底什么意思。

几分钟后，代驾姗姗来迟。

外形硬朗的黑色轿车上走下来一个男人。穿着黑色衬衫，气质冷峻，和这酒吧街氛围简直是两种画风。

徐茜叶瞬间清醒："这就是你说的代驾？"

"不然呢？"

孟时此时已经来到她面前，男人看着她微醺的模样，低下头在她耳边悄声说："徐小姐又喝醉了？"

徐茜叶全身的汗毛都竖了起来。

心间烧起大火，是被这男人冷淡却又挑逗的语气点燃的。

徐茜叶跟着孟时走了，沈司岸总算可以一门心思照顾舒清因了。

他原本将她安排在后面，让她躺在车后座上好好睡，结果车子开出几百米，沈司岸不知道偷瞄过多少回后视镜，为了交通安全，他找了个路口停车，把她抱到了副驾驶位上。

她不太高兴："干吗让我坐副驾驶位，要是出车祸的话，坐副驾驶位的人大概率会第一个死。"

沈司岸无奈，用手指弹了一下她的脑门："会不会说话啊？"

舒清因还不服气："本来就是嘛。"

"坐我旁边，"男人的语气很霸道，"这是我的车，我让你坐哪儿就坐哪儿，听见没有？"

"哦。"

喝醉了的舒清因垂下眼睛，眼睑下留下一道阴影，沈司岸喉结动了动，替她扣上了安全带。

现在天气热了，她只穿了件薄薄的外衫，安全带搭在胸前，将身体的弧线凸显出来。

男人收起脑子里那些乱七八糟的念头，赶紧关上了车门。

舒清因这回坐在副驾驶位上，沈司岸总算不用时不时瞥一眼后视镜了。

但接下来发生的事很快就让他开始后悔这个决定。

车子还开在路上，舒清因突然哭了起来。

"呜呜，我好难受。"她喝多了酒，舌头有点儿大。

沈司岸开着车，没工夫理她，她哭得更大声了点。

"呜呜呜！我好难受！你为什么不安慰我！"

沈司岸叹气："你难受什么？"

"我的心，"舒清因用力捶了捶自己的胸口，"好痛痛。"

沈司岸漫不经心地应了声："你乖，待会儿就不痛了啊。"

"你变了，"舒清因眼神幽幽地盯着他看，委屈巴巴地控诉，"你以前很疼我很宠我的，但你现在居然敷衍起我来了，你是不是变心了，不爱我了？"

"我不爱你还能爱谁啊，"沈司岸给她开了车窗，"给你开车窗醒醒酒吧。"

车窗一开，舒清因瞬间捂住了头："啊，我那帅气的发型！"

沈司岸只好又把车窗给关上了。

舒清因靠着车椅打了个酒嗝，然后又扑在车玻璃上，脸贴着玻璃，语带困惑："这条路我怎么都不熟？司机，你是不是绕远路了？"

沈司岸指了指他的手机导航："你问它。"

舒清因盯着手机研究了半天："真的绕远路了！你是不是想多收我的钱！我看看现在多少钱了！"然后猛地意识到，"你都不打表的！你是黑车！"

沈司岸扯了扯嘴角："哪来的表给我打？"

"你居然连计程表都不装，你果然是黑车司机，我要举报你！"舒清因按下车窗，冲着马路喊，"交警叔叔，我被黑车劫持了！"

沈司岸赶紧又把车窗关上，生怕真的把交警引过来，到时别说回家了，就以她这神志不清的醉酒样，他们很有可能喜提派出所一夜游。

"呜呜呜呜，我被绑架了。"舒清因无力地敲打着车窗。

沈司岸太阳穴突突跳了两下，警告她："闭嘴。"

然后她害怕地往车门那边缩了缩："我不说话了，你不要撕票。"

沈司岸为了让她闭嘴，只能配合演出："好。"

她安静了几分钟，又换了个剧本继续闹。

他们前面的车子开得有点慢，舒清因嫌它慢吞吞的，大喊一声："超它！"

沈司岸应了一声："好，超超超。"

他打了个转向灯，在确保安全的情况下，把前面的车子超了。

舒清因还给他鼓劲："冲啊！！！"

然后看他真的超了，又笑眯眯地冲他竖起了大拇指："你真棒！"

沈司岸内心毫无波澜，脸上丝毫没有被夸奖过后的喜悦之情。

"我要奖励你，你想要什么奖励呀？是小红花，还是五角星？"舒清因又拿起了幼儿园老师的剧本。

沈司岸不吃这套："不要。"

"你好挑剔啊。"舒清因抱怨，皱眉苦想了一会儿，又想到了新的奖励方式，"那我奖励你一个亲亲好不好哇？"

车子没减速冲过缓冲带，猛地抖了两下，把舒清因磕得晃了晃。

舒清因缓过神来后，侧过头狠狠瞪了他一眼："你干什么啊？"

结果男人靠路边停了车，拉上手刹，解开了自己身上的安全带。舒清因还没反应过来，自己的安全带也被解开了。

不知道这里是哪里，已有年头的路灯发出微弱的光，照着路面。

沈司岸将头顶的车灯打开，舒清因被这突如其来的光晃了眼睛，下意识地闭上了眼睛。

"你是不是觉得，说酒话是不用负责的？"

舒清因一脸蒙地问他："你要干吗？"

"要奖励。"

男人沉声说完，朝她倾了过来，刺眼的灯又被他给挡住了。

车外还有隐约的蝉鸣，和风拂过常青树叶的沙沙声。

他扣住她的后脑勺，温柔地吻了上来。舒清因下意识地抓紧了膝盖，闭着眼睛承受他的吻。

她听到男人用又低又哑的声音命令她："嘴不要闭得那么紧。"

舒清因睫毛颤了颤，顺从地张开了嘴。

舒清因心头泛起小水花，她不受控制地被这暧昧的唇齿交缠惹出了一声娇媚细软的低吟。

这个声音直接把沈司岸的理智炸得七零八落，男人喘着气加深了这个吻，恨不得将她香甜的气息全部吞咽进腹。

第31章

名分

舒清因很顺从，她一点儿都没躲，抬起下巴配合地将他想要的送入他的唇。

极为热烈却又缠绵温柔的吻。

如有电流蹿入大脑，又在她的全身转了一圈，舒清因连捏紧手指的力气都被他夺走，手指微麻。

沈司岸的手渐渐攀上了她的腰，她略微有些紧张，但男人的手并没有停留，而是摸到了座椅的调整开关。

她惊呼，但很快这声音也被吃掉。

他刚刚是将副驾驶的座椅往后调，舒清因背脊柔软，顺着座椅半躺了下来。

男人的呼吸渐渐变得粗重起来，发出一声低喘，舒清因突然感觉到他身体一僵。

"哎，"他停了下来，"要命。"

沈司岸亲了亲她的鼻尖，舒清因坐起来，脑子还是晕晕的，只是她很清楚自己刚刚和沈司岸做了什么。

暖黄色的车灯朦朦胧胧的，两人的脸一半归于明处，各自还未从刚刚的深吻中回过神来，神情恍惚又暧昧；另一半归于暗处，将尴尬和不知所措藏在暗影中。

"酒醒了点没有？"男人低哑的声音响起，轻声问她，"不要明天起来就忘了。"

舒清因喃喃道："不会忘。"

"刚刚看你闭眼了，"他边替她整理额前的散发，眸色幽深，嗓音低沉，"跟上次的反应不一样，享受吗？"

她结结巴巴地说："还行。"

他笑了下，接着问："你喜欢哪种？是强硬些还是刚刚这种？"

舒清因实在回答不出来了："你能不能别问了？"

"我得让你也满意啊。"他贴近她，唇覆在她耳边低笑，"不过我想应该是比较喜欢这种。"

这人说话越来越露骨了，舒清因连忙伸手捂住他的嘴。

沈司岸眨眨眼睛，虽然嘴被她捂住，但那双好看的眼睛却还是直勾勾地看着她，里头情绪缱绻汹涌。

他握住她柔弱的手腕，在她手心上亲了亲。

舒清因猛地缩回了手。

"这下知道害羞了？"沈司岸挑着眉毛，尾音上扬，"之前说要奖励我亲亲的时候我看你胆子挺大的。"

舒清因说："我说的亲亲又不是这种亲。"

"那是哪种？"他"哦"了声，似乎有些苦恼，"那刚刚亲的不算，你再重新奖励我好了。"

舒清因气闷，转过脸不再理他，打开车窗透气。

沈司岸不肯放过她，干脆打开车门从主驾驶位上走了下来，又绕到副驾驶位这边，手臂搭着车门，弯下腰将脸凑过去："别耍赖啊。"

舒清因又要把车窗摇上去，谁知他手抓在车玻璃边缘，语气有些无奈："有本事你就关上。"

她只好放弃。

沈司岸得逞后，唇角勾起坏笑，伸手捏住她挺翘秀气的鼻子。

"小姑姑，你刚刚的表现，"他问她，"我可以理解为是你给我的回答吗？"

舒清因好半天都没有说话，男人也不催她，眼里含笑，看她皱着一张小脸不断地纠结。

最后她说话了，手指向天边："我先问你个问题，你有没有那个？"

"哪个？"他没听懂。

舒清因说："你看我手指的地方。"

他顺着看过去，发现她指着天上，天上没什么东西，就是夜幕深沉，大片的积云缓缓流动，月亮和星星挂在上头，发出浅白色的光。

"云？还是星星月亮？"

"月亮。"

沈司岸还是没懂："你问我有没有月亮？"

"这是个代称，"舒清因放下手，没看他，只是盯着自己的手指，慢慢地说，"白月光。"

"什么白月光？"

舒清因本来说得委婉再委婉，谁知他根本不知道这个代称的含义，只好简单粗暴地给他解释："就是在我之前，你有没有很喜欢的女人？"

她说完又觉得不对，只是喜欢过谁，或是和谁谈过恋爱，那根本不能算是白月光。

"就是爱而不得的女人，这辈子都忘不了的女人，就算以后爱上了别人还是会给她留下位置的女人。"

这一连串的三个形容，舒清因觉得沈司岸肯定能明白她到底想问什么了。

她做好准备了，如果他说有，那她就命令他赶紧忘掉，并且永远都不许提起，如果没有……没有那当然最好了。

可是沈司岸的回答在她意料之中，却又不在她期望之中。

他点头承认："有啊。"

舒清因的心瞬间就沉了下来。

果然有。

她委屈地咬紧嘴唇，想说的话哽在喉间，怎么都说不出口了。

舒清因很失望，却又庆幸，起码他还没瞒着她，他是诚实的。她在心里说服自己别那么小心眼，但嘴上还是忍不住贬低他的白月光。

"也许她根本没你想的那么好。"

沈司岸忽然笑出了声，伸手戳了戳她的额头："你这女人疯了？自己都骂。"

舒清因睁大眼睛，不可思议地望着他。

他只是笑着说："对自己有点信心啊。不过你刚刚说的前几句都是对的，最后一句错了，我纠正一下，是令我无法再爱上别人的女人。"

是爱而不得的女人，是这辈子都忘不了的女人，是令他无法再爱上别人的女人。

舒清因张着嘴，狂喜无法抑制地从心间涌出，像是在她心里噼里啪啦炸开了阵阵烟花。

沈司岸有些哭笑不得地瞧着她："我说白月光小姐，面对我这么肉麻的告白，你的反应就只是张着嘴望着我发呆吗？"

她回过神来，赶紧开门下车。

沈司岸不知道她要干什么，后退两步，然后看着她从车上跳了下来，猛地朝自己扑了过来。

这回他有了心理准备，没被她扑得后退，重心很稳，算是牢牢接住了她。

"太肉麻了，"她躲在他怀里，小声抱怨，"你怎么说得出来？"

"不都是你说的吗？我只是改了句话而已。"沈司岸有些无辜。

她不说话，痴痴地笑了起来。

他像哄小孩儿似的拍着她的脑袋："别扭鬼，不是挺高兴的吗？"

她赶紧又不笑了。

"小姑姑，你再抱我这么紧，"沈司岸忽然说，"以后你就不是我的小姑姑了，而是我女朋友了哦。"

回答他的是更紧、更为赖皮的拥抱。

这回沈司岸有充分的理由留宿在舒清因家里了。

男朋友在女朋友家过夜而已，正常操作。

沈司岸瞅了眼室内明亮的灯，忽然觉得他能有今天，多亏了这个灯帮忙。不过她怕黑，所以以后还是不要停电了吧。

沈司岸想到这儿，状似不经意地问她："你电费交了吗？"

"张助理帮我交的，"舒清因瘫在沙发上醒酒，说话声音有些含糊，"不过为防他忘记，我自己也知道怎么交了。"

沈司岸不放心张助理，也不放心舒清因。

"你交一次给我看看。"他说。

舒清因满是柔情，格外听话，他说交给他看看，她就坐起来拿出手机真的给他演示了一遍，又存了几百块钱进去。

"怎么样，我说我会交的。"她有些得意。

沈司岸顺着她那得意劲儿夸了她两句，然后拿出自己的手机，照着她刚刚的操作，又给她交了几百块钱电费。

舒清因很实在地觉得没这必要："我白天都不在家，不用交那么多。"

"防止你以后忘记，这电费以后就由我来帮你交了。"他说。

舒清因皱眉："你帮我交电费？"

"嗯，"沈司岸说，"男朋友帮女朋友交电费，天经地义啊。"

她听过很多男朋友要为女朋友做什么的话，但交电费确实是第一次听说。

舒清因拿过沈司岸的手机，再次确认他真的帮自己交了电费，手里握着他的手机，心里头有些暖。

"你酒醒了吗？"他掐掐她的脸。

舒清因躲开："别掐我。就是头还有点晕，没什么力气。"

"你家有没有干柠檬片？我帮你倒杯柠檬水。"

"厨房有。"

沈司岸起身往厨房走，舒清因躺在沙发上玩他的手机。

他也是用微信交的，舒清因退出，回到了聊天界面上。

上面显示的聊天信息，中文英文都有，看得懂的中英文也都是工作上的事，唯独和孟时的聊天记录，是和工作无关的。

孟时：直接租房算了。

她有分寸，知道不能随便翻他的隐私，也就没点进去，但心里有些奇怪，无论是沈司岸还是孟时，好像都没有租房的需求吧。

舒清因手往下滑了滑，找到了自己的微信。

她有些不高兴地噘起嘴，觉得他给自己的备注过于普通了，就是简单的"舒清因"三个字。

女人有时候特别喜欢在这种小事上纠结，舒清因偷偷在自己的名字后面加上了"红心"。这样就显得比较特殊了。

但她想了想，万一被他发现了那多不好意思，而且说不定他会觉得她乱看他的微信，惹得他不高兴。

还是删掉吧，过过瘾就得了。

刚想删，沈司岸已经端着柠檬水从厨房走了出来，她一慌，赶紧将手机丢在了一边。

沈司岸看她那鬼鬼祟祟的样子，挑了挑眉毛："你干什么坏事了？"

舒清因摇头："没有。"然后接过他递过来的柠檬水，一口气喝了大半杯子。

在这之后，舒清因就一直想着沈司岸的手机，沈司岸不怎么爱玩手机，直接收进了外套口袋里。

他没再点开微信，她稍稍放心，心想他应该还没看到她不要脸地给自己备注后面加上的那颗心。

趁着沈司岸去洗澡的时候，她又偷偷把他的手机拿了过来，想把那颗爱心删掉，结果被密码拦住了。

她敲了敲浴室门，随便扯了个谎，说自己的手机不知道放哪儿了，想用他的打给自己的手机找找看。

沈司岸把密码告诉了她。

舒清因感叹自己机智，迅速点进了微信页面，然后愣住了，这已经跟她刚刚看到的完全不同了。

她的聊天框被置顶，原本"舒清因［心］"的备注也改成了——"My Sweety"。

聊天框里还显示着一条他还没发送出去的草稿信息。

别扭鬼。

明明是她偷看他的微信，怎么搞得好像是她被窥到了心底深处的小秘密，怪难为情又怪开心的。

沈司岸洗完澡出来的那一刻，舒清因的心脏差点停止跳动，想躲却又无处可躲。

男人像抓小鸡似的将她抓进了怀里。

"这是你家，"他低笑，"你要往哪儿躲啊？"

舒清因不是想躲，只是不知道该怎么面对他。

"新备注喜欢吗？"

舒清因不说喜欢，也不说不喜欢，通红的耳尖已经告诉男人答案了。

男人笑眯眯地看着她："那看来是喜欢了。"

她今天被他逗了好几回，并不甘心就这样任由他继续逗弄下去，撇着嘴存心泼他凉水："这备注听着像是哄第三者。"

沈司岸扬眉，掐着她的脸，眯着眼睛沉声说："我说舒小姐，我才是别人眼里的'第三者'吧，要哄也是你哄我才对。"

舒清因不想听到第三者这个词，又不是什么褒义词，他老往自己头上扣像什么话。

她趴在他的胸口，声若蚊蝇："你不是第三者。"

"嗯？"他把玩着她的长发，"那我是什么？"

她不说话，似乎在犹豫。

"不该给你泡柠檬水的，"他佯装失望地叹了口气，抬起她的下巴逼着她抬头和自己对视，"酒醒了又不认账了。"

舒清因忽然踮起脚跟，双手环住他的脖子，在他的下巴上轻轻亲了一口。

"认账，"她凑到他耳边悄声说，"男朋友。"

女人吐气如兰，让他一阵酥软，她手臂凉，挂在他脖子上时，沈司岸微微颤了下。

他没说话，直接抄起她的腰将她腾空抱起，走到卧室。

"既然是男朋友，我今晚终于不用睡沙发了吧？"

沈司岸将她放在床上，半撑着身子看着她笑。

舒清因眨眼："那就一起睡吧。"

她胆子大起来的时候是真的大，沈司岸被她搞得心潮澎湃，女人这进进退退的，欲拒又还迎，害羞时让人忍不住想继续逗弄，撩拨时却又让他节节败退，实在要命。

沈司岸掀开被子将她和自己牢牢覆在了被子下。

视野一下子变暗，他按她的头在自己胸前，呼吸急促："如果明天早上你敢忘，那我就咬死你。"

她闷声道："你就这么不相信我？"

"被你玩儿了那么多回，我不放心。"他说，"你要对我负责。"

舒清因抱着他的腰说："你好像没有安全感的小情人啊。"

"什么小情人，"他对这个称呼相当不满意，"上位成功了都交往了还是小情人？"

舒清因抿抿唇："你说得好像我们在偷情似的。"

男人幽幽叹了口气："你不懂。"

她确实不懂，任由沈司岸抱着她，心里迷迷糊糊地想着，这样被他抱着，明早起来估计腰和脖子都得疼。男人原本抱在她腰上的手却忽然有些不老实了。

她听到沈司岸渐渐变得急促的呼吸声。

从前不得不和宋俊珩睡在同一张床上的时候，两个人也是各睡一边泾渭分明，这样两个人抱着睡在一起，已经属于她人生的一大突破。

她有些紧张，又有些害怕。

她身体不自觉地微微发着抖，沈司岸亲了亲她的额头，手心出了汗，最后强忍着收回了手。

"我还是睡沙发去吧。"他深深叹了口气，有些无可奈何。

舒清因睁开眼睛，抬头看着他，眸间泛着潋滟的光。

男人伸手挡住了她的眼睛，又是无奈又是好笑："有点丢脸，别看了。"

喜欢的女人就在怀里，主动却又羞赧，沈司岸一个正常男人，怎么会没有别的想法。

被子下面，男人捏着她的手心把玩，她手心的肉软软嫩嫩的，他捏着捏着，不自觉就用了点力。

手指忽然触到了什么温凉的东西，沈司岸一愣，是她腕上的翡翠手镯。

沈司岸内心深处的某种渴望还没消退，瞳孔微暗，声音有些喑哑："这手镯你都不取下来的吗？"

"没取过。"她说。

男人轻轻哼了声："别人送你的？"

舒清因点头："是啊，我爸送我的。"

沈司岸顿了顿，"哦"了声。

舒清因将舒博阳往年给她送生日礼物的习惯说给了他听。

沈司岸挑眉，她爸爸真的是宠女狂魔了。

"那你爸爸去世以后，你每年的生日礼物都是谁送你的？"沈司岸状似无意地提起了某个人，"宋俊珩？"

舒清因皱眉："我每年都会收到很多人的生日礼物，宋俊珩只是其中之一而已。"

沈司岸想起去年她生日的时候，他开玩笑说把雅林广场的项目当成礼物送给了她，其实这话半真半假，他选择恒浚一方面是因为恒浚确实是他属意的合作对象，但另一方面，或许自己从那时候开始，在不知不觉中想要讨她的欢心也未可知。

"这手镯是 20 世纪一位 M 国名媛的私人珍藏。我那年跟着叔公出席了苏富比拍卖会，很多珠宝收藏家和富人都想拍下它作为珍藏，最后被一个内地富豪以超出竞价品本身好几倍的价格拍下了它。"他忽然笑起来，"当时我听说，那位内地富豪每年都会以历史新高价拍下各类珍品，但他本身并不是收藏界人士，没想到这个人居然是你爸爸。他拍下这些东西，不是为了珍藏，而是为了送给他最宝贝的女儿。"

舒清因抿唇，有些不好意思地偷偷笑了起来。

他摸着那光滑通透的手镯："如果你爸爸没有去世，今年的拍卖会他应该还会去的吧。"

舒清因不关注这个："今年的要开始了吗？"

"对，在港城。"

舒清因有些落寞："那他大概会去吧。"

沈司岸但笑不语。

确定关系后，舒清因原本还在纠结恋爱该怎么谈，结果沈司岸在没多久后，因为工作原因回港城总部去了。

刚确定关系就开始异地恋，她未免也太惨了。

无处发泄，她只好把徐茜叶约出来说话。

"这就惨了？他的事业本来就在港城啊，等你们以后结了婚，还要做异地夫妻，习惯就好。"

徐茜叶满不在乎，觉得她过于矫情了。

舒清因对"结婚"这两个字相当抵触："我跟你说谈恋爱，你跟我扯结婚？"

"嗯？不然呢？"徐茜叶挑眉，"哇，舒清因你不是吧，难道你就是跟大侄子玩玩而已？"

"没有啊。"

徐茜叶又问她："你们谈恋爱难道不就是奔着结婚去的吗？"

舒清因有些迷茫，她还真不是奔着结婚去的，只是刚好喜欢这个男人，所以就跟他在一起了。

徐茜叶看她那表情就知道她真没考虑过结婚的事，心里不禁有些同情沈司岸。

"我们大侄子是造了什么孽碰上你这么个渣女，苦苦等了这么久，好不容易柳暗花明了，结果他小姑姑根本就是个渣女，居然没想过负责。"徐茜叶啧啧两声，意有所指。

舒清因觉得徐茜叶的话听着有些刺耳，不服气地为自己辩解："船到桥头自然直，只是现在没这个想法，不代表以后没有。"

"那他要等到什么时候？哎，你知道我刚提到结婚的时候，你脸上那不可置信和反感的样子有多气人吗？不是我说你，心里刚过了一个坎，现在下一个坎又来了是吗？"

舒清因没话说了，她确实因为上一段那一地鸡毛的婚姻，对结婚这件事不抱什么期望。

徐茜叶又给她做开导："我这样跟你说吧，你想啊，你和宋俊珩也就是领了个结婚证。结婚证嘛，一本证而已，你活这么多年，拿过的证还少吗？更何况现在你手里又多了本离婚证，两者抵消了啊。"

这个观念，乍听之下还真挺有道理的。

只是徐茜叶思想开放，觉得结婚不过是领张证的小事，但舒清因明显不这么想。

她在父母相爱的环境中长大，可以说是看着舒博阳和徐琳的甜蜜爱情长大的，心里自然对婚姻有种天然的敬畏感和神圣感。

只是这种感觉因为自己的失败婚姻，有些幻灭了。

结婚可不是领张证这么简单的事，两个人结了婚，就相当于将剩下那一半的人生都交给了另一个人。

舒清因撇嘴："要真有你说的这么简单就好了。"

"你的情况跟别的夫妻不一样，如果不是你中途喜欢上了宋俊珩，那你们就真的只是合作对象啊，只不过别人合作是签合同，你们合作是领结婚证而已。"徐茜叶心里并不认同舒清因和宋俊珩的夫妻之名，"而且你们连夫妻之实也没有，分床睡了一年，这叫什么夫妻？同居室友还差不多。"

舒清因狠狠吸了口手中的奶茶。

徐茜叶突然撑着桌子，倾过身，语气有些激动："哎，大侄子他知道吗？"

舒清因被她这突如其来的问题给呛到，珍珠直接顺着喉咙滑进了食道，惹得她咳嗽连连。

咳得脸和脖子都泛起蜜桃的颜色。

徐茜叶赶紧替她拍背顺气："你没事吧？"

舒清因勉强摇了摇头。

"你这是咳的，还是害羞啊，脸红成这样。"徐茜叶有些好笑地看着她。

舒清因咬牙："咳的！"

徐茜叶不信，但也没戳穿她，干脆换了个话题："对了，姑姑最近还好吗？我今天来找你的时候，听到恒浚的员工说，最近你们总裁经常出差啊，那姑姑她岂不是又要三天两头过来一趟了？"

舒清因语气平静："晋叔叔他不是出差，他最近回 M 国回得比较勤，其实是在准备回去的事。"

"回去？"徐茜叶有些惊讶，"我还以为他会一直留在恒浚的，毕竟姑姑给他开的条件不比 M 国那边差吧。"

"不是条件的问题，只是他的生活重心在国外，他不可能一直留在国内的。"

徐茜叶有些迟疑地点点头："可是他不是没结婚吗？我还以为他跟姑姑之间有什么呢。"

舒清因神色微顿："有什么？"

徐茜叶自知失言，连忙解释："我瞎猜的，你别当真。我知道你介意姑姑再婚的，既然你那个晋叔叔决定回去了，你也能彻底放心了吧。"

舒清因握着杯子，像是下定了决心般，语气坚定："我想通了，只要我妈开心，我无所谓。"

徐茜叶大惊："你转性了啊？"

"那天我喝醉酒梦到我爸了，他跟我说对不起，说是成了我和我妈的负担。我想就算是我爸，他应该也不愿意看到我和我妈因为他拒绝接受新的人或事物。"舒清因淡淡地笑了，"你也跟我说过，人总要向前看的，如今我向前看了，我希望我妈也能向前看。"

"真好，"徐茜叶感叹，"姑父他会高兴的。"

两个人又聊了一会儿，徐茜叶突然又想到了什么。

"你和大侄子在一起这件事，宋俊珩知道吗？"

"应该不知道吧。"

徐茜叶了然，若有所思："难怪他最近去港城了。"

"他去港城干什么？"舒清因不明所以。

"拍卖会啊，"徐茜叶说，"就在十月，港城苏富比拍卖行会在太古广场举办他们今年的第二场拍卖会。"

舒清因隐隐有些印象，沈司岸跟她说过一次，但她当时没有在意。

后来拍卖会的邀请函送到了晋绍宁那里，她对拍卖会不感兴趣，晋绍宁又忙着回 M 国的事，所以恒浚集团今年并不会出席这场拍卖会。

下半年的拍卖会吸引了不少珠宝珍藏家。

原因是这场拍卖会上最受瞩目的竞拍品，是 1999 年由戴·比尔斯公司开采，迄今为止宝石学院评定过的最大颗无瑕艳彩粉钻——"粉红之星"。

将梦幻和昂贵演绎到极致的粉色钻石，令无数珠宝鉴赏家趋之若鹜的极品皇家珠宝。

第
32
章

钻
石

因为"粉红之星"的亮相,今年的港城苏富比秋季拍卖会吸引了不少来自世界各地的狂热的收藏家。

港城是苏富比处理亚洲艺术市场事务的重镇,也是整个亚洲最为活跃的收藏中心。此时瑰丽珠宝及翡翠拍卖项目正在大厅内举行。

"粉红之星"作为压轴竞拍品,还未显山露水。

竞拍厅内白色屏幕上印着硕大规整的"Sotheby's",屏幕旁边显示着竞拍品的图片与根据各国货币汇率计算出来的等值数字。

现在正展示的是一枚 12.15 克拉的黄色猫眼石与 7.15 克拉的红宝石对戒。

之后为一枚 37.59 克拉的镶钻祖母绿翡翠戒指。

抛砖引玉过后,屏幕更新,那枚"粉红之星"终于亮相。

难以想象这样无瑕的粉色钻石竟是大自然出产的天然产物,极其稀有的颜色,通透却又花哨娇艳。

厅内的交谈声开始热烈起来。

主持人宣布竞拍起始价,话刚落音,已有人举牌。

不过一分钟,叫价已超过 3 亿港元,接着又很快超过了 2010 年 R 国日内瓦拍卖会上"格拉芙粉钻"高达 4600 万美元的成交价。

如今,"粉红之星"落于港城,即将进入中国富豪的囊中。

有人注意到,一直在参与竞拍的,竟然是两个相当年轻的亚洲男人。

港城地产大亨沈柏林属意的新一任掌权人如今还不满三十岁,并不爱好珠宝,不知为何会出现在珠宝拍卖现场,刚刚数十件的珠宝拍卖，他连眼皮都没抬一下，唯独对这枚"粉红之星"情有独钟。

沈司岸悠闲地看着那枚粉钻，有人超价他就再举，如此往复，竞拍开始不过五分钟后，530，000，000 港元的价格映入屏幕中。

电脑程序快速将换算过后的货币数量清晰明了地显示了出来。

数亿的金钱，到了屏幕前，不过就是令人眼花缭乱的一堆零。

"Five hundred and thirty million，first！ Five hundred and thirty million，second！ Five hundred and thirty million，last chance！ Sold！"

"啪——"

成交锤落下，"粉红之星"刷新世界钻石拍卖纪录，成为全球交易额最大的钻石，自此与"日出红宝石""约瑟芬的蓝月"以及"波旁·帕尔马家族皇室珠宝"共同载入苏富比珠宝拍卖史册中。

全场哗然。

竞拍结束后，沈氏大方地将这枚钻石留给媒体拍照留念，并且让慕名而来的女星戴上了它，用作形象宣传。

钻石的展览巡游结束后，重新回到了沈司岸身边。

后续的苏富比沙龙酒会上，沈司岸收到了不少道贺之言。

推杯换盏间，年轻的沈大少始终三缄其口，不肯透露为何会花如此高价拍下粉钻。

出席此次拍卖会的，有相当多来自内地的富豪，其中以 100 万竞价之差输给沈大少的宋氏少东家，就是内地赫赫有名的地产品牌福沛的继承人。

他这次来港城，行程相当透明高调，就是为了拍卖会而来。

宋氏少东家刚离婚不久，他的前妻其实并不热衷于珠宝拍卖，这位前妻能在拍卖圈内声名大噪，主要是源于宋氏少东家那位已故多年的前岳丈，宠女之名远扬。其中最为著名的，是那枚以前被 M 国名媛珍藏的翡翠手镯，他以近亿港元高价拍得，并将它送给了自己的独女。

听说宋氏少东家也是为了前妻，才特意来了一趟港城。

被沈大少截和，众人神色各异，也不知道宋氏少东家现在是什么心情。

"沈总。"

沈司岸看着冲他走过来的这位熟人，脸上带着令人玩味的笑："宋总，来港城了怎么不提前跟我说一声？好歹我们也算是熟人了，你提前知会一声，我肯定会亲自热情招待你。"

宋俊珩神色冷峻，也跟着笑了，只是笑意不大自然："我知道沈总并不欢迎我来，就不必说那些客套话了。"

沈司岸敛眉，语气温和："宋总未免也太小看我了。"

"沈总，既然我们熟，那我就直截了当地说了。"宋俊珩缓缓开口，语气也变得客气了起来，"这枚钻石我原本是想拍下送给我太太，而且据我所知，沈总你对珠宝收藏并没有兴趣，所以还希望沈总你能够成人之美，我愿再以高价购买这枚钻石。"

竞拍不过五分钟，竞拍价直线上涨，沈司岸来势汹汹，只要有人竞价举牌他就再次加价，到后面，屏幕上显示的价格已经远远高过了钻石本身的价值。

宋俊珩每一次举牌，都会被他迅速压下。

到后面竞价超过五亿时，跟随宋俊珩前来的助理已经在极力劝阻他再次举牌。

一念之差，钻石被沈司岸收入囊中。

宋俊珩暗怒，眼见众人冲他道贺，回想起当初土地拍卖会上，沈司岸就是这样抢走了他心仪的地皮。

如今又是这样。

简直是天生的对手。

"我是对珠宝收藏没什么兴趣，"沈司岸把玩着手中的红酒杯，言语散漫轻佻，"但我拍下这个钻石不是用来收藏的，是用来送给女朋友的。抱歉，让宋总失望了。"

宋俊珩眼皮一跳："送谁？"

沈司岸眯起眼睛，笑意在脸上弥漫开来："你的前妻。"

宋俊珩蓦地睁大眼睛，眸色幽暗，嗓音颇沉："你女朋友？"

沈司岸笑得像只得逞的狐狸，慢吞吞地点了点头："是啊。"

酒杯被重重放下，有人朝沈大少那边看去。

沈大少被一个身高相当，同样年轻俊美的男人拉着胳膊带离了酒会。

两人消失在酒会中，酒会却仍旧热闹着。

没了旁人，两个衣着精致的男人也无须再保持教养和风度。

宋俊珩面色森冷可怖，下颚紧绷，眼睛眯起危险的弧度，直接将架在鼻梁上的眼镜取下，握成拳头朝沈司岸的脸上挥了过去，带起一阵风。

沈司岸弯腰躲过，抬起胳膊直接扯掉了碍事的袖扣，又解开领带，长腿直直地冲宋俊珩踢了出去。

他年少时叛逆，对打架丝毫不怵。

两个攻击性十足的男人动起手来你来我往，丝毫不肯给对方攻击的机会，从这条十几米长的街巷头一直打到了巷尾。

两个男人胸口都闷着一口气，直到脸上双双挂了彩，各自都狼狈不堪，原本精致整洁的衣服也破了。

最后沈司岸将宋俊珩狠狠压在了墙边，手攥着他的领子，眯眸对着他的眼睛，压低声音说："真以为我不会还手？"

宋俊珩冷笑："你之前在清因面前不是挺会装可怜的吗？"

"她现在又不在，"沈司岸哧了声，"而且你打了我，我就能跟她分手？"

宋俊珩猛地推开他，咬着牙，再次沉声问出口："你们真在一起了？"

沈司岸有些好笑地扬起眉毛："怎么了？"

宋俊珩靠着墙，大口喘气，渐渐笑出了声："你凭什么，不过是仗着她还在恨我。"

"她为什么恨你，你心里不清楚吗？"沈司岸胸口剧烈起伏着，眼神冰冷，"如果我早一年去了童州，还有你宋俊珩什么事啊？"

"谁让你晚了一步，"宋俊珩将眼镜重新戴上，脸上浮起讥讽的笑，"不论怎样，和清因结婚的人是我。"

夜色下，两个男人不再动手，改成了舌战。

沈司岸站在他旁边，有些得意："这你能怪谁，谁让你不好好对她？你要好好对她，就以她这转不过来的脑筋，她愿意看我？"

宋俊珩闭上眼睛，声音渐渐变得哽咽，自嘲道："是啊，谁让我不好好对她。"

沈司岸又勾起唇，说："就算你拍下了那颗钻石，这钱也只是打了水漂而已。我帮你省了几亿，你应该感谢我，知道吗？"

"不要脸。"宋俊珩没搭理他，冷着声儿骂了他一句。

沈司岸忍着痛擦去了唇边的血，捂着自己肿了的俊脸，笑得相当欠揍："那你要脸，既然人已经是我的了，你就死了这条心吧。"

"人是你的了？我跟她结了婚都能离，男女朋友算什么。"宋俊珩不屑。

沈司岸抿唇，语气蓦地变得不爽："你以为跟她做了一年的夫妻就能压我一头了？我告诉你，你做梦，我会让她幸福到再也记不起你这个前夫。"

宋俊珩眯起眼睛，嗤笑："你算个屁。"

面对情敌的挑衅，沈司岸丝毫不慌，慢悠悠地说："她连吻都不会接，一看就是你不行。"

宋俊珩突然侧头看他，神色有些古怪。

沈司岸挑眉："生气啊？生气也没用，我跟她接过吻了。"

宋俊珩听了他的话，猜到他不知道自己跟清因只当了一年的表面夫妻而已。

清因没告诉他，宋俊珩当然更不可能告诉他。

他没那么善良，能给沈司岸添一点堵是一点。

两个男人渐渐冷静下来。

"我以为放她走了以后，可以再把她重新追回来。我给她自由，再去追回她，哪怕时间久一点也没关系，毕竟我从前做了很多伤害她的事，她晚一点原谅我也是应该的。"宋俊珩突然说，"清因说得对，我是在她决定离开我的那一刻，才意识到自己有多爱她。"

沈司岸并不想听舒清因的前夫忏悔这些。

他会心疼舒清因，会为她生气，却也会庆幸，他有了这个机会去治愈她所经历的那些。

"你是怎么知道她父亲的习惯的？"

"她跟我说的。"

宋俊珩垂下眼睛，苦笑道："她没有告诉过我。"

这不算什么秘密，但舒清因从未跟他提过。

沈司岸语气平静："她为什么要告诉你？你是有这个能力去代替她爸爸送礼物，但是这又有什么意义？"

"那你为什么要出席拍卖会？"

"我只想让她开心。"

只是想借此弥补她父亲的离开，想让她知道，哪怕她父亲去了，他也可以代替她的父亲为她准备最有心意的生日礼物。而不是用这个机会，为自己谋得什么优势。

他和宋俊珩为了同一件竞拍品来到这里，目的却大相径庭。

沈司岸并没直接说出来，但宋俊珩懂了。

他为她做的，是想获得她的原谅；沈司岸为她做的，只是单纯地想让她开心。

"论打架，其实你比我厉害。"宋俊珩侧头看他，语气平静，"恭喜你，我一败涂地。"

"收回你这句话。"沈司岸说，"之前竞争地皮，是因为柏林地产也需要那块地皮。追舒清因，也是因为我喜欢她，和你无关。"

换个人跟他竞争地皮，他照样是这个态度，舒清因与对方是什么关系更与他无关，他要的只是舒清因这个人而已。

宋俊珩笑了笑。

良久后，他说了句："对她好点儿。"

沈司岸不客气地回了句："用你说？"

昏暗的街角，微弱的月光照着他们狼狈的身影。

天空万点星光，不若那两抹亮着的香烟头。

宋俊珩说："她不喜欢闻烟味，你把烟戒了吧。"

沈司岸有些好笑："前夫先生，你是不是还想跟我打一架？"

宋俊珩摇头："再打一架有什么用，她也不会回到我身边。"

他将烟摁灭，拿出手机打了个电话。不多时，有辆车停在了巷口等他。

宋俊珩坐最快的航班飞回了童州市，一秒也没有多停留。

车子驶过繁华的港城街道，沿途看到了不少巨幅商标或海报，其中有张写着多少日之后在港城文化中心将会举办世界级大提琴演奏家的独奏会。

曾经那样喜欢的乐器，宋俊珩居然生不出半分兴趣了。

他戒掉了听音乐会的习惯，原本是为了向她证明他十足的诚意，他真的爱她，从前的事已经过去了。

但已经没用了。

宋俊珩戒掉了从前，也换不回和她的现在和未来。

他失去了从前，也彻底失去了她。

宋俊珩摇下车窗，任由微凉的晚风带走他眼角的湿意。

远在童州的舒清因并不知道港城发生了什么。

她只知道，在拍卖会结束的当日，拍卖会的相关话题就以很高的关注度成了热门新闻。

国内大部分人对这场拍卖会并不熟悉，但从新闻上看到了，有人花了五亿港币拍下了那颗粉钻。

舒清因知道这个消息后，第一反应是哪个冤大头花这么多钱买了颗钻石。

新闻上并没有说是谁拍下的，竞拍人选择匿名，但如果有心打听，这样高调的事，舒清因肯定也能打听得到，可她没兴趣。

工作上忙得焦头烂额，明明是合作项目，现在项目正在进行中，沈司岸却回港城了，而且晋叔叔回 M 国的日程也已经提了上来。

舒清因有心想多留他一些日子，甚至想了自己快过生日的借口出来，但晋绍宁说，他在 M 国那边也可以为她送上生日祝福，礼物可以空运，保证在她生日当天收到。

但她在意的根本不是什么生日祝福和礼物。

舒清因只好去找了徐琳女士。

徐琳女士最近在三局和恒浚两边跑，实在忙得抽不开身，舒清因去她家找她的时候，明明不是上班时间，她还在书房里处理工作。

她一个人住一百五十多平方米的复式公寓，这么大的房子，有很多东西，徐琳女士可能连用都用不上，甚至连碰都没碰过。

"你过来有什么事？"

舒清因原本想跟她说晋叔叔的事儿，却在看到徐琳女士书桌前摆放着的照片时，突然卡了壳。

那张照片是他们的全家福，舒清因记得是在她出国上大学之前，全家最后一次合照。

舒博阳和徐琳女士坐在椅子上，舒清因站在他们身后，一手揽着一人的肩膀，三个人都笑得相当开心。

徐琳女士当时原本只肯微微露出一点点笑意，还是舒博阳打趣，说你妈妈嫌弃我们父女俩啦，连照相都不愿意笑了。

徐琳女士当时还有些不服气，说不就是清因出国念个书，有必要这么隆重地照张相吗。

舒博阳笑了："你就当成最后一张照片，开心点。"

一语成谶，竟然真的是最后一张照片。

舒清因说不出话来，徐琳女士也没再追问，拿起桌上的保温杯喝了口茶。

已经是最后一口了，徐琳女士站起身，顺便问她："喝茶吗？给你泡一杯？"

舒清因说："我来泡吧。"

徐琳女士斜睨着她："你知道茶叶放在哪儿吗？"

舒清因还真不知道，她很少来这里，也不知道徐琳女士习惯把茶叶放在哪里。

徐琳女士离开了书房，她也不好继续待着，索性跟着她走了出去。

她看到徐琳女士蹲下身，在橱柜里找茶叶，好像没找着，徐琳女士自言自语地说："奇怪，放哪儿了？"

舒清因走过去，蹲在她旁边，几乎是一眼就看到了茶叶罐。

她眼睛忽然就湿了。

什么时候发现妈妈老了的？

是无意中才发现，记忆里那个雷厉风行、坚韧独立的女人连近在眼前的茶叶罐都看不见了。

徐琳女士经舒清因提醒，终于找到了茶叶罐。

她有些尴尬，自嘲道："我眼睛花了。"

徐琳女士扶着膝盖站了起来，正想问舒清因喝不喝这种茶，却被女儿紧紧地给抱住了。

她一时反应不过来："怎么了？"

舒清因咬着唇，眼泪夺眶而出，语气颤抖："妈，对不起，对不起。"

她害怕一个人住大房子，她妈却守着这么大的房子，一个人独自过了这些年。

那个挺直腰背，用力替她撑起这个失去了父亲的家，替她护好舒氏，直到她能真正掌管舒氏的女人已经老了。

舒清因不知道要说多少个对不起才能弥补她从前的不懂事——叛逆、争吵、忤逆和埋怨。

徐琳女士拍了拍她的背，柔声说："我也欠你一句对不起。"

血浓于水的至亲间总有这样的默契，不需要多说什么，就能迅速理解对方的心思。

就像小时候她和妈妈吵架，母女俩本来冷战着，但没过多久到了饭点，徐琳女士就会过来敲她的房门，用比较凶的口气叫她出来吃饭。

而她也抵不住肚子抗议，最终决定暂时忘记和妈妈吵架了这回事，隔着房门说句"知道了"。

明明只需要这样简单的沟通，就能和好如初，她们却花了好几年。

徐琳女士替她擦掉了眼泪，轻声问她："你今天过来，是为了你晋叔叔的事？"

舒清因点点头。

"清因，我忘不掉你爸爸，"徐琳女士勉强露出笑容，"这样对你晋叔叔而言，是不公平的。我原本就欠他太多太多，又怎么能再对他做出这样残忍的事情来。"

心里还有人的时候，为了摆脱掉这种巨大的悲怆和孤独，转而去接受另一个人，对另一个人而言，那该是多么自私和残忍的决定。

舒清因欲言又止："但是爸爸他……"

"我知道，我每天都在告诉自己，他已经死了。"徐琳女士闭上眼，语气渐渐变得哽咽，"只是现在我还没办法彻底接受这个事实，或许还要很多年，或许要一辈子，等我能接受这个事实了，再去考虑其他的吧。"

"那万一晋叔叔他……有了家庭呢？"

"那正是我希望的，"徐琳女士笑着说，"我并不希望他陪着我这样耗费时间。"

不给希望，也不会回应，就已经是对他最好的成全。

舒清因心疼晋叔叔，她希望至少晋叔叔走的那天，徐琳女士可以送送他。

"那晋叔叔走的那天，你会去送他吗？"

"你替我去送吧，顺便替我写张支票，"徐琳女士叹气，"我知道他很可能不会要，但你试着给他，除了这个，我真的不知道还有什么是可以给他的。"

舒清因点头："好。"

徐琳女士抚上她的脸，语气温柔："谢谢。"

舒清因今晚选择留在徐琳女士家过夜，只是她们母女俩已经很久没有睡在一张床上，此时再勉强挤一张床，未免有些尴尬。

她没睡客房，在徐琳女士的卧室里打了地铺，陪着她说话。

母女俩有一搭没一搭地聊着。

聊到深夜，舒清因突然想到什么："妈，你知道爸爸的邮箱密码吗？"

徐琳女士的回答让她有些惊讶："不知道。"

但她又补充道："你爸爸有把密码记在纸上的习惯，如果你想登他的邮箱，抽个空回老宅找找看吧。"

"你没想过看看爸爸的邮箱吗？"

"你不是也有给他邮箱发邮件的习惯吗？如果我知道密码，你就不肯给爸爸发邮件了吧？会怕被我看到，以后你再有什么想倾诉的事情也找不到地方说了，"徐琳女士笑了笑，"所以还是不知道为好。"

舒清因吸了吸鼻子，"嗯"了声。

"清因，"徐琳女士突然说，"我很想你爸爸。"

"我知道。"

"我很爱他，"徐琳女士闭上眼睛，语气里带着些许颤音，"你不要学我，在他活着的时候没对他说过'我爱你'，等他死了才天天对着他的照片说，但没用了，他听不到了。"

她将被子往上拉，盖住整个头，勉强说："好。"

终究是年纪大了，在半夜的时候，徐琳女士撑不住睡了过去。

舒清因掀开被子，起身走出了卧室。

她站在阳台上，捧着手机想了很久，最终还是给沈司岸打了个电话过去。

电话响了很久才被接起。

男人困倦的声音响起："小姑姑？"

把他吵醒了，舒清因有些愧疚，小心翼翼地说："对不起，把你吵醒了。"

"没事，"沈司岸的声音清醒了些，"怎么了？"

舒清因也不好说自己怎么了，就是突然想给他打电话，没有怎么，也没有为什么。

她只好问："你什么时候回童州？"

那边沉默几秒，才传来男人带着调笑意味的清亮嗓音："想我了吗？"

舒清因下意识地握紧手机，很轻很轻地"嗯"了一声。

沈司岸顿了顿，又说："你再好好地说一遍想我。"

舒清因乖乖照做："我想你了。"

"要命了，"沈司岸苦笑，"你说我现在打电话让人帮我订机票，会不会被投诉？"

"你要是在那边的工作忙，也没必要这么快回来，"舒清因连忙说，"不用管我。"

沈司岸确实忙，他的工作重心在港城，现在虽全身心地投入内地的建筑项目中，但有些事务还是得他亲自回来处理。

男人笑得温柔："我的女朋友大半夜给我打电话说想我，我能不管？"

舒清因没说话，心里有些高兴。

"说吧，怎么了？"他又问，"你的声音听起来不太对劲。"

他听出来了？

舒清因索性把她妈跟晋叔叔之间的事儿说给他听。

说着说着，也不知道是心疼她妈，还是晋叔叔，好不容易压住的哭腔又明显了起来，说话声音也变得断断续续的。

他柔声安慰她："乖，别哭。"

"就哭这一小会儿。"她抽泣着说。

"不许哭。"

舒清因有些委屈，连哭都不许哭了。

"为什么啊？"

"我抱不到你，"他叹气，"我心疼。"

只是对着手机安慰她又怎么够，再温柔的话，也不如他的一个拥抱。

舒清因擦掉眼泪，决定再任性一把。

"你回来，"她执拗地说，"快点回来！"

男人笑出了声："Yes，madam。"

第
33
章

願望

晋绍宁走的那天，徐琳女士没去送。

"知道你过几天生日，所以提前跟你说声生日快乐。"

舒清因有些不开心："现在说有什么意义，就不能在我生日那天跟我说吗？"

晋绍宁淡淡地说："你生日那天，我会给你打电话。"

"你知道我不是这个意思，"舒清因抿唇，"我是想你当面跟我说。"

男人硬朗的五官突然变柔和了几分："那就视频。"

"也不差这几天，为什么偏要选在今天走？"舒清因小声抱怨。

"家人催我回去，更何况我已经在国内耽误了不少时间。"晋绍宁顿了顿，又补充，"和你说了那么多，再见你妈妈，有些尴尬。"

如果他不这时候走，等她生日那天，他又会见到徐琳。

舒清因以为晋绍宁是在试探她有没有泄露秘密，连忙说："我没告诉她，真的。"

"谢谢，"晋绍宁微微一笑，"别告诉她，这对她也是一种负担。"

"晋叔叔，"舒清因不知该说什么，垂下头缓了缓情绪，再开口时语气仍忍不住哽咽起来，"你很好，真的。"

"能得到你的肯定，这几年我也没有白忙活。"晋绍宁轻笑。

舒清因无法左右他和徐琳女士的事情，只能衷心祝福他："晋叔叔，希望下次再见到你时，你不是一个人了。"

"一个人久了就习惯了，"晋绍宁说，"如果我能活一百岁，到如今一半的日子已经过去了，剩下那一半其实也无所谓是不是一个人了。"

他说这话时没带什么情绪，倒是把舒清因给说哭了。

一只大手抚上了她的头，带着令人安心的力道。

他这次回 M 国，下次再见不知道是什么时候了，舒清因冲他张开双臂："晋叔叔，抱一个吧？"

男人没拒绝，给了她一个极为轻柔且礼貌的拥抱。手臂轻轻环上她，却又没有碰到她，只是用手拍了拍她的背，是长辈对后辈无声的鼓励和抚慰。

男人高大宽厚的背影消失在登机口处。

舒清因在原地伫立了很久，直到机场广播响起，晋绍宁的那架航班已经准备起飞，她才意识到人是真的走了。

机翼划过蔚蓝色的天空，一如晋绍宁刚回国那天，蓝天明净，万里晴空。

只是这次方向相反，他最终回到了原点。

舒清因二十六岁的生日宴，比二十五岁生日那年举办得要隆重很多。

既算是生日宴会，也算是任职仪式。

只是恒浚集团上下已经习惯了叫她小舒总，称呼叫久了，一时半会儿很难改回来。

因为知道舒清因生日当天比较忙，徐茜叶在她生日前一天特意到她办公室给她送礼物。

徐茜叶今年给她准备的生日礼物仍然很高调。

舒清因把玩着那串钻石项链，觉得有些可惜："好看是好看，只可惜平常戴不出去。"

"你要不怕被抢或是被人说是土大款，你就只管戴好了。"徐茜叶扬眉，"戴自己的项链，让别人说去吧。"

"那还是算了，我宁愿你送我条能天天戴着的。"舒清因又将项链放回了天鹅绒礼盒中。

"你说你这个人就是矫情，"徐茜叶哼笑，"有礼物还嫌弃。我看姑父送你的那个手镯你倒是爱得不行，你就是偏心，我送你的你就是看不上。"

舒清因讨好地笑了笑："哪儿会，我爱得不行。"

"得了，别哄我了，我看你就是得了便宜又卖乖。哎，对了，"徐茜叶撑着桌子，好奇地探身过来，"大侄子给你准备生日礼物了吗？会不会比姑父的礼物还要豪气啊？"

舒清因一听她提起这人，嘴立马瘪了起来，面无表情："人都还在港城，我哪儿知道。"

"还没回来？"徐茜叶有些惊讶，"那他确实是挺忙的了，不过你也别抱怨他，你们半斤八两。"

"你说，他是不是……"舒清因的语气突然变得困惑了起来，"得到了就不珍惜了？"

徐茜叶这会儿正喝着咖啡，听她这话差点儿喷出来。

"他得到你了吗？"她眨眨眼睛。

这女人怎么满脑子都是这些，舒清因叹气："我说的'得到'不是指这个。"

徐茜叶满不在乎地挥了挥手："那就是没得到。"

舒清因不想跟她争论这方面的问题，每次她要跟她辩论，就会被徐茜叶以一句"没吃过猪肉的人有什么资格评价猪肉品质"的理由给撑回来。

"大侄子到现在也不知道你跟宋俊珩其实什么都没发生过，"徐茜叶敲了敲桌子，"你到底打算什么时候告诉他？"

舒清因不解："这有告诉他的必要吗？"

"好像确实没有。"徐茜叶想了想，又说，"但是你跟他说了，他应该会高兴吧。"

不过徐茜叶知道她说不出口。

"哎，算了，都是成年人，还讲究这个干什么。"徐茜叶不再谈这个话题，"随便吧，你想告诉他就告诉他，不想说也没什么影响。"

这个话题本来就是她挑起来的，现在她反倒不耐烦起来了。

舒清因问她："今天晚上陪我提前过个生日？明天我得忙上一天。"

"行啊，"徐茜叶答应得很爽快，"都听寿星公的。"

舒清因开心地绕到她身边，捧着徐茜叶的脸亲了一口。

徐茜叶立马"哎呀呀"地捂脸："别把口红蹭我脸上了，要亲去亲你男朋友去。"

舒清因的神色又变得落寞了："他人都不在这里。"

活像个被抛弃的小情人，徐茜叶被她这委屈的小模样弄得头皮发麻，心想沈司岸要看到她这样子估计得疯。

因为明天是她生日，所以今天舒清因有特权可以提前下班。

搬到了总裁办的张助理成了总秘，舒清因下了班，把他顺便也给捎上了。

趁着张总秘去开车，徐茜叶问出了心中的疑惑："你对你秘书过于好了吧，你不怕大侄子吃醋啊？"

"很好吗？"舒清因茫然。

"别的老总请客逛街吃饭会带上秘书吗？不知道的还以为你想包养他呢，"徐茜叶神色复杂，"虽然你秘书长得是挺帅的。"

舒清因对此很无奈："我叫上他是因为得有个人帮我们提东西啊。"

居然是这么单纯的想法吗？还是她猥琐了？

徐茜叶今天是头一回跟着舒总和她的总秘一起逛街，跟着逛了几圈后，她发现舒清因还真就是单纯地叫上她秘书出来帮忙提东西而已，而且张总秘好像也没觉得被当成了工具人有什么不对。

她看着舒清因买好了东西，张总秘相当熟悉地上前替舒清因拿起了购物袋，简直就是男女朋友的相处模式。

徐茜叶又把舒清因拉到一边："哎，你以前逛街都会叫上你秘书吗？"

"如果我购物欲很强烈的话就会叫上他，"舒清因眨眨眼睛，理由很充分，"我一个人拿不了那么多东西。"

徐茜叶语气有些不太对劲："所以之前一直是你秘书陪你逛街？"

"有什么不对吗？"

"是没什么不对，"徐茜叶说，"只是你现在有男朋友了啊。"

舒清因微笑："可是他人呢？"

徐茜叶说不出话来了。

好吧，谁让正牌男友远在天边呢。

徐茜叶拿出手机，偷偷给大侄子发了条微信。

> 徐茜叶：在哪儿？
>
> 沈司岸：候机室。
>
> 徐茜叶：你今天回来？
>
> 沈司岸：嗯。
>
> 徐茜叶：那你怎么不跟因因说啊？
>
> 沈司岸：惊喜啊！

徐茜叶算是服了。

> 徐茜叶：你的活儿都让秘书干了，你别回了吧。
>
> 沈司岸：嗯？

　　买完东西后，三个人又去吃了晚饭，最后舒清因让徐茜叶今天陪她过夜。

　　"别忘了，零点的第一个祝福啊。"舒清因嘱咐她。

　　徐茜叶失笑："作为寿星公，拜托你矜持点好吗？"

　　舒清因不听，还特意去给自己买了个蛋糕。

　　只是个四寸的小蛋糕，晚上不能吃太多容易发胖，徐茜叶知道她喜欢吃甜的东西，只是明天生日宴会上明明会有个更大的多层蛋糕，想吃多少吃多少，不知道她为什么非得自己买一个。

　　其实舒清因只是想先过一个安静的生日，不知道从什么时候开始，她的生日宴会举办得越来越隆重，甚至她作为寿星公，有好些客人她都不认识，而她还得以寿星公的身份去和那些客人应酬。

　　她还是喜欢以前只是单纯地和家人朋友一起过的生日。一张桌子，一桌子菜，一个蛋糕，一碗长寿面，再一起唱生日歌。

　　就在她自己的家里，为了热闹点，她特意留下了张总秘，这样徐茜叶在给她唱生日歌的时候不会显得太孤单。

　　"好了，许愿吧。"徐茜叶提醒她。

　　像童话故事里说的那样，小小的生日蜡烛就能将整个客厅点亮，温暖的烛光照在她脸上，舒清因闭上眼睛，双手合十，按照惯例许了三个愿望。

　　第一个，希望家人和朋友都能健健康康的。

　　第二个，希望恒浚集团的发展越来越好。

　　第三个，希望……

　　她悄悄将眼睛睁开一条缝，徐茜叶和张总秘正小声商量着待会儿先吃蛋糕上的哪种水果，徐茜叶说她要减肥，所以水果给她，张总秘吃奶油就行了。

　　张总秘有些不愿意，说自己最近刚办了健身卡，这会儿吃了奶油，教练又要说他了。

她脸上带笑，又闭上了眼睛。

想起了那个远在港城的男朋友。

沈司岸，我的愿望能不能实现就看你的了。

第三个愿望，希望我的男朋友能出现在我面前。

愿望许完了，可以吃蛋糕了。

三个人先把水果搞定，又切了块小的蛋糕开吃，鲜奶油虽然不算腻，但只吃了这么一小块，就没食欲了。

蛋糕还剩一半，徐茜叶说："放着吧，明早吃也行。"

吃完蛋糕，张总秘的任务完成，准备回家休息去了。

舒清因感激他今天陪自己提前过了个生日，提出要亲自送他下楼。

徐茜叶懒得动，瘫在沙发上玩手机。

下楼的时候，舒清因和张总秘又口头对了下明天的宴会流程，最后她又突然想到了什么，冲张总秘笑了笑，说："以后应该不会再麻烦你陪我逛街了，你也抓紧时间找个女朋友吧。"

张总秘以为舒总对他有什么不满，立马问："舒总，是我哪里做得不好吗？"

"不是，"舒清因摆手，"只是以后像逛街这种事儿我就不麻烦你了。"

张总秘从做助理的时候就一直是第一助理，现在做了总秘也是第一总秘，工作和生活方面，恒浚集团再找不出第二个比他更了解舒总的，这会儿舒总说不用他了，他心想，这是要培养第二秘书了。

"舒总，您别这样，"张总秘想了很久，决定为自己争取一下，"我一个人也能干两个人的活。"

舒清因没懂他的意思，只喃喃地说："我不需要两个人啊。"

这是要把他开了？

张总秘不甘心地问："那个人是谁？"

是谁趁他不注意的时候抢走了他在舒总心目中第一秘书的位置，又是谁要堵上他张赫加官晋爵的光明前途。

舒清因："沈总啊。"

张总秘不可置信地睁大了眼睛！

"我已经跟他……"话说到一半，电梯到了一楼。

"叮"的一声，电梯门开了。

风尘仆仆的男人出现在两个人面前。

他明显是赶过来的，衬衫微乱，胳膊上挂着西装外套，清俊英挺的五官皱着，薄唇抿成一条线，玻璃般澄澈透明的琥珀色瞳孔里清晰地映出电梯里的两个人。

舒清因愣住了，原来生日愿望都是从最后一个开始实现的。

她想扑过去给这个突然出现的男朋友一个大大的拥抱，但碍于有外人在场，只好暂时忍住了。

结果沈司岸只是淡淡地瞥了她一眼，随即将话头对准了张总秘。

"张助理，"男人皮笑肉不笑地说，"这下了班还在替上司做事，这种工作态度，得叫你们舒总给你升职加薪啊。"

张总秘不卑不亢："沈总，请注意您的称呼。我现在已经是总裁秘书了。"

沈司岸看向舒清因："你还给他升职了？"

舒清因不明所以："是啊，有问题吗？"

沈司岸扯了扯唇角，改口："我想和张秘书谈谈。"

舒清因有点生气，他风尘仆仆地在她生日前一天赶回来，第一件事居然是和她的秘书谈谈？

她不满地看着他，语气也不太好："你跟我的秘书有什么好谈的？"

张总秘却点了点头："正好，我也想跟沈总谈谈。"

连她秘书都不帮她！

"那你们谈，我先上楼了，"舒清因直接将张总秘推出了电梯，气冲冲地摁下关门键，"再见！"

她生个屁的气。

沈司岸眯着眼睛，语气带怒："张秘书，我不是跟你说过，以后少管你们舒总的私事吗？"

"沈总，"张总秘仰起头，丝毫不怵，"您连一个无产阶级的饭碗都要抢，难道您的良心不会痛吗？"

沈司岸拧着眉："到底是谁抢谁饭碗？"

"您抢我的。"张总秘指了指沈总，又指了指自己，逻辑思维清晰明了。

沈司岸气笑了："你陪我女朋友逛街吃饭，还帮我女朋友过生日，你说我抢你饭碗？你这倒打一耙的本事挺厉害啊。"

张总秘："我错了！"

独自回到家的舒清因心想自己是不是过于暴躁了。

万一沈司岸生气了，又走了怎么办？

她越想越担心，生怕沈司岸真走了，刚走出电梯门就又急着坐电梯下去找他。

两部电梯只有一部显示正在上楼。

电子屏上显示的数字正慢慢往上跳，她有些急，二十多层，就算走楼梯下去也未必会比电梯慢。

好不容易到了她这一层，电梯响了一声，舒清因正要往里走，她担心会走的那个男人自己坐电梯上来了。

只有他一个人。

舒清因下意识地问："我秘书呢？"

"我让他回去了，怎么了？"沈司岸挑了挑眉毛，脸色微沉，"还想让你秘书顺便陪你过夜是不是？"

舒清因觉得他有点莫名其妙。

沈司岸走出电梯，垂下眼睛盯着她，突然抬起手敲了下她的头："你这没良心的女人，我拼命赶着回来陪你过生日，你倒好，直接让秘书干了我的活儿，当我死了是不是？"

舒清因这回听懂了，他这是吃醋了。

但她也觉得有些委屈："那你去港城去了那么久，我又习惯了平时逛街的时候叫上他，也不怪我……"

沈司岸冷笑："你还敢叫习惯了？"

舒清因不说话了，越说越错，索性装哑巴。

"以后这种事叫我，"他掐她的脸，语气极为不满，"不然还要我这个男朋友干什么？"

舒清因用力点头，然后牵起他的手："你知道吗？我刚才许了个生日愿望，是希望你能出现在我面前，结果你真的出现了，你说我们是不是心有灵犀？"

沈司岸眼里有笑意，突然"哦"了声："既然我们心有灵犀，那你能不能猜到我现在在想什么？"

舒清因摇了摇头。

男人挑眉："笨啊，这都猜不到。"

他轻轻笑了下，手臂箍住她的腰，直接吻了上去。

男人的渴望来得很快，几乎是一触到她柔软的唇就开始激情澎湃。

这还是公众场所，舒清因有些害怕对门的邻居突然开门看到这一幕，不停地躲他的吻。

"开门，快点。"他好不容易克制住自己与她拉开些许距离，哑着声音命令道。

舒清因下意识地拒绝："不行。"

沈司岸生气了，又低下头去吻她："那就在这儿吧。"

她用手推着他，双唇被他侵占着，说不出话来。

"真要在这里？"他眼神灼热，呼吸间气息扑在她脸上，"不怕监控？"

舒清因被他抵在门上，她越是挣扎他就越是用力地将身体贴近她。

这一推一压之间，弄得大门哐哐响。

舒清因得空，终于喊了出来："家里有人！"

沈司岸愣住了。

这时门里传来了猥琐的声音："没人没人！你们继续！"

徐茜叶走的时候，相当的恋恋不舍，一步三回头。

她本来在沙发上玩手机，突然听到门口传来声音，徐茜叶想估计是舒清因回来了。

但响了半天，也没见人开门，徐茜叶又有点担心会不会是闯空门的，于是蹑手蹑脚地凑到门口去听。

好事是，不是闯空门的。

坏事是，她应该在门外，不应该在门里。

她将耳朵贴在门上，隐约听到了门外的对话声。

是接吻的声音，男人吻得相当霸道，几乎是将女人狠狠抵在门上亲的。

饶是绿叶丛中过片叶不沾身的徐茜叶也有些听不下去了。

难以想象她那个清冷高傲的表妹被男人这样吻着该是什么样子，也难以想象素来散漫轻佻的沈司岸居然会这么霸道又急切。

突然，舒清因喊了声"家里有人"。徐茜叶心里一慌，以为她偷听被发现了，脑子一抽，此地无银三百两了。

电灯泡暴露行踪，只好走人。

舒清因满脸通红，说话都带着颤音："快走！"

沈司岸没说话，但那张臭脸已经充分表明了他的态度。

徐茜叶觉得很难过，这两个人能有今天她也是出过力的，现在两个人在一起了，就把她一脚踢开了。

"有你们这样对待恩人的吗？"徐茜叶忍不住控诉道。

舒清因咬着牙："我为什么这样对你，你心里没数吗？"

徐茜叶看她那要炸的样子，知道如果自己再待下去，她可能要当场咬舌自尽。

但她最后还有一句话嘱咐，不方便跟沈司岸说，于是只好悄悄凑到舒清因耳边跟她说："你家有没有备着东西？没有赶紧下去买，以防万一。"

舒清因呆住了。

她走了之后，舒清因因为刚刚徐茜叶的虎狼之词不太敢看沈司岸，只听到男人不轻不重地叹了口气。

舒清因低下头，拉住他的衣袖，小声说："进来吃蛋糕吧。"

沈司岸跟着她进了屋，餐桌上的蛋糕还没来得及收起来，正好来了个人，这蛋糕不用留到明天了。

"吃点蛋糕吧。"她说。

沈司岸对甜的没兴趣，更何况这种甜度超标的奶油蛋糕，但毕竟是舒清因的生日蛋糕，他也就任由她拉着自己在桌子边坐下，然后拿了块蛋糕。

舒清因坐在他对面，看着他吃。

沈司岸挑眉："你怎么不吃？"

"我刚刚吃过了。"舒清因又说，"要不你把剩下的蛋糕都给解决了吧？"

"不要，当我是食物处理器呢？"沈司岸吃了口蛋糕，果然很甜，舌尖都被甜麻了。

吃了一口就不想再吃了。

舒清因也知道他不喜欢吃甜的东西，不好勉强他继续吃，但又觉得这个蛋糕放到明天只能丢掉，未免觉得有些可惜。

好歹也是生日蛋糕，不能浪费，咬咬牙给自己又盛了一块儿。

吃了几口后，舒清因鼓着嘴，有些艰难地说："太腻了。"

"谁让你买奶油蛋糕。"沈司岸无语。

"你不帮我吃也就算了，还落井下石。"

算了，不指望这个人了，她自己解决。

舒清因吃了一大口奶油下去，又嫌腻，只好慢慢吞咽，搞得满嘴都是白色奶油。

沈司岸突然问她："故意的吧？"

她不知道他问的什么，表情有些呆，正好嘴里的奶油这时咽下去了，便伸出舌头去舔残余在唇边的奶油。

粉色舌尖与白色奶油对比鲜明，极其温柔却又暧昧地撞色。

沈司岸喉结微动，低声说："别舔。"

舒清因以为他是要她用纸巾擦，点头得令，又去抽桌上的纸巾。结果男人也没等她自己擦掉，站起来，倾身抬起她的下巴，覆上她的唇。然后伸出舌尖，舔掉了她唇边的奶油。

舒清因有些发愣，脸上开始升温。

男人用指尖摩挲着她的唇，笑道："现在家里没人了吧？我能吻你了吗？"

"不吃蛋糕了吗？"

"我不喜欢吃蛋糕。"

男人有些嫌弃这张隔在两人中间的桌子，干脆抱起她坐在自己腿上，他抬头咬了咬她的下巴，声音里带着蛊惑："低头。"

舒清因坐在他腿上硌得慌，不太舒服。

沈司岸没了耐性，直接扣住她的后脑勺，稍稍抬起下巴精准地吻了上去。

她大脑一片空白，唇间是酥麻又亲密的相触，耳边是男人温柔的呼吸，炙热滚烫，一点点融化她残存的理智。

"因因，"他叫着她的小名，低声请求她，"给我点回应。"

舒清因隐约明白他说的回应是什么，伸出舌尖小心而羞报地舔了舔他的唇。

沈司岸被她撩拨得声音更沉闷了几分，清淡的双眸染上浓郁又热烈的颜色，眼底满是欲望，隐忍地沉沉吐了口气。

舒清因不知道这够不够，又抱着他的脖子在他耳垂上亲了一口。

她在他耳边问："这样回应可以吗？"

刚接过吻的女人嗓音娇媚，沈司岸全身酥麻，有些受不了她的主动。

"还问我，"他将头埋在她的肩颈处，微喘着说，"可不可以你不知道吗？"

他的呼吸像羽毛似的，打在她肌肤上有些痒。舒清因不安地动了动脖子，低头看，发现男人刚才被她亲过的那只耳朵尖红得滴血。

她心里突然有些小得意。

原来他也是会害羞的。

舒清因玩心大起，咬他脆弱却又敏感的耳朵，贱兮兮地说："不知道，你告诉我嘛。"

沈司岸忍着笑，声音从齿缝中挤出来："坏蛋啊你。"

虽然是在骂她，但语气中不带半分责备，反而夹杂着无可奈何的宠溺和享受。

"你不坏？"她不服气，哼着说，"我的生日礼物呢？"

"嗯，就是我啊。"沈司岸佯装不懂，勾着唇不明意味地笑着说，"你想要吗？我随时给。"

男人说起浑话来，是真性感，也是真让人忍不住。

他抱着她坐在沙发上，她坐在他腿上，两个人断断续续地接着吻。他抓着她的手，一会儿和她十指相扣，一会儿又轻轻掐她的手心肉，把玩她纤细的手腕，手指温柔而贪婪地摩挲过她的手骨，爱不释手，怎么也不够。

"快到十二点了吧，"沈司岸抬起手看了眼表，"还有三十秒。"

三十秒嘀嗒嘀嗒过去，他吻了吻她的眼睛："因因，生日快乐。"

今天才是她真正的生日。

舒清因的手机已经开始振动，但他是第一个送上生日祝福的。

她特别现实："有礼物吗？"

沈司岸不动声色地掐掐她的脸："你想要什么？"

"都行，实用点儿最好。"她还真的认真思索了起来，"我姐送了一串项链，虽然很好看，但是真的太浮夸了，平常根本戴不出去，我又没有收集珠宝的爱好，放在手里也是暴殄天物。"

沈司岸蹙了蹙眉，神色复杂。

说到这个舒清因又想起来了："哦，对了，之前港城的那场拍卖会你也去了吧？那你知道是谁花了五亿买了一颗粉钻吗？"

"嗯，"男人轻轻应了声，状似不经意地问她，"你喜欢那个？"

舒清因完全没察觉到，只说："再喜欢也不能花五亿买颗钻石啊，买那颗钻石的真是冤大头。"

她真是这么想的。一是她确实不爱好这个，也不爱研究钻石，所谓钻石的价值都是营销出来的，其实并不如真金翡翠值钱；二是五亿能买多少珠宝啊，何苦为了这么颗粉钻放弃一整片珠宝森林。

"咳……"

舒清因好奇地问他："是谁啊？既然买了，应该会用来展览或是珍藏吧？"

沈司岸语气平静："不是，用来送人的。"

舒清因想起了她的爸爸，下意识地问："送女儿吗？"

"送女朋友。"

"你怎么知道得这么清楚？"

沈司岸危险地笑了笑："因为我就是那个冤大头。"

舒清因震惊了，约莫半分钟没缓过神来，最后讷讷地说："那颗粉钻是你买的啊？"

"是啊。"沈司岸点头。

舒清因开始后悔，想从他身上站起来。

结果他钳住她的腰，不允许她起来，凶巴巴地命令她："坐好，手伸出来。"

舒清因被他吓到，本来就心虚，只好乖乖地伸出了手。

他从口袋里掏出一个盒子，单手打开了盒子。

璀璨的粉钻光芒瞬间盈满了舒清因的双眼，她有些讶异，他居然直接把这颗钻石随身带在身上。

五十多克拉的粉色钻石，无论是克拉数，还是颜色，还是钻石本身，每一项条件都很难让女人不动心。

舒清因在没看到这颗钻石时，觉得买这颗钻石的人是冤大头。但在看到这颗钻石后，她不可避免地俗了。

真香。

她的手指还没有钻石的直径宽，莹白光洁的纤纤手指衬得钻石又耀眼了几分。

舒清因戴了几分钟后取下戒指，小心翼翼地将它重新放回了礼盒中。

沈司岸漫不经心地嘱咐她："明天不是你的生日宴吗？戴上吧。也省得那些媒体整天在那儿瞎猜这钻石到底在谁手上。"

舒清因眨眨眼："那不就成我买的了吗？"

"你说是我送的也行，说是你自己买的也可以，随你。"

她出了个主意："那你用不上的话，转卖给我吧。"

沈司岸又是好气又是好笑："我送你这么大的钻石到底什么意思

你心里没数吗？还转卖？"

舒清因有些犹豫："那这五亿就这么给我了？"

"几百亿的项目你不也要了吗？怎么没见你觉得不好？"他哼哼着说，"不喜欢就丢掉，反正我不要了。"

以他这种性格，说不定还真做得出来，舒清因赶紧说："要要要。"

他突然眯起眼睛，箍着她的腰，语气低沉："别光顾着要钻石，我这儿还有份礼物，你要不要？"

"什么？"

"我，"他目光灼灼，压低语气问，"你要不要？"

舒清因咬住唇，眼波流转："那我如果说不要呢？"

"那也没用。"他咬上她的唇，缓了缓气息说，"换我要你。"

从前接吻，沈司岸手都是安安分分地放着，很少逾矩，这次，他没再绅士。

舒清因软绵绵地倚着，情欲融在眼眸中，妩媚动人，沈司岸被她这样子勾得心潮汹涌，男人与生俱来的占有欲一旦被挑起，就很难再压下。

她实在太勾人。

"因因，"他附在她耳边哄她，"你别挡着好不好？"

舒清因没理他，咬着粉唇兀自维持着这个动作。

沈司岸有些崩溃，她一害羞，他就有点知所措。但很快，他发现了不对劲，她好像不光是害羞，还有点怕。

沈司岸想是不是自己有些太心急了，于是放缓了动作，一点点抚慰她不安的情绪。

没有哪个女人能抵抗得住男人这样如珍似宝似的将她捧在手心疼爱。

舒清因的心被填得满满的，但她似乎还是有些怕。

沈司岸犹豫再三，最终以极不情愿且带着些许酸意的语气问她：

"是不是太久没有接触，所以怕？"

舒清因睁开眼睛，愣愣地看着他。

"这种时候，你就不能忘了宋俊珩吗？"他抱怨道。

然后又似乎是气不过，狠狠地咬住她的唇，像个孩子似的闹起了脾气："你不满意我？还是觉得我不如宋俊珩？"

这种事关男人自尊心的问题，如果她敢说宋俊珩比较好，那他就不保证待会儿还能不能控制住了。

徐茜叶早说过，她和宋俊珩的具体情况最好是和沈司岸交代一下。但舒清因一直觉得没必要。

结果现在麻烦来了，莫名其妙的醋说吃就吃。

她只好怯怯地说："我只是没经验。"

沈司岸蓦地睁圆了眼睛，竟然结巴了起来："……你说什么？"

第
34
章

许你

舒清因一鼓作气地说:"我说,我会紧张完全是因为没有经验,你和宋俊珩到底谁比较好我也不知道,我回答不了。"

男人在听到她这句补充后,巨大的狂喜瞬间将他的理智淹没,五光十色的烟花噼里啪啦地在脑子里炸开,心里甜滋滋的,眉梢眼底的笑意藏都藏不住,浅眸中泛着光,微张着薄唇,有些怔愣,但更多的是失神。

舒清因看他呆住了,不禁有些尴尬:"有这么震惊吗?"

"不是震惊,"他咬住手指节,似乎想克制住从喉间溢出的笑,"就是……有点惊喜。"

他揽过她,在她眼睛、鼻子、嘴角和下巴处依次落下吻,最后又将她紧紧抱在怀中,满足地闭上了眼睛。

她从前的那些终归都已经过去。

结婚也好,男人也罢,从今往后她只属于他了。

沈司岸并不介意她的过去,相反和她在一起后,他希望自己能够帮她从过去那些不好的回忆中走出来,让她彻底放下心结,毫无芥蒂地接受他。

但意乱情迷时,男人被她那妩媚动人的样子勾得理智尽失,动作粗暴了些,只顾着做自己内心深处渴望的事。

他眯着眼睛,忍不住想,她这样子,或许也曾被其他男人看到过。

心中翻江倒海的醋意涌出,对喜欢的女人那种蛮横又霸道的占有欲让他很不高兴。

早知道童州市有她,或许早点知道她在 E 国念书,他就该在那个时候追过去的。

晚了一步的男人不敢生她的气，只能气自己动作太慢。

在喜欢的女人面前，再沉稳淡定的男人也会喜怒无常。男人内心这种隐藏极深的自私和占有欲不受控制地被表达出来，沈司岸在这方面就是个普通男人，他会吃醋或是烦恼，但又怕告诉她了，会让她觉得自己在乎这个东西，让她不开心。

所以他旁敲侧击地问，像个不服输的孩子似的，希望自己比她遇见过的所有男人都要好。

这样才能保证在她的心里，往后都只有他一个人的影子，再也没有别的男人能够插进来。

"因因，"他突然抿唇，眼中略带无措，"刚刚是不是弄疼你了？对不起。"

舒清因有些不好意思回答。

他是用力了点，不过还好，她会发抖真的就是紧张和害羞而已。

"还好。"

他将她压在床角："别怕。"

夜深了，空气中弥漫着湿气。

屋内灯光暗淡，舒清因闭着眼睛，眼睫毛垂下，在眼睑处落下一重阴影。

她的脸还红着，唇瓣微肿，诱人而乖巧。

沈司岸倚在阳台栏杆上抽烟。

抽完这最后一根，就戒掉吧。

男人抽完后回到了室内，在她睡着的这边床上坐下，伸手替她理了理额前的散发。

他看了她许久，最终倾身在她发间落下一吻。

沈司岸掀开被子躺上去，双手一捞，将她牢牢抱在怀里，而后发出一声满足的喟叹。

她被抱得太紧，下意识地蹙眉，伸手推开他，转了个身背对他。

"用完就丢？"男人挑眉，没理会她的抗拒，又将她按进了自己怀里。

她又挣扎起来，想脱离他的怀抱。

"不许动，"他沉声命令她，"赶紧习惯，以后我都抱着你睡。"

她也不知道听没听到，自顾自地挣扎了两下发现挣不脱，只能蹙着眉，又安稳地睡过去了。

舒清因缓缓醒转，回过神来的第一件事是侧头去找旁边的男人。

没人，她骤然清醒，坐起身，被子从肩上滑落，但她没空管这些，满脑子想的都是沈司岸去哪儿了。

"醒了？"

舒清因朝卧室门口看去，早已穿戴整齐的男人正抱胸靠在门边，长腿窄腰，身材颀长，五官清俊，脸上挂着若有若无的笑意，整个人说不出的慵懒随意。

他朝她走过来，坐在床边，眼神不经意地往下瞥了瞥。

舒清因赶紧用被子裹住自己，裹得牢牢的。

沈司岸笑了："行了，该看过的都看了，你现在遮着还有必要吗？"

倒也是。

舒清因抓抓头发："几点了？"

"快十一点了。"

舒清因猛地睁大眼睛："我居然睡了这么久？！"

沈司岸"哦"了声："你是凌晨才睡过去的，现在才醒，挺正常的。"

她懒得跟他扯，赶紧起床准备洗漱，今天晚上有她的生日宴，她还得赶紧去酒店准备。

还好现在天气凉了，舒清因围上围巾，别人就看不见她脖子上的痕迹了。

沈司岸送她去酒店的时候，看她一个劲儿地捣鼓自己的围巾，不由得觉得有些好笑。

"你现在再遮着也没用啊，"他轻飘飘地提醒她，"晚上换了礼服又不能戴围巾。"

言下之意就是，别遮了，反正都会被看到。

舒清因崩溃地"啊啊"了两声。

但也不是就没办法了，她往脖子上绕了几圈项链，钻石夺目，财大气粗。

晚上宴会的时候，徐茜叶看到她脖子上戴着自己送的钻石项链，不禁得意地哼了声："不是说不喜欢这么浮夸的吗？还不是戴上了。"

舒清因也没法解释，摸了摸项链，只好附和徐茜叶，夸她眼光真好。

徐茜叶最喜欢听这种恭维话，仰起脖子笑得相当得意。

"说不定我这份礼物将会成为你最喜欢的第二件礼物。"徐茜叶自信地说，转而看向她的手臂。

结果舒清因却因为她的眼神下意识地将手藏在了背后。

徐茜叶不明所以："你躲什么？"

这时不远处的张总秘过来叫舒清因："舒总，轮到您上台说话了。"

"好。"舒清因舒了口气，立马回答。

舒清因接过话筒，提着裙摆走上了台。

她今天格外亮眼，不光是因为那张漂亮的脸，还有脖子上那堪比打光灯亮度的钻石项链。

大屏幕上特写出她的脸。

相较于去年的生日宴，她今天是真正的主角。

徐琳女士站在台下微笑着看她发言，眼中是满满的自豪，耳中时不时听到其他人对她女儿的夸奖。

"令千金这是好事将近啊。"突然有人拿着酒杯过来恭贺。

徐琳女士一时没反应过来："什么？"

"哎，徐董你就别装糊涂了，我都看到了。"那人用酒杯指了指台上正说着话的舒清因，"令千金今天手上戴了个戒指啊，虽然是戴在右手上的，但那明显是钻石戒指啊，这还不是好事将近？"

徐琳女士正好站在舒清因右侧，顺着那人指的地方看了过去。

舒清因不是左撇子，但她今天是用左手拿的话筒，右手优雅地垂在身侧。

徐琳女士知道她的手腕上常年戴着舒博阳送她的那枚手镯，只是今天她的手腕上空空的，什么都没戴，反倒是右手中指上，多了一枚戒指。

舒清因的手是典型的小姐手，从不劳作，白皙漂亮，任何首饰都能驾驭得住，包括这么高调的戒指。

相当高调，不是普通的钻石，发着粉白色的光。

舒清因原本并不想戴，是沈司岸软磨硬泡给她戴上的，他还说她的翡翠手镯和这粉色不搭，非让她取下来。

她不愿意，沈司岸就跟她抱怨，说她爸爸送她的她就天天戴着，他送她的平常戴不了，今天这么隆重的场合正好可以戴，让手镯委屈一下她还不愿意。

舒清因想想也确实是，所以将手镯取了下来，戴上了戒指。

她知道镜头给特写的时候，会把她拿着麦克风的手也给拍进去，所以舒清因特意换了左手。只是这一换，反倒让她的右手更惹人注意。

舒清因说完话正要下台，有个恒浚的高层突然举起手，说有话问她。

"什么？"

"今天既然是舒总的生日，要不干脆喜上加喜再宣布个好消息吧。"那位高层边笑边说，"舒总的右手就别藏了，我们都看到了。"

舒清因还没来得及藏，镜头已经很配合地给了舒清因的右手一个大大的特写。

鹌鹑蛋大小的粉钻被放大切至舒清因身后的屏幕。

宴会厅的惊呼声此起彼伏。

"哇！"

"这戒指好大！"

"这戒指有鸟蛋那么大了吧。"

有眼尖的人认了出来："那不是之前港城拍卖的'粉红之星'吗？"

所有人满含期待地看着台上的舒总。

舒清因硬着头皮说："这个戒指没有别的含义，大家别误会。"

还没来得及还话筒，舒清因赶紧逃下了台。

结果被徐琳女士拦住："清因，你和司岸定下来了都不跟妈说一声的吗？"

连她妈都误会了，舒清因百口莫辩，只能一个劲儿地说没有。

舒清因恨恨地摘下戒指，她摘得实在太晚，刚刚的特写镜头早就随着铺天盖地的网络传播了出去。

这回不单单是在论坛上掀起风浪，前不久的拍卖会，某个神秘富豪花了五亿多港币拍下的"粉红之星"，没有人知道是谁拍下的，也没有人知道这颗"粉红之星"以如此天价被拍走到底会用来做什么。

所有人都想知道，当初新闻标题上写的"神秘买家天价拍下59.6克拉'粉红之星'，刷新世界拍卖纪录"中的买家及这颗"粉红之星"到底在哪儿。

现在找到了，它在恒浚集团总裁舒清因的手上，话题直接冲上热搜。

至于"粉红之星"到底是舒清因自己买下的，还是有人赠予，还不知道。

舒清因为了避免被人问到这个问题，下了台就躲进休息室里去了。

外面一大堆记者说要采访她，手机不停振动着，她现在根本不敢登微博，生怕一登微博看到的就是自己的热搜。

恒浚的公关实在垃圾，居然就任由这个热搜在上面待了整整几个小时，非但没撤下来，反而关注度节节攀升。

舒清因找徐琳女士抱怨，结果徐琳女士只是淡淡地说："这对恒浚是一次很好的正面宣传，而且还是免费的，为什么要撤？"

舒清因不可思议地看着她妈："妈，你谋利都谋到你女儿头上来了？"

"话别说得这么难听，"徐琳女士摆手，"如果你想撤的话，就叫柏林地产他们那边处理吧。归根结底，这个热搜是司岸惹出来的，谁让他花那么多钱拍颗钻石送你。"

舒清因想想也对，只好给沈司岸打了个电话，想跟他商量，就说这戒指是她买的，虽然有点对不起他，但也好过一直待在热搜上。

结果沈司岸压根儿就不接，也不知道他是不是被记者堵住了。

她更不知道的是，就在她躲进休息室时，她的总秘张赫瞬间成了宴会红人，媒体话筒都快塞到张总秘的嘴里了。

张总秘从来没被这么关注过，一时有些受宠若惊，清秀的脸上带着淡淡红晕："那个，舒总这段时间并没有去过港城，也没有出席之前举办的拍卖会。"

记者赶紧问："那舒总手上的'粉红之星'并不是舒总本人买下的？"

"不是，肯定不是。"张总秘语气肯定。

那只有一种可能，别人送的。

"那请问您知道这枚'粉红之星'是谁送给舒总的吗？"

张总秘想了想，说："可能是舒总男朋友送的吧。"

众人大惊："男朋友？"

张总秘刚说出口就发现自己说漏了嘴，除了他还没外人知道舒总已经有男朋友了呢。他是不是做错了什么？

记者只需要知道这么点线索就够了，前段时间在港城，出席过拍卖会，且和舒清因有剪不断理还乱的关系的男人只有一个。

张总秘失去了价值，记者和摄像头纷纷追着那个男人。

看着沈总遭遇"飞来横祸"，突然被一群记者团团围住，张总秘心想自己这下又得罪了沈总，估计恒浚是待不下去了，他这第一秘书的位置也保不住了。

那边沈司岸被突如其来的一顿闪光灯拍得眯了眯眼睛。

记者单刀直入问那颗"粉红之星"是不是他买的，他挑眉，大方承认了。

"那您是否将它送给了舒总？"

沈司岸笑："不然呢？难道她从我手上买过去的不成？"

虽然她是想买，但沈司岸没给她这机会。

"那您送出这颗'粉红之星'，有什么特殊含义吗？"

沈司岸拉长了语调，笑得散漫又有深意："钻石还能有什么特殊含义？"

他也不直接说出来，引起人无尽遐想，这是他的惯用招数，说话只说一半。

现在当事人该说的都说了，剩下的就随便记者自己发挥了。

沈司岸直接拒绝了剩下的采访，一群人围在他旁边问这问那，问得他有些不耐烦。

摆脱掉记者们，他打算去休息室找那只舒姓小鸵鸟，想看看这下她还有什么可躲的。半路被张总秘拦下，对方冲他鞠了一躬，一顿道歉。

沈司岸笑眯眯地拍了拍张总秘的肩膀："张秘书，多谢了，不愧是第一秘书。"

张总秘："啊？"

人生总是会在不经意间，给你一个大惊喜。

张总秘觉得他的前途又突然开始光明起来了。

休息室里的舒清因在刷微博，刷着刷着就刷到了"好事将近""神仙求婚"以及"上辈子拯救了银河系的女人"这样的关键字。

> 呜呜呜，我真的好酸！
> 怎么会有人这么好命？
> 这位舒小姐简直是个传奇，一婚更比一婚高。
> 嫉妒使我质壁分离。

沈司岸这臭男人都说了什么。

休息室的门被推开，舒清因看到来的是沈司岸，跑过去就要咬他。

"你到底跟记者说了什么？"舒清因咬牙切齿，"怎么就成了求婚了？"

沈司岸无辜地眨眨眼睛："我可没说求婚啊，别冤枉我。"

舒清因无话可说："那现在怎么办？你让你们公关部赶紧把这些谣言都撤了。"

"公关很花钱的，"沈司岸漫不经心地说，摆出一副无能为力的样子，"我们不能浪费这个钱。"

这臭男人，当初牛哄哄地拍钻石的时候怎么没见他说不要浪费钱！

舒清因气得满脸通红："那你说怎么办？就任凭这些谣言在外面到处传？"

"你要不想让谣言再继续这么传下去，"他抬起眉梢，给她出了个主意，"我有个办法，你要不要听听看？"

"什么？"

他弯下腰，凑到她耳边说："你有没有听过'谣言总是比真相跑得快'这么句话？你把它变成真的，不就很快能压下来了吗？"

舒清因瞪大眼睛，被男人一把抱起，眼里含笑望着她："因因，你要不要考虑真的嫁给我？"

不要脸。

沈司岸的不要脸还并不止于此。

舒清因的生日宴因为这么颗钻石闹翻了天，不过好在她原本也没对这种到处是应酬和媒体的生日宴抱什么希望，昨天晚上已经提前走完了生日仪式。

生日宴正厅是去不了了，舒清因只能提前溜。

远在太平洋另一边的晋绍宁没忘记和她的约定，生日礼物是当天空运过来的，而且还主动发来了视频通话请求。

舒清因认识晋绍宁这么多年来，头一次收到他的视频通话请求。

她甜甜地叫了声："晋叔叔。"

"清因，生日快乐，"晋绍宁微微一笑，"顺便跟你说声恭喜。"

舒清因茫然："恭喜什么？"

"我看到新闻了。"

旁边被舒清因勒令不允许出镜凑热闹的沈司岸一听这话就把头凑过来了。

他弯起眉眼十分不要脸地说："谢谢晋总。"

晋绍宁有些惊讶，但很快回过神来："恭喜沈总。"

舒清因推他："你一边儿去。"

两个人推推搡搡的，特别不和谐。

成熟稳重的老大叔咳了咳："我先挂了。"

舒清因此时已经完全忘记了她还在跟晋绍宁视频聊天，跟沈司岸打情骂俏了起来。

"哎，走开点啦。"她一只手推不动，干脆把手机丢在沙发上，两手一起推。

看着天花板的晋绍宁：年轻人啊……

手机屏外传来一个声音："清因，出来送客人。"

舒清因这才匆忙起身，连手机都忘了拿，拽着沈司岸命令他："走，跟我一起送客去！"

"遵命。"沈司岸笑眯眯地任由她牵着。

徐琳女士见不得这场面，嫌弃地转开了眼睛，她刚把休息室的灯关上，突然发现沙发那里有光。

她走过去，发现是清因的手机。

徐琳女士拿起，忽地慌了。手机里是晋绍宁有些无奈的脸。

他似乎也有些惊讶，一时竟不知道该说些什么。

还是徐琳先开了口，替舒清因跟他道歉："刚刚我催清因出去送客，没想到她在跟你视频，抱歉。"

"没事，"晋绍宁说，"新闻我看到了，恭喜清因。"

"我替她谢谢你，"徐琳女士欣慰地笑了，"她总算走出来了。"

"徐琳，"晋绍宁笑了笑，"等你走出来的那一天，也记得通知我。"

徐琳女士怔住了，讷讷地说："我不值得。"

"没有什么值不值得，只有愿不愿意。一个三十五年过去了，我的身体不错，应该还能活三十五年。"他轻声说，"我愿意，与你无关。"

视频通话被她掐掉了，休息室重新归于安静。

徐琳眼角湿润，忍不住笑了。

她这个傻子居然遇到了个比她更傻的。

舒清因出来后才发现自己手机落在休息室了，而且她还忘了自己刚刚在跟晋叔叔聊天。

不过徐琳女士在那儿呢，她打算晚点再回去拿手机。

她让沈司岸帮着她一起送客其实就是看不惯他这么闲，但舒清因很快就发现沈司岸不仅不觉得累，反而乐在其中，主人的架势比她摆得还足。

她这才意识到，她让沈司岸帮她一起送客，不就等于默认他也是主人了吗？

直到有宾客打趣了一句"摆酒席的时候一定叫上我啊"，她这才大感不好。

不行，还是让张总秘来，这臭男人醉翁之意不在酒，不能让他得逞。

舒清因冲他伸手："手机借我打个电话。"

沈司岸没多想，把手机给她，顺便问："要打给谁？"

"我秘书。"

"你秘书的手机号我存了，你翻翻通讯录。"

舒清因有些不解："你干吗存我秘书的手机号？"

"以防某个迷糊蛋下次再想打给她秘书的时候又记不得秘书的手机号。"

舒清因自上次后，就把张总秘的手机号背了下来，所以为了打这臭男人的脸，她当着他的面背出了张总秘的手机号。

她得意地说："哼，我已经背下来了。"

男人眯起眼睛，并没有因此夸她机智。舒清因仰头看着他，眼里写着"快夸我"三个字。

结果沈司岸只是淡淡地问了句:"我的手机号,你背一下。"

舒清因愣住了——她没记。

沈司岸呵了声,转过脸不理她了。

舒清因有些心虚,光记秘书的手机号,连男朋友的手机号都不记,这种事如果发生在她身上,她可能就不是生气这么简单了。

这样想着,舒清因也不好意思再打给张总秘了。

握在手里的手机突然响了起来,舒清因叫了一声沈司岸,结果他装聋,继续背对着她跟宾客说说笑笑。

她看了眼来电显示,是孟时打过来的。

孟时的电话,她应该还是能帮他接一下的吧。

舒清因接起电话,那头响起孟时略带戏谑的调侃声:"新闻我看到了,房子应该不用找了吧?"

她没听懂,下意识地问:"什么房子啊?"

那边明显顿了下,语气有些奇怪:"舒小姐,生日快乐。"

"谢谢,不过你刚刚说房子?你要买房吗?"

"……嗯。"

舒清因想起之前在微信上瞥到的信息,孟时说租房,她还在想到底是谁要租房,现在一看估计是孟时想买房,但是找不到好的房源,所以开玩笑说租房算了。

她相当客气地说:"孟先生想在哪里安家呢?不介意的话可以跟我说说,也许我能帮上忙。"

就你家,楼上楼下对门都可以。

但孟时不能说,只好跟她客气地婉拒:"舒小姐太客气了。"

舒清因更热情了:"这有什么客气不客气的,你跟我姐那种关系,是吧?要是你们成了,以后你就是我表姐夫了,这都是我应该做的,孟先生你不用有心理负担,只管说吧,想入手哪里的房子?"

徐茜叶给她当了回红娘，她肯定要报答回来，她舒清因就是这么有恩必报的好同志。

"……我还要和别人再商量商量。"

"孟先生你不是独居吗？怎么还要找人商量？"舒清因感到奇怪，又突然灵光乍现，"难道你已经和我姐发展到这个地步了吗？我姐知道吗？"

孟时这锅是背不下去了，只好借口有事要挂电话。

舒清因嘻嘻笑了："别害羞嘛，以后就是一家人了。"

无言以对，孟时只好装作信号不好的样子挂掉了电话。

孟时是个闷葫芦不好意思说，舒清因又去找徐茜叶打听。

徐茜叶还沉浸在对她表妹的羡慕嫉妒恨中，这下靶子送上门，她立马激动地抱着她的肩膀一阵猛摇。

"你这个死丫头，你动作怎么这么快啊！你姐我还单着你就要结第二次婚了！求婚戒指还是鹌鹑蛋那么大的粉钻！你把我送你的项链还我，你都有鹌鹑蛋了还要我的破项链干什么！"

说完就要去抢舒清因脖子上的项链。

项链是用来遮吻痕的，舒清因怎么可能给她，姐妹俩你追我赶了好半天，最后徐茜叶气得跺脚，骂她吃着碗里的瞧着锅里的。

"气死我了！这个世界是怎么了？！"

舒清因护着脖子上的项链，急忙说："你都跟孟时准备买婚房了，干吗还要气我？"

徐茜叶茫然地"啊"了声："什么婚房？"

舒清因就把孟时要买房的消息告诉了她。

徐茜叶更茫然了："他要买房跟我有什么关系？"

舒清因一通分析："他不是一个人买房，我问他有没有看中的，他说要跟别人商量，他还能跟谁商量啊，当然是跟他一起住的人商量啊，他独居单身，除了要结婚还能是为了什么？"

徐茜叶被她这相当有逻辑性的推理给说蒙了。

"结婚？我，和孟时？"

"我知道了，"舒清因神情严肃，"肯定是惊喜，绝对是惊喜。哎呀，惨了，我把他要给你的惊喜提前告诉你了。你就当你没听过，等孟时跟你说的时候你还是要装出一副很惊喜的样子。"

徐茜叶离开酒店的时候，孟时过来接她。

两个人目前的关系还不明朗，怎么就跟结婚扯上关系了？

徐茜叶盯着孟时的侧脸，突然问："孟时，你就这么喜欢我吗？"

孟时正开着车，听到她这话以后，握着方向盘的手猛然紧了紧："什么？"

"喜欢我喜欢到了，已经单方面开始规划跟我结婚的事儿了？"

徐茜叶一记直球直接把男人给打蒙了。

孟时抿唇，想了几秒后，知道是谁误传消息了。

男人沉默片刻，严肃地"嗯"了声。

他想过，或许徐茜叶会直接拒绝他，说她对他还没到这份上，抑或是跟他打哈哈，让他死心。

结果没想到向来热情奔放的徐茜叶居然红了脸，像个小女生似的张着嘴，愣愣地自言自语道："我魅力有这么大吗？"

她还是第一次遇见没见几次就非她不娶的男人，居然爱她爱到连谈恋爱这步都直接省略了。

孟时微怔，线条硬朗的轮廓突然变得柔和了起来，笑出了声。

"大得不行。"

徐茜叶被他的样子逗得跟着笑了起来。

沈司岸还在生气。

一直到回家的路上，他居然还在因为她不会背他的手机号而生气。

两个人都喝了点酒，负责开车的司机觉得车后座的气氛相当尴尬。

舒清因一直盯着手机看，沈司岸没看手机，只是抱着胸闭上眼睛独自生闷气。

突然舒清因放下手机，朝沈司岸坐近了点，和他贴在一起。

她张口，开始背数字。

司机茫然，这是在背圆周率吗？

背完以后，舒清因扯了扯沈司岸的袖口，嘟着嘴跟他撒娇："你在童州的手机号，港城的手机号，柏林地产的工作座机号，还有你的微信号我刚才都背给你听了，你可不可以别生气了啊？"

司机恍然大悟，原来舒总刚刚背的是这个啊。

沈司岸神色僵了那么几秒钟，然后冷哼一声，舒清因又将头靠在他的肩膀上蹭了蹭。

"别以为你这样就能讨好我。"男人的态度相当坚定。

舒清因眨了眨眼睛："那我怎么做才能讨好你？"

沈司岸抿唇，冷脸瞧着她，最终还是搁不住女人柔软的语气，有些不情不愿地叹了口气。

他附在她耳边小声说了什么，舒清因立马说："我不要。"

"那算了，"他倾身拍了拍司机，"麻烦先送我回酒店。"

舒清因咬唇，似乎在做思想斗争，一听他说要回酒店，这才勉为其难地点了点头："好吧，我答应你。"

司机也不知道舒清因到底答应沈司岸什么了，不过最后他是将两个人一起送回了舒清因的家。

尝到甜头的男人想法一个接着一个，舒清因咬住唇，十分后悔一时冲动答应了他一起洗澡的要求。

等舒清因醒过来的时候，她正枕在沈司岸的臂弯中。

她想悄悄地从他怀里溜出来，脑袋刚碰上枕头，就又被男人抓回了怀中。

哎！舒清因叹了口气，手伸到床头柜那里摸了摸，果然摸到了手机。

她窝在他怀里玩起了手机。

舒清因生日宴之前回过一趟舒宅，根据徐琳女士说的，她找到了爸爸用来记密码的笔记本，果然找到了爸爸的邮箱密码。

舒清因没事做，干脆登录了爸爸的邮箱。

这些年，除了她和徐琳女士发送的邮件，还有很多公司员工发来的，还有一些广告邮件，乱七八糟的，如果不是都显示未读，几乎给人一种这个邮箱还在使用的错觉。

她没点开徐琳女士发给爸爸的邮件。

逛了圈邮箱，舒清因顺手点进了草稿箱里。

并不多，但有几份相当引人注目，时间显示是爸爸重病住院期间写的。

收件人显示，一封给她，一封给徐琳女士。没有发送出去，也不知是没来得及发送，还是他觉得没写好，就存在了草稿箱里，到最后也没编辑好。

还有两封没有收件人的邮件，邮件主题分别是"给徐女士未来的丈夫"和"给因因未来的丈夫"。

舒清因不知道爸爸是怀着怎样的心情写下这两封邮件的。

"你怎么还不睡觉？"男人困倦的声音从头顶传来。

舒清因一慌乱，来不及藏手机，被男人发现了手机的光亮，眯起眼睛，掐了掐她的脸。

"不是说很累吗？玩手机不累是吧？"

男人抢过她的手机，想看看她在看什么。

结果他的目光也被那封邮件吸引了，轻声问："这是谁的邮箱？"

舒清因说："我爸爸的。"

沈司岸沉默了一会儿，点开了那封名为"给因因未来的丈夫"的邮件。

你好，还未来得及坐下和你喝上一杯酒的女婿。

我并不知道你的姓名，也不知道你是个怎样的人。

如果你能看到这封邮件，我想，你大概就是因因心里确定的那个能与她共度一生的人吧。

二十年前，上天将因因带给我，从此我成了一名父亲。我是第一次当父亲，当时抱着襁褓中的她，我有些手足无措，也有些担忧，不知道该如何疼爱她，甚至已经开始幻想她在我的呵护下，无忧无虑长大后的样子。

我猜你应该很英俊吧。我的因因那样漂亮，她应该会找一个同样相貌出众的男人。

请原谅我因为重病，只能这样猜测你的样子，无法等到因因带你过来见我的那天，也来不及等到你和因因结婚的那天，我牵着因因的手，再将她郑重地交给你，而只能用文字，将她托付给你。

不瞒你说，其实我很想有个儿子，父子俩亲密无间，只是我心疼因因母亲，遂这个愿望到最后也没能实现。

你喜欢打高尔夫吗？或是你喜欢品酒吗？我收藏了不少好酒，留着这些好酒，原本是打算等见到你的那天开上一瓶，和你坐在庭院里，你对我陈列出一大堆你喜欢因因的理由，并向我保证你会永远对她好。而我会告诉你因因小时候的很多趣事，让你更加了解因因，了解她有多可爱、多善良。

只可惜我等不到与你见面的那天。

实在抱歉。

最后，我只有一个请求。

请你对我的囡囡好。

请你代替我，为她去挡后半生的风雨，护她无虞。

谢谢你。

沈司岸从这封信中，看到了一个温柔深情的父亲。

舒清因不知道他为什么看得如此认真，有些好奇地凑过头想看看爸爸都给他写了些什么。

他只是将邮件关上了。

沈司岸心中未尝没有淡淡的遗憾，没机会见到她的父亲，也没机会和他坐下来好好地喝上一杯，更没机会从她父亲的手中牵过她的手。

"不愿意嫁给我吗？"他吻了吻她的额头，"我都看过你爸爸写给我的邮件了。"

舒清因将脸埋在他的怀里，小声说："两年前我结婚了。后来离婚，却回想不起那一年里我做了什么，好像结婚的不是我，我只是一个旁观者。这和我一开始想的很不同，我曾盼望过，能拥有我父母那样的美满婚姻。虽然我爸去世了，但那段时光是永远存在的。可到了我这里，怎么就会变成这样呢？"

她顿了顿，自语道："我还能再相信一次婚姻吗？"

"不是相信婚姻，而是相信我。"

沈司岸摸摸她的头："你听过一首诗吗？"

"跳舞吧，如同没有任何人注视你一样。

"去爱吧，如同从来没有受过伤害一样。

"唱歌吧，如同没有任何人聆听一样。

"工作吧，如同不需要金钱一样。

"生活吧，如同今日是末日一样。

"不要回看悲伤的过去，也不要担心遥远的未来，珍惜现在拥有的每一天，珍惜现在身边的每一个人，就会获得快乐。"

舒清因闭上眼睛，像男人珍重而疼惜地抱着她那样，回抱住他。

"可是你还没有求婚。"

"只要你肯嫁，明天就求。"

"不肯嫁呢。"

"那就求到你肯的那天为止。"

舒清因闭上眼睛，做了一个梦。

那个梦不再是旧照片的颜色，而是崭新的、明亮的、五彩斑斓的。

她看到爸爸冲自己挥挥手，对自己说，去吧。

然后她迈开步伐，朝着那广袤无垠的原野奔去。

她看到徐琳女士叫她过来，看到徐茜叶对她说等了她好久好久，最后看到了那个笑脸温柔的男人，冲她张开了怀抱。

舒清因扑进他的怀中，抓住了自己的幸福。

去爱吧，如同从来没有受过伤害一样。

（正文完）

番外一

求婚大作战

自从生日宴后，沈司岸就大摇大摆地住进了舒清因家。

他把酒店的套房退了，借口自己无处可去，提着行李就来了。

舒清因没觉得有什么，之前又不是没跟宋俊珩一起住过。

舒清因是在某次公司会议上开始在意起来的。

当时高层们就坐在旁边，舒清因发现自己昨天晚上带回家看的方案书没带过来。

她今天起晚了，匆匆忙忙整理完毕就往公司赶，结果连开会要用的东西都忘拿了。

如果是普通员工忘记带东西，或许还会被上司训斥一顿，但舒清因已经是公司最大的头头儿，老板没带开会文件来，高层们也不敢说什么，最后还是部门经理说他那里有一份备份的，现在就让人赶紧打印出来。

舒清因如释重负，对经理说了声谢谢。

居于主位之一的沈司岸原本正在吊儿郎当地转着笔，这时候轻飘飘地来了句："是不是你书房桌上那个蓝色的文件夹？"

这一问，全场一片沉寂。

舒清因一时脑子没转过弯来："你看到了不帮我拿上？"

沈司岸语气懒散："我哪儿知道是今天开会要用的。"

两个人说完就没再聊了，后来经理送过来打印好的文件，会议又继续了。

舒清因当时没觉得这几句话有什么不对劲，性质就同她跟张总秘的日常对话差不多，她问张总秘某样东西在哪儿，张总秘说是不是放在哪儿了。

后来会开完了，这段简洁的对话被传了出去。思想单纯的没觉得这段对话有什么，思想稍微复杂点的从这段对话中分析出了不少信息，思想相当复杂接近于猥琐的还将这段对话脑补出了很多情节。

> 一定是同居。
>
> 舒总忘记带文件，为什么会忘记带？
>
> 起晚了吧？
>
> 为什么会起晚？
>
> 大胆狂徒！老板也是你们能编派的吗！
>
> 我秒懂，我反省。

舒清因原本是不知道的，后来她发现公司里的人看她的眼神又不对劲了，遂去问了张总秘，张总秘支支吾吾地委婉说了下，她这才知道原因。

她找到沈司岸说，关于他们同居的事被议论，希望他能够注意下。

沈司岸问："同居犯法吗？"

舒清因愣住了。

犯法确实是不犯法的，就是老被人这么议论，她不太舒服。

"如果你不想被人议论，"他说，"那就嫁给我吧。"

这种招数他用不腻吗？

舒清因有些无语："你没求婚，我嫁什么？"

沈司岸眼神突然亮了："那你的意思是，我求婚了你就嫁？"

舒清因唯有沉默以对。

懂了她潜台词的沈司岸开始忙活求婚的事儿了。

他之前没求过婚，也不知道舒清因喜欢哪种类型的求婚，但他又不能明明白白去问她喜欢哪种，只好曲线救国找到了徐茜叶。

徐茜叶很惊讶："你不是已经求了吗？戒指都买了。"

"那不是用来求婚的。"他说。

徐茜叶更惊讶了："那你买那么大个戒指是要干什么？"

"哄她开心。"

徐茜叶沉默良久，最后摇头："不知道，没听她说过。"

舒清因上一段婚姻是商业联姻，徐琳女士替她选的老公，从订婚到结婚都是由长辈们一手操办的，他们只负责让个人在结婚协议书上签个字就成，宋俊珩压根儿没必要再装模作样跟她求婚，舒清因也没期待过这个。

后来沈司岸去找了求婚策划，策划列了几十个求婚方案，上天入地下海什么都有，被挑剔的沈司岸一一否决，不是太老土就是太没有新意。

就比如包下个餐厅，再买个蛋糕，是个人都知道蛋糕里会放什么，这有什么意思。

没法子，那就只能自己想了。

沈司岸自己一个人想还不够，他还强行要求其他人跟他一起想。

他建了个群，把孟时和徐茜叶拉了进来，徐茜叶十分直白地给这个群取名为"求婚大作战"。

沈司岸觉得太露骨了，但凡舒清因看了谁的手机，这行动就暴露了，所以他又给改成了"工作交流群"。

徐茜叶和孟时表示相当无语。

如果要制造惊喜，就要准确地掌握舒清因的行程，但他们三个谁也不是一天二十四个小时都跟舒清因待在一起的。

徐茜叶：把她秘书拉进来吧，她的行程她秘书最了解了。

沈司岸：行。

徐茜叶把张总秘拉进了群里。

张总秘一开始看到群名时，以为又是个聊八卦的地方，结果一看群员：徐小姐、沈总、孟副总。

那看来还真是个正经的工作群，就是不知道是聊什么工作的。

沈司岸在群里跟他打听舒清因的工作行程安排。

张总秘觉得有点奇怪，既然他们想知道舒总的行程，那么直接问舒总本人不就行了。

孟时不知道沈司岸为什么要拉他进群，张总秘怎么可能有好的求婚点子告诉沈司岸。

眼见着张总秘好半天都没动静，孟时干脆在群里跟沈司岸聊起了工作。

沈司岸：聊工作的话私聊啊。
孟时：我私聊你回我吗？

其实也不怪孟时，沈司岸压根儿就不肯退出群聊聊天界面，孟时就是给他发一百条信息他也未必看得到。

两个人干脆聊起了工作。

消息唰唰唰地刷过去，时不时夹杂着徐茜叶用来捣乱的表情包，舒清因就是在这混乱的当口被张总秘邀进了群里。

谁也没注意到这个群里多了个人，舒清因的入群提醒一下就被刷了过去。

舒清因看了眼群名：工作群。

不知道到底聊什么工作的舒清因没有轻易开口，想先看看他们聊什么，自己再接话。

沈司岸和孟时说完了工作，张总秘还是没动静。

> 沈司岸：要个你们舒总的行程表，你怎么这么久还没发？
> 张总秘：沈总您可以直接问舒总啊。
> 徐茜叶：他要直接问我妹不就暴露了？
> 张总秘：暴露什么？
> 孟时：求婚。
> 张总秘：谁求婚？
> 徐茜叶：张秘书你是不是傻，当然是沈总跟你们舒总求婚啊！
> 张总秘：但是我刚把舒总拉进群了啊！
> 沈司岸：……
> 徐茜叶：……
> 孟时：有被笑到。

舒清因犹豫了很久，心想自己该不该在这时候跳出来说一声自己什么都没看到，以缓解这尴尬的气氛。

还没等她发个"hello"的表情包过去，这个群以迅雷不及掩耳之势解散了。

求婚群把被求婚的女主角拉进来的丢脸事儿发生后，沈姓当事人回港城躲了大半个月。

张总秘想着这回自己是真要完蛋了，结果舒总非但没有责怪他，反而笑得捂住肚子直夸他干得好。

这第一秘书的职位算是勉强保住了。

徐茜叶特别想跟人分享这快乐，但无奈不敢得罪她那位有钱有势的大侄子，只能憋在心里，每每到了半夜，就捂着被子笑出声来。

她心里如何笑不敢袒露，明面上还得照顾大侄子的情绪，给他想招儿。

"你先把求婚戒指搞定吧。"

那个"粉红之星"的戒圈尺寸是固定的，舒清因手指细，戴着有些松，况且就算真把这戒指当求婚戒指看待，舒清因也不可能天天戴着这么大个"鹌鹑蛋"招摇过市。

想知道舒清因的手指指围也容易，去她经常光顾的珠宝店问问就知道了。

舒清因钟爱日牌珠宝，或是一年也出不了几款新品的法牌珠宝，但无一例外，她没有在这些店留下她的左手无名指的尺寸。

原因是舒清因根本就没必要为自己定做戴在无名指上的戒指。

而她之前的婚戒，都是男方那边准备的。

笑话，难道还去问她前夫？

宋俊珩最近也忙，他和他那个同父异母的弟弟如今算是彻底撕破了脸，正全力内斗，撕开了兄友弟恭的伪装，这对兄弟简直把对方当仇人待。

后来还是沈司岸自己拿了根渔线，打算趁着舒清因睡着了偷偷量她的无名指指围。

这晚夜色正浓，舒清因残存着最后一点神志说："哥哥，求你了，我困了。"

沈司岸一直很在乎他的辈分比舒清因低这件事，虽然没有血缘关系，但他总觉得自己在称呼方面很吃亏，他比舒清因还年长几岁，如果不是因为这个狗屁辈分，舒清因都不应该直呼他的名字，而是该叫他一声"哥哥"。

舒清因平时不愿意让他占便宜，只有这时候最识时务。

他拍拍她的脸，作罢："睡吧。"

舒清因很快就睡了过去。

沈司岸坐起身，从床头柜里拿出准备好的渔线，小心翼翼地拉起她的手，然后在她无名指上绕了一圈。

手指指围到手，而她毫无知觉。

沈司岸心满意足地收好了渔线，抱着她也睡了过去。迷迷糊糊睡到半夜，怀里的人突然动了。

沈司岸睡眠浅，被她弄醒了，但困劲儿还在，所以没动。

他知道她不喜欢被人抱着睡，嫌他的胳膊没枕头枕着舒服，但沈司岸不同，他喜欢抱着舒清因，玩她的头发，捏她的脸，就想和她继续贴着。

她动了没事，到时候再把她抓回来就行了。

沈司岸闭着眼睛这么想，结果她居然掀开被子坐了起来。

他微微睁开眼睛，看到她光着脚悄悄地起床了，月光微弱，她身上只披了条薄毯子，沈司岸叹了口气，想着她待会儿又该骂他了。

结果不知道她拿了什么东西，沈司岸感觉到他的手被她轻轻抬起，然后有一根极细的什么东西绕着自己的手指。

几秒后，这个东西被拿开了。

沈司岸听到她笑了笑，然后又躺回了床上，还亲了亲他的下巴。

他还是老样子，装作不知道。

沈司岸快她一步，提前带她去了一趟港城。

她小时候那会儿，内地还没有迪士尼乐园，后来第一家迪士尼开业那会儿她和朋友去玩过，只是不再是为了见到那些由人扮演的童话角色，而是冲着游乐项目去的。

她第一次去迪士尼是去的港城，爸爸带她去的，那时候她吵着要见真的米老鼠，爸爸替她实现了这个愿望。

她特别喜欢灰姑娘那套水蓝色的裙子，所以穿着和灰姑娘同款但要小上几个号的裙子在迪士尼逛了一天。

她当时和很多人都合了影，在晚上的花车巡游时，爸爸不知道用了什么手段，让她上了灰姑娘的那辆车。

金发碧眼的灰姑娘牵着她，一起向四周的观众打招呼。

后来她长大了，当年那颗童话心也不见了，带她去迪士尼的爸爸也过世了，还没毕业时忙学业，毕业以后忙工作，也就没机会再去第二回。

迪士尼并不允许成人着童话中人物的服饰，当舒清因拿着那套和她身形相当的礼服时，觉得沈司岸多半跟她爸爸一样塞钱了。

其实她也不用担心会被其他孩子看到，因为她一直坐在南瓜马车上，两个由白鼠变成的车夫带着她绕过了大大小小的西式建筑，最后停在城堡前。

下车时，旁边伸过来一只手。

男人冲她眨了眨眼睛："仙蒂瑞拉小姐，请吧。"

天色已晚，沿途亮起灯，霓虹相绕的城堡充满梦幻。巨大的伞花在夜空中绽开，金色粉末簌簌而下，落在她的脚边，照亮了她的裙摆。

绽放的烟花已经足够美丽，更何况这些烟花都只属于她一个人。

白鸽衔着戒指盒朝她飞过来，绕着她转了几圈，最后落在了男人手上。

小石子铺成的路有点硌人，但他还是单膝跪地了。

曾陪伴她在无数个夜里安然入睡的童话人物围在她的身边，手舞足蹈着催促她答应。

她看到黛丝狠狠打了下唐老鸭的头，似乎在责怪它不够浪漫。米妮双手捧着脸，靠在了米奇的怀中。高飞捂住了布鲁托的眼睛，单身狗不适合看这样的求婚场面，会受伤的。奇奇、蒂蒂牵着手，噗噗捧着糖罐，杰克船长似乎不同意，想要来捣乱，被达菲和雪莉玫拦住。

这些童话从未消失过，纵使她已经长大了。

迪士尼替所有孩子实现了他们心中最纯洁的那个梦，也替长大了的孩子们保存着这个梦。

无论年岁增长与否，每个女孩儿心中的童话梦永远都不会消失。

她年少时，是爸爸替她实现了这个梦，现在她长大了，由另一个人替她实现。

这些童话人物一直都在，看着她从蹒跚学步到独当一面，看着她从出生到结婚，直至最后老去，只要她还在，它们就永远存在着。

沈司岸为她准备的戒指刚好合她的尺寸。

"听你姐姐说，你小时候常常闹着要来迪士尼玩，后来你长大了，就没再说过这种话了。"他说，"如果你愿意，从现在起，你可以做回小时候的你，一年来多少次都可以，以后我接替你父亲，带着你过来玩。"

舒清因揉了揉眼睛："你当我不要上班了是不是？"

"那就等你退休？七老八十的时候我再陪你过来？"沈司岸想到这里，笑了，"会被小朋友笑话的。"

白发苍苍的老先生、老太太还来迪士尼，也不知该说是童心未泯还是不服老。

"嫁给我吧，你心中的那些童话，以后我来替你实现。"

舒清因冲他点了点头："好，我们拉钩。"

沈司岸干脆地跟她拉了钩。

后来舒清因才知道，沈司岸说要带她来迪士尼玩儿，也不全是因为她喜欢迪士尼人物。

她在他港城的旧居中，发现了巴斯光年和胡迪的玩偶公仔。

堂叔沈渡无情地讲起了沈司岸小时候的糗事。

"他小时候看了电影，觉得自己的巴斯光年和胡迪也会动，非吵着在自己的房间安装了摄像头，每天悄悄观察他们动了没有，观察了足足一个月。后来发现他的巴斯光年和胡迪压根就不会在他这个主人上学了以后自己动起来，生了好久的闷气，觉得是我们给他买到了假冒伪劣的玩偶。"

沈司岸小时候也天真地觉得，迪士尼里那些角色都是真的，是真的从童话里走出来的人物。

在某次迪士尼的例行花车巡游活动中，他在灰姑娘的那辆花车上看到了两个灰姑娘。

一大一小，大的那个金发碧眼，是电影里灰姑娘的模样，可是小的那个黑发黑眸，粉嘟嘟的，精致漂亮，一看就不是外国人。

沈司岸扯了扯沈渡的袖子："Dunn，为什么那上面有两个灰姑娘？"

沈渡敷衍他："那是灰姑娘的女儿。"

沈司岸觉得更奇怪了，外国灰姑娘还能生出黑发黑眸亚洲人面孔的女儿？

少年瞪着琥珀色的眸子，紧紧地盯着花车上的那个小号灰姑娘。

小号的灰姑娘似乎也看到了他。

她抿唇，鼓起勇气冲少年挥了挥手。

少年愣住了，别扭地也跟她挥了挥手。

港城迪士尼建成多年，帮无数的孩子实现了他们心中的童话梦，包括这个小号的灰姑娘和从那时起就开始对遗传学充满好奇的少年。

所谓童话，可能就是静谧的森林中，这里刚下过雪，树如白玉琢，草如白珊瑚，明净青绿的湖面水平如镜，倏地有光透过绿色帷幔落入眼前小路，伴随着鸟啼和溪水声，伸手拂去林中迷漫的冬雾，眉目清俊的那个人就隐在这丛丛密林中，他等你好久，而你终于来了。

番外二

初遇

十七岁的舒清因，正在为未来的求学去向烦恼。

CIE 考试局（英国考试局之一，剑桥大学国际考试委员会）公布 A-Level（英国的大学入学考试课程）成绩后，舒清因等了六周，伦敦大学学院的招生办终于回复邮件说 portico（类似学生信息管理平台）状态已更新，第二天她就拿到了伦敦大学建筑学院跨洋发来的录取通知书。

但同时，她也收到了其他多个大学的录取通知书。

"清因，妈妈还是支持你念金融专业，"徐琳女士说，"女孩子学建筑太累了。"

徐琳女士想让她去港大读金融。

她原本在申请大学的时候，除 E 国的大学外，其他地区大学的专业都填的不定专业，徐琳女士并不希望她只有建筑学这一种选择，因此替她准备了金融专业的申请材料，舒清因的 A-Level 成绩优异，选择也变得多了起来。

徐琳女士的想法是，舒清因将来进入恒浚集团，职位也只会是管理层，与其去学建筑，不如选择金融或是工商管理更好。她也并不想让舒清因远赴伦敦求学，港城再怎么说也比伦敦近。

"可是我喜欢这个专业。"她说。

徐琳女士问她："是真喜欢这个专业？还是因为爸爸才喜欢这个专业？"

舒清因回答不出来，她对建筑学很感兴趣，确实有部分原因是因为爸爸是学建筑学出身，但更多的是因为，爸爸对她说过，建筑不仅仅是钢筋水泥所搭建出来的一幢幢房子，或是容纳器物和人类的容器，它还是一个城市、一个国家的一部分。它也不是冰冷的空壳，而是人文历史与地理的体现。

舒清因得不到徐琳女士的支持，只好去找舒博阳求助。

"其实爸爸也不希望你学建筑，"舒博阳温声说，"这个专业对于女孩子来说，是有些辛苦。"

舒清因有些不高兴，舒博阳又对她说，这是她自己的决定，如果她坚持要念伦敦大学，他会想办法说服徐琳女士。

其实舒清因又何尝不知道，父母的建议也是为她好。

她又去问了徐茜叶，徐茜叶这个不学无术的表姐压根儿就给不出什么正经建议，替她想了个最简单也是最粗暴的方法。

"反正你现在也忙完了，要不你亲自去看看？从学校建筑、住宿条件以及哪所学校里的帅哥多一点这方面考虑。你觉得怎么样？"

徐茜叶本来也只是开玩笑，却没想到舒清因居然真的认真地点了点头。

既然徐琳女士希望她去港大，那她就去港大看看吧。

徐茜叶陪她来港城，表面上是随同考察，实际上是来找乐子的。

绿色硬皮沙发上，徐茜叶正乐此不疲地戳着滑蛋饭上头那又嫩又滑的蛋皮玩儿。

从未下过厨房的徐大小姐对这个很有兴趣："这到底是怎么做出来的，等回去我要让家里的阿姨好好研究研究。"

舒清因喝了口丝袜奶茶，觉得这奶茶有点苦。

餐厅内正在播放一名男歌手的歌，桌面玻璃下夹着几张有关他的旧报纸剪影。

这家茶餐厅相当有名，坐落在中环地区的某个不知名的小巷里，绕过外头繁华的商场，走过破落的楼梯，才能找到这家店。

徐茜叶向家长撒娇要了不少考察基金，原本家里人不愿意给她，她把舒清因搬了出来，说妹妹要在那边逛街买东西的，而事实是舒清因压根儿心思就不在这儿，她一心想的都是梦中的伦敦大学。

吃完饭，舒清因被徐茜叶拉到中环的广场逛街消食。

柏雅广场位于港城寸土寸金的中环地区，中心区的商城楼高四层，地下一层为百货商城，内部设有人行天桥直通廊桥，商场中央屹立着一棵百年大榕树，枝叶繁茂地覆盖着楼顶。

徐茜叶让她说英文。

舒清因看着她试了几件裙子，并且还没有要停手的意思，终于忍不住问她，今天还去不去港大了。

徐茜叶这才说，今天先玩着，明天再陪她去港大。

舒清因心想，我就知道。

后来她们又去了一家珠宝店，舒清因撑着下巴坐在柜台边发呆。

徐茜叶看中了一条白贝母项链，经理正替她包礼盒，她嫌买得不过瘾，又打算趁着这机会抓紧时间去别的店逛逛，吩咐舒清因在这家店里等着。

店里人不多，只有两三个贵妇打扮的女人在挑首饰，舒清因穿着英式小西裙，两条腿时不时甩动两下，显得格格不入。

她突然听到经理说了声："Senan 少爷好。"

舒清因回头看过去，店里突然热闹了起来，几个年轻的男生走了进来。

为首的那个男生双手插在裤兜里，他长得最好看，所以舒清因最先看到他。

年轻英俊，眼皮懒懒地垂着，唇角带笑，穿着简单的白衬衫，玉树临风，姿势却又有些松散。

他冲经理挑了挑眉毛，用粤语说了句什么。

他的嗓音干净清亮，只可惜舒清因听不懂粤语。经理说了句好，然后从下面的柜子里拿出了几款首饰。

"Senan 少爷，这几款喜不喜欢？"

男生咧了咧嘴："不知道我女朋友喜不喜欢。"

舒清因仅凭着几个听懂了的字眼就判断出他是来给女朋友挑礼物的。

男生修长的手指绕着细长的项链，又拿到眼前看了两眼，最后丢给了他的朋友们。

几个人说说笑笑的，舒清因觉得有点吵，心里悄悄吐槽，过来买个首饰还叫上一帮男生。

三个臭皮匠，臭死诸葛亮。

她悄悄转过了脸。

舒清因刻意忽略这帮男生，不代表这帮男生也会忽略她。

有个男生发现了坐在一旁的她，看着她扎着马尾辫，露出白嫩的脖颈，歪着身子靠着柜台，苗条的身体屈着，两条腿搭在椅子上甩来甩去的，是年轻小女孩独有的散漫动作。

最终有个人走过来搭讪。

她的肩膀被人拍了拍，舒清因转过头，刚打算开口说话的男生眼睛瞬间亮了。

"靓女。"

她只听懂了这个词，剩下的，男生的语速太快，她没听懂。

舒清因想起徐茜叶跟她交代的，说有的港城人很看不起内地过来玩的游客，有的人明明会说普通话，还要装作听不懂内地游客在说什么的样子，所以让她说英文。

"Sorry，I can't speak Cantonese。"

结果那男生长长地"啊"了声："Korea？ Japanese？ Or Singapore？"

舒清因不回答了，再这样下去没完没了了。

那男生明显也发现了她不配合，遂耸耸肩跟她说了句拜拜，又回到了朋友身边。

舒清因能感觉到有眼睛正在盯着自己，她身体僵硬，心想徐茜叶怎么还没回来。

她受不了了，决定先去找徐茜叶。

走出这家店后的舒清因左右环顾，发现她根本不知道徐茜叶又跑到哪儿去逛了，心里把这个表姐骂了一顿后，舒清因不敢到处乱走，也不想再进去待着了。

她站在门边，刚刚那群男生说说笑笑地又走了出来。

舒清因看着他们的背影，长吁一口气，转身打算重新进去，结果刚进去就撞上了个人。

舒清因的鼻子直直抵上了他有些硬的胸膛。

他礼貌地后退几步，手虚扶着她的肩膀："Sorry, are you ok？"

舒清因被撞得鼻子发酸，这股酸意直冲眼睛，她眯着眼睛，下意识地用母语说了句对不起。

男生好半晌没说话，舒清因想，坏了，刚才在这群人面前装外国人来着。

正打算装傻，结果男生带笑的声音从头顶上方传来："中国人啊？"

相当标准的普通话，舒清因微愣，抬头看他。男生眉眼细长，浅眸中带着几分探究和玩味的意味。

"哎，"他手插着兜，倾身与她平视，薄唇微扬，"刚才为什么装外国人？怕我们听不懂普通话？"

舒清因并不想回答他这个问题，正巧这时候门里的经理告诉她礼盒包装好了。

她赶紧过去，从经理手里接过了礼盒，柜姐仍旧用英文跟她对话。

男生也没戳穿她，笑眯眯地用手敲着玻璃柜，看着她装。

经理又问那男生是记账还是直接刷 POS 机，男生说记账。

原来他是留下来付钱的。

她看见他选了条花花绿绿镶金又镶钻的项链，经理跟他确定后，拿着项链去柜台后面包装了。

这么复杂的项链，简直恨不得把所有值钱的珠宝往上面堆。她们这个年纪的，谁会喜欢啊？

看在他没戳穿自己的份上，舒清因决定好心给他个建议。

"给女朋友买礼物之前，最好还是先问问她喜欢什么款式的，不然到时候买了条她不喜欢的款式回去，她也不会戴，你这礼物就白买了。"

男生笑出了声："我哪儿来的女朋友？"

舒清因有些发愣："可是刚刚你说……"

男生拖长声调"哦"了声："看来你听得懂粤语嘛。"

舒清因没说话，她就是能听懂几个和普通话说起来差不多的词儿，这还多亏了电视剧教学。

"那是买给我朋友的女朋友的，我跟他们打赌，输了。然后他让我给他女朋友送条这个牌子的项链，到时候就说是他自己买的。我说是我女朋友，是因为不能让我叔公知道我抠他的钱给朋友的女朋友买礼物。"

即使是朋友的女朋友，也不能挑这么丑的啊。

"你选的那个不好看，你朋友他女朋友应该也不会喜欢。"

男生眼角上挑："妹妹，你还小，挑礼物当然只挑自己喜欢的。但她们只喜欢贵的，懂吗？"

舒清因似懂非懂地点了点头。

正好这时候徐茜叶带着她新的战利品回来了。

"因因，一时控制不住手，久等了，咱们走吧。"徐茜叶走过来，"今天很尽兴，晚上我们回酒店好好休息，明天一早就陪你去港大。"

徐茜叶说话没个防头，反正都买完了，也不用再跟导购小姐们周旋了，正好他们听不懂普通话，她也不用刻意压着声音说。

"港大？"男生眉梢微扬，"哎"了声后问舒清因，"你是港大的学生吗？"

"咦，你也是内地来的？"

听着这熟悉的普通话，徐茜叶立马亲切感就上来了："帅哥，你也是从内地过来念书的吗？"

男生摇摇头："不是，我是本地人。"

徐茜叶有些失望："哦，我还以为我妹妹碰上了个内地老乡呢。"

"你妹妹是港大的学生吗？"

"不是，不过马上就是了，她拿到了港大的录取通知，"徐茜叶替舒清因回答，"所以特意提前过来看看。"

男生眼里带笑："原来是学妹。"

舒清因不知道他为什么又改口说学妹了。

男生自我介绍："我叫沈司岸，"顿了顿后，看着舒清因精致又带着些茫然的脸，蓦地笑起来，"学妹，欢迎来港大。"

番外三

婚后日常

舒清因的经历堪称豪门二嫁教科书。

试问还有谁能在这条单行道的人生中，以新娘的身份参加两次豪门婚礼。

很多人都好奇，舒清因结的这两次婚对她来说有什么区别。

对舒清因来说，宋俊珩是挂丈夫名的同居室友，沈司岸就真的是丈夫了。

她之前习惯了和宋俊珩的那一套相处模式，夫妻之间客客气气的，你不越矩，我不打扰，你若安好，便是晴天，你若不安好，关我屁事。所以舒清因就像个回炉重造的新手似的，刚入新手村，屁都不懂，有很多事儿都不习惯。

比如，有时周末，他要回港城，必须早起，这时候舒清因还赖在床上睡觉。他会把舒清因叫起来，让她给自己系领带。

舒清因用被子蒙住自己的头，语气不耐烦："你没手？"

这句话给沈司岸听笑了："我没手的话，那昨晚是用脚摸的你？"

一说这个，舒清因就不困了，立马掀开被子坐了起来，替他系领带。

出门的时候，沈司岸弯下腰，把脸凑到她面前，舒清因知情识趣地凑到他脸颊边亲了一口。

"嘴。"男人言简意赅地提醒她亲错地方了。

舒清因有些不好意思："我还没刷牙。"

沈司岸挑眉："我不介意。"

舒清因简直无语了。

沈司岸："嘴。"

舒清因扭扭捏捏地亲了亲他的嘴。

家里的阿姨这时候走出来打算开始一天的工作，正好撞见先生找太太索吻。

五十多岁的阿姨脸上泛起姨母笑，又赶紧用手摸着脖子转过脸去："哎呀，落枕了。"

阿姨走了，舒清因捶他："你看，被看到了吧？"

沈司岸嗤笑："夫妻早上亲热还犯法吗？"

她正愣神，男人突然眯起眼，翘着一边的唇，忽地抱着她的腰，低头给了她一个绵长的深吻。

舒清因推他："都被看到了还闹。"

"反正已经被看到了，没区别，"沈司岸掐掐她的脸，"况且，你刚才那一下跟搔痒有区别吗？"

沈司岸暂时回港城，舒清因继续忙工作，除了外出，就是坐办公室。

无业游民徐茜叶过来骚扰她。

"你们这样下去也不是办法啊，"她说，"他这样港城、内地来回飞，夫妻之间那点激情很容易消退的，难道他平时就没什么时候对你不太热情？"

舒清因沉思，徐茜叶立马猥琐地笑了："你那小脑瓜子里想什么呢？"

她面露尴尬："不是你让我想的吗？"

"我又没说那方面，"徐茜叶立马无辜地摸着自己的心，"我说的是夫妻日常相处。"

日常相处？

舒清因问："夫妻日常相处需要多热情？"

她是真不懂，对于两个人相处，她只从徐琳女士和爸爸那儿看到了一点儿，爸爸去世多年，徐琳女士一直一个人，她渐渐地也习惯了家里只有一个人的生活。

"你问我？我又没结婚，你自己悟吧。"

徐茜叶留了这么个问题给她，搞得她心神不宁。

她确实听说夫妻异地容易离心，沈司岸留在童州的时间比较长，偶尔回一趟港城，有急事就会在那边多待上一阵子，两个人的工作地点不在一起，这个问题没法解决。

这周末沈司岸有事处理，必须留在港城，舒清因反倒闲下来了，按照她的性格，两个人这个周末铁定要分开过了。

她想了很久，还是买了张去港城的飞机票。事先也没跟沈司岸说，想着给他个惊喜。

她直接去了柏林地产总部，高层都清楚她长什么样，直接领着她去了沈司岸的办公室。

年轻漂亮的沈总夫人头一次来总部，每次沈司岸都是自己回来，偶尔有人问他怎么不带老婆一起过来，沈司岸就说她忙。

有人信，也有人不信。

大家听八卦都知道，这位个性骄矜的夫人是沈总花了大心血追回来的，把人娶进门了以后，原想着沈司岸会带着媳妇儿定居港城，沈氏连他们的婚房都布置好了，结果舒清因只在办婚礼这段时间住了一段时间，结完婚就又回童州忙她的事业去了。

沈司岸来回跑，有时候赶着回来开会，连被风吹起的衣领都来不及整理好，就匆匆地拿起文件往会议室走了。

他们夫妻感情到底怎么样，没人知道，但肯定没有好到形影不离那样。

舒清因不知道其他人是这么想的，她就是单纯地觉得，总是让沈司岸来回跑不太好，她也要主动点，哪有夫妻之间总让一个人奔波劳累的道理。

走进办公室时，沈司岸正好在发脾气。

他直接将文件丢在地上，哗啦啦几十张白纸在空中飘着，最后落在地上。

他冷冷地说："不要拿这种东西来浪费我的时间。"

两个下属捡起文件，低着头，说了声"对不起"，相继离开了办公室。

沈司岸揉捏着眉心，隐约看见办公室门口还有个人，语气相当烦躁："还不走？"

舒清因抿抿唇："我才刚来，就让我走？"

男人听到这个声音，倏地抬起头来，在确定不是幻觉后，微讶地张开嘴，怔愣住了。

"你怎么来港城了？"

舒清因摸了摸耳朵，走到他的办公桌旁边："周末没事，就来看看你。"

男人没什么表情，靠着椅子，朝她招了招手。她走过去，被男人一把拉下，坐在了他的腿上。

"过来查岗的？"他轻声问。

舒清因也不知道该怎么回答，顺势点了点头："差不多吧。"

"那早知道我就叫个女人过来了，"他将头埋在她的颈窝里，"什么都没查到，岂不是让你很失望？"

舒清因猛地睁大眼睛："你敢！"

男人看她这顿时丰富起来的表情，蓦地勾唇："原来你也会怕我找其他女人啊。"

舒清因皱眉："这不是很正常吗？"

"我留在港城这段日子，你不打电话，微信也不怎么发，我以为你不怕。"男人笑笑。

舒清因愣愣地说："我是怕耽误你的工作。"

"我不怕，"他叹气，"反倒是我怕你把我这个老公给忘了。"

舒清因赶紧摇头，抱着他的脖子说："说出来不怕你笑，我都结过两次婚了，却还是不明白该怎么去当一个妻子，也不知道该怎么去和丈夫相处，担心自己太黏你会让你觉得是负担，又担心自己不够主动让你觉得我太冷漠。"

"我说出来也不怕你笑，我这是第一次结婚，"他贴着她的额头说，"第一次和自己爱的女人组建家庭，第一次给人当丈夫，不知道该怎么当，又有些担心会让你再次感到失望，觉得和我的婚姻也不如你想象中的那么幸福。"

"那以后，你要是忙，我就过来看你，"舒清因抿唇，"反正我又不是买不起飞机票。"

沈司岸"哦"了一声："那这样的日子什么时候才是个头。"

"那怎么办呢？你的事业重心在港城，我也不可能抛下恒浚。"舒清因也觉得为难。

"这样吧，"他说，"我们生个孩子好了。"

到时候把摊子丢给孩子就行了。

舒清因也觉得这方法很可行。这对夫妻孩子都还没生出来，就已经想着光荣退休后的美好生活了。

她刚到港城，徐茜叶的关心微信就发了过来。

　　徐茜叶：怎么样？夫妻激情重新回来了吗？

舒清因现在很想咬人，就是因为听了她的话，害得她心神不宁，买了张飞机票火急火燎地就跑了过来。

她这一来，反而如同野火燎原，更加一发不可收拾。

舒清因用被子牢牢裹住自己，顺便拦住了沈司岸摸过来的手。

"我今天赶飞机太累了。"她皱眉。

她一般低声下气叫哥哥的时候，就是真的累了。

这时候沈司岸通常会放过她，只是今天，他没理她的话，自顾自动着，声音沙哑："你这才赶了一次就累了？怎么不想想我？"

舒清因很会找借口："你是男人，我是女人。"

沈司岸被她这明目张胆的借口堵得说不出话来。

"我现在没电了，"舒清因嘟囔着，跟他卖萌，"只有百分之一的电了，急需充电。"

沈司岸哭笑不得："你当自己是手机？"

"就是手机，"她翻过身，将脸埋在枕头里，"舒清因牌手机。"

男人的指尖抚过她漂亮的蝴蝶骨，而后用唇轻咬着她的耳朵："来，让我给你充个电。"

爸爸的信

外孙女出生的那天，医院来了不少亲戚朋友看望。徐琳将所有人的祝福一一收下。

小小的娃娃还眯着眼睛，全身上下红得像个猴子，像极了舒清因刚出生的那会儿。

女婿沈司岸特别喜欢这个女儿，却也担心。

女儿才刚出生几个小时，他这个当父亲的就已经在担心女儿以后会被别的臭男人拐走了。

徐茜叶说："那这样吧，等我以后生了儿子，我们定娃娃亲，肥水不流外人田。"

沈司岸嗤笑，没答应。

孟时没说话，不过从他的脸色看，显然也是不赞成这个想法。

"算了，"舒清因说，"我的女儿，还是别玩媒妁之言这一套，让她以后自己找去吧。"

徐琳当时正在为她削水果，闻言手上的动作顿了顿，垂下眼睛，抿了抿唇。

徐茜叶和孟时又待了一会儿才走。

"妈，"舒清因在他们俩走后，才对徐琳说，"你不知道我有多羡慕你和爸爸。"

徐琳笑了笑，将她抱住，再次说了句对不起。

"你爸爸那个没福气的，羡慕他干什么。"

舒博阳确实是个没福气的。

当初结婚，徐琳压根儿没打算和这个连面都没见过几次的丈夫当什么恩爱夫妻，反正夫妻俩都是为利益各取所需。

徐琳现在每每想起，都还会感叹，怎么会有舒博阳这样的男人。待她好到了骨子里，温柔强大，儒雅体贴。

她脾气不好，可舒博阳就像是一池温泉，将她的脾气一一包容。舒清因像她，性格也骄矜，他仍是宠爱至极，宠到了骨子里。

他们新婚的那个晚上，徐琳说："不要叫我老婆，咱俩还没那么熟。"

舒博阳笑问："那我以后叫你什么？"

徐琳说："叫我'徐女士'好了。"

舒博阳答应了，在他们短短二十余年的婚姻里，他都没有改变过这个称呼。

直到他病危的那一刻，他也仍是慢吞吞地，虚弱地说："徐女士，抱歉，没战胜病魔。"

他躺在病床上，脸色比医院雪白的被单还要苍白，说那句不想死时，脸上还带着笑。

上帝总喜欢带走这个世上最美好的事物和人。

徐琳说："舒博阳，你不是这么脆弱的人，我们有钱，有钱就一定能治好你。"

他将她抱在怀中，轻轻拍了拍她的头。

"那些钱留着，给你以后当嫁妆，给因因以后当嫁妆。"

徐琳气得直瞪眼："你什么意思？你还没死呢就想着把我送给别的男人了？"

舒博阳摇摇头："不是，不是，只是……"

他说到一半，语气逐渐变得哽咽，说："徐女士，我不想死。"

他何曾这样脆弱过？在女儿面前，他总是笑着，有时候还会调皮地做出健身选手的样子来："因因，你看，爸爸这么强壮，爸爸一定没事的。"

但徐琳和因因都知道，他骨瘦如柴，昔日斯文的脸憔悴苍白。

她们母女俩不是傻子。

他都病成这样了，居然有一次捧着笔记本电脑瞒着她工作。她大怒，一把夺过笔记本电脑，盖上丢在一边，将他训斥了一顿。

男人像个孩子似的，略显慌乱又手足无措地看着她，最后看着那台自己再也拿不到手的笔记本电脑，长长地叹了口气。

她生气了，气得一天都没理舒博阳。心里却又隐隐地期盼着，既然他能工作了，那么是不是代表，他的病其实没那么严重，终有一天会好起来的。

只是这种情况持续了才不过几天，现实就狠狠踩碎了她的期盼。

那天天气晴朗，因因为爸爸买来新的花束，还没来得及插进花瓶，就惊慌失措地叫醒了因为守夜而撑不住靠在床边睡了过去的徐琳。

她看到女儿红着眼睛，张着嘴，浑身不住地颤抖着。

"妈妈，爸爸、爸爸……"

舒清因边哭边喊，却又喊不出来。

舒博阳的主治医生匆匆地赶了过来，而后发生了什么，徐琳已经不想记起。

因因蹲在墙边不停地哭，爸爸的遗体被推出病房时，她扒着床角，不停地说："爸爸没死，别带走爸爸，他只是睡着了，他会醒过来的，求求你们别带走他。"

医生为难地看着徐琳。

徐琳将因因的手拉开，因因又对她说："妈妈，妈妈你跟他们说，爸爸没死，他们不相信我的话，肯定会相信你的话。"

徐琳平静地抱着女儿，声音平静："他死了。"

一直到舒博阳出殡，这种感觉仍然不真实。徐琳只是觉得，舒博阳或许是出远门了，过段时间他就会回来。

直到她去舒博阳的书房，等了他好几天，他也没出现。

那个人真的死了，消失了。

他的容貌，他的声音，他的气味，再也不会出现了。

这就是生离与死别的区别。

生离痛苦，死别却是诛心。

无论她多想念他，多怀念他，多少次期盼他回来，连眼泪都流干，那个人也不会回来了。

徐琳手心紧紧攥着他永远不会再用的钢笔，最终泣不成声。将她之前在众人面前强忍下的，这些日子以来不断压抑的情感，全部用眼泪宣泄了出来。

她花了很多年，终于接受了这个事实——舒博阳死了。

外孙女办满月酒时，做外婆的徐琳给外孙女包了个大红包。

小小的娃娃不知道这是什么，小手拿着那个大红包的一角，露出牙龈，笑着。

那封来自 M 国的红包，数额居然不比她这个做外婆的给的少。

"晋叔叔一直在等你，"舒清因说，"妈妈，有件事我没跟你说，爸爸临走前给我们留了邮件，我只看了写给我和 Senan 的，给你和另外一个男人的我没看，你有空登上去看看吧。"

徐琳女士问她："他给你写了什么？"

舒清因掏出手机，将邮件截图递给她看。

我的因因：

还记得你小时候刚学骑自行车的时候吗？你摔了几跤，就再也不肯学了。

当时我对你说，学会了骑自行车，你就能跟朋友们一起骑着自行车去踏青，去野餐，多开心啊。

你嘟着嘴说，那就骑有辅助轮的自行车。我说等你长大以后还用这个，会被笑的。

你说，那以后爸爸你载着我，我去哪儿你就载着我去哪儿。

我当时笑你，把爸爸当成了司机。

你说，反正有爸爸在，学不学会骑自行车都无所谓。

但是后来你终究还是学会了，我放开了手，看着你歪歪扭扭地往前骑去，离我越来越远。

如果可以，爸爸想载着你去任何你想去的地方。

因因啊，对不起，爸爸食言了，还没能等你牢牢把握住人生的方向盘，就生了这么重的病。

看不到你毕业，看不到你投入社会工作，也看不到你带男朋友回来让爸爸把关。

但爸爸相信你，以你的眼光，你将来找的男朋友，即使爸爸不把关，他也会对你很好很好。

因因，我的女儿，我爱你。

谢谢你成为我的女儿。

很久很久后，徐琳打开了那封写给她的邮件，也把剩下的那一封，交给了晋绍宁。

徐女士：

其实一直想叫你小琳，或是琳琳，只是你坚持让我叫你徐女士，这么多年叫习惯了，竟然也改不过来了。

每次听到我这么称呼你，你好像特别高兴。

你总是问我，为什么要对你这么好。

一直瞒着不说，是怕你太得意，以后我这个做丈夫的在你面前就更没面子了。

现在告诉你，我对你好，其实是喜欢你，很喜欢你。

我对你一见钟情。

我父亲说，让我娶徐家的小姐时，我听从了安排，说不上高兴，也说不上失望。

见到柔媚漂亮的你时，我觉得自己运气还挺好的。

你脾气不好，可你善良乐观；你偶尔会任性，但更多时候，你体贴细心。你看到了自己很多的不好，而我却看到了你很多的好。

情人眼里出西施，我还未用情人眼看你，你对我来说，就已是小溪旁浣纱的那个人。

我从前从不相信前世今生，到了这个时候，我每晚做梦想的都是，前生已过，今生也即将结束，我多想，与你拥有一个来生。

我这样说有些自私，但纵容了你一辈子，希望这一次，你能看在我生病的份上，允许我任性一次。

老婆，我爱你。

舒博阳将所有人都想到了，他写了四封邮件，三封情真意切，承载着浓浓的情意。唯独写给妻子未来丈夫的信，他言简意赅，只有寥寥几句。

或许男人还是没能战胜自己心里的那点醋意。

徐女士未来的丈夫：

希望你有一个健康的身体，别让她再哭了。

比起回忆，其实人更容易屈从于现实的温暖。

不必为我一个死了的人吵架生气，不值得。

好好过你们的日子。

祝你们幸福。

短命的丈夫留。

晋绍宁看到他的这句自嘲，没忍住笑出了声。

舒清因在远处叫他："晋叔叔，快来照全家福！"

晋绍宁揉了揉眼睛，像是没事人般走了过去。

几岁大的沈安窈拽着他的裤脚："爷爷抱我，爷爷抱我。"

舒清因和徐琳同时叹了口气。

沈司岸有些不高兴："窈窈，你这个没良心的，都不让爸爸抱你。"

"爸爸天天抱我，今天就让爷爷抱嘛。"

徐茜叶笑得花枝乱颤："大侄子，女儿还没养大，你这个当爸爸的就失宠了，等以后窈窈长大了可怎么得了。"

沈司岸反驳："你和孟时生的儿子，也没见有多黏你们。"

孟时淡淡地说："儿子和女儿不一样。"

徐琳"哎呀"一声："别吵了，照相啦。"

那张照片里，家人对着镜头笑得很开心。

在另一个世界的舒博阳，应该也很开心吧？

（全文完）

图书在版编目（CIP）数据

靠岸：全 2 册 / 图样先森著 . -- 北京：中国致公
出版社 , 2023.3
ISBN 978-7-5145-2025-5

Ⅰ . ①靠… Ⅱ . ①图… Ⅲ . ①长篇小说—中国—当代
Ⅳ . ① I247.5

中国版本图书馆 CIP 数据核字 (2022) 第 173998 号

靠岸 / 图样先森　著
KAO AN

出　　版	中国致公出版社	
	（北京市朝阳区八里庄西里 100 号住邦 2000 大厦 1 号楼西区 21 层）	
发　　行	中国致公出版社（ 010–66121708 ）	
责任编辑	颜士永	
特约编辑	马春雪　刘雪华	
责任校对	邓新蓉	
装帧设计	阿　鬼　安柒然	
印　　刷	北京市松源印刷有限公司	
版　　次	2023 年 3 月第 1 版	
印　　次	2023 年 3 月第 1 次印刷	
开　　本	880 mm × 1230 mm　1/32	
印　　张	21.5	
字　　数	545 千字	
书　　号	ISBN 978-7-5145-2025-5	
定　　价	69.80 元（全 2 册）